国学经典丛书
名家注评本

历代诗词精华集

[宋]苏轼 等著
叶嘉莹 等注评

长江出版传媒
长江文艺出版社

图书在版编目（CIP）数据

历代诗词精华集 / (宋) 苏轼等著 ; 叶嘉莹等注评
. -- 武汉 : 长江文艺出版社, 2019.6(2023.9 重印)
(国学经典丛书. 第二辑)
ISBN 978-7-5702-0419-9

Ⅰ. ①历… Ⅱ. ①苏… ②叶… Ⅲ. ①古典诗歌－诗集－中国 Ⅳ. ①I222

中国版本图书馆 CIP 数据核字(2018)第 108100 号

责任编辑：张远林　　责任校对：毛季慧
封面设计：新华智品　　责任印制：邱　莉　胡丽平

出版：长江出版传媒　长江文艺出版社
地址：武汉市雄楚大街 268 号　　邮编：430070
发行：长江文艺出版社
http://www.cjlap.com
印刷：三河市百盛印装有限公司

开本：880 毫米×1230 毫米　1/32　　印张：13
版次：2019 年 6 月第 1 版　　2023 年 9 月第 2 次印刷
字数：375 千字

定价：79.80 元

总 序

郭齐勇　武汉大学国学院院长

国学大师钱穆先生曾说“今人率言‘革新’，然革新固当知旧”。对现代人尤其是青年一代来说，缺乏的也许不是所谓的“革新力量”，而是“知旧”，也即对传统的了解。

中国文化传统的源头，都在中国古代经典当中。从先秦的《诗经》《易经》，晚周诸子，前四史与《资治通鉴》，骚体诗、汉乐府和辞赋，六朝骈文，直到唐诗、宋词、元曲和明清小说，在传统经典这条源远流长的巨川大河中，流淌着多少滋养着我们精神的养分和元气！

《说文解字》上说“经”是一种有条不紊的编织排列，《广韵》上说“典”是一种法、一种规则。经与典交织运作，演绎中国文化的风貌，制约着我们的日常行为规范、生活秩序。中国文化的基调，总体上是倾向于人间的，是关心人生、参与人生、反映人生的，当然也是指导人生的。无论是春秋战国的诸子哲学，汉魏各家的传经事业，韩柳欧苏的道德文章，程朱陆王的心性义理；还是先民传唱的诗歌，屈原的忧患行吟，都洋溢着强烈的平民性格、人伦大爱、家国情怀、理想境界。尤其是四书五经，更是中国人的常经、常道。这些对当下中国人治国理政，建构健康人格，铸造民族精魂都具有重要意义。经典是当代人增长生命智慧的源头活水！

长江文艺出版社历来重视中华民族优秀传统文化的传播及普及，近年来更在阐释传统经典、传承核心文化价值，建构文化认同的大纛下努力向中国古典文化的宝库掘进。他们欲推出《国学经典丛书》，殊为可喜。

怎么样推广这些传统文化经典呢？

古代经典和现代读者的阅读习惯及趣味本来有一定差距，如果再板起面孔、高高在上，只会让现代读者望而生畏。当然，经典也不是任人打扮的小姑娘，一味将它鸡汤化、庸俗化、功利化，也会让它变味。最好的办法就是，既忠实于经典的原汁原味，又方便读者读懂经典，易于接受。在这个原则的指导下，《国学经典丛书》首先是以原典为主，尊重原典，呈现原典。同时又照顾现实需要，为现代读者阅读经典扫除障碍，对经典作必要的字词义的疏通。这些必要精到的疏通，给了现代读者一把迈入经典大门的钥匙，开启了现代读者与古圣先贤神交的窗口。

放眼当下出版界，传统文化出版物鱼目混珠、泥沙俱下，诸多出版商打着传承古典文化的旗号，曲解经典，对现代读者尤其是广大青少年认知传承经典起了误导作用。有鉴于此，长江文艺出版社推出的《国学经典丛书》特别注重版本的选取。这套丛书大多数择取了当前国内已经出版过的优秀版本，是请相关领域的名家、专业人士重新梳理的。这些版本在尊重原典的前提下同时兼顾其普及性，希望读者能有一次轻松愉悦的古典之旅。

种种原因，这套丛书必然会有缺点和疏漏，祈望方家指正。

目　录

先秦

两汉魏晋南北朝

乐府诗

五代

宋代

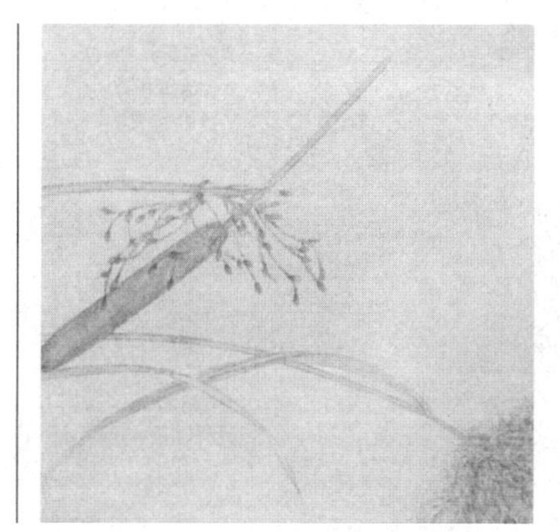

先秦

周南·关雎

关关雎鸠，在河之洲[1]。窈窕淑女，君子好逑[2]。
参差荇菜，左右流之[3]。窈窕淑女，寤寐求之[4]。
求之不得，寤寐思服[5]。悠哉悠哉，辗转反侧[6]。
参差荇菜，左右采之。窈窕淑女，琴瑟友之。
参差荇菜，左右芼之[7]。窈窕淑女，钟鼓乐之。

【注释】 ①关关：象声词，雌雄二鸟相互应和的叫声。雎鸠（jū jiū）：一种水鸟名。洲：水中的陆地。②窈窕（yǎo tiǎo）美好的样子。淑，好，善良。好逑（hǎo qiú）：好的配偶。逑，匹配。③参差：长短不齐的样子。荇（xìng）菜：水草类植物。圆叶细茎，根生水底，叶浮在水面，可供食用。左右：双手。流：摘取。④寤寐（wù mèi）：醒和睡。指日夜。寤，醒觉。寐，入睡。⑤思服：思念。服，想。《毛传》："服，思之也。"⑥悠哉（yōu zāi）悠哉：意为"悠悠"，就是长。悠，感思。辗，古字作展。展转，即反侧。反侧，犹翻覆。⑦芼（mào）：择取，挑选。

【赏析】 《关雎》是《诗经》的第一首，它的出现奠定了爱情在人类心目中高于一切的地位。《关雎》属于《国风》中周南地区的民歌，应当是经过加工的一首民间恋歌。

朱熹《诗集传序》说："凡诗之所谓风者，多出于里巷歌谣之作，所谓男女相与咏歌，各言其情者也。"

可以认为《风》是一种用地方声调歌唱的表达男女爱情的歌谣。

齐、鲁、韩三家注《关雎》，都以为它暗含讽刺，而《毛诗序》也称《关雎》其实是论述了"后妃之德也"，并把"求之不得，寤寐思服。悠哉悠哉，辗转反侧"附会到周康王身上，说此实是讽刺他"失德晏起"。闻一多《风诗类钞》则认为："女子采荇于河滨，君子见而悦之。"

爱情可能是人类社会关于男女两性关系最浪漫的创造。

在茹毛饮血的人类早期，男女的交合纯是繁衍的本能，直到爱情生发了，才把人类与头脑和人类极其接近的大猩猩分隔开来，说明人类的种种亲密接触乃是源于神圣的爱，有了爱，继而有崇尚精神的人类社会。而家庭以及与之相适应的道德，不过是副产品而已，但今天已成为人类存在的普遍意义。

因此，把《关雎》列为《国风》之始变成了人之常情。

《史记·外戚世家》记述："《易》基乾坤，《诗》始《关雎》，《书》美厘降……夫妇之际，人道之大伦也。"

《关雎》，解释了人类一旦拥有爱情便目空一切的起因：寂寞。

"关关雎鸠，在河之洲。窈窕淑女，君子好逑。"一只雎鸠来到这个世界上，它孤独地在沙洲上徘徊。周遭是高远的苍穹、辽阔的沙丘，和一望无际的流水。它瑟缩着，望着一切。

没有什么同它一样，没有什么东西有着尖的嘴和能够振动的羽翼。雎鸠感到无限的自卑，因为自己的与众不同。它不知道，于这世界，它意味着什么？

它徘徊，惶惶不可终日，直到遇见另一只同样慌张的雎鸠。那只雎鸠，有着和它同样的尖嘴和翅膀，当它们彼此凝视的那一刻，它的世界立刻温暖起来。

这种发自内心的温暖和依赖，便是爱情。

她使他爱上了自己，因而他爱上了她的美丽。

原来，爱情的起源是寂寞。（何灏）

周南·桃夭

桃之夭夭，灼灼其华[①]。之子于归，宜其室家[②]。

桃之夭夭，有蕡其实[③]。之子于归，宜其家室。

桃之夭夭，其叶蓁蓁[④]。之子于归，宜其家人。

【注释】 ①夭夭：生机勃勃的样子。灼灼：明亮鲜艳的样子。华：同“花”。②归：出嫁。于：去，往。宜：和顺、亲善。室家：家庭，此处指夫家。③有蕡（fén）：草木结实很多的样子。蕡，果实硕大的样子。④蓁（zhēn）蓁：树叶繁密的样子。

【赏析】 《桃夭》之意义，在于提出了一个千古命题：怎样的女子才是好女子？

台湾作家萧丽红在《千江有水千江月》中说：“闺女是世界的源头，未来的国民之母。”因为，“女儿因负有生女教子的重责，可就关系人根、人种了”。

《桃夭》将外在的美艳同内在的气质集中到同一个女子的身上，给千百年后的中国女性树立了一个难以超越的标准。

首先是外在的：“桃之夭夭，灼灼其华。”比喻即将出嫁的少女，她的美丽如同桃花。“灼灼”二字，真明艳照人。清代学者姚际恒称，此诗“开千古词赋咏美人之祖”，诚非过誉。

其次是内在的：“之子于归，宜其室家”，那姑娘今朝出嫁，将把欢乐和美带给她的婆家。一个好女子，预示着幸福、和美的家庭。

这首诗表达了中国传统文化对女子的终极要求：美貌与智慧并重。“桃夭”作为一个审美范畴，传达了春秋时期的美学思想，并为后代世袭。

故孔子称赞《诗经》：“诗三百，一言以蔽之，曰‘思无邪’。”

而陈子展先生说：“辛亥革命以后，我还看见乡村人民举行婚礼的时候，要歌《桃夭》三章……”

《桃夭》所提出的美的概念是多层次的，由外而内，而终归于内。

自“桃之夭夭，灼灼其华”到“之子于归，宜其室家”，这种美的观念，是真善美的三位一体。

孔子赞赏“诗三白”，根本原因是因为“无邪”。他高度评价《关雎》之美，是因为它“乐而不淫，哀而不伤”（《论语·八佾》），合于善的要求。

可见，只是“尽美”，还不能说是美，“尽善”才是根本。

《桃夭》反映的美学思想是艳如桃花、照眼欲明，然而“目观”之美还不够，只有具备了“宜其室家”的品德，才能算得上美丽的少女、合格的新娘。

春秋战国时期，生产力水平低下，家庭是社会的最基本单位，每个人都仰仗着家庭迎接困难，战胜天灾，争取幸福生活。因此家庭和睦、团结尤其重要。娶亲则关系到家庭未来的前途，因而对新人最主要的盼望就是“宜其室家”。

更有甚者，《礼记·大学》引《桃夭》时云：“宜其家人，而后可以教国人。”

“宜家”便是“宜国”。(何灏)

邶风·击鼓

击鼓其镗，踊跃用兵[①]。土国城漕，我独南行[②]。
从孙子仲，平陈与宋[③]。不我以归，忧心有忡[④]。
爰居爰处？爰丧其马[⑤]？于以求之？于林之下[⑥]。
死生契阔，与子成说[⑦]。执子之手，与子偕老。
于嗟阔兮，不我活兮[⑧]。于嗟洵兮，不我信兮[⑨]。

【注释】 ①镗（tāng）：鼓声。踊跃：双声联绵词，犹言鼓舞。兵：武器，刀枪之类。②土：挖土。城：修城。国：指都城。漕：卫国的城市。③孙子仲：即公孙文仲，字子仲，邶国将领。平：平定两国纠纷。陈、宋：诸侯国名。④有忡：忡忡，忧虑不安的样子。⑤爰（yuán）：哪里。丧：丧失。⑥于以：在哪里。⑦契阔：聚散、离合的意思。契，合；阔，离。成说（yuè）：约定、盟约。⑧活：相会。⑨洵：久远。信：守信。

【赏析】 《邶风·击鼓》是一名南行在锋镝边缘的卫国士兵的深沉怨词。想来，这名男子绝不能预知，自己当初离家时跟妻子的一番对话，竟会流传千古，成为中国传统文化中夫妇之义的最高境界。

绝唱是这两句："死生契阔，与子成说。执子之手，与子偕老。"男女最平淡而坚定的誓言。

"执子之手，与子偕老。"当光华惨淡，激情已变饭粒，一粒粒惊心动魄地粘在皱巴巴的旧日衣襟上，而鸡皮鹤发的老妪老翁，却执手莞尔、其乐融融。此情此景，妙不可言。但这样的结局近乎神话。

因感情之树，总被许多凭空而生的枝叶一点一滴夺去为数不多的养分，最终树倒藤枯，或分崩离析，或无疾而终。而《邶风·击鼓》讲述的，不是感情的变节，不是婚姻的失守，而是时代的掳掠。

我们都以为，相守一辈子，不易忍受的是激情退却后的平淡。我们却不曾料到，在遍地狼烟的春秋时代，于一对夫妇而言，真正不易的，是获得坐看绚烂归于平淡的机会。

镗镗的击鼓声里，那被选征入伍的丈夫，将要作别温柔的妻。他将跟随英武的将领孙子仲，离家去国，讨伐陈与宋。他本是农夫，"永远无言地跟在犁后旋转，翻起同样的泥土溶解过他祖先的"。他侥幸逃脱了修筑都城的劳役，却逃不脱变身为一名士兵。——士兵者，以拼命为本分，赴死为责任也。

社会崇尚征伐，国君好战喜功，卖力和卖命，不幸或更不幸，总会被选中一件。"醉里挑灯看剑，梦回吹角连营"，那是将军的梦。"一将功成万骨枯"，他只不过是小兵，被迫前赴后继，随时预备灰飞烟灭。不是每个男人都有昂扬的斗志，既非保家卫国，只为了国君的野心、将帅的功名，他不情愿抛妻弃子，独自南行。

何等危苦——每一次，当箭羽擦身而过之时，他都会惊出一身冷汗。也曾不免负伤，好在皆无大碍。若干时日之后，许多同伴已化为尘土，而他很幸运地保住了性命，成为平定陈、宋的有功士兵。既非所愿，凌绝顶也不能带来快乐。何况，战事结束了，幸存的他们仍要离家万里，执守边关："不我以归，忧心有忡。"

没有月亮的夜晚，冰凉的孤独里，他想起了他的战马。那是匹骁勇的战马，某次却忽然消失了。——"爰丧其马？于以求之？于林之下。"他到处寻觅，当他试探着钻进一片陌生的繁茂树林，那匹脱缰之马，正迎风而立。他呆住了。在清风吹拂、战火暂歇的树林之中，小兵和他那逃离战场的骏马，一起感到了从未有过的安详和宁静。《庄子》云：“犹系马而驰也。”

不得其位——被束缚的马，以及被征去从事杀戮的他，命运一般，因而也一样坐立不安。

无人心甘情愿颠沛流离，因为总记得和平的好处。入伍之前，他跟他的妻，男耕女织，生活平淡而幸福。如今，“田园将芜胡不归?”非不归，朝廷一日不召回，他一日不能实践自己的誓言。

边塞萧瑟的月色下，夙夜守卫的士兵总会想起临别时的誓言。那句誓言是：“执子之手，与子偕老。”——“岁月忽已晚。”

一起终老是不易的，尤其在战事不息的那些年代。(何灏)

邶风·静女

静女其姝，俟我于城隅①。爱而不见，搔首踟蹰②。
静女其娈，贻我彤管③。彤管有炜，说怿女美④。
自牧归荑，洵美且异⑤。匪女之为美，美人之贻⑥。

【注释】 ①静女：贞静娴雅之女。姝（shū）：美好。俟（sì）：等待，此处指约好地方等待。城隅：城角隐蔽处。②爱：“薆”的假借字，隐蔽，躲藏。踟躇（chí chú）：徘徊不定。③娈（luán）：面目姣好。贻（yí）：赠。④彤管：不详何物。一说红管的笔，一说和荑一样是一种物。有：形容词词头。炜（wěi）：盛明貌。说怿（yuè yì）：喜悦。女（rǔ）：汝，你。⑤牧：野外。归：借作“馈”，赠。荑（tí）：白茅，茅之始生也。洵：实在，诚然。异：特殊。⑥匪：非。贻：赠予。

【赏析】 《静女》一诗，除了创造出《诗经》中最活泼可爱的女子形象，还生动诠现了“爱屋及乌”这四个字。

那个在等待中搔首踟蹰的男子，因为无法见到心爱的女子，只好将一腔思念倾注在手中那根茅草上。只是普通的茅草，然而，因为它是那女子自远郊亲手采摘，并赠予男子，因而被珍视。

男子自称："匪女之为美，美人之贻。"他坦白，他并非欣赏这毫不起眼的物什，不过因为是女子亲手相赠，爱屋及乌罢了。

爱屋及乌，说的是：爱那个人，到了极致，竟然连那人屋顶之上聒噪的乌鸦也一起喜欢了。

天下乌鸦都一般地丑陋且喋喋不休，但仍然会有人无上欢喜，可见，爱，真的是世上最不可小觑的力量。

爱屋及乌这个妙词，最初的来源是这样的：《尚书大传》载："纣死，武王皇皇，若天下之未定。召太公而问曰：'入殷奈何？'太公曰：'臣闻之也：爱人者，兼其屋上之乌；不爱人者，及其胥余。何如？'"

商朝末年，周武王凭借军师姜尚等人辅佐，联合诸侯，出兵讨伐纣王并取而代之。纣王死后，武王忧心于天下尚未安定，因为纣王的许多旧部仍然存在。于是他召见姜太公，询问他对这些残余分子该如何处置。

姜太公想了想，便这样回答他："我听说过这样的话：如果喜爱那个人，就连同他屋上的乌鸦也喜爱；如果不喜欢那个人，就连他家的墙壁篱笆也厌恶。"

这个故事中，老谋深算的姜太公假意主张"恨屋及乌"，要武王残忍地杀尽纣王的部下，斩草除根。当然，如姜尚所期待的，武王最后并没有这样做，而是让那些失去君主的人都回到自己家里，耕种自己的田地，安居乐业。

这原本是个完整的故事，但是，爱屋及乌这个词，流传到后世，只剩下前面浪漫的部分了，可见，中国人骨子里是古典的。

爱屋及乌，可以说是个饱含中国传统文化的词汇。将一个单纯的感情进行渲染，旁及与感情对象相关的一切。

孟子在《孟子·梁惠王上》中说道："老吾老以及人之老，幼吾幼以及人之幼。"他说，尊敬自己的长辈，并将这尊敬推而广之，而去尊敬所有的长辈；爱护自己家中的年幼者，并将这爱护推而广之，而去爱护所有的年幼者。

可以说，儒家精神是最完美的"爱屋及乌"。(何灏)

鄘风[1]·墙有茨

墙有茨，不可埽也[2]。中冓之言，不可道也[3]。所可道也，言之丑也。

墙有茨，不可襄也[4]。中冓之言，不可详也[5]。所可详也，言之长也。

墙有茨，不可束也[6]。中冓之言，不可读也[7]。所可读也，言之辱也。

【注释】 ①鄘（yōng）：中国周代诸侯国名，在今河南省汲县北。②茨（cí）：植物名，蒺藜。一年生草本植物，果实有刺。埽（sǎo）：同“扫”。中冓（gòu）：内室、宫中龌龊之事。③道：说。④襄：除去，扫除。⑤详：传扬。⑥束：捆走。这里是打扫干净的意思。⑦读：宣扬。

【赏析】 《毛序》：“《墙有茨》，卫人刺其上也。公子顽通乎君母，国人疾之而不可道也。”《诗集传》：“旧说以为宣公卒，惠公幼，其庶兄顽烝于宣姜。故诗人作此诗以刺之。”根据此说，本篇刺的是卫国宫廷中的淫乱丑事。

年代久远，这首诗歌如何产生已难确切考证，但诗歌中表现出的那种中国人的性格特征却一直流传至今。

那就是，“言之长也”，用现代的话说就是“一言难尽”。中国人历来含蓄，不善表达，因而便往往以不表达作为表达。“一言难尽”就是这种不表达的表达方式。说来话长，因而欲言又止。在这句话之后，还往往长叹一声，于是，一切难以言说的内涵尽在其中了。

顾恺之便说：“手挥五弦易，目送归鸿难。”“手挥五弦”，是一个具体的动作，是“形”，要画得逼真并不难；而画“目送归鸿”，画的是人物的眼神，要透露的是人物内心的感受，是“神”，比起画形要难许多。

目送归鸿，正如司空表圣《二十四诗品·含蓄》所说：“不着一字，尽得风流。”

原来，有的时候，不说，比说更难。(何灏)

王风·黍离

彼黍离离，彼稷之苗[1]。行迈靡靡，中心摇摇[2]。知我者谓我心忧，不知我者谓我何求。悠悠苍天！此何人哉？

彼黍离离，彼稷之穗。行迈靡靡，中心如醉。知我者谓我心忧，不知我者谓我何求。悠悠苍天！此何人哉？

彼黍离离，彼稷之实。行迈靡靡，中心如噎[3]。知我者谓我心忧，不知我者谓我何求。悠悠苍天！此何人哉？

【注释】 ①黍（shǔ）：北方的一种农作物，形似小米，有黏性。离离：行列貌。稷（jì）：古代一种粮食作物。②行迈：行走。靡（mǐ）靡：行步迟缓貌。中心：心中。摇摇：心神不定的样子。③噎（yē）：堵塞。

【赏析】 有关这首诗歌的起因，《毛诗序》认为：“周大夫行役至于宗周，过故宗庙宫室，尽为禾黍，悯周室之颠覆，彷徨不忍去，而作是诗也。”曾经庄重神圣的宗庙，在丛生的禾苗中已憔悴混沌，社稷半残，江山流落，旧日君臣能不怆然？

《王风·黍离》，一直被视为凭吊故国之诗。

黍这种作物，亦称“稷”、“糜子”，几千年前开始就是中国人钟爱的食物。《过故人庄》里就描述：“故人具鸡黍，邀我至田家。”有肉有饭，想着就倍觉温暖。

沉甸甸的谷穗，黄澄澄自田里割下，经过扬弃，去皮余肉，煮熟了香喷喷地端上来，这就是民生。——风调雨顺、国泰民安。

然而民生并不可靠，一场战乱就销毁殆尽。诸侯国个个羽翼渐丰，不奉周室，想一统江湖，又如何？当初的割据是为了相互掣肘，却不想反被连绵的反叛吞噬。

老百姓逢乱世，不外东躲西藏，等风雨过去，另一个君王定了天下，照旧下到田里，一模一样种他的社稷。黍还是黍，并没有更香，也没有更难以下咽。而士大夫，身陷其中，要忠君，要爱国，要维持道统，便不能举重若轻。当初被赐予富贵，一旦面临失却，便要拿出无尽责任来捍卫。

除了周礼，齐、楚、燕、韩、赵、魏、秦，都是别枝。余晖下的旧宗庙，祭奠的全是旧荣光，如今，已全部被周遭离离生长的黍掩映到沧桑。

黍离之悲，代表的是亡国之痛。荒草湮灭了辉煌。

也有评论认为，纵观全诗，这首《王风·黍离》，并未明确宣告凭吊故国的深意。

更有可能，“中心摇摇”者，不过是怀抱忧郁、自叹身世的羁旅之人而已。

我们披挂上阵，拼命厮杀，只剩下秋叶一般斑驳的心，所有心情都藏在深深浅浅的痕迹里。

难免厌倦，于是，我们停了下来，想要倾诉。“知我者谓我心忧，不知我者谓我何求”。

我们生在和平年代，也许没有尝试过身为丧家之犬，那样的仓皇于我们，淡漠而遥远。我们想倾诉的，最多不过，是在漆黑的夜里，无家可归的心境。

然而，“知我者谓我心忧，不知我者谓我何求”。

身为人子，必要出人头地，才能对得住父母含辛茹苦；既为官僚，总须造福一方百姓，方可无愧疚于衣食利禄。每个人都有他不得已的理由。身在红尘中，天生七情六欲，有所求，必有所忧。

人皆如此。“悠悠苍天！此何人哉？”（何灏）

王风·采葛

彼采葛兮，一日不见，如三月兮①！

彼采萧兮，一日不见，如三秋兮②！

彼采艾兮！一日不见，如三岁兮③！

【注释】 ①葛：葛藤，一种蔓生植物，块根可食，茎可制纤维。②萧：植物名。蒿的一种，即艾蒿。有香气，古时用于祭祀。三秋：三个秋季。通常一秋为一年，后又有专指秋三月的用法。③艾：多年生草本植物，其叶子供药用，可制艾绒灸病。岁：年。

【赏析】 一天，简直是生命里最短的计量单位，短到你简直都不能感觉到它的流逝。佛经谓："二十念名为一瞬顷；二十瞬名为一弹指。"弹指间，一天的光阴已如空花般消逝。

然而，有时一天却长到不可思议，如果你有着如葛一般、期待采摘的心情。因为思念，如弹指顷，往生彼国。

那是怎样的一生？

是一位痴情男子想念那采葛的爱人，在彷徨中挨过的一生，人世平凡简短的一天。

《采葛》幽幽地叹息，将男子最简单的思念再三敷陈：心中只有她，没有光阴。

这样的一首歌，将情人间相思写得浅白而又感人至深。读来极虚诞，却并不夸张。

如果千生万世前真是一体的两半，便分开一瞬，也有无法言喻的痛苦。纵告别生生世世，也要千山万水地寻了去。何况，她是他心仪已久的女子。昨日刚刚有过幸福而甜蜜的相会。

临别之际，她告诉他，今日她将同墟里的姐妹去半里之外采葛。因而，他早早便起，想一早赶过去。

《采葛》表现的只是凶猛急切的相思情绪而没有因果循环的故事，所以旧说随意性很大。

《毛诗序》以为是“惧谗”，所谓“一日不见于君，忧惧于谗矣”。朱熹《诗集传》则斥为“淫奔”之诗，说“采葛所以为，盖淫奔者托以行也。故因以指其人，而言思念之深，未久而似久也”。姚际恒、方玉润、吴闿生一致认为是怀友忆远之诗，方氏申述说：“夫良友情亲如夫妇，一朝远别，不胜相思，此正交情深厚处，故有三月、三秋、三岁之感也！”

近人则多主恋歌说。

《采葛》写的想必是不能考证的许多年前的一个男子，在春秋朴素庄重的气息里，热烈想念他爱着的女子。因他竟夕相思，故而感觉一天的光阴竟有三个月、三个秋天、三年那样漫长。

我们甚至可以猜测，他的想念如此惊天动地，竟然令那女子手中采摘的葛感应到了。那原本无情无义的葛草，竟从此有了渴念的心情，令后世每个采摘到它的人，都染上了思念。

于是，同样的思念，便如葛一般，千年之下，缠绕至今。（何灏）

郑风·子衿

青青子衿，悠悠我心①。纵我不往，子宁不嗣音②？
青青子佩，悠悠我思③。纵我不往，子宁不来？
挑兮达兮，在城阙兮④。一日不见，如三月兮。

【注释】 ①子，男子的美称。衿，即衣领。②宁（nìng）：岂，难道。嗣（yí）音：寄传音讯。嗣，给、寄。③佩：这里指系佩玉的绶带。④挑（táo）兮达（tà）兮：来回走来走去的样子。城阙：城正门门两边的观楼。

【赏析】 诗词的流传往往难以守住一条固定的线索，在行进之中，超出或离开原意，都很平常。如同这首《子衿》。

我们对子衿的印象，也许更多是来自曹操的《短歌行》。这位三分天下有其一的枭雄，在他的诗作里将《诗经·郑风·子衿》中的儿女私情扩而为求贤若渴的君心。

且看曹操的子衿："对酒当歌，人生几何？譬如朝露，去日苦多。慨当以慷，忧思难忘。何以解忧？惟有杜康。青青子衿，悠悠我心。但为君故，沉吟至今。"

《郑风·子衿》中，是女子在对爱人无限思念中的嗔语。她怨道："青青子衿，悠悠我心。纵我不往，子宁不嗣音？"那穿着青青的衣领的男子啊，深深萦回在我的心灵。虽然我不能去找你，你为什么不主动给我音信？

曹操在诗作中化用想念爱人的悠悠之心，既表达了望天下贤才皆主动归于己的野心，又传递了对贤才的深情和想念。

其深细婉转之用心，其铿锵有力之表达，打动了古往今来多少有抱负志士的芳心。

然而，与三国时代投靠曹操意欲建功立业的将帅们不同的是，《子衿》中的那名男子，却不解风情，空留那可爱的女子独自想念。

那时节，一对相爱的男女相约在城楼相会。然而，当女子赶到约会地点，时辰已过，她的爱人，因她久候不至，已经怅然离去了。也许女子的迟到是有预谋的，她要男子因为等待的煎熬而更感到相逢的喜悦；也许，女子是无心的，她少女的芳心因会面而慌张，无意中流连而耽误了时间。

无论如何，她的爱人，失却了耐心，已然离去。这失算的女子只得呆呆地在城楼上坐下来，等候她的爱人返身。然而她的爱人却迟迟没有出现。孤单的女子不禁抱怨爱人：纵然我不曾如约去会你，难道你便就此音信断绝？她怨，然而又急切期待。

于是，等待中，他的影像自她眼中浮现出来——"青青子衿"，青衿是男子父母健在者之服。他是着青色领襟的衣衫、生机盎然、模样俊俏的少年。此刻，他正在她心里青涩而迷人地微笑，他的微笑勾起了女子对于过往快乐的记忆。那些小小的甜蜜，如同蓓蕾初放的喜悦。

女子仿佛才开始明白，那个被她娇叱的男子，竟然这样令人愁肠百结，"一日不见，如三月兮"。于是，她一动不动，在这样的彻悟中忧心忡忡地等待下去。

每个人一生中，想必都有过这样的哀怨与等待。

每个人都有过这样彷徨而美丽的青春。(何灏)

唐风·绸缪

绸缪束薪，三星在天[①]。今夕何夕，见此良人[②]？子兮子兮，如此良人何[③]？

绸缪束刍，三星在隅[④]。今夕何夕，见此邂逅[⑤]？子兮子兮，如此邂逅何？

绸缪束楚，三星在户[⑥]。今夕何夕，见此粲者[⑦]？子兮子兮，如此粲者何？

【注释】 ①绸（chóu）缪（móu）：缠绕，捆束。犹缠绵也。束薪：比喻男女成婚，后成为婚姻礼。三星：即参星，“参”即“三”。②良人：丈夫，指新郎。③子兮（xī）：你呀。④刍（chú）：喂牲口的青草。隅（yú）：角落。⑤邂（xiè）逅（hòu）：即解媾，解，悦也。本意男女和合爱悦。⑥楚：荆条。户：门。⑦粲（càn）：漂亮的人，指新娘。

【赏析】 束薪，捆住的柴草，喻婚姻甜蜜，缠绵不解。《诗经》中的“薪”都比喻婚姻：“三百篇言取妻者，皆以析薪取兴。盖古者嫁娶以燎炬为烛。”

这是美妙的比喻，以烛之温暖和悦，象征新婚的如胶似漆，也象征今生今世，甘苦与共。

《绸缪》描写新婚之夜的缠绵与喜悦。诗借“束薪”作象征，用“三星”作背景，以明亮的星图照亮新婚夫妇的爱恋。

“今夕何夕？”“如此良人何？”反复的慨叹，是不能置信又生怕是梦。

人生的初相见，常伴随不能相信的惶惑。总会反复地问自己：你是不是真的属于我？那时，会生出强大的自私，将你的灵魂至躯体，全部据为己有。而另一个人，更以俘虏的身份自喜。

人生的盲目以此为甚。

当此之时，女子必低头轻呼：“如此良人何？”

那一刻的感情便极绸缪。

至于自此之后，跟前的这个人会变成跗骨之疽，生长在自己的衣食住行里，那种侵略是否意味着真正的占领，谁也难以说清。唯一可以肯定的是，这种附着，在最初莫不心甘情愿。

从爱情到婚姻，绝对是种转变。虽不致天翻地覆，却也有穿透灵魂的裂变。

新婚便是这场转变的纪念。纪念过去的浓烈，开启今后的平淡。

绸缪是新婚的基本形态，是感情最浓，也将开始变淡的时光。“情到浓时情转薄”。一份感情，好到不能再好，便要开始变化了。

这是万物的定律，没有解药。

激情的强度如果持续太久，也许会招致覆灭。反而在应当释放时释放，那些过往绸缪，都会在今后长成枝繁叶茂。如盖的爱之树，才能庇佑一生的风雨艳阳。

因而，绸缪理应如此缠绵，如此婉转，如此一唱三叹，如此千折百回。

必得今夕如此浓烈，才能共度今后漫长的柴米油盐。

所有今日积淀的，都是为了此去繁复不可知充满不测的人生。

是为未雨绸缪。(何灏)

秦风·蒹葭

蒹葭苍苍，白露为霜[①]。所谓伊人，在水一方[②]。
溯洄从之，道阻且长[③]。溯游从之，宛在水中央[④]。
蒹葭萋萋，白露未晞[⑤]。所谓伊人，在水之湄[⑥]。

溯洄从之，道阻且跻[7]。溯游从之，宛在水中坻[8]。
蒹葭采采，白露未已[9]。所谓伊人，在水之涘[10]。
溯洄从之，道阻且右[11]。溯游从之，宛在水中沚[12]。

【注释】 ①蒹（jiān）：荻，与芦苇相似，生长在水边。葭（jiā）：初生的芦苇。苍苍：青黑色。②伊人：那个人。一方：那边，对岸。③溯（sù）：逆流而上。洄：水流迂回之处。溯洄：在河边逆流向上游走。从：追寻。④溯游：顺流而下游走。宛：好像。⑤萋萋：茂盛的样子。晞（xī）：晒干。⑥湄：水草相接的地方，即岸边。⑦跻（jī）：升，指要攀登山崖。⑧坻（chí）：水中高地，水渚。⑨采采：鲜明的样子。已：止。⑩涘（sì）：水边。⑪右：迂回曲折。⑫沚（zhǐ）：水中小洲。

【赏析】 《蒹葭》是这样的一首诗，每个人都从中捡拾自己的眼泪，用诗意面对感情的失却，并获得慰藉。

《诗小序》说："《蒹葭》，刺襄公也，未能用周礼，将无以固其国焉。"《诗沈》中说："盖下游为雒京，士之在周者，如见其在水中央，而不可得也。上游为汧渭，士之在秦者，道阻且长而可致也。"将该诗主旨解为求隐士。

然而我情愿它不过是一首最美丽的情诗，因它太美丽。这个世间，如此不切实际而又无上美丽的，唯有爱情。

《蒹葭》描绘了一场浪漫悠久的寻找。这是一场贯穿整个人类史的具有普遍意义的寻找。

寻找真理，寻找真爱，寻找心的故乡。寻找风沙过后那些纯真的足迹，寻找黝黑面孔下那些对于爱的领悟。到最后，梦境已不可考，寻找已经成为唯一有意义的举动。谁也不知道，谁在寻找谁。

只知那时秋风湿润，芦苇摇曳。那孤独的追寻者，正一如既往在苦苦地穿越。这是没有方向的穿越："溯洄从之，道阻且长。溯游从之，宛在水中央。"他似乎看到了那灵光，然而伸出手去，它又自指缝流失，转瞬不见。

他在烟雨中踽踽而行。他在恍惚中徘徊不定。

那个身影若有若无，如雾如电。有时近在咫尺，他仿佛只要再跨越一步便能靠近。俟他靠近，佳人又远在那水之滨。他停息下来，那召唤又在耳畔悄然响起。他在这样的若即若离中寻找了一生。

只是寻找，没有停止。只是寻找，没有悲哀。

正如《人间词话》所说：“《诗经·蒹葭》一篇，最得风人深致。”这种风致，难以言说，唯有曾经寻找过的人才能恍然大悟。

所有的快乐都在那没有尽头的寻找里。

其实，《蒹葭》之美，正在乎其永在水的另一方。

如同那出自“出淤泥而不染，濯清涟而不妖，中通外直，不蔓不枝，香远益清，亭亭净植，可远观而不可亵玩焉”的莲，因其最终不可靠近，终胜过那妖艳富贵的牡丹。(何灏)

小雅·采薇

采薇采薇，薇亦作止[①]。曰归曰归，岁亦莫止[②]。靡室靡家，猃狁之故[③]。不遑启居，猃狁之故[④]。

采薇采薇，薇亦柔止。曰归曰归，心亦忧止。忧心烈烈，载饥载渴[⑤]。我戍未定，靡使归聘[⑥]。

采薇采薇，薇亦刚止[⑦]。曰归曰归，岁亦阳止。王事靡盬，不遑启处[⑧]。忧心孔疚，我行不来[⑨]！

彼尔维何？维常之华。彼路斯何[⑩]？君子之车。戎车既驾，四牡业业。岂敢定居？一月三捷[⑪]。

驾彼四牡，四牡骙骙[⑫]。君子所依，小人所腓[⑬]。四牡翼翼[⑭]，象弭鱼服。岂不日戒？猃狁孔棘[⑮]！

昔我往矣，杨柳依依。今我来思，雨雪霏霏[⑯]。行道迟迟，载渴载饥。我心伤悲，莫知我哀！

【注释】 ①薇：野豌豆苗，种子、茎、叶均可食用。作：冒出芽。②曰：句首助词，无实意。莫（mù）：通“暮”，指岁末。③靡，无。室，与“家”义同，指代妻女家庭。猃（xiǎn）狁（yǔn）：商代鬼方。

④不遑（huáng）：不暇。遑，闲暇。启，跪坐。居，安坐。古人席地而坐，两膝着席，跪坐时腰部伸直，臀部与足离开；安坐时臀部贴在足跟上。⑤载（zài）饥载渴：则又饥又渴。载……载……，即又……又……⑥戍（shù）：防守，这里指防守的地点。聘（pìn）：探问。⑦刚：坚硬，指植物变老。阳：农历十月，俗称小阳春。⑧盬（gǔ）：止息。启处：休整，休息。⑨孔：甚，很。疚：苦痛。来，回家。⑩常：常棣（棠棣），既茂荗。路：大车。斯，语气助词。⑪牡（mǔ）：雄马。业业：高大强壮的样子。捷，邪出，指改道行军。⑫骙（kuí）：雄强，威武。⑬腓（féi）：庇护，掩护。⑭翼翼：整齐的样子。谓马训练有素。象弭：以象牙装饰弓端的弭。鱼服：鲨鱼鱼皮制的箭袋。⑮棘（jí）：急。孔棘，很紧急。⑯思：用在句末，没有实在意义。雨：音同玉，下。

【赏析】 《诗经》中有许多描写战争的诗，如《小雅·采薇》。当那位戍边归来的兵士，唱着“昔我往矣，杨柳依依。今我来思，雨雪霏霏”行走在归途，他那葱绿的青春已经结束。鹅毛般的雪，预告了他人生的冬天。

《小雅·采薇》的流传，全赖之中美丽的诗句。《世说新语·文学》记载：谢公（谢安）因子弟集聚，问《毛诗》何句最佳？遏（谢玄）称曰：“昔我往矣，杨柳依依；今我来思，雨雪霏霏。”

这个自战争的残酷土壤中生出的浪漫结尾，已经凌空而去，另表一枝了。在杨柳的轻柔、雪花的飞舞之下，兵士深沉的痛楚被华丽地掩盖了。这并非普通、简单的痛楚，而是一种崇高。

《小雅·采薇》从一开始说了两件事：思归，及不能归。黑暗的穹庐之下，烛光闪烁的帐篷中，小兵归心似箭：“曰归曰归，岁亦莫止。”然而，他不能回去，“靡室靡家，猃狁之故”。

西周后期，政治腐败，国势衰弱，诸侯外叛，四夷内侵。捡犹部落，位于中国的西北方，对朝廷威胁最大。《小雅·采薇》中描述的战争，就是周王朝为了解除外族侵扰，被迫发动的自卫反击战。正因如此，一个小小的士兵，才毅然“不遑启居”，万里不惜死，保卫国家。

国家，是另一个家，是千万个小家赖以生存的大家。他为了这大家，放弃了小家：“黄沙百战穿金甲，不破楼兰终不还。”

一个小兵而已，却付出了大义。那是怎样的大义？

“彼路斯何？君子之车。”将帅的马车高大威猛，而小兵只能徒步奔袭；“驾彼四牡，四牡骙骙。君子所依，小人所腓。”多么威武雄壮的战马，而小兵只能借以掩藏。

他当然也曾豪情万丈，“红旗半卷出辕门”；也曾为战争的残忍黯然神伤，“相看白刃血纷纷”，痛饮葡萄美酒，醉卧沙场。

他们无数次与侵略者斡旋，“岂敢定居？一月三捷”。

他们紧握“象弭鱼服”，日夜警戒凶顽的猃狁。

但，与此同时，他的家凋零了。“少妇今春意，良人昨夜情。”好花正开，青春少年，他却奔赴狼烟滚滚的战场。

为着一寸被侵占的国土，他牺牲了自己全部的幸福。这样的牺牲值得敬仰。

在他命悬一线的那些日夜里，薇发芽了，又已衰亡。终于，兵士完成了使命，可以回到朝思暮想的家。那是一条漫长的归家路，他走得太久，青丝已变白发：“昔去雪如花，今来花如雪。”

回家的路上，兵士变成了诗人，他吟唱着：“昔我往矣，杨柳依依。今我来思，雨雪霏霏。”这不是华丽，而是沧桑。

如钱锺书先生所说：“《采薇》之‘昔我往矣，杨柳依依。今我来思，雨雪霏霏。’写景而情与之俱。征役之况，岁月之感，胥在言外。”（《谈艺录》）

“三春白雪归青冢”，带着无法痊愈的伤痛和舍生取义的自豪，他微笑着老去。(何灏)

周南·卷耳

采采卷耳，不盈顷筐。嗟我怀人，置彼周行[①]。
陟彼崔嵬，我马虺隤。我姑酌彼金罍，维以不永怀[②]。
陟彼高冈，我马玄黄。我姑酌彼兕觥，维以不永伤[③]。

陟彼砠矣，我马瘏矣，我仆痡矣，云何吁矣[④]！

【注释】 ①采采：此处解作采了又采。一说鲜嫩繁盛的样子，是形容词。盈：满。顷筐：一种前低后高的竹筐，很容易装满。周行：大路。②陟（zhì）：登上。虺隤（huǐ tuí）：疲劳腿软。金罍（léi）：一种铜制饮酒器，小口，深腹。③玄黄：马病的样子。兕觥（sì gōng）：一种酒器，腹椭圆形或方形。伤：忧思。④砠（jū）：覆盖着泥土的石山。瘏（tú）：病。痡（pū）：病，这个词原指牲畜生病，此处用来指人生病。

【赏析】 她在采卷耳的时候，想起了远在天涯的丈夫。

采呀采呀采卷耳，半天不满一小筐。顷筐本来是前低后高，极易满盈的，而她半天没有采满一小筐，心有所思，心有所怀，心不在焉，自然无法满筐。也许，采卷耳本来不是她此行的目的，她只是借采卷耳以消离忧而已。一颗心，早已不知道飞到哪个地方去了。“嗟我怀人，置彼周行”，索性将筐子放在大路上，一心一意地想啊想啊，等啊等。

直等到夕阳西下，却依然见不到他的影子。

无法归来的理由有千万种，女子想的是：

陟彼崔嵬，我马虺隤。我姑酌彼金罍，维以不永怀。
陟彼高冈，我马玄黄。我姑酌彼兕觥，维以不永伤。
陟彼砠矣，我马瘏矣，我仆痡矣，云何吁矣！

原来，他和她一样，忧伤，相思，在路上，每一步走得好孤独，好艰难。路越来越艰险，马也累病了，人也疲倦了，岂不尔思，室是远尔。思念的翅膀纵然可以越过千山万水，人却在原地步履维艰。

满山遍野的卷耳，一如无处不在的相思。

一叶是羁旅的孤苦，一叶是酒醉的忧伤。

一叶是前路茫苍苍，一叶是乡关在何方。

相思无尽，则顷筐不满。

《卷耳》平淡质实，却自有一种绚烂之美。它是千古怀人诗的滥觞，是相思引。相思，本来是在“身无彩凤双飞翼”的无奈现实中，渴求“心有灵犀一点通”的慰藉。

心有灵犀，是我不说，你却感应得到我在想你。《卷耳》的绚烂之处，就在于它不只是单方诉说伊人的相思，还从对面入手，写了所怀之人的相思。

伊人的相思，很简单，只用采采卷耳，却怎么也满不了筐这个细节，便道尽了一切。所怀之人的相思，复杂得多。崔嵬、高冈、砠矣，旅程一步一步变得艰险。虺隤、玄黄、瘏矣，马儿同人一样，一天一天变得衰疲。每向前一步，就远离故乡一步，让人无法向前的，恰是心中的思念与不舍。

思妇与征夫，此与彼，隔着遥远的时空，在遥遥呼应着。

整首诗的意旨是写一个贵族妇女在采卷耳时悬想行役在外的丈夫。从马、仆夫，金罍之类的饮具可知行役者一定是贵族。《诗序》说此诗写“后妃之志”，有些牵强了。

卷耳，又名苍耳，性凉，苗可食。

但愿这一剂清凉，能平和离人因相思而翻滚煎熬的心。

陈风·月出

月出皎兮，佼人僚兮，舒窈纠兮，劳心悄兮[①]！
月出皓兮，佼人懰兮，舒忧受兮，劳心慅兮[②]！
月出照兮，佼人燎兮，舒夭绍兮，劳心惨兮[③]！

【注释】 ①皎：形容月光洁白明亮。佼（jiāo）人：“佼”同“姣”，美好。“佼人”即美人。僚：娇美。舒：舒缓，形容女子从容娴雅。窈纠：形容女子行走时体态之美。劳心：忧心。悄：忧愁状。②懰（liǔ）：妩媚。慅（cǎo）：忧心不安的样子。③燎：明也。一说姣美。夭绍：形容女子风姿绰约的样子。惨（zào）：焦躁的样子。

【赏析】 这首诗用简简单单的句子活化出一幅月下美人图及男子翻滚的相思哀愁。

皎洁温柔的月光和满天的星辉，是她出场的布景。她曼妙苗条，步态轻盈，神情端庄华贵。饰有月牙形边的一袭白裙，在夜风的轻拂下掀起了衣袂。

月出皓兮，佼人懰兮，舒忧受兮。

月出照兮，佼人燎兮，舒夭绍兮。

月光的清辉，给月下美人罩上了一层朦胧的面纱，多么引诱挑逗的遮掩。美人如花隔云端。一“月”之隔，却平添了无尽意在言外的韵致。就像洞开的窗口不引人注意，而一角掀动的窗帘，总惹人窥探猜测，生出无限兴趣。

他乘着月光而来，像是奔赴一个天荒地老的约定；她迎着月光默然吹箫，全然不知道身后那双默默注视着的眼睛。

他痛饮着那令人销魂的悸动与令人陶醉的妩媚。她却在月光下倾诉自己的心事——“此时相望不相闻，愿逐月华流照君”，她心中的那个君又在何处呢？

他站在她的背影中怅惘，说时光停不下来了。停下来的，是月光下她意态绝美的模样。

他站在她的背影中，心绪难宁，如大海翻滚着波浪。

劳心悄兮！劳心慅兮！劳心惨兮！

关于这首诗还有另外一个版本。

月下的女子并不是男子亲眼所见，只是月亮升起的时候，浮现在他心中的一段甜蜜而惆怅的过往，一个美丽而神秘的面影。

不知道在某个时候，或许也是一个有月亮的夜晚，也不知道在某个地方，就那样惊鸿一瞥，女子的身影烙在了男子的心上。每当有月亮的夜晚，独坐永夜，望着中天那弯皎洁的月，望着月中桂影婆娑，他的心头总会浮现那个女子的模样。带着逼人的气息，闪现在记忆的海里，仿佛极远却又极近，每一次回味，都满盈愉悦，却又带着微微的怅惘。

不知道离开了月，中国古典诗歌将失去多少美，多少真，多少善。

而它的源头依旧在《诗经》里。不知那轮明月照见的是否也有和你我一样的今人？它像一个最深沉最多情的精灵，照见了人世所有的悲欢离合。

整首诗，人美、月美、意境美、音律也美。

郑风·出其东门

出其东门，有女如云。虽则如云，匪我思存。缟衣綦巾，聊乐我员[①]。

出其闉闍，有女如荼。虽则如荼，匪我思且。缟衣茹藘，聊可与娱[②]。

【注释】 ①东门：城东门，是郑国游人云集的地方，《诗经》中很多诗的背景都在东门。匪：非。思存：想念，一说在。缟（gǎo）：白色，素白色的绢。綦（qí）巾：暗绿色头巾。聊：且，愿。员（yún）：同“云”，语助词。一说友，亲爱。②闉（yīn）闍（dū）：城门外的护门小城，即瓮城门。思且（jū）：思念，向往。且，语助词，一说慰藉。茹（rú）藘（lǘ）：茜草，其根可制作绛红色染料。

【赏析】 这一首，是专情的赞歌。男子唱道：虽然身旁美女如云，但心中始终只有你。弱水三千，我只取一瓢饮。

关于此诗的解释仍然存有分歧：

诗序叙述了此诗的背景：“《出其东门》，闵乱也。公子五争，兵革不息，男女相弃，民人思保其室家焉。”

针对这个解释，清姚际恒《诗经通论》曰：“小序谓‘闵乱’，诗绝无此意。按郑国春月，士女出游，士人见之，自言无所系思，而室家聊足娱乐也。”

所以此诗所展示的，不过是红男绿女于红尘中交错而过的一个场景。

这是充满诱惑的场景：千门如昼，钿车罗帕，嬉笑游冶。

“出其东门，有女如云”、“出其闉闍，有女如荼”。一干青春貌美的女子施施然而来，红装浅黛眉，眼波流慧，顾盼生姿。

男子当然也被这样铺天盖地的美丽震住。

然而，叹则叹矣，男子清醒地知道，这些美丽不过是风景。你哒哒的马蹄是美丽的错误，“我是过客，不是归人”，因为：“虽则如云，匪我思存”、

“虽则如荼，匪我思且。”

再巧夺天工的美丽，虽然碰巧被我见到了，但不属于我，我又何必沾沾自喜？

因为，男子早已名花有主。他心灵的主人是那位“缟衣綦巾”“缟衣茹藘”的她。

据朱熹考证，“缟衣綦巾”、“缟衣茹藘”，均为“女服之贫贱者”。朱老夫子在学术上偏爱煞人风景，仿佛不扔出个贫困女子来不足以表现这男人对爱的忠贞：原来捆绑他心扉的，竟是一位素衣绿巾的贫贱女子。

贫未必贱，素飨的躯壳反而更易绽放清新的心香。在那样的绽放之下，一切艳妆都将黯然失色。在男子心里，她的好势必胜过那些莺莺燕燕。

千江有水千江月，对智者而言，一瓢之中已知天下。

足矣。（何灏）

邶风·式微

式微，式微！胡不归？微君之故，胡为乎中露①！

式微，式微！胡不归？微君之躬，胡为乎泥中②！

【注释】 ①式：语助词。微：指天将暗。微君：微，非，相当于若不是。中露，倒文，即露中。②躬：身体。

【赏析】 式微，式微，胡不归？

落日熔金，暮色四合，夜色一丝一丝逼近。等待的心，一寸一寸收紧，一点一点下沉。

从安静地等，到仓皇地张望，到焦虑地寻找，被忧虑、猜测、期望、失落、恐惧种种情绪噬咬着的心，再也无法安宁。

强作镇定，此刻是再也无法掩饰了。远处依旧没有那个熟悉的身影，她的优雅与贞静仓皇败北，最后化作一声声急切的呼号：“式微，式微，胡不归？”

归，多么意味深长的字眼。

万物各得其所，各有所归，这个世界才能日复一日、年复一年有规律地运转着。失其所，无所归，便会陷入混乱无序当中，再无宁日。

一天又一天，白云归于天空里，鸟儿归于树林里，鱼儿归于溪水里，落叶归于大地里，船儿归于港湾里，游子归于故里。

出门在外服役的君子呢？你为何还没有归于家里？

是那高高在上的王，是那身如草芥之人的命，让出门在外的君子，在暮色低垂的归家时刻，陷入泥途中，立于风露里，不遑栖止，不遑栖居，为王前驱，为王效命，有家也不得回。

对诗中的这个女子来说，生活的温馨和幸福不过在于：有个人能在黄昏里归来，然后在流连的暮色里和你坐在桌前，喜悦安静地咀嚼着食物，咀嚼着日子的滋味。

对诗中的这个男子来说，幸福就是能回家，看着她精心为他准备的一桌子饭菜，还有她倚于暮色中见到他时一脸的满足与欢欣。

也许，他们的家很朴陋。不过一间不宽敞的房屋，不过一扇斑驳的木门，不过几棵苍苍的桑木或是杞树。他远远望见，却心生温暖。抚摩着熟悉的门板，闻着熟悉的饭菜香，他知道家正在等着他的拥抱。

“式微”后来成为一个固定的词，其源头就是这首诗。

在这首诗中，式微，是一个女子在日暮黄昏时分，掩饰不住内心的张皇与挂虑，对服役在外的丈夫发出“胡不归”的深深呼唤。

汉代解经者总是穿透诗歌的普泛日常意义，将其上升到劝归的政治层面上，虽有一层华丽神圣的光环，却失了它朴素本性的好。

后来者，在《毛诗》基础上踵事增华，“式微”一词又成了中国古典诗词中的“归隐”意象。王维《渭川田家》有：“即此羡闲逸，怅然吟式微。”贯休《别杜将军》有：“东风来兮歌式微，深云道人召来归。”

式微，成了中国传统文人在入世与出世、仕与隐、庙堂与江湖之间苦苦徘徊后，选择的最后心灵归宿。东篱把酒、南山赏菊、烟波扁舟、林泉栖止，成了召唤他们“式微”的美好愿景，成为他们心灵的桃花源，成为重压下的逸放，成为他们最终的心灵原乡。

经过现代人的演绎，“式微”又成了衰落、衰败的象征。从丰裕跌落到贫乏，从高贵跌落到卑下，从繁华跌落到荒凉，从兴盛跌落到败亡，皆为“式微”。世态与人心，被“式微”两个字写尽了。

王风·大车

大车槛槛，毳衣如菼。岂不尔思？畏子不敢[1]。

大车啍啍，毳衣如璊。岂不尔思？畏子不奔[2]。

穀则异室，死则同穴。谓予不信，有如皦日[3]。

【注释】 ①大车：古代用牛拉货的车，一说古代贵族乘坐的车子。槛（kǎn）槛：车轮的响声。毳（cuì）衣：毡子。本指兽类细毛，可织成布匹，制衣或缝制车上的帐篷。菼（tǎn）：初生的芦苇，颜色青绿。此处用来比喻毳衣是青白色。②啍（tūn）啍：重滞徐缓的样子。璊（mén）：红色美玉，此处喻红色车篷。奔：私奔。③穀（gǔ）：生，活着。异室：两地分居。同穴：合葬同一个墓穴。皦：同“皎”，明亮。

【赏析】 毛传：“大车，大夫之车。”《论语·为政》：“大车无，小车无，其何以行之哉？”何晏集解引包咸曰：“大车，牛车……小车，驷马车。”可见大车在春秋时期是有身份有地位的士大夫坐的车。

所以，我相信这首无望的诗，是一个身份低微的女子对一个贵族男子无望之爱的表白。

大车槛槛，车轮碾压路面的声音，由远及近，一点点传过来。每一声，都敲击着女子的心扉。

他近了，更近了，近得可以看见他身着细毛织成的锦衣，色泽光鲜有如初生的芦苇。

自从那次偶然的惊鸿一瞥，女子便认定了，这个雍容儒雅地坐在大车上的男子，是她今生要等的良人。

自此后，她便一直等待着，那槛槛的大车声。

大车哼哼，毳衣如菼。车轮发出沉重压抑的声音，像一连串沉重的叹息。大车渐行渐远，向着远方绝尘而去，头也不回。女子的眼眶温润了，模糊中已辨不清他远去的身影。

毳衣如璊，唯有那像赤红色的玉一样夺目的那抹红，深深地烙在她的脑海里，瑰丽而惊心。

大街上，熙熙攘攘，热闹依旧。

唯有她，形单影只，像一个被世界遗忘了的人。

“穀则异室，死则同穴。谓予不信，有如皦日。”就算是“子不奔”，我以日为证，向你盟誓：穀则异室，死则同穴。生不能同寝，死却要同穴。

多么坚定的女子！死生事大，无人能自主。在生死的面前，人都是那么渺小，可她偏偏要说，就算生不能同寝，死也要在一起。

对一个“不敢”“不奔”的人来说，这份誓言太过庄重了，他担当不起。

我承认，每句誓言，在开口说出的那一刹那，没有人怀疑它的真诚。

可谁知，誓言写在水上，写在风里，随着生命在时光里老去，在岁月中蹉跎，在风中灰飞烟灭。

有时是因为当事人太弱，有时是因为环境太强大。

邶风·绿衣

绿兮衣兮，绿衣黄里。心之忧矣，曷维其已[①]。
绿兮衣兮，绿衣黄裳。心之忧矣，曷维其亡[②]。
绿兮丝兮，女所治兮。我思古人，俾无訧兮[③]。
絺兮绤兮，凄其以风。我思古人，实获我心[④]。

【注释】 ①曷（hé）：何，怎么。维：语气助同，没有实义。已：止息，停止。②裳（cháng）：下衣，形状像现在的裙子。亡：同“忘”，忘记。③女（rǔ）：同“汝”，你。治：纺织。古人：故人，古通“故”，这里指作者亡故的妻子。俾（bǐ）：使。訧（yóu）：同“尤”，过失。

④绨（chī）：细葛布。绤（xì）：粗葛布。以：因。一说通“似”，像。获：得。

【赏析】 绿衣裳啊绿衣裳，绿色面子黄里子。心忧伤啊心忧伤，什么时候才能止。

一遍又一遍，男子在心底里无声地吟唱着这首忧伤的旋律，仿佛这样，能够起古人于地下，能够让时光倒流，回到从前。

年复一年，我不能停止怀念。怀念你，怀念从前。

怀念从前，你拿着绿丝线，亲自为我缝制衣衫。在季节里的轮换里，让我从容不迫，夏无燥，秋无凉，冬无寒。浓浓的爱意与体贴打叠起来，缝进衣衫里，让每个季节的我，如沐春风里。

怀念从前，你在我耳边的温柔叮咛。以一个女子特有的精心与细腻，弥补了一个男子的粗放与疏阔。妻贤如此，让我平时少了多少过失。如今，要听你的叮咛，哪怕在当时听来是刺耳的，竟也是不可能。

秋风起，天气凉，冷风钻衣襟。谁能为我换下这身尚在夏季里穿的葛布粗衫？那份贴心的温暖，随着你的逝去，也变成了遥不可及的梦。

真正的爱情，不是用来怀念的，是用来疼惜的。

我不知道，让这位男子深切怀念的妻，生前是否被他深深疼惜？我宁愿相信，事实就是这样的。而不是像大多数人一样，在怀念中祭奠着从前的好，在拥有时却不肯细细体味它的不可或缺。怀念得深情，只因在现实中留下了深深的遗憾与悔恨。如果生前已有了深深的疼惜，何来那么多悔恨？

“我思古人，俾无訧兮。”“我思古人，实获我心。”他看中的不只是朴素的烟火日子，还有精神上的相契。不只是绿衣黄里，还有“实获我心”。尽管如此，她依然先他而去。

《毛诗正义》认为此诗是庄姜因失位而伤己之作，其实它就是一个男子的悼亡之作，诗中表达丈夫悼念亡妻的深厚感情，是中国文学史上传世最早的悼亡诗。全诗由表入里，层层生发，情感表达含蓄委婉，朴实而有感染力。

郑风·女曰鸡鸣

女曰鸡鸣，士曰昧旦。子兴视夜，明星有烂。将翱将翔，弋凫与雁[①]。

弋言加之，与子宜之。宜言饮酒，与子偕老。琴瑟在御，莫不静好[②]。

知子之来之，杂佩以赠之。知子之顺之，杂佩以问之。知子之好之，杂佩以报之[③]。

【注释】 ①昧：晦。旦：明。昧旦，意思是天色将明未明。子：你。兴：起来。弋：射箭。②言：语助词。加：射中。宜：调和，这里指用不同材料调和而成的菜肴。御：用，弹奏。琴瑟，古代常用来象征夫妇和谐美好。③来：殷勤。杂佩：各种佩玉构成的，称杂佩。问：赠送。好：喜欢。

【赏析】 如果这尘世还有什么是最简朴热烈的幸福，想来便是听到鸡鸣便醒，然后兴致勃勃同相亲相爱的人过平凡快乐的日子。

日复一日，永不厌倦。

闻鸡而醒，是因为心中满足，心中有爱。

鸡鸣声方起，妇人已侧身倾听，身畔是熟睡的夫君，正自梦中微笑。

妇人轻轻推他：鸡叫了。

他半梦半醒回答，转头又欲睡去。

妇人含笑阻止了他的睡眠，男子睁开眼，顺着妇人的眼光向窗外望去。

满天都是星光。

男子不舍温柔时光，借口天色尚早，不能射野鸭和雁子，想赖床。

接下来夫妇之间一问一答还在继续。

妻作了一个假设，劝夫正好起来射猎，这样就可以给丈夫做一顿调和了百味，也调和了满满的爱意的早餐。热乎乎的饭菜和酒香中，妻调琴鼓瑟，这样的日子和睦而美好。好得让人情不自禁地希望时光永远停留在这一刻，希望就这样牵着彼此的手，一直到白头。

夫也用一个假设作答，他是贴心的。他说知道妻的体贴、妻的柔顺、妻的挚爱，他无以为报，只能用杂佩来表达他的心头好。

一问一答，如一出波澜有致的小戏，层层推进，而夫妻彼此间绵绵情意便如层层波澜，直涌入人心，将你揉碎淹没。

我们可以接着设想后面的剧情。

男子负箭在背，纵身上马绝尘而去。

他离去的一瞬，马蹄卷起的菖蒲花散落一地。

男耕女织，琴瑟和谐，席上是家酿的米酒，和充满馨香的稻粱。

这便是幸福。

幸福的容易，在它存乎日常。只要有心，俯拾皆是。彼此珍惜，便可岁月静好。

"人生须臾、荣枯无常"，但我知道，纵然粗制草创，纹饰简陋，那鸡鸣声中是热乎乎的真实的幸福。

卫风·伯兮

伯兮朅兮，邦之桀兮。伯也执殳，为王前驱①。
自伯之东，首如飞蓬。岂无膏沐，谁适为容②？
其雨其雨，杲杲出日。愿言思伯，甘心首疾③。
焉得谖草，言树之背。愿言思伯，使我心痗④。

【注释】　①伯：兄弟姐妹中年长者称伯，此处指其丈夫。朅（qiè）：英武高大。桀：杰。殳（shū）：古兵器，杖类。②膏沐：妇女润发的油脂。适（dí）：同"悦"。③杲（gǎo）：明亮的样子。④谖（xuān）草：萱草，忘忧草，俗称黄花菜。背：屋子北面。痗（mèi）：忧思成病。

【赏析】 这首诗写了一个妇人对远征丈夫的思念。全诗一个核心：思。由信心满怀支持丈夫、夸赞丈夫到思夫，由思夫而无心梳妆，而头痛，而心疼，感情层层推进，其心中饱受的相思之苦也达到极致。

这个女子的内心，是颇经过一番苦苦煎熬的。

她也曾说服自己：好男儿志在四方，所以“伯兮朅兮，邦之桀兮。伯也执殳，为王前驱”的字里行间流露出颇为自豪的神气，我的哥哥是个英雄，手拿殳杖，为王前驱。驰骋在卫国卫家的疆场上，换他个衣锦还乡的好功名，多么好，多么值得。

只是这万丈豪情终究抵挡不了现实的孤独、相思的煎熬。

自他走后，她无心梳妆。“首如飞蓬”，不是没有膏油，而是没了心思。

自他走后，感觉时空都是混乱的，思念思念，直到头疼。

她甚至想栽一棵忘忧草，也无济于事。一直想啊想，想得心疼。

恍恍惚惚中她终于明白，自己想要的原来很简单：趁青春还未彻底老去之前，和他静静相守。如此，便胜过世间万千浮名，万种牵绊。

从来摸得着的幸福，都是真实而具体的——能握住那个人的手，叫着他的名字，在他的眼睛里，找到自己。

这首诗提到了两种有意思的植物。

一是飞蓬，形容女子无心妆容百无聊赖的精神状态。“自伯之东，首如飞蓬。岂无膏沐，谁适为容？”“女为悦己者容”的源头就在这里。

一是谖草，即萱草。它有很多名字，“疗愁”、“鹿葱”、“金针”等等。最寻常的名字是“黄花菜”，最美的名字是“忘忧草”。

萱草长长的花柄，托着筒状的花瓣，其色艳丽，或红或黄，有一种燃烧的激情，确实让人见之震慑，恍然若忘一切。其茎有毒，其花也有轻微的毒，正如忧愁相思，适量方好，多了会让人中毒，深受其害。就像这首诗中的女子。

郑风·溱洧

溱与洧，方涣涣兮。士与女，方秉蕑兮。女曰“观乎？”士曰“既且。”“且往观乎！洧之外，洵訏且乐。”维士与女，伊其相谑，赠之以芍药①。

溱与洧，浏其清矣。士与女，殷其盈兮。女曰“观乎？”士曰“既且。”“且往观乎！洧之外，洵訏且乐。”维士与女，伊其将谑，赠之以芍药②。

【注释】 ①溱（zhēn）、洧（wěi）：郑国的两条河流名。方：正。涣涣：河水解冻后奔腾貌。秉：执，拿。蕑（jiān）：一种兰草。既：已经。且（cú）：去，往。洵（xún）訏（xū）：实在宽广。洵，实在。訏，大，广阔。②殷：众多。盈：满。伊：发语词。相谑：互相调笑。勺药：一种香草。《郑笺》：“其别则送女以勺药，结恩情也。”

【赏析】 这首诗歌写上巳节里，青年男女在溱洧之滨的一次酣畅淋漓的狂欢。

早在周朝，每逢三月的第一个巳日，人们会在水边祭祀，用香熏的草药沐浴。后人称之为禊。《周礼·春官》：“女巫掌岁时祓除衅浴。”

用来熏香的草药，通常是兰草。兰汤沐浴，香气袭人，隆重而又浪漫。所以，这首诗中“士与女，方秉蕑兮”，人人手中拿着的恰是祈福的兰草。

他们目的很明确：想和神签下契约，将心中所有美好的夙愿植入他的心田。

此时的上巳更像一种仪式，一种风俗，一种宗教。

只是这个节日除了仪式感，还衍生了意想不到的好处。

少男少女趁着这个时节相爱了。祈福消灾的风俗慢慢变成爱的欢会，自然的春天变成爱情的春天。

甚至，这种风俗被当时的周王朝以法令的形式给予肯定，不遵守者还要受罚。“仲春之月，令会男女，于是时也，奔者不禁。若无故而不用令者，罚之。司男女之无夫家者而会之。”在这个爱情的春天里，不从事爱情活动将受到惩罚，这真是人类历史上的神来之笔。

在他们心目中，这一切自然而圣洁。春天万物交感、阴阳二气和合，人们在春日祭祀之时欢会，不正是对自然界春生夏长秋实之规律的模仿吗？

律已的坦诚、理想的浪漫、宗教的神秘、自然的定律，这一切，在这里如水乳般交融了。

所以，这首诗中的上巳节，是中国最古老的情人节，是男男女女大大方方互结欢好的狂欢节。此时，他们尽情挥霍着自己的青春，蛰伏了一冬的热情被唤醒，唯有燃烧才能找到出口。

这天，人人怀着难以名状的兴奋、期待和喜悦。

“溱与洧，方涣涣兮。”溱水与洧水，早早迎来桃花汛，涣然冰释的还有人们的热情。春水涣涣，春心也跟着骀荡。

青年男女们按捺不住内心的狂喜，欲望在心中疯长。他们盛妆丽服，三五成群，相互邀约着奔向溱洧之滨。去加入春天的欢会，去享受春天带给他们骚动的热情与丰厚的馈赠。

群体欢会，有这样一对男女和一个特写：

如织的游人里，一个女孩子一下子看到了心仪的男人，心一动。也不做任何掩饰，更不必忸怩，借着节日的气氛，谁都可以恣情任性。

女孩子端直走到男子面前，问：“哎，去那边看看好么？”

巨大的热情让男子猝不及防，抑或是幸福得眩晕。他有点傻，竟然说：“已经去过了。”

女孩子偏偏被他这种傻傻的样子迷住了，不依不饶，半嗔半劝，调皮地说：“且往观乎！洧之外，洵訏且乐。”再去一趟又何妨，洧水边上喜洋洋。

然后，士与女，伊其相谑，赠之以芍药。

互赠芍药后，定情嬉戏。

周南·芣苢

采采芣苢，薄言采之。采采芣苢，薄言有之[①]。
采采芣苢，薄言掇之。采采芣苢，薄言捋之[②]。
采采芣苢，薄言袺之。采采芣苢，薄言襭之[③]。

【注释】 ①采采：色彩鲜艳而茂盛的样子，形容词。芣（fú）苢（yǐ）：车前草；一说是“薏苡”。薄：发语词，有“勉力”之语气。言：语助词。有：采，取。②掇：拾取。捋：从茎上抹下来。③袺（jié）：一手提着衣襟兜着。襭（xié）：把衣襟下角系在衣带上兜起来。

【赏析】 一样的春天，采卷耳的女子，因思念而“不盈顷筐”；采芣苢的女子因欢喜，却装满了她的衣兜。

这首《芣苢》是一首欢快的调子。

读着她，你仿佛看见一群女子在春天里，提着篮子，迈着轻捷的步子，向广阔无垠的田野里奔去。嫩生生的芣苢，在微风中挥动它们绿色的手掌，招呼着，欢迎着。

此情此景，唯有欢喜二字可以当之。

元代吴师道说，此诗终篇言乐，不出一“乐”字。

清人方玉润在《诗经原始》中说：“读者试平心静气涵咏此诗，恍听田家妇女，三三五五，于平原旷野、风和日丽中，群歌互答，余音袅袅，若远若近，忽断忽续，不知其情之何以移，而神之何以旷。”

所以，采芣苢的女子们，在欢乐心的鼓荡下，先是不慌不忙地“采之”，再是一棵一棵地“掇之”，然后索性将满心的欢欣化成满把满把地“捋之”，最后索性提起衣襟“袺之”，将芣苢兜满了怀。

尘世充满劳绩，她们却诗意地栖居在大地上。

原来，她们是最早的哲学家，是生活的艺术家，也是艺术的生活家。没有刻意，没有造作，而她们的一言一行，一举一动，却是任何艺术家也模仿不了的。

采茇苢，是一种聚会，一种感召。一种狂欢，一种释放。狂欢应和了春天的天然秩序，释放则是劳绩尘世的平衡调和。

明代田汝成《西湖游览志》云：“三月三日男女皆戴荠菜花。谚云：三月戴荠花，桃李羞繁华。”在我看来，唱着歌儿采芣苢，就像这三月三日戴荠菜花儿一样，也充满了仪式感。人们需要狂欢，需要释放，也需要仪式。因为仪式感，能给人带来庄重感，带来生之希望与信心。

多好啊，这些仪式。

曹风·蜉蝣

蜉蝣之羽，衣裳楚楚。心之忧矣，於我归处①。

蜉蝣之翼，采采衣服。心之忧矣，於我归息②。

蜉蝣掘阅，麻衣如雪。心之忧矣，於我归说③。

【注释】 ①蜉（fú）蝣（yóu）：一种昆虫，寿命只有几个小时到一周左右。楚楚：鲜明貌。一说整齐干净。於（wū）：何，哪里。②采采：光洁鲜艳状。③掘阅（xué）：挖穴而出。阅：通“穴”。麻衣：古代诸侯、大夫等统治阶级日常的衣服，用白麻皮缝制。说（shuì）：止息，居住。

【赏析】 蜉蝣是一种渺小的昆虫。幼虫期稍长，个别种类有活到二三年的。一旦化为成虫，即不饮不食，在空中飞舞交配，然后很快死去。它们喜欢在日落时分交配，死后坠落地面，积成厚厚一层，让人触目惊心。

目睹了这个朝生暮死的小生命，我的心里充满了忧伤与哀戚。

如果死是它的归宿，我的归宿又在哪里？哪里才是我的归宿？

人之一生，不过是“寄蜉蝣于天地，渺沧海之一粟”而已。

我们，都是茫茫宇宙间的蜉蝣。

一念及此，忧从中来，不可断绝。

然而，蜉蝣带给我的不只是忧伤，不只是哀戚，不只是人生苦短、生命渺小的自怨自怜。

蜉蝣之羽，衣裳楚楚。

蜉蝣之翼，采采衣服。

它那么弱小，那么微渺，却长着一对相对于它身体而言很大很大的、透明美丽的翅膀。修饰华丽，楚楚动人。拖着两条长长的尾须，用生命跳舞，纤巧动人。

“育微微之陋质，美采采而自修。不识晦朔，无意春秋。取足一日，尚又何求？”虽朝生暮死，尤修其羽翼。虽只有一日之光阴，却从不懈怠，从不委屈自己，从不敷衍生命，轰轰烈烈地生，尽情展现自己的美，在天空中留下灿烂的痕迹，为圆一个再生的梦。然后，轰轰烈烈地死去。

一瞬间的美丽，一刹那的永恒。

死亡将美丽凝固，将瞬间变成永恒。

它拥有的，是生死双美之境。

唐风·蟋蟀

蟋蟀在堂，岁聿其莫。今我不乐，日月其除。无已大康，职思其居。好乐无荒，良士瞿瞿[①]。

蟋蟀在堂，岁聿其逝。今我不乐，日月其迈。无已大康，职思其外。好乐无荒，良士蹶蹶[②]。

蟋蟀在堂，役车其休。今我不乐，日月其慆。无已大康，职思其忧。好乐无荒，良士休休[③]。

【注释】 ①聿：语助词。莫：通“暮”。除：逝去。无：不要。已：甚。大康：安乐。职：还要。荒：荒废。瞿瞿（jù jù）：惊惧的样子。②迈：逝去。外：职责以外的事。蹶蹶（jué jué）：动作敏捷的样子。③役车其休：指服役的役夫将要回家休息，表示岁暮将至，罢役回家。慆：逝去。休休：安乐自得的样子。

【赏析】　一只蟋蟀，引发了一场关于生命的思索。

流年似水，太过匆匆。转瞬间，已是“蟋蟀在堂，岁聿其莫”。姹紫嫣红的春天尚在记忆里留着余温，惊回首，已到了岁末。

浮生若梦，为欢几何？“其除”“其迈”“其慆”的时光洪流滚滚向前，我要用怎样的步子，才能将你追上？

一个声音在心中响起：人生苦短，何不秉烛游，何不及时行乐？倚马挥毫，方不负春风秋月的脉脉情深。

另一个声音在心中响起：无已大康，职思其居。好乐无荒，良士瞿瞿。享乐而不为乐所享，役物而不役于物，乐而不淫，哀而不伤，才不负君子良人之本色。

活在当下与未雨绸缪，原是天平的两端，缺了哪一端，生命都会倾斜。漫漫人生路，不过是在这两端寻求一种平衡的艺术。

几千年前的今天，一只蟋蟀，让人捕捉到了其中的玄机，窥探到了生命的秘密。

这只蟋蟀，在《诗经》众多的昆虫里，不是最华丽的，也不是最奇特的，却是最能触发人思情的一只，最有泥土气息的一只，最与人亲近的一只。

《诗经·豳风·七月》：“七月在野，八月在宇，九月在户，十月蟋蟀入我床下。”

就是这一只蟋蟀，诗人流沙河说：“在海外，夜间听到蟋蟀叫，就会以为那是在四川乡下听到的那一只。”

它唤起的不只是时光之慨、生命之思，更是一种浓浓的故园情。

邶风·北门

出自北门，忧心殷殷。终窭且贫，莫知我艰。已焉哉！天实为之，谓之何哉①！

王事适我，政事一埤益我。我入自外，室人交徧谪我②。已焉哉！天实为之，谓之何哉！

王事敦我，政事一埤遗我。我入自外，室人交徧摧我③。已焉哉！天实为之，谓之何哉！

【注释】①殷殷：忧愁深重的样子。终：既。窭（jù）：贫寒，艰窘。已焉哉：既然这样。②王事：周王的事。适（zhì）：扔，掷。政事：公家的事。一：都。埤（pí）益：增加。徧：同“遍”。谪（zhé）：谴责，责难。③敦：逼迫。遗：交给。摧：讥刺。

【赏析】这首诗里，我看到了一个出自北门的男人的眼泪。只是，他的眼泪流在心里。

到底是男儿有泪不轻弹，就算要哭，也只给自己看。

东门，是有故事的地方，上演着男男女女千回百转的爱恋。《东门之池》《东门之杨》《东门之枌》《东门之墠》《出其东门》，无一不在东门。

北门，却是一个伤心地。一个孤身只影的人，忧心殷殷地徘徊在北门之外，不知何去何从。

行迈靡靡，中心如醉。

行迈靡靡，中心如噎。

心思恍惚、混沌，像是有什么东西堵在胸口，上不来，也下不去，让人窒息。这种感觉，像极了《黍离》中的那位在歧路上徘徊的男子。

“知我者，谓我心忧；不知我者，谓我何求。”《黍离》中的男子比他幸运，至少还有聊聊几个“知我者”。《北门》外的男了，“惊起却回头，有恨无人省”，茫茫宇宙，映照着他瑟缩卑微的身影。

他像是一头老牛，套着不堪重负的生活之轭，艰难地行进在崎路之上。

有苦无处诉，有话不能说，生活的鞭子狠狠抽打着他，他无力挣脱，只好认命，只好周而复始日复一日疲惫地拉着犁，至死方休。

一个心力交瘁的男人，一个内忧外患的男人，一个“终窭且贫，莫知我艰”的男人。

男人这棵树，事业是他的根基，女人则是挂在枝头的果实，那是他用来证明自我并向世人炫耀自我的凭证。

缺了这两样，便是无根之木、无本之木，如何能在这天地间立足？

而他偏偏两样都占全了。

他事业不顺，顶多只是个小小的公务人员。

“王事适我，政事一埤益我”“王事敦我，政事一埤遗我”，像是一枚棋子，因了各种差役杂事，被人差来差去，喝来唤去，没有停息，没有尊严。

他家庭不睦，没有一个知冷知热、知情知义的贤妻。

我入自外，室人交徧谪我。

我入自外，室人交徧摧我。

像无数被命运拨弄的平凡普通人一样，他只能选择把这一切归结为命。

已焉哉！天实为之，谓之何哉！

也只有这样，才能说服自己，安慰自己受伤的心。运命唯所遇，循环不可求。虽然消极，却也给了芸芸众生一点力量。

郑风·有女同车

有女同车，颜如舜华。将翱将翔，佩玉琼琚。彼美孟姜，洵美且都[①]。

有女同行，颜如舜英。将翱将翔，佩玉将将。彼美孟姜，德音不忘[②]。

【注释】　①舜华（huā）：木槿花，即芙蓉花，这种花朝开暮谢，艳丽不长久。将翱（áo）将翔：形容女子步履轻盈。孟姜：姜姓长女。孟，即排行老大。姜则是齐国的国姓，后世孟姜也作为美女的通称。洵（xún）：确实。都：闲雅，美。②英：花。将（qiāng）将：玉石相碰发出的声音。德音：美好的品德声誉。

【赏析】 一辆华丽的马车，雍容地行驶在官道上。

马车上坐着一位颜如舜华的姑娘和一位仰慕者，这突如其来的艳遇，让他心花怒放。路越走越远越漫长，情越思越想越迷茫。

如何我才能走进你心房？

佩玉将将，佩玉琼琚。真真是“威仪盛饰，昭彰耳目”。

这不是一个普通的姑娘。齐是周天子分封给功臣姜子牙的领地，故齐人多姓姜，尤其是贵族。先秦时期，各国贵族都以娶齐国女子为傲。因为她们有着高贵的血统，更有着得天地之精华的容颜。

这首诗中的孟姜，应该正处在如花般的年龄，如花般地盛放。

在这个同车的仰慕者的心中，她美艳不可方物。

全诗以一个男子视角，层层铺陈，写了一个女子外在之美和内在品德之美。开后世摹写女子的先河。情感欢快而直白，节奏明亮，很好地配合了该男子彼时的心境。

有人说此诗是刺齐国大公主文姜淫奔之作。

召南·甘棠

蔽芾甘棠，勿翦勿伐，召伯所茇[①]。

蔽芾甘棠，勿翦勿败，召伯所憩[②]。

蔽芾甘棠，勿翦勿拜，召伯所说[③]。

【注释】 ①蔽芾（fèi）：茂盛的样子。甘棠：即杜梨，又名棠梨。因为它枝干高大，古代常植于社前，所以称为社木。召（shào）伯：姬奭（shì），史称燕召公，封地为召。茇（bá）：居住。②败：毁坏。

③拜：屈，挽其枝以至地。说（shui）：停止，歇息。

【赏析】 这是一棵什么样的棠梨树，得人如此叮咛再三，倍加呵护？一树婆娑的绿叶，承载着满满的情，在风中摇曳。像是窃窃私语，又像是在向某一个高贵的灵魂致敬。

这个高贵的灵魂，就是召伯。他是周文王的儿子，春秋时期有名的贤臣。朱熹《诗集传》云："召伯循行南国，以布文王之政，或舍甘棠之下。其后人思其德，故爱其树而不忍伤也。"

为了不扰民，召伯以甘棠树为家，在这里居住停歇。

一棵树，一个人。树给了人庇护，人给了树灵魂。

历史长河中，被人记得住的人寥如辰星。而被人以一棵树的形象记住的，就更少了。

以一棵树的姿势，站成永恒。一半沐浴着阳光，一半在风中飞扬。一半接受着后人的膜拜，一半在漫长的时光中繁衍生长，只向着无穷远的未来。

甘棠树，就是棠梨树。此树所结的果子，不及梨的十分之一大，果实成串，小而圆，食之味涩、酸，略带点甜。甘棠果并不好吃，和其他能贡献出美味果实的树比起来，它太微不足道，所以总有人会动砍它、伐它的心思。可是，谁在乎呢？唱《甘棠》之歌的先民怀念的是召伯治下的太平、和熙，还有如羲皇上人的安恬。

甘棠无言，下自成蹊。

后世因此诗，而有"甘棠遗爱"一词。

豳风·东山

我徂东山，慆慆不归。我来自东，零雨其濛。我东曰归，我心西悲。制彼裳衣，勿士行枚。蜎蜎者蠋，烝在桑野。敦彼独宿，亦在车下[1]。

我徂东山，慆慆不归。我来自东，零雨其濛。果赢之实，亦施于宇。伊威在室，蟏蛸在户。町畽鹿场，熠耀宵行。不可畏也，伊可怀也[2]。

我徂东山，慆慆不归。我来自东，零雨其濛。鹳鸣于垤，妇叹于室。洒扫穹窒，我征聿至。有敦瓜苦，烝在栗薪。自我不见，于今三年[3]。

我徂东山，慆慆不归。我来自东，零雨其濛。仓庚于飞，熠耀其羽。之子于归，皇驳其马。亲结其缡，九十其仪。其新孔嘉，其旧如之何[4]！

【注释】 ①东山：在今山东境内，周公伐奄驻军之地。徂（cú）：往，到。士：通“事”。行枚：行军时衔在口中以保证不出声的竹棍。蜎（yuān）蜎：虫子蠕动的样子。蠋（zhú）：野蚕。烝（zhēng）：久。敦：缩成一团的样子。②蜾蠃（luǒ）：蔓生葫芦科植物，一名栝楼。施（yì）：蔓延。伊威：土鳖虫，喜欢生活在潮湿的地方。蟏蛸（xiāo shāo）：一种长脚蜘蛛。町畽（tǐng tuǎn）：空地，常有野兽践踏的地方。熠（yì）耀：闪闪发光的样子。宵行：磷火。③垤（dié）：小土丘。聿：语气助词，将要。瓜苦：瓠瓜，一种葫芦。古俗在婚礼上剖瓠瓜成两张瓢，夫妇各执一瓢盛酒漱口，象征百年好合。栗薪：束薪，干柴火。④皇驳：马毛淡黄的叫皇，淡红的叫驳。结缡（lí）：将佩巾结在带子上，古代婚仪。缡，佩巾。九十：泛指，形容很多，表示礼仪隆重。孔：很。嘉：善，美。

【赏析】　这首诗以周公东征为历史背景，从一位普通战士的视角，叙述东征后归家前复杂的内心感受。第一章是对过往艰辛危险生活的回忆；第二章就是对家乡的变化与前途的猜测；第三四两章是主人公悬想家的境况及家中的妻子初嫁时的模样。

我东曰归，我心西悲。今儿就要离东方，我心西飞向家乡。蒙蒙的细雨，淅淅沥沥，淋湿了荒郊，淋湿了原野，淋湿了我的思念和心中莫可名状的喜悦。

行役在外，宵衣旰食，刀口上舔血的日子，连悲伤也是一种奢侈。就在今天，真实得触手可及的今天，我要归去。我可以把我的内心袒露在日光下，我可以流下压抑在心中的泪水，也可以用脆弱代替坚强。我要做一件日常穿的衣裳，脱下一身军服，再也不用把兵当。蚕蜷曲地爬在桑树上，瑟瑟发抖。我能感受到它的凄凉，就像往日的我，“敦彼独宿，亦在车下”。独宿在兵车的轮下，餐风宿露。

我来自东，零雨其濛。

家越来越近，细雨丝毫没有停下来的意思，伴着我一路走来。近乡情更怯，不敢问来人。

我渴望走近你，又害怕走近你。我在想象着家的模样，你的模样。

是不是蔓生的藤疯狂地长着，已经侵占了原本那个叫家的地方？是不是蜾蠃满室爬着，把它视作自己的天堂？是不是蜘蛛网已经挂满了窗，不见爹娘？门外还有浮浮洮洮的鹿迹，告诉我，那里早已是一片荒凉。

黑暗中，明灭变幻的磷火，闪着诡异的光。

墩上老鹳不停唤，好像在预言着有人要归来。一声唤，一阵慌，抬头看看，远远的路上，并没有身影归来。秋鸿有信，人却一去渺无凭。你一定又要失望了，忍不住唉声叹气。屋外的柴堆上，有个葫芦团又团，那还是三年前搁在那里的吧？葫芦团团，人却难圆，睹物思人，更是让人情何以堪。

“洒扫穹窒，我征聿至”，别叹息，别失望，快把屋子收拾起来，这次我真的要归来了。

回忆三年前，你嫁给我的那一天。

“仓庚于飞，熠耀其羽”，它们在分享着这份喜庆，修饰羽翼，与我一起迎接这份盛装以待的心情。“之子于归，皇驳其马。”送亲的马车，显赫威仪，庄重虔敬，载着如桃之夭夭般“灼灼其华”的你，载着“之子于归，宜期室家”的祝福，载着我“执子之手，与子偕老”的庄重承诺。

“亲结其缡，九十其仪”，你似桃花、似艳阳，是我单薄年华里的唯一的一笔浓墨重彩，涂抹在我已经变得苍白的生活画布上，散发着光辉，我唯有善待。

其新孔嘉，其旧如之何？

回忆至此，五味杂陈。

序幕已经拉开，藏在后面的会是怎样的对白？全凭有情的人去猜。

郑风·萚兮

萚兮萚兮，风其吹女。叔兮伯兮，倡予和女①。

萚兮萚兮，风其漂女。叔兮伯兮，倡予要女②。

【注释】 ①萚（tuò）：脱落的木叶。女（rǔ）：同“汝”，这里指树叶。叔、伯：都是兄弟的排行，此指各位小伙子。倡：同“唱”。一说倡导。和（hè）：伴唱。②漂：同“飘”，吹动。要（yāo）：相约。一说和，指歌曲的收腔。

【赏析】 叶落的时候，明白欢聚；花谢的时候，明白青春。

叶落的季节，是古人在心中唱歌的季节。

一般学者认为，这首诗就是男女在秋天对唱歌子，形式活泼，调子也是欢快的。但在这个欢快的调子中，我感觉有淡淡的忧愁。

萚兮萚兮，风其吹女。

萚兮萚兮，风其漂女。

望着漫天飞舞的落叶，心中好似展开一匹绸缎，有什么东西在轻柔撩拨着我，温柔如水却又让人不得安宁，我给它取了一个美丽而庄重的名字：忧愁。

忧愁在我心中沉寂，正如黄昏在寂静的林中。我的心里暗潮涌动，在这一刻，我只想找到一个发抒的出口。

叔兮伯兮，倡予和女。

叔兮伯兮，倡予要女。

好人儿、亲人儿，你来唱吧，我来和吧。

一切美好的东西，都带着忧愁。在长长的一生里，为什么，欢乐总是乍现就凋落，走的最急的都是最美的时光？

渺小如你我，卑微如你我，平凡如你我者，能做些什么呢？我无法放下心中的悲伤，也不想被这寂寞和悲伤吞没。此刻我只想放声歌唱。

豳风·伐柯

伐柯如何？匪斧不克。取妻如何？匪媒不得[1]。

伐柯伐柯，其则不远。我觏之子，笾豆有践[2]。

【注释】 ①伐柯：砍伐做斧柄的木料。《说文解字》：柯，斧柄也；伐，击也，从人，持戈。取：通“娶”。匪：同“非”。克：能。②则：方法，指按一定方法才能砍伐到斧子柄。觏（gòu）：遇见。笾（biān）豆有践：用笾豆等器皿，放满食品，整齐地排列于活动场所，一般在重大活动或宴会上如此。此处指迎亲礼仪有条不紊。笾，竹编礼器。豆，木制、金属制或陶制的器皿。

【赏析】 这首诗讲的就是“媒”。古代中国，男女双方一般要经过媒人从中说合，才能“结连理”“谐秦晋”“通二姓之好”。

媒妁在聘娶婚约中发挥着非常重要的作用。要完成一桩婚姻，必须履行“六礼”，即纳采、问名、纳吉、纳征、请期和亲迎。每一个环节都离不开媒妁的穿针引线。“昏礼者，将合二姓之好，上以事宗庙，下以继后世也，故君子重之”。

媒妁有着细微的区别。《说文解字》：媒，谋也，谋合二姓；妁，酌也，斟酌二姓也。也有人认为，男方的媒人称为媒，女方的媒人称为妁。

“伐柯如何？匪斧不克。”怎么砍伐斧子柄？没有斧子砍不成。

“伐柯伐柯，其则不远。”砍斧柄啊砍斧柄，这个规则在近前。

正如伐柯离不开斧子，男子要找到一个心目中的妻子，“匪媒不得”。

斧头要找到一支适合的斧柄，“其则不远”，要有一定的规则与程序。

男子要找到一个心目中的妻子，“笾豆有践”。要有媒人、迎亲礼等基本的礼仪安排。笾和豆整齐地摆着，先祭祀祖先，再款待宾客，才能欢天喜地将新人迎进门里。

人生的大事，至此方告隆重圆满。

“斧”字谐“夫”字，柄子配斧头，喻妻子配丈夫。

斧子找到合适的斧柄，丈夫配到了合适的妻子。这首诗的“比”，就近取譬，如在目前，却贴切得严丝合缝。信手拈来，就很完美。

这首诗以“伐柯”为喻朴素明朗，浅显易懂，后世遂以“伐柯”“伐柯人”称作媒人，称替人做媒为“作伐”“伐柯”“执柯”。

陈风·衡门

衡门之下，可以栖迟。泌之洋洋，可以乐饥①。

岂其食鱼，必河之鲂？岂其取妻，必齐之姜②？

岂其食鱼，必河之鲤？岂其取妻，必宋之子③？

【注释】 ①衡门：横木为门，简陋的门。泌：音同“密”，泉水。②鲂：鳊鱼，黄河鳊鱼肥美，很名贵。齐姜：齐国姜姓女子，姜姓是齐国国君姓氏。③宋子：即宋国子姓的女子。

【赏析】 《衡门》要告诉我们的是：幸福。一个普通的陈国人眼中的幸福。

伴随着第一声鸡鸣，他迫不及待地起床了，他要载欣载驰地投入烟火人间的生活，他要赴一场情人的约。

施施然，走来了她。

恋人之间总会说很多无聊话，做一些无聊事，幸福就是有一个人陪你无聊，难得的是你们两个都不觉得无聊。

“若你娶了我，我们吃什么，住什么呢？”

男子略一怔，他确实只是一介平民，给不了耀眼夺目的承诺。望着不远处的一根衡木和远处安安静静流淌着的泌水，他的心顿时安定了。我给不了你金玉华屋，却能给你世间最珍贵的安心。

“衡门之下，可以栖迟。泌之洋洋，可以乐饥。”

女子会心一笑。

“好女子那么多，你为什么偏偏喜欢我？”

“岂其食鱼，必河之鲂？岂其取妻，必齐之姜？岂其食鱼，必河之鲤？岂其取妻，必宋之子？”

答案很朴素，很真实，但足以让人安心。

找到了适合你的，你就是幸福的。

万物各有其美，各有其序，各有其位。没有哪种幸福比哪种幸福高贵，没有哪种幸福可以取代另一种幸福。

五味虽甘，宁先稻黍；五色有灿，不掩韦布。

幸福可以是“衡门栖迟”、“泌水乐饥”。

纵有广厦千间，也夜卧一床；纵有珍馐馔玉，也日食三餐。

幸福可以是“食不必是黄河之鲤，妻不必是齐国之姜”。

只要你在我眼里是人间至味，是人间至美。

有学者认为衡门专指隐者居住的地方，如果这样理解，这首诗不是情诗，而是一个向往隐逸生活、安贫守道之人的精神宣言或是内心独白，是承老庄遗脉的自然之人。还有学者认为衡门是指帝王殿前的门，如果这样理解，全诗是借一人之口奉劝世间人要淡泊名利权势，知足常乐。

鄘风·桑中

爰采唐矣？沬之乡矣。云谁之思？美孟姜矣。期我乎桑中，要我乎上宫，送我乎淇之上矣①。

爰采麦矣？沬之北矣。云谁之思？美孟弋矣。期我乎桑中，要我乎上宫，送我乎淇之上矣。

爰采葑矣②？沬之东矣。云谁之思？美孟庸矣。期我乎桑中，要我乎上宫，送我乎淇之上矣。

【注释】 ①爰：于何，在哪里。唐：植物名。即女萝，俗称菟丝子，寄生蔓草，籽实入药。沬（mèi）：春秋时期卫国邑名，即牧野，在今河南淇县南。乡：郊外。云：句首语助词。谁之思：思念的是谁。孟姜：姜家的大姑娘。孟，排行老大。姜、弋、庸，皆贵族姓。桑中：卫国地名，亦名桑间，在今河南滑县东北。一说指桑树林中。要（yāo）：邀约。上宫：楼也，指宫室。一说地名。②葑（fēng）：芜菁，即蔓菁菜。

【赏析】 这首诗写一个青年男子怀念与情人的幽期密会。

男子，是你，是他，是王孙公子，也是一介寒士布衣。

孟姜、孟弋、孟庸，是豪门大户之女，也是平民小家碧玉，是无数妙龄怀春的女子，是男子心目中的那个她。

有人据此推断说，这是一个男子和三个女子幽会。这已经不是孟浪，简直就是放荡了。我相信《诗经》的“思无邪”，所以，我相信他没有特定所指。只是先民情难自抑，在心中唱的一首美丽的情歌而已。

所谓的采唐、采麦、采葑，只是男子的借口，他是借外出劳作，期待一场美丽的艳遇。

所谓的沬之乡、沬之北、沬之东，他东西四顾，转山转水，不为别的，只为途中与她相遇。

他的心思不在劳作，不管置身何处，萦绕着他的情思的，是一个曾与他有过故事的姑娘。

故事的开头，并不是千篇一律的“适逢其会，猝不及防”。这个女子大方得可以，就像早已经在那里等待了。她“期我乎桑中，要我乎上宫”，既约我到桑林，又邀我到上宫。临别之际，还“送我乎淇之上”。

故事的结局，却是千篇一律的：花开两朵，人各一方。如果是花好月圆，终成眷属，又哪里有这位男子绵绵不绝的思量呢？

不得不说女子选择的幽会地点：桑中，上宫。

桑中，即是桑林中。上宫，即是祭祀的祠庙。古代人对大自然心存敬畏，对生命心存敬畏，总是会拜天拜地。这个祭拜的地方，即是社。古人在营建一座邦邑之前，必先建社，社中会种植古人心目中崇拜的太阳树——扶桑。因扶桑是一种神木，他们便改种普通的桑木来替代。桑林也就成了社林、社木了。

女子选择欢会的地点是周围种满了桑树的祭坛，这一举动意味深长。

召南·野有死麕

野有死麕，白茅包之。有女怀春，吉士诱之[①]。
林有朴樕，野有死鹿。白茅纯束，有女如玉[②]。
舒而脱脱兮，无感我帨兮，无使尨也吠[③]。

【注释】　①麕（jūn）：獐子，比鹿小，无角。白茅：草名。属禾本科。在阴历三四月间开白花。包：古音读bǒu。怀春：思春，男女情欲萌动。吉士：男子的美称。②朴樕（sù）：小木，灌木。纯束：捆扎，包裹。③舒：舒缓。脱脱（tuì）：动作文雅舒缓。感（hàn）：通“撼”，动摇。帨（shuì）：佩巾，围裙。尨（máng）：多毛的狗。

【赏析】　一个英俊的猎人，躲在密林深处，寻找着他的猎物。

如水的眼神，活泼的眸子，乖巧伶俐得让人心生爱怜。就是它了，一只小鹿，这是猎人心仪的猎物。小鹿倒下了，猎人心怀怜悯，扯起了一小捆白茅，温柔地、细细地将它包裹起来，放置在野地里。

一个少女，禁不住被迤逗的春心，独自来到郊野。

一只被白茅包裹的小鹿，就这样映入她的眼底。带着几分怜悯、几分欣喜，几分好奇，她走过去，想将它拾起。心也如怀揣着一只小鹿，怦怦乱撞。有主？无主？谁知道呢？

“嘿，小鹿是我的。”时机已经成熟了，英俊的猎人从树丛中跳了出来。

一场艳遇，就这样不可抗拒地发生了。

少女羞红了脸，流眄的波光只一闪，就匆匆低下了头。而猎人英俊的面孔只在这一瞥之间，已经深深地刻入了她的心版。少女的春心，在这一瞥一流盼中，在这如水莲花般不胜娇羞的一低头中，已经荡漾开来了。

“有女怀春，吉士诱之。”

他是一个出色的猎人，一点点引诱，一点点小坏，一点点风流，她早已沦陷，甘心俯首，成了他最最心仪的猎物。

就这样，她一头栽进了猎人的怀抱中，成了他最珍贵的猎物。

野地里，草垛旁，沟渠边，桑田下，密林中，一次次留下了两人的身影。原始的情感，带着野性的美，带着恣肆的力，一路顺理成章地燃烧着。

“舒而脱脱兮，无感我帨兮，无使尨也吠。”孟浪的猎人哪里控制得住泛滥的激情，如花的春夜，如玉的少女，如水的月华，忘情得让人迷醉。到底是女儿的心思，多多少少存着畏忌，迷醉之际不忘细语叮咛：轻一点啊，慢一点，不要乱了我的衣巾，不要惊了我的狗儿。

嘘！不要惊了沉酣在其中的人儿吧。

天地为证，谁也逃不过，他们都是爱的猎物。

这首《野有死麕》堂而皇之地登入了堪称“经”的大雅之堂中，也难怪有些道学先生看了面红耳赤。所以，他们拼命寻找着其中的微言大义，将它附会成“招隐”、“求贤”的正经面孔。

这首诗确实艳，但它艳而不淫。确实放，但它放而不荡。点到即止，风流中带着几分洁净，让人没有丝毫的邪念，反生出几分同情，几分祝福。

橘颂 屈原

后皇嘉树，橘徕服兮①。受命不迁，生南国兮②。深固难徙，更壹志兮。绿叶素荣，纷其可喜兮③。曾枝剡棘，圆果抟兮④。青黄杂糅，文章烂兮⑤。精色内白，类可任兮⑥。纷缊宜修，姱而不丑兮⑦。嗟尔幼志，有以异兮。独立不迁，岂不可喜兮？深固难徙，廓其无求兮⑧。苏世独立，横而不流兮⑨。闭心自慎，不终失过兮。秉德无私，参天地兮⑩。愿岁并谢，与长友兮。淑离不淫，梗其有理兮⑪。年岁虽少，可师长兮。行比伯夷，置以为像兮⑫。

【注释】 ①后：后土，是古人对土地的尊称。徕：来。服：适应。②迁：迁徙。南国：泛指南方。③荣：花。素：白。④曾：层层叠叠。剡（yǎn）：尖锐。抟（tuán）：圆。⑤青黄：分别指橘未成熟和成熟时的颜色。文章：华美的色彩或花纹。⑥精色句：意思是橘子外表色泽明亮，内里色泽洁白，好像肩负重任的君子。⑦纷缊：纷繁茂盛的样子。宜修：修饰得恰到好处。姱（kuā）：美好。⑧廓：广大。⑨横：充满。不流：不随波逐流。⑩参：三。这里指与天地配合，合而为三。⑪淑离：明亮美好的样子。⑫伯夷：商代末年孤竹君的长子，与弟弟叔齐谦让王位而去国，来到周国后谏阻武王伐纣，武王不听，二人皆逃隐于首阳山，因耻食周粟而饿死在山里。置：建立。像：榜样。

【赏析】 橘真的是天地间最固执的树。

《晏子春秋》记载：“橘生淮南则为橘，生于淮北则为枳。”这种在南方的土地上能结出又大又甜美果实的树木，当它被强行迁徙到北方后，便只肯回报苦涩的枳实。

它的固执，同屈原的择善固执一般，“虽体解犹未悔兮”，——“独立不迁，岂不可喜兮”，因而得到屈原特别的敬重，并写下中国文学史上第一首咏物诗《橘颂》来赞美它，“后皇嘉树”，橘的固执在屈原眼中变成美好。

《橘颂》里提到的伯夷是大丈夫。在屈原看来，橘是另一个伯夷，而伯夷是另一棵橘。

伯夷是饿死的，和他一起被饿死的，还有他的胞弟。伯夷名叫墨胎氏允，是商朝末年孤竹国的王子。他是老大，孤竹国王死后，因为跟弟弟墨胎氏智互相礼让王位，最终齐齐流亡，过着惨淡而坦然的生活。

孔融让梨被称道了千年，然而，让一颗梨是容易的，因为那好处毕竟有限。让一个国家就很难了，荣华富贵，权势利益，都在一鞠之间烟消云散。墨胎氏允让了，墨胎氏智也让了，“富贵不能淫”，他们双双奉上到手的富贵，自降为百姓，在北海之滨同普通东夷人一起晒着太阳。

当周文王的仁义跨越北海的风浪到达东夷时，这两个墨胎氏动了向往之心，仁义即是故乡，于是他们星夜启程，打算去投奔远在西方的故乡。他们历尽艰险，载欣载奔，最后被一队马车拦住了去路。来的是周武王，文王去了，武王正用他的暴力去征服纣王的暴力。

两个墨胎氏听说此事，面面相觑，惊呆了。等他们醒悟过来，两位仁义之士当即叩马而谏，周武王并没有听进去，不仅如此，他甚至动怒要斩之。愤怒的允和智并没有退缩，他们“威武不能屈”，怒目而叱。在姜尚的劝解下，大失所望的两个墨胎氏逃脱了武王的震怒，垂头丧气地离开了。

公元前 1046 年，周武王灭了商纣，建立了周朝。允和智眼见“普天之下，莫非王土”，为了坚持自己的仁孝理想，终于找了一座不姓周的山坡定居，是为首阳。两个墨胎氏在山上采薇而食，饥肠辘辘而不改变，“贫贱不能移”，自始至终不肯吞下半颗周粟，直到生命的结束。

允谥号伯夷，智谥号叔齐，他们同屈原一样，都是橘。“深固难徙，廓其无求兮。苏世独立，横而不流兮。闭心自慎，不终失过兮。秉德无私，参天地兮。”无欲则刚，以心为舵，绝不随波逐流。

孔子赞其“求仁而得仁……奋乎百世之上，百世之下，闻者莫不兴起也，非圣贤而能若是乎”！

清人林云铭说此诗：“句句是橘颂，句句不是颂橘。但见原与橘分不得是一是二，彼此互映，有镜花水月之妙。”

少司命　屈原

秋兰兮麋芜，罗生兮堂下[①]。绿叶兮素枝，芳菲菲兮袭予[②]。夫人自有兮美子，荪何以兮愁苦[③]？秋兰兮青青，绿叶兮紫茎；满堂兮美人，忽独与余兮目成[④]。入不言兮出不辞，乘回风兮载云旗。悲莫悲兮生别离，乐莫乐兮新相知。荷衣兮蕙带，儵而来兮忽而逝[⑤]。夕宿兮帝郊，君谁须兮云之际[⑥]？与女游兮九河，冲风至兮水扬波；与女沐兮咸池，晞女发兮阳之阿[⑦]；望美人兮未来，临风怳兮浩歌[⑧]。孔盖兮翠旍，登九天兮抚彗星[⑨]。竦长剑兮拥幼艾，荪独宜兮为民正[⑩]。

【注释】　①秋兰：兰草。麋芜（míwú）：即“蘼芜”，香草名。②袭：指香气扑人。予：我，男巫以大司命口吻自谓。③夫：发语词。荪（sūn）：溪荪，石菖蒲，一种香草，这里是对少司命的美称。④忽：很快地。余：我，少司命自称。目成：通过眉目传情，结成亲好。⑤儵（shū）：同“倏”，迅疾的样子。逝：离去。⑥君：少司命指称大司命。须：等待。⑦晞（xī）：晒干。阳之阿（ē）：即阳谷，也作旸谷，神话传说中日所在的地方。⑧美人：此处为大司命称少司命。怳（huǎng）：神思恍惚惆怅的样子。浩歌：放歌，高歌。⑨孔盖：孔雀毛作的车盖。翠旍：翠鸟羽毛装饰的旍旗。九天：古代传说天有九重，指天之极高处。⑩竦（sǒng）：持，执。拥：抱着。幼艾：儿童。荪独宜：即“独宜荪”，只有您适合。民正：人民命运的主宰者。

【赏析】　这首《九歌·少司命》是一位男灵巫对少司命唱出的颂歌。

宋罗愿《尔雅翼》云：“少司命，主人子孙者也。”王夫之从其说。少司命主管人间子嗣，因主管儿童，故名“少司命”。王夫之《楚辞通释》：“弗（祓）无子者祀高禖。大司命、少司命皆楚俗为之名而祀之。”

这首祭祀之歌，与一般内心充满宗教的恐惧，五体投地、顶礼膜拜的颂歌不同，它缠绵悱恻，有无尽向往，如同人世间男女热烈的爱恋。

这一切，源于少司命的美丽，是脱离尘世，世间不能拥有的美丽。她有无双的容颜，并且，她的出现，是芳香的。“秋兰兮麋芜，罗生兮堂下。绿叶兮素枝，芳菲菲兮袭予。”在铺满香草与圣洁白花的庭院，在一众祭祀者期盼的心境中，少司命无声地出现了。

她是为了人间的子嗣而来，她的容颜充满慈悲。

然而，她的到来，仿佛是错误的。因为，面对她的出现，男灵巫竟叹道：“夫人自有兮美子，荪何以兮愁苦？”这是一句饱含心事的颂词。掌管世间子嗣，本是少司命的职责，然而，男灵巫却仿佛责怪她多管闲事，不该因此驾临人间。——这哪里是招神，分明是驱鬼。

有时候，不爱，才是爱。男灵巫对于少司命的出现，是惊喜中充满了忧愁。

因为，他爱上这名神女，却也自知那是一场神奇的梦。这真是一名自作多情的男灵巫。“秋兰兮青青，绿叶兮紫茎；满堂兮美人，忽独与余兮目成。”他自丛生的男子之中，在少司命投向每一位膜拜者的目光中寻找曾留恋过自己的那一刻。

当他们眉目交接的那一刻，他竟然自觉少司命对他情有独钟。少司命是神女，爱的是多灾多难的世人。包括他，却不仅仅是他。

因而，在完成了使命之后，她将飘然远去了。“入不言兮出不辞，乘回风兮载云旗。”神女的爱，是博大无私的，她无言而来，也无言而去。乘风，驾旗，仙袂飘飘。

于是，她的离去，在世间留下了一些悲伤。“悲莫悲兮生别离”，那些追随她的目光因之悄悄地碎了。那些有关“与女沐兮咸池，晞女发兮阳之阿；望美人兮未来，临风怳兮浩歌。孔盖兮翠旍，登九天兮抚彗星”的梦想也全都成了空。他想念着她，甚至妄想神女“谁须兮云之际”所等待的，是这个凡俗的自己。

故事到这里就结束了。

然而，《九歌·少司命》并不是一首悲伤的歌。“乐莫乐兮新相知”，那些男灵巫，爱她的，或是敬她的，他们毕竟因她而快乐了。

因为，“竦长剑兮拥幼艾，荪独宜兮为民正”，少司命的刚强与温柔已经给予人间无穷慰藉。而他们，也一一得到了春风的沐浴。

曾与神女相遇，他们的快乐多过悲伤，要知道，少司命的美丽，是脱离尘世，世间不能拥有的美丽。(何灏)

渔父　屈原

屈原既放，游于江潭，行吟泽畔，颜色憔悴，形容枯槁[①]。渔父见而问之曰：“子非三闾大夫与[②]！何故至于斯？”屈原曰：“举世皆浊我独清，众人皆醉我独醒，是以见放。”渔父曰：“圣人不凝滞于物，而能与世推移。世人皆浊，何不淈其泥而扬其波[③]？众人皆醉，何不哺其糟而歠其醨[④]？何故深思高举，自令放为？”屈原曰：“吾闻之，新沐者必弹冠，新浴者必振衣；安能以身之察察，受物之汶汶者乎[⑤]？宁赴湘流，葬于江鱼之腹中。安能以皓皓之白，而蒙世俗之尘埃乎！”渔父莞尔而笑，鼓枻而去[⑥]，乃歌曰：“沧浪之水清兮，可以濯吾缨；沧浪之水浊兮，可以濯吾足。”遂去，不复与言。

【注释】　①颜色：面色，气色。形容：形态，容貌。②渔父：打渔的老人，这里是隐士的化身。三闾大夫：掌管教育楚国王族屈、景、昭三族子弟的官职名。③凝滞：拘泥，固执。淈（gǔ）：搅混，扰乱。④哺其糟：本义是吃酒糟，这里指随波逐流。歠（chuò）其醨(lí)：本指饮酒，这里比喻违心从俗。⑤沐：洗澡。振衣：弹去衣上灰尘。察察：清洁的样子。汶汶(mén mén)：污浊样子。⑥莞尔：微笑的样子。鼓枻(yì)：划桨泛舟。

【赏析】　水是这样的东西，可以载舟，亦可覆舟。

因而，当渔父跻身时清时浊的沧浪波涛，欢天喜地沐冠浴足的那刻，屈原已经转身“赴湘流，葬于江鱼之腹中”。

水的浑浊，不过是改变了渔父清洗的部位：“沧浪之水清兮，可以濯吾缨；沧浪之水浊兮，可以濯吾足。”所以，他选择了欢天喜地地生。但对有“洁癖”的屈原而言，面对浊流，“安能以身之察察，受物之汶汶者乎?”“安能以皓皓之白，而蒙世俗之尘埃乎!”因而他选择了悲愤的死。

这水，断乎不是自然界的水，而是尘世纷扰的洪流。屈子的择善固执与渔翁的不拘小节，倔强有令人敬仰的坚执，宽容也有淡定的洒脱，各擅其美，谈不上境界的高低，风格迥异而已。

这两种风格，正是中国传统文化中黄老与儒术的风格：屈原乃谦谦儒生，渔父系得道之隐士。

道家云：“上善若水，水善利万物而不争，处众人之所恶，故几于道。”道家的心思是包罗万象，以“道”的洁净宏大包容一切污垢，因而，它不憎恨，亦不排斥。它是“莞尔”接受，不加抉择地笑纳。于是，肮脏与圣洁之争，不过是渔父眼中的斜风细雨不须归，只需在自然的流淌中予取予夺，“达则兼济天下，穷则独善其身”，进退两易。

儒家不同，儒家以“仁”为核，追求修身、齐家、治国、平天下的世俗功业，当怀才不遇壮志难酬之际，讲究“舍生取义”、“杀身成仁”，它是非此即彼的信仰，是“举世皆浊我独清，众人皆醉我独醒，是以见放”。显然，儒家并非真的“见放”，不是被世界驱赶，而是自我放逐。是发自内心对浑浊污垢的不容许和离心力，是对“不同”世界的惨痛鄙弃。“屈平正道直行，竭忠尽智，以事其君，谗人间之，可谓穷矣。信而见疑，忠而被谤，能无怨乎?”因为“怨”，屈原“怀石，遂自投汨罗以死”。

道不同，不相为谋。

故而，渔父“遂去”，去往不见人烟的深山，或是熙熙攘攘的人世。无论华灯初上，抑或灯火阑珊，他“淈其泥而扬其波”、“哺其糟而歠其酾”，永远淡淡地行走在战国喧嚣的土地上。

于是，屈原“深思高举”，“颜色憔悴，形容枯槁”，弹冠振衣，终怀抱洁操弃绝浊世，让楚地那滔滔的汨罗之水消解胸中块垒。

殊途同归。儒道两家以及后代数世濡染弟子，都在出世与入世中建造共同的泱泱大国、浩浩江河、巍巍高山。道家胸襟，儒家情操，中国五千年面貌，炎黄的血肉和脊梁。

有人说，《渔父》非屈原之作品，对此，王逸《楚辞章句》、朱熹《楚辞集注》持相反意见。李昉《艺文类聚》更认为：“渔父者，屈原所作也。屈原驰逐江湘之间，忧愁吟叹。而渔父避世隐身，钓鱼江滨，欣然自乐，时遇屈原川泽之域，怪而问之，遂相应答。”

其实，是不是出自屈原的手笔有何干系？在传统文化的大背景下，每个中国人都既是屈原，又是渔父：耿介不容于世，又随波逐流而大隐。抱持高尚的理想，在或明或暗的旅途中坚定地前行。

生存是种选择，选择铺天盖地的烂漫，或是独栖山谷，清癯地绽放。在俗世洪流中沉浮，生存的模式是万状的。只要有信仰，虽儒、道何择焉？(何灏)

哀郢[①] 屈原

皇天之不纯命兮，何百姓之震愆[②]？民离散而相失兮，方仲春而东迁。去故乡而就远兮，遵江夏以流亡。出国门而轸怀兮，甲之鼂吾以行[③]。发郢都而去闾兮，怊荒忽其焉极[④]！楫齐扬以容与兮，哀见君而不再得。望长楸而太息兮，涕淫淫其若霰。过夏首而西浮兮，顾龙门而不见。心婵媛而伤怀兮，眇不知其所蹠[⑤]。顺风波以从流兮，焉洋洋而为客。凌阳侯之氾滥兮，忽翱翔之焉薄。心絓结而不解兮，思蹇产而不释[⑥]。将运舟而下浮兮，上洞庭而下江。去终古之所居兮，今逍遥而来东。羌灵魂之欲归兮，何须臾之忘反[⑦]？背夏浦而西思兮，哀故都之日远。登大坟而远望兮，聊以舒吾忧心。

哀州土之平乐兮，悲江介之遗风[8]。当陵阳之焉至兮，淼南渡之焉如？曾不知夏之为丘兮，孰两东门之可芜！心不怡之长久兮，忧与愁其相接。惟郢路之辽远兮，江与夏之不可涉。忽若不信兮，至今九年而不复。惨郁郁而不通兮，蹇侘傺而含戚[9]。外承欢之汋约兮，谌荏弱而维持[10]。忠湛湛而愿进兮，妒被离而鄣之。尧舜之抗行兮，瞭杳杳而薄天[11]。众谗人之嫉妒兮，被以不慈之伪名。憎愠之修美兮，好夫人之忼慨[12]。众踥蹀而日进兮，美超远而逾迈[13]。乱曰[14]：曼余目以流观兮，冀一反之何时？鸟飞反故乡兮，狐死必首丘。信非吾罪而弃逐兮，何日夜而忘之！

【注释】 ①郢（yǐng）：郢都，战国时期楚国都城，今湖北江陵。②皇天：上天，老天。皇是大之意。纯命：指天命有常。震愆（qiān）：指震惊。③国门：国都之门。轸（zhěn）怀：悲痛地怀念。甲：古时是以干支纪日的，甲指干支纪日的起字是甲的那一天。鼂（zhāo）：同“朝”，早晨。④闾（lǘ）：本指里巷之门，代指里巷，里巷是居民区。荒忽：心绪茫然。一说指行程遥远。焉极：何处是尽头。⑤婵（chán）媛（yuán）：心绪牵引，绵绵不绝。眇（miǎo）：同“渺”，犹辽远。蹠（zhí）：践踏，指落脚之处。⑥絓（guà）：牵挂。结：郁结。解：解开。蹇（jiǎn）产：结屈纠缠。释：解开，消除。⑦羌（qiāng）：发语词，楚方言，有乃之意。须臾：时间很短暂，顷刻。⑧州土：这里指楚国州邑乡土。江介：长江两岸。遗风：古代遗留下来的风气。⑨蹇：发语词，楚方言。侘（chà）傺（chì）：怅然独立，形容失意者的茫无适从。戚：同戚，忧伤。⑩谌：诚，实在。荏弱：软弱。持：同恃。难持，即很依靠。这两句的意思指斥那些蔽贤误国的人，说他们表面上巧言佞色，以奉承君王的欢心，实际上靠不住。⑪抗行：高尚伟大的行为。薄：近。这两句的意思是：尧舜行为高尚，目光远大，几乎可接近上天。⑫愠（yùn）惀（lǔn）：忠厚诚朴。修美：高洁美好。夫（fú）人：彼人，那些人。忼慨：同慷慨，这里指装腔作势地发表激昂慷慨之言辞。⑬踥（qiè）蹀（dié）：小步行走貌。逾迈：犹愈迈，越发远行。⑭乱：乐章最末叫乱，后来借用作为辞赋最后总结全篇内容的收尾。

【赏析】 在这个世界上，没有人像屈原那样悲愤而香艳地爱着自己的祖国。当这位楚国曾经的左徒，将自己高傲的身躯毅然决然投入汨罗时，一个人的生命覆灭了，一朵朵江蓠和白芷满载拳拳的赤子爱国情自水面浮起，随波逐流，直到两千年后的今天。

真正高尚的情操一定是永远挥之不去的花香。

“皮之不存，毛将焉附？”一个人可以不承认，但不可能没有自己的祖国。如同一羽小鸟，一只走投无路的狐狸，任凭山长水阔也要回到自己的故乡去。——“鸟飞反故乡兮，狐死必首丘。”

当春天到来时，那些大雁，一会儿排成“人”字，一会儿排成个“一”字，郑重其事地向故乡的天空飞去了。而征战生命场、病痛缠身、奄奄一息的狐狸，在两腿一伸的刹那，也硬生生将残破的头颅转向了那曾经为自己遮风避雨、充满狐臭的小窝。

这些自然界的底层公民，这些被人类鄙视、践踏的“畜生”，终其一生都眷恋着自己的出处，无论那出处是否断垣残壁、枯草横飞……生于斯，长于斯，值得夸耀的不是那贫贱或富贵的去路，而是那块突然爆裂诞生了齐天大圣孙猴子的石头。

禽兽犹如此，人何以堪？何况是楚国风神俊逸、相貌堂堂的左徒。

然而，他偏偏就回不去。他不是普通老百姓，而是被流放的罪臣。

公元前 278 年，秦国大将白起挥兵南下，大破楚国都城郢，“斩首五万，取析十五城而去”（《楚世家》）。那时节，“民离散而相失兮，方仲春而东迁”。在大雁叽叽喳喳飞往南国的季节里，楚国的老百姓扶老携幼、仓皇地逃离腥风血雨的故都，顺着长江和夏水，向荒凉的东边迁徙。

慌乱之中，仍有人东走西顾，不肯离去。直到那高高的梓树、郢都的东门从视野中艰难地消失，屈原难舍故国的眼泪让这个春天变成了冬天。

楚国左徒悲愤难耐，只因他除了国破之恨，还有流放之辱。《史记·屈原列传》载，楚顷襄王立，令尹子兰谗害屈原，屈原被放江南之野。屈原与自己的祖国同时遭受重创。

《哀郢》是屈原投汨罗之前的怀国之作，透过这篇作品，我们跟着屈原追思的目光，体会了一个彻底的爱国主义者被迫抛家弃国的深痛。

流放的日子如坐针毡。整整九年了，“忽若去不信兮，至今九年而不复”，屈原渐渐感到前途无望。他日夜担忧，“惨郁郁而不通兮，蹇侘傺而含戚”。直到有一天，他终于想通了，“憎愠之修美兮，好夫人之忼慨”，如顷襄王一样的昏君是他命运最根本的杀手。

于是，这天早上，屈原“扈江离与辟芷兮，纫秋兰以为佩”，他披上生平最爱的江离、白芷和秋兰，香喷喷地来到了汨罗江边。望着苍凉的汨罗江水，屈原心如潮水。他想起了那些充满光荣与梦想的日子。那时的屈原，就是披着这艳绝人寰的一身，随侍楚王身侧，商议国事，议定律例，为联齐抗秦的大业奔走。那时的屈原充满了使命感和希望，直到有一天，他坚毅的脚步被挡在了宫门之外。

国君独立自主的志向被谗臣们的巧言撼动了。任凭屈原的拼死力谏，公元前 305 年，楚怀王还是堆着一脸媚笑与秦国订立了黄棘之盟，欢天喜地投入了强秦的怀抱。

而那不识时务的屈原也随之被楚怀王逐出郢都，流落汉北。这一去就是九年。直到屈原难酬的壮志，化做微光，照亮了汨罗江上离离白芷、秋兰。徐焕龙《楚辞洗髓》谓《哀郢》“于《九章》中最为凄惋，读之实一字一泪也”，诚然。

“鸟飞反故乡兮，狐死必首丘。”屈原走的那一夜，想必在郢的上空，能看见楚国左徒的魂魄在城中往返流连。(何灏)

两汉魏晋南北朝

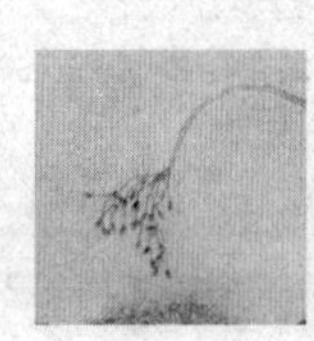

有所思　汉乐府

有所思，乃在大海南。何用问遗君[1]？双珠玳瑁簪[2]，用玉绍缭之[3]。闻君有他心，拉杂摧烧之[4]。摧烧之，当风扬其灰。从今以往，勿复相思！相思与君绝！鸡鸣狗吠，兄嫂当知之。妃呼狶[5]！秋风肃肃晨风飔[6]，东方须臾高知之。

【注释】　①何用：何以。问遗（wèi）：赠予。②玳瑁（dài mào）：是一种龟类动物，其甲壳光滑而多文采，多作装饰品。③绍缭：缠绕。④拉杂：堆集。⑤妃（bēi）呼狶（xū xī）：妃，悲；呼狶，即“歔欷”。⑥晨风飔（sī）：闻一多《乐府诗笺》说：晨风，就是雄鸡，雉鸡常晨鸣求偶。飔，思，恋慕。须臾：不一会儿。高（hào）：同“皜”，白。

【赏析】　这是个爽朗干脆的女子，爱时轰轰烈烈，无所畏惧；一旦你不爱我了，我也不会苦苦哀求，我从此与你一刀两断，再也不要相互记起。

在爱情里，女人总是受伤的那一个。《氓》中的丈夫在花言巧语骗得女子的芳心，并如愿娶得美人归之后，却不知珍惜，妻子没有怪丈夫，只是“静言思之，躬自悼矣”；那个“上山采蘼芜”的女子，在下山时逢到喜新厌旧的故夫，不是伤心，不是痛哭，而是“长跪问故夫，新人复何如”，柔弱、卑微得无以复加。至于那些怨妇、思妇，更是多得不计其数。她们只是在哭泣，在“泪眼问花”，在闺中独守，却没有力量去反抗。

于是，这样一个决绝的女子便更加显得可贵。

最初，是深爱的。她所想念的情人，远在大海之南。她该送给情人什么礼物，才能表达她的热烈的爱呢？想了许久，终于决定送他“双珠玳瑁簪”，这是一种用玳瑁（一种似龟的动物）那花纹美观的甲片所精制而成的发簪，在发簪两边还各悬一颗珍珠。

“望之深，怨之切。”（陈祚明《采菽堂古诗选》评语）爱有多深，痛就有多深。当得知爱人已经变心时，所有的爱恋都化作了痛恨，“拉杂摧烧之”，还不够，我要让一切都化为灰烬，还要“当风扬其灰”。“从今以往，勿复相思！”

当然，这决绝只是当时恨到极点而发出的负气之辞。在决绝之后，生活仍然要继续。发泄完自己的愤怒，却忆起往昔的甜蜜时光，当初两人在夜半幽会时，鸡鸣狗吠，已不是秘密。“秋风肃肃晨风飔，东方须臾高知之。”唉，算了，还是不要想了，天亮了，一切都会解决的。

在汉乐府中，《有所思》属于《汉铙歌十八曲》。铙歌本为“建威扬德，劝士讽敌”的军乐，但现存十八曲中内容丰富，可记叙战争、武功，也有写爱情者。清人庄述祖云：“短箫铙歌之为军乐，特其声耳；其辞不必皆序战阵之事。”真是绝妙，决绝的语言再配上刚劲的军乐，实在是再恰当不过了。(墙峻峰)

上邪　汉乐府

上邪！我欲与君相知，长命无绝衰。山无陵，江水为竭，冬雷震震夏雨雪，天地合，乃敢与君绝！

【赏析】　与文人诗词喜欢描写少女初恋时的羞涩情态相反，在民歌中最常见的是以少女自述的口吻来表现她们对于幸福爱情的无所顾忌的追求。这首诗属于汉代乐府民歌中的《鼓吹曲辞》，是一位心直口快的北方姑娘向其倾心相爱的男子表述爱情。由于这位姑娘表达爱的方式特别出奇，表达爱的誓词特别热烈，致使千载之下，这位姑娘的神情声口仍能活脱脱地从纸上传达出来。

首句“上邪”是指天为誓，犹言“天啊”！古人敬天畏命，非不得已，不会轻动天的威权。现在这位姑娘开口便言天，可想见她神情庄重，有异常重要的话要说。果然，姑娘终于把珍藏在自己内心，几次想说而又苦于没有机会说的秘密吐出来了：“我欲与君相知，长命无绝衰。”“相知”就是相爱，相好。姑娘经过自己的精心选择，认为这位男子确实值得相爱。“长命无绝衰”是说两人的命运永生永世连结在一起，两人的爱情永生永世不会衰退。前一句是表白爱情的态度，后一句是进一层表白爱情的坚贞。接着她用出人意料的逆向想象来立誓：“山无陵，江水为竭”，是说世上最永久的存在物发生了巨变；“冬雷震震，夏雨雪”，是说自然界最永恒的规律发生了怪变；“天地合”是说整个宇宙发生了毁灭性的灾变，然后吐出了“乃敢与君绝”五个字。由于这五个字有五件非常之事作为支撑点，因此字字千钧，不同凡响；又由于设誓的前提没有一个会出现，因此“乃敢与君绝”的结果也就无从说起了。

这首古诗对后世的影响很大。敦煌曲子词中的《菩萨蛮》在思想内容和艺术表现手法上明显地受到它的启发：“枕前发尽千般愿，要休且待青山烂。水面上秤锤浮，直待黄河彻底枯。白日参辰现，北斗回南面。休即未能休，且待三更见日头。”不仅对坚贞专一的爱情幸福的追求是如出一辙的，并且连续用多种不可能来说明一种不可能的艺术构思也是完全相同的。(吴汝煜)

饮马长城窟行　汉乐府

青青河畔草，绵绵思远道[①]。远道不可思，宿昔梦见之。梦见在我傍，忽觉在他乡。他乡各异县，展转不相见[②]。枯桑知天风，海水知天寒。入门各自媚，谁肯相为言[③]！客从远方来，遗我双鲤鱼[④]。呼儿烹鲤鱼，中有尺素书[⑤]。长跪读素书，书中竟何如[⑥]：上言加餐食，下言长相忆。

【注释】　①绵绵：连绵不断的样子。②展转：即“辗转”，飘泊不定。③媚：爱。言：问讯。④双鲤鱼：指刻成鲤鱼形的两块木板，一底一盖，把书信夹在里面。一说将上面写着书信的绢结成鱼形。⑤烹：煮。尺素书：古人写文章或书信用长一尺左右的绢帛，称为“尺素”。素，生绢。书，信。⑥长跪：两膝着地，伸直了腰跪着，以示庄重。

【赏析】　这首古朴的诗歌，其生命力就跟连绵到天边的青草一样顽强，至今仍能感染人心。

《饮马长城窟行》是乐府古题，《乐府诗集》云："长城，秦所筑以备胡者，其下有泉窟可以饮马。古辞云'青青河畔草，绵绵思远道，言征戍之客至于长城而饮其马，妇人思念其勤劳，故作是曲也'。"当然，此曲与古义已有区别，余冠英谓之为"写女子怀念远方做客的丈夫"。《文选》与《乐府诗集》均认为是无名氏之作，在其下题为"古辞"。

第一句起兴。现代人表述感情越来越直接，还是古人含蓄蕴藉，从《诗经》就开始的借物起兴的手法让诗歌变得恍惚迷离、意境悠远。"蒹葭苍苍，白露为霜"，"山有木兮木有枝，心悦君兮君不知"，我的爱在心底，在远方。河畔的青青草，蔓延到天边，我心爱的人也是这样慢慢离开我的视线，我依然在这里守望，也许某天他就会归来。可是丈夫远在天边，我只能在梦境里才能见到他。而梦里面也没有美好的东西，它如人世一样莫测。丈夫刚才还在我身边，我醒来却发现是梦一场，他仍是在异乡，相见如幻影。

只有短短八句，却包含重重转折。恋人远离身边，女主人公思念的强烈、殷切，辗转、无奈，都在诗中体现得淋漓尽致。

如果永远沉浸在思念里，还有些许慰藉，回到现实，却更令人痛苦。就算是枯萎的桑叶，就算是深远的海水，它们仍能对冷风、天寒有所感觉。何况我非草木，看着别人欢声笑语，自己却连个说话的人也没有，怎么不叫人心酸。独特的反衬手法使得思妇的内心如在目前。

下节八句，有学者认为是另外一首诗，如余冠英先生说："事实上，'青青河畔草'八句和'客从远方来'八句各为一首诗。"（《汉魏六朝诗论丛》）虽有道理，但细味全诗，仍是一个完整的整体。思妇在极度思念时产生幻象，在恍惚中看见有人送来一对鲤鱼，剖开鱼腹发现书信，似乎颇具神话色彩，但却是合乎思妇心理的。

最后两句是最值得人回味的："上言加餐食，下言长相忆。"丈夫来信，本是喜事一桩，但读完信后却给思妇带来更大的悲痛。上面写着"你要多保重身体，多吃点"，下面写着"我会永远想念你"。相聚遥遥无期，也许永远也不能再见了，而思妇仍要坚强地活下去。

若是男子，一定想娶这样的女子。对丈夫忠贞不贰，日夜思念。但面对现实，却又收拾起一切浪漫的心思。生命力如此顽强的女子，也正是中国世世代代传统妇女的写照。（墙峻峰）

古诗十九首 无名氏

行行重行行，与君生别离。相去万余里，各在天一涯。道路阻且长，会面安可知！胡马依北风，越鸟巢南枝。相去日已远，衣带日已缓。浮云蔽白日，游子不顾反。思君令人老，岁月忽已晚。弃捐勿复道，努力加餐饭！

【赏析】 这是一首在东汉末年动荡岁月中的相思乱离之歌。尽管在流传过程中失去了作者的名字，但“情真、景真、事真、意真”（陈绎曾《诗谱》），读之使人悲感无端，反复低徊，为女主人公真挚痛苦的爱情呼唤所感动。

首句五字，连叠四个“行”字，仅以一“重”字绾结。“行行”言其远，“重行行”极言其远，兼有久远之意，翻进一层，不仅指空间，也指时间。于是，复沓的声调，迟缓的节奏，疲惫的步伐，给人以沉重的压抑感，痛苦伤感的氛围，立即笼罩全诗。“与君生别离”，这是思妇“送君南浦，伤如之何”的回忆，更是相思之情再也压抑不住发出的直白的呼喊。诗中的“君”，当指女主人公的丈夫，即远行未归的游子。

与君一别，音讯茫然。“相去万余里”，相隔万里，思妇以君行处为天涯；游子离家万里，以故乡与思妇为天涯，所谓“各在天一涯”也。“道路阻且长”承上句而来，“阻”承“天一涯”，指路途坎坷曲折；“长”承“万余里”，指路途遥远，关山迢递。因此，“会面安可知”！当时战争频仍，社会动乱，加上交通不便，生离犹如死别，当然也就相见无期。

然而，别离愈久，会面愈难，相思愈烈。诗人在极度思念中展开了丰富的联想：凡物都有眷恋乡土的本性："胡马依北风，越鸟巢南枝。"飞禽走兽尚且如此，何况人呢？这两句用比兴手法，突如其来，效果远比直说更强烈感人。表面上喻远行君子，说明物尚有情，人岂无思的道理，同时兼暗喻思妇对远行君子深婉的恋情和热烈的相思——胡马在北风中嘶鸣了，越鸟在朝南的枝头上筑巢了，游子啊，你还不归来啊！"相去日已远，衣带日已缓"，自别后，我容颜憔悴，首如飞蓬，自别后，我日渐消瘦，衣带宽松，游子啊，你还不归来啊！正是这种心灵上无声的呼唤，才越过千百年，赢得了人们的旷世同情和深深的惋叹。

相隔万里，日复一日，是忘记了当初旦旦誓约？还是为他乡女子所迷惑？正如浮云遮住了白日，使明净的心灵蒙上了一片云翳？"浮云蔽白日，游子不顾反"，这使女主人公忽然陷入深深的苦痛和彷徨之中。诗人通过由思念引起的猜测疑虑心理"反言之"，思妇的相思之情才愈显刻骨，愈显深婉、含蓄，意味不尽。

猜测、怀疑，当然毫无结果；极度相思，只能使形容枯槁。这就是"思君令人老，岁月忽已晚"。"老"，并非实指年龄，而指消瘦的体貌和忧伤的心情，是说心身憔悴，有似衰老而已。"晚"，指行人未归，岁月已晚，表明春秋忽代谢，相思又一年，暗喻女主人公青春易逝，坐愁红颜老的迟暮之感。

坐愁相思了无益。与其憔悴自弃，不如努力加餐，保重身体，留得青春容光，以待来日相会。故诗最后说："弃捐勿复道，努力加餐饭。"至此，诗人以期待和聊以自慰的口吻，结束了她相思离乱的歌唱。

诗中淳朴清新的民歌风格，内在节奏上重叠反复的形式，同一相思别离用或显、或寓、或直、或曲、或托物比兴的方法层层深入，"若秀才对朋友说家常话"式单纯优美的语言，正是这首诗的永恒艺术魅力所在。而首叙初别之情——次叙路远会难——再叙相思之苦——末以宽慰期待作结。离合奇正，现转换变化之妙。不迫不露、句意平远的艺术风格，表现出东方女性热恋相思的心理特点。（曹旭）

古诗十九首 无名氏

迢迢牵牛星，皎皎河汉女[①]。纤纤擢素手，札札弄机杼[②]。终日不成章，泣涕零如雨[③]。河汉清且浅，相去复几许[④]？盈盈一水间，脉脉不得语[⑤]。

【注释】 ①河汉，即银河。②擢（zhuó）：引，伸出。弄：摆弄。杼（zhù）：织布机上的梭子。③章：指布帛上的经纬纹理，这里指整幅的布帛。涕：眼泪。零：落下。④相去：相离，相隔。去：离。复几许：又能有多远。⑤间（jiàn）：阻隔。

【赏析】 儿时的记忆中，最奇幻多彩的一页便是牛郎织女的故事。乡村的星空，纯净幽蓝。夏夜里，看星星是最大的乐趣，总会缠着奶奶讲那些神秘的故事。八月十五，会开天门，所有的神仙都会出现；牛郎织女隔着银河，七夕之夜，就是他们相会之时。

这是民间流传已久的美丽传说，实际上早在《诗经》中，就已出现牵牛星与织女星的故事。《诗经·小雅·大东》写道："维天有汉，监亦有光。跂彼织女，终日七襄。虽则七襄，不成报章。睆彼牵牛，不以服箱。"在天上有一条发光的银河，河这边有一位勤劳的织女，每天可以织出七行锦纹。虽说每天织出七行，却不能反复地织成锦章。银河那边有牵牛星，却不能用来驾车。《迢迢牵牛星》正是在《诗经》这一内容上的敷衍，故事的主角由两位变成了一位，织女成了思念的主角，其相思的悲苦，思念的哀怨，也是打动人心最重要的因素。

织女是美丽的，纤纤素手，手指修长，白皙柔美；织女是勤劳的，日夜纺织，机梭在织布机上飞动，发出"札札"之声。这样的织女似乎是完美的。可是织女却并不快乐，"终日不成章，泣涕零如雨"，没有任何铺陈，一下子把孤独、哀怨、痛苦、不幸的织女推到了读者面前。织女虽然整天在忙碌地织布，结果却"不成章"；她整天郁闷不乐，泪落如雨。为何织女会劳而无功，会眼泪如雨？原因只有一个，那就是为了思念着她的牛郎。

美丽的天河，在人间看来，异常清浅，仿佛一跃就可跨过，可实际距离却是无比的遥远。牛郎与织女只能在河的两岸默默对视。

古诗词的最高境界便是情景交融。王国维说“一切景语皆情语”，此言甚是。“迢迢牵牛星，皎皎河汉女。”“河汉清且浅，相去复几许？”如此平淡清丽的景语，传递的是无尽的相思之情。这些平凡无奇的句子，却创造了最古典最浪漫的爱情。像《罗密欧与朱丽叶》一样，没有太多的缠绵悱恻，只有最纯粹的爱。

叠词很奇妙，“迢迢”“皎皎”“纤纤”“札札”“盈盈”“脉脉”，简简单单，却如行云流水，不可替换。无怪乎古人说：“学者当以此等诗常自涵养，自然笔下高妙。”（墙峻峰）

古诗十九首　无名氏

生年不满百，常怀千岁忧。昼短苦夜长，何不秉烛游①！为乐当及时，何能待来兹②？愚者爱惜费，但为后世嗤③。仙人王子乔，难可与等期④。

【注释】①秉烛游：意思是作长夜之游。秉，手持。②来兹：来年。费：费用，指钱财。③嗤：讥笑，嘲笑，此处指轻蔑地笑。④王子乔：古代传说中的仙人。期：本义为约会、约定，这里引申为等待。

【赏析】　人生价值的怀疑，似乎常是因了生活的苦闷。在苦闷中看人生，许多传统的观念，都会在怀疑的目光中轰然倒塌。这首诗即以轻快的旷达之语，给世间的两类追求者，兜头浇了一桶冷水。

首先是对吝啬聚财的“惜费”者的嘲讽，它几乎占了全诗的主要篇幅。“生年不满百，常怀千岁忧”——纵然你能活上百年，也只能为子孙怀忧百岁，这是连小孩都明白的常识；何况你还未必活得了百年，偏偏想忧及“千岁”，岂非愚不可及！开篇落笔，以“百年”、“千年”的荒谬对接，揭示那些活得吝啬的“惜费”者的可笑情态，真是妙不可言。接着两句更奇：“昼短苦夜长，何不秉烛游!”“游”者，放情游乐也。把生命的白昼，尽数沉浸在放情游乐之中，已够耸人听闻的了，诗人却还“苦”于白昼太“短”，竟异想天开，劝人把夜晚的卧息时间，也都用来行乐，真亏他想得出来！夜晚黑灯瞎火，就不怕败了游兴？诗人却早备良策：那就干脆手持烛火而游！——把放情行乐之思，表述得如此赤裸而大言不惭，这不仅在汉代诗坛上，就是在整个古代诗歌史上，恐怕都算得上惊世骇俗之音了。至于那些孜孜追索于藏金窖银的守财奴，听了不更要瞠目咋舌？这些是被后世诗论家叹为“奇情奇想，笔势峥嵘”的开篇四句（方东树《昭昧詹言》）。它们一反一正，把终生忧虑与放情游乐的人生态度，鲜明地对立起来。

诗人似乎早就料到，鼓吹这样的放荡之思，必会遭到世俗的非议。也并非不想享受，只是他们常抱着“苦尽甘来”的哲学，把人生有限的享乐，推延到遥远的未来。诗人则断然否定这种哲学：想要行乐就得“及时”，哪能总等待来年？为何不能等待来年？诗中没有说。其弦外之音，却让《古诗十九首》的另一首点着了：“人生忽如寄，寿无金石固”——安知你“来兹”不会有个三长两短，突然成了“潜寐黄泉下，千载永不寤”的“陈死人”（《驱车上东门》）？那时再思享乐，岂非晚矣！这就是在诗人世间“及时”行乐的旷达之语后面，所包含着的许多人生的痛苦体验。从这一点看，“惜费”者的终日无欢，只想着为子孙攒点财物，便显得格外愚蠢了。因为他们生时的“惜费”，无非养育了一批游手好闲的子孙。当这些不肖子孙挥霍无度之际，难道会感激祖上的积德？也许他们倒会在背底里，嗤笑祖先的不会享福哩！“愚者爱惜费，但为后世嗤”二句，正如方廷一所说：“直以一杯冷水，浇财奴之背”（《文选集成》）。其嘲讽辞气之尖刻，确有对愚者的“唤醒醉梦”之力。

全诗抒写至此，笔锋始终还都针对着“惜费”者。只是到了结尾，才突然“倒卷反掉”，指向了人世的另一类追求：仰慕成仙者。对于神仙的企羡，从秦始皇到汉武帝，都干过许多蠢事。就是汉代的平民，又何尝不津津乐道于王子乔被神秘道士接上嵩山，终于乘鹤成仙的传说？在汉乐府中，因此留下了“王子乔，参驾白鹿云中遨。下游来，王子乔”的热切呼唤。但这种得遇神仙的期待，到了苦闷的汉末，也终于被发现只是一场空梦（见《驱车上东门》：“服食求神仙，多为药所误。不如饮美酒，被服纨与素。”）所以，对于那些还在做着这类“成仙”梦的人，诗人便无须多费笔墨，只是借着嘲讽"惜费"者的余势，顺手一击，便就收束："仙人王子乔，难可与等期!"这结语在全诗似乎逸出了主旨，一下子岔到了"仙人"身上，但诗人之本意，其实还在"唤醒"那些"惜费"者，即朱筠《古诗十九首说》指出的："仙不可学，愈知愚费之不可惜矣。"只轻轻一击，即使慕仙者为之颈凉，又照应了前文"为乐当及时"之意：收结也依然是旷达而巧妙的。

这样一首以放浪之语抒写"及时行乐"的奇思奇情之作，似乎确可将许多人的人生迷梦"唤醒"；有些研究者因此将这类诗作，视为汉代"人性觉醒"的标志。但仔细想来，"常怀千岁忧"的"惜费"者固然愚蠢；但要说人生的价值就在于及时满足一己的纵情享乐，恐怕也未必是一种清醒的人生态度。实际上，这种态度，大抵是对于汉末社会动荡不安、人命危浅的苦闷生活的无力抗议。对毫无出路的下层人来说，又不过是从许多迷梦（诸如"功业"、"名利"之类）中醒来后，所做的又一个迷梦而已——他们何尝真能过上"被服纨与素"、"何不秉烛游"的享乐生活？所以，与其说这类诗表现了"人性之觉醒"，不如说是以旷达狂放之思，表现了人生毫无出路的痛苦。只要看一看文人稍有出路的建安时代，这种及时行乐的吟叹，很快又为悯伤民生疾苦、及时建功立业的慷慨之音所取代，就可以明白这一点。(潘啸龙)

短歌行　曹操

对酒当歌，人生几何？譬如朝露，去日苦多。慨当以慷，忧思难忘。何以解忧，唯有杜康。青青子衿，悠悠我心[①]。但为君故，沉吟至今。呦呦鹿鸣，食野之苹[②]。我有嘉宾，鼓瑟吹笙。明明如月，何时可掇[③]。忧从中来，不可断绝。越陌度阡，枉用相存[④]。契阔谈宴，心念旧恩。月明星稀，乌鹊南飞。绕树三匝，何枝可依[⑤]？山不厌高，海不厌深。周公吐哺[⑥]，天下归心。

【注释】　①青青子衿（jīn），悠悠我心：出自《诗经·郑风·子衿》。原写姑娘思念情人，这里用来比喻渴望得到有才学的人。子，对对方的尊称。衿，古式的衣领。青衿，是先秦时读书人的服装，这里指代有学识的人。②呦（yōu）呦鹿鸣，食野之苹。我有嘉宾，鼓瑟吹笙（shēng）：出自《诗经·小雅·鹿鸣》。呦呦：鹿叫的声音。苹：艾蒿。鼓：弹。③掇，通“辍”，停止。④越陌度阡：穿过纵横交错的小路。陌，东西向田间小路。阡，南北向的小路。枉用相存：枉，这里是“枉驾”的意思；存，问候，思念。意思是为了求贤，不惜屈尊。⑤三匝（zā）：三周。⑥周公吐哺：周公用自己“一沐三捉发，一饭三吐哺，起以待士”教导自己的儿子要礼贤下士。哺，口中所含食物。意谓洗发时多次挽束头发停下来不洗，进食时多次吐出食物停下来不吃，急于迎客。后用“周公吐哺”比喻为了招揽人才而礼贤下士。

【赏析】 《短歌行》本为乐府旧题，属于《相和歌辞·平调曲》。也即它本为乐曲名，但其唱法早已失传，根据题目来看，“短歌”铿锵有力，与“长歌”的曲风是有区别的。曹操常用乐府旧题来作新词，《短歌行》两首便是其中的代表作。此为第一首，是曹操南下准备攻打东吴时在赤壁所做，乃“叹流光易逝，欲得贤才以早建王业之诗”。

《古诗十九首》当中常有消极论调，如“人生天地间，忽如远行客。”这是东汉末年，人们对生死无法掌控的体现，但《短歌行》所体现的情怀与《古诗十九首》有很大区别。曹操说人生苦短，所以应该抓紧时间建立功业，体现的是雄心壮志。再联系全诗的主题来看，曹操的目的是为笼络人才，因此，他表面上是在抒发个人一己之情，叹息时间过得太快，怕自己无所作为；但实际上，他也是在巧妙地提醒各位“贤才”，告诫他们岁月不等人，就如朝露一样瞬间消失，应该赶紧汇集到我这里来一展拳脚，这才是明智之举。而且在曹操的诗里，虽也有以“杜康”来解忧之语，但并非消极地借酒消愁，而是体现出一股豪气，乃英雄帝王之愁。正如清人陈沆在《诗比兴笺》中所说的：“此诗即汉高《大风歌》思猛士之旨也。‘人生几何’发端，盖传所谓古之王者知寿命之不长，故并建圣哲，以贻后嗣。”

最妙的是“青青子衿，悠悠我心。但为君故，沉吟至今”，这四句出自《诗经·郑风·子衿》，本是一首情诗，写一个姑娘对爱人的思念。而曹操巧妙地引用这首诗来喻求才之心，而且还说自己因为“贤才”之故，一直沉吟至今。他将自己对于“贤才”的渴求同恋人之间的思念作比，虽然两者完全不同，却有着同样的执着与感情。而且他的重点在其所引用的《诗经》这首诗的后两句：“纵我不往，子宁不嗣音?”实际上曹操是在含蓄地提醒贤才们：“你们要快快地主动来投奔我!”由这一层含而不露的意思可以看出，他那“求才”的用心实在是太周到了，的确具有感人的力量。

紧接着他仍然引用《诗经·小雅·鹿鸣》中的四句：“呦呦鹿鸣，食野之苹。我有嘉宾，鼓瑟吹笙。”描写宾主尽欢之情景，意即只要你们投奔我，我一定会以“嘉宾”之礼来对待你们。诗写到此处，诗人仍然没有明确地说出“求才”二字，但他所使用的两个典故却透露出了他的心意。

“明明如月”四句是在说我求贤的心就像天上的明月一样，永远不会停止，也就打消了贤才们的后顾之忧，无论何时来，曹操都一样欢迎。在“月明”四句中，曹操又以乌鹊绕树、“何枝可依”的情景来劝那些犹豫不定的人才，要他们善于择枝而栖，赶紧到自己这一边来。最后四句用“周公一饭三吐哺”的典故来表明自己的心迹，希望人才都来归依我，确切地点明了本诗的主题。

这样一层一层，将诗人求贤若渴的心意展露无遗，不得不承认，曹操很会做思想工作。曹操归根结底是一位政治家，而非诗人，因此，他的诗也是为他的政治、为他的大业而服务的。《短歌行》达到了这一目的，也因为曹操的人格魅力而独放异彩。(墙峻峰)

步出夏门行　曹操

观沧海

东临碣石，以观沧海。水何澹澹，山岛竦峙。树木丛生，百草丰茂。秋风萧瑟，洪波涌起。日月之行，若出其中。星汉灿烂，若出其里。幸甚至哉，歌以咏志。

【赏析】　《步出夏门行》，又名《陇西行》，属古乐府《相和歌·瑟调曲》，是曹操借古题写时事之作。这首诗作于北伐平定乌桓胜利的归途。东汉末年，居住在中国东北边境的乌桓奴隶主贵族，不断扰乱我国边境。建安十二年（公元 207 年），曹操毅然率兵北伐，在取得胜利的归途中，他满怀激情，写下《步出夏门行》组诗。

这首诗是最早的纯粹写景之作，诗中描写的纯是河朔一带的风土景物，如沧海水波，岸边碣石，竦峙之山岛，丛生之草木，丰茂的百草，萧瑟的秋风，汹涌的波涛，灿烂的星空。所有的一切，都独具北方的地域特色，因此虽然纯是写景，但景中却包含了深厚的个人情感。全诗气势磅礴，豪迈万丈，抒发了作者平定乌桓，统一北方的激动之情，诗人那种踌躇满志、叱咤风云的英雄气概也尽显其中。

诗题为"观沧海"，那么诗人是站在何处而观呢？诗歌头两句点明了"观沧海"的位置："东临碣石，以观沧海。水何澹澹，山岛竦峙。"诗人站在沧海崖边的碣石上，登高远眺，俯视整片大海。放眼望去，视野极其开阔，大海的辽阔壮观尽在眼前。登临碣石是第一步，而接下来的十句，则是诗人看到的壮观景象。"水何澹澹，山岛竦峙"，大海波涛起伏，水面浩淼如云烟。这就像是绘画的大笔勾勒，诗人望海所得的大致印象便是如此。一个"何"字，极言大海之广阔无边，可见诗人对其赞美之情的深厚。而大海之上，那暗黑的山岛突兀耸立其间，更显出大海的神奇壮观。

初观如此，那么仔细省察又如何呢？"树木丛生，百草丰茂。秋风萧瑟，洪波涌起。"虽已是秋风肃杀之际，但在山岛之上却未见萧瑟景象，大陆之上已经草木摇落，岛上却是树木繁盛，百草丰茂，显得一片生机盎然。海面在秋风中也是波涛汹涌，起伏不定，显得格外壮阔。"悲哉秋之为气也"，从屈原、宋玉开始的悲秋早已使秋染上了凄凉的调子，一股愁意弥漫其间，但在曹操的笔下，却完全看不到这些，他的秋是豪迈的秋，他的秋是乐观的秋，他的秋是自信果敢的秋。一位真英雄的品性表露无遗，这与曹操作为一个雄心勃勃的政治家和军事家的风度是一致的，读者见其诗可想见其人，实在令人不胜钦佩。

前面观察完大海后，"日月之行，若出其中；星汉灿烂，若出其里"又将眼光放远到广阔无垠的宇宙。天海相接，浑如一片，日、月、星、汉（银河）都好似在大海里自由穿行。一下子将整个宇宙都纳进诗中。这种宏伟的气象非常人所能为。清代沈德潜评价曹操诗歌“时露霸气”，确为正解。如果曹操没有统一中原的雄心，那么他是不可能写出如此雄伟壮丽的大气之作的。(墙峻峰)

步出夏门行 曹操

龟虽寿

神龟虽寿，犹有竟时[1]；螣蛇乘雾，终为土灰。老骥伏枥，志在千里[2]；烈士暮年，壮心不已[3]。盈缩之期，不但在天[4]；养怡之福，可得永年。幸甚至哉！歌以咏志[5]。

【注释】 ①竟：终结，这里指死亡。②骥（jì）：良马，千里马。枥（lì）：马槽。③烈士：有远大抱负的人。暮年：晚年。已：停止。④盈缩：指人的寿命长短。盈，满，引申为长。缩，亏，引申为短。⑤幸甚至哉，歌以咏志：是乐府诗的一种形式性结尾，没有实际意义。

【赏析】 一个人是否称得上是真正的英雄豪杰，不能只看他年轻时建立的功业，还要看他的这腔豪情壮志能持续多久。曹操正是一位永不停歇的英雄斗士。

与历史上的诸多英雄相比，曹操一直是乐观积极的。这首诗作于北伐平定乌桓胜利的归途。此时，曹操已经五十三岁，将近暮年，但诗中体现的主题仍是建功立业的豪情，显示了曹操的踌躇满志与乐观自信。

诗歌开头“神龟虽寿，犹有竟时；腾蛇乘雾，终为土灰”，用比喻来阐明人生哲理。纵使英雄如曹操，也不得不感慨生命的短促。神龟，是一种有灵性的龟，寿命极长。《庄水·秋水篇》有：“吾闻楚有神龟，死亡已三千岁。”意即谓，我听说楚国有一只神龟，它死的时候已经三千岁了。庄子本是说神龟寿命之长，但曹操此处却反其意而用之，说神龟虽然称得上是长寿，但它也难免一死。螣蛇，也是一种神话里的蛇，出自《韩非子·难势》：“慎子曰：‘飞龙乘云，腾蛇游雾。”腾蛇与龙同类，可以乘云驾雾，本领非常大。但此处诗人同样反用其意，说腾蛇虽然有这么大的本领，但一旦云消雾散，就跟蝼蚁一样化为灰土了。

这两个形象的比喻，让人一下子看清，生老病死乃大自然的永恒规律，无论你采用什么方法，最后终不免一死。秦始皇、汉武帝，都曾费尽心机，以求得长生不老，曹操却超越了这些帝王，异常清醒地了然生死之道。

既然死亡是必然的，那该如何度过这有限的人生呢？是及时行乐，忘却世间一切烦恼，还是珍惜时间，利用有限的生命创造无限的可能呢？曹操选择了后者，他自比一匹年老的千里马，说：“老骥伏枥，志在千里；烈士暮年，壮心不已。”虽然千里马已经年老体衰，卧在食槽旁，但它胸中仍有驰骋千里之志。而有理想有抱负的人，即使到了暮年，也仍然不减雄心壮志，他们对理想的追求是永不停歇的。

抒发完壮志后，最后四句又复归于人生哲理：“盈缩之期，不但在天；养怡之福，可得永年。”人的寿命长短，并不完全在于天定，只要保持身心愉悦健康，也是可以长寿的。实际上还是提出人要永远保持积极乐观的精神状态，充满斗志；心态年轻了，自然人的身体也健康了，寿命也延长了。这与现代的养生学是不谋而合。

据《世说新语·豪爽篇》记载，东晋时代的大将军王敦，每次酒后便会吟咏“老骥伏枥”四句，并用如意敲打唾壶为节，以致壶口都被敲缺了。可见此诗感染人心之力量。（墙峻峰）

燕歌行（其一） 曹丕

秋风萧瑟天气凉，草木摇落露为霜。群燕辞归雁南翔。念君客游思断肠。慊慊思归恋故乡，何为淹留寄他方？贱妾茕茕守空房，忧来思君不敢忘，不觉泪下沾衣裳。援琴鸣弦发清商，短歌微吟不能长。明月皎皎照我床，星汉西流夜未央。牵牛织女遥相望，尔独何辜限河梁。

【赏析】 曹丕一共有两首《燕歌行》，这是第一首。《燕歌行》乃乐府古题，《乐府广题》说："燕，地名也。言良人从役于燕，而为此曲。"因燕地自古以来就是边境地区，战乱频仍，故《燕歌行》多写征夫思妇。

作为感性的诗人，曹丕对于季节的更替、物候的变化格外敏感。"秋风萧瑟天气凉，草木摇落露为霜，群燕辞归雁南翔。"均为深秋之典型场景，秋风萧瑟，草木凋零，白露为霜，大雁南归。这一片深秋的肃杀情景，为女主人公的出场作了准备。从视觉、听觉、感觉等三个方面来写意象，给人一种空旷、寂寞、衰落的感受。这种景和即将出场的女主人公的内心之情是一致的。这三句虽然还只是写景，并没有正面言情，可是我们已经感觉到情满于纸了。

在这样一个怀人的深秋之夜，女主人公登场了：她愁云满面，孤寂而又深情地望着远方自言自语，她说：你离家已经这样久了，我思念你思念得柔肠寸断。我也可以想象得出你每天那种伤心失意的思念故乡的情景，可是究竟是什么原因使你这样长久地留在外面而不回来呢？不写自己思念，却反而想象丈夫在外面思念故乡的情景。这种借写被思念人的活动以突出思念者感情急切深沉的方法，早在《诗经》中就有，到了宋人柳永笔下更有所谓"想佳人，妆楼颙望，误几回，天际识归舟"，那就更加精彩了。这种写法的好处是翻进一层，使人更加感到曲折、细致、具体。

而女主人公自己呢，是独守空房，思念夫君，常常泪落沾衣。以何遣愁，唯有弹琴以解相思之苦，可是口中吟出的都是急促哀怨的短调，总也唱不成一曲柔曼动听的长歌。《礼记·乐记》云："乐也者，情之不可变者也。"

忧愁无法缓解，仍是要度过这漫漫长夜。"明月皎皎照我床，星汉西流夜未央。牵牛织女遥相望，尔独何辜限河梁？"女主人公伤心凄苦地怀念远人，她时而临风浩叹，时而抚琴低吟，彷徨徙倚，不知过了多久。月光透过帘栊照在她空荡荡的床上，她抬头仰望碧空，见银河已经西转，她这时才知道夜已经很深了。这凄凉的漫漫长夜就像是人生的苦难，没有尽头。夜空中的银河也映入女主人公的眼帘，牛郎织女有何罪过，要被隔断在银河的两边。

此诗同样具有曹丕的一贯特点。他的情从来不是直白地宣泄，而是委婉含蓄，让人回味无穷。

白马篇 曹植

白马饰金羁，连翩西北驰[①]。借问谁家子，幽并游侠儿[②]。少小去乡邑，扬声沙漠垂[③]。宿昔秉良弓，楛矢何参差[④]。控弦破左的，右发摧月支[⑤]。仰手接飞猱，俯身散马蹄[⑥]。狡捷过猴猿，勇剽若豹螭[⑦]。边城多警急，胡虏数迁移[⑧]。羽檄从北来，厉马登高堤[⑨]。长驱蹈匈奴，左顾陵鲜卑。弃身锋刃端，性命安可怀？父母且不顾，何言子与妻？名在壮士籍，不得中顾私[⑩]。捐躯赴国难，视死忽如归。

【注释】 ①金羁（jī）：金饰的马笼头。连翩（piān）：连续不断，原指鸟飞的样子，这里用来形容白马奔驰的俊逸形象。②幽并：幽州和并州。在今河北、山西、陕西一带。③去：离开。扬声：扬名。垂：同"陲"，边境。④秉：执、持。楛（hù）矢：用楛木做成的箭。参差（cēncī）：长短不齐的样子。⑤控弦：开弓。的：箭靶。摧：毁坏。月支：箭靶的名称。⑥飞猱（náo）：飞奔的猿猴。猱，猿的一种，行动轻捷，攀缘树木，上下如飞。马蹄：箭靶的名称。⑦勇剽（piāo）：勇敢剽悍。螭（chī）：传说中像龙一样的猛兽。⑧胡虏：指匈奴、鲜卑的骑兵。数（shuò）迁移：指经常进兵入侵。数，经常。⑨羽檄（xí）：军事文书，插鸟羽以示紧急，必须迅速传递。⑩中顾私：心里想着个人的私事。中，内心。

【赏析】 曹植生于乱世，自幼即随父四方征战，《白马篇》是曹植的"心画心声"，寄托了诗人为国家建功立业的渴望和憧憬。

全诗共 28 句，我们不妨把它分为四层来理解。

开篇两句是第一层。"白马饰金羁，连翩西北驰"，白色的战马，饰着金黄的笼头，直向西北飞驰而去。首句不写人而人却在其中。这里用的是借代和烘托的手法，以马指代人，以马的雄骏烘托人的英武。"连翩西北驰"，显示了军情的紧急，创造出浓郁的战争气氛。

"借问谁家子"以下 12 句，是第二层。如上所述，诗一开头即写军情紧急，可是接下来却以"借问谁家子，幽并游侠儿"的问答宕开，缓笔插入对这位白马英雄的描述，造成诗篇节奏上的一张一弛。幽并，指幽州和并州，是燕、赵故地，自古"多慷慨悲歌之士"。诗中写这位白马英雄是"幽并游侠儿"，以见其根基不浅。古人有"醉卧沙场君莫笑，古来征战几人回"的诗句。这位"少小去乡邑"的白马英雄却能久经征战而扬名边塞。何以如此？接着 8 句诗人便以饱蘸热忱的笔触描述英雄的精绝武艺。

"宿昔秉良弓"，是说他早早晚晚弓箭不离手；"楛矢何参差"，是形容他射出去的箭络绎不绝，纷纷疾驰。这两句是写他长期坚持不懈地苦练骑射技术的情景，说明他精深的武艺并非一朝一夕之功。下边接着即写他过硬的骑射技术：左右开弓，仰射俯射，或动或静，箭无虚发。敏捷胜过猿猴，勇猛好像虎豹和蛟龙。诗人以高度凝练的笔墨、铺陈描写的手法，生动形象而又集中概括地交待了这位英雄的不凡的来历和出众的本领。这就不仅回答了这位白马英雄是何等人物，他何以能"扬声沙漠垂"，而且为下边写他英雄事迹作了坚实的铺垫。

"边城多紧急"以下六句，是第三层。从结构上讲，这里是紧承开头"连翩西北驰"的，这既是"西北驰"的原因，也是"西北驰"的继续。从内容上讲，这是把人物放在严酷的战争环境中来塑造。“边城多警急，胡虏数迁移。羽檄从北来，厉马登高堤。”边塞城邑多次报警告急，敌军骑兵频繁犯边。插着羽毛的紧急文告从北方传来，白马英雄立即催马登上防御工事。只用了4句20字，便写出了英雄急国家所急的侠肝义胆。

最后一层意思是说，投身于刀锋剑刃的战场，岂能不置生死于度外？哪里还顾得上父母妻儿之情？既然编入壮士的名册，参加到军队的行列，心中就不能有什么私念，就要随时准备为国捐躯，视死如归。这既是诗篇中主人翁的独白，又是诗人对英雄崇高精神世界的揭示和礼赞。就一般叙事诗来说，把诗中主人翁的本末事迹表达清楚也就够了，用不着再加议论。就本诗而言，这段议论是必不可少的。

诵读全诗，我们不难感受到，在层层的铺陈描述中，诗人心中的激情步步上升，到最后已是汹涌澎湃，“情动于中而形于言”，不得不一吐为快。这是诗人心声的自然流露。也正因如此，我们读来不只没有空泛之感，反觉句句真切，震撼心灵。(巩衍杞)

咏怀诗八十二首　阮籍

其一

夜中不能寐，起坐弹鸣琴[①]。薄帷鉴明月，清风吹我衿[②]。孤鸿号外野，翔鸟鸣北林[③]。徘徊将何见，忧思独伤心。

【注释】　①夜中，中夜、半夜。②鉴，照。③北林：《诗经·秦风·晨风》：“鴥（yù）彼晨风，郁彼北林。未见君子，忧心钦钦。如何如何，忘我实多！”后来“北林”一词常用来表示忧伤。

【赏析】　在阮籍的八十二首五言《咏怀》诗中，此诗位列第一。虽然这八十二首诗并未有所规定，均乃诗人随感随写，但一般将这第一首视为序

诗。正如清人方东树所说：“此是八十一首发端，不过总言所以咏怀不能已于言之故。”（《昭昧詹言》卷三）

阮籍生于中国历史上最混乱最黑暗的时代，他发出的“夜中不能寐，起坐弹鸣琴”倾注了他所有的无奈与挣扎。虽然王粲也有“独夜不能寐，摄衣起抚琴”（《七哀三首》其二），但其忧思仅是思乡而已，远不如阮氏之深广、之痛苦。

这“忧思”究竟是怎样的，诗人没有直言，转而写室内之景，身之所感：“薄帷鉴明月，清风吹我衿。”月光如水，覆照薄帷，诗人的衣襟被清风吹拂，有几分凄清，几分感伤。在夜深人静之时，世间皆已入睡，但诗人却独自徘徊月下。看似纯粹写景，其中却包含无穷意味。

“孤鸿号外野，翔鸟鸣北林。”如此凄清环境中，又耳闻孤鸿在野外哀号，飞鸟在北林中悲鸣。叫声凄怆，更惹人伤怀。“徘徊将何见，忧思独伤心。”诗人孤单徘徊，到底能看到什么呢？只有茫茫一片，故而“忧思独伤心”。

都说阮籍是忧谗畏祸，故而发出这种感叹。《文选》中，李善引南朝宋颜延之言：“阮籍在晋文代，常虑祸患，故发此咏耳。”李善自己也说：“嗣宗身仕乱朝，常恐罹谤遇祸，因兹发咏。”但仅仅只是“忧生之嗟”吗？死亡难道真有那么可怕？其中的原因恐怕没有那么简单。清人何焯在《义门读书记》卷四十六说过：“籍之忧思所谓有甚于生者，注家何足以知之。”阮籍哪里只是为了区区的生死安危而忧，他忧的是作为一个有抱负的人，活在这样的世上是何其艰难，他的所有梦想都只能成为泡影。

穿过岁月的重重迷雾，仿佛能看到一颗孤寂的心灵在尘世挣扎。他的非同一般的领悟力使他超越了他的时代，但智者注定是寂寞的，于是他做出了种种怪异、不合常理的举止。母死之日仍坚持与友人下完那盘棋，醉卧酒馆老板娘脚下，为陌生的兵家女而哭。无法想象这个男人经历了多少痛苦与挣扎。

阮籍，原先也有雄心壮志，《晋书·阮籍传》说：“籍本有济世志，属魏、晋之际，天下多故，名士少有全者，籍由是不与世事，遂酣饮为常。”最后却因黑暗的政治时局而陷入绝望。他活得一点也不淋漓尽致。要么就像嵇康那样傲视权贵，宁为玉碎，不为瓦全；要么就像山涛依附贵胄，换得个安稳的现世。（墙峻峰）

和郭主簿二首　陶渊明

其一

蔼蔼堂前林，中夏贮清阴[1]。凯风因时来，回飙开我襟[2]。息交游闲业，卧起弄书琴[3]。园蔬有余滋，旧谷犹储今。营己良有极，过足非所钦。春秫作美酒，酒熟吾自斟[4]。弱子戏我侧，学语未成音。此事真复乐，聊用忘华簪[5]。遥遥望白云，怀古一何深[6]！

【注释】　①蔼蔼（ǎi）：茂盛的样子。②凯风：指南风。回飙（biāo）：回旋的风。③息交：停止官场中的交往。游：优游。闲业：指书琴等六艺等，与仕途相对。④舂（chōng）：捣掉谷类的壳皮。秫（shú）：即黏高粱。多用来酿酒。⑤聊：暂时 。华簪（zān）：华贵的发簪。这里比喻华冠，指做官。⑥白云：语出《庄子·天地》："夫圣人，天下有道，则与物皆昌；天下无道，则修德就闲。千岁厌世，去而上仙，乘彼白云，至于帝乡。"后常用白云乡指代神仙居住的地方。

【赏析】　这一首《和郭主簿二首（其一）》可以说是最正宗的农家乐，充满精神上的愉悦，这恰恰是我们现代人最为缺乏的东西。

陶渊明曾几度出仕，误落官场樊笼一十三年，最后一次是四十一岁在任彭泽县令时，因不愿"为五斗米折腰向乡里小儿，即日解绶去职"，为官仅八十余日。此诗应是他归隐浔阳，开始躬耕田园的生活后所写，全诗散发着诗人摆脱官场樊笼之后的那种轻松自得和闲适惬意。

"蔼蔼堂前林，中夏贮清阴"，真乃神来之笔。有过乡村生活经历的人，对此会特别有体会。儿时住在乡间，屋前屋后都种满了绿树，每当盛夏酷热难当时，坐在树下，便会被一汪绿荫和凉意所包围，热气立消。凉意本是无形之感，但在诗人笔下，成了有形之物，可以被堂前的树林所贮积，随时可取用。

田园生活的乐，当然不只在美景上，更多的是精神上的快乐。没有公务俗事的烦恼，也没有外界的干扰，一觉醒来之后，悠闲地读书，抚琴，真是人生一大快事。再不用为五斗米折腰，因为家中菜园蔬菜有余，去年的存粮犹储，要维持生活已经足够，诗人并不羡慕大富大贵。在物质上，诗人是无比知足的。陶渊明乃爱酒之人，酒当然是不可少的，现在可以自己酿酒，自斟自酌，何其乐哉！每日在家与妻儿团聚，尽享天伦之乐，尤其是可爱的小儿子在身边牙牙学语，更是让人备感幸福。拥有这无数的快乐，哪里还会在意那些虚无的仕途富贵？最后诗人望着天空的白云，不禁兴起怀古之志。

陶渊明的诗从来不写奇景奇事，也很少抒发激烈的感情。他的诗给人最大的感受就是平淡质朴，意境浑成，生活气息异常浓郁。这首诗写的都是一些日常生活场景，普通的家常话一一流出，自然天成，没有丝毫的矫揉造作。如第一句的"贮"字，就好像树荫下的清凉，可以用手捧掬一般；又如"卧起弄书琴"的"弄"字，写出了诗人的悠游自在。他的诗有着本色之真，但这种本色也并非随口而出，质木浅陋，而是经过千锤百炼之后的练达，是一种最高层次的"真"。(墙峻峰)

归园田居　陶渊明

其二

野外罕人事，穷巷寡轮鞅①。白日掩荆扉，虚室绝尘想②。时复墟曲中，披草共来往③。相见无杂言，但道桑麻长④。桑麻日已长，我土日已广。常恐霜霰至，零落同草莽⑤。

【注释】　①野外：郊野。罕：少。人事：指官场上复杂的人际关系。穷巷：偏僻的里巷。轮鞅（yāng）：本指车轮和套在马颈上的皮带，这里为车马的代称。②荆扉：柴门。尘想：世俗的观念。③墟曲：乡野。曲，隐僻的地方。披：拨开。④杂言：尘杂之言，指仕宦求禄等言论。

但道：只说。⑤霰（xiàn）：小雪珠。

【赏析】 陶渊明于晋安帝义熙元年（公元405）十一月，辞去彭泽令而归隐。作《归去来辞》，以抒写他脱离官场的喜悦心情和隐居田园的生活乐趣。不久，又写了组诗《归园田居》五首，进一步表达了他对官场的厌倦和对田园劳动生活的热爱。本诗为其中的第二首，集中写他归园田居的生活情趣。开首“野外罕人事，穷巷寡轮鞅”两句，先从环境描写下笔，写出他居住在田园的清闲和幽静。两句联系起来意为：住在田园郊野，穷乡僻巷之中，极少有那种世俗和官场的人际交往。无疑他的心情是格外舒畅的。“白日掩荆扉，虚室绝尘想”。这两句由环境的幽静转为写室内的幽静。其中“荆扉”即柴门；“尘想”指世俗的想法。两句联系起来说：白天关着门，独处虚室，而摒绝了一切世俗的念头。这表明他对钩心斗角，尔虞我诈的官场生活已经十分厌烦了。“时复墟曲中，披草共来往”。这两句是写他在田园的活动。其中“墟曲”犹言“墟里”，也就是乡野；“披”在这里为拨开的意思。两句联系起来意为：经常在乡野闾里和劳动的村民共事来往。说明他身在田园，心也在田园了。“相见无杂言，但道桑麻长”，这是说他与农民有了共同语言，其中“杂言”与第一首的“尘杂”是同一意思。联系起来这两句是说：与农民相见时并不谈那些尘杂之事，只谈论桑麻等庄稼生长之类的话。说明他与农民已经建立起了淳朴的友谊。“桑麻日已长，我土日已广。常恐霜霰至，零落同草莽。”其中“霰”为小雪珠；“莽”与草同义。四句联系起来是说：所种的桑麻一天天在生长，开垦的土地也一天天更宽广了。但所担心的是：风霜雨雪的到来，会使桑麻受到摧残，像野草一样枯萎零落下去。这几句写出了他劳动的真正体会，也写出他与农民之间一致的关心生产活动。

这首诗从思想内容上说，比第一首更加深入了一步。它已不是单纯在抒发脱离官场回到田园的愉快心情了。而是写他通过劳动、逐渐同农民有了更多的联系，建立了深厚的感情。在与农民和谐相处，互相来往中，有了共同的语言和感情。这说明陶渊明的思想起了质的变化，已经超出一般有进步思想的知识分子的范畴。

这首诗在艺术上乍看起来似乎没有什么惊人的地方，诗中既找不到绚丽奇特的形象，也没有夸张的手法和华美的词藻。说的都是平常话，写的也是平常事。像“桑麻日已长，我土日已广”等句子，简直类似民间歌谣，明白如话。一切如实说来，平平淡淡，但是就在这种平淡无奇中，却含蕴着作者炽热的思想感情以及浓郁的田园生活气息。反映出陶渊明作为一个初步劳动者特有的心情以及农村生活那种淳朴气氛。（段紫陌）

饮酒诗　陶渊明

其五

结庐在人境，而无车马喧。问君何能尔？心远地自偏。采菊东篱下，悠然见南山。山气日夕佳，飞鸟相与还。此中有真意，欲辩已忘言。

【赏析】　如果陶渊明是生在政治清明的时代，可能就是一个风流的孟夫子，美名扬则扬矣，但却不能在精神上震撼人心。所以我总是想，是那个特殊的年代，才成就了独一无二的陶渊明。三曹、建安七子、竹林七贤、陶渊明、游仙诗、玄言诗，莫不风格迥异，而且诗歌背后都藏着极深的内涵，谁叫他们都活得如此痛苦呢？在经历了极大的心理折磨之后，有些人会隐忍沉默，如阮籍；有些人会慷慨陈词，如嵇康；有些人却会看淡一切，达到一种超然。陶渊明便是这最后一种人。

陶诗以平淡著称，而《饮酒（其五）》是最广为人知的，也是最能体现陶渊明的平淡诗风以及他的人生哲学的篇章。

陶渊明并非只是在官场上混不下去才决定归隐的，他是真正地了解自己的内心，实在是没有办法按照当时的价值尺度去生活。如果要他委屈自己，用尽心机去钻营，完全放弃自己的尊严，只为得到地位和名利，那是违背自己的内心，是他无法做到的。所以虽然他居于闹市，但却并没有感觉到车马的喧闹，因为自己“心远地自偏”，外界的纷纷扰扰已经无法搅乱他的内心。如果是一个定力不强的人，难免会受到外界影响，被名利所诱惑。

远离了世俗的诗人，是如何生活的呢？他的人生观、价值观如何呢？诗人并没有直接论述大道理，而是通过形象来表现。“采菊东篱下，悠然见南山”，悠然二字已经透露出诗人的生活状态，没有丝毫为名利所扰的浮躁，人与自然合而为一。此中的真意，诗人说“欲辩已忘言”，实际上也不需要辩了。任何人都会被这幅美丽的画面所感染。这是一种真纯的境界。

在我看来，“真纯”的境界有三个层次。第一个层次是最浅的层次，对一切都是懵懂无知，那种真纯是任其自然，非常原始的；等到知识日渐广博、阅历日益丰富，就可以做到在社会上游刃有余，人情练达，这是第二个层次；后来看尽世事，勘破人世繁华，却仍然保持一颗赤子之心，这便进入了第三个层次，也是最高的一个层次。不过实际上，大多数人都是停留在第一个层次，少数人可达到第二个层次，但很少有人能达到这第三个层次。要做到游刃有余已经有相当难度，更何况还要无欲无求，继续保持真纯。

“似淡而实腴”，陶渊明的诗，大多在字面上写得很浅，好像很容易懂；内蕴却很深，需要反复体会。对于少年人来说，有许多东西恐怕要等生活经历丰富了以后才能真正懂得。

绚烂之后，归于平淡，便是陶渊明。(墙峻峰)

读《山海经》 陶渊明

其一

孟夏草木长，绕屋树扶疏。众鸟欣有托，吾亦爱吾庐。既耕亦已种，时还读我书。穷巷隔深辙，颇回故人车。欢言酌春酒，摘我园中蔬。微雨从东来，好风与之俱。泛览周王传，流观山海图①。俯仰终宇宙，不乐复何如。

【注释】 ①山海图：即指《山海经》，该书除文字记录外，还有插图。周王传：即记周穆王西游的神奇故事《穆天子传》。

【赏析】 《山海经》被鲁迅称为“巫书”，其中包含了无数丰富的神话传说、山川异物。这部古书自从问世之后，很少有人公开引用过，它与传统的经书大相径庭，普通士人哪敢提及？而陶渊明提到《山海经》，却是泰然自若，并且堂堂正正地以“读《山海经》”为题写诗，可谓卓识高见。这样有意识地集中谈及《山海经》，并对其所载之内容进行讨论，陶渊明的这组诗应该算是首次。

说是读《山海经》乐，实是田园生活之乐。你看，“孟夏草木长，绕屋树扶疏”，初夏时节，气候怡人，春花虽已将尽，但草木却更加茂密繁盛，而自己所居的茅庐便是在这片绿荫环绕当中。环境如此幽静，连鸟儿都因有枝叶扶疏的树木可以依托而感到高兴，何况是我这个主人呢？对于自己这个绿荫环抱的房舍，更是珍爱无比。诗人的无比欣喜之情，颇能感染读者。实际上鸟儿是自然地依托树木，何“欣”之有，那是诗人推己及物，“观物观我，纯乎元气”。五、六句说自己耕种之余，时常读书。七、八句说僻处穷巷，贵人不来，无人打扰。“欢言”句写酒食之适口，“微雨”句写风雨之惬意。

在用大段篇幅倾诉了田园生活的乐之后，诗人最后才点出主题。“泛览”二句不仅点了题，而且以“周王传”为陪衬，暗示了诗人爱读之书的内容性质。最后二句，更是绝妙之语。“俯仰终宇宙，不乐复何如。”低头昂首之顷，泛览流观之际，就可穷尽宇宙间的万千事理，读这样的书又怎不令人快乐呢！

如果诗人仍然“在樊笼里”，绝对不会有这样的欣然。他的隐居生活之可乐，是以“隔深辙”、“回故人车”为前提的。在当时政治黑暗、社会动乱的背景里，能够相对地回避一下污浊的现实，求得哪怕是短暂的宁静，也是一种享受。美好的自然景色可使诗人的感情得到“净化”，使他内心的痛苦得到某种“缓冲”。而《山海经》内容丰富，包罗万有，可以益人知识，启迪智慧，它的神话故事更可使人产生憧憬、希望和理想。对于饱经苦难的乱世之民（包括诗人在内）来说，读《山海经》无疑是一种精神上的安慰和享受。如果说对田园之美的欣赏使诗人的心灵得以净化的话，那么《山海经》神话则使他的精神境界得到了进一步的升华。读《山海经》之乐，就乐在此处。

这首诗的基调仍然有陶诗一贯的冲淡，笔触也是悠闲的。但冲淡里已流露出希望，悠闲里已蕴蓄着激情，特别是在诗的末尾。

敕勒歌　北朝民歌

敕勒川，阴山下。天似穹庐，笼盖四野。

天苍苍，野茫茫，风吹草低见牛羊。

【赏析】　南北朝民歌具有显著的差异，前者轻艳绮丽，委婉缠绵，一如江南少女，多情而温柔；后者粗犷雄放，刚劲有力，恰似塞北健儿，勇悍率真，豪爽坦直。若用西洋美学概念来表示，前者属于“优美”的类型，后者则更具“崇高”的倾向。这种审美趣味上的差异，究竟是怎么造成的呢？我们不妨从《敕勒歌》来作些分析，这对理解《敕勒歌》本身也是有意义的。

敕勒是古代中国北部的少数民族部落，它的后裔融入了今天的维吾尔族，这首诗就是敕勒人当日所唱的牧歌。不过，北朝时敕勒族活动的地域不在今天的新疆，而是在内蒙古大草原上。

前四句是对他们的生活环境的咏唱。“敕勒川”，不知是今天的哪一条河流，而且即使在当时，也未必是一个固定的专名，恐怕只是泛指敕勒人聚居地区的河川罢了。阴山，又名大青山，坐落在内蒙古高原上，西起河套，东接内兴安岭，绵亘千里。敕勒人歌唱起他们所生活的土地时，就以这样一座气势磅礴、雄伟无比的大山为背景。就具体的地理位置而言，这样说未免有些含糊，但作为诗的形象，一开始就呈现出强大的气势和力量。接下去，诗人又给我们描绘了一幅苍茫辽阔的图卷：在一望无垠的大草原上，满眼青绿，无边无际地延伸开去，只有那同样辽阔的天宇，如同毡帐一般从四面低垂下来，罩住浩瀚的草原。如此风光，使人心胸开张，情绪酣畅。

在江南，山岭起伏，河流曲折，植被丰富多彩，景观充满细部的变化，人的注意力，也就容易被一山一水，甚至一草一木所吸引，形成细腻的审美感受，关注于色彩与线条的微妙韵味。而在北方，特别是在大草原上，自然景观是单纯的，色彩和线条也没有多少变化。由于缺乏可供细细观赏的东西，于是抬眼就望到天际，开口就是粗豪的调子。

这里面还有一种不易察觉的因素在起作用。草原上的人，是没有土地私有观念的。他们逐水草而居，天地之间，凡可放牧的地方，都可以视为自己的家。即使，由于习惯，由于不同的种族分别占有了各自的疆域，他们的活动也有一定范围，这范围也绝不像农业地区尤其是江南地区人们日常活动的范围那么狭小：一座村庄、几所房屋、若干亩土地。在视界里，牧民的“家”仍旧是无边无际的。这种生活，培养了草原上人们自由豪放的性格，也培养了壮丽的美感。他们不会像江南人那样，歌唱小小荷塘里娇艳的莲花，村头路旁婀娜的柳丝；在他们的感觉中，敕勒人共同拥有着望不到尽头的大山，望不到尽头的河流，望不到尽头的草原，而天恰似“穹庐”（现在所说的蒙古包)，笼盖着他们共同的“家”，他们便讴歌这样的“家”。

“天苍苍，野茫茫”，仍然以浑浑浩浩的笔调写景，但这已经是为下一句作背景了。“风吹草低见牛羊”是画龙点睛的一笔，我们看到在苍苍茫茫的天地之间，风吹拂着丰茂的草原。时而在这里，时而在那里，露出遍地散布的牛群和羊群。画面开阔无比，而又充满动感，弥漫着活力。诗没有写人，但读者不会不意识到那遍布草原的牛羊的主人——勇敢豪爽的敕勒人。他们是大地的主人，是自然的征服者。只有他们，才能给苍茫大地带来蓬勃生机，带来美的意蕴。在诗中，我们不但感受了大自然的壮阔，更重要的，是感受了牧人们宽广的胸怀和豪迈的性格。那是未被农业社会文明所驯服、所软化的充满原始活力的人性。

在文明发展的过程中，人不断得到新的东西，也不断失去原有的东西。因而，就像成年人经常回顾童年的欢乐，生活在发达的文明中的人们，常常会羡慕原始文明的情调。《敕勒歌》在重视诗的精美的中国文人中，也受到热烈的赞美，原因就在于此吧？(贺圣遂)

唐代

于易水送人　骆宾王

此地别燕丹，壮士发冲冠①。

昔时人已没，今日水犹寒②。

【注释】　①易水：河流名，是战国时燕国的南界。燕太子丹在此地送别荆轲。壮士：这里指荆轲，战国卫人，刺客。发冲冠：形容人极端愤怒，因而头发直立，把帽子都冲起来了。冠：帽子。②没（mò）：死，即“殁”。犹：仍然。

【赏析】　要完整地、深刻地理解一个作品或者一首诗，就应该首先理解它的作者。

要读懂骆宾王的诗，必须先读懂骆宾王这个人。说起骆宾王，几乎每个人都会背这样一首“儿歌”：“鹅，鹅，鹅，曲项向天歌。白毛浮绿水，红掌拨清波。”但你不一定知道他的作者就是骆宾王。

关于骆宾王的身世、性格等等，诗人兼学者闻一多先生说过几句概括性的话，很可以作为我们的参考。他说，骆宾王是“历史上著名的‘浮躁浅露’不能致远的‘殷鉴’”。又称他是“久历边塞而屡次下狱的博徒革命家”，说他是博徒革命家，大概是因为他晚年跟随徐敬业在扬州起兵反对武则天。但后来兵败，骆宾王也不知所终。闻一多先生又说他“天生一副侠骨，专喜欢管闲事，打抱不平、杀人报仇、革命、帮痴心女子打负心汉”。其他的不必论，我们且看看他的侠骨——透露在诗里的侠骨。

《于易水送人》本是一首送别的诗，但在骆宾王的手里，送别的诗却是满纸豪侠精神！

这样短促简洁的文字，哪里有半点儿女情长！千载以还，犹且让人感到骆宾王诗中啸出的剑气，正破空而来，击打着易水的冰凉。

史载，公元前227年，燕太子丹遣荆轲刺秦王。其先，荆轲受燕太子丹知遇之恩，誓为报，所谓“士为知己者死”也。这真是旷古未有的一场悲壮的送别，而送别的地点就在易水之上。秋风萧瑟，易水深寒。燕太子丹及宾客，还有数百士兵，全身皆着素服，送荆轲于易水。送别之时，荆轲的知交，燕国击筑第一高手高渐离为荆轲击筑送别。歌声短促、悲凉，易水为之呜咽，士兵皆垂泪涕泣。在一片慷慨悲歌中，荆轲登上车子，把鞭子朝空中重重地一甩，头也没回，绝尘而去。

大约九百年以后，骆宾王站在易水边，心里感叹不尽。他想到了什么呢？也许他是这样想：燕赵古称多慷慨悲歌之士，今尚有其人否？也许他是这样想：荆轲啊，你虽死犹生，你的侠义精神必将千秋万代流淌在华夏儿女的血脉中。此刻我在易水边看到当年的遗迹，想见你的风采，我就热血奔流啊！我也要仿效你的壮烈，去干一番宏伟的事业。也许他是这样想：荆轲啊荆轲，你太孤独了，人们都快把你忘了啊，只有易水还在呜咽，犹且记得你的壮烈啊！大约两千二百多年以后，当我们坐在安静的课堂上或者静谧的书房里，读到骆宾王的这首诗时，我们会不会去翻一下在司马迁的《史记》里记载着的荆轲的传奇呢？我们会不会也像骆宾王深深地感到一点内心的温暖呢？荆轲啊荆轲，你用决绝的赴死的悲壮，温暖了天下后世多少志士的心啊！（江城子）

送杜少府之任蜀州① 王勃

城阙辅三秦，风烟望五津②。与君离别意，同是宦游人③。海内存知己，天涯若比邻④。无为在歧路，儿女共沾巾⑤。

【注释】 ①少府：官名。之：到、往。蜀州：今四川崇州。②城阙（què）辅三秦：城阙，即城楼，指唐代京师长安城。辅，护卫。三秦，指长安城附近的关中之地，即今陕西省潼关以西一带。五津：指岷江的五个渡口白华津、万里津、江首津、涉头津、江南津。这里泛指蜀川。③宦（huàn）游：出外做官。④海内：四海之内，即全国各地。古代人认为我国疆土四周环海，所以称天下为四海之内。比邻：并邻，近邻。

⑤无为：无须、不必。歧（qí）路：岔路。古人送行常在大路分岔处告别。

【赏析】　王勃是“初唐四杰”之首，这位应了张爱玲说的“出名要乘早啊”的早慧的天才20岁时就写下了骈文史上堪称完璧的《滕王阁序》，留下了“落霞与孤鹜齐飞，秋水共长天一色”这样震烁古今的名句。关于王勃其人，毛泽东的几句话讲得掷地有声：“这个人高才博学，为文光昌流丽，……以一个二十八岁的人，写了十六卷诗文作品，与王弼的哲学、贾谊的历史学和政治学，可以媲美。都是少年英发，贾谊死时三十几，王弼死时二十四。还有李贺死时二十七，夏完淳死时十七。都是英俊天才，惜乎死得太早了。青年人比老年人强，贫人、贱人、被人们看不起的人、地位低的人，大部分发明创造，占百分之七十以上，都是他们干的。”毛主席的这一番话，值得我们好好品味。

“海内存知己，天涯若比邻。”王勃的这一句注定将要穿越时空而永垂不朽的友谊的宣言，让人无限温暖。我细味这句诗，心底泛起阵阵涟漪。在整个中华文化史上，除了王勃，还有谁能说出这样直接而又亲密的话语呢？除了在初唐时代这个神秘时空的交会点上，哪个朝代又曾继响过这浑厚清越的音调呢？这是一种沁人心脾的体贴，这是一种心灵相通的巨大震颤，这是一种仿佛天外之音的呢喃，这是一种无法言说的美丽。在这温暖之中，我忍不住想：人为什么需要朋友？亲爱的读者，我问你：我们为什么需要朋友呢？

古今中外，关于友谊的咏叹可谓多矣。“嘤其鸣兮，求其友声”，《诗经》里是这样唱的；“莫逆于心，遂相与友”，庄子是这样说的；“少年乐新知，衰暮思故友”，韩愈是这样理解的。哲学家培根说得尖锐而又沉痛：“缺乏真正的朋友乃是最纯粹最可怜的孤独；没有友谊则斯世不过是一片荒野。”直到今天，深深地震撼着我的心灵并给予我的心灵以养分的，依然是那些闪耀星空的关于友谊的不朽传说：伯牙和钟子期高山流水遇知音，“萧何月下追韩信”，以及《老人与海》中老渔夫与小男孩如海洋般广阔而又明净的友谊，《鲁宾逊漂流记》中鲁宾逊与“星期五”荒岛相依的历险记，等等。

人不是野兽，人不能没有朋友。只要你愿意用心去感受温暖并给人以温暖，我们就不会没有朋友。我们生活在这个世界上，到处充满了人与人之间的联系。友谊，对于每个心灵来说，都是一种需要，一种迫切的需要，它的重要性仅仅排在生存与安全之后。这是心理学家马斯洛的人类需要层次论告诉我们的。也许我们只有在真正体味到孤独的时候，我们的内心才会真切地渴望友谊。但是，别忘了，不要让你的内心世界成为一片可怕的荒野，要在你的内心点燃一片温暖的光芒，把天涯变成比邻。（江城子）

代悲白头翁　刘希夷

洛阳城东桃李花，飞来飞去落谁家。洛阳女儿惜颜色，坐见落花长叹息。今年花落颜色改，明年花开复谁在？已见松柏摧为薪，更闻桑田变成海[①]。古人无复洛城东，今人还对落花风。年年岁岁花相似，岁岁年年人不同。寄言全盛红颜子，应怜半死白头翁。此翁白头真可怜，伊昔红颜美少年。公子王孙芳树下，清歌妙舞落花前。光禄池台开锦绣，将军楼阁画神仙[②]。一朝卧病无相识，三春行乐在谁边。宛转蛾眉能几时，须臾鹤发乱如丝。但看古来歌舞地，惟有黄昏鸟雀悲。

【注释】　①沧海桑田：沧海，大海；桑田，种桑树的地，泛指农田。比喻人世间事物变化极大，或者变化较快。典出晋代葛洪《神仙传·麻姑》：麻姑自说云："接侍以来，已见东海三为桑田。"②光禄：官名，九卿。秦汉负责守卫宫殿门户的宿卫之臣，后逐渐演变为总领宫内事务。秦名郎中令，汉武帝太初元年（前104年），改名光禄勋。光禄勋居于禁中，接近皇帝，是权位的象征。《后汉书·马援传》（附"马防传"）载：马防在汉章帝时拜光禄勋，生活很奢侈。文锦绣：指以锦绣装饰池台中物。将军：一说用指东汉贵戚梁冀的典故，他曾为大将军，大兴土木。又说用唐太宗李世民命人在凌烟阁为二十四功臣画像的典故。这里用来形容老翁也曾历经人世繁华。

【赏析】　这是一首拟古乐府，题又作《代白头吟》。“代”，含有拟作的意思。

“洛阳城东桃李花，飞来飞去落谁家”，诗以落花起兴。花开固然美好，但这一时的繁华，终究避免不了“零落成泥碾作尘”的悲剧命运。这两句写景，奠定了全诗感伤的基调。接下来是由花及人，“洛阳女儿惜颜色，坐见落花长叹息”，因为见到落英缤纷，她不由得怃然长叹。叹息什么呢？“今年花落颜色改，明年花开复谁在？已见松柏摧为薪，更闻桑田变成海。古人无复洛城东，今人还对落花风。年年岁岁花相似，岁岁年年人不同”，这几句具体讲述“洛阳女儿”叹息的原因。原来，她是因花落而自伤。花落谁家不可预料，她将来的命运，也与这落花一样难以掌握，怎能不令人悲伤？今年花落，明年还会再开；明年“今日此门中”，不知道又将是谁在这里对着落花独自神伤？行文至此，令人不禁想起了《红楼梦》里《葬花吟》“桃李明年能再发，明年闺中知有谁”、“侬今葬花人笑痴，他年葬侬知是谁”的句子。这位洛阳女儿面对落花的感慨，与林黛玉何其相似！松柏会伐为薪柴，桑田会变为沧海，人非金石，如何能与天地竞寿？以前，古人曾在此嗟叹落花；今天，她在此伤悼春残；明年，伤心之人又将会是谁呢？“年年岁岁花相似，岁岁年年人不同”两句，将这种伤感升华为一种哲学的思考。“花相似”、“人不同”，将岁月无痕与人生短暂对举，真令人心惊不已。“年年岁岁”、“岁岁年年”两个短语，回环复沓，于时光无情流逝中流露出青春难以永驻的悲伤，使这两句成为传诵千古的名句。

后半部分开始转入描写“洛阳女儿”的对立面——“白头老翁”。“寄言全盛红颜子，应怜半死白头翁”，正当青春妙龄的“洛阳女儿”尚且伤感难抑，那已届垂暮的“白头老翁”恐怕更有理由悲叹吧？其实不然。在永恒的时间面前，人类无疑是渺小而微不足道的。“白头翁”的老态，其实就是“洛阳女儿”的明天。不管男女老少，所有人同此一悲，概莫能外。诗人唯恐读者不能明白其中的道理，再进一步描绘“白头老翁”的过去：“此翁白头真可怜，伊昔红颜美少年。公子王孙芳树下，清歌妙舞落花前。光禄池台开锦绣，将军楼阁画神仙。”这位老翁也曾有过年轻而辉煌的过去。当他还是“红颜美少年”的时候，也曾与“公子王孙”在“落花前”共同欣赏“清歌妙舞”。他的生活如同马防（“光禄”）一样奢华，还是梁冀（“将军”）这样的贵戚家中的座上宾。可见，年轻时的“白头翁”，曾是何等显赫的气派！可是，“一朝卧病无相识，三春行乐在谁边”，富贵无定、盛衰有时，昔日的“宛转蛾眉”，转瞬就“鹤发乱如丝”了。所有繁华，一切成空。“但看古来歌舞地，惟有黄昏鸟雀悲”两句，与上文“已见松柏摧为薪，更闻桑田变成海”互相呼应，更是令读者心中升起一种挥之不去的感伤情怀。

这首风格清丽、音韵优美的诗歌，以妙龄少女与垂垂老翁对比，蕴含着发人深省的深刻哲理。“年年岁岁花相似，岁岁年年人不同”的警句，令人回味无穷。《大唐新语》记载诗人写作此诗的过程时说：“（希夷）尝为《白头吟》咏曰：‘今年花落颜色改，明年花开复谁在？’既而自悔曰：‘我此诗似谶，与石崇“白首同所归”何异也？’乃更作一句云：‘年年岁岁花相似，岁岁年年人不同。’既而叹曰：‘此句复似谶矣，然死生有命，岂复由此？’乃两存之。诗成未周，为奸所杀，或云宋之问害之。”人们认为这几句是诗人将死的“诗谶”，表明此诗的情调确实过于伤感。但它能够给予读者无比强烈的感染，却正证明了诗人诗艺的高超。闻一多先生对此诗评价极高，认为它的境界犹如“宁静爽朗的黄昏”。孙昱的《正声集》对刘希夷诗大加赞扬，这不是没有缘由的。(阮爱东)

登幽州台歌　陈子昂

前不见古人，后不见来者。念天地之悠悠，独怆然而涕下。

【赏析】　杜甫曾说：“国朝盛文章，子昂始高蹈。”的确如此，陈子昂刚一登上初唐诗坛，就以一声近乎天籁的巨响震动天下。这声巨响就是《登幽州台歌》。

而作为这声巨响的第一串激动人心的音符的，竟是这样一行字：“前不见古人，后不见来者。”笔落惊风雨啊！不服不行。

如果我们把整个唐诗看作一部辉煌的巨著的话，那么，这十个字无疑就是它的开篇！这个惊天动地的开篇难道已经提前向我们泄露了什么天机吗？它究竟想要告诉我们什么呢？

此诗是诗人接连受到挫折，眼看报国宏愿成为泡影，因此登上蓟北楼（即幽州台，遗址在今北京市）慷慨悲吟写下的。这是作者写这首诗的一个直接原因，也可以说是作者产生创作冲动的现实动因和心理基础。蓟北楼（即幽州台）中包含着那段动人心魄的历史，著名的“千金市骨”的故事以及筑黄金台的故事就发生在这个时候。

这段峥嵘岁月里的光荣历史就是陈子昂登上幽州台时盘旋在他脑中且挥之不去的印象。如果我们仅仅从吊古伤今的角度来解读这首诗的话，那么，这首诗的确包含了作者很深的感叹。古代求贤若渴的君主，我未及见，后世也还会有贤明的君主出现，但我也不能见。想想古人，再想想未来，我的内心是多么孤独啊！我真是生不逢时啊！人生短暂，时不我待，何时才能建功立业、实现胸中抱负呢？想到这些，一种深深的怀才不遇之感难道不会在作者心中油然而生吗？

但是这首诗却远远超出了这样肤浅的层次，他是把自己完全放在无穷无尽、无际无涯的时空背景下，来作哲学层次上的思考。这种思考更为彻底，更为宏观，也更具有深刻的悲剧色彩。这是一种对于宇宙起源的追问，这是一种对于时间本质的追问，这也是一种对于人类命运的追问。

让我们试以一种哲学的思考方式来诠释一下这种穷本溯源的追问。亲爱的读者，你的生命中曾经有过一两次这样的时刻吗？你独自一人在暮色苍茫中登上一座阒无人声的高台，或者攀越一座险峻的高山而此刻你正迎风站立山巅，此时，你的思绪非常辽阔而高远，完全进入一种澄明的境界，你的全部心思都不再纠缠于眼前的烦嚣和尘世的扰攘。就在这个时候，你仿佛猛然间被什么东西击中似的一下子触及了时间这个幽灵，你深刻地感觉到了时间的存在与流逝，你深刻地感觉到了宇宙的永恒与辽阔。你独立苍穹，无限柔脆而又孤独，而时间就在你心中水样地流逝，此刻你已经完全被时间的巨浪所打翻、卷走，你已经完全被宇宙的永恒和辽阔所压倒、淹没。一刹那间，你悲从中来，不可断绝。但这绝不是你对于死的恐惧而是你对于生的憬悟，是你仿佛与苍茫天地同呼吸时所体味到的喜悦与悲怆，是你暂时与永恒时空合而为一的希冀与幻梦。但是，时间之矢稍纵即逝，永恒之秘不可复现。苍茫天地之间，你依然独立，上只有天，下只有地，中间只有你。此时，你是否感到自己是既孤独而又伟大的？此时，你是否也会发出一声浩叹：“前不见古人，后不见来者。念天地之悠悠……”

这如歌似泣的诗行难道不是在弹奏着宇宙间的永恒之秘？这铿锵悦耳的唐音难道不是在叙说着不可复现的开国气象？这充满天地元气的柔脆的灵魂难道不是在呼喊自我的悲悯？还有谁能说得这么好呢？是“高台多悲风”的苍凉吗？是“万山之巅，群动皆息”的静穆与彻悟吗？是“天高地迥，觉宇宙之无穷；兴尽悲来，识盈虚之有数”的喟叹吗？是“惟天地之无穷兮，哀人生之长勤。往者余弗及兮，来者吾不闻”的沉思吗？是“宇宙一何悠！人生少至百”的醒悟吗？(江城子)

回乡偶书　贺知章

少小离家老大回，乡音无改鬓毛衰。
儿童相见不相识，笑问客从何处来。

【赏析】　唐代诗人贺知章于三十七岁考取进士，于八十六岁高龄告老还乡，不久寿终。《回乡偶书》这首千古传诵的名篇，不知是否写于贺知章告老还乡之后。如果是写于此时，那真是使人佩服的。因为他应了一位伟大的古罗马哲学家西塞罗所说的话：“我认为，接近死亡的‘成熟’阶段非常可爱。越接近死亡，我越觉得，我好像是经历了一段很长的历程，最后见到了陆地，我乘坐的船就要在我的故乡的港口靠岸了。”《回乡偶书》给人的整个感觉就是这样。在这首诗里，我没有看见大片大片如树叶一样掉落下来的忧伤，我看见的是一片温柔的平和，是一个甜蜜的圆满的微笑。

自称“四明狂客”的老顽童贺知章是可爱的。他是著名的醉八仙中的第一位，这有杜甫的诗为证：“知章骑马似乘船，眼花落井水底眠。”落井后还能安然睡觉？老顽童的“顽劣”真是可爱。贺知章又是李白的知已和忘年交。一个八十多岁的老顽童加上一个神仙似的青莲居士，那个可爱劲让人一想起来就如饮纯醪，颠倒如狂。据说，当年贺知章一见到李白就倾心喜欢，先是“奇其姿”，继之赏其诗而惊呼其为“谪仙人”，再继之而“金龟换酒”，一醉方休。一千三百多年以后，我们读到这些“他人”的往事，而想见当时的情景，方才明白：人生的快意，原在于心灵的饱满，而不是过分地企求人生的圆满。

我们不禁要问，像贺知章这样纵情放诞、豁达无羁的人物，他为什么要于八十六岁高龄孑然一身回乡呢？我认为这个深层的含义可能是，作者着力刻画诗人孤独的形象是为了要还原人生的本质，即年轻时独自一人出去漂泊，老了依然是孑然一身归来。这个更符合作者对于人生的体悟，也更接近人生的本质。

有人认为那个“笑问客从何处来”的儿童是贺知章未曾谋面的孙子或重孙，我并不这样想。我认为，贺知章尽管体悟到了人生的秋凉，但他绝不会像英国诗人托马斯所说的那样：“老年应该怒气冲天，怒斥光明的消逝。”老顽童的性格和作派里没有与时间争衡的懊恼和愤怒，他有的只是一派明净的平和，如水一样明净的平和。

《回乡偶书》共有两首，另一首写道：“离别家乡岁月多，近来人事半消磨。唯有门前镜湖水，春风不改旧时波。”作者把镜湖、水、春风、波浪这样美好的景象叠加到一起，似乎已经让我们直观地体会到了作者内心的一抹明亮和纯净。这样看来，尽管作者已经离家多年，家乡也早已物是人非，但作者的内心依然很平静，就像门前的镜湖水一样。在第一首诗中，尽管作者自述遇到了一些交流上的困难和障碍，但他却能一笑了之，淡然自处，并没有太多的不习惯。

英国哲学家罗素说：“每一个人的生活都应该像河水一样——开始是细小的，被限制在狭窄的两岸之间，然后热烈地冲过巨石，滑下瀑布。渐渐地河道变宽了，河岸扩展了，河水流得更平稳了。最后河水流入了海洋，不再有明显的间断和停顿，尔后便毫无痛苦地摆脱自身的存在。能够这样理解自己一生的老人，将不会因害怕死亡而痛苦，因为他所珍爱的一切都将继续存在下去。”

从这首诗里，我们同样读到了一个从容而淡定的老人的形象，没有太多的感慨，没有满腹的牢骚，没有对于青春老去、物是人非的故作深沉的思考。即便是感叹，也是轻轻的，从容的，悠然的。难道贺知章早已参透了这人生的玄机？真是可爱的老顽童！（江城子）

春江花月夜　张若虚

春江潮水连海平，海上明月共潮生。滟滟随波千万里，何处春江无月明！江流宛转绕芳甸，月照花林皆似霰。空里流霜不觉飞，汀上白沙看不见。江天一色无纤尘，皎皎空中孤月轮。江畔何人初见月？江月何年初照人？人生代代无穷已，江月年年只相似。不知江月待何人，但见长江送流水。白云一片去悠悠，青枫浦上不胜愁。谁家今夜扁舟子？何处相思明月楼？可怜楼上月徘徊，应照离人妆镜台。玉户帘中卷不去，捣衣砧上拂还来。此时相望不相闻，愿逐月华流照君。鸿雁长飞光不度，鱼龙潜跃水成文。昨夜闲潭梦落花，可怜春半不还家。江水流春去欲尽，江潭落月复西斜。斜月沉沉藏海雾，碣石潇湘无限路。不知乘月几人归，落月摇情满江树。

【赏析】　如果我说，《春江花月夜》“以孤篇压倒全唐”，你信不信？

如果我说，若非身处江南，便写不出《春江花月夜》，你信不信？

如果我说，读了这篇诗，倘若你的脑子不是像被什么猛然一下打蒙了，轰然一片空白的话，你便没有读懂《春江花月夜》，你信不信？

……

张若虚是扬州人，一生仅留下两首诗的张若虚，因为这一首《春江花月夜》，“孤篇横绝，竟为大家”。至于扬州这个地方，不说大家也知道，这可是“杏花春雨江南”最具代表性的城市，不仅气候适宜，风景明丽，而且美女如云，人文荟萃，千百年来，引得无数骚人词客竞折腰。“腰缠十万贯，骑鹤下扬州”，这是无数人梦想的神仙般的生活。并且，自古以来，月亮就是扬州的圆。“天下三分明月夜，二分无赖是扬州”，天下三分明月，扬州就占了二分，可见老天爷是怎样钟情于这个富庶的城市了。总而言之，一切自然的、人文的条件都恰到好处地集中到了扬州的身上，再加上张若虚对于美的事物天才般的感受力，终于诞生了与初唐时代气息遥相呼应的《春江花月夜》。

如果《春江花月夜》由一个北方人来写，那肯定写得四平八稳，简练朴拙，这是北方文学的气质。只有南方文学，才会奇情壮采，奔放飘逸，风流潇洒。《庄子》、《楚辞》以及李白的诗歌等等，都是南方文学的精华，像这样的天才作品，哪里能够模仿呢？所以我说，《春江花月夜》只能由南方人来写，并且没有第二篇。《春江花月夜》之所以能够“以孤篇压倒全唐”，其中的奥秘也许就在这里吧。

《春江花月夜》是乐府《清商曲辞·吴声歌曲》旧题。曲调创始于南朝著名的昏君陈后主。陈后主和宫中女学士及朝臣唱和为诗，《春江花月夜》是其中最艳丽的曲调。正是这一体裁，奠定了《春江花月夜》无与伦比的音乐性的美。张若虚的这首《春江花月夜》是借旧题写新诗，借旧瓶装新酒。但是，关键的一步在于，张若虚从宫体诗的绮靡浓艳中振拔出来了，一变而为清新明丽。不仅如此，敏感的诗人还从美的暂促性中一下子觉醒了，认识到了一个最缥缈又最令人惊喜与震怖的存在——永恒，这就把诗人眼前所看到的一切统统升华了，又把那惊鸿一瞥的美顿时化为一个可以触摸的存在了。

全诗从月生写到月落，从春潮着笔而以情溢于海作结，感情的潮水几起几落而又一气灌注，时空的跳跃空灵飞动、了无痕迹，仿佛一首以“月”为主旋律的曲子，节奏井然，悠悠不尽。而作者笔下所述，心中所想，无非是一片流水一样席卷而过的意识流，并没有什么沉重的现实内容和深刻的哲学思考，因此，展现在我们面前的便始终是一派鲜丽华美而又澄澈透明的景观。

“在这种诗面前，一切的赞叹是饶舌，几乎是亵渎。”闻一多在《宫体诗的自赎》中这样惊叹。不仅如此，闻一多简直要手之舞之足之蹈之了，他说："更夐绝的宇宙意识！一个更深沉、更寥廓、更宁静的境界！在神奇的永恒面前，作者只有错愕，没有憧憬，没有悲伤。""'有限'与'无限'，'有情'与'无情'——诗人与'永恒'猝然相遇，一见如故。""对每一问题，他得到的仿佛是一个更神秘的更渊默的微笑，他更迷惘了，然而也满足了。""这里一番神秘而又亲切的、如梦境的晤谈，有的是强烈的宇宙意识、被宇宙意识升华过的纯洁的爱情，又由爱情辐射出来的同情心，这是诗中的诗、顶峰上的顶峰！"

后来，李泽厚在《美的历程》中又对此诗的主旨作了精辟的分析，他说："其实，这诗是有憧憬和悲伤的。但它是一种少年时代的憧憬和悲伤，一种'独上高楼，望断天涯路'的憧憬和悲伤。所以，尽管悲伤，仍感轻快，虽然叹息，总是轻盈。它上与魏晋时代人命如草的沉重哀歌，下与杜甫式的饱经苦难的现实悲痛，都决然不同。它显示的是，少年时代在初次人生展望中所感到的那种轻烟般的莫名惆怅和哀愁。春花春月，流水悠悠，面对无穷宇宙，深切感受到的是自己青春的短促和生命的有限。它是走向成熟期的青少年对人生、宇宙的初次醒觉的'自我意识'，对广大世界、自然美景和自身存在的深切感受和珍视，对自身存在的有限性的无可奈何的感伤、惆怅和留恋。人在十六七或十七八岁，在似成熟而未成熟，将跨进独立的生活程途的时刻，不也常常经历过这种对宇宙无垠、人生有限的觉醒式的淡淡哀伤么？它实际并没有真正沉重的现实内容，它的美学风格和给人的审美感受，是尽管口说感伤却'少年不识愁滋味'，依然是一语百媚，轻快甜蜜的。永恒的江山、无垠的风月给这些诗人们的，是一种少年式的人生哲理和夹着感伤、怅惘的激励和欢愉。你看，'人生代代无穷已，江月年年只相似。不知江月待何人，但见长江送流水'；你看，'年年岁岁花相似，岁岁年年人不同'；这里似乎有某种奇异的哲理，某种人生的感伤，然而它仍然是那样快慰轻扬、光昌流利……。闻一多形容为'神秘'、'迷惘'、'宇宙意识'等等，其实就是说的这种审美心理和艺术境界。"

我想进一步说明的是，既然《春江花月夜》写的是对于青春的一刹那间的觉醒、错愕以及朦朦胧胧的憧憬与悲伤，也许还有如流水一样倏忽而逝的思考，那么，青春究竟是什么呢？法国雕塑家罗丹说："真正的青春，贞洁的妙龄的青春，周身充满了新的血液、体态轻盈而不可侵犯的青春，这个时期只有几个月。”这是从生理上而言的。从心理上说，也许突然遭受的一个挫折和打击，就会在几分钟之间将你整个的青春杀死，片甲不留！（江城子）

登鹳雀楼　王之涣

白日依山尽，黄河入海流。
欲穷千里目，更上一层楼。

【赏析】　《登鹳雀楼》一诗以区区二十字赚尽盛唐气象。

这二十个字对仗之工稳、音节之浏亮、用词之洗练、造境之深远，均已接近炉火纯青之境。进而言之，这二十个字在音节、色彩、动静、意蕴、情思等方面的奇妙组合，像雕刀一样，刻铸出了一个完全给人以一种新的艺术享受，代表着一种新的审美方向和美学追求，具有强烈的浪漫主义色彩和个性特色，青春郁勃、生气弥满、雄浑奔放、光彩熠熠，形式规范和高不可及的范本。这就是后人所艳羡的“盛唐之音”。

可以说，王之涣之所以能写出这样大气磅礴而又朴实自然的作品，一方面自然是其自身气质易于受到时代气氛的濡染和激荡，一方面也还因为他受过极好的训练且具有写作的天才。我真的很怀疑一切可以称得上是天才的作品，大概都是来自“天授”者多，而借助“人力”者寡。比如像王之涣的这首《登鹳雀楼》，整首诗浑然一体、匀称自然，这哪里会是刻意写出来的呢？刻意写出来的诗，大概不至于“皤发垂髫，皆能吟诵”的罢，我想。

“白日依山尽，黄河入海流。”诗的首二句写楼周围的景物，极有层次。诗人在此不用工笔而纯写意象，寥寥十字，气象何其廾阔。沈括在《梦溪笔谈》中记载：“鹳雀楼三层，前瞻中条，下瞰大河。”从王之涣诗中所描写的景色及《梦溪笔谈》所记载的楼的方位判断，鹳雀楼的地理位置是极佳的，我估计这楼的设计者一定是一位胸中有丘壑的艺术家。这样一想之后，我觉得王之涣这首名垂千古的诗的一半功劳，倒是要归功于这位艺术家名下的。

如果没有这位艺术家替他取景，王之涣心中的诗情怎么会在斯时斯楼被逗引出来，并与时代风云和心中哲思偶然遭遇，燃烧成一片永恒的灿烂呢？

“欲穷千里目，更上一层楼。”这第四句诗是写人，而把物和人、景与情连接在一起的是第三句。“欲穷千里目”，从这句诗里，我们揣测，诗人一定是从一楼四周慢慢欣赏，然后登上二楼观赏依山夕照辉映下的滚滚黄河远去，到此时已经颇有一段时间了。并且我们还可以揣测，在二楼上，诗人的目光一定是一直紧紧地追随着一个极其遥远的目标的，也正因此，诗人浑然不觉时间的缓缓流逝。但是，夕阳渐渐西沉，那个目标越来越模糊了，越来越遥远了，诗人感觉到自已的目力无法穷尽了。诗人畅享着这美丽，余兴未尽。于是他才急切地想要登上三楼去，好继续这场美的盛筵。登上三楼后会怎样呢？诗人没有说，也不会说，不必说，不能说。无穷无尽的憧憬和想象，无穷无尽的可能性和人生境界，就在这一句“更上一层楼”中了。

我细味“更上一层楼”这句话，感到它是向我们的心灵发出的一声呼喊。但它究竟在向我们的心灵低语一个怎样的秘密呢？

一则，“更上一层楼”的目标所向，不在于和他人竞争，而在于同自己较量。二则，“更上一层楼”的衡量尺度，不是世俗的标准，而是心灵的天平。三则，“更上一层楼”的真意义不在于得到，而在于享受攀登的乐趣。因此，在现实生活中，我们如果把“更上一层楼”的精神用错了地方，即用于对外在世俗目标和利益的争逐，那么，这就不但无益于心灵的饱满充实和健康向上，而且还要徒然增加心灵的负荷。其实，我们只需善用心灵的力量，而又谨慎地避开无益的诱惑，那么，我们的人生就会时时呈现“更上一层楼”的新美图画。

人生恰如登楼。人生之楼，无形而常在。斯楼也，高百尺而无止境，有境界之分而无高低之别。虽然捷足者自谓先登，才高者觉其已至，然终其一世，人人皆在攀登之中。

人生的每一个阶段、每一种境界、每一个层次，都可以说是人生攀登里程中的一层楼。而我们对于每一个阶段、每一种境界、每一个层次的透彻认识和勇敢超越，就是我们攀登人生高楼的阶梯。(江城子)

过故人庄[①] 孟浩然

故人具鸡黍，邀我至田家[②]。
绿树村边合，青山郭外斜[③]。
开轩面场圃，把酒话桑麻[④]。
待到重阳日，还来就菊花[⑤]。

【注释】 ①过：拜访。庄，田庄。②具：置办。鸡黍：指鸡和黄米饭，泛指招待客人的农家饭菜。黍（shǔ）：黄米，古代认为是上等的粮食。③合：环绕。郭：古代城墙有内外两重，内为城，外为郭。这里指村庄的外墙。斜（xiá）：倾斜。④轩：窗户。场圃：场，打谷场、稻场；圃，菜园。桑麻：桑树和麻，这里泛指庄稼。话桑麻即谈农事。⑤重阳日：指夏历的九月初九。古人在这一天有登高、饮菊花酒的习俗。就，靠近。

【赏析】 《过故人庄》是孟浩然著名的田园诗，写他到一位村居的老朋友家里做客。诗中描绘了山村风光和朋友欢聚的情景，表现了诗人对田园生活的热爱和对真挚友情的赞美，宛如一幅幽美、纯朴的田园风景画和风俗画。

开头两句说，老朋友杀鸡煮饭，邀请我到他的田庄做客。诗人用浅易的文字，随便的语气直叙其事，看似平实，细细品味，却已表现出深厚的情意。故人特意用田家的风味——鸡黍邀请诗人去做客，而诗人招之即至，可见这对老朋友多么亲密无间。家鸡田黍的细节描写，使诗一开篇便透出一股浓郁的田家气息。

三四句写故人村庄的自然景色。“绿树村边合”，写绿树环抱着这个村庄，这是近景。“青山郭外斜”，写一脉青山在城郭外逶迤，展现出开阔的远景。“斜”活画出山的神态。这一联写景，涂抹了“青”、“绿”二色，再加上近树和远山的衬托，显示出农庄地处郊野，环境僻静幽雅，恰是躬耕隐居的大好处所，有世外桃源的风味。这两句在写景中还暗示了诗人的行动和心境。上句分明是途中所见之景。可以想见，他一边向乡村走去，一边欢喜地观赏周围景致。下句可以想象他已到了故人家里，向外眺望远处的山色，感到心旷神怡，视野开阔。

接下去的五六句，写他和老朋友临窗举杯，诗人用“开轩”二字，把故人庭院中的一片打谷场和菜圃引入了画面。诗中描绘窗外景色，窗户犹如画框，景物便如活的图画，别有意趣。看，诗人孟浩然和老朋友面对着窗外的场圃把酒聊天，话题又是关于桑麻蚕丝的农家情事，这就更使人领略到浓烈的泥土气息和田园风味，感受到主客之间是多么无拘无束，感情融和。可以想见，诗人整个身心都陶醉其中了。

结尾两句，诗人很善于剪裁，省略了许多生活细节，而以率真的心愿收束全篇：“待到重阳日，还来就菊花。”诗人只是简淡地写他将在秋高气爽的重阳佳节再来赏菊，而主人的殷勤好客、诗人在田家作客的愉快和依恋不舍之情，已尽在不言中了。

《过故人庄》最显著的特色，便是用口头语写眼前景、叙家常事，却表现出浓郁的诗意，深厚的情味。全诗并没有什么精警的字句，每一句乃至每一个字都是通俗浅近的，诗人平平淡淡地道来，似乎不曾经过锤炼和修饰。但这种朴素的语言、平淡的叙述，却同所要表现的朴实的农家生活非常和谐。农家事和口头语自然融汇成一个亲切感人的诗的意境，境中洋溢着浓郁的生活气息，浓郁的田家风味，特别是浓郁的人情味。人们从这首诗中窥见了劳动人民淳朴善良的心地，并深深体验到人类共同的、普遍的美好感情——友谊的珍贵和温暖，因而自然而然地深受感动，引起强烈的感情共鸣。

出塞（其一）　王昌龄

秦时明月汉时关，万里长征人未还。

但使龙城飞将在①，不教胡马度阴山②。

【注释】①但使：只要。龙城飞将，指汉朝飞将军李广。一说卫青。龙城，甘肃省天水市的别称。据说此地是“人首龙身”的人类始祖伏羲出生地，又称羲皇故里。②不教：不叫，不让。胡马：借指侵扰内地的外族骑兵。度：越过。阴山：昆仑山的北支，自古以来是中国北方的屏障。

【赏析】 从军边塞，驰骋疆场，建功立业，报效祖国。在盛唐诗人中怀有如此壮志的并不鲜见，由此也铸就了前无古人、后无来者的盛唐边塞诗。王昌龄可算盛唐边塞诗的掌门人之一了，他长于七绝，格调高昂，诗家历来评价甚高，被冠以“七绝圣手”之美誉，并以之与李白齐名。《出塞》是王昌龄的代表作，慨叹战事未休，国无良将，意境开阔，感情深沉，其气魄纵横古今，被誉为唐人七绝的压卷之作。

《出塞》，乐府《横吹曲辞》旧题，写军旅从戎之事。以边关、明月入诗，在边塞题材的乐府诗中经常可见，然王昌龄的高妙之处即在“秦汉”之用。历史向前，朝代更替，回首茫茫历史，唯边关战事，一度未息。“秦汉”二字，以互文的手法将历史时空无限延展，明月照边关，征人未还家，意本简单，但假以“秦汉”对明月边关进行修饰，原本简单的意思顿出意境：明月还是秦汉时的明月，边关还是秦汉时的边关，边关唯有明月相伴，依然是这样的荒凉寂寞，然而近千年的历史变换间，多少战争频发于这边关险隘？又有多少征夫将士不远万里来到这里，最后牺牲在这一片荒凉寂寞中？起笔间那苍凉壮阔的意境，感时伤怀的情境，大有“点石成金”、“化腐朽为神奇”的力量。

民族纷争，战事不休，征人未还，诗人内心愤懑，又感慨国无良将，于是慨叹道：如果有“龙城飞将”在，定不叫胡人放马过了阴山！“龙城飞将”承首句“秦汉”之言，乃诗人所呼唤的英雄将领李广。李广乃汉武帝手下的虎将，为平定与匈奴的边关战事而屡次出战，神勇无边，战功赫赫。此处诗人以“龙城飞将”代指自己心目中的英雄名将。阴山是古代中国与北方少数民族政权之间的分界线。“不教胡马度阴山”之意出于此。

诗人视野阔大，胸怀广博，以前人意象唱出雄浑豁达的主旨，气势非凡，豪气万千，吟之莫不叫绝。得无数诗家之青睐，可见“诗中天子”不为虚名。（肖锋）

使至塞上[1] 王维

单车欲问边，属国过居延[2]。
征蓬出汉塞，归雁入胡天[3]。
大漠孤烟直，长河落日圆[4]。
萧关逢候骑，都护在燕然[5]。

【注释】 ①使至塞上：奉命出使边塞。使：出使。②单车：一辆车，这里形容轻车简从。问边：到边塞去慰问。属国：有几种解释：一指少数民族附属于汉族朝廷而存其国号。汉、唐两朝均有一些属国。二指官名，代称出使边陲的使臣，这里诗人用来指自己使者的身份。居延：地名。③胡天：胡人的领地。④孤烟：一指古代边防报警时燃狼粪，“其烟直而聚，虽风吹之不散”。二指塞外多旋风，“袅烟沙而直上”。三指唐代边防使用的平安火。长河：即黄河。⑤萧关：古关名，又名陇山关。候骑：负责侦察、通讯的骑兵。都护：这里指前敌统帅。燕然：古山名，这里代指前线。

【赏析】 边塞诗是唐代诗歌的重要题材，是唐诗当中思想性最深刻，想象力最丰富，艺术性最强的一部分。作者多有切身的边塞生活经历或军旅生活体验，以自己亲历的见闻来写作。《使至塞上》是王维边塞诗的代表作。开元二十五年（公元737）河西节度副大使崔希逸战胜吐蕃，唐玄宗命王维以监察御史的身份出塞宣慰，察访军情，这实际是将王维排挤出朝廷。这首诗就作于赴边途中。

“单车欲问边，属国过居延”，开门见山，直接点出诗人轻车简行要到边塞去访察军情，而这其中路途遥远，要到远在西北边塞的唐朝属地居延去（居延在今甘肃张掖县西北）。“征蓬出汉塞，归雁入胡天”，这里诗人以“蓬”、“雁”自比，说自己像随风远去的蓬草一样出临“汉塞”，像振翅北飞的“归雁”一样进入“胡天”。“飞蓬”在古诗中多用来比喻漂流在外的游子，诗人用在此处自比，正是暗写自己遭到排挤，内心的激愤和抑郁。“单车”、“征蓬”、“归雁”寥寥数字将诗人出塞万里行程悲壮的心情状写出来。“大漠孤烟直，长河落日圆”，这是一句堪称经典的千古绝响，无怪王国维称之为“千古壮观”的名句。诗人抓住出塞途中看到的沙漠中典型的景物进行刻画：荒凉大漠、烽火台上那一缕孤独的浓烟、没有任何树木遮挡显得更长的黄河、圆圆的落日……真乃“言有尽而意无穷”的神来之笔。落笔处“萧关逢候骑，都护在燕然”，则恰如一个正待展开的故事，读者还在苦苦期待后续的精彩，却得知故事到此结束，诗人平静地告知读者：我到了边塞，却没有遇到将官，塞外的侦察兵告诉我，我要找的首将正在燕然前线。

王维长于写景，这是不争的事实。而“一切景语皆情语”，无论是前两句的叙事所用的“单车”、“征蓬”、“归雁”几个意象，还是神来之笔下的“大漠”、“孤烟”、“长河”、“落日”，这些意象呈现出共同的美学特征就是——壮美。边疆大漠的浩瀚无边与荒凉寂寞，刚好衬托出远处烽火台燃起的那一缕浓烟，广阔无边的荒凉中那一缕烟显得格外醒目，格外孤独，此时作者心目中“烟”已被赋予了人的感情，然即便是“孤烟”，诗人仍以一个“直”字赞美了它的劲拔和坚毅之美。荒凉大漠中草木不生、毫无遮挡，横贯其间的黄河，愈发显得长无边际，而原本凄楚苍凉的落日却被诗人以一个“圆”字赋予了暖意和温情。诗人处处写景又处处留情，将自己的孤寂情绪巧妙地融入所状写的情境中去。

叙事平实直白，内容明晰易懂，语言朴素隽永，意境雄浑开阔。状难写之景如在目前，气势流畅，回味无穷……（肖锋）

终南别业 王维

中岁颇好道，晚家南山陲。
兴来每独往，胜事空自知。
行到水穷处，坐看云起时。
偶然值林叟，谈笑无还期。

【赏析】 王维可能是唐代最全面发展的一个文学艺术家，一身多才多艺，诗歌、书画和音乐堪称三绝。他精通音律，善弹琵琶，早年曾做过大乐丞的官，是一个大音乐家。书法兼擅草、隶各体，绘画才能尤为特出，甚至被后人推许为南宗画派之祖，他曾自负地说："宿世谬词客，前身应画师。"其诗歌以山水田园诗成就最高，开创了一个以清淡雅秀为特点的绵延千年之久的诗歌流派，被誉为"诗佛"和"天下文宗"。

《终南别业》是王维诗歌艺术的一个代表作，尤其是其中"行到水穷处，坐看云起时"两句，更是千古传诵。清代大才子纪晓岚评说此诗"由绚烂之极，归于平淡"。倘若王维听了这评价，当会心一笑。

关于这两句诗，我想了很久，越想越觉得写得好。

"水穷处"指的是什么？南山有水，汇流成溪，涓涓而下，莫知其源。你攀岩涉险，溯流而上，想看个究竟。但走到最后，溪流消失不见了。那么，溪流到哪里去了呢？难道世上本"无"的东西，还能生出一个"有"来？你怅然若失，仰望高空，只见浮云飘来飘去，旋生旋灭。噫，浮云是从哪里来的，又到哪里去了呢。你似有所悟。

如果你想到这里就不想了，这是一种态度，这种态度叫作"放下"。世界太奇妙了，人生太奇妙了，你想不明白啊。想不明白还要去想，那不是自寻烦恼吗？反正你又不想成为哲学家什么的，好好活在当下、享受当下就好了，这叫作解脱。

还是"水穷处"这个问题，你可以这样想：水没有了，并不是真没有。它可能是掩于地表之下了，也许此地即是泉眼；或者说天上下雨之后，雨水在此地暂时汇集，现在涧水已经干涸，只剩下一个空潭。想到这里，你索性坐下来，看天上云卷云舒。哦，原来水被太阳蒸发掉了，变成云了，云又可以变成雨，一下雨山涧又会有水了，何必绝望？人生也是如此。在生命的历程中，不论是经营爱情、事业还是学问，你起初勇往直前，义无反顾，走到最后竟然发现那是一条“绝”路，没法子再走下去了。此时，一种山穷水尽、悲哀失落的情绪袭上心来。这种情绪就像一条大毒蛇，缠绕着你整个身躯，咬噬着你的心灵。怎么办呢？生存还是毁灭，消沉还是奋起，放下还是执著？王维告诉我们，“行到水穷处，坐看云起时”。他的意思难道不是说，你不妨往旁边看看或者回头看看，也许有别的路可以通向光明。思路决定出路，换个思路走走，也许又是一片新天地。

也许，人生的绝境多半是自己执迷不悟硬往南墙上撞的结果。

面对人生的绝境，你应当有坐看云起的胸怀。所谓坐看云起的胸怀，就是把你心中一切得失全部放下。一旦你把一切得失全部放下，你的心也就获得了自由。一个拥有自由心灵的人，眼中还会有绝路吗？

世上的事，多半如此。(江城子)

鸟鸣涧　王维

人闲桂花落，夜静春山空。
月出惊山鸟，时鸣春涧中。

【赏析】　《鸟鸣涧》是王维《皇甫岳云溪杂题》五首之一。五首诗每首分写云溪的一处风景。据研究唐诗的学者考证，皇甫岳是一个隐士，大概居住在江南润州丹阳郡（今江苏丹阳）。这组诗是王维在开元末至天宝初年游历江南，到皇甫岳隐居的云溪游览时写的。《鸟鸣涧》这一首描写云溪山中春夜的静谧和迷人。

这首诗在艺术表现上的特点，是以动写静，以声写静，创造出一个幽深、静谧而富于生机的意境。

诗的一二句“人闲桂花落，夜静春山空”，主要写环境的寂静空旷。人闲，即人清闲、安静。桂花，俗名木樨，是一种常绿灌木或小乔木，开白花的叫银桂，开黄花的名金桂，开红花的称丹桂，有秋天、春天、四季开花等不同种类。这里的桂花，是指春桂或四季桂。第一句说，内心十分清闲，环境非常幽静，除了可以看到桂花在晚风中徐徐飘落之外，什么声响也没有。第二句紧承前句：桂花悄无声息地飘落，更使我感到春夜的寂静和山林的空旷。这里可以看到，诗人写环境的寂静，不是直接描写，而是通过自己的感觉去表现。“人闲”两字很重要。正因为人很清闲，心里很静，才能细心地观察周围的景物。这两句主要写静，用花落的动态来表现静境，所以静中有动。

“月出惊山鸟，时鸣春涧中”两句，主要写静境中的声音和动态。月亮从东山那边升起来，给群山抹上了轻柔的光辉；本来在黑夜中沉睡的山鸟，被明亮的月光惊醒了。这里，写月出鸟惊，都是动态。“时鸣”一句，表明鸣声并不连续，也并非群鸟一齐鸣叫。这些栖息在山涧两旁树上的鸟儿，它们时断时续的鸣声，在山涧中回荡。写到这里，诗人很巧妙地点出了诗题《鸟鸣涧》。而月出、鸟惊、啼鸣这些动态的声响，都发生在寂静、空旷的春山之中，因此它们并没有破坏环境的寂静，却反衬出更加静寂之境，但在寂静中，又富有生气和活力。这样，山中春天月夜的静景，在读者的心目中也就显得恬美、温馨、迷人，而不是死寂一片。

在王维以前，梁代诗人王籍曾写出“蝉噪林愈静，鸟鸣山更幽”（《入若耶溪》）的诗句，成功地用蝉鸣、鸟叫反衬树林和山谷的清幽，但王籍这一联，上下句重复表示一个意思，显得有点呆板。王维学习了王籍的表现手法，他在简短的四句诗中，却把“以声写静”和“以动写静”相互结合起来，先后用花落、月出、鸟惊、鸟啼等富于动态和声音的意象，一层层地把清幽的意境烘托出来，可谓“青出于蓝而胜于蓝”。(陶文鹏)

相思 王维

红豆生南国[①]，春来发几枝？
愿君多采撷[②]，此物最相思。

【注释】 ①红豆：又名相思子，一种生在江南地区的植物，呈鲜红色。②采撷（xié）：采摘。

【赏析】 相思之情，人皆有之。但各人表达的方式有不同，我们中国人不太习惯像外国人一样热烈奔放，直来直去。我们的方式比较独特，比较含蓄，也比较富于智慧。我们常常会把很深的感情藏起来，从不轻易流露。即便流露，也只是“临去秋波那一转”，浅浅的，淡淡的，充满了既自然又耐人寻味的诗意和芳馨。我们的真感情，是需要对方用心才能体会出来的。

毫无疑问，这种独特的表达感情的方式，是在中华文化的大树上开出来的一枝奇葩。王维的这首诗，就是一个很好的范例，它用一颗小小的红豆来曲折地传达深刻的相思，具有纯粹东方式的智慧和优美迷人的魅力。要读懂这首诗，我认为有两个关键点。一是，这首诗是一首寄怀之作（也有人说是赠别之作），是写给友人的而不是写给情人的。二是，红豆的生长地在岭南一带，即今广东、海南等地，而北方没有。王维是今山西境内的人，写这首诗时应该是在长安做官。也就是说，作者的家乡既然不生长红豆，而作者本人又从来没有去过南方，所以作者见到的应该只是豆粒而已，而没有见过红豆的自然生态，对红豆没有切身的体会。

明白了这两点，我们就知道，作者写这首诗寄给一位南方的友人，因为南方生长红豆，作者就问友人：春天来了，红豆树应该发芽了吧？作者这样问是很自然的，也是很中国化的表达方式。因为在中国文化里，一地的风土人情或者说特产就是此地的文化象征，所谓“一方水土养一方人”，二者是相互紧密关联，不可分割的，这就是中国的地域文化和乡土观念。我们当然知道，作者写诗寄给友人，不是随意而为的行为，他是因为思念友人才写诗以传达感情的，但作者自然不会明说。于是作者接着说道：等到红豆成熟的时候，我希望你一定要多采些红豆回去，因为我此刻最思慕此物！在这里，物与人又合而为一了，思慕物实际上就是思慕人。这层意思，读到此诗的友人是一看就会明白的，但作者却不明说，而是拐着弯来表达，这就显得含蓄隽永、深刻感人了，像这样的智慧，除了中国人之外，还有哪个民族有呢！

说到这里，大家都明白了，《相思》语言虽简，而意蕴深长。那么，《相思》何以成了千百年来情人们表达相思的颂歌呢？说到底，还是《相思》这首诗含蓄优美的表达方式，恰好契合了中国人的心灵，并深刻地刻画出了我们心灵深处这种共同的情绪。我们都知道，不管是出于亲情、友情还是爱情，只要这种相思之情一经发生，都会在我们心中唤起刻骨铭心的感受和经久不息的煎熬。这是没有任何区别的。既然没有区别，那么《相思》成为爱情的颂歌，就是自然而然的事情。(江城子)

将进酒[①] 李白

君不见黄河之水天上来，奔流到海不复回！君不见高堂明镜悲白发，朝如青丝暮成雪！人生得意须尽欢，莫使金樽空对月。天生我材必有用，千金散尽还复来。烹羊宰牛且为乐，会须一饮三百杯[②]。岑夫子，丹邱生[③]，将进酒，杯莫停。与君歌一曲，请君为我侧耳听：钟鼓馔玉不足贵[④]，但愿长醉不愿醒；古来圣贤皆寂寞，惟有饮者留其名。陈王昔时宴平乐，斗酒十千恣欢谑[⑤]。主人何为言少钱，径须沽取对君酌[⑥]。五花马，千金裘[⑦]，呼儿将出换美酒，与尔同销万古愁。

【注释】 ①将（qiāng）进酒：请饮酒。乐府古题，原是汉乐府短箫铙歌的曲调。将，请。②会须：正应当。③岑夫子：岑勋。丹丘生：元丹丘。二人均为李白的好友。④钟鼓：富贵人家宴会中使用的乐器。

馔（zhuàn）玉：形容食物如玉一样精美。⑤陈王：指陈思王曹植。平乐（lè）：观名，在洛阳西门外，是汉代权贵的娱乐场所。恣：纵情任意。谑（xuè）：戏。⑥径须：干脆，只管。沽：通“酤”，买。⑦五花马：指名贵的马。一说毛色作五花纹，一说颈上长毛修剪成五瓣。

【赏析】 这首气势豪迈、感情奔放的诗，具有极强的感染力，非常形象地表现了李白桀骜不驯的傲气、纵情享乐的洒脱和怀才不遇的愤激。

起笔两个排比长句，挟天风海雨向读者迎面扑来，将李白式的悲而能壮、哀而不伤的情感呈现出来，奠定了全诗的情感基调。“君不见黄河之水天上来，奔流到海不复回”，从空间视角写时光流逝如江河入海一去不回。黄河水来，势不可挡；黄河水去，势不可回；一来一去，都不可逆而又迅疾。“君不见高堂明镜悲白发，朝如青丝暮成雪”，从时间视角写人生苦短，看朝暮间青丝白雪。极度的夸张中，蕴含着让人心惊的时光流逝感。这两句已经写尽个体在宇宙时空中的渺小了。

个体生命渺小脆弱而有限，该如何把握有限的今生？下面就是李白式的人生哲学，达观知命，活在当下，在有限的时间里增加生命的浓度和密度。他开的药方是：酒。

从“人生得意须尽欢”到“杯莫停”，告诉人们要“人生得意须尽欢，莫使金樽空对月”！但他活在当下、及时行乐的论调中又带着强烈的自信和乐观，和魏晋时期弥漫着悲凉消极的及时行乐相比，是有差别的。他用乐观好强的口吻肯定自我“天生我材必有用，千金散尽还复来”！这简直是个体人生价值的宣言，这个人是大写的“人”，虽怀才不遇但相信自己终有积极用世的一天，能驱使金钱而不为金钱所使的豪气，真让一切凡俗之人汗颜。

从“与君歌一曲”到“与尔同销万古愁”，用劝告朋友的口吻告诉世人，把握当下，快快行动。为何要活在当下？李白用老庄达观知命的哲学告诉人们：钟鼓馔玉不足贵，即财利不足贵，都是身外之物；古来圣贤皆寞，即名位不足贵，都是过眼烟云。能永恒的是“唯有饮者留其名”，他以陈王曹植自比，一样的自命不凡，一样的有志难骋，一样的郁勃不平。他以古人之酒杯，浇自己之块垒，在斗酒恣欢谑的洒脱放浪下，隐藏着一颗多么寂寞而孤独的心。

刚露一点深衷，又回到说酒了，以下诗情愈来愈狂。“主人何为言少钱，径须沽取对君酌。五花马，千金裘，呼儿将出换美酒，与尔同销万古愁。”散尽名贵宝物和千金，只图一醉方休！“呼儿”、“与尔”，口气甚大，有一种反客为主的任诞情态。典裘当马，不拘形迹，极其浪漫。接着又迸出一句“与尔同销万古愁”，与开篇之“悲”关合，这“白云从空，随风变灭”的结尾，足显诗人奔涌跌宕的感情激流，这“万古之愁”也似乎将人深深席卷淹没。

通观全篇，大起大落，非如椽巨笔办不到。整齐的长句中时而间杂几个短句，使全诗徐疾有度，富于韵律感和变化美。

静夜思　李白

床前看月光，疑是地上霜。
举头望明月，低头思故乡。

【赏析】　胡应麟《诗薮》说：“太白诸绝句，信口而成，所谓无意于工而无不工者。”李白诗作的那种行云流水般的自然一直为后人所津津乐道，这首《静夜思》就是个绝好的例子。

这首小诗，既没有奇特的想象，也没有华丽的辞藻。它用的是叙述的语气，写常见的景象，然而千百年来，却广泛地吸引着读者，不敢说妇孺皆知，起码也是家喻户晓吧。要问为什么，大概是它巧妙地拨动了人们心中那根微妙的弦吧。有过“独在异乡为异客”的经历，就能体会这首小诗隽永的美。

独自一人作客他乡，白天也许还有这样那样的事情，时间容易打发过去，夜深人静的时候，难免会想起家乡。如果恰是月明之夜，更是辗转反侧、难以成眠。偶然睁开眼蒙眬望去，呀！床前竟然铺着一层白皑皑的浓霜。床前有霜，是诗人刚睁开眼有点神思恍惚，在一瞬间的错觉。等回过神来定睛一看，不对，这不可能是霜痕，应是月光透过窗户照到了我的床前，今晚的月光真皎洁啊。

被月色吸引的诗人不禁推枕披衣而起，来到窗前抬头一看，一轮娟娟的素月正挂在空中，而这月亮就是故乡的月亮。一时之间，惹起了诗人的乡愁，想念起故乡的月色、故乡的山川、故乡的亲人，想着想着，不禁难过起来，沉浸到思念之中无法释怀。

从“举头”到“低头”，寥寥数字，就勾勒出一幅生动形象的月夜思乡图。虽没有明言思念有多深，而在不知不觉中的一“低头”间，已经将那种黯然销魂表露无遗。

短短四句诗，写得清新朴素，明白如话，可以说是“老妪能解”，然而并不让人感到俗。它的内容是单纯的，但也是丰富的。它是容易理解的，但也是体味不尽的。在这好似诗人脱口吟出的短短几句背后，包含着千言万语。不过他没有说出来，当然也不用说出来，留给千古读者在异乡的月下去细细思量吧。(顾世宝)

早发白帝城　李白

朝辞白帝彩云间，千里江陵一日还。
两岸猿声啼不住，轻舟已过万重山。

【赏析】　唐肃宗乾元二年（759）春天，李白因永王璘之案，流放夜郎，取道四川赴贬地。行至白帝城，忽闻赦书，惊喜交加，旋即放舟东下江陵。此诗抒写了当时喜悦畅快的心情。

盛弘之《荆州记》说：“或王命急宣，有时朝发白帝，暮到江陵。其间千二百里，虽乘风御奔，不以疾也。”写舟行之速，颇为出色。相比之下，李白的诗篇虽然是化用盛弘之的意思，却成为千古绝唱，明代的杨慎说这首诗写得“惊风雨而泣鬼神”。王士禛更认为它是三唐绝句的压卷之作。在立意和前人相仿佛的情况下，此诗为什么会取得这么大的成功呢？清人吴乔有一种说法很有意思，他说诗与文“二者意岂有异？唯是体制词语不同耳。意喻之米，文喻之炊而为饭，诗喻之酿而为酒。饭不变米形，酒形质尽变。啖饭则饱，可以养生，可以尽年，为人事之正道。饮酒则醉，忧者以乐，喜者以悲，有不知其所以然者。”这就是著名的饭酒之喻，我们不妨看看李白是怎样用现成的米酿出味道醇厚的美酒的。

第一句以“彩云间”三字，写白帝城地势之高，为下面写下水船行之快蓄势。白帝城地势高，和江陵之间的落差大，江水急流直下，舟行才能迅速。此外，“彩云间”也是写景，五彩的朝霞预示着又将是一个好天，而诗人便在这灿烂的曙光中，怀着兴奋的心情匆匆告别白帝城。第二句以“千里”和“一日”相对，显示船行之快。句末的那个“还”字也值得玩味，李白本是蜀人，从白帝城溯江而上才是还家，如今背道而驰，却用“还”字，从中隐隐透露出遇赦的喜悦。人逢喜事精神爽，诗人是在暗自庆幸又能回到原来的生活吧。

第三句的境界更为神妙。盛弘之《荆州记》中提到三峡猿啼，“每至晴初霜旦，林寒涧肃，常有高猿长啸，属引凄异，空谷传响，哀转久绝。故渔者歌曰：‘巴东三峡巫峡长，猿鸣三声泪沾裳。’”写猿啼是催人泪下的，而李白用两岸猿啼来起反衬和铺垫的作用。前面两句已经将下江船行的迅速和诗人心情之欢畅写得非常生动，第三句如果再写欢快的景物，就会显得一泻无余。而以闲笔写猿啼，一来可以缓和语势，造成意境的婉转起伏；二来，猿啼不断也说明船走得快，也可为下句作铺垫。“轻舟已过万重山”，是全篇的压轴，在第三句的欲扬先抑之后，这一句将诗人的兴奋和欢畅之情推上了最顶点。这句中的“轻”字也颇有深意，诗人不久前经三峡溯流而上去夜郎，是流放贬谪，船行得慢，会觉得船重。如今遇赦而还，顺流而下，船行得快，觉得船轻。这不是船自身的缘故，而是诗人的心情由沉重变轻松了。

李白此诗写三峡舟行之迅速，和盛弘之散文的意思相同。但有所不同的是，盛文是客观叙述，李诗则包含着诗人真切的感情。而这份真情就像曲蘖一般在字里行间充分发酵，从而酿成了这样一杯诗歌艺术的醇醪。（顾世宝）

月下独酌（其一） 李白

花间一壶酒，独酌无相亲。
举杯邀明月，对影成三人。
月既不解饮，影徒随我身。
暂伴月将影，行乐须及春。
我歌月徘徊，我舞影零乱。
醒时同交欢，醉后各分散。
永结无情游，相期邈云汉。

【赏析】 李白的这首《月下独酌》，也许最能引起内心狂热的理想主义者、热衷功名的失意之人以及爱好热闹的乐天派的情感共鸣。这些人有一个共同的特点，就是特别富于感受性并且情感外露。而大诗人李白，正是他们的同调。李白的诗，以我心写我口，酣畅淋漓，一任本真。整个地来说，他的诗是青春的，自由的。风格即人。作为诗人的李白，也永远是青春的，自由的。因为唯有青春的心灵，才会歌哭无端，真实而又酣畅；唯有内心极热且充满理想，才会情感外露，恣肆而又张扬。正是这种心灵的相通，使得《月下独酌》这首诗抚慰了从古至今无数孤独的灵魂！

那么，李白究竟在这首诗中写了什么呢？寂寞。

李白是天真的，他把自己内心真实的寂寞，对着明月全部倾吐了出来。这是作者与自己心灵的一次对话。

一千多年前的唐朝的月亮似乎比今时更为明亮，一千多年前的唐朝的天空也似乎比今时更为开阔。诗人在乱开着百花的芳馨的土地上，摆下一张桌子，对着明月自斟自饮。然而，就在这份惬意和酣畅之中，良辰美景像个幽灵，化为甜蜜的温柔，在作者易感的心灵上猛然刺了一刀。诗人感到美丽的忧伤——“独酌无相亲”！我想，人的心灵大概是这样的，在美中最容易感到美中不足，而寻常时却往往并不觉察。诗人正是这样，在花好月圆之中，寂寞袭来了。此时美景与杯中美酒，无人与共，徒唤奈何，真是寂寞啊！

但诗人毕竟多情而易感，他不会轻易被寂寞所压倒。于是诗人灵光一闪，又为自己“画”出了一个全新的美的境界：“举杯邀明月，对影成三人。”从落落寡合的“无相亲”到谈笑风生的“成三人”，诗人在一举手、一投足之间“画”出了一幅美丽的图画。这样匪夷所思的举动，这样飘逸无羁的诗行，只有李白能够想得出，写得出。

然而，“画”中之美毕竟是镜中花，水中月。诗人马上严重地意识到了这一问题，诗人的心绪更乱了，情感也更为激越不平。天上明月既然不能懂得畅饮的乐趣，你的影子何必徒然伴随我的左右?！在这里，诗人又把内心的寂寞推进了一层。诗人所需要的并不是这月下美景和杯中美酒啊，他需要的是心灵的沟通与熨帖，是真正的交流。美景美酒并不能减轻心灵的寂寞，而心灵的寂寞却能使美景失色、美酒无味。

于是诗人继续唱道：“暂伴月将影，行乐须及春。”寂寞如影随形，弄得诗人一点办法也没有。怎么办呢？只能暂时忘记忧愁，且在这美好春夜里，花丛底下，就着美酒，与月影共舞一场。

至此，诗人主意已定，不再自我煎熬。于是诗句急转直下，由平声韵转入仄声韵。“我歌月徘徊，我舞影零乱。醒时同交欢，醉后各分散。永结无情游，相期邈云汉。”此时的李白，大概已经颇有些微醉了。古人说：“花看半开，酒饮微醉。”这是最佳状态。你看，诗人且歌且舞，醉意朦胧，他醉眼向上望去，空中的月亮好像在随着他歌唱的节奏起舞，他醉眼向下看去，地上的身影更是随着他的手舞足蹈而摇曳不定。此时无声胜有声。一切的有意为之，一切的随性歌舞，都只是一种暂时的解脱，然后就更深地沉入那巨大的凄凉与寂寞的黑暗之中去了。诗人已然明了，他与明月，还有自己影子的“交欢”，只是他自己的徒然的努力，这一美丽的图画将随着他的醉倒而顿然消逝无踪。但是，诗人并没有气馁，他在这种短暂之中看到了永恒。尽管快乐是短暂的，但月亮却是永恒的。如果我与月亮结为伴侣，时时相邀，那么我就会永恒地得到这片刻的快乐了。“永结无情游，相期邈云汉。”就这句话看来，李白算得上是一个真正无可救药的乐天派！以至于浪漫的乾隆皇帝评价说：“千古奇趣，从眼前得之。尔时情景虽复潦倒，终不胜其旷达。”

李白究竟是在什么样的情况下、什么时间、什么地点，猛然间遭遇寂寞的呢？不知道。但是借着这首诗，我们却读懂了诗人的心。

遭遇寂寞，是一种痛苦的快感。寂寞之于我们，恰如一道洞彻灵府的光。

逢雪宿芙蓉山主人　刘长卿

日暮苍山远，天寒白屋贫。
柴门闻犬吠，风雪夜归人。

【赏析】　刘长卿是唐代“诗空”里的“名星”之一，是中唐前期诗坛的重要诗人。他的诗以五言最多，曾自诩为“五言长城”。这不是他随口而出的狂妄之言，他的五言诗确实成就非凡，清人薛雪就说：“‘长城’之名，盖不徒然。”这首五言绝句，就是“五言长城”的杰出代表。

这首小诗，诗句浅显，通篇白描，没有用任何典故，按说理解起来并不困难。然而，小诗不小，短篇不短，这二十个字却令后人争论不休。人们争论的焦点主要有两个：一个是“芙蓉山”的具体位置，有的说在湖南桂阳、宁乡等地，有的说在福建闽侯县，也有的说在山东临沂。另一个是“夜归人”的具体身份，有的说是“主人”，有的说是主人的家人，也有的说是同村村民。其实，诗传达的是一种超越时空与国界的人生体验和感悟，某些细节的模糊并不妨碍我们对一首诗整体美的把握。无论“夜归人”是主人也好，家人也罢，抑或是邻居村民，都不会影响我们对“风雪夜归人”所描绘的那种浓浓的、暖暖的感觉的独特而清晰的感受。

人生就像一场旅行，我们总是在路上。人生之路难免会经常遭遇意想不到的风风雨雨。面对人生太多的苦难，我们常常会心力交瘁。有时难免伤心失望，泪如雨下；有时也会万念俱灰，痛不欲生。这时候，如果没有苏轼那份“莫听穿林打叶声，何妨吟啸且徐行”的旷达与潇洒，便希望在“山重水复疑无路”之际，寻找到那“柳暗花明”之处。但这“又一村”却又是那样的虚无缥缈，放眼望去，烟雾迷茫，“雾失楼台，月迷津渡，桃源望断无寻处”，渴望的眼神，看到的只是一片凄迷。

但生命的本能，仍支撑着我们苦苦追寻。“寻寻觅觅，冷冷清清，凄凄惨惨戚戚”，艰难的跋涉，痛苦的追求，一点一点吞噬着越来越微弱的希望，如野草般滋生蔓延的失望不断向绝望靠近。终于，你彻底绝望，决定放弃了，这时，“路转溪桥忽见”，忽然一个转弯，你看到了漆黑夜里人家亮着的那盏灯，你看到了迷茫大海上远处灯塔的微光，你看到了风雪肆虐中的那个“白屋”，这意外的惊喜，一下子会冲洗掉连日的阴沉暗淡，哀痛悲苦。相信这时候，你更能理解“风雪夜归人”所蕴含的那份在狂风肆虐、大雪飘飞中苦苦寻觅、艰难跋涉之后突然看到“白屋”的欣喜与温馨。(薛青涛)

赠卫八处士　杜甫

人生不相见，动如参与商[①]。今夕复何夕，共此灯烛光。
少壮能几时，鬓发各已苍。访旧半为鬼，惊呼热中肠。
焉知二十载，重上君子堂。昔别君未婚，儿女忽成行[②]。
怡然敬父执，问我来何方。问答乃未已[③]，儿女罗酒浆。
夜雨剪春韭，新炊间黄粱[④]。主称会面难，一举累十觞[⑤]。
十觞亦不醉，感子故意长[⑥]。明日隔山岳，世事两茫茫。

【注释】　①参（shēn）商，二星名。商星居于东方卯位（上午五点到七点），参星居于西方酉位（下午五点到七点），一出一没，永不相见，故以为比。②成行（háng），儿女众多。③父执：父亲一辈的朋友。出《礼记·曲礼》：“见父之执，不谓之进，不敢进。”乃未已：还未等说完。④“夜雨”句：与郭林宗冒雨剪韭招待好友范逵的故事有关。林宗自种畦圃，友人范逵夜至，他冒雨剪韭，作汤饼以供之。间：搀杂。黄粱，即黄米饭。⑤累：接连。⑥故意长：老朋友的情谊深长。

【赏析】　这首诗作于肃宗乾元二年（759）春天，杜甫自洛阳返回华州途中夜访老朋友卫八处士，主人设酒相待，诗人感慨赋诗。

“人生不相见，动如参与商。”开头诗人就苦道相见不易，就像参、商二星，此出彼没。卫八既是处士，怀抱隐居不仕之义。诗人却是一命微官，东奔西走，还曾身陷贼中，两人的生活道路是迥然不同的，而今日灯烛之下，老友重逢，恍如梦中：“今夕复何夕，共此灯烛光。”此时虽然两京已经收复，但河北之地激战犹酣，今夕有幸相聚，后会不知何时，老友之间的那种悲喜交集之情不言自明，以上四句总领全诗。

接着诗人开始写宾主坐定之后的叙谈。久别重逢，首先注意到的就是双方容颜的变化。久别重逢，诗人和卫八已是二十年未见了，二十年前杜甫只有二十七八岁，“放荡齐赵间，裘马颇清狂”，卫八和他年龄相仿，也应是风华正茂，而如今两人都是年近半百，丝丝白发已经爬满了鬓角，让人感到韶华易逝。“访旧半为鬼，惊呼热中肠。”而一旦互相询问当年老朋友的下落，竟有一半已经不在人世了，世事无常，怎不让人心里难受。试想一下，杜甫这一年才四十八，可是亲朋故旧已经死去过半，这肯定是和安史之乱造成的生灵涂炭有关，而此时战乱远未结束，所以二十年后，能够“重上君子堂”已经是值得欣慰的了。仅仅为能活下来就感到欣慰，那么时局之可痛心就尽在其中了。

“何以解忧，唯有杜康。”一番寒暄之后，老友重逢岂可不喝上两杯。诗人从叙话转到共饮的环节安排得自然而巧妙。二十年过去，当年未婚的卫八现已是儿女成行，他的儿女彬彬有礼，殷勤相问。知是父亲的多年好友，不待吩咐就去张罗酒菜了。“夜雨剪春韭，新炊间黄粱”：菜是冒着夜雨剪来的春韭，饭是新煮的掺有黄米的香喷喷的黄粱。这自然是草草杯盘，但深夜冒雨备办，也足见这些后辈对父执的尊敬，从侧面也说明了卫八处士良好的家风。酒菜已备，主人举觞劝客，难得碰面，请多喝几杯。诗人本是“性豪业嗜酒”的人，遇到的又是不避形迹的老朋友，心情激动，自然开怀畅饮，十觞不醉。就算醉了又何妨，明日辞别，再会又不知是何年了。真是今夕共此灯烛光，明朝世事两茫茫啊！

诗人是在战乱的年代、动荡的旅途中，寻访阔别二十年的故人，这一夕的晤面，就显得特别不寻常。在“干戈满天地”的大环境中，老友相逢，怀旧饮酒，这是一个充满了人情温暖的小小角落。但是儿女成行，正是在催人老去；少壮不再，恰好似盛世不回。本来很平常的春韭和黄粱因此特别让人感慨和珍惜，诗人的酒意渐浓，就用诗句记录下来那一夕的感受。

这首诗语句平易，娓娓道来，如说家常，但是因为有深切的感情蕴涵在其中，情真所以让人并不感到它意浅。虽然绝大多数的人认为老杜的妙处，在于那些“沉郁顿挫”的篇章，但这一首自然生动的小诗，却别具一格，读之颇有情味。毕竟，有真情才会有真诗。(顾世宝)

蜀相 杜甫

丞相祠堂何处寻，锦官城外柏森森。
映阶碧草自春色，隔叶黄鹂空好音。
三顾频烦天下计，两朝开济老臣心①。
出师未捷身先死，长使英雄泪满襟②。

【注释】 ①三顾频烦：意思是刘备为统一天下而三顾茅庐于隆中，问计于诸葛亮。频烦，多次。两朝开济：指诸葛亮辅助刘备开创帝业，后又辅佐刘禅，前后两朝。济：扶助。②出师未捷身先死，长使英雄泪满襟（jīn）：指诸葛亮多次出师伐魏，未能取胜，最终卒于五丈原军中。

【赏析】 诸葛亮是历代报国志士的楷模，他天文地理无所不通的才学，为后人景仰；他的君主三顾茅庐的殷勤，为后人艳羡；而他的悲剧命运，更是让后人扼腕慨叹。而诸葛丞相更被人认同的，是他那份至死不渝的执著和他对刘备三顾的回报。这正是后人在过丞相祠时，都会停留感慨，提笔作诗的缘故。杜甫这首诗，正是如此。

“丞相祠堂何处寻，锦官城外柏森森。”丞相祠在成都，诗人自是知道，所谓“何处寻”，当是柏树森森，遮挡而致。柏树的挺直，本是一种肃穆的感觉，又加上森森茂密，显得越发庄重。在这样的寻找途中，诗人心中当是激起无限感慨。一代名相，就这样在功业未就之时，星辰陨落，虽然后人为他立祠纪念，他却永远看不到蜀汉一统中原的一幕。更可悲的是，他和如他一般鞠躬尽瘁的后人都看不到，那大开的蜀国城门，和投降后的无谓的娱乐。原来心血付之一炬的速度可以如此之快，可以如此彻底，不留一点痕迹。诗人想着这个悲惨的结局，想着与诸葛亮的才华和志愿毫不相匹的结局，悲情愈来愈深。

走过柏树林，终于看到了丞相祠的一角。“映阶碧草自春色，隔叶黄鹂空好音”，这已经成为历史古迹的地方，已经杂草丛生，虽然春色也带给了它们碧绿，可那只是春天的事了。没有源于这个祠庙的生气，没有源于祠庙中这个伟大人物的生气，因为这个人物已经成为历史，而且是一段让人忍不住为之叹惋的历史，一段可以说是让先人不得瞑目的历史。繁茂的树叶间，藏着只只黄鹂，不停地鸣叫，本来，“春日载阳，有鸣仓庚”，是很让人激动的生灵复苏的时刻，而在这个祠堂面前，这一切都失去了生气。因为这里供奉的，是一位老臣。

“三顾频烦天下计，两朝开济老臣心”。这个“老臣”，为着君主三顾茅庐以托天下的情意，“鞠躬尽瘁，死而后已”，将自己的一生都赋予了那个特殊的时代，特殊的使命。这是怎样的情意，诗人是理解的，他与刘备之间，不只是臣与君的关系，他们之间更有知遇、感恩、托孤、遂愿的复杂感情，这样的感情让诸葛亮真正以天下为己任，用自己的心和最后的气力，去成就一段似乎存在于宿命中的相遇相知。“老臣”，这是何等尊敬的称呼！这个老臣，不也正是诗人自己么？

所以，诗人能与诸葛亮同喜同悲。“出师未捷身先死，长使英雄泪满襟。”历来为诸葛丞相洒泪的仁人志士不少，诗人当也是其中之一。对于有治国之心、治国之力，又有治国之便的英雄来说，“出师未捷身先死”，当是最悲哀的结局。诗人是如此精确地指出这一点，可见他对诸葛亮相知切切。而对于有治国之心，却无治国之便的诗人来说，他的痛，又何尝是一个“苦”字可以概括的呢！（唐芸芸）

茅屋为秋风所破歌　杜甫

八月秋高风怒号，卷我屋上三重茅。茅飞渡江洒江郊，高者挂罥长林梢，下者飘转沉塘坳[1]。南村群童欺我老无力，忍能对面为盗贼。公然抱茅入竹去，唇焦口燥呼不得。归来倚杖自叹息。俄顷风定云墨色，秋天漠漠向昏黑[2]。布衾多年冷似铁，娇儿恶卧踏里裂[3]。床头屋漏无干处，雨脚如麻未断绝[4]。自经丧乱少睡眠，长夜沾湿何由彻[5]！安得广厦千万间，大庇天下寒士俱欢颜，风雨不动安如山[6]！呜呼！何时眼前突兀见此屋，吾庐独破受冻死亦足[7]！

【注释】　①挂罥（juàn）：挂着，挂住。罥，挂。塘坳（ào）：低洼积水的地方。坳，水边低地。②俄顷（qǐng）：一会儿，顷刻之间。③“娇儿”句：孩子睡相不好，把被里都蹬坏了。恶卧，睡相不好。④屋漏：原指房子西北角，古人在此开天窗，阳光便从此处照射进来。此处泛指整个屋子。雨脚如麻：形容雨点不间断，像下垂的麻线一样密集。雨脚，雨点。⑤丧（sāng）乱：战乱，指安史之乱。彻，彻晓。⑥安得：如何能得到。广厦（shà）：宽敞的大屋。大庇（bì）：全部遮盖、掩护起来。庇，遮盖，掩护。寒士：泛指贫寒的士人们。俱：都。⑦见（xiàn）：通“现”，出现。足：值得。

【赏析】　杜甫的诗歌自古以来就有“诗史”的美誉。但我认为，杜甫诗歌的成功，恰恰在于它浸透了诗人个体生命的辛酸血泪，表现了诗人个体生命的独特感悟。舍弃这一点，纯粹用诗歌的语言来写史或表现政治，恐怕连作为历史或政治的教科书来看，都不会是好的。

同样是为天下苍生呼喊，“穷年忧黎元，叹息肠内热”的深刻同情，抑或“朱门酒肉臭，路有冻死骨”的尖锐揭露，尽管都寓有作者鲜明的爱憎在内，但却不如“安得广厦千万间，大庇天下寒士俱欢颜，风雨不动安如山”更能显示诗人个体的感情，也更具有诗的浪漫韵味。

关于这首诗，著名杂文家、诗人、古典小说研究者聂绀弩先生分析说：

只要天下穷人都有房子住，有饭吃；住得好，吃得饱；自己当然也不会独没有得住，没有得吃；万一自己独没有得住，没有得吃，乃至冻死饿死，也都心满意足，死而无怨，我原要大家都过好日子，大家已经过好日子了，还会有什么遗憾呢？“吾庐独破受冻死亦足”，这是何等博大忘我的襟怀……比起易卜生的首先救起自己来，简直是巨人之于微生物！

诗是幻想的产物。诗贵真实。所谓真实，最重要的是心灵的真实，感情的真实。这诗好就好在真实，不仅前面描绘秋夜屋漏、风雨交加的情景很真实，就是后面的幻想，感情也很真实。

陈贻焮先生在《杜甫评传》中对这首诗的写作艺术作了精辟的分析。且让我们看看。

这诗一上来就开门见山、单刀直入地描写了茅屋为秋风吹破的情状。秋空越是辽阔，就越能显出狂风来势之猛。这样大的风，不仅会卷走屋顶上的几重茅草，似乎还能撼动天地。这样，诗人就以刚劲有力的笔锋，简括而生动地写出了秋风的狂暴，并借以反衬出人们处在自然威力之下的巨大惊悸，以及由此而产生的要求有安定的生活保障的强烈愿望。

然后，他就接二连三地极力铺叙狂风吹着茅草、“渡江洒江郊”、“挂罥长林梢”、“飘转沉塘坳”的情景，极度紧张，不容喘息，既显出风力之大和情况的混乱，又显出诗人眼望着自己苦心经营的草堂，正在遭到破坏却无力挽救的焦急和痛惜。

接着写一群顽童不听呼唤，抢走茅草的事和诗人的感叹。屋顶的茅草全给风吹散了，本来还可以捡回一些，想不到又给顽童们抱走了。抱走了茅草也就罢了，可是他们欺我年老无力，追他们不上，竟能忍心当面抢劫，还公然抱着茅草大摇大摆地走着，故意气我，害得我叫干了嘴皮也不理睬，这就更加可恶，更加可叹。这里作者把自己和顽童对照起来写，使老人和顽童的神情都显得很生动。严词斥责顽童，可见老人当时心情的暴躁，同时又令人感到很幽默。如果以为诗人真是在认真地谴责他们，那就完全理解错了。

狂风停息不久，大雨就下了起来。屋漏床湿，诗人通宵不眠。诗人用铁来形容棉被，被子能够硬得像铁，可见它的破旧和天气的寒冷。娇儿睡觉不规矩，蹬一脚，破一块，更见它陈旧不堪。被窝冷，儿子不会睡，何况大雨下个不停，屋子里没有一块干的地方，这可叫人怎样睡呢！“自经丧乱少睡眠，长夜沾湿何由彻！”诗人久经战乱，忧国忧民，长期以来就失眠，今夜遭到雨淋，更加不能合眼。多年积压在心头的家国深忧和目前的痛苦交错在一起折磨着他，使他急切地盼望天明。可是，老天爷好像要故意捉弄人，盼望得越厉害，就越是迟迟不天亮。最后诗人在风雨交加之夜，产生了无穷的理想和愿望。“安得广厦千万间，大庇天下寒士俱欢颜，风雨不动安如山！”陈贻焮赞叹道，这几句诗写得真好。（江城子）

春夜喜雨　杜甫

好雨知时节，当春乃发生①。
随风潜入夜，润物细无声②。
野径云俱黑，江船火独明③。
晓看红湿处，花重锦官城④。

【注释】　①知：明白，知道。乃：就。发生：萌发生长。②潜（qián）：暗暗地，悄悄地。③野径：田野间的小路。④花重（zhòng）：花因为饱含雨水而显得沉重。锦官城：故址在今成都市南，亦称锦城。三国蜀汉时管理织锦之官驻此，故名。后人有用作成都的别称。

【赏析】　我们都经历过春天的雨，那种春天本来就有的“好”的心情，会随着雨的降临而越发欣喜，而杜甫的“喜”正在这里，在这首著名的写雨的诗中。

春天的精神和生气，即使是情绪极低落的人，即使是身处磨难的人，也会因此而感到些许的安慰，也会生出些许的希望吧。诗人之所以“喜”，即在于雨之“好”，好在何处呢？“好雨知时节，当春乃发生”。雨并不一定是受人喜欢的，要看下雨的时节，而这雨正是为讨人喜欢似的，选择了在春夜这个时节。所谓“知”，当然是清楚地明了，明了物对于雨的需求，明了人对于雨的喜好，明了人对于精神，对于生命的活力的渴望。于是，在本是欣欣向荣的春天，雨即时下落，让春气锦上添花。

雨水的滋润，对万物复苏来说，是必不可少的，而这春雨的可人之处还在于，它“随风潜入夜，润物细无声”。从天而落，只是淅淅沥沥，不会雷霆大作，大张旗鼓，宣告它的来临。只有细心关注它的人才知道。它更不会给地上万物以居高临下的威慑，和对滋润万物以期感恩的期求。它们只是细细地、无声地渗透到树叶中，花蕾中，泥土中，渗透到一切生命的形态中，将生命变得崭新所需要的一切都无私地赋予。而一切都在潜移默化中，只有受到滋润的万物才知道。

它们的一切行动，都淹没在黑暗中。“野径云俱黑，江船火独明。”黑云密布，没有一丝月光，于是山野小路就和云层俱黑，只有江上停泊的小船，传来昏暗的灯光。这样的天气，应该是会下一夜的雨吧！诗人心中暗喜，因为这将是更多生命受宠的好时机。

“草木有本心，何求美人折。”它们或许不希求有人为之感动，但它们肯定得意于自己的杰作，会在天明后给人一个惊喜，而这个惊喜会让人更加为之感动。诗人很是明白这一点，这也是“喜”的缘由。他禁不住想象天明后的情景：“晓看红湿处，花重锦官城”。锦官城即成都，待晓雨停出门看来，那一团团，一簇簇，“红湿”之处是什么呢？竟是满城花树，受着春雨的滋润，红艳艳，沉甸甸，成了春色最有力的代言者。从在层层花瓣累积起来的春色中，诗人可以欣慰地得出夜雨的功绩。现在花上又添了一层雨露，那晶莹的剔透的，遮着花瓣，更将春色装扮一番。这样的“好雨”，如何让诗人不喜？整首诗中虽未出现“喜”字，但“‘喜’意都从罅缝里迸透”（浦起龙《读杜心解》）。读者读得这首诗，也会被诗人的欣喜感染，心中暗喜。而读者所喜的，除了这“知时节”、“润物细无声”的“好雨”外，更是感动于诗人的感动，感动于诗人所崇尚的这种精神。于是，我们在每当春雨来临之时，也会想着这首诗，想着春雨的好，想着明日天晓的“花重锦官城”。（唐芸芸）

登高[①] 杜甫

风急天高猿啸哀，渚清沙白鸟飞回[②]。
无边落木萧萧下，不尽长江滚滚来。
万里悲秋常作客，百年多病独登台[③]。
艰难苦恨繁霜鬓，潦倒新停浊酒杯[④]。

【注释】 ①登高：农历九月九日为重阳节，历来有登高饮酒的习俗。②渚（zhǔ）：水中的小洲。回：回旋。③万里：指远离故乡。常作客：长期漂泊他乡。百年：犹言一生，这里借指晚年。④艰难：兼指国运和自身命运。苦恨：极其遗憾。繁霜鬓：增多了白发，鬓边好像有霜雪。繁，增多。潦倒：衰颓。这里指衰老多病，志不得伸。

【赏析】 杜甫生长在一个“奉儒守官”的封建士大夫家庭，祖父杜审言为初唐时期的著名诗人，对他影响很大；远祖杜预为西晋名将，又曾注过《左传》，立功立言，更为老杜所津津乐道、仰慕不已。这样的家世使得老杜从小就超凡脱俗、志向高远。在《壮游》诗中，作者写道：“性豪业嗜酒，嫉恶怀刚肠。脱略小时辈，结交皆老苍。饮酣视八极，俗物皆茫茫。”这股狂妄劲儿，多像他祖父杜审言！

《登高》一诗以雄浑开阔的笔力，写天涯倦客重九登高的情景。诗中，无边无际的秋声秋色，和诗人百感交集的感伤，互相映衬，融为一体。尽管四联纯用对仗，然而全诗一气流转，虚实结合，过渡自然，表现了杜诗所特有的悲壮苍凉的意境与炉火纯青的艺术手法。也正因此，明人胡应麟说：“此诗自当为古今七言律第一，不必为唐人七言律第一也。”这是至高无上的评价了。然而，有意思的是，身逢诗歌鼎盛时代的杜甫，要凭这一首《登高》来领受诗歌王国里这个最高的王冠，也许恰恰应验了诗歌必须表现人生、必须给人以向上的力量这一朴素的真理，而纯粹的艺术上的成功，充其量不过是一首伟大的诗歌装饰性的花边。

此诗首联写景极细，却浑然一体。秋日大地，天高地迥，登上夔门峡口的高台，但见西风猎猎，猿猴哀啸，放眼望去，江水浩淼，渚清沙白，水鸟飞翔，真是一幅精美的画图。

颔联是传诵千古的名句，写落木无边、长江滚滚，意境深远，气魄宏大。此联虽是写景，但一切景语皆情语，诗人心中无限悲秋、伤逝之感，全然寓于景中。面对空间的寥廓、时间的绵亘，身处天地之间的个体毕竟是非常渺小的，但我们的心却很大很大，可以包容这一切、承受这一切、化解这一切。正是这一点，化此联悲凉基调为悲壮情怀，给人以向上的力量。

颈联在寥寥数字之中，包涵了极为丰富的内容，读来精警动人。宋人罗大经分析说："万里，地之远也。秋，时之凄惨也。作客，羁旅也。常作客，久旅也。百年，暮齿也。多病，衰疾也。台，高迥处也。独登台，无亲朋也。十四字之间含八意，而对偶又精确。"（《鹤林玉露》）凡此种种，均为尾联"艰难苦恨"的具体内容。

尾联承前六句"飞扬震动"之势，忽以"软冷收之"，寓无限悲凉之意于言外，可谓张弛有度。

通观全诗，抑塞历落的感情、百折千回的思绪竟被纳入严整工细的形式之中，而意脉又能流动贯穿，这说明杜甫对七律这种诗歌形式的运用已达到了随心所欲而不逾矩的地步了。

抛开此诗艺术上的成功，让我们再次回到积极的人生主题上来。登高，登高，高在何处？其实，人间最高的高度，不是珠穆朗玛峰，而是心灵。心有多大，我们的事业就有多大；心有多宽，我们的道路就有多宽。（江城子）

江南逢李龟年[①] 杜甫

岐王宅里寻常见，崔九堂前几度闻[②]。
正是江南好风景，落花时节又逢君[③]。

【注释】 ①李龟年：唐朝开元、天宝年间的著名乐师，擅长唱歌。因为受到皇帝唐玄宗的宠幸而红极一时。"安史之乱"后，李龟年流落江南，卖艺为生。②岐王：唐玄宗李隆基的弟弟李范，善音律。崔九：崔涤，中书令崔湜的弟弟，在兄弟中排行第九，得玄宗宠幸。崔姓，是当时的大姓。③落花时节：暮春，通常指阴历三月。寓意人的衰老飘零，社会的凋弊丧乱。

【赏析】 清人赵翼有两句诗非常有名："国家不幸诗人幸，赋到沧桑句便工。"长达七年的安史之乱，使大唐帝国盛极而衰，是中国历史长卷中最惊心动魄的篇章之一，伟大的时代为伟大诗篇的产生提供了可能。诗人杜甫正是那个时代最深情的见证者之一，盛衰兴亡被他忠实地编织成一篇篇动人心弦的诗歌。

杜甫是诗家泰斗，这一点很少有人怀疑，他的律诗造诣登峰造极，可谓前无古人后无来者。但是绝句，尤其是七言绝句，一直被认为是他的弱项，而这首《江南逢李龟年》得到的评价却极高，被公认为是杜甫七绝的压卷之作。

开元盛世，歌舞升平，当时的王公贵族普遍爱好文艺。长安，这座亚洲之都，汇聚着一流的艺术家：张野狐觱栗、雷海青琵琶、公孙大娘舞剑，李龟年唱歌……而少年时代的杜甫也赶到这繁华的都城，"习年十四五，出游翰墨场"，虽然年纪尚小，但是他出众的才华已经显露出来，成了岐王李范和秘书监崔涤的座上宾，在他们的府邸欣赏到李龟年的唱歌。安史之乱使大唐王朝从繁荣的巅峰跌落下来，陷入重重危机。都城长安经过战乱，再也不能恢复往日的繁华，昔日的艺人才子风流云散。老去的李龟年流落江湘，这位当年"特承顾遇"的大音乐家，已失去了往日的尊荣，"每逢良辰胜景，为人歌数阕，座中闻之，莫不掩泣罢酒"（《明皇杂录》）。而杜甫，也是辗转漂泊到了潇湘，一代才人，晚景凄凉。"他乡遇故知"本应是人生乐事，但两位垂暮老者在如此境遇下相逢，恐怕只能同病相怜了。

"岐王宅里寻常见，崔九堂前几度闻。"诗人追忆当年与李龟年的交往。当年的长安城中，岐王宅，崔九堂，是艺人才子风流雅集的地方，当年的诗人意气风发，当年的李龟年名动王侯，都是这些府邸的常客，曾经度过不少欢乐的时光。

"正是江南好风景，落花时节又逢君。"江南风景是秀丽可人，毕竟已是落花时节，暮春之时，诗人本就容易伤春。而遇到的四十年前的故人，抚今追昔，心中的感慨不言自明。当诗作到了这里戛然而止，如何感慨一点也没说，也许两位老人就是相顾无言吧，世事至此，还有什么好说的呢？

一场翻天覆地的巨变，将大唐帝国分成两半。杜甫很不幸，他的生活被战乱完全搅乱了，也再没有了心中的那份安宁。苏轼说他“一饭不忘君”，其实今天看来，让杜甫念念不忘的，不是君恩，而是大唐盛世那种未被破坏的生活。战争让他的日常所思所想都带上一抹悲哀的底色，“伤心不忍问耆旧，复恐初从乱离说”，何况遇到的是当年同享过快意生活的李龟年，那种无限沧桑的感慨实在难以说破，被一股脑儿塞进这二十八字里面。正像前人评价的那样：“世运之治乱，华年之盛衰，彼此之凄凉流落，俱在其中。”（顾世宝）

枫桥夜泊　张继

月落乌啼霜满天，江枫渔火对愁眠。
姑苏城外寒山寺，夜半钟声到客船。

【赏析】　诗人很少能够改变自己的命运。但是，诗人却改变了许多小地方的命运。一座极其普通的寒山寺和枫桥，因为与诗人张继的才华偶然遭遇，从此流芳千古。

一千多年前的一个晴朗的夜晚，科考落榜、孤身在外的诗人漂泊到了苏州的枫桥边。此时，月亮已经落下去了，茫茫夜气中弥漫着满天霜华。四周幽寂清冷，诗人满腹心思，立在船头。江边的枫树兀立森森，浸透寒意，只有隔岸渔船上的点点灯火，让人感到一丝温暖。那几声乌鸦的啼叫多么凄厉啊，叫人怎么睡得着觉呢。正在这时，从远处寒山寺里传来了报时的钟声，在这寂静的夜里，这浑厚的钟声就仿佛敲在诗人的心上，一下子把诗人满腹的忧愁和孤单敲醒。

为什么寒山寺的钟声在诗人的感觉里那样清晰而又鲜明呢？这是有科学

道理的。夜半时分，地表气温低，空气密度大，声速小，因此，寒山寺的钟声在向四周传播时是向下拐弯的，易于传到枫桥边的客船上。加上夜半时分，万籁俱寂，干扰的声音少而小，钟声相对于嘈杂的白天就更容易辨别了，故听得清楚。同时，这也与人在暗夜中听觉的感受能力增强有关系。诗人科考落第，心情苦闷，自是夜不能寐，看霜色，观渔火，听钟声，触景感怀。钟声不但衬托出了夜的静谧，烘托出四周幽寂冷清的氛围，更有利于表达作者听钟时种种难以言传的心绪。

仿佛是刹那间的灵光一闪，这破空而来的寒山寺的钟声，从此成为一个悠远的回响。据说，每逢除夕之夜，会有大量中外游客聚集到寒山寺，来倾听新年的一百零八记钟声。他们是来倾听自己内心的声音的吗？他们是来聆听遥远的记忆的吗？借着这钟声，好把他们统统唤醒？

唤醒了心灵，就唤醒了记忆中所有的美好。这时，你会感觉到你的心很软很软，仿佛有大把大把的感动，像雪花一样落下。张继的心灵是被寒山寺的钟声唤醒的。然后，他以自己卓越的才华，把全天下人的忧愁锻造成诗意，铸成《枫桥夜泊》的千古绝唱。再然后，他又用自己不朽的诗篇作为钥匙，来开启全天下人的心灵，给予他们温暖和安慰。

一首不朽的诗应该是这样一把钥匙。一把开启美丽心灵的钥匙。（江城子）

游子吟　孟郊

慈母手中线，游子身上衣。
临行密密缝，意恐迟迟归。
谁言寸草心，报得三春晖！

【赏析】　《游子吟》大概是中国流传最广的唐诗之一，清人贺裳甚至把这首诗推为“全唐第一”。由一首表现母爱的诗来戴唐诗的这顶桂冠，这简直就是天意！

谁不曾吮吸过母爱的乳汁？谁没有沐浴过母爱的圣光？我们得到了，但我们不一定懂得；我们懂得了，但我们不一定来得及报答！可怜天下父母心！多少个日日夜夜，多少次灯下床前，只用一个爱字，无悔地为子女编织五彩的梦幻，默默地付出满腔的心血，为子女托起整个世界。

“哀哀父母，生我劬劳！”“父兮生我，母兮鞠我。拊我畜我，长我育我，顾我复我，出入腹我。欲报之德，昊天罔极！”这是《诗经·小雅·蓼莪》声声泪、字字血的悲吟。“父母的欢欣是秘而不宣的，他们的忧愁与畏惧亦是如此。他们的欢欣他们不能说，他们的忧惧他们也不肯说。子嗣使劳苦变甜，但是也使不幸更苦。他们增加人生的忧虑，但是他们减轻关于死亡的记忆。”这是西方哲人培根睿智的箴言。

……

但是，所有这一切，都被孟郊的一句诗给说完了：“谁言寸草心，报得三春晖！”

慈祥的母亲啊，圣洁的母亲啊，伟大的母亲啊！我们，普天下的子女，仅仅只是一棵稚嫩的小草啊，如今才刚刚抽出几星嫩芽，尽管我们努力朝向太阳生长，就像我们的心永远向着母亲一样。可是，这幼弱的枝叶，哪里能够承受太阳普照的光芒；正如我们小小的心田，哪里能够报答你那爱的光辉呢？

孟郊的诗说得多好啊！这首真挚深沉、感人至深的母爱颂歌，不知感动了古往今来多少赤子的心灵！仅凭这首小诗，我们就应该塑一尊铜像来纪念它的作者孟郊。

孟郊，中唐时人。早年屡次参加科举考试都名落孙山，直到四十六岁才考中进士。据说孟郊登科后按捺不住内心的狂喜，挥毫泼墨，写下了一首著名的诗：“昔日龌龊不足夸，今朝放荡思无涯。春风得意马蹄疾，一日看尽长安花。”从这诗当中，我们一望便知孟郊当时轻狂得有点得意忘形的邪乎劲儿！真不知道北宋大文学家苏东坡不屑一顾地把孟郊贬称“寒虫”的时候，是否想到这位诗人也曾写过如此轻狂放荡的诗作。但是，“文起八代之衰”的唐朝大文学家、比孟郊小十七岁的韩愈却对孟郊赞不绝口，从他一有机会就为孟郊大做宣传看来，孟郊虽然没有能够得到苏东坡这个异代的知音，却在他所处的那个时代并不乏知音和支持者。被当时人称为“孟诗韩

笔”，被宋人苏东坡贬为“郊寒岛瘦”，又被金人元好问称为“诗囚”的孟郊，并非完全是寂寞的。(江城子)

题都城南庄 崔护

去年今日此门中，人面桃花相映红。
人面不知何处去，桃花依旧笑春风。

【赏析】 这是一首爱情诗，是对于朦胧的初恋情怀的一句爱的赞颂，是对于那一抹青涩的初恋的挽歌式的回忆。

我这样说是有理由的，且让我们先来看一段传奇故事。诗人崔护姿容甚美，骨骼清奇，然而性情孤洁，落落寡合。公元790年，崔护赴长安应试不第，逗留京城。清明节那一天，阳光明媚。诗人踏青寻芳，独游城南。但见一女子斜倚在一株桃花底下，崔护借讨水喝有了一面之缘。第二年清明，崔护忽然又想起那位女子来，心潮澎湃，于是急急赶到城南。只见门墙依然，桃花依旧盛开，但院门却已锁上，女子踪影全无。崔护惘然若失，提笔在门上写道：“去年今日此门中，人面桃花相映红。人面不知何处去，桃花依旧笑春风。”

在那情窦初开的青春年华，谁又没有过美丽的邂逅呢？在那心惊肉跳的疯狂岁月，谁又没有过刻骨铭心的青涩初恋呢？多情的崔公子以寥寥二十八个字，把你我心中与初恋情人失之交臂的落寞与惆怅定格成千年的经典。每次读到这首诗，往昔的青春面影就隐然在“人面桃花”底下跳跃，就连内心深深的感动和莫名的怅惘，也依然一如往日，在三月的春风中摇曳。

初恋啊初恋，你究竟是什么呢？为什么我能感觉到你的存在，却又抓不住你呢？你晶莹剔透、纯洁无瑕，唤醒初恋者内心隐秘的激情和纯真的冲动，没有丝毫的奢望和企求。但是，你却给人以那样鲜明深刻的记忆，同时又充满着感伤

关于爱情，我有一个基本的观点：人的一生应该有两次爱情，第一次是

纯洁的初恋，第二次是世俗的爱情。人的一生最好是两种爱情都经历一遍，并且最好是选择恰当的年龄来经历。在我看来，前者是在诗的年华中就应完成的心灵的事业，灵性的事业，后者则是在现实的世间所要演绎的规定的剧目。英国的阿兰·德波顿在《爱上浪漫》一书提出一个理论说：人们相爱——女人爱上男人，或者男人爱上女人，其实只是爱上爱情本身。他们爱上爱情不过是爱上心灵的游戏——浪漫和冒险，此外空空如也。这种爱情放在现实中来观察，当然是不结实的开花，但我认为，这恰恰就是初恋，它所结出的果实是灵性的花朵。因为，一切纯真的感情必然是美的和诗的。正是这美和诗的浇灌滋润，使得内在的灵性日渐丰盛。一个人不经历这些，大概极少可能为世俗的爱情打下坚实的基础。不幸的婚姻，从感情根源上来说，是否都是由此引起的呢，我不知道。但就这个意义而言，初恋是多么珍贵而有益啊！（江城子）

早春呈水部张十八员外① 韩愈

其一

天街小雨润如酥，草色遥看近却无②。
最是一年春好处，绝胜烟柳满皇都③。

【注释】 ①水部张十八员外：指张籍，在同族兄弟中排行第十八，曾任水部员外郎。②天街：京城街道。③最是：正是。处：时。绝胜：远远胜过。皇都：帝都，这里指长安。

【赏析】 这首看似平淡的诗，其实是诗人的精心之作，其中描绘的京城早春景象，让人神往。

“天街小雨润如酥”，是个好比喻。我们都经历过春天的雨。春天的雨是蒙蒙的，像带着雾气，又不需要遮蔽，人可以完全暴露于雨中。“润如酥”的比喻正是融触觉和视觉为一体，诗人在感受着春雨的同时，也在感受着春，酥就是奶油，正是这“润如酥”的春雨带来了草色。雨大概似有似无，欲停还下，顶着些些雨丝，踩着湿湿的地面，让诗人觉得他正行走于生命重现的世界中。

“草色遥看近却无”，这一句绝妙地写出了早春京城如画的感觉。我们应该还记得这样一首诗，王维的《画》：“远看山有色，近听水无声。春去花还在，人来鸟不惊。”山的颜色也是远看才有。欣赏一幅画作，特别是中国山水画的时候，感觉正是如此。远看天街小巷，草色青青，似乎还有草的气息，扑鼻而来。那漫漫的草色让人觉得生命是那样的盛，进而当然有想捕捉的念头。可是走近一看，却发现原来不是如远观时的一整片，而只是星星点点，或在堤边，或在墙角，只是些许嫩芽，却不能看清、分清它们的颜色了。但是无论在哪，春色都在蔓延。“无”并非没有，而是不可把握，不可捉摸，这正是春草的妙处和春天的气息。人在经历了寒风凄厉的冬天之后，在见到一丝绿色后的欣喜之情，都在这一句中表现出来了。诗人用他精致的画笔，精心地画出这样一幅画，春天那一抹青色带给诗人最大的快感，也寓于画中了。

“最是一年春好处，绝胜烟柳满皇都”，一年之计在于春，而春也应该有它最好的时候，在诗人眼中，就是早春当下。为什么呢？正是远看似有，近却无的草色。诗人还与同样是象征着春色的杨柳作比，柳树枝条依依，随风而动，也沉浸于蒙蒙的雨雾中，本来也可以是摄人心魄的，却因布满皇城而不那么稀罕，或是在草色的比较下黯然失色。倒是这如画的草色，饱含着生机却并不张扬，此时又处于烟雾蒙蒙的春景中，又是不清晰的感觉，但生命的存在是绝对的，正是这种蒙蒙的却是蓬勃的生命之初的颜色，最让诗人欣喜，这份自信是对生命的自信，也是对时光的自信。而这在皇都，也是对诗人政治生命的暗示——至少诗人心中是这么想的，或者说这是他的自信。(唐芸芸)

乌衣巷[①]　刘禹锡

朱雀桥边野草花，乌衣巷口夕阳斜[②]。

旧时王谢堂前燕，飞入寻常百姓家[③]。

【注释】　①乌衣巷：金陵城内街名，位于秦淮河南，与朱雀桥很近。三国时期吴国曾设军营于此，是禁军驻地。当时禁军都身着黑色军服，此地便称乌衣巷。东晋时，王导、谢安两大家族都居住在乌衣巷，人称其子弟为“乌衣郎”。入唐后，乌衣巷沦为废墟。它见证了王谢两大家族的历史命运，甚至与整个中国文化的历史紧密相连。②朱雀桥：六朝时金陵正南朱雀门外的大桥，在今南京市秦淮区。③王谢：王导、谢安，东晋时的世家大族，其子弟贤才众多，皆居巷中，是六朝巨室。寻常：平常。

【赏析】　刘禹锡的这首诗，大大地提高了早已名扬六朝的乌衣巷的知名度。乌衣巷的兴废，是南京城隆替的一个写照，更是朝代兴亡的一个缩影。

先说南京城。南京号称六朝金粉、十代古都。公元3世纪以来，先后有东吴、东晋和南朝的宋、齐、梁、陈（史称六朝），以及南唐、明、太平天国、中华民国共十个朝代和政权在南京建都立国。但是，纵观南京两千多年的历史，就可以发现在它繁华景象的背后，实际上是一个贯穿了失意和败落的历史。公元229年，孙权建都建业（南京）到1949年4月南京国民政府逃亡台湾。回顾历史，南京城不过是在见证着一场场繁华的春梦。留存下来的，唯有破败零乱的记忆。因此，南京城可以说是最富于历史沧桑感的城市。

再看乌衣巷。乌衣巷之名源于三国时期。当时，孙权的士兵都身穿黑衣，其驻军之地就称为乌衣营。东晋偏安于南京后，以王导为代表的王氏家族和以谢安为代表的谢氏家族都居住在孙吴乌衣营旧址，此时的乌衣营已改称为“乌衣巷”。刘禹锡的感慨就源自这条古巷曾居住的王、谢两个显赫的宰相家族，书圣王羲之、山水诗鼻祖谢灵运、谢朓也住在这里，还因为王谢两户大家族，在这里居住了三百年，出现了一批对晋朝的历史产生了深远影响的人物，历朝历代都有两大家族的人物参与重要政治事件，对历史产生了相当大的影响。公元588年，隋渡过“一衣带水”而灭陈之后，隋文帝下令将“建康城邑平荡耕垦”。一时间，六朝豪华的宫阙、殿宇破坏殆尽，乌衣巷的繁华也随之烟消云散，如长江之水浩荡东去。

刘禹锡生在唐朝，他不可能像我们一样，看到南京城这么久远的历史。他写的乌衣巷，主要是写西晋东迁这段历史，这里面有他对于历史上改朝换代很深的感慨。但是，他诗里所要表达的那个永恒的规律，却是一再地被证明了：世界上没有永恒的繁华，短暂的繁华背后是永恒的沧桑。

可以说，刘禹锡是唐代诗人当中最富有历史感的一位。他的许多怀古的名篇都有很深的历史感慨，让人读来荡气回肠。读《乌衣巷》这首诗，我深深感到，刘禹锡是在用诗的语言，画的构图，精心营造一幅沧桑历史的变迁图。

诗从朱雀桥边的萋萋野草和正在盛开的杂花落笔，这样写既是预作铺垫，也是前后对比。花草无情，依旧一派繁荣景象。第二句写一抹夕阳斜照在乌衣巷口，这一意象多么美好啊，但已暗含日暮西山、富贵难久之意。第三四句则急转直下，写夕阳中归巢的燕子飞入乌衣巷里低矮的屋檐下，这就一下子把读者的视线吸引到燕子身上去了。清人施补华说：“若作燕子他去，便呆。盖燕子仍入此室，王谢零落，已化作寻常百姓矣。”燕子不知，仍归故巢。然人事代谢，荣枯相形，贵贱相衬，感慨深微。作者巧妙地捕捉到了燕子栖息旧巢这一行为特征，并借助人的眼睛去观察乌衣巷的今昔变迁——旧时的王谢华堂现在已经变成低矮的屋檐，虽然通篇不着一字感慨，而感慨尽在不言中。化言语为意象，化无情为有情，正是这首诗艺术上的高妙之处。庾信在《枯树赋》中借桓大司马（桓温）的口说：“昔年种柳，依依汉南。今看摇落，凄怆江潭。树犹如此，人何以堪！”人非草木，孰能无情?但是，历史是无情的。乌衣巷往昔的风流，早被雨打风吹去矣，只留下深巨的感慨，震荡在凭吊者的心田。(江城子)

竹枝词　刘禹锡

杨柳青青江水平，闻郎江上踏歌声。

东边日出西边雨，道是无晴还有晴。

【赏析】　《竹枝》，是下里巴人的歌。

“下里”为楚，同“巴”一样，自战国起流徙于楚国荆湘一带，是现今土家族、苗族的先祖。

巴人朝夕与竹枝相伴，饮食、劳动和娱乐无不沾染竹枝的清香素朴。巴楚“地居西南夷”，相对封闭，远离礼教束缚，人民性情自然袒露，但有喜怒哀乐，便“咏歌之”、“手之舞之，足之蹈之也”。他们的歌舞就叫《竹枝》，《乐府诗集》载：“竹枝，巴歈也。”

《竹枝》已经是古巴渝人生活的一部分。尤其逢重大祭祀、农事、节庆、丧葬，皆佐以《竹枝》。《竹枝》是在那样的人群和年代里，从淳朴内心开出的朴素之花。

只是，《竹枝》的调子多是哀苦的。“聆其音，中黄钟之羽，卒章激讦如吴声。”即为编钟之音，歌尾同吴声，“伧伫不可分”又说吴楚声调交杂。刘禹锡，这位将《竹枝词》从民间音乐的里巷引入文人创作的殿堂的重要人物，他的《竹枝》也一般婉转哀伤。

这首《竹枝》，唱的是位船家姑娘在杨柳青青的春光里，对情郎的终极追问：东边太阳已经出现，西边仍是阴雨绵绵，你告诉我并没有晴天？为何眼前却是晴天？谐音双关，“晴”与“情”同。表面上是在问天气，实际是探求心上人的内心。许多人认为，这是女子羞涩的表白，实际，是忧伤的挽留吧？那人若有情，又怎会躲躲闪闪，措辞搪塞呢？质朴的船家女，也只能接受这样的现实吧？

跟下里巴人相对的是阳春白雪。《阳春》和《白雪》是中国古琴曲，相传为春秋时期晋国师旷或齐国刘涓子所作。阳春白雪表现的是崇高的美，“其曲弥高，其和弥寡”，过分高雅，未能普及。如战国楚宋玉《对楚王问》

就记载："客有歌于郢中者，其始曰：《下里》、《巴人》，国中属而和者数千人。……其为《阳春》、《白雪》，国中属而和者不过数十人。"

而下里巴人，流传甚广，而且极具生命力，甚至据传，公元前一千多年，武王联合八百诸侯伐纣，而"巴师勇锐，歌舞以凌殷人"。《竹枝》因此获得唐人刘禹锡的青睐。

白居易在《忆梦得》诗中写道："几时红烛下，闻唱《竹枝歌》。"可见，刘梦得是真爱。

淳朴热烈，哀而不伤，《竹枝》的情怀，是值得爱的。(何灏)

琵琶行 白居易

浔阳江头夜送客，枫叶荻花秋瑟瑟。主人下马客在船，举酒欲饮无管弦。醉不成欢惨将别，别时茫茫江浸月。忽闻水上琵琶声，主人忘归客不发。寻声暗问弹者谁？琵琶声停欲语迟。移船相近邀相见，添酒回灯重开宴。千呼万唤始出来，犹抱琵琶半遮面。转轴拨弦三两声，未成曲调先有情。弦弦掩抑声声思，似诉平生不得志。低眉信手续续弹，说尽心中无限事。轻拢慢捻抹复挑，初为《霓裳》后《六幺》。大弦嘈嘈如急雨，小弦切切如私语。嘈嘈切切错杂弹，大珠小珠落玉盘。间关莺语花底滑，幽咽泉流冰下滩。冰泉冷涩弦凝绝，凝绝不通声暂歇。别有幽愁暗恨生，此时无声胜有声。银瓶乍裂水浆迸，铁骑突出刀枪鸣。曲终收拨当心画，四弦一声如裂帛。东船西舫悄无言，唯见江心秋月白。沉吟放拨插弦中，整顿衣衫起敛容。自言本是京城女，家在虾蟆陵下住。十三学得琵琶成，名属教坊第一部。曲罢曾教善才服，妆成每被秋娘妒。五陵年少争缠头，一曲红绡不知数。钿头云篦击节碎，血色罗裙翻酒污。今年欢笑复明年，秋月春风等闲度。弟走从军阿姨死，暮去朝来颜色故。门前冷落鞍马稀，老大嫁作商人妇。商人重利轻别离，前月浮梁买茶去。去来江口守空船，绕船月明江水寒。夜深忽梦少年事，梦啼妆泪红阑干。我闻琵琶已叹息，又闻此语重唧唧。同是天涯沦落人，相逢何必曾相识。我从去年辞帝京，谪居卧病浔阳城。浔阳地僻无音乐，终岁不闻丝竹声。住近湓江地低湿，黄芦苦竹绕宅生。其间旦暮闻何物？杜鹃啼血猿哀鸣。春江花朝秋月夜，往往取酒还独倾。岂无山歌与村笛？呕哑嘲哳难为听。今夜闻君琵琶语，如听仙乐耳暂明。莫辞更坐弹一曲，为君翻作琵琶行。感我此言良久立，却坐促弦弦转急。凄凄不似向前声，满座重闻皆掩泣。座中泣下谁最多？江州司马青衫湿。

【赏析】 足以使白居易诗名不朽的，也许不是文学史上盛称的白居易的五十首新乐府诗，而是他三十五岁时写的《长恨歌》和四十五岁时写的《琵琶行》这两首长篇歌行。这两篇歌行千百年来脍炙人口，妇孺皆知，以致唐宣宗在《吊白居易》诗中说："童子解吟《长恨》曲，胡儿能唱《琵琶》篇。"直到今天，一般人知道白居易，多半还是由于这两首诗。

《琵琶行》的故事情节其实很简单，白居易谪居九江，在船上遇到琵琶女，便邀琵琶女弹曲遣闷。曲罢，琵琶女对客自述身世，引起白居易的强烈共鸣，发出了"同是天涯沦落人，相逢何必曾相识"的呐喊。这两句震撼人心的诗，不仅在当时让满座客人泪下如雨，而且穿越时空，一千多年来一再被人引用，成了一代又一代人抒发情感的闸口。

那么，这两句诗究竟好在何处呢？毛泽东晚年读《注释唐诗三百首》，曾这样评价《琵琶行》："江州司马，青衫泪湿，同在天涯。作者与琵琶演奏者有平等心情。白诗高处在此，不在他处。其然，岂其然乎？"读罢这段批语，就像拨云见日一样，我一下子全然明白了！

琵琶女本是长安倡女，年老色衰，流落九江；白居易则因受到谗毁，被贬九江。尽管在我们看来，琵琶女与白居易地位悬殊，身世不同，但他们两人在感情上抑或思想上，并不必然存在一条无法逾越的鸿沟。起码在诗人与琵琶女同悲身世的那一瞬间，他们的心是平等的。你说这是中国古代知识分子可贵的平民意识也好，你说这是有良知的中国古代知识分子对于底层人民的深切同情也好。但不管怎么说，没有平等，就不会有碰撞；没有平等，也不会有共鸣。相同的遭遇，共同的悲愤，借着琵琶声的铿锵音调，引爆了蕴蓄心中已久的情感火山。我们敏感的诗人终于酣畅淋漓地喊出了在中国文学史上注定要流芳百世的一句诗："同是天涯沦落人，相逢何必曾相识！"

除了这句笼罩一切的诗句之外，值得一提的还有白居易对于音乐极富表现力的、几乎是天才的描绘。唐诗中，善于描绘音乐的还有李颀的《听董大弹胡笳声兼寄语弄房给事》、《听安万善吹筚篥歌》，以及韩愈的《听颖师弹琴》。特别是后一篇，是唐诗中公认的善于描写音乐的名篇。但是，韩愈此诗"技止此尔"，白居易《琵琶行》描绘琵琶女的演奏，则更胜一筹，他不仅描绘音乐的形象达到了"神乎其技"的地步，即通过形象生动的比喻把无形的声音转化为视觉形象丰满的审美对象，同时还能够通过描写音乐节奏的变化来表现情绪的起伏。

试看，琵琶声起初零散不成曲调，"转轴拨弦三两声，未成曲调先有情。弦弦掩抑声声思，似诉平生不得意"，这也是与琵琶女刚出来时惊魂未定、楚楚可怜的情状相一致的。继而"低眉信手续续弹，说尽心中无限事。轻拢慢撚抹复挑，初为《霓裳》后《六幺》"，出现了舒畅明快的节奏。此后曲调继续由慢变快，呈现出错杂徘徊的局面，"大弦嘈嘈如急雨，小弦切切如私语。嘈嘈切切错杂弹，大珠小珠落玉盘"。片刻的欢快之后，琵琶声落入谷底，正如听者与弹者内心的感情波澜由于美妙音乐的刺激一下子落入悲痛的深渊一样，"间关莺语花底滑，幽咽泉流冰下滩。冰泉冷涩弦凝绝，凝绝不通声暂歇"。此时，一个极有意味的现象出现了，弹者心曲与听者灵府交感相应，在一瞬间造成了一种"此时无声胜有声"的独特审美境界。关于这一点，美国著名汉学家宇文所安解释说："诗人所以会创造出这样无言的雄辩，在他自己来说，是因为除了在本可以继续写下去的地方停住不写外，他想不出更好的办法。沉默可以表示情调、主题、背景或意向的一种突然的转变，读者的注意力准确无误地被引而不发的东西吸引过去。”这一小小的回旋跌宕之后，琵琶声和人的情感波涛急遽地进入高潮，“银瓶乍破水浆迸，铁骑突出刀枪鸣”。然后这惊天动地之音又突然煞住，“曲终收拨当心画，四弦一声如裂帛。东船西舫悄无言，唯见江心秋月白”，四周归于一片寂静。听了这样的音乐，你能不如痴如醉吗？读了这样的描绘，你能不拍案叫绝吗？

尤其可贵的是，全诗虽着力描写琵琶演奏，却三次闲笔逸出，描写江月、“别时茫茫江浸月”、“唯见江心秋月白”、“绕船月明江水寒”，这就为全诗预留了巨大的想象空间，形成了寒江秋月、一曲萦空的艺术境界。

白居易在《与元九书》中曾经这样总结诗歌创作的真谛：“感人心者，莫先乎情，莫始乎言，莫切乎声，莫深乎义。诗者，根情，苗言，华声，实义。”这几句简单的话，既是白居易最重要的诗歌理论主张，也是他在诗歌创作中贯彻始终的艺术原则。白居易的《琵琶行》之所以能够深深地震撼我们的心灵，并为我们所理解，我想，这除了白居易善于使用连老太太都可以读懂的语言之外，更为重要的一个原因也许在于诗人的情感是与我们相通的，而诗人所采取的态度，又完全是与我们平等的缘故。(江城子)

江雪　柳宗元

千山鸟飞绝，万径人踪灭。
孤舟蓑笠翁，独钓寒江雪。

【赏析】　一个人，孤寂而又渺小，背负皑皑千山，面朝悠悠岁月，端坐在空阔江面上的一只小小渔船上，钓着一江的寒冷。每次捧读唐代文学家柳宗元的诗篇，我就感到寒冷，甚至惊悚。

群山孤寂，大地一片洁白。一个巨大而又固执的形象，居于整个世界的中心，执拗而又强硬地叙说着一种超然的孤独。

谁能承载这巨大的命运的寒冷？谁能用一根细细的丝线，在无边的绝望中钓起满船的希望？难道你就不能放下手中的钓竿，就像垂下你高昂的头颅一样？难道你就不能退到一个小小的角落，就像从人生矛盾的中心退却？

你的坚决让我震惊，你的悲情让我热血沸腾。难道你是在守候生命永恒的孤独，就这样沐浴在一江寒冷中，以一种永不改变的姿态，守望千年？

读到这里，大概读者心中也会像我一样，冒出一个巨大的问号。渔翁的生活是如此清高，渔翁的性格是如此孤傲，他存在吗？

让我们分两个层面来说。就精神层面来说，他是存在的。这种存在必须仰赖诗人非凡的想象力，和人类广阔的理解能力。渔翁“寒江独钓”的形象，作为一种精神的象征，他只存在于人类精神的星空。明人张岱在《陶庵梦忆》中，也刻画了一个与柳宗元《江雪》中的渔翁形象绝似的“痴人”。“崇祯五年十二月，余住西湖。大雪三日，湖中人鸟声俱绝。是日更定，余拿一小舟，拥毳衣炉火，独往湖心亭看雪。雾凇沆砀，天与云与山与水，上下一白；湖中影子，惟长堤一痕，湖心亭一点，与余舟一芥，舟中人两三粒而已。到亭上，有两人铺毡对坐，一童子烧酒炉正沸。见余，大喜曰：‘湖中焉得更有此人！’拉余同饮。余强饮三大白而别。问其姓氏，是金陵人，客此。及下船，舟子喃喃曰：‘莫说相公痴，更有痴似相公者！’”

就现实层面来说，他或许是存在的，但却常常是变相了的、歪曲的存在。一个突出的例子是袁世凯。这位工于伪装且善于变节的清廷军机大臣、民国大总统、“洪宪皇帝”、窃国大盗，也曾在他生命的零点，学柳宗元笔下的老渔翁，披蓑戴笠，垂钓洹上。

人生是多么诡谲啊，“洹上钓叟”袁世凯不甘寂寞的表演，以及他内心曾经有过的种种热望和雄图，对于历史、对于命运而言，究竟是一种嘲笑，还是一种无奈？(江城子)

离思五首 元稹

其四

曾经沧海难为水，除却巫山不是云①。
取次花丛懒回顾，半缘修道半缘君②。

【注释】 ①“曾经”句：此句典出《孟子·尽心篇》：“观于海者难为水，游于圣人之门者难为言。”意思是已经观看过茫茫大海的水势，就难以被其他的水吸引了。“除却”句：此句化用宋玉《高唐赋》里“巫山云雨”的典故，意思是除了巫山上的彩云，其他的都称不上彩云。②取次：随便，草率地。缘：因为，为了。

【赏析】 陈寅恪《元白诗笺证稿》论元稹艳诗及悼亡诗说：“其悼亡诗即为原配韦丛而作。……微之以绝代之才华，抒写男女生死离别悲欢之情感。其哀艳缠绵，不仅在唐人诗中不可多见，而影响及于后来之文学者尤巨。”可以说，陈寅恪的评价代表了后世的公论。尽管陈寅恪也曾公开指出，元稹的这些诗“俱受一时情感之激动，言行必不能始终相守”，但是，元稹悼亡诗情感的深挚感人却非至情之人不能达到，仅凭这一点，我们就应永远纪念他。

先看他的《遣悲怀》三首，篇篇真切动情。《唐诗三百首》评论此诗说：“古今悼亡诗充栋，终无能出此三首范围者。”前面说过，元稹的悼亡诗都是悼念结发妻子韦丛的。元稹所写的这类诗很多，这三首是他显贵以后作的。据考证，韦丛是元稹的原配夫人，死时二十七岁，元稹当时是三十岁，尚未显贵。这就是说两人曾经共过一段患难，诗中所写正是这段经历。

比如“谢公最小偏怜女，自嫁黔娄百事乖”一联，就是写韦丛下嫁元稹时情景。其中包含了两个典故。谢公是指东晋宰相谢安，他最喜欢自己的侄女谢道韫——中国历史上著名的才女，《红楼梦》中称为“咏絮才”的就是这一位。韦丛的父亲韦夏卿官至太子少保，韦丛是他的幼女，作者将她与谢道韫相比，可见韦丛也是有文学才能的。黔娄是春秋时齐国的贫士，元稹用以自指。一个千金小姐下嫁给元稹这样的贫士，难怪诸事都不顺遂，所以作者在后面才发出了“贫贱夫妻百事哀”的深沉喟叹。但韦丛是何其贤惠啊！作者说，她看到我没有衣服可以替换，就翻箱倒柜去搜寻；我身边没钱，软磨硬缠地要她买酒，她就拔下头上的金钗去换钱。平常家里只能用野菜充饥，她却吃得很香甜；没有柴烧，她便扫落叶当柴烧。作者用极其简练干净的笔调，写出这些生活当中的细节，即便今天读起来，也依然撼人心魄。

再比如“惟将终夜长开眼，报答平生未展眉”一联，写得更是痴情缠绵，哀痛欲绝！陈寅恪说：“所谓常［长］开眼者，自比鳏鱼，即自誓终鳏之意。”尽管诗人并没有做到这一点，但他这样对妻子表明海枯石烂不变心的心迹，却是非常感人的。

我们大致了解了诗人元稹与原配韦丛患难与共的情节以后，再来读他纪念韦丛的《离思》一诗，就游刃有余了。

这首诗最值得注意的是前面两句。“曾经沧海难为水，除却巫山不是云。”这两句诗早已成为一个最辉煌最经典的爱情符号，进入了亿万中国人的心间。每当一个人经历过一段最美、最刻骨铭心的爱情时，他便会脱口说出这必将流芳百世的两句诗。尽管现代版的爱情誓言也同样是花样翻新，层出不穷，但我认为元稹的这两句诗，绝对堪称最经典的古代文言版爱情誓言。经历过沧海的波澜浩瀚，就再难观赏河溪的清浅，经过与你幽会巫山，就再难寻觅爱的缱绻。

正如一首歌所唱的，情的深浅，不可测量；爱的付出，岂止生死。（江城子）

金铜仙人辞汉歌[①]　李贺

茂陵刘郎秋风客，夜闻马嘶晓无迹[②]。
画栏桂树悬秋香，三十六宫土花碧[③]。
魏官牵车指千里，东关酸风射眸子[④]。
空将汉月出宫门，忆君清泪如铅水[⑤]。
衰兰送客咸阳道，天若有情天亦老[⑥]。
携盘独出月荒凉，渭城已远波声小[⑦]。

【注释】　①金铜仙人：王琦注引《三辅黄图》："神明台，武帝造，上有承露盘，有铜仙人舒掌捧铜盘玉杯以承云表之露，以露和玉屑服之，以求仙道。"②茂陵：汉武帝刘彻的陵墓，在今陕西省兴平县东北。刘郎：指汉武帝。秋风客：指悲秋之人。③三十六宫：张衡《西京赋》："离宫别馆三十六所。"土花：苔藓。④牵车：这里是驾驶的意思。千里：言长安汉官到洛阳魏官路途之远。东关：车出长安东门，故云东关。⑤将：与，伴随。汉月：汉朝时的明月。铅水：比喻铜人所落的眼泪，含有心情沉重的意思。⑥咸阳：秦都城名，汉改为渭城县，离长安不远，故代指长安。咸阳道：此指长安城外的道路。⑦渭城：秦都咸阳，代指长安。

【赏析】　李贺于此诗题下序曰："魏明帝青龙元年八月，诏宫官牵车西取汉孝武捧露盘仙人，欲立置前殿。宫官既拆盘，仙人临载乃潸然泪下。唐诸王孙李长吉遂作《金铜仙人辞汉歌》。"据朱自清《李贺年谱》推测，这首诗大约作于元和八年（813），李贺因病辞去奉礼郎职务，由京赴洛途中所作，其时，诗人"百感交并，故作非非想，寄其悲于金铜仙人耳"。诗人确实将自己的感情倾注于金铜仙人了。

金铜仙人是汉武帝试图得道成仙的依靠，承露盘则是承接可以让汉武帝成仙的引子——云表之露的有效器物。怪不得拆盘让金铜仙人潸然泪下，离开汉宫更是让它痛苦不堪。

于是，它回想起了将它立在神明台上的汉武帝。它亲历了汉王朝由盛到衰的过程，兴亡之感油然而生："茂陵刘郎秋风客，夜闻马嘶晓无迹。画栏桂树悬秋香，三十六宫土花碧。"当时的盖世明君汉武帝刘彻，已经永远地待在他生前就为自己建造好的茂陵里，虽然他有皇皇大业，有与仙同命的愿望，但是在活着的历史中，他终究不过如秋风过客。或许正是他的《秋风辞》，"少壮几时兮奈老何"。他生前车马喧嚣的宫苑已经成为陈迹，曾经的一切现在或许只有在茂陵的梦幻里才能继续了。深夜听见的马嘶声或许是魂魄重游？或许是梦境？但是在白昼真实的历史中，已经杳无声息。无论再辉煌，也是会沉寂的。只有那画栏中高大的桂树，依然按照自己的规律生长，现在正枝繁叶茂，花香四溢。而当年的三十六宫却荒凉无人迹，布满苔藓，一个"碧"字，饱含着多少沧桑和失落，而这样的感觉在这个明亮的颜色的诠释中，也显得如此的刺眼。

或许，金铜仙人本是立志与这片废墟同在的，至少，在这里，它可以用回忆来作为安心良剂，虽然是泡在伤感中的良剂。可是，它却要遭遇"魏官牵车指千里"，离开汉宫故地。从长安至许都，路途千里，在此地还可以触景生情，在远地就只能是生生地回忆了。这样的遭遇如何不让它悲恸！

关东秋风凄凄，直射眸子，金铜仙人心酸不禁，潸然泪下。且看它的眼泪吧，"清"，清澈无杂质，它的对故土的怀念，对兴衰的感伤，比起任何人来说，都是清澈无瑕的，因为它的功用不会因主人的变化而改变，所以它不会因历史的变化而命运起伏，魏明帝也是看重了它的作用，和它高大的外形所带来的辉煌和震慑的感觉；"如铅水"，它是金铜仙人，"物性"仍在，但却存有"人性"中最悲戚最永恒的一面：对逝去的怀念，对变幻的唏嘘。它被一点点移动，离开汉宫，只有明月相随。称其为"汉月"，正是仙人此刻心迹最贴切的表现：正如清代王琦《李长吉诗歌汇解》的诠释："因革之间，万象为之一变，而月体始终不变，仍以旧时，故称'汉月'。"果然，只有明月如影随形，不离不弃，也不会因世事沧桑而有所因革。但是，仙人或许心中隐隐作痛，汉月出了汉宫门，还能称为"汉月"吗？明月照亮汉故宫，所以，可以将它想成除了金铜仙人之外，唯一能与这个已经消失于历史并将逐渐消失于人心的朝代相依相伴的。可是，现在汉宫之外，已经全是魏土，明月在没有可以触景生情的汉宫旧地的上空，是否还能如“我”一般，存着那一份永恒的哀悼呢？一个“空”字，不单是只有明月相伴的孤单，或许也有心中那一点点温存的希望的失落。

可是，还是离开了。咸阳古道送客的兰花已经衰败不堪，兰虽衰，却也有送客的情意，可知仙人心衰如兰乎？掌握日出日落，看似终古不变的苍天，如若有情的话，也会如自己和兰花一样，承受衰老的悲哀。“天若有情天亦老”！那么，天、物、人，到底是情的主宰，还是情的奴隶？抑或人的衰颓可以达到有情后的至情，苍天的亘古不变却是至情后的无情？面对荒凉苍茫的景象，诗人写出了这“奇绝无对”的诗句。此时，在荒凉的月光照射下，携盘离开的只有那只承露盘，渭水的波声渐渐远去，留在了那个曾经让人哭泣的地方。

《野客丛书》载《魏略》曰：“明帝景初元年，徙长安诸钟簴、骆驼、铜人承露盘，盘拆，铜人重不可致，留于灞垒。”李贺有意不顾这个结果，没有留给金铜仙人一个可算作安慰的结局，而是将悲伤进行到底。他的用意，只是为了更好地诠释他的深沉：天若有情天亦老！人间正道是沧桑。(唐芸芸)

南园　李贺

其五

男儿何不带吴钩[①]？收取关山五十州。
请君暂上凌烟阁[②]，若个书生万户侯[③]？

【注释】　①吴钩：一种弯形的刀，相传为吴王阖闾所制。后用来泛指锋利的宝刀。②凌烟阁：位于陕西长安县内。是唐太宗为表彰开国功臣勋绩所建的楼阁。阁内悬挂二十四功臣画像，由阎立本绘，唐太宗亲自写赞，褚遂良题阁。后以凌烟阁代指功名。③若个：相当于哪个，表疑问。

【赏析】　在许多人的思想深处，尤其是抱负远大的读书人心里，是颇不以笔杆子为满足的，他们向往的是枪杆子。汉代的扬雄就说要笔杆子是雕虫小技，“壮夫不为”。唐代的李贺也是这个意见，他说，男子汉就应该身佩军刀，奔赴疆场，建功立业，报效国家。并且不无郁闷地反问道，请睁眼看看凌烟阁里封侯拜相的功臣，哪个是书生出身？比李贺早出生一百多年、被闻一多先生称为“历史上著名的‘浮躁浅露’不能‘致远’的殷鉴”的“初唐四杰”之一杨炯也有一首流传甚广的诗——《从军行》，诗中说：“宁为百夫长，胜作一书生。”百夫长算是比较低级的武职了，杨炯尚且认为做个百夫长也要比作书生好，可见他改变自己的命运和人生道路的愿望是多么强烈，或者说，他想成为另外一个自己的愿望是多么强烈。我认为，每个人心中其实都有一股激情，渴望自我实现的激情，渴望成为另外一个自己的激情。正是这种激情，点燃了古往今来一切英雄豪杰内心梦想的壮丽火焰！

所不同的是，有些人的激情化为了内在的诗意，或者说根本就没有转化为切实的行动，比如扬雄、李贺、杨炯等人。有些人的激情则从来就是行动的激情，因此，他们的成功几乎是必然的，比如班超。他怀揣着激情，投笔从戎，成功出使西域。公元 95 年，汉和帝封班超为“定远侯”，世称“班定远”。从公元 73 年到公元 95 年，班超前后出使、征战、经营西域二十二年，终于实现了立功异域的理想。

古往今来，像班超这样不愿靠侍奉笔砚讨饭吃的英雄豪杰何其多哉！翻开中国古代史，从“刘项原来不读书”到连个秀才都没有考取的洪秀全，这是多么生动的一幅渴望自我实现的人间图景啊！

据《世说新语·品藻》记载，桓公少与殷侯齐名，常有竞心。桓问殷：“卿何如我？”殷曰：“我与我周旋久，宁作我。”当殷浩说出那句著名的话“我与我周旋久，宁作我”时，这究竟是一种成熟呢还是一种悲哀？当一个人倾向于接受自己、不再有竞心，或者说他不再渴望成为另一个自己时，他是否已经认定自己不再是一个可以发展的人，或者说他内心的激情早已消磨殆尽，不得不向内心的自己和外在的世界妥协、从此听天由命呢？（江城子）

赤壁　杜牧

折戟沉沙铁未销[①]，自将磨洗认前朝[②]。

东风不与周郎便[③]，铜雀春深锁二乔[④]。

【注释】　①折戟：折断的戟。戟，古代兵器。销：销蚀。②将：拿起。认前朝：认出戟是赤壁之战时的遗物。③东风：指周瑜用黄盖计，借东风火烧赤壁这一历史事件。周郎：指周瑜，字公瑾，年轻时即有才名，人称周郎。后任吴军大都督。④铜雀：即铜雀台，曹操建造的一座楼台，楼顶里有大铜雀，台上住姬妾歌妓，是曹操暮年行乐处。二乔：东吴乔公的两个女儿，一个嫁给前国主孙策（孙权兄），称大乔；一个嫁给吴军事统帅周瑜，称小乔。合称“二乔”。

【赏析】　未可成败论英雄，然而，谋士竞智，武将较力，攻战杀伐，可以决一雌雄的沙场鏖兵却始终是凸显英雄的最好舞台。真的英雄更须经得起历史的考验。

六百年后，赤壁鏖兵的历史痕迹不过是沉埋于长江沙泥中的半截铁戟，依稀记录着当年厮杀呐喊，兵戈争雄。偶然的机会，这古色斑斓的铁戟进入诗人杜牧的眼中，洗去那陈年的青苔，磨去那斑斑的锈迹，铭刻于铁戟之上的标识——或是“曹”或是“吴”，抑或是“大都督周”的字样，总之，清晰可辨的前朝烙印唤起了诗人的遐思无限，飞扬的诗绪交织着追问英雄的历史情结，吟出了千古名句：“东风不与周郎便，铜雀春深锁二乔。”

赤壁一战，鼎足三分。对于这样一场重要的战役，《三国志》给予的关注却不算多，记载亦算不得详尽。对曹操的这一极不光彩的惨败记载也很简略，对胜利一方的记载要丰富得多。

从这些段栩栩如生的战事描述中，我们不难发现“东风”在赤壁一战中的重要作用。由此观之，裴松之将曹操赤壁兵败的原因归于“凯风自南”的天意亦为有据之谈。“天有不测风云”固为老生常谈，但以当时的科技水平，孙、刘联军却很难精确地预测到寒冬十月会有东南风，提前做好诈降、火攻等一系列准备，“东风”于赤壁之战无疑有着关系全局的重要作用。

作为唐代史学名家杜佑的嫡孙，诗人杜牧尤喜言兵，尝言，“为国家者，兵最为大，非贤卿大夫不可堪任其事”。对于赤壁鏖兵这样的重要战事，杜牧自然倍为关注。对于沉沙残戟的朝代辨识已见其史学功底，对于“东风”的特别拈出则是谈史论兵的思路延续，“东风不与周郎便”的论断正与裴松之一脉相承，远非刻意标新立异的翻案论调，而“铜雀春深锁二乔”则是曲折叙写东吴兵败的诗人笔法，对于东吴美人的特别留意，正是“十年一觉扬州梦，赢得青楼薄倖名”的一贯风格。四言之中，既见史识，并有谈兵，更有诗情，可谓佳妙。

至于作者的态度，细玩诗意，则未必有鄙薄周瑜之心。倒是何文焕《历代诗话考索》所云：“牧之之意，正谓幸而成功，几乎家国不保。”更为贴切一些。赤壁之战的双方毕竟实力悬殊，违时而至的东风诚非可料，固有天运侥幸之事。年少美才，深通音律的周瑜历来为文士所赏识，杜郎俊赏，对于周郎的好感应该更多吧。

《赤壁》一诗，以诗为媒，品鉴古物，论史谈兵，妙赏深情，并见其中，诚为佳作。(郭万金　张蕴瑜)

清明　杜牧

清明时节雨纷纷①，路上行人欲断魂。
借问酒家何处有？牧童遥指杏花村。

【注释】　①清明：属二十四节气之一，春分过后第十五天就是清明，相当于阳历四月五日前后。清明节这天，古代有扫墓和郊游的风俗。

【赏析】　这首小诗描写清明节行旅人遇雨的情景，展现出一幅形象鲜明的画面，意境清新、深远，给人以无尽的回味。加上语言通俗流畅，易懂易记，所以历来传诵，家喻户晓。

诗的首句“清明时节雨纷纷”，点醒题目，交代特写的节日情景。时值清明，春意正浓，在江南大地，早已是“千里莺啼绿映红”了。但这一天，诗人杜牧在行路中间，可巧遇上了绵绵春雨。“雨纷纷”三字是形容春雨的，这不是夏日的瓢泼大雨，而是江南春季里常见的那种如烟如雾的细雨。色彩鲜艳的明媚春景，已几乎被雨帘遮住。这一句，既明快又含蓄，写出情景、环境和气氛，表现出一个雨中清明的独特意境，给予读者以美丽而凄迷的感受。

次句“路上行人欲断魂”，写路上的行人因遇连绵春雨而倍增惆怅的复杂心情。“行人”有不同的理解。有人认为，是出门在外的行旅之人，在这首诗中也就是作者自己；也有人说，是踏青游春的人们。两种解释都有道理。究竟哪一种意见更准确、贴切呢？这就牵涉“欲断魂”三字。“欲”，好像。“断魂”，在古典诗歌中，多是形容一种十分强烈、深刻的迷惘、愁苦、纷乱的心理状态。如果说“行人”是趁着清明佳节踏青游春的人，那么，他们即使遇上春雨绵绵，难免感到扫兴，却不至于“断魂”，有些游人甚至可能因为喜欢雨中赏景而增添游兴呢。可见，这里的“行人”，理解为行旅之人更为吻合诗境。清明佳节，人们都是全家团聚，或游春或扫墓，而这个“行人”却身在异乡，孤身赶路。“独在异乡为异客，每逢佳节倍思亲”，这本是人之常情。行人触景伤怀，是很自然的。偏偏又赶上了细雨纷纷，春衫尽湿，内心的伤感愁苦就更深更浓了。

从字面上看，第一句写景，第二句抒情。其实，古典诗歌的情与景是紧密结合的。第一句虽是写景，但情已包含于景中。“纷纷”两字，既是形容春雨，也是形容情绪，表现了行人冒雨赶路时那种加倍凄迷纷乱的心境。而第二句，虽是抒情，却也是写景，情中见景。我们宛然看到在雨丝风片中行走在原野上的诗人孤独的身影。“纷纷”和“断魂”互相呼应、烘托，这四个字用得精妙。

前二句交代了情景，第三句笔锋一转，写行人询问酒家处所：“借问酒家何处有？”“借问”，就是请问，唐诗中常见这种用法。酒家，小酒店。这句写行人这时涌上心头的一个想法：往哪里找一个酒家才好。为什么要找酒家呢？也许是要歇脚避雨，也许是想饮上几杯，消除寒意和疲乏，恐怕最要紧的是借此来散散心头的愁绪了。但行人的这些内心活动，诗中都没有直接说出，而是有意留下“空白”，获得一种“此时无声胜有声”的艺术效果。

"行人"究竟是向谁问路呢？诗人在第三句并没有告诉我们，他采取"盘马弯弓故不发"的表现技巧，制造悬念，引起读者的猜想。到了第四句"牧童遥指杏花村"才给予回答。这结尾的一句最妙。

这一句妙在何处？首先，诗人在诗的画面上添加了山村的典型人物——一个骑牛的牧童，并画出了他遥指杏花村的一个动作，形象非常生动，而且极富于情趣。我们好像看见，在雨雾迷蒙的山村路口，行人与牧童突然相遇。行人欲寻酒家避雨，而牧童也急于鞭牛回家顾不上答话，他只用手向远方一指以代回答。诗人就像一个高明的画家，捕捉住了行人与牧童相遇与问答这一最富于生发性的顷刻，写出清明雨中幽静山村的无限风光和生活情趣。

其次，牧童手指之处，是"杏花村"，即杏花深处的村庄。这三个字，又展现出一个美丽而带着几分朦胧的境界，使行人仿佛看到远处村头，杏花似锦。不言而喻，那里一定有小小的酒家，在等候着接待他。添上了这一笔，"杏花春雨江南"的景色特征跃然纸上，给读者一种美的享受。而且，这一笔，改变了诗的情调气氛。行人精神为之一振，愁绪和寒意顿时消释，身心都感到一丝暖意。

再次，句中的"遥"字，用得很妙。"遥"，字面意义是远。但这里不可过于拘泥。因为牧童所指的杏花村，大概就在并不很远的地方。倘若很远，就难以生发艺术的联想。如果就在眼前，抬头可见，那又失去了含蓄的兴味。妙就妙在不远不近之间。读者隐隐约约地见到：如霞似锦的红杏梢头，露出一面酒帘子，在微风细雨中飘拂着。这若隐若现的雨中杏花景色，尤为诱人遐想，耐人寻味。

诗写到这里就戛然而止了。至于行人以后如何加紧赶路进入村庄，如何找到酒店，如何避雨消愁，诗人都不再写了。他让读者自己去想象、领会。好像是一出戏，演到最精彩热烈的高潮之后，立即降下大幕。诗人善于留下余地，才能诱使人咀嚼不尽。用古人论诗的话说，这就叫"含不尽之意见于言外"。从以上的讲析可见，《清明》这首七绝构思新巧，章法严谨，笔墨含蓄，形象鲜明，情景交融，意境优美。我们还要指出，这首诗的语言也十分通俗自然。全篇不用典故，不加雕琢，毫无经营造作之痕，章节也非常和谐圆美，的确是一首佳作。

这首小诗产生了很大的影响。后来曹雪芹的小说《红楼梦》中，大观园有一景题作“杏帘在望”，就是从这首诗脱化而来的。“杏花村”的美名，几乎成了后代酒家的雅号。(陶文鹏)

锦瑟　李商隐

锦瑟无端五十弦，一弦一柱思华年①。
庄生晓梦迷蝴蝶，望帝春心托杜鹃②。
沧海月明珠有泪，蓝田日暖玉生烟③。
此情可待成追忆？只是当时已惘然！

【注释】　①锦瑟：装饰华美的瑟。瑟：拨弦乐器，通常二十五弦。无端：何故，表示怨怪之意。②“庄生”句：用庄周梦蝶典故。《庄子·齐物论》：“庄周梦为蝴蝶，栩栩然蝴蝶也；自喻适志与！不知周也。俄然觉，则蘧蘧然周也。不知周之梦为蝴蝶与？蝴蝶之梦为周与。”诗中用此典，表示了一种恍惚迷离的人生状态。“望帝”句：用杜鹃啼血典故。《华阳国志·蜀志》：“杜宇称帝，号曰望帝……其相开明，决玉垒山以除水害，帝遂委以政事，法尧舜禅授之义，遂禅位于开明。帝升西山隐焉。时适二月，子鹃鸟鸣，故蜀人悲子鹃鸟鸣也。”杜鹃，又名子规。③珠有泪：《博物志》：“南海外有鲛人，水居如鱼，不废绩织，其眼泣则能出珠。”蓝田：《元和郡县志》：“关内道京兆府蓝田县：蓝田山，一名玉山，在县东二十八里。”这两个典故借朦胧迷离的状态喻人生如烟如幻。

【赏析】　《锦瑟》是李商隐“朦胧诗”的代表作，历来认为难解。尽管朦胧，尽管读不懂，但是弥漫在整个诗里的迷惘、悲哀、伤感、虚幻的情绪，以及诗句优美婉转的音节和极富表现力的意象，使人一读之下，心为之醉，神为之迷，往复低回，惘然自失。梁启超谈到这首诗时说：“义山的

《锦瑟》、《碧城》、《圣女祠》等诗，讲的什么事，我不理会。拆开一句一句叫我解释，我连文义也解不出来。但我觉得他美，读起来令我精神上得一种新鲜的愉快。”

这是一首爱情诗，是李商隐中年所作，就内容言，应含有悼亡、艳情、自伤三重意义。

首联“锦瑟无端五十弦，一弦一柱思华年”似乎难解，其实也并非无解。要读懂这句话，得有一点文化常识。现在考古发掘已经发现了《尚书》中所记载的二十五弦瑟，这就为我们理解这两句诗找到了一把钥匙。此外我们还需了解李商隐的感情生活。他是个极重感情的人，据说，他早年时曾经苦恋过一个女道士，但没有结果。这样的恋爱真是有点匪夷所思。婚后，他与妻子感情极好，但妻子又在他三十九岁时去世了。在一个感情世界极其丰富的诗人那里，这样的打击给予他的痛苦是不难想象的。联系起来，这句诗的意思是说，妻子“无端”地死了，二十五弦一断就成五十了，所以以前没了妻子叫断弦，再娶叫续弦。所以说，“五十弦”也并没有什么难解的，倘要胶柱鼓瑟，钻牛角尖，不得其解也是活该。不过诗人的思维跳跃性实在是很大，他从妻子的逝去，一下子联想到自己的逝水年华，所谓“一弦一柱思华年”是也。诗人享年不永，只活了45岁，倘取其整数，可以说是五十年，诗中所说“锦瑟无端五十弦”即是取其整数而言。可以说，这首诗一上来就把妻子的去世摆出来，并感叹失去的青春的美好记忆，是悼亡里有自伤，自伤中见悼亡，两件伤心事，和盘托出，让人情何以堪！

那么，是什么样的美好过去令诗人回忆和感伤呢？后面两联透露了消息。但是，我们一定不能狭隘地理解这个美好过去，仅仅是指他与妻子王夫人的感情，而应包括他整个的精神恋爱史。颔联“庄生晓梦迷蝴蝶，望帝春心托杜鹃”化用典故，各有寓意。庄生梦蝶的故事众所周知，“昔者庄周梦为蝴蝶，栩栩然蝴蝶也。……俄然觉，则蘧蘧然周也”。借着这个著名的寓言故事，李商隐为我们呈现了一种人生的恍惚迷惘，而这正是李商隐的真切感触。妻子无端逝去，令人唏嘘感叹，世事变幻无常，“此生虽在堪惊”！后一句用蜀王望帝化为杜鹃，每到春天便悲啼不止直至滴血的故事，包含了一种苦苦追求而又毫无结果的悲哀。人生若梦，世事徒劳，空有此心，无力回天。所谓的美好过去，所谓的精神追求，而今除了内心深处烟云似的渺茫之外，哪里还有一丝一毫的印记呢？

据苏雪林的研究，“沧海月明珠有泪，蓝田日暖玉生烟”也是描写李商隐昔日恋爱之欢乐与当下追忆之心情。月明之夜的珠泪是什么泪呢？日光之下的氤氲之烟又是什么烟呢？在我看来，泪既是痛苦也是欢乐，在当时是欢乐，于如今是痛苦；烟既是渺茫也是虚幻，在当时是可望而不可即的渺茫，于如今是一切皆化为烟云的虚幻。

最后一句“此情可待成追忆，只是当时已惘然”，几乎把前面所思所想当中偶尔浮现的美好瞬间一笔全给勾销了，并且赋予了这些美好以更为沉痛的迷惘的色调，重新使读者回到诗人所设置的循环无端的朦胧虚幻的情绪氛围之中。这就太高明了。大概一首好诗纯粹写悲，是很难使人觉得其悲的，一定要在悲哀中勾起美好记忆，并在这种美好记忆昙花一现之后再次消逝于更深的悲哀之中，就越发使人觉得其悲了。我们看看著名作家王蒙如何理解这两句诗。他说：“为什么惘然？因为困惑、失落和幻化的内心体验，因为仕途与爱情上的坎坷，因为漂泊，因为诗人的诗心及自己的诗的风格。更因为它把诗人的内心世界写得太幽深了。一种浅层次的喜怒哀乐是很好回答为什么的，是‘有端’可讲的：为某人某事某景某地某时某物而愉快或不愉快，这是很容易弄清的。但是经过了丧妻之痛、漂泊之苦、仕途之艰、诗家的呕心沥血与收获的喜悦及种种别人无法知晓的个人的感情经验内心经验之后的李商隐，当他深入再深入到自己内心深处再深处之后，他的感受是混沌的、一体的，概括的、莫名的，只可意会不可言传因而是略带神秘的；这样一种感受是惘然的与‘无端’的。”

元好问《论诗绝句》说：“望帝春心托杜鹃，佳人锦瑟怨华年。诗家总爱西昆好，独恨无人作郑笺。”但是，难解不等于无解，也不等于不去解，以上所作解说即是博采众家之长，并参以己意的一种尝试，不知方家以为然否。(江城子)

登乐游原　李商隐

向晚意不适，驱车登古原。
夕阳无限好，只是近黄昏。

【赏析】　我发现一个奇怪的现象，诗人们咏月的诗远远多于咏日的诗，同样是咏日，礼赞朝阳初升的多，惋叹夕阳沉落的少。随便举个例子：《诗经·小雅·天保》："如月之恒，如日之升。"简简单单两句话，就把日月说完了。

但是，多愁善感的"诗神"李商隐与众人不同，他似乎对夕阳沉落独有会心。于是李商隐来了。他的眼前是一片灰色的朦胧，不知道风是在哪个方向吹，也不知道路该往哪个方向走。他望着逐渐黯淡的夕阳，低回吟唱："向晚意不适，驱车登古原。夕阳无限好，只是近黄昏。"他是在哀叹自己的不得意吗？他还是在哀叹唐王朝的日暮途穷？

他的音调显然低沉了许多，既没有初唐时代陈子昂登上幽州台时的歌唱那样雄浑慷慨而又意气风发，也没有杜甫"无边落木萧萧下，不尽长江滚滚来"的沉郁顿挫和悲壮苍凉，诗人面对夕阳想到的究竟是什么呢？

周汝昌先生在赏析这首诗时动情地说："你看，这无边无际、灿烂辉煌、把大地照耀得如同黄金世界的斜阳，才是真的伟大的美，而这种美，是以将近黄昏这一时刻尤为令人惊叹和陶醉！我想不出哪一首诗也有此境界。"

也许，这正是李商隐所要传达给我们的思想情感，也许完全不是这么一回事。

李白《日出入行》："羲和，羲和，汝奚汩没于荒淫之波？鲁阳何德，驻景挥戈？"据上古传说，太阳是羲和驾驶着六条龙的车子拖着跑的。这里，李白质问，羲和啊，你为何要驾着太阳沉入海中呢？鲁阳二句，典出《淮南子·览冥训》："鲁阳公与韩构难，战酣，日暮，援戈为之，日为之返三舍。"李白再次质问，鲁阳公何德何能，可以使日影为之停留？

既然人力不能改变太阳运行的轨迹，那么，太阳的西沉就是必然的了。

面对这个必然，无能为力的诗人是不是隐隐感到一种无奈的沉痛呢？王国维《人间词话》说：李白“西风残照，汉家陵阙”，“寥寥八字，遂关千古登临之口”。也许，典型的夕阳情景就是李白所说的西风伴着夕照，一片萧飒凄凉。李商隐说：“夕阳无限好，只是近黄昏。”夕阳再好，毕竟已届黄昏。那就让我们姑且接受现实，抓住这最后一瞬的辉煌，尽情享受夕阳带给我们的美吧。

我突然想到，鼓吹英雄创造历史的卡莱尔曾经面对夕阳说过这样一句话：“一个英雄就这样死去。”

我想不出，对于夕阳的礼赞，还有哪句比它说得更加豪迈。(江城子)

夜雨寄北[1]　李商隐

君问归期未有期，巴山夜雨涨秋池。
何当共剪西窗烛[2]，却话巴山夜雨时[3]。

【注释】　①寄北：诗人当时在巴蜀，他的亲友在长安，所以说“寄北”。这首诗表达了诗人对亲友的深刻怀念。②剪西窗烛：剪烛，剪去烧焦的烛芯，使灯光明亮。这里指深夜秉烛长谈。③却话：回头说，追述。

【赏析】　有研究者指出，《夜雨寄北》一作《夜雨寄内》。内，是指内人，即妻子。因此，关于这首诗是写给谁的，就有两说。一说是寄怀长安友人所作，合于诗题《夜雨寄北》；一说是写给妻子的，合于诗题《夜雨寄内》。但据考证，作者此诗写于851年，当时作者的妻子已经亡故，而作者并未续娶。我认为，作这样的文字考证，对于我们更好地理解这首诗，并无帮助，或者说帮助不大。我们都知道，这是一首表达思念的诗。思念是每个人都会有的一种情感，这种情感无时不在，无处不在。我们可以说，李商隐的这首诗表面上是寄给长安友人的，但他表现在诗里的情怀，何尝没有对妻子的深深思念呢？“北”者，应该包含了作者的妻子在内，并不因为她的亡故就不能思念。也许是后世的书呆子们太过迂腐，硬照字面去理解“北”字的意思，所以画蛇添足地将“夜雨寄北”改为“夜雨寄内”。殊不知这样一改就呆了。

不去说它了，我们且看原诗。“君问归期未有期”，“你问我回家的日期，唉，回家的日期，我也不知道何年何月，心里没个准啊！”这一问问得好，一下子勾起人的思念。羁旅之愁，思归之苦，无法言说，只能说眼前。眼前的情景如何呢？“巴山夜雨涨秋池”。诗人独居在巴山的一个旅馆里，孤苦无聊，愁绪万端。偏偏那巴山雨水又多，夜夜袭来，绵绵不绝，就像一滴墨水洇在纸上，渗透、蔓延、濡湿诗人满怀的思念。一个“涨”字，见出作者内心的感情早已波涛汹涌。岂止是秋雨滂沱、池水上涨，在这个不眠之夜里，作者对友人和妻子的无限思念，不也像这池水一样，一个劲地在往上涨吗？可以说，“巴山夜雨涨秋池”只是眼前景的自然显现，作者并没有说什么愁，诉什么苦，但读者从字里行间却可以深深感受到作者的思念之情。所谓意在言外、情生象外，正是如此。作者用几个简单的意象，几句简单的话，就把读者的思维活动完全引导到他所指向的那个方向上去了。此时，读者就可以任由自己的想象力纵横驰骋了。这种心灵的活动就是读者共同参与诗歌创造的活动，是读者与作者之间的心灵对话。通过这种创造性的活动和读者与作者之间的心灵对话，一首完整的诗歌才告完成。

“何当共剪西窗烛，却话巴山夜雨时！”是全诗的最后两句，也是作者此时悬想：什么时候才能够与您在家中西窗下面一起剪烛长谈，再次把我独居巴山旅馆时此情此景对您细细言说。这两句话构思之奇，历来为人称道。有研究者指出，悬拟别后重聚时情景，唐人诗中所常见。哪怕平时，我们亲友之间畅叙情谊，又何尝不是把重聚时的快乐情景着力想象和渲染一番呢。但李商隐此诗却高出一筹，它高就高在直接以思念发生时即目之景与情，作为重见时的话题。作者此想，更见至情。为什么呢？因为感情这东西，和时间一样，是稍纵即逝的，此时情怀，既无法复制，更不能久存。因此，感情的时态永远是现在时，而不是过去时和将来时。作者将即目之景与情作为重见时的话题，表明作者对感情之性质体悟极深。盖此景此情，早已浓至化不开，何需更旁生枝节呢？即使另起新想，亦属无根，此时已无情，何况重聚时？

简简单单四句诗，明白如话，但作者所要表达的思念之意，却何等曲折，何等深婉，何等含蓄隽永！（江城子）

无题　李商隐

相见时难别亦难，东风无力百花残。
春蚕到死丝方尽，蜡炬成灰泪始干。
晓镜但愁云鬓改，夜吟应觉月光寒。
蓬山此去无多路[①]，青鸟殷勤为探看[②]。

【注释】　①蓬山：蓬莱山，传说中海上三仙山之一，诗中指代诗人所思之人所在的地方。②青鸟：神话中为西王母传递音讯的信使。

【赏析】　李商隐的《无题》诗都是情感指向朦胧的作品。诗人作诗时也是情感迸发，随想随写，他自己倒也不一定能明了地概括这些诗由何而发，或是不便明说，所以以《无题》命名。由于指向不明，所以后世对这些诗都有多种解说，有的认为是爱情诗，有的认为看似写爱情实际另有寄托。而这首诗，应该以首句“别难”为契，解为诗人的爱情独白。

“相见时难别亦难”，都说别时容易见时难，李商隐却精确地点出，其实别离也很难。江淹《别赋》说：“黯然销魂者，唯别而已矣！”而在诗人这里更让人痛心的是，好不容易相见而又要离别正是难上加难。第一个“难”是困难之意，而第二个“难”是难受，难忍之意。“东风”指春风。“百花残”即暮春。这句写分离当时的景象，本来分离痛苦，更何况是在百花残落的暮春呢！我们不一定将写诗之时就理解为刚分别之后，这可以是回忆之作。“百花残”也可以是当下的景象。看到百花不再绚烂，就想到当时的分离，更是对岁月催人、时光不再的叹惋。

“春蚕到死丝方尽，蜡炬成灰泪始干”，这个比喻我们常是在歌颂老师的文字中看到的，现在我们还原到诗篇中。诗人所用的比喻之物，是春蚕和蜡烛。本来这是两个很普通的现象，春蚕在春末时，生命就要结束了，而它的吐丝的使命也完成了。蜡烛燃烧时，一直“流泪”，直到化为灰烬，燃烧和流泪是相伴的，诗人注意到的是“方”和“始”，这两个字读来让人痛心。就是说它们都坚持到生命的最后一刻，不为即将逝去的悲哀或绝望所动，它们的活法都是让生命每一刻的价值都最大化。这是它们对于所追求的信念的选择，或许也是在它们看来的唯一的选择。“春蚕到死丝方尽，蜡炬成灰泪始干”，这是他看到的景象。“丝”与“思”谐音，他愿如同春蚕、蜡烛一样，对所追求的东西至死不渝，这就是爱情，为对方相思至死，流泪不尽。同时他又是在倾诉着自己对这段刻骨铭心的爱情的悼念，对自己呕心沥血地为爱情付出的青春的悼念。如春蚕、蜡烛般，他已决心吐尽最后一缕丝，流干最后一滴泪，或许再也没有比这更伟大的生命，更执著的爱情了吧！至少对这段感情，他付出了他的最大的心血。诗人必是已经倾注全身的精力于这段凄苦的爱情中，才得这十四个让人柔肠寸断的文字。“春蚕到死丝方尽，蜡炬成灰泪始干”，这是诗人自己对这段凄苦爱情预设的结局！我们还可以进一步想，诗人只是从客观事物的本身变化来说，春蚕吐丝，蜡烛流泪，但是吐丝流泪所受用的对象诗人早已隐于其中了。都是为了别人。而自己耗尽生命的所为的人呢？

她也许也和我一样，“晓镜但愁云鬓改”吧。铜镜是最能真实地反映沧桑的。也许我们都为相思而愁苦，鬓角斑白了吧。早起对镜的也可以是诗人自己，慨叹时光荏苒，自己生命已与春蚕、蜡烛一般，濒临灯枯油尽。但是也如它们一样有价值，生命的每一刻都无怨无悔，至少对这段爱情的忠贞不渝是如此。“夜吟应觉月光寒”应是回忆昨天晚上的一幕。看着东风渐弱，百花残败，想起当时别离的场景，几许感慨涌上心头，沉吟许久。月亮冷冷地照着这一切，此时是暮春，非天寒，心寒也。而早上起来，发现春蚕吐丝而死，蜡烛也泪尽成灰，镜中斑白的鬓角，一切都在想象之中，也早有心理准备，可还是为这真实的到来生出“愁”思。那么，除了“春蚕到死丝方尽，蜡炬成灰泪始干”这个预设的结局外，诗人将如何进行这段爱情，又如何等待这个预设的结局呢？

“蓬山此去无多路，青鸟殷勤为探看。”蓬山是三大仙岛之一，诗人所思之人就住在那里。这样的想象道出了对方在诗人心中高洁的形象。蓬山此去不远，他有青鸟，它是当年为西王母传信的使者，现在正为他送去相思、牵挂和慰藉呢。蓬山是仙山，路虽不远，却可望而不可即，也说明了诗人与对方无法再见的痛苦。只有青鸟能到达的地方，是远是近？在诗人眼里已经不重要了，只有那相思之苦，和坚定的爱情，才是春蚕、蜡烛的终身追求吧！(唐芸芸)

五代

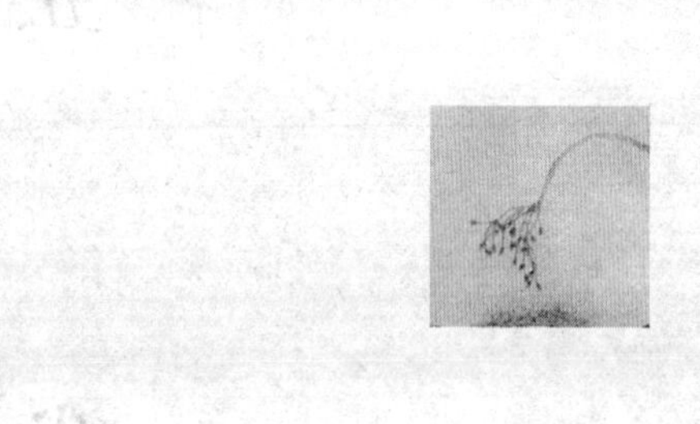

菩萨蛮　温庭筠

小山重叠金明灭[1]，鬓云欲度香腮雪[2]。懒起画蛾眉，弄妆梳洗迟[3]。

照花前后镜，花面交相映。新帖绣罗襦，双双金鹧鸪[4]。

【注释】　①小山：眉妆的名称，指小山眉。另外一种理解为：小山是指屏风上的图案，由于屏风是折叠的，所以说小山重叠。金：指唐时妇女眉际妆饰的“额黄”。金明灭：一说指光线照在屏风上忽隐忽现的样子。一说描写女子额上涂成梅花图案的额黄或明或暗的样子。②鬓云：像云朵似的鬓发，形容发髻蓬松如云。度：覆盖，形容鬓发将倾未倾。③蛾眉：女子的眉毛细长弯曲像蚕蛾的触须，故称蛾眉。弄妆：梳妆打扮。④鹧鸪：贴绣上去的鹧鸪图，是用金线绣好花样，再绣贴在衣服上，称为“贴金”。

【赏析】　意味深长的诗词如画，有“状难写之景如在目前”的神奇。温飞卿词，色彩秾丽，一如油画。每个人都有偏爱的色彩。温庭筠爱的是金色。金凤凰、金鹧鸪、金雁、金鹦鹉、金雀钗、金带枕、金线金霞，共《花间集》66首词，金色随处可见。

以温庭筠《菩萨蛮》为例，一首小词中，金字凡两见：“小山重叠金明灭”，“双双金鹧鸪”。

温庭筠也喜欢红色。红蜡泪、红丝、杏花红、残红、红似霞。如《菩萨蛮》：“双鬓隔香红。玉钗头上风。”又如《菩萨蛮》：“雨晴夜合玲珑日。万枝香袅红丝拂。”再如《河渎神》：“何处杜鹃啼不歇，艳红开尽如血。”

金色和红色，都是热烈的色彩，亦是富贵快乐的色彩。

温庭筠的词作色彩是斑斓的，除了金与红，还有艳黄、翠绿，以及清丽的白。如《菩萨蛮》：“蕊黄无限当山额。宿妆隐笑纱窗隔。”《菩萨蛮》：“翠翘金缕双。水纹细起春池碧。”《菩萨蛮》：“满宫明月梨花白，故人万里关山隔。”

不吝倾洒、浓墨重彩是温词的特色。然而，温飞卿的人生，却同他的如花诗词相反，是寂寞的人生。寂寞，一半囿于人世的狭隘，一半归于温的狷介。

飞卿天生“相貌奇丑，人称‘温钟馗’。”虽不应以貌取人，然而，末流的长相和超人的才华并存，如同最黑暗的土壤里开出了最美艳的花。当温庭筠“初至京师，人士翕然推重”。起初，并没有任何人排挤他，骚人墨客们欣然张开双臂，欢迎这位新贵。因文采斐然，温庭筠文名远播，很快便与当世诗人李商隐并驾，号“温李”。

这本是一个花团锦簇的开始。然而，有才华之人泰半清高，在此后的人生里，温飞卿上演了一场又一场的闹剧，使自己的人生渐入困境，始终不得赏识，寂寞地死去。温“士行尘杂，不修边幅”，故而稀里糊涂卷入宫中政治漩涡，在杨贤妃与庄恪太子的对垒中遭受牵连，又不幸站到了失败者的阵营中，成为他未来仕途的障碍。加之温庭筠为人孟浪，在攀登上升的阶梯中，曾扰攘科场，对同考科举的考生暗中相助，虽博得“救数人”之绰号，也使自己随之落第。其三，温飞卿“生性傲岸，恃才诡激，好讥诃权贵”，尤其不幸的是，他毫无顾忌地得罪了当朝宰相令狐绹。

其实，他曾经也是令狐跟前得宠的文人，只因将代其请填词，以献唐宣宗，博上恩宠的私密泄露，因此令狐屡屡作梗，温飞卿终不得中举。自此之后，温庭筠的仕途之花夭折了，他也收拾心情，出入秦楼楚馆，“逐弦吹之音，为侧艳之词”，顶着“无行”文人的冠冕，致力于金词红句，最终成为“花间鼻祖”，孤芳自赏。但，温庭筠内心深处，终是渴望张扬个性，以及被认可被重用。因而，咸通六年（865），当他因文名极盛出任国子助教，并于次年以国子助教主国子监试时，他的恃才傲物再次掀起风浪。在此次考试中，温严格以文判等，并“榜三十篇以振公道”，以此杜绝因人取士。他的举动公正，一时传为美谈。

然而，温庭筠的公正遭权贵不满，所榜诗文中又多指斥时政，揭露腐败者，温庭筠因之坐贬。

年事已高的温庭筠不久“竟流落而死”。纪唐夫送他赴方城诗有云：“凤凰诏下虽沾命，鹦鹉才高却累身。”

一只美丽的色彩斑斓的鹦鹉，因饶舌而遭到覆灭。好在，它曾那样的美丽过。(何灏)

更漏子　温庭筠

玉炉香，红蜡泪，遍照画堂秋思。眉翠薄，鬓云残，夜长衾枕寒。

梧桐树，三更雨，不道离情正苦。一叶叶，一声声，空阶滴到明。

【赏析】 温庭筠，是位具有很高音乐才能的诗人，“能逐弦吹之音，为侧艳之词”，“善鼓琴吹笛，亦云有弦即弹，有孔即吹，不独柯亭、爨桐也。”同时，他的身边也有不少音乐行家，其中有名的如段成式父子。

温庭筠曾作《郭处士击瓯歌》，赞美郭道源击瓯的高超技艺：“……太平天子驻云车，龙炉勃郁蟠奴手。宫中近臣抱扇立，侍女低鬟落翠花。乱珠触续正跳荡，倾头不觉金乌斜。”诗中“天子、宫中近臣、侍女”等词语证明温庭筠观赏郭道源击瓯是在宫内，可知，温庭筠常出入朝廷音乐表演场所，接触并受到朝廷音乐的熏陶。而由《唐诗纪事》也载温庭筠“押官韵作赋，凡八叉手而八韵成，时号温八叉”，可见温庭筠对音乐的理解和驾驭能力是很强的。

因为自身的擅长，加之常与同志相唱和，温庭筠的诗词，呈现出与众不同的面貌，最大的特点是音韵的讲究。在音乐方式上，温庭筠开拓出另一种能够歌唱的韵文方式——词，后来成为中国文学的另一重要形式。他把两平两仄整齐划一的格律传统的鸿沟打破，经过转韵的方式，把乐府的宽韵、有调，杂言的长短相间，格律诗的平仄结合起来，创造出同声相通、异声相通的用韵的杂言的韵文方式。温庭筠词22调，其中有18调是自己创造。

其次是词作多有对声音的描绘。温庭筠作为一位通晓音律的人，对声音尤其敏感，其词作随处可见对声音的描绘。温飞卿雅爱鸟鸣：“灯在月胧明，觉来闻晓莺。”（《菩萨蛮》）“花落子规啼，绿窗残梦迷。”（《菩萨蛮》）“一双娇燕语雕梁，还是去年时节。”（《酒泉子》）；其次是人声，多含蓄表达：“画愁眉。遮语回轻扇，含羞下绣帷。”（《女冠子》）“回面共人闲语，战篦金凤斜。”（《思帝乡》）还有自然界的许多声音：“背江楼，临海月，城上角声呜咽。”（《更漏子》）“离别橹声空萧索，玉容惆怅妆薄。”（《河渎神》）以及各种乐声：“羌笛一声愁绝，月徘徊。”（《定西番》）“暮天愁听思归乐，早梅香满山郭。”（《河渎神》）

第三是意象的选取多有声音。如本词。本词中写道：“梧桐树，三更雨，不道离情正苦。一叶叶，一声声，空阶滴到明。”梧桐滴到叶片上的声音。

读过李贺《李凭箜篌引》的人，一定记得那“昆山玉碎凤凰叫，芙蓉泣露香兰笑”的乐声，而发出这种美丽声音的正是“吴丝蜀桐”。“蜀桐”指的便是蜀地梧桐。梧桐又称柔木，可用来制琴，其中最著名者，乃汉人蔡邕以梧桐制成的“焦尾琴”。据《汉书》记载，蔡邕在吴地遇到有人以桐木烧火煮饭。深通韵律的蔡邕听到桐木燃烧爆裂之声非同凡响，断定是良木，于是将这段桐木抢救出来，制成琴，其音果然妙不可言，因其尾部已被烧焦，所以称为“焦尾琴”。

因而本词中那痛彻人心的离别之苦，便如滴落在梧桐上的雨滴一般，动人心魄。(何灏)

梦江南　温庭筠

梳洗罢，独倚望江楼。过尽千帆皆不是，斜晖脉脉水悠悠，肠断白蘋洲。

【赏析】　自古以来，男人的事业是江山，女人的事业是爱情。感性与理性，组成了多彩的世界。男人不断强大自己，取悦这世界；而女性则费尽心机，“为悦己者容”。因而，每逢爱人远去，女子便丧失了装扮的动力。《诗经·卫风·伯兮》：“自伯之东，首如飞蓬。岂无膏沐，谁适为容。”

然而，温庭筠的《梦江南》，说的却是另一番景象：“梳洗罢，独倚望江楼。过尽千帆皆不是，斜晖脉脉水悠悠，肠断白蘋洲。”词中，陷落在相思中的女子，梳洗停当，便静静地倚在江楼之上，默默地注视着自天际而来的归舟。她在等待归人。但，过尽千帆，她期待的那人还是没有出现。

惯用浓烈色彩的温庭筠，在这首词里，却洗尽铅华，只用纯白描的手段，勾勒女子无边的愁思。清陈廷焯《白雨斋词评》：“款款深深，低回不尽。”

“白洲”，即长满草的水边小洲。白，是一种江南常见的多年生水生草本植物，叶初生时浮于水面，随后根茎固定在水中泥地里，夏秋开小白花，故称白。在这首词里，白的意象有双重含义。其一，白生于水中，因而天然便有随波逐流的无奈。而根生于地，在漂浮之外又有所牵挂。白的柔弱和刚强，正如心有所属的女子，感情是坚定的，然而命运却是无常的。同时，白开白花，且花朵弱小，其浅淡的色彩，娇柔的气息，正与本词简单隽永的词风相得益彰。不止温庭筠写到白，张籍有《江南春》：“渡口遇新雨，夜来生白。”赵微明有《思归》：“犹疑望可见，日日上高楼。惟见分手处，白满芳洲。”然而，都不及温庭筠的《梦江南》来得深入人心。

温之《梦江南》，是以无言传达不尽之意。首句的“梳洗罢”已奠定了基调。该句传达的是女子时时刻刻、分分秒秒的期待。因为不知他何时会出现，因而日日勤于梳洗，务必在他出现的那一刻呈现最完美的形象。每日的梳洗，代表的，恰是每日不间断的等待。如若真的哪天倦怠了，才会以倦容示人。一直装扮，是一直怀抱希望。然而，这样的等待，等来的却是无尽的失望。“过尽千帆皆不是”，千形容多，无数的归舟都经过了，可知女子的等待何其漫长。也因此，女子方会肠断。

小别胜新婚，短暂的别离带来更浓烈的情感。然而，太长久的离别，只会令人肠断。（何灏）

菩萨蛮 韦庄

人人尽说江南好，游人只合江南老。春水碧于天，画船听雨眠。

垆边人似月，皓腕凝霜雪。未老莫还乡，还乡须断肠。

【赏析】 叶落归根，是中国人骨子里无法释怀的情结。

我们有很多理由离开故乡，却只需一个理由便必定要回到故乡。《荀子·致仁篇》："水深而回，树落（则）粪本。"《汉书·翼奉传》注为"木落归本，水落归末"。宋代佛教书籍《传灯录》载，六祖慧能涅槃时，答众曰："叶落归根，来时无口。"

归乡的路往往是悲喜交加的，因而往往是踟蹰的。台湾诗人洛夫说："酒是黄昏时归家的小路。"醉了，便不惧。惧，是因为情怯。宋之问《渡汉江》中写道："岭外音书绝，经冬复历春。近乡情更怯，不敢问来人。"怕的，是逼人的乡情和热烈的问候。

因而，韦庄才用一支《菩萨蛮》叹道："人人尽说江南好，游人只合江南老。春水碧于天，画船听雨眠。垆边人似月，皓腕凝霜雪。未老莫还乡，还乡须断肠。"

"未老莫还乡，还乡须断肠"。然而，漂流在外的游子有很多时刻，想立时三刻回到故乡去。

一是衣锦还乡。比较多见的是考科获胜的举子，孟郊《登科后》里写道："昔日龌龊不足嗟，今朝放荡思无涯。春风得意马蹄疾，一日看尽长安花。"他哒哒的马蹄，是得意地归乡。

二是富贵还乡。如那些起于泥沼，终践天子位的冒险家。楚霸王攻占咸阳后，有人劝他定都，但因思念家乡，项羽急于东归，他坦承："富贵不归故乡，如衣绣夜行，谁知之者！"因而，我们才能理解，唱着"大风起兮云飞扬，威加海内兮归故乡，安得猛士兮守四方"招摇过市的刘邦，有着怎样的心情。

三是战争结束后还乡。最有名的当属杜甫那首《闻官军收河南河北》："剑外忽传收蓟北，初闻涕泪满衣裳。却看妻子愁何在，漫卷诗书喜欲狂。白日放歌须纵酒，青春做伴好还乡。即从巴峡穿巫峡，便下襄阳向洛阳。"欣慰之情溢于言表。

而比较难以遣怀的是当树叶将落，一路哭喊着回来。风烛残年的还乡，似个孩子，满怀委屈地投向母亲温暖的怀抱。然而，这场投奔，却往往遭遇不知世事的稚童，天真无邪的伤害。

"少小离家老大回，乡音无改鬓毛衰。儿童相见不相识，笑问客从何处来?"贺知章的《回乡偶书》写出了意外成为陌生人的感慨。"稚子牵衣问，归来何太迟?共谁争岁月，赢得鬓边丝?"杜牧的《归家》，又因幼童的关注而展现流年似水的沧桑。

但是，无论如何，能够归去，总是好的。而有些游子，却再也回不去，除了在潮湿的梦里，"化得身千亿，散上峰头望故乡"（柳宗元《与浩初上人同看山寄京华亲故》）。或者，在羁旅途中，不停地想起，不断地放弃，如王安石《泊船瓜洲》："京口瓜洲一水间，钟山只隔数重山。春风又绿江南岸，明月何时照我还?"

更多时候，只能在天之涯，肝肠寸断。(何灏)

鹊踏枝　冯延巳

谁道闲情抛掷久，每到春来，惆怅还依旧。旧日花前常病酒，敢辞镜里朱颜瘦。

河畔青芜堤上柳，为问新愁，何事年年有?独立小楼风满袖，平林新月人归后。

【赏析】　王国维《人间词话》说："冯正中词虽不失五代风格，而堂庑特大，开北宋一代风气。与中、后二主词皆在《花间》范围之外，宜《花间集》中不登其只字也。”龙榆生在《唐宋名家词选》中，曾对王国维这一评价提出异议，他说：“案：《花间集》多西蜀词人不采二主及正中词，当由道路隔绝，又年岁不相及有以致然，非因流派不同，遂遗置也。王说非是。”1955 年该书再版时，龙先生删掉了这段按语。这说明王国维对冯延巳的评价是经得起时间考验的，因此，我们按王国维的评价去探究冯延巳词的风格流派，进而挖掘其每首词的特定内涵，自然不会导致张冠李戴、秦越不分的误解。

据清王鹏运四印斋本《阳春集》载，《鹊踏枝》共十四首，王国维称其为冯延巳词中“最煊赫”者之一。“谁道闲情抛掷久”则是这十四首中的第二首。这首词与第一首“梅花繁枝万千片”，都是写初春时节词人的惆怅情怀。但是，第一首以落梅喻词人，随着落梅词人落泪，词人与落梅难解难分；而这一首则是写景抒怀，突兀跌宕。词的上半阕，以反诘语发端：“谁道闲情抛掷久？”词人的回答是：“每到春来，惆怅还依旧。”一问一答，向感情的两极发展，时间都在“每到春来”时节。“谁道”不是别人，正是词人自我之谓。我说过“每到春来”，闲情逸趣“抛掷久”了吗？没有。只说过，“每到春来，惆怅还依旧。”“闲情抛掷久”，只是从虚处着笔：“惆怅还依旧”，则是从实处写来，两相映衬，岂不有力地烘托出“惆怅还依旧”吗？下面“旧日花前常病酒，敢辞镜里朱颜瘦”两句，更以外部容态之描写，进一步揭示“惆怅还依旧”的内心世界。“旧日”，一作“日日”；“敢辞”，一作“不辞”。窃以为作“旧日”紧承上文之“久”和“旧”，重在写往日的惆怅，与下半阕“新愁”相对成文，要比“日日”表意更为准确；“敢辞”则能对应首句，以反诘语气收束上半阕，比“不辞”之直说，显得分量更重。如此则上下文义连贯，着重点皆落在“惆怅还依旧”上面。

下半阕五句，首句和末两句为写景，中间两句，仍以反诘语抒情。首句“河畔青芜堤上柳”，为“无我之境”；末两句“独立小楼风满袖，平林新月人归后”，为“有我之境”。其中“小楼”一作“小桥”。窃以为“独立小楼”站得高，能鸟瞰“河畔青芜堤上柳”和“平林新月人归后”之景观。“独立小桥”，立足点低，欲看而不能也。所谓“平林”者，平地之树林；所谓“新月”，即初升之月亮；“平林新月人归后”的景象是“独立小桥”之人欲看而不能的。“为问新愁，何事年年有？”穿插在这初春季节，寒风满袖，侵人肌肤的意境中，使上半阕“惆怅还依旧”，更增添一层“新愁”。这“新愁”随着词人年华的递进，年年都有增加。“何事”增加，没有明言，留下联想的广阔天地，读者自可根据词人身世和自我感受去体味。“可谓沉着痛快之极，然却是从沉郁顿挫来，浅人何足知之?”(清陈廷焯《白雨斋词话》卷一)(李博)

一斛珠 李煜

晓妆初过，沈檀轻注些儿个[①]。向人微露丁香颗，一曲清歌，暂引樱桃破[②]。

罗袖裛残殷色可，杯深旋被香醪涴[③]。绣床斜凭娇无那，烂嚼红茸，笑向檀郎唾[④]。

【注释】 ①沈檀：一种妇女妆饰用的颜料。轻注：轻轻点画。些儿个：方言，一点点。②丁香：常绿乔木，又名“鸡舌香”，丁香子如钉，长三四分，可以含于口中。古时用以代指女人的舌头。清歌：指不用乐器伴奏的独唱。引：使得。樱桃：比喻女子口唇。③裛：熏蒸，这里指香气。可：模模糊糊、隐隐约约的意思。旋：随即，很快地。涴(wò)：玷污，污染。④凭：倚靠，靠着。娇无那(nuò)：这里是形容娇娜无比，不能自主的样子。檀郎：西晋文学家潘岳是个出名的美男子，小名檀奴，后以“檀郎”为妇女对夫婿或所爱慕的男子的美称。唾(tuò)：吐。

【赏析】 有人说，这首词写美人之口。全词表面上看来，如断线的珍珠，零零碎碎，散了一地。实则不然，它有一个一以贯之的线——美人之口。

沈檀轻注，是红唇一点。丁香颗，是美人口齿噙香。樱桃破，是美人朱唇轻启。

“罗袖裛残殷色可，杯深旋被香醪涴”，没有比这更媚惑的了。衣袖上沾着或深或浅的红色，那是意兴沉酣时被酒渍了。杯壁上酒痕杂唇痕，那是满满的诱惑与风情。

词写至此，仍然意犹未尽。“绣床斜凭娇无那，烂嚼红茸，笑向檀郎唾。”烂嚼红茸，笑向檀郎唾，嚼与唾，哪一个不是在写“美人之口”？相比前面的沈檀轻注、微露丁香颗、暂引樱桃破的柔与媚，这一嚼一唾，则显得野性而恣肆！

美人之口，不单是用来柔媚的，还是用来狂野的，用来撒娇的，用来诱惑的。

如果从“美人之口”这个小小的局限里跳出来，我们看到的是李煜笔下娥皇的美和韵。

晓妆初过，沈檀轻注些儿个。她的美，不是浓妆艳抹的美，而是清新中渗着艳的美。红唇上只一点，这一点便生动了整个面部，有飞跃灵动之致。口齿噙香，若含丁香，也只是“微露”。一个“微”字，写的是大家闺秀的贵气与淑静。朱唇轻启，唱的是一曲“清”歌。清歌，不是靡靡之音或衰飒之音。当然，“清歌”也可能是在没有乐器伴奏的情形下的清唱。

词之上半阕，展示了娥皇的美。这种美，是清丽的、明净的，透着一种安安静静却优雅从容的气质。

词之下半阕，展示了娥皇的韵。这种韵，是飞扬的、活泼的，透着一种吹皱一池春水的魅惑。该饮酒时饮酒，该尽兴时尽兴。烈酒与红唇，醉态与媚态，如此秀色，亦不只是可餐，而是解颐又提神了。带着几分醉意，斜倚在绣床边，一副慵懒无力的模样，本也叫人招架不住。偏偏她更有情致，烂嚼红茸，轻轻一唾，只向檀郎而去。

这分明是在撒娇。

颜色虽美，也只是一物，不足移人之情。加之以态，则物而尤。娥皇不只是有颜色之美的“物”，她更有韵，有态，固可以移人之情。

与檀郎一样暧昧而香艳的，还有一个词：谢娘，这个词是用来称呼有风情的女子的。檀郎与谢娘，惊艳了无数人心中妩媚的春光。

菩萨蛮 李煜

花明月暗笼轻雾，今宵好向郎边去。刬袜步香阶，手提金缕鞋①。

画堂南畔见，一向偎人颤②。奴为出来难，教君恣意怜③。

【注释】 ①刬（chǎn）：只，仅，犹言“光着”。刬袜，只穿着袜子着地。②画堂：古代宫中绘饰华丽的殿堂，泛指华丽的堂屋。南畔：南边。一向：一时，刹那间。偎：紧紧地贴着，紧挨着。③奴：恣（zì）意：任意，放纵。怜：爱怜，疼爱。

【赏析】 和上一首《菩萨蛮》对照着看，我们会发现，它就像连续剧一样。

在上一首词中，李煜与小周后，是心许目成，是色授魂与，相思难耐，却尚未越雷池一步。他们像一对走钢丝的人，焚心似火，心力交瘁，却还是小心翼翼地控制着。

在这首词里，他们两人终于突破了底线。蛮悍而又任性。最难见的都是最想念的，得不到最让人上瘾。一面在饱受着种种折磨，一面却千方百计地寻找着机会。

于是便有了偷情。这首《菩萨蛮》，李煜记录了他与小周后的私会。

上阕写私会途中，下阕写私会时。

“花明月暗笼轻雾，今宵好向郎边去。”交代得平平常常，波澜不惊。殊不知在这平静之前，她的内心经历了怎样的惊涛骇浪，怎样的心灵挣扎。也许接到私会约定的那一刻，她的一颗心，早已是七上八下，忐忐忑忑了。数着点，熬着更，从天明到黄昏，去还是不去，这样的念头占据了她整个心。小径上影影绰绰地走着一个人，踯躅徘徊，犹疑不定。平日里喜好明月，今夜里偏躲着月色走，平日里惧怕昏黑，此际最喜欢树影扶疏。幸好，花明月暗笼轻雾。缠在金缕鞋上的金铃铛。一步一响，步步惊心，还是摘了它吧，偏又摘不掉！只得脱下金缕鞋，穿着袜子，走在香阶上了。

且惊且疑，且怨且怜，且恨且盼，跌跌撞撞的步子，跌跌撞撞的心情。终于到了画堂南畔了，看到了那个朝思暮想的身影，她不顾一切地奔了过去。偎在他怀里，不知是激动、兴奋，还是恐惧、羞怯，她像一只迷了途的小羊羔，战栗着。

“奴为出来难，教君恣意怜。”多么赤裸裸的表白，多么赤裸裸的欲望。银汉迢递暗渡，金风玉露一相逢，便胜却人间无数。此一逢，定然不负相思，恣意沉酣，天与地，都隐藏起来了，风与鸟都屏住了呼吸，唯天上明月一轮，静静地注视着这对贪欢的恋人。

此时此刻，只有一个我，只有一个你。

如此风流狎昵的词，李煜写得率真质朴，真不愧他曾自封的“鸳鸯寺主”之名。

浣溪沙　李煜

红日已高三丈透，金炉次第添香兽[①]。红锦地衣随步皱[②]。

佳人舞点金钗溜[③]，酒恶时拈花蕊嗅[④]。别殿遥闻箫鼓奏[⑤]。

【注释】　①金炉：铜制的香炉。次第：依次。香兽：以炭屑为末，匀和香料制成各种兽形的燃料。②地衣：古时铺在地上的纺织品，即地毯。随步皱：形容舞女舞蹈时红锦地毯随着舞女旋转打皱的情形。③舞点：按照音乐的节拍舞完了一支曲调。点：音乐的节拍。溜：滑落。④酒恶：指喝酒至微醉，这是当时方言，亦称“中酒”。时拈：常常拈取。⑤别殿：古代帝王所居正殿以外的宫殿。

【赏析】　身为南唐国主的李煜，不要说日用必需，就是世人心中的奢侈品，比如至尊、比如权位、比如财富，也是应有尽有了。这些还不够，还不是有意思的生活。所以，需要一点无用的游戏和享受，这些无用的装点，是愈精致愈好。

“生于深宫之内，长于妇人之手”的李煜，他的“有意思”的生活是怎样的呢？

这首词一开篇，一股宫廷富贵之气扑面而来。“红日已高三丈透”，写宫外。他说，太阳已经爬得老高老高了。一个勤政的帝王，或许早已批了一堆的折子、听了一干臣子的奏议，揉揉发酸的眼睛，准备结束早朝了。

“金炉次第添香兽。红锦地衣随步皱”，宫内，这位帝王才刚刚起床。晏起也就罢了，起来后的他，第一件事不是穿上朝服，而是吩咐宫女们将兽炭次第添进金炉，他要继续昨夜的宴游。宫女趋步，鱼贯而入，红锦铺就的地衣也被踏皱了。

金炉、香兽、红锦，色泽明艳异常，迷了人的眼。炉是金铸的，香想必也是极品，龙涎香、伽南香还是檀香？就连地衣亦是华丽的锦缎铺设的。

不动声色的几句描写，包藏着一个帝王的任性与奢华。

在众人期盼的目光中，一场艳异的奢华终于拉开了序幕。李煜很聪明，他懂得点染和取舍。他没有将整个豪奢华丽的宴乐图搬出来，那样会让人抓不住重点，有种醺醺然的麻木与疲劳，他只抓了两个细节：佳人舞点金钗溜，酒恶时拈花蕊嗅。

金钗溜，可见舞之盛。一个“溜”字，总让人想到将坠未坠、将留未留之态，像极了佳人“犹抱琵琶”“欲说还休”的样子，这样才有勾魂摄魄的效果，引人遐想。设若金钗真是“溜”掉了，也有一种凌乱的美，整饬中一点凌乱，更显女子的媚态。

拈花嗅，可见其醉之甚。我在想，这酒中嗅花的人到底是观者还是舞者呢？是观者可以理解为观者，他一定是边赏舞边品酒，秀色佐酒，别有一番滋味在心头！

这首词的歇拍，更是神来之笔。“别殿遥闻箫鼓奏。”此宫酣嬉如是而犹未足，箫鼓之声，又从别殿隐隐传了过来。

整个南唐宫廷，都是乐未央！处处奢享，处处行乐。

这首词六句六个场景，没有一句直接写情。我们看到了李煜歌舞升平、流光溢彩的宫廷生活，感受了真正的富贵帝王之气。但是，藏在这场景之后的李煜的心境，我们无法得知。也许他是真的享受这样的生活，也许他在用醉生梦死掩盖内心的空虚。

看着他们跳啊跳，舞啊舞，乐啊乐。仿佛永恒的黑暗已经踩到了他的脚底下。曲终人散后，一切外在刺激都已停止，一种更深更沉的空虚与寂寥，悄悄爬上心头。

清平乐　李煜

别来春半，触目柔肠断。砌下落梅如雪乱，拂了一身还满。

雁来音信无凭，路遥归梦难成。离恨恰如春草，更行更远还生。

【赏析】　这首怀念十二弟的词，李煜抛开了“闺阁女子”的假面，以真面目、真性情示人。一字一句皆从胸中自然流出，丰神秀绝。

整首词如俞陛云先生所说：“上段言愁之欲去仍来，犹雪花之拂了又满；下段言人之愈离愈远，犹春草之更远还生。”

“别来春半，触目柔肠断。”点明了时间，春天已经过去了一半。如果没有数着时间，怎能如此清晰断言，春过了一半？“砌下落梅如雪乱，拂了一身还满。”这两句绾合了上二句的“触目”与“春半”。触目所见是砌下落梅如雪乱，若不是春天已过半，何至于落梅缤纷，如雪花乱扑蒙人面？“愁肠断”呢？李煜没有直接写，而是用了一个如画般的意境，将愁形象地画了出来。

“雁来音信无凭，路遥归梦难成。”这两句紧承“别来”，更深一层，丝丝入扣。

前句是说家乡音讯全无。雁来有信，人却没寄来只言片语，一点差可告慰愁怀的念想也没有，然现实世界里没什么指望，只有寄企望于梦中了。步步退让，换来的也只是“路遥归梦难成”！路太遥远，远得连梦也无法达到！

短语中隐藏了多少幽微与波折。

“离恨恰如春草，更行更远还生。”紧承上两句而来，一无音讯，二无和梦，悠悠离恨，便如满地“春草”，更行，更远，还生。眼前景，心中恨，打并一片。春草遍地，可见愁之多。“野火烧不尽，春风吹又生”，可见愁之蓬勃顽固。它如春草般占据心灵的原野，直到将其吞没、荒芜。

俞平伯先生这样评价此词的结句：“于愁则喻春水，于恨则喻春草，颇似重复，而‘恰似一江春水向东流’，以长句一气直下，‘更行更远还生’，以短语一波三折，句法之变换，直与春水春草之姿态韵味融成一片，外体物情，内抒心象，岂独妙肖，谓之入神也。虽同一无尽，而千里长江，滔滔一往，绵绵芳草，寸接天涯，其所以无尽则不同尽也。词情调情之吻合，词之至者也。”

这首词中有两个典范。

“砌下落梅如雪乱，拂了一身还满。”是诗情兼有画意。它是深情的，有着厚重的质感。它是形象的，有着如画的形式。在李煜之前，唯慧眼独具的苏东坡，读懂了王维的诗。他说：“味摩诘之诗，诗中有画；观摩诘之画，画中有诗。”

“离恨恰如春草，更行更远还生。”是将愁量化、物象化的标杆。此后晏几道有“恨如芳草，萋萋刬尽还生”，秦少游有“飞红万点愁如海”，李清照有“只恐双溪舴艋舟，载不动、许多愁”，更绝的还有贺铸的“试问闲愁都几许，一川烟草，满城飞絮，梅子黄时雨”，他也因此而得了“贺梅子”的雅号。

破阵子　李煜

四十年来家国，三千里地山河[①]。凤阁龙楼连霄汉[②]，玉树琼枝作烟萝，几曾识干戈？

一旦归为臣虏，沈腰潘鬓消磨[③]。最是仓皇辞庙日[④]，教坊犹奏别离歌，垂泪对宫娥。

【注释】 ①四十年：南唐自建国至李煜作此词，为三十八年。此处四十年为概数。②凤阁龙楼：指帝王的居所。霄汉：天河。③沈腰潘鬓：沈指沈约，《南史·沈约传》："言已老病，百日数旬，革带常应移孔。"后用沈腰指代人日渐消瘦。潘指潘岳，潘岳曾在《秋兴赋》序中云："余春秋三十二，始见二毛。"后以潘鬓指代中年白发。④辞庙：辞，离开。庙，宗庙，古代帝王供奉祖先牌位的地方。

【赏析】 这首词写了国破家亡、仓皇辞庙时的情形。

至于写作时间，颇有争议。若是辞庙时所作，苏东坡对李煜词中所写颇为不屑，他认为此时"举国与人，故当恸哭于九庙之外，谢其民而后行"，而李煜却顾着"挥泪宫娥，听教坊离曲哉"！简直是全无心肝。何况，辞庙之时，后主了无生意，又有何闲暇与心境作词呢？

也有人认为此词就是写于辞庙之时，明人尤侗说，安史之乱时，"明皇将迁幸，当是时，渔阳鼙鼓惊破《霓裳》，天子下殿走矣，犹恋恋于梨园一曲"，何异于李煜之挥泪对宫娥？

清人梁绍壬说："若以填词之法绳后主，则此泪对宫娥挥为有情，对宗社挥为乏味也。"

更多人认为此词是事后追赋。作此词时，李煜已经北上汴京，成为囚徒。

词之上片，极写昔日江南之繁华。气势雄浑，有李煜词少见的豪放。

"四十年来家国，三千里地山河。"这两句是实写，用两个数字对举，写南唐御国之久，疆域之阔。"凤阁龙楼连霄汉，玉树琼枝作烟萝，几曾识干戈？"南唐不仅长命、辽阔，还繁华富庶。阁是凤阁，楼是龙楼，帝王气象满得都溢了出来。这些金碧辉煌的宫庙殿宇，鳞次栉比，直冲霄汉。庭内玉树琼枝，密密匝匝，连成一片，远远望去，如雾如烟，何似在人间？玉树琼枝，本不是人间之物，是仙界神品。

江山信美，民阜物丰，耽溺在升平气象中的国君与臣民，又哪里会"识干戈"呢？没有干戈侵扰，才是眼前这一切繁华的保障。

词之下片，写了干戈的光影声色中，一个国君的狼狈、憔悴与凄凉。

"一旦归为臣虏，沈腰潘鬓消磨。"从万乘至尊的国主到卑微如蝼蚁的臣虏，从天上跌落到人间，他已是“沈腰潘鬓消磨”。如沈约衣带渐宽，如潘岳早生华发。悔恨、焦虑、抑郁、无奈、无助，种种情绪噬咬着，他只有憔悴。“最是仓皇辞庙日，教坊犹奏别离歌，垂泪对宫娥。”辞庙，是告别列祖列宗的魂灵，告别江山社稷，告别臣民百姓，告别他无比眷恋的一切。这是一种庄重仪式。借由它，他精神的丝缕会牵系着故土的根，在那里求得一分安定。只是，作为败寇的他，早已经没有从容道别、从容安放自己灵魂的权力了，他只能在“仓皇”中辞别。

风云变幻，江山易主，从来都是诡异急促的，容不得他选择，来不及说再见。

如将这首词看作他降宋北上的追忆之作，他有反思，有悔愧，但与后期“俨有基督担荷人类之罪恶”相比，还有一定的差距。这时的他，还没有完全醒悟。

虞美人　李煜

春花秋月何时了，往事知多少？小楼昨夜又东风，故国不堪回首月明中！

雕栏玉砌应犹在，只是朱颜改。问君能有几多愁？恰似一江春水向东流。

【赏析】　此词是李煜的后期之作，是一首千古绝唱，其绝在于李后主诗情与诗才兼备。诗情是诗人对人事和自然的锐感，这种锐感是天赋异禀，强求不得的。诗才是能够“吾手写吾心”，用极自然纯真的文字将其敏锐的洞察与感触天衣无缝地抒写出来。

这首词自然纯真的文字、自然纯真的感情和心灵妙合无垠，仿若天籁。其绝在于它极有章法却丝毫见不到半点章法的痕迹。叶嘉莹女士说“全词八句，前六句是两两的对比，同时也是两两的承接，于交错的承应之中有三次永恒与无常的对比”。词曲折动荡如此，读起来却是一气贯注。

循着叶女士的思路，我们来看这首词。

“春花秋月何时了，往事知多少”，岁岁花开花谢，年年月盈月缺，是自然得不能再自然的事了，这便是宇宙的永恒。春花与秋月代表着宇宙中最美好的事物。春花明媚鲜艳，寓生之绚烂；秋月沉静皎洁，寓生之静美。何时了，无时了，是说宇宙中的美好生生不息，亘古长存。此句不是“心生厌倦，觉春秋之长”之意。

“往事知多少”，这便是人事的无常。年年岁岁花相似，岁岁年年人不同。春花永恒，秋月永恒，人事在这个永恒中是变动不居的，是无常。看那秋风金谷，夜月乌江。阿房宫冷，铜雀台荒。荣华花上露，富贵草头霜。旧时王谢堂前燕，飞入寻常百姓家。无一不是无常。

“春花秋月何时了，往事知多少”，是宇宙之永恒与人事之无常第一层对比。

“小楼昨夜又东风，故国不堪回首月明中!”这两句直承上二句而来，又暗藏呼应。

“故国不堪”呼应“往事知多少”，“又东风”呼应着“何时了”。“东风”呼应着“春花”，“月明”呼应着“秋月”。严丝合缝又顺势而下，一气贯注。

小楼昨夜又吹起了东风，如春花秋月般，不会因任何人事而有改变，这又是宇宙的永恒了。一轮皓月孤独而永恒地悬在天幕中，可我的故国呢？故国不堪回首！昔日的“四十年家国，三千里河山。凤阁龙楼连霄汉，玉树琼枝作烟萝”早已沦入他人之手，江山易主。逝去的已经逝去，这便是人事的无常。

永恒与无常再次遭遇。

“雕栏玉砌应犹在，只是朱颜改。”承接上片的“故国不堪回首月明中”，陷入对往事的怀想中。那让他在“笙箫吹断水云间”里“醉拍阑干情未切”的雕栏应该还在吧？那让她“手提金缕鞋”去“刬袜步香阶”的玉砌还在吧？是的，它们还在，也许都在。“只是朱颜改”。

变的是他，形如槁木，心如死灰。随时光老去的，不只是他的容颜，不只是青丝变白发，还有他的心灵，在屈辱与悔恨之中煎熬的心灵，早已没有往日的温度。变的是江山的主人，它再也不是李氏的南唐，而是赵宋的天下。曾经的家乡变成了他乡，心灵没有栖息之地，又如何安宁？

“雕栏玉砌应犹在”与“只是朱颜改”，又是一次永恒与无常的对比。

“问君能有几多愁，恰似一江春水向东流。”忧从中来，不能自已，终于逼出了这个如滔滔江水般一泻而下的千古名句。一问一答，收束全篇。前面六句两两相承又两两对比的渲染与叙写，都被“恰似一江春水向东流”的“愁”兜住了。

纯情词人的一切感受都是纯真的，直接的，敏锐的。所以每当一种感觉来到他心中的时候，他都是没有反省没有节制地直接反射出去，其感情如滔滔滚滚的江水奔流不息。但奔放不难，直也不难，难的是直而无尽，奔而有余韵。俞平伯先生认为，这点李煜也做到了。

相见欢　李煜

林花谢了春红，太匆匆。无奈朝来寒雨晚来风。

胭脂泪，相留醉，几时重。自是人生长恨水长东。

【赏析】　此词“气度雄肆，虽骨子里笔笔在转换，而行之以浑然元气”。也是李煜以“血泪书之”的经典之作。

“林花谢了春红”，一句浅显明白的大白话，是在说一件无关痛痒的事情。事实上，字字句句凝着他的血泪。

林花，不是一株一株的花，而是满林的花。是“众芳芜秽”，而非一花独憔悴。春红，一年之中最美好的季节里最绚丽的色彩。在这个世界上，我们命中碰到的一切美好，都是以秒来计算的，它们消逝得太快。

美好东西的逝去，总会带着悲哀。

谢了，不只是过去完成时态，还饱含着词人深深的怜惜。谢了就是谢了，无人能够挽回，就像时光难倒流，覆水再难收。人只能直面这个残酷的现实，像个伤心的孩子，束手无策。

最美好的季节里最美的林花凋落，怎不让人哀痛？

“太匆匆。”他说。匆匆本意味短暂，再加上一个“太”字，有种受到惊吓般无可奈何的感觉。

“无奈朝来寒雨晚来风”，像是在追溯因由。让“林花谢了春红，太匆匆”者，是朝来的寒雨，晚来的风。花谢花飞飞满天，红消香断有谁怜。一年三百六十日，风刀霜剑严相逼。风雨摧花，人又能奈何？

我觉得，这句既是在追溯因由，也是情感的渐次递进。林花谢了春红让人哀婉，太匆匆让人沉痛，它们短短有限的光阴里，充满了挫伤打击。朝来寒雨晚来风，轮番来袭，没有停息。尽管这样它们还是要尽情绽放，不辜负春光和生命。

像烟花，在最美的瞬间绽放，将刹那化作永恒。未尝不是一种美。

“胭脂泪，相留醉，几时重。”此句从林花转入人事，内在仍有呼应。

胭脂泪，相留醉，是带着雨滴的花挽留惜花人，让他别走，让他再一次沉醉。因为他懂得怜惜它，懂得为它的凋谢哀痛。他解花语，花也解他。

胭脂泪，相留醉，是梨花带雨般的女子邀他再饮一杯，与她同醉。落花伤雨又伤春，不如怜取眼前人。生命短暂，充满了偶然，谁也不知道今天分离还能不能有明日的重逢，谁也不知道再相逢会在何年何日，就算是相逢了，也无法保证，彼此还有“当时的旧情怀”。物是人非，时过境迁，过去的永远过去，一切都无法重来。

所以，唯一能做的，是活在当下，是抓住眼前实实在在的这一刻。

“自是人生长恨水长东。”从人事转入人生，转入对人类命运的抒写。自是人生长恨水长东！人之必然长恨，如水之必然东流，滔滔不绝，去而不复。

这长恨到底是什么？是隐藏在表象之下、那个无比神秘却又无处不在，想挣脱却无法挣脱的东西——无常。

不想当皇帝的他皇位偏偏砸在他头上，想当皇帝的太子，机关算尽却敌不过短命，这难道不是无常？从一国之君沦为阶下之囚，天上人间的命运，难道不是无常？

李煜的这首词，在无意之中，触碰了天机。

浪淘沙令　李煜

帘外雨潺潺，春意阑珊，罗衾不耐五更寒。梦里不知身是客，一晌贪欢。

独自莫凭栏，无限江山，别时容易见时难。流水落花春去也，天上人间。

【赏析】　王国维在《人间词话》中说：“李重光之词，神秀也。词至李后主而眼界始大，感慨遂深。……‘自是人生长恨水长东’、‘流水落花春去也，天上人间’，金荃、浣花，能有此气象耶?”这首词的确是眼界大、感慨深的神秀之作。

“帘外雨潺潺，春意阑珊”，潺潺是雨声不断之意。可见这春雨已经持续下了很久了，春雨淋霪，人窝在房内，只能听雨。一年一度的春光盛筵，就这样在无声无息中结束了。阑珊，将尽未尽的样子。春意阑珊，是春对这个人间存着些许的眷恋，不肯决绝地转身，还是人对春有些许不舍不甘，不愿道别?

“罗衾不耐五更寒”，呼应“雨潺潺”，紧承着“阑珊”。因为“雨潺潺”，天格外阴冷潮湿，薄薄罗衾怎么敌得过一夜寒气侵袭?因为“阑珊”，心有遗憾，意有不甘，又怎么能睡得安稳?所以，不耐五更寒，不只是因为罗衾不耐，还有人心难安。

“梦里不知身是客，一晌贪欢。”这句也是顺承上句的意思而来。罗衾不耐五更寒，自然就会醒来。醒来后，回顾刚刚的梦。梦中他已经不是客居异乡的囚徒，而是回到了故国，回到了南唐，仍然做他的王，仍然和有情人，做快乐事。可惜，只有“一晌”，片刻的美梦稍纵即逝，醒来后，倍增孤独与凄凉。

“独自莫凭栏，无限江山，别时容易见时难。”下片起句，意脉和上片相连。梦中一晌贪欢，是回到了故国。梦醒后，精神的丝缕自然牵系着故国，身陷囹圄的他，只能远望以当归。

他知道，再见太难。

从另外一个层面理解，“别时容易”不是真的容易，“见时难”倒是真的。和祖先创下的基业和三千里河山、和整个南唐的一切道别，哪里有那么容易？他的青春、梦想和生命，甚至是他的呼吸，早已深深扎根在那片土地上，要离去，要连根拔起，哪里有那么容易？

只是，在形势逼迫下仓促抛家弃国的他，当时可能来不及深深体味这一切。“离别”这两个字，在“离别”后，才更加懂得其中的痛苦、不堪与挣扎。才知道，失去了根的人，就是空心人。

“流水落花春去也，天上人间。”此句又从回忆中跌落到现实。

“流水落花”呼应“春意阑珊”，此句既是词人的眼中景，也是他的心中意。“天上人间”，俞平伯先生认为有四重意思。第一是疑问语气。是词人在问，这些流水和落花，你们的归宿在哪里呢？是天上，还是人间？第二是对比语气，是他的心中意。往日是天上，现在是人间。第三是感叹语气，此情此景，让词人百感交集，发出“天上啊！人间啊！”的感慨。是天上人间一样愁，还是天上人间何处去？第四是文体的呼应，“流水落花”呼应“别时容易”，“天上人间”呼应“见时难”。

种种解释，都很妙。

我个人看来，“天上人间”还有一解。它表达的是一种人生如梦、命运无常的慨叹。这也正是王国维称李后主的词“眼界始大、感慨遂深”的地方。它让我们跳出了后主一己之离合悲欢，而反观置于整个宇宙中人类的命运。“天上人间”，虽是收煞，但全词至此，并没有随着完结。它是一个开放性的结句。如画舫笙歌，从远处来，又向着远处去。余音绕梁，不绝如缕。

相见欢　李煜

无言独上西楼，月如钩。寂寞梧桐深院锁清秋。

剪不断，理还乱，是离愁。别是一般滋味在心头。

【赏析】　这首词，特别有韵律感。整首词韵脚整齐得有如律诗，词虽然也要协律，但较之律诗，其韵脚要相对松散得多了，毕竟，词又叫长短句。但李煜不是一般的词人，他精通音律。他的每一句韵律都与人的内在情绪共振，读起来舒缓流畅，如揖摇风满怀，如掬水月在手。

这首词上片三句，长句、短句、长句交错。下片四句，几个短句排列，却又用一个长句收束。长长短短的句子，变换却不紊乱，动静张弛，徐徐疾疾，如珠玉落盘，尤其是每片歇拍处的两个长句。

难怪在李煜众多的词中，邓丽君只挑了其中三首谱成了曲，此为其中之一。

此词上片写景，下片抒情。

“无言独上西楼，月如钩。”一个人，在月色中天时分，默默地登上了西楼。他上西楼，不是呼朋唤友，或邀一二知音，是独上。

独处的确是一种检验，用它可以测出一个人灵魂的深度，测出一个人对自己真正的感受。一个人只有在独处的时候，才能成为自己。

月如钩，是他独上西楼遥望所见，也是他独上西楼时的背景。如钩的一弯月，太清，太瘦。散着微微的清光，冷冷俯视着充满悲欢离合的人间。它不是满月，也不是朗月，是一弯如钩的瘦月。很显然，这是秋天的月。

所以，接下来的这句“寂寞梧桐深院锁清秋”，补充了为何“月如钩”。凄清月色下，深深庭院里，已经落光了叶子的一株梧桐，在秋夜里，影影绰绰，寂寞而孤独。

梧桐是寂寞的，庭院是深深的，一种与世隔绝的冷清与凄凉，好像这是一个被世界遗忘的角落。深深的庭院，院门紧闭，锁了满院的秋。无形无影的秋，词人偏偏用了一个“锁”字，用得有韵味。

上片三句中，无言、独上、锁，都带有封闭隔绝的意味。我们能感觉到，在深秋的月色中，无言独上西楼的他，既隔离世界，也被世界所隔离，一种孤独的状态。

词之下片开篇点出其秋心——愁。

“剪不断，理还乱，是离愁”，这三个短句，一气直下，可见不得不发。意思是直白的，却有一种水到渠成的自然美。手法很新，正如他说秋是可用来“锁”的，愁在他是可用来“剪”、用来“理”的。只是它剪也剪不断，如抽刀断水水更流。理还乱，如丝如缕，缠在一起，找不到一个头绪。这是在说愁之纷乱，愁之莫可名状。

一个无言独上西楼、望着月如钩、望着寂寞梧桐深院锁清秋的人，一个幽囚于异国的亡国奴，一个丧失了一切甚至是自由和尊严的人，此时此刻，风露立中宵，能有怎样的滋味？

伤心是一种最堪咀嚼的滋味，如果不经过这份疼痛——度日如年般，不可能玩味其他人生的悲喜。

本来以为他说“剪不断，理还乱，是离愁”，已经敞开怀抱了，到最后他留给我们的仍是“别是一般滋味在心头”的欲说还休。想说不能说，或是想说无法说，才最寂寞。结果他又回到了开头时的“无言独上”的闭锁状态。

他还是躲在一个寂寞的角落里，寂寞地舔着自己的伤口。将过往的人生故事，一幕幕放给自己看，挚爱过的，挣扎过的，怨恨过的，狂喜过的，拥有过的，一一呈现，又一一收藏在他的心之角落，或是记忆的地下室里。

宋代

渔家傲 范仲淹

塞下秋来风景异，衡阳雁去无留意①。四面边声连角起②。千嶂里，长烟落日孤城闭。

浊酒一杯家万里，燕然未勒归无计③。羌管悠悠霜满地④。人不寐，将军白发征夫泪！

【注释】 ①衡阳：地名，在今湖南南部，地有衡山，山有回雁峰，相传北雁南飞，到此而止。②边声：边塞上的各种声音。③燕然：山名，即今蒙古国内的杭爱山。勒：刻石记功。东汉时，大将军窦宪率军出塞，大破北匈奴，登燕然山，勒石以记汉朝功德。故后世称战功告成曰“燕然勒石”。④羌管：即羌笛。羌为西北民族。笛本出羌中，故称。

【赏析】 范仲淹于庆历元年到三年（1041—1043）奉命与韩琦等经略陕西，抵御西夏，这首《渔家傲》当是反映这段时间的生活。

此词上片主要写边寒秋色，下片写久戍不归的将士们的思乡和忧国情怀。

边塞的秋色自然与内地的秋色是不同的，一个“异”字已然说明。“异”在何处？一是雁去衡阳无留意。佛徒尚忌桑下三宿，以免久生爱恋。雁逗留了长达两个季节的时间，在离去时居然一点留恋的意思也没有，可想边塞一定是苦寒的，鸟犹如此，人何以堪呢？二是“四面边声连角起”，从听觉描摹边塞之秋的悲壮与萧瑟，自然界的种种秋声混合着悲凉激昂的号角声，充斥着整个时空，战事之紧张也可想而知；三是“千嶂里，长烟落日孤城闭”，重在视觉的描写。数不清的山峰像屏障一样的围绕着孤城，烽烟弥漫，即将西沉的太阳正照射着紧闭着门的孤零零的城，其荒凉闭塞可想而知！

在这样情境之下，将士的心情可想而知。

下片自然过渡到写情。他们想家了。又能如何呢？一是家远在万里之外，只能借一杯浊酒渺万里层云、穿千里关山回到精神的故乡里打个盹，聊以告慰浓浓的乡思；空间的遥远，只是小问题，真正让他们难以归去的是“燕然未勒归无计”！不能胜利班师回朝，不能击退入侵者，不能在燕然山勒铭记功，不能达到靖边卫国的结果，才是阻碍他们归去的最大障碍。久戍边城，备极辛劳，归期无定，时光的催逼中，人已是萧萧白发生！一念至此，叫人怎能入睡呢？人不寐，将军白发征夫泪！

有人可能会说，一个将军，怎么能显出如此悲苦的戍边之情，怎么会流泪？与大唐慷慨激昂的精神气象比起来，其意绪低迷多了。真正的英雄，不是没有软弱的时候，只是不被软弱所征服罢了。这样的将军，很真实，很立体，很有人情味。

雨霖铃　柳永

寒蝉凄切①。对长亭晚，骤雨初歇。都门帐饮无绪②，留恋处、兰舟催发③。执手相看泪眼，竟无语凝噎④。念去去⑤、千里烟波，暮霭沉沉楚天阔。

多情自古伤离别，更那堪、冷落清秋节！今宵酒醒何处？杨柳岸、晓风残月。此去经年⑥，应是良辰好景虚设。便纵有、千种风情⑦，更与何人说？

【注释】　①寒蝉：蝉的一种，似蝉而小，寒露降时仍能鸣叫。②都门：京都城门。帐饮：设帐摆酒以送别。《汉书·疏广传》载，太傅疏广辞官归里，公卿大夫设帐饯行于长安东门之外。南朝梁人江淹《别赋》：“帐饮东都，送客金谷。”③兰舟：即木兰舟，以香木木兰树造船，即兰舟。后引作船之美称。④凝噎：喉咙哽咽说不出话。⑤去去：去了又去，即远行。⑥经年：历时一年甚至更久。⑦风情：男女间的爱恋深情。

【赏析】　这首词是柳词中的名篇，各选本中它排在整个宋词作品的第一位，其受欢迎和重视的程度可知。

这首词所写的离别和通常的离别有什么不同？我们可以先做一个比较。同是写离别，王勃之《送杜少府之任蜀州》、王维之《送元二使安西》、李白之《送孟浩然之广陵》、高适之《别董大》等，也是别情浓浓，难分难舍，但却出语爽健，乏少凄楚。盖行者行地已明、行事已确，故行步坚实、目光豁朗，而无两脚悬空、两眼迷离之感。而柳永呢？就大不同了。

一首怒发冲冠的《鹤冲天》（黄金榜上）词在前，一道仁宗皇帝“且去填词”的旨意在后，至其年近半百方以特奏名身份被取为进士，其间是经历了一个漫长的谋求生路和出路的过程的。而且，这个过程又是伴随着很多次和京城的痛苦告别的；这首词之所写，就应当是其中的一次。看其情形，这该是较早时候的一次告别吧！

在此之前，因为“未遂风云便，争不恣狂荡”的叛逆性宣言和随后奔向“烟花巷陌”（《鹤冲天》）的实际行为，以及大量浮词艳曲的写作，柳永极其狼狈地获得了“浪子词人”和“无行文人”的名号，并使自己的科第之路严重受阻。仁宗皇帝一句：“且去浅斟低唱，何要浮名”几乎阻断了他的仕进之路。但柳永并不想就此放弃，因为像众多封建时代的士人一样，求取功名乃是他早就确定下的人生目标。

那么，他就必须要洗刷自己，重塑自己的形象。办法之一，就是放弃自己所沉湎的依红偎翠、浅斟低唱的浪漫生活，离开那个使自己名声遭毁的地方——京都汴梁，去进行艰苦的自我放逐和自我救赎。但走出之后又会怎样呢？会烟消云散，一切都会好起来吗？这在柳永，又是一点把握也没有的。于是，“迷茫”就产生了！看词中所写：“念去去千里烟波，暮霭沉沉楚天阔。”天地是如此之阔大，而前路却又如此之难行！“烟波”之为浩淼，“暮霭”之为迷蒙，“千里”之为渺远，“沉沉”之为郁重，对于此，这“去去”的脚步如何走得进又如何走得出啊！但他又必须得走进、又必须得试图走出，即便要伴随着无法摆脱的离别与痛苦，要忍受着难以忍受的凄凉与孤独。这样看来，在意脉结构上，处于上下片连接点的“念去去”二句，就似乎成了全词的中心句、核心句，前此后此的情景摹写，包括那些为人叹赏的名句，都是由此生发开来，又由此生发开去的；词中一切的凄凉意和伤感情，也都是以此为基础、以此为底色的。

由此，我们说，词中所写的离别，绝不是一次普通的情人间的真情告别。它历来为人们所看重，绝不仅仅在于它抒写的情感是多么真挚、运用的手法是多么精妙，抑或“执手相看泪眼，竟无语凝噎”写得多么感人、“今宵酒醒何处，杨柳岸晓风残月”写得多么富有意境，还在于它的写作正处于词人抉择自己人生的痛苦当口，在于它弥散开来的迷茫气息，在于词人对自己前途根本无法把握而产生的挥之不去的迷茫之感。成就词人笔下独特的“这一个”的形象的，不是才子的多情，而是士人的迷茫。多情是其表，迷茫是其里。

在柳永，这种迷茫感大约一直伴随了他近三十年。虽然他最后也及第了，但却是“及第已老”（宋翔凤《乐府余论》）；而且，还有更多的仕途上的迷茫在等着他呢！（郭红欣）

定风波　柳永

自春来、惨绿愁红，芳心是事可可[①]。日上花梢，莺穿柳带[②]，犹压香衾卧。暖酥消[③]，腻云亸[④]，终日厌厌倦梳裹。无那[⑤]！恨薄情一去，音书无个。

早知恁么，悔当初、不把雕鞍锁。向鸡窗、只与蛮笺象管[⑥]，拘束教吟课。镇相随[⑦]，莫抛躲，针线闲拈伴伊坐。和我，免使年少，光阴虚过。

【注释】　①是事可可：对任何事都漫不经心，任其自便。②柳带：柳枝如同翠绿的织带，形容春意正浓。③暖酥：温润如玉的肌肤。消：消瘦。④腻云：发髻。亸：散乱下垂的样子。⑤无那：无可奈何。⑥鸡窗：书窗，代指书房。罗隐诗云：“鸡窗夜静开书卷。”蛮笺：即蜀笺。古代蜀地盛产彩笺，因地处偏僻，被蔑称“蛮笺”。象管：象牙做的笔管，代指笔。⑦镇：终日，整天。

【赏析】　这首词写闺中相思。正当“日上花梢，莺穿柳带”的春日丽景，而女主人公只能独自叹息。柳永由此表达了青春虚掷的哀伤和对“针线闲拈伴伊坐”的向往。“针线闲拈伴伊坐”是一个平淡而又真切的日常生活场景，充满了温情。它以真切的此在体验，以平凡庸常的现实态度，否定了种种士人的理想，表达了对在理想之途上奔波不定的士人生存状态的抗拒。

柳永作为一个被士大夫阶层所放逐的文人，对传统士人的存在方式产生了深度的疑虑，而认取温情作为自己的家园，支持着自己漂泊无依的人生。“针线闲拈伴伊坐”创造了一个温馨的情境，在这个情境中，人可以避开一切风险和虚无，享受自己，把握住自己的存在。“针线闲拈伴伊坐”就是对这一温馨世界的真切守候。那种分分秒秒的关注，不仅是对温情的咀嚼，其中还透露出词人对离别的恐惧。

离别在柳永不是一个偶然的事件，而是一种命中注定的生存状态。感情生活的放纵已经断送了他的仕宦前途，他只好退守感情世界；而那无法摆脱的功名之念，又在动摇并伤害着他的温情世界，使得他不能在脉脉温情中彻底安顿生命。这种无法逃脱的离别和回归的循环，使得柳永的爱情总是被笼罩在一种无法化解的悲剧感中。于是，在对爱情的短暂和无常的反复咀嚼中，“针线闲拈伴伊坐”作为一种最低的期待，却显得如此的珍贵，我们由此也看出了柳永内心的愧疚和自责。温情和离别的恐惧，是如此紧紧地纠缠在一起，构成了柳永的生存感受。正是这种感受，使“针线闲拈伴伊坐”这一平常的景象弥漫着浓郁的忧伤，动人心魄。

在这首词中，柳永以日常情感体验，认同闺阁之情，从而抛弃了文人优雅的姿态，表达了承担苦难的勇气。从“针线闲拈伴伊坐”中，我们除了能感受到对日常生活的依恋和执着外，还能感受到有一份柔弱和幽怨。这份柔弱和幽怨深深震撼了我们，因为那是命运的希冀和无奈，是对痛苦的咀嚼。柳永正是完全进入了抒情主人公的情境之中，才能感悟日常生活，才能从平易的毫无戏剧性的场景之中认取真情。但那却是一种时时刻刻的感受，因而才是一种真真切切的生命感受。（过常宝　侯文华）

望海潮 柳永

东南形胜，三吴都会[①]，钱塘自古繁华。烟柳画桥，风帘翠幕，参差十万人家。云树绕堤沙，怒涛卷霜雪，天堑无涯。市列珠玑，户盈罗绮，竞豪奢。

重湖叠巘清嘉[②]，有三秋桂子，十里荷花。羌管弄晴，菱歌泛夜，嬉嬉钓叟莲娃。千骑拥高牙[③]，乘醉听箫鼓，吟赏烟霞。异日图将好景，归去凤池夸[④]。

【注释】 ①三吴：说法不一。据《水经注》，古时称吴兴（今浙江湖州）、吴郡（今江苏苏州）、会稽（今浙江绍兴）为三吴。这里可泛指我国东南地区。②重湖：西湖以白堤为界分里湖、外湖，故称重湖。巘：山峰。③牙：牙旗，原指军前大旗或将帅大旗，这里借指大员出行的仪仗旗帜，又可借指大员自身。④凤池：凤凰池，古时对中书省的美称，此代指朝廷。

【赏析】 在古代众多描写杭州的诗词中，这首《望海潮》词应该是最负盛名的一首。

钱塘，即今之杭州市。有道是“上有天堂，下有苏杭”，“自古繁华”的杭州向来就是个好地方，柳永所在的北宋自然也不例外。这是客观方面。主观上，这又是一首投献词。从“千骑拥高牙”及“异日图将好景，归去凤池夸”所写来看，可知是送给当时执掌杭州军政大权的显要官吏的。他想通过先行揄扬对方的方式，让那位大员引荐或奖拔自己，以收投桃报李之效。主客观两方面因素的综合作用下，柳永手中的笔就光彩四溢了。

那么，柳永笔下的杭州到底美在何处呢？

一曰都市繁华。因是“形胜”之地，遂成“都会”之属。“东南”、“三吴”者，又极言其所领风骚的地域之广大。都会即大城市，其特点即是“繁华”。“烟柳画桥，风帘翠幕，参差十万人家”、“市列珠玑，户盈罗绮，竞豪奢”，居户众多、街市繁荣、人民富足，繁华之象尽显。

二曰风景如画。西湖有“重湖叠巘”，有“三秋桂子，十里荷花”；此为静态之景，可让人静静地赏味。倘若嫌此妩媚清雅之不足，则可大踏步奔至城外，登钱塘之高堤，观钱塘之潮涌。“云树绕堤沙，怒涛卷霜雪，天堑无涯”，此之所见，足可让人心胸阔大、心潮澎湃。合而观之，则山与水、江与湖，夏与秋、荷与桂，香与色、形与声，婉与壮、动与静，无所不备，无所不有。至于“烟柳”、“画桥”、“风帘”、“翠幕”、“参差”之房屋，可与自然之景融会化合，而成另一悠然可观之景致，则又是词人期待的与读者的别样会心了。

三曰生活和乐。“羌管弄晴，菱歌泛夜，嬉嬉钓叟莲娃”，是百姓之乐；“千骑拥高牙，乘醉听箫鼓，吟赏烟霞”是官员之乐。民有“管”、“歌”之愉，吏有“箫”、“鼓”赏听；民有“嬉嬉”满足之神态，吏有“吟赏烟霞”之雅兴。官民同乐，既乐且和。“乐者，天地之和也。”（《礼记·乐记》）在中国古代，乐的精神就是“和”。柳永之所以要把“管”、“歌”、“箫”、“鼓”之乐特别地融入杭州吏民的生活中，就是要突出一个“和”字，以凸显“政通人和”之意，并婉合殷勤投献之旨。

以上三者，可谓三美。一美且美，三美若何？曰：山水之润可落繁华之浮尘，人和之暖可补山水之清寂。富而且乐，方成自足之心；雅不摒俗，始臻和谐妙境。加上词人文笔之美之妙，“形胜”、“繁华”、“清嘉”先行提纲于前，人、物、风景相次展衍于后，有合有分，有点有染，针线措置，三美间出，偶对连属，辞彩飞扬，真个把古之钱塘描绘得令人神往、让人迷醉，而竟成极美极乐之人间天堂了！

据说，“此词流播，金主亮闻之，欣然有慕于‘三秋桂子，十里荷花’，遂起投鞭渡江之志。”有意无意间，柳永竟成了那个使他终生落魄的“太平盛世”的歌吹者了。此诚可叹也！（郭红欣）

八声甘州　柳永

对潇潇暮雨洒江天①，一番洗清秋②。渐霜风凄紧，关河冷落③，残照当楼。是处红衰翠减④，苒苒物华休⑤。惟有长江水，无语东流。

不忍登高临远，望故乡渺邈⑥，归思难收⑦。叹年来踪迹，何事苦淹留⑧。想佳人、妆楼颙望⑨，误几回、天际识归舟⑩。争知我、倚阑干处，正恁凝愁。

【注释】　①潇潇：风雨急骤的样子。②洗：洗出。③关河：山河关隘。④红衰翠减：语本李商隐《赠荷花》："此荷此叶常相映，翠减红衰愁煞人。"⑤苒苒：同"冉冉"，渐渐。⑥渺邈：遥远。⑦归思：思归的心绪。⑧淹留：逗留。⑨颙（yóng）望：凝望，久望。⑩"误几回"句：南齐谢朓《之宣城郡出新林浦向板桥》："天际识归舟，云中辨江树。"又温庭筠《梦江南》："梳洗罢，独倚望江楼。过尽千帆皆不是，斜晖脉脉水悠悠。肠断白蘋洲。"争知：哪里知道，怎能知道。恁：如此，这样。

【赏析】　据统计，在历代词选中，这首《八声甘州》排在整个柳词作品的第二位，仅次于《雨霖铃》（寒蝉凄切）那一首。

柳永咏唱的男女之情很多，但情深者多，庄重者少，意浓者多，朴厚者少，以其所恋及的女子多为歌女、歌伎或其他婚外所恋者。但这首词用情颇深，所咏的对象应该是不同于一般歌女的。看下片，词人在把思念"故乡"之意略略点出之后，就集中笔墨，全力抒写自己对"佳人"的刻骨牵念之情了。"妆楼"示佳人严妆也，"颙望"示佳人切盼也；而佳人之严妆、切盼全从"我"之思想中出，就足可见"我"对佳人的思念是何等的深切了！接着，"误几回"说她用情之坚执，坚执而不可转移；"恁凝愁"说我存意之沉厚，沉厚而不能消释。字里行间深情庄重，不可唐突。

此词的手法也很有特点。

一是逼压式的写景方法。看上阕，秋雨与残照带暮色、挟霜风，居高临下，直逼江楼而来。如此威势之下，红衰翠减，江流势歇，物华尽逝，生机皆休；随同逝去的，自然还有词人大好的年华和高远的心志。残照落脚的是江楼，直入的却是词人的内心；脚下长江的无语，无疑又是对词人漂泊流年、落魄异乡的深深无奈和脉脉伤情。从上之秋雨与残照，到中之衰红残翠，再到下之无语江流，景物渐次伏低，视线渐次降移，心境步步紧缩，心绪步步沉落，此景此情，让词人何以禁当！

二是折转式的抒情方式。词人登楼，一为赏景以解忧，二为望乡以销愁。但赏景而景衰飒，望乡而乡邈远，心情愈加沉重，乡情愈为难遏。他乡多困顿，游子胡不归？看下阕，词人先从自身着笔，责备自己淹留异乡之无由，笔遥写佳人妆楼颙望之苦楚，再转笔回写自己危栏倚处之凝愁。如此折转，苦思愈折愈重，伤情愈转愈深。一江楼，一妆楼，一客子，一思妇，一种相思，两处悲愁，登高而人不见，欲诉而声不闻，真是千里送目愁千种，万里寄情苦万重啊！

三是阻遏式的语气控制。同是思乡情切，读杜甫的《闻官军收河南河北》，是何等的畅快；而读柳永的这首《八声甘州》，却是何等的滞涩！盖因词人内心极苦，手写苦心，词笔亦苦。“对”、“渐”、“是处”、“不忍”、“叹”、“想”、“争知”，词中的每个领字，领起的都是一段苦涩的文字。七个领字，七层苦楚，层层叠加，愈叠愈苦；七个领字，七处顿挫，一顿一悲，愈顿愈涩。(郭红欣)

鹤冲天　柳永

黄金榜上，偶失龙头望[①]。明代暂遗贤，如何向？未遂风云便[②]，争不恣狂荡。何须论得丧！才子词人，自是白衣卿相[③]。

烟花巷陌，依约丹青屏障。幸有意中人，堪寻访。且恁偎红翠[4]，风流事、平生畅。青春都一饷。忍把浮名[5]，换了浅斟低唱。

【注释】　①黄金榜：指录取进士的金字题名榜。因榜单是以黄纸书写，上钤皇帝御玺，既显皇家尊严，又显示对士人的尊贵，故称为“金榜”。龙头：科举考试中称状元为龙头。明代：圣明的时代。遗贤：抛弃了贤能之士，此处自嘲为仕途所弃。②风云：指君臣遇合。③恣：放纵，随心所欲。白衣卿相：指自己才华出众，虽不入仕途，也有卿相一般尊贵。白衣：指没有获得功名的人或平民。④堪：能，可以。恁：如此。偎红倚翠：指狎妓。⑤平生：一生。饷：片刻，极言年华短暂。浮名：指功名。

【赏析】　这是一首落第词。

宋朝文字狱少，但士人们以文字惹出麻烦的却不少，柳永就是其中的一个。给柳永惹出麻烦的，就是这首著名的《鹤冲天》词。据传仁宗就因为此词黜落他，并说：“且去浅斟低唱，何要浮名?”

那么，这首《鹤冲天》词如何就让当政者大为不快了呢?

我们知道，在封建社会，统治者既用儒家思想治理天下，也用儒家修养要求士人。这种修养，简言之，就是中庸、儒雅、守礼、克己，即使受了什么委屈，也不能大喊大叫、任意而为，而要怨而不怒、冷静对待。但对于这些，柳永显然是缺乏认知或不大理会的。

这首词当写于柳永首次参加科举考试落第之后吧。本来是心怀“龙头”之望，但“黄金榜上”，却并不见自己的名字，这怎不让词人大为失望！科举之路本如一座独木小桥，大多数人则要被挤下桥去，去品尝那跌落的滋味。柳永自然也明白这一点，但自视甚高的他一定认为自己绝不是那“大多数人”中的一个，声言“偶失”、“暂遗”，就反证了他所怀有的极度的自信。但他竟然就名落孙山了！看词中，柳永显然是以“贤”才自居的。庸才的落第只能怨自己学殖的不逮，而“贤”才的被“遗”弃，就分明要归咎于有司的不公和“明代”的不“明”了。如此，一股强烈的不平和怨愤之气就在他的胸中汹涌、冲荡、奔蹿了起来。不是不让我得遂“风云”之便吗？那好，我就到“烟花巷陌”的“风流”场中去恣意地“狂荡”去。有什么了不起的！我这“白衣”的“才子词人”一点也不比你那紫衣的“卿相”们差。你那所谓的功名也就是个“浮名”，是累人身心且让人虚度年华的，哪有我这偎红依翠、“浅斟低唱”的生活来得自在、实惠呀？

我们看到，在这里，柳永不仅失去了理智，还同时失去了理性，——他把“功名”二字狠狠地踩在了脚下。而这，又是封建统治者绝对不会容许的。很显然，所谓的“功名事业”是和积极入世的儒家思想密切关联着的。历代的封建统治者都是千方百计地要让“功名事业”在人们、特别是读书人那里崇高起来、神圣起来，使得天下士人“入吾彀中”（唐太宗语）、为我所用，并同时实现对士人们的有效控制。而在宣言似的《鹤冲天》一词中，柳永竟把这“功名事业”及“功名事业”的崇高感、神圣感给一笔扫倒了！

再者，对功名的不恭和蔑视，又分明是对整个官僚阶层乃至功名事业的最大持有者、代言人——帝王将相们的不恭与蔑视，要让他们对之淡然一笑而不以为意，显然是不可能的。又进一步，柳永不仅把他的大不敬之言宣之于口、载之以词，而且还通过走进烟花巷陌和大量写制艳词的方式，把这种大不敬之言一一坐到了实处。这真真是“是可忍，孰不可忍”！如此，传说中仁宗皇帝“且去浅斟低唱，何要浮名”的奚落和斥责不仅不显得过分，反而还颇有些“理所当然”的味道。

但于柳永，这又实在是不公平的。在他那里，功名事业何曾被真的看轻过！相反地，他对于功名事业是那样地热衷，以至于要把“黄榜”称作“黄金榜”，把状元称作“龙头”，并是那么热切地盼望着“龙头”之“望”和“风云”之“便”的实现。在行为上，他对功名事业又是那样汲汲以求，以至于年近半百（“及第已老”）还要坚执地走进考场！这样，我们回头再看结句中的那个“忍”字，实在是可以当“不忍”、“何忍”、“怎忍”来解的，而且，就连词人写作此词时那“不忍”、“何忍”的神态，我们仿佛都可以看到了。（郭红欣）

浣溪沙 晏殊

一曲新词酒一杯，去年天气旧亭台[①]。夕阳西下几时回？

无可奈何花落去，似曾相识燕归来。小园香径独徘徊[②]。

【注释】 ①去年天气旧亭台：句出唐人郑谷《和知己秋日伤怀》诗“流水歌声共不回，去年天气旧亭台”。②香径：小路铺满落花，故称香径。

【赏析】 晏殊十四岁便赐同进士出身，是位神童，后官至宰相，远非一般落拓士子可比。所以，他的词中有种特有的中正平和的理性和雍容闲雅的气度。

整首词写得很淡，很雅，五句景语中似乎看不到他要表达的情绪，结句以一个“徘徊”的动作微妙地传达了他的淡淡的伤春意绪和对宇宙人生的圆融观照。

一曲新词酒一杯，很雅。但酒是解忧之物，他没有说，你要看得明白。他的忧伤是什么呢？去年天气旧亭台，一样的天气一样的亭台，这是自然的不变与永恒。夕阳西下几时回，这一次落下去的夕阳，几时见它返回的？这是宇宙的无常与时光的迅疾短暂。

有常与无常的对比还在继续。无可奈何花落去，繁华易逝，青春难驻，这是无常，是忧伤。但晏殊就是晏殊，他没有一头扎进悲伤的流里，难以自拔。紧接着一句“似曾相识燕归来”便以四两拨千斤之力将这种无常之悲轻轻化解了。燕子去了，会有来的时候，这又是有常，是希望，是觉醒。

这种圆融而通达的人生观照，便在两组对比中自然流露出来了。淡得没有一丝痕迹，却引人深思。结句“小园香径独徘徊”，依然保持着他冲融的气度与姿态。一个人，在铺满落红的香径沉吟，思索，徘徊。他没有说出来他思索的什么，你已然明白了宇宙有常与无常的循环。真真是妙不可言。

木兰花　宋祁

东城渐觉风光好。縠皱波纹迎客棹[①]。绿杨烟外晓寒轻，红杏枝头春意闹。

浮生长恨欢娱少[②]，肯爱千金轻一笑[③]。为君持酒劝斜阳，且向花间留晚照。

【注释】 ①縠（hú）皱：轻纱皱起。棹（zhào）：船桨。这里引指船只。②浮生：虚浮不定的人生。③肯爱：岂肯吝惜。

【赏析】 此词是宋祁的名作，他因词中一句“红杏枝头春意闹”而被人称为“红杏尚书”。

本词调名又为“玉楼春”。这是一首伤春词，但面对着美好易逝的春景，他流露出活在当下及时行乐的深深人间情。

上半片，字眼是“渐”字，核心是渐好的风光。周汝昌先生说，风光指天气澄和、风物闲美和人意欣悦，含天时、地利、人和三方面的关系，深以为是。

“渐”体现在何处？首先是“縠皱波纹迎客棹”，风自东来，波面生纹，如同纱縠细皱，一切都被唤醒了，活了起来，跟着活跃起来的当然还有人的心情。春，是从心里开始的。接着“绿杨烟外晓寒轻”，是柳烟。晓寒犹轻，说明春意尚在萌动之中。在远望如烟如雾、浅黄嫩碧的一片柳中影影绰绰。紧接着的“红杏枝头春意闹”，是杏火。春意方闹，说明春已经更深一层了。杏花怒放盛开，如火如荼，春意之盛由此可见，一个“闹”字下得极好。将春意之盛动态化、拟人化，形象传神。难怪王国维说它“着一‘闹’字而境界全出”呢。

下片抒情。人的一生，本来欢娱恨少而忧患苦多，尤其在这个见花伤心、对月落泪的春时节。所以，珍惜眼前的美好，愿为此而一掷千金也不觉得可惜。“浮生常恨欢娱少，肯爱千金轻一笑”，有种洒脱决绝的意味在里面。诗人未必非得一掷千金，他自有自己的生活方式，那便是：为君持酒劝斜阳，且向花间留晚照！他在暮色时分，持酒临风，多情地规劝着斜阳，别走得太快太急了啊，再在花间多停留一下吧。为这个人间多留一点点温暖和快乐。替花而央求斜阳，一片爱花、护花之心昭然若揭。

对花的爱，是对春的挽留，对美好常驻的期求。人生充满缺憾，我却要选择诗意地栖居。

此外，首句为何用东城，而不是西城、南城什么的，是有讲究的。因为寒神退位，春自东来，故东城得气为先。正如写梅花，必曰“南枝”，亦正因南枝向阳先发的缘故。

朝中措　欧阳修

送刘仲原甫出守维扬

平山阑槛倚晴空[①]，山色有无中。手种堂前垂柳，别来几度春风[②]？

文章太守，挥毫万字，一饮千钟[③]。行乐直须年少，尊前看取衰翁[④]。

【注释】　①平山堂：在扬州西北蜀岗上，欧阳修任扬州太守时所建。②别来：分别以来。作者曾离开扬州八年，此次是重游。③文章太守：作者当年知扬州府时，以文章名冠天下，故自称“文章太守”。千钟：饮酒千杯。④直须：应当。尊：通“樽”，酒杯。

【赏析】　皇祐元年（1049），欧阳修调离扬州赴颍州任。直到嘉祐元年（1056），欧阳修已从扬州任上离开七年，但他却一直对扬州念念不忘，一直牵挂着他在蜀岗之上主持建造的平山堂。因此，当他得知好友刘敞（字原甫）将要出任扬州知府时，他写了这首《朝中措》。

词的上片在写平山堂，它记载并见证了词人在扬州的哀与乐。“平山阑槛倚晴空”，词一发端就以突兀之笔写出了平山堂凌空矗立、奇高无比之势，这个调子定得很高。接下去呢？凭阑远眺，但见“山色有无中”。如果词人继续这样写下去，这个平山堂也只是一个自然的景观而已，是一个客观的符号，人人皆可得而见之，得而书之。从这里我们嗅不到词人一丝丝的感情气息。

且慢，词人的笔锋一转，从面写到了点，写了几株堂前柳。这个柳，是词人在平山堂前亲手种下的，枝枝叶叶总关情。亲手种柳，想一想，是多么深情、多么浪漫的举动。人生如寄，匆匆相遇，又匆匆离别，没有约定，也没有期许。年年不同的是这人，这情。年年相似的是这花，这柳，种下一株柳，算是种下了一份美好的回忆。也好让在路上、在漂泊的回忆显得不那么虚幻，有一种真实的可触摸的感觉。“手种堂前垂柳，别来几度春风？”杨柳啊杨柳，别来几度春风？向之欣欣，是否如旧？这深情的一问，寄托了词人多少关怀，多少思念！

是的，思念。只是词人在这里表达得很深婉。柳与留，原是一体的。正如关山、明月一样，它也是中国传统诗词中承载思念的一个经典意象。只是从《诗经》里“昔我往矣，杨柳依依；今我来思，雨雪霏霏”，到“昔年种柳，依依汉南。今看摇落，凄怆江潭”，这柳都显得过于悲情了。在欧阳修的笔下，则是“别来几度春风”，有种轩昂达观的色彩。

延续着这种达观轩昂的情绪，词的下片，词人笔下情不自禁地流淌出这样的词句：“文章太守，挥毫万字，一饮千钟”。关于这个“文章太守”，是指刘敞还是指欧阳修本人，后来颇多争议。其实，我们可以把它看作是对刘原甫才思敏捷、气度豪迈的赞颂，又可以看作是欧阳修的自我写照。它是一种儒雅风流的气度，更是一种旷达自适的胸襟。说它是自勉也好，说它是用来勉人也好，刘敞读此，当能会心一笑。

平山堂里，落满阳光，落满传奇，落满诗句，也落满了知音的足迹。感受着这山，这水，这风景，就像在感受着他的气息。可以想象，当刘敞登上这平山堂时，心中一定会浮现这样的画面：“（欧阳修）公每于暑时，辄凌晨携客往游，遣人走邵伯湖，取荷花千余朵，以画盆分插百许盆，与客相间。酒行，即遣妓取一花传客，以次摘其叶，尽处则饮酒，往往侵夜载月而归。”（叶梦得《避暑录话》）“行乐直须年少，尊前看取衰翁。”它的风流儒雅，就是这样真实。原来，你一直都在这里。

知音，知音。遥想着你，如此远，又如此近。真好。

如今平山堂中高悬着的一块“风流宛在”的匾额，细看便会发现，“流”字的笔画少了一点、而“在”字却多了一点。据说，那是书写者有意为之，他想借此告诉后来者——文章太守欧阳修千年前在扬州平山堂所营造的风流雅韵依然如故，并还将世代流传！

生查子　欧阳修

元夕

去年元夜时①，花市灯如昼②。月上柳梢头，人约黄昏后。

今年元夜时，月与灯依旧。不见去年人，泪满春衫袖。

【注释】　①元夜：上元节之夜，即农历正月十五元宵夜。从唐代起，即有元夜观灯习俗。②花市：灯市。

【赏析】　这是一首美丽而伤情的约会词。

爱情、婚姻是人生的两大主题，但在古时只有父母之命媒妁之言，约会自然就显得多余，甚至是被禁止了的。于是，现在看起来很平常的男女青年间的约会，那时候就显得非常的难得。但也正因为难得而显得珍贵，又因为珍贵而显得美好，也因为这美好的不能持久而常常让人伤情不已。

下面我们就来看看这首约会词吧。

先说其美好。这美好与美丽，几乎全集中在了上片的“月上柳梢头，人约黄昏后”二句。在宋代，元宵节是最为盛大和热闹的节日之一。特别是到了晚上，观赏花灯，燃放烟花，君民同乐，男女同游，“金吾不禁夜”“一夜鱼龙舞”，盛况空前。而且，这一晚，女孩子、特别是门第高贵人家的女子，是可以外出观灯、深夜方归的；而这就为有情且有心的男女青年，提供了月下约会的可能性。

“花市灯如昼”，那是常人们所喜欢的，此时，他们不需要月亮，只需要“花市”；且因为“花市”的“灯如昼”，月亮也似乎自行减弱了光亮，悄然引退为概念性的点缀。而词中的这对有情人就不同了。他们选择了与月同在，热闹的灯市反倒成了他们可以借以隐身的“烟幕”和背景。黄昏已过，月魄将生。男孩子自然是早早地就在那儿等着了，他等待着女孩子的随月而至，显得焦急而甜蜜。也许过了有一万年吧，在“月上柳梢头”的时刻，她来了。

一定要在这个时候。因为早了月色还弱，弱得有些乏了生气；晚了又嫌太亮，亮得似乎少了朦胧。只有在这个时候（大概晚上八九点钟的样子），月色既不太弱又不太亮，月的底色上还敷着一层黄晕，让人感受到融融的暖意，正和人心的温暖相契合。当然，还得有树，树还须是柳树。这不仅因为“柳”“留”、“丝”“思”可谐音寄意，还因为柳丝此时的纷披与疏朗（到春天枝叶繁密的时候就不行了）。那纷披且疏朗的柳丝是月的珠帘，透过这珠帘望月，格外给人一种朦胧、神秘、娇美、润泽的感觉，又正和神秘的爱情与娇美的佳人相合相映。柳梢月明，佳人依偎，柔情缱绻，密意融融，真是既幸福又美丽啊！

但伤情也跟着来了。这伤情，是在下片。人有悲欢离合，月有阴晴圆缺。一年的轮回之后，情形全然改变了。还是那样的元夕夜，还是那样的灯与月，而人却少了一个。她是怎么啦？她怎么失约了呢？情形可能有千种万种，但结果却只有残酷的一个。也许他早就知道其中的缘故了吧！但他却无能为力，无可奈何。“不见去年人，泪满春衫袖。”就在春天就要到来的时候，孤零的月下，他却在悼念他的爱情。“泪满”，是何其伤心也！泪下涟涟，泪湿春衫，此情此景，人何以堪！“泪满春衫袖”，——同类词中，可还有相同的另一句么？

或美丽，或忧伤，美得让人心驰神往，伤得让人凄然落泪。其感发人心的力量是如此之巨大，而又以简单到不能再简单的重章形式和明了到不能再明了的如话言辞显出，这该是何等样的作品啊！（郭红欣）

蝶恋花　晏几道

醉别西楼醒不记①，春梦秋云，聚散真容易。斜月半窗还少睡，画屏闲展吴山翠②。

衣上酒痕诗里字③，点点行行，总是凄凉意。红烛自怜无好计，夜寒空替人垂泪④。

【注释】　①醉别西楼：语本李白《鲁中都东楼醉起作》："昨日东楼醉，还应倒接䍦。阿谁扶上马，不省下楼时。"②闲展：冷落寂寞地展开（图画）。吴山：指江南山水。③衣上酒痕：语本白居易《故衫》诗："袖中吴郡新标本，襟上杭州旧酒痕。"④红烛二句：语本杜牧《赠别》诗："蜡烛有心还惜别，替人垂泪到天明。"

【赏析】　晏几道是晏殊的儿子，他没有父亲的政治才干和雍容气度，一生秉持赤子之心，沉溺在对往昔的回忆中，落落寡合，词却写得分外美好又多情。

这首词将对往昔欢会之易逝、今日孤怀之难遣、将来重会之无期融为一体，悲凉沉郁。

上片以"醉别西楼醒不记，春梦秋云，聚散真容易"起笔，写往昔欢乐易逝。醉后一别，醒后全忘，往事正"如幻、如电、如昨梦前尘"一般不可复得。往日之聚和今日之散，如春梦秋云，无痕无凭，真让人感慨欷歔。莲、鸿、苹、云，流转人间，命运沉浮，恍如一梦。

"斜月半窗还少睡，画屏闲展吴山翠"写今之境况凄寂。月在中天，人却难寐。画屏无情，悠然展示着一片苍翠。无情之物对有情之怀，叫人不堪。

下片，继写落魄情状。酒痕与诗行，点点滴滴，沾染了衣衫与红签，洇开来，无不是凄凉意，只浸入人心的深处。也可理解为怀念旧人，检点旧物，则惟见"衣上酒痕"。这沾在衣上的一点一滴的酒痕，乃是西楼欢宴的陈迹。"酒痕"映上"醉"字，还有"诗里字"，这写在纸上的一行一行字，就是当时的“草授诸儿，吾三人持酒听之，为一笑乐”的“狂篇醉句”。

结句借“红烛自怜无好计，夜寒空替人垂泪”的有情，写出自己的凄凉。不说自己“自怜无好计”，不说自己“垂泪”，而是蜡烛见此情形，也忍不住怜爱、流泪。而蜡烛之有情，是不是也反衬出人世的炎凉和世味的淡薄呢？

唐圭璋先生说：“这首词，虚字尤其传神，如‘真’、‘还’、‘闲’等字，用得自然而深刻；‘总是’、‘空替’，则极概括。”很扼要地指出了它在用字方面的特点。

鹧鸪天　晏几道

彩袖殷勤捧玉钟，当年拚却醉颜红①。舞低杨柳楼心月，歌尽桃花扇底风。

从别后，忆相逢。几回魂梦与君同②。今宵剩把银釭③，犹恐相逢是梦中。

【注释】　①彩袖：代指舞女。玉钟：酒杯。借指美酒。拚（pān）却：甘愿，不顾惜。②同：相聚。③剩把：尽把。银釭（gāng）：银制的灯台，这里指明灯。

【赏析】　这首词是描写和情人久别重逢的快乐的。但它并没从正面来写这一点，而是从分别以前的欢乐、分别以后的怀念和重逢乍见时的惊喜三个细节，将这种感情烘托出来，用意非常巧妙。

上片回忆别前的快乐。“彩袖殷勤捧玉钟，当年拚却醉颜红”，彩袖状人之美，玉钟见酒之奢，殷勤见情之浓，如此豪华盛宴，多情之人，自然要拚却醉颜红了。后两句“舞低杨柳楼心月，歌尽桃花扇底风”，是一个名对，极言舞筵之盛。字面意思是，不断起舞，直到笼罩着杨柳阴的高楼上的月亮都低沉了。不断歌唱，直到画着桃花的扇子底下回荡的歌声都消失了。这里杨柳和月，是当时实景，而桃花和风，是虚写，两两对举，是为形容春夜之美。

如何理解“风”呢？沈祖棻先生说，这个“风”字，并非真风，而只是指悠扬宛转的歌声在其中回荡的空气。歌声在空气中回荡，歌声停了，音波就消失了，似乎风也歌尽了。唱歌有时以扇掩口，其声发于扇底。

下片则写相思之苦与重见之乐。前三句，写别后相思。相思太深，以致“几回魂梦与君同”了，本来是梦，却像真实发生的一般。后二句，写重见之乐。真的见面了，却反而疑惑起来，拿起灯来仔细照了又照，才知道这重逢是真而不是梦。本来是真的，因为极喜转而极悲，感觉像是在梦中一样。梦与真的两度错违，却写出了痴情深重，相逢之不易，正如杜甫的那句“夜阑更秉烛，相对如梦寐”。

全词核心是重逢之乐，却处处宕开来，从往昔之欢到别后之苦反复渲染铺垫，为最终的相逢蓄足了势，这相逢也显得尤为珍贵了。

思远人　晏几道

红叶黄花秋意晚①，千里念行客。飞云过尽，归鸿无信②，何处寄书得？

泪弹不尽当窗滴③。就砚旋研墨④。渐写到别来，此情深处，红笺为无色。

【注释】　①红叶：枫叶。枫叶秋来色红。黄花：菊花。唐人许浑《长庆寺遇常州阮秀才》：“晚收红叶题诗遍，秋待黄花酿酒浓。”②无信：没有规律。或谓没有音信。③泪弹：泪如珠弹。唐人韩偓《复偶见三绝》：“别易会难常自叹，转身应把泪珠弹。”④就：移就，接近。研：磨。

【赏析】　黄庭坚说晏小山一辈子有四痴。不靠自己父亲的权势去捞个大官，这是一痴；不作新进士语，只一门心思地写些要个性的文章，这是二痴；挥霍无度，家里人一起跟着受罪，让外人都觉得可惜，这是三痴；人们无论怎样骗他，他都不记恨别人，还一如既往地相信人家，这是四痴。这四痴概括得真好，真绝，所以常常为人提及。

在我看来，黄庭坚还说少了一痴。那就是，他执意沉溺于感情世界中，不肯醒来，拒绝长大，这是五痴。

一卷《小山词》，写的尽是情的悲欢离合。这是他的痴绝，也是他的伤口。他不愿意掩藏自己的伤口，总是一次次执着地将它撕开，将它袒露，仿佛那样才能提醒，他还没有麻木。遮遮掩掩，吞吞吐吐，从来就不是这个拥有赤子之心之人的作派。

在这首《思远人》当中，我们再一次看到了他的执着、沉溺，一种心甘情愿的沦陷。

词的上片并没有什么特殊之处，在古代诗词里这种写法和场景我们能找到太多太多，一读起它，眼前总能浮现相似的一幕一幕。无非是说，飘零的秋勾起思妇的愁，只是数着那云儿一片一片地飞，数着那雁儿一只一只地过，远方的人啊，依旧音讯全无。就算是要寄个书信，又能寄到哪里去？无着。

下片就有了小晏的个性色彩了。泪弹不尽是么？就砚承泪，就泪研墨，就墨作书。伤心的人自顾自地说些伤心的话，只至“此情深处，红笺为无色”。红笺为何无色？因为泪已浸透。因为情深，因为意苦。陈廷焯说：“只就‘泪墨’二字，渲染成词，何等姿态！”（《词则》）

如果我们将上下片连起来看，就能看出其中的意味了。上片说了，行客没有捎来一点音讯，自己寄信也是“何处寄书得”，根本就没有地方寄，根本也不可能收到，但这又何妨？还是认认真真地难过，认认真真地想念着一个人，就像他不曾离开过，就像他能够收得到，就像他一直在感知。为自己营造着一个梦境，就墨作书，直到红笺无色。你有回应也罢，没回应也罢，从来都不曾漫不经心过，知其不可而为之，这样的姿态，怎能不是痴？怎么不是绝？怎么能不疲惫？这份执着，这种不肯自欺的自我沦陷，不正是晏小山的痴么？

让人说什么好呢？

只因为他是一个长不大的孩子，怀抱着清凉的梦想，不肯醒来。就这样，活在自己营造的童话世界里，把玩着自己的伤口，做一个寂寞孤独的爱的精灵，哪怕，一无所有。

所谓的命运，只不过是自己执意沉溺的结果。

卜算子 王观

送鲍浩然之浙东①

水是眼波横，山是眉峰聚。欲问行人去那边②？眉眼盈盈处。

才始送春归，又送君归去。若到江东赶上春③，千万和春住！

【注释】 ①鲍浩然：生平未详。当是浙东人。浙东：北宋时两浙路的东半部分，约相当于今浙江东部地区。②那边：哪边。③江东：北宋时的江南东路，辖有今长江以南，西自江西九江，东至江苏南京的一段区域。一作“江南”。

【赏析】 自唐五代至北宋前期，爱情的歌声唱彻词的舞台，而友谊的乐章却寂寂无闻。人们在叹赏那些缠绵悱恻的情侣离别之词的同时，也不免会生出这样的遗憾：词中难道就没有为朋友饯行而能与王勃《送杜少府之任蜀州》、王维《送元二使安西》、李白《黄鹤楼送孟浩然之广陵》等唐诗佳作媲美的篇什么？读到王观这首清新隽永的小令，人们的憾意可以稍释了。

上片是说，浙东山清水秀，水像美女的眼波横流，山像美女的眉峰攒聚。友人所要去的，就是那样一个山水像美女般妩媚多情的地方啊！古代文学作品中，常用水的澄澈来形容美女的目光，常用山的黛绿来形容美女的眉色（古代女子画眉，还有“小山”、“五岳”、“三峰”等样式）。开始之时，未尝不新鲜奇妙，但人人都这样写，就成了俗套，读者难免产生“审美疲劳”。而词人匠心独运，将那熟烂的比喻倒转来用，顿使人感觉一新。此谓之“逆用常言”，事半功倍。手法很简单，却非常高明。

据词意推测，鲍氏此去应是由西北向东南行进。古人以四方分配四季，“东”和“春”恰相对应。又，冬去春来，气温的回升总是先南而后北。因此，词人在下片设想，春从东南方来，还归东南方去。现在春天刚离去不久，友人还来得及在“江东”地区追上它。请注意：相对于友人此行的终点、更东更南的“浙东”来说，“江东”还只是中途！明白了这一点，下片浓郁的诗情便呼之欲出了。刚刚送走了春天，而友人又将离去，词人心中的惆怅不难想见。但他却未对此作任何渲染，只用了“才始”和“又”两个相关联的虚词，以强调的语气含蓄地传达出了依依惜别的感情。接着，他突发奇想，叮嘱友人道：“如果你在半路追上了春天，千万要和它一块儿停下脚步！”这是希望友人和春天都不至于离得更远的意思。词人对春天、对友人的眷恋，就通过如此新颖而美妙的艺术构思淋漓尽致地表现了出来。唐人刘皂《旅次朔方》诗云：“客舍并州已十霜，归心日夜向咸阳。无端更渡桑干水，却望并州是故乡！”王观此词下片，正与刘诗异曲同工，用的都是“退而求其次”法，虽然一个是写乡情，一个是写友情。(钟振振)

和子由渑池怀旧[①] 苏轼

人生到处知何似？应似飞鸿踏雪泥[②]。
泥上偶然留指爪，鸿飞那复计东西？
老僧已死成新塔，坏壁无由见旧题[③]。
往日崎岖还记否？路长人困蹇驴嘶[④]。

【注释】 ①此诗作于苏轼经渑池（今属河南）时，追和其弟苏辙《怀渑池寄子瞻兄》之作。子由：苏轼之弟苏辙，字子由。②“人生”句：意思是说，人生短促，就好像飞鸿落在积雪上留下浅浅的脚印一样。后“飞鸿雪泥”成为形容时间易逝、人生短促的成语。③老僧：即指奉闲。苏辙原唱“旧宿僧房壁共题”自注：“昔与子瞻应举，过宿县中寺舍，题其老僧奉闲之壁。”古代僧人死后，以塔葬其骨灰。坏壁：指奉闲僧舍。④蹇（jiǎn）驴：腿脚不灵便的驴子。蹇，跛脚。

【赏析】 关于人生，哲学家说得很多，可惜我们听不懂；实践家做得很好，却不能形诸文字，给我们以教益；唯有文学家，可以把实践家的智慧和哲学家的深刻统统拿来，化为感性的形象，立竿见影地使我们感情激荡。

《庄子》说："人生天地之间，若白驹之过隙，忽然而已。"《古诗十九首》说"人生天地间，忽如远行客""人生忽如寄"；曹植说"人生处一世，去若朝露晞"，所有这些话，归结起来，不过一个意思：人生短暂。

真正给人以形象上的激动，并将人生这个题目写到题无剩义的，是苏轼的《和子由渑池怀旧》，诗云：人生到处知何似？应似飞鸿踏雪泥。泥上偶然留指爪，鸿飞那复计东西！才华横溢的青年苏轼，在诗中，以一个"雪泥鸿爪"的精妙比喻，不费吹灰之力，就把人生的偶然性揪出来置于阳光底下了。

苏轼的这首诗是一首和诗，题目说得很清楚，是和子由，即苏轼的弟弟苏辙的。诗的内容也很清楚，是"渑池怀旧"，即对兄弟两人当年途经渑池情形的追忆。因为是和诗，并且两人对那段经历都很清楚，历历在目，所以不必花费笔墨去写这些劳什子。因此，苏轼一上来就别开生面，借题发挥，发了一大段议论。在苏轼看来，不仅一个人的行踪飘忽不定，即便整个人生，也充满了偶然性，就像鸿雁飞来飞去，偶尔驻足在雪地上，留下浅浅的印迹，鸿飞雪化，一切又都不复存在。

青年时代的苏轼发出这样飘忽的人生喟叹是可以理解的，毕竟他写这首诗时还太年轻——只有26岁。他还没有经历那个"梦绕云山心似鹿，魂飞汤火命如鸡"的阶段，因此他对人生的理解还不坚实。

敏感的诗人虽然直觉地感知到了人生充满种种偶然，但他并没有再深入下去思考一下，这个偶然对于人生究竟意味着什么呢？冥冥当中，到底有没有一种力量在支配着我们的人生呢？如果有，它又是什么呢？

接下来的四句诗并没有回答我们。这让我失望了。"往日崎岖还记否？路长人困蹇驴嘶。"难道作者是要告诉我们，尽管过去的东西已经消逝，但我们却不能否认它的存在。就拿当日的经历来说吧，在崤山道上，我们骑着蹇驴，在崎岖的山路上艰难地前行，这难道不是一种可贵的人生历练吗？因此，人生虽然充满偶然，但绝不应该放弃努力。如果没有当日的艰难困苦，我们哪里能够实现自己的理想，考中进士呢？苏轼的这些思考固然给人以向上的力量。

你一无所有，所以你将拥有一切。你已经拥有一切，所以你注定将一无所有。只有在失去当中，你才有可能再次拥有一切。

六月二十七日望湖楼醉书五绝二首① 苏轼

黑云翻墨未遮山，白雨跳珠乱入船②。
卷地风来忽吹散，望湖楼下水如天③。

放生鱼鳖逐人来，无主荷花到处开。
水枕能令山俯仰，风船解与月徘徊。

【注释】 ①六月二十七日：指宋神宗熙宁五年（1072）六月二十七日。望湖楼：古建筑名，又叫看经楼。位于杭州西湖畔，五代时吴越王钱弘俶（又名钱俶）所建。②翻墨：此处形容乌云滚滚。白雨：指夏日雨点大而猛，在湖光山色的衬托下，显得白而透明。“跳珠”形容雨点大，杂乱无序。③水如天：形容湖面像天空一般开阔而且平静。

【赏析】 这首诗是熙宁五年（1072）苏轼任杭州通判时写的。这里选了五首之中的二首。

第一首诗描写西湖夏天骤雨忽晴的景色。全诗像一幅急挥而就的泼墨写意图，更像一组急剧转换的镜头，意象浓密，变幻神速，没有跌宕起伏的神来之笔，是描绘不出这样天才一样的诗歌的。

短短的四句，写了云、雨、风、湖四个意象。它们又是动态的，瞬息万变的，先是云起、即而雨降、忽地天晴、复归平静。脉络清晰，雄奇瑰丽。云，是黑色的，雨是白色的，“黑云”、“白雨”，色彩对照鲜明；“翻墨”、“跳珠”，比喻新颖、生动、形象，将乌云翻滚之势、雨珠迸溅之声，连同其光色形态，摹状得可见可闻，可触可感。正当你惊叹雨势之猛，变化神速之余，一阵风来，吹散了乌云，天却一下子变晴了，过眼云雨，转瞬即逝。最后留给我们的是雨过天晴、水天一色的境界，澄澈、宁静。人的思绪和神经也从紧绷一下子放松了。也许正是有了前两句的混乱、喧嚣与张扬，才使得水天一色的望湖楼显得更加宁静，诗人是从动静多方面打开了你的想象力和感受力，看似简单自然，实则显示着诗人深厚的功底。

如果说前二联诗重在“变”与“动”，后两联则写了“谐”与“静”。

你曾见过被人捉过的鱼鳖不怕人吗？苏子笔下的鱼鳖就是这样的，被人捉了，又被人放了，还跟随着人嬉戏，鱼对人没有戒心，全是因为人没有了机心，这不是物我之间的高度和谐么？你看，大诗人就是这样的，不着一字，却得尽了风流。荷花是无主的，无主才是自由的，才显得出它自然的本性，才能够随意点染，随处开花，一派无拘无束的气象与风光，让人心醉神迷。

你曾见过山会俯仰，会动吗？杜甫不是说过“风雨不动安如山”吗？山是安的，这是定理呢。可诗人笔下的山却会随人俯仰。原来，是倚枕在船上，躺在船上看山，船的一俯一仰，使得诗人眼中的山也好像跟着在一俯一仰。这种情趣，没有那种道佛仙心，没有那种内心的宁静，是如何能体会到的呢？船是动的，山是俯仰的，却原来因了诗人的心是宁静澄澈的啊。就这样躺在船上神游，与山对话，与水呢喃。不知不觉，起风了，月也升上来了，风和船都与月徘徊相亲了，抑或是月与船相亲徘徊呢，到底是谁在逗引谁，这都不重要了，重要的是流露在这当中的情趣。

细味这首诗，当中蕴含着深邃的人生哲理。“卷地风来忽吹散，望湖楼下水如天”这一由雨变晴的自然景象，蕴涵着他对世事人生的认识。苏轼因为政治改革的主张与王安石不同，又受到新党中势利小人的弹劾，不得已请求离开朝廷外任。但他对政治局势的发展和自已的前途，仍持着乐观的态度。在他看来，无论是政治上的暴风骤雨还是个人的坎坷失意，都是暂时的，是非功过终将得到澄清。如果没有乐观旷达的襟怀，没有光明磊落的品格，是如何能体会到这当中的机趣呢？

饮湖上初晴后雨二首（其二）　苏轼

水光潋滟晴方好，山色空濛雨亦奇。
欲把西湖比西子，淡妆浓抹总相宜。

【赏析】　西湖有著名的两堤，苏堤和白堤。不言而喻，这是因苏轼和白居易两位大诗人而得名。白居易的“乱花渐欲迷人眼，浅草才能没马蹄”，写的是西湖春景，以形象生动的白描见长。苏轼的“欲把西湖比西子，淡妆浓抹总相宜”，写的是西湖夏景，以遗貌取神的比喻见长。苏轼的这两句诗脍炙人口，以至于现在西湖别称西子湖。真是前无古人，后无来者。

首句“水光潋滟晴方好”描写西湖晴天的水光：在灿烂的阳光照耀下，西湖水波荡漾，波光闪闪，十分美丽。次句“山色空濛雨亦奇”描写雨天的山色：在雨幕笼罩下，西湖周围的群山，迷迷茫茫，若有若无，非常奇妙。从题目可以得知，这一天诗人在西湖宴游，起初阳光明丽，后来下起了雨，这就是诗题所说的初晴后雨。

好了，现在西湖晴也有了，雨也有了，亦好亦奇。再写西湖的什么呢？西湖有那样多的景可以着笔，到底该从哪里入手？也许写了这个，会遗漏了那个，总是不能尽如人意啊。当你正在为这个问题绞尽脑汁时，聪明的诗人却另辟蹊径，给了我们一个意外的答复。“欲把西湖比西子，淡妆浓抹总相宜”，不是局部描写，而是总体观照，不是写其形貌，而是写其风神情韵。西子是人人都熟悉的美女，人人都知道她的美，但“一千个读者会有一千个哈姆雷特”，一千个读者的心中也会有一千个西施的美。就这样一句，西湖的美也因读者的想象而具有了丰富、开放、多样性了。无论是淡雅还是浓丽，无论是清新还是惊艳，相宜就是美。就这简单的一句，就把西湖的种种美写尽了，也写活了。

聪明的诗人或是画家都会用遗貌取神的虚写手法。李渔在《笠翁文集·答同席诸子》说：“大约即不如离，近不如远，和盘托出，不若使人想象于无穷也。”正面描摹，容易流于呆滞冗赘，即使笔笔写到，毫发不差，也费力难工；而即实寓虚，遗貌写神，却能以少总多，以虚涵实，神采飞扬，给欣赏者留有广阔的思索、回味、体验、想象的余地。所以苏轼并不从正面细致地描摹西湖景物，而是让读者凭借自己想象中西子那绰约风姿，为西湖的水光山景添色增彩。

东栏梨花 苏轼

梨花淡白柳深青，柳絮飞时花满城。

惆怅东栏一株雪，人生看得几清明！

【赏析】 东坡的七古作得最好，其七绝也堪称独步。古今写赏花的好诗多得去了，东坡的这首却是脍炙人口。

全诗都是大白话，是诗人性灵的自然流露，没有半点矫饰，却让人一读过后，满口留香，再也忘不了了。就像邂逅了一位知己，那么淡定，那么从容，却有着那么难以抗拒的魅力，吸引着你。

诗作于1077年，当时苏轼正在徐州。柳絮飞舞，梨花满城，又是暮春时节了。满城飞花，那景象繁华极了，绚烂极了，让人的兴致也随着漫天飞舞的花飘飞了起来。只是这种感觉太短暂，稍纵即逝。兴尽悲来，怎么有一股子惆怅那么倔强地、不合时宜地在此时涌上心头？慢慢地诗人将视线从漫天飞舞中定格到了一株雪上，它白得璀璨，白得耀眼，生命却太短暂，一霎儿风，一霎儿雨，就会扫尽这满树繁花。美，原来是如此之短暂！这一刹那，也让我们顿悟了人生，时光易逝，繁华易逝，短短的一生在漫长的时间河流里，又算得了什么？短短的一生，又看得了几个清明？又能逢上多少如此这般的良辰美景？“砌下梨花一堆雪，明年谁此凭栏干”，面对着如此景致，杜牧也同样有着韶光难留的感慨。

相信，每一个对美有着敏锐感受的心灵，都会有着同样的感慨。也正是这种共感，让这首诗取得无数后来人的共鸣。

关于此诗，明人郎瑛认为，既云“梨花淡白”，又云“一株雪”，是重言相犯了，他主张改“梨花淡白”为“桃花烂漫”。俞樾反驳说：“此真强作解事者！首句‘梨花淡白’即本题也，次句‘花满城’本承‘梨花淡白’而言。若易首句为‘桃花烂漫’，则‘花满城’当属桃花，与‘惆怅东栏一株雪’了不相属，且是咏桃花，非复咏梨花矣。此等议论，大是笑柄。”俞先生的分析可谓透辟。其实，大诗人的诗就是这样，表面看起来，很随意，很平淡，内里却是做足了功夫，岂是真的信手拈来？

此外，有的本子作“二株雪”，查慎行认为：“二，当作一。”一株雪，是相对于“花满城”而言，作二株，真是没有道理。而且，一株雪，意味着诗人视线的转移，从整体的观照与描述转为特定个体的观照，而这个“一”，即是“多”，即是全。苏轼曾有诗“谁言一点红，解寄无边春？”“一点红”即代表了无边的春，这是春的繁华。“一株雪”，也代表了整个春，这是春的消歇。是同样的道理。

海棠　苏轼

东风袅袅泛崇光①，香雾空濛月转廊。
只恐夜深花睡去②，故烧高烛照红妆③。

【注释】　①泛：摇动。崇光：高贵华美的光泽，指正在增长的春光。②夜深花睡去：暗引唐玄宗赞杨贵妃“海棠睡未足耳”的典故。史载，唐明皇召贵妃同宴，而贵妃宿酒未醒，帝曰：“海棠睡未足也。”此处以美女喻花。③故：于是。红妆：用美女比海棠。故烧高烛照红妆：一作“高烧银烛照红妆”。

【赏析】　此诗作于黄州期间。

诗的前两句，正面描写与侧面描写相结合。正面写的是微风吹拂下花儿高洁美丽，侧面写的是花儿的阵阵幽香在氤氲的雾气中弥漫开来，沁人心脾，迷离朦胧，透出一种距离美。只可惜，月已转过回廊，照不到它了。因为先有了月光轻洒下的美丽，才有了月转回廊的遗憾，可见前面尽管没有点明诗人写的是月光下的海棠，但月的存在不言而喻。后两句写了诗人痴绝的爱花之情，恐它睡去，故烧高烛，为它照亮。

宗白华在《美从何处寻》中指出：“夕照、月明、灯光、帘幕、落纱、轻雾，人人知道是助成美的现实的有力因素。”东坡正是借月色、轻雾、烛光这三个意象，画出了一幅月下海棠春睡图。美从何处寻？从迷离朦胧的距离当中，而不是赤裸裸的艳俗。

常常有人将苏诗与李商隐的诗进行比较，清人马位《秋窗随笔》是这样评价的：“李义山诗‘客散酒醒深夜后，更持红烛赏残花’，有雅人深致；苏子瞻‘只恐夜深花睡去，故烧高烛照红妆’，有富贵气象。二子爱花兴复不浅。”

苏诗中流露出的的确是一种富贵气象，是一种雍容，一种从容与淡定。有人说“只恐夜深花睡去，故烧高烛照红妆”，是说诗人不忍心花儿独自栖身在昏昧当中，因为花儿无人欣赏，会伤心失望，而诗人也是满怀孤寂，何处无月明？何处无清风？只是少了孤寂如我们而已，所以彼此惺惺相惜，所以诗人会有秉烛照红妆的举动。如果这样理解，岂不是也显得太寒碜了，这当中又哪里有一点点雍容淡定的富贵气呢？所以诗人的“只恐”是恐的花儿的美会在夜间消褪，这是诗人在平淡生活中提炼领悟到的一点诗意，一点美，他要将这种美放大到极致，要尽情享受这点诗意，所以要烧高烛照红妆。高蹈的精神之花尽管远离了现实的土壤，但他这种我行我素、自得其乐地生活的积极心态，又有谁可以阻挠呢？

花屏华筵、美酒珍馐、清歌皓齿、秉烛夜游对一般人来说，过了也就过了，什么也不会留下，到了东坡那儿就升华为绝妙的诗意。虽身陷困境，生活中没有了常人所指的“享受”，甚至没了吃饭的基本保证，却依然可以从大自然中发现生活的美好，并尽情享受这种美好。从平凡中捕捉诗意，这不是富贵是什么？这种富贵，是气度的，是胸襟的，是精神境界。因为有这种气度，即使到了一贫如洗、身无分文的地步，他却说他拥有山间明月和江上清风，仍然可以是一位“无尽藏”的富翁。

题西林壁　苏轼

横看成岭侧成峰，远近高低各不同。

不识庐山真面目，只缘身在此山中。

【赏析】　苏东坡以自己的悟性和智慧给庐山的自然景物注入了意味，而正是这种意味，使庐山这个无生命的自然变成了有意味的形式，变成了一种美。

恰如李白之于黄鹤楼，张继之于枫桥，杜牧之于江南，王勃之于滕王阁一样，这些诗人不仅是自然美的发现者，更是自然美的确定者和建构者。无情的山水因为他们的赋予，而显示出活脱脱的生命和内在的意蕴，召唤着一代又一代后来者投入自然的怀抱寻幽探胜，涤荡心灵。

元丰七年（1084），苏轼刚入庐山的时候，曾写过一首五言小诗："青山若无素，偃蹇不相亲。要识庐山面，他年是故人。"他很风趣地说，第一次见到庐山，好像遇到一位高傲的陌生人。于是他下定决心要与庐山常来常往，那么日后再相见，就会像故人一样。此后他"往来山南北十余日"，最后与友人参寥同游此山，在西林寺写出这篇杰作。

诗人眼中的庐山是什么样的呢？你看，从横里看，所得到的印象是道道山岭；从侧面端详，则是座座奇峰。从远处望，近处看，高处俯视，低处仰观，所见景象全然不同。为什么不能识别庐山的真面目呢？那是因为未能超然于庐山之外。"不识庐山真面目，只缘身在此山中。"结尾二句，奇思妙发，整个意境浑然托出，为我们提供了一个回味体验、驰骋想象的绝妙空间。

哲学家说：看事物要从各个角度、各个侧面入手，才能看到其整体，认识其本质。

美学家说：对宇宙人生，须入乎其内，又须出乎其外；入乎其内，故有生气，出乎其外，故有高致。

而对于芸芸众生中的你我来说，苏轼的奇思妙句更像是一道心灵鸡汤，一个智慧的偈子，它给了执迷不悟者一剂醒魂的良方。

它分明是说：破除执著！你执著于庐山之中，跳不出庐山之外，你就休想领略庐山的真美。同理，你执著于人生之中，却不能跳出人生之外来旁观默察，也就无法体味人生的真味。

我们要拆解人生这个巨大的圆球，也应该从不同的侧面去冷静观察。只有这样，我们才有可能找到一团乱麻中的线头，从而试着破解人生这个谜团。如果执著于某一侧面，必然陷入迷误而不能自拔。

学会换个角度思考问题，是破除人生执著的不二法门。

惠崇春江晓景二首（其一）[①]　苏轼

竹外桃花三两枝，春江水暖鸭先知。

蒌蒿满地芦芽短，正是河豚欲上时[②]。

【注释】　①惠崇：宋初九僧之一，能诗能画。《春江晚景》是惠崇所作画名，共两幅，一幅是鸭戏图，一幅是飞雁图。②蒌蒿：草名，有青蒿、白蒿等种。《诗经》：“呦呦鹿鸣，食野之蒿。”芦芽：芦苇的幼芽，可食用。河豚：鱼的一种，肉味鲜美，但是卵巢和肝脏有剧毒。每年春天逆江而上，在淡水中产卵。上：指逆江上行。

【赏析】　苏轼就是苏轼，一幅简单的画，一首简单的诗，却诗意无边，生机勃勃。既让人看见了惠崇的画，如在目前，又让人跳出画外，领略到了画外意以及流动在画外的生命气象。而更加高妙的还在后头呢，那就是诗外的一种心境、一种精神、一种气象，它无时不在，无处不在，尤其是在苏轼后期的诗歌当中。但它总是淡淡地、从容地站在诗人文字的背后，如果用心去感受，你一定能体会出来的。

惠崇的画画了些什么呢？有疏竹掩映下的桃花，不多，只有两三枝。可见春天到了，但春意并不深。有浮游在江水之上的鸭子，还有遍布岸堤的蒌蒿，刚刚吐出嫩芽、破土而出的芦芽。这些大概就是惠崇的画画面上可见到的东西了。

如果惠崇的画只表达了这些，那也费不上苏轼题什么劳什子了。如果苏轼看不出流露在画外的意境，那也不是什么真正的知音。“论画以形似，见与儿童邻。”苏轼是懂画的，所以他能体悟出画外之意，弦外之音。

苏轼还见到了什么？它看到了戏水的鸭子感受到了春江水的融融暖意，看到了在江水下跃跃欲上的河豚。这些都是用心灵的眼睛才能看见的。画无法画出江水逢春变暖，诗人把自己的感觉“移植”给鸭儿，使它们感知时节和水温的变化。这样写，无非是传达了一种春的喜悦，一种对万物欣欣向荣的生命体验。一个“暖”字，多好，不浓不淡，恰到好处。读着它，感觉到这股细细的暖意顺着手指，流向全身，流向心里，弥漫在空气里，直到将你包围。还有，江边，那蒌蒿，那芦芽，无一不在暗示着早春的气息，无一不在泄露着春的生机。大自然是如此的美妙，仿佛在提示着诗人，还等什么呢？尽情享受这一切吧，享受生活所赋予的一切，包括，品尝那鲜美的河豚，这才是真实平常却又温暖的生活呢。从蒌蒿芦芽，联想到河豚，这一切都是自然而然的。在宋诗中，这也是一种定式。比如梅尧臣就曾写过：“春洲生荻芽，春岸飞杨花。河豚当是时，贵不数鱼虾。”

如果苏轼不是一个画家，他无法体味出惠崇的画外意，也许仅限于画中所见，这种题画诗是不成功的，它无法与原画珠联璧合。更重要的，如果苏轼不是一个诗人，一个善于在平常生活中发掘出诗意的人，他更难体会到流淌在画面之外的诗意。

无论他是一个画家，还是一个诗人，如果他心中没有汩汩流淌着的诗意，他也无法捕捉到平淡之外的美。

再读这首诗，我们还能感受到什么？

我们能感受到一股懒散的春意，从心里散发出来，我们能感受到诗人那种安然的得意。是的，冬天那冷峭的境遇已经过去，春天已经到了。东坡总能这样，面对惠崇的这幅画，他似乎想起来了，人生就算如梦幻花影，时光就算如江水远逝，你依然还是你自己，冷暖自知。我们都一样，看得见蒌蒿遍地的时候，有一个人可以在依依水岸，煮酒烹鲜，青眼看世。要做到这点，其实并不容易。

赠刘景文[1] 苏轼

荷尽已无擎雨盖[2]，菊残犹有傲霜枝。

一年好景君须记，最是橙黄橘绿时[3]。

【注释】 ①刘景文：刘季孙，字景文，工诗，时任两浙兵马都监，驻杭州。苏轼视他为国士，曾上表推荐，并以诗歌唱酬往来。②荷尽：荷花枯萎，残败凋谢。擎：举，向上托。雨盖：旧称雨伞，诗中比喻荷叶舒展的样子。③君：原指古代君王，后泛指对男子的敬称，您。橙黄橘绿时：指橙子发黄、橘子将黄犹绿的时候，指农历秋末冬初。

【赏析】 相信有很多人和我一样，初读这首诗时，并没有感受到它的好，它的美，只当它是一首很平常很平常的诗。可是，随着阅历的增加，随着理解力的加深，我们就会觉出它的好来，而且是那种好得让人感动，却又不露痕迹、不事雕琢的好。这也是苏轼的过人之处，看似平常实奇崛，但它经得起岁月的磨砺，历久弥香，弥新。

四句诗。夏天过了，秋天过了，冬天来了。然而这又有什么要紧的呢？一年好景君须记，最是橙黄橘绿时。冬天来了，春天还会远吗？苏诗总是这样，在不经意间就流露出那种人生的达观与自信，让人精神不由为之一振，无论在哪种情形下，他总可以找到安慰自己的方式，总可以发现能够安慰自己的东西。

有人说，全诗用了对比映衬的手法，有枯荷与残菊的对比。你瞧，荷叶枯败，翠减红衰，而菊虽残，却犹有傲霜的枝干，劲节挺拔，那股“傲”挟裹着一种凌厉的人生气势，谓句眼。而荷与菊的铺写亦不过是为了衬托橙黄橘绿，相对于经冬仍绿的橘来说，荷的枯与菊的残似乎都低了一个层次，一个境界了。有了这样的正反对比，苏轼便说：一年好景君须记，最是橙黄橘绿时。这样便扣了诗题了，这诗是赠诗，这话当然也是赠给朋友的。你能觉出这话中的好来吗？

人到暮年，加上人生失意，难免消沉颓唐，但对于读书人，尤其是对有理想、有抱负的读书人，又未尝不可失之东隅，收之桑榆。所以，诗人以“一年好景君须记，最是橙黄橘绿时”两句，对友人加以劝勉，感人至深。冬景虽然萧瑟冷落，但也有硕果累累、成熟丰收的一面。人到壮年，甚至晚年，虽已青春流逝，但也是人生成熟、大有作为的黄金阶段，何不珍惜这大好时光，乐观向上呢？

那么，一年好景君须记，最是橙黄橘绿时。为什么是橙黄橘绿时？为什么不是其他的什么意象？其实，这就要我们读懂诗人的内心，他在勉人，他在自勉，同时他也在借物言志。关键是“橘”这个意象的运用。

而“橘”这一意象在诗人笔下向来都是颇有深意的。在屈原的《橘颂》中，它“苏世独立，横而不流兮。闭心自慎，终不失过兮。秉德无私，参天地兮。”而这何尝不是苏轼的写照。他夹在两党之争中间，不偏不倚，不谄不媚，两边不讨好，始终秉持内心的判断，像极了屈原笔下的那棵橘。而诗人将他用在这里，亦真是恰到好处，实至名归。

明乎此，我们就能明白苏诗流露出的那种大气，其实是一种绚烂至极归于平淡的至高之境。

六月二十日夜渡海　苏轼

参横斗转欲三更，苦雨终风也解晴！
云散月明谁点缀，天容海色本澄清。
空余鲁叟乘桴意，粗识轩辕奏乐声。
九死南荒吾不恨，兹游奇绝冠平生！

【赏析】　这首诗是诗人自海南岛回京时所作。

三年前，在雷州半岛的码头上与亲友道别时，无论是谁都没有料想到，年过花甲的他还有北返的可能。对他自己而言，当时他是作好老死在海南岛的准备了。他在给朋友的信中说：“某垂老投荒，无复生还之望。今到海南，首当作棺，死即葬身海外。”

三年后，当他站在北返的船上，任习习海风吹拂着他的衣袂。想想离自己越来越近的中原，想想过往的种种，想想爱他的人和恨他的人，善待他的人和陷害他的人，想想如梦如幻的人生，怎能不感慨系之，一吐为快呢？

全诗自胸臆中流出，行于所当行，止于所当止，如行云，如流水，通达流畅，一气呵成。而且它流畅巧妙地融在了诗中所运用的典故当中，用典却不露痕迹，全无斧凿之气，这在以用典为特色的宋诗中自是另一番气象。

参横斗转，天近黎明。既已欲三更，黑夜怕是不远了，天快要亮了。起句调子就定得比较喜气，让人充满期待黎明的欢欣与激动。能够想象站在船头上的诗人，在黑夜中跃跃欲试欲拥抱光明的那颗赤子之心。好啊，好啊，任你连绵不断的苦雨也好，任你终日不息的风也罢，一切都是烟云，一切都要成为过往，一切都要化解在晴当中了。如果你没有被苦难压垮，苦难的尽头，谁说不是另一片光明的前途？

云已散去，明月朗朗，还有谁在点缀？不，不，这青天碧海本来就是澄澈明净的啊！诗人接着写雨后天晴的景象。如果我们知道了这云散月明、天容海色的典故，就不难知道，诗人在这里要表达什么了。《世说新语·言语篇》："司马太傅斋中夜坐，于时天月明净，都无纤翳，太傅叹为佳。谢景重在坐，答曰：'意谓乃不如微云点缀。'太傅因戏谢曰：'卿居心不静，乃复强欲滓秽太清邪？'"诚然，心清，心静，才能体会到天容海色的澄清。我心本如此，心灵映照下的万物亦莫不如此。在这样澄清的心灵底子上，所有的攻讦诬陷如同蔽月的浮云，终会消散，这是任何人都改变不了的，也遮蔽不了的。如同这天容海色，本澄清！

前四句，句句都是在写眼前景，句句又都是抒胸中意。唐诗是景情交融，浑然天成，苏诗是景与象合，浑然天成，各有韵致。

后四句，转入直接议论抒情了。尤其是五六两句典用在这里表达的含义太多了，以至于后来的人读了，各自有各自的理解和说法。

前面一句典出孔子。孔子说："道不行，乘桴浮于海。"这句话本来就有两重含义：一，道不行，我要到海外去传道，说的是孔子"知其不可而为之"，中原不行，就去海外继续传播他的施政理想。二，道不行，我要到海外去寻找乐土，说是孔子要隐逸了。相应地，苏轼用典，取的是他前一层的意思，还是他后一层的意思呢？是说他本来想像孔子一样，被贬至海外以后，要好好做一番事业，但现在又被召回了，这个想法也只能放弃，只是一场空了。还是他本来下定决心，视海外为精神的乐土，为精神的流放地，从此安于斯，并眠于斯？只是，没想到这个时候还要被召回，看来，这种“小舟从此逝，江海寄余生”的理想只能暂时搁浅了。

对此，我宁愿认为苏轼取的是后一种意思。他遗憾的是，不能乘桴浮于海，继续作一番逍遥游。对一个经历了人生种种磨难的人来说，面对着黄昏，他懂得的是一切的无。此时，再说事业，恐怕只是牵强。但不说事业，并不意味着诗人就是消极无为避世，相反，他看透了一切的无，懂得了一切的无，却并未蹈入虚空，陷入虚无。而是以一颗更加平静、更加成熟的心态去面对去化解他人生中的种种苦难，在苦难中寻找出诗意，并给自己的苦难人生增加一些诗意。不是吗？这也是我常说的苏轼诗中体现出来的一种大气。

第六句亦有多种说法。典出《庄子·天运》：“北门成问于黄帝曰：‘帝张咸池之乐于洞庭之野，吾始闻之惧，复闻之怠，卒闻之而惑；荡荡默默，乃不自得。’”很多解家说，苏诗用这个典是形容海涛之声。看看黄帝听乐的心理感受吧，初闻是惧，复闻是怠，卒闻是惑，最后是不自得，物我两忘。这何尝不是苏轼在仕途、在人生上的心灵历程呢？

初入仕途，初涉人世，面对人事风波与种种挫磨，哪个毫无历练、毫无准备的心不会惊慌并且恐惧呢？而一旦经历了这种种恐惧，并找到了应对恐惧使自己可以坦然应对安身立命的心灵基石后，当人生的更大的磨难再次来临时，他的心灵状态是“怠”。这个怠，不是懒散，不是消极，而是一种放松的状态。是一种从容应对，处变不惊，并坚守自我的从容与淡定。还有什么打磨在等着他呢？还有什么起伏要让一个年过花甲并经受了拷打的人去承受呢？且任它来吧。此时，诗人的心灵状态是“惑”，这个惑是迷惑，但他迷惑的不是人生种种，不是是非成败，不是恩恩怨怨，是“不知何者为我，何者为物”，齐万物、同生死的迷惑。这才是粗识轩辕奏乐声的本意。不经历风雨，不经历一系列的人生蜕变，怎么能领略到由惧到怠，到惑的境界呢？

最后一句直抒胸臆。九死南荒吾不恨，兹游奇绝冠一生。任你九死南荒，我只当它是一次出游，这种坦荡豁达的胸襟，谁人能及？这里哪里看得出一个垂垂老矣受尽磨历的老人的半点衰疲之气？对政敌的打击折磨，他只当蛛丝，用“吾不恨”三个字轻轻地就给抹去了，这种幽默，岂是人人都玩得起的？

这首诗是诗人对海南生活的总结，也是他晚年最后的几首遗作之一。如果说在黄州苏东坡反观自身，找回一个真正的自己，渐渐回归于清纯和空灵，在海南这段时期他已经完全沉淀下来，做到真正的淡泊和静定。由黄州时期精神上的孤独无告转化为海南时期对苦难的审美。那只在黄州“拣尽寒枝不肯栖，寂寞沙洲冷”的缥缈孤鸿在海南亚热带雨林找到了归巢。(陈可)

水调歌头　苏轼

丙辰中秋[1]，欢饮达旦，大醉，作此篇，兼怀子由[2]。

明月几时有？把酒问青天。不知天上宫阙，今夕是何年？我欲乘风归去，又恐琼楼玉宇，高处不胜寒[3]。起舞弄清影，何似在人间？

转朱阁，低绮户[4]，照无眠。不应有恨，何事长向别时圆？人有悲欢离合，月有阴晴圆缺，此事古难全。但愿人长久，千里共婵娟[5]。

【注释】　①丙辰：宋神宗熙宁九年（1076）。时苏轼知密州（今山东诸城），而王安石罢相。②子由：苏轼弟苏辙的字。当时苏辙在齐州（今山东济南）。③不胜（shēng）：不能承受。④绮户：绣户。⑤婵娟：指月亮。

【赏析】　苏轼在《答谢民师书》中说谢文“大略如行云流水，初无定质，但常行于所当行，常止于所不可不止，文理自然，姿态横生”。其实这正是苏轼自己的文章特色。其文如此，他的一部分词也往往如此，这首《水调歌头》就是代表。

苏轼年少成名，震动朝野。不是醉心功名，岂能如此？但因与变法派政见不合，只得自请外放，仕途陷入了困顿。从序中所言“丙辰（1076）中秋”，知这词是外放密州时作的。期望愈高失望愈大，苏轼心中，道家的出世思想渐次抬头。但入世思想终究还是他最重要的精神支柱，出世的想法终未能把他引向寂灭，而是以自我宽慰面对无奈的现实。

在古代，中秋是仅次于春节的重要节日。但苏轼此时却“独酌无相亲”，不禁大醉。“明月几时有”，用似乎愚不可及的一句问话开始，然后说这话是在“把酒”时向青天发问，落实是在醉中。“不知天上宫阙，今夕是何年”，又一句醉话，又进一步表现出对月宫的浓厚兴趣。再下来竟想“乘风归去”。苏轼本是地上人，为什么说要“归去”月宫？还是写大醉。但在醉眼蒙眬中，苏轼其实清醒得很，这些醉话其实无不是出世思想的形象表现。但正当此时，却突然刹车，由向往月宫变成了顿生疑虑：“琼楼玉宇”纵然迷人，恐怕我受不了那里的寒凉吧？于是放弃了奔月的念头，只得月下起舞聊以自娱；这样虽在人间，也就仿佛离开了人世。这其实是形象地写出了自己要放弃出世念头，而以自我宽慰的方式面对人生的困顿。

下片忽又变成“兼怀子由”。苏轼这时的痛苦还来自亲人的离散。由于同样的原因，其弟子由也早已离朝，此时正任齐州（今山东济南）掌书记，二人已七年不得相见。“转朱阁”三句写望月，用眼看着月亮缓缓移动而彻夜难眠来写自己思绪的翻涌。

接下来又是一个醉中发问：我和月亮本没有怨恨，为什么常要在我和亲人分离时圆满，这是继上片两次问月后又一次醉中问月，这一问写出了怨月之情。但突然又是一转：人的悲欢离合和月的阴晴圆缺自古以来就难以两全，只要人都还健在，虽远隔千里，而究竟能欣赏同一轮明月，于是转而为谅月赏月。这实际也是痛苦挣扎后心灵上的自我宽慰。所谓“兼怀子由”其实是大醉问月的延伸，是以亲人离散进一步写自己政治上的苦闷，并由心灵的挣扎而走向超越。上片醉中问月、向往月宫、疑虑不去、月下起舞，和下片望月、怨月、谅月、赏月，处处咏月，处处写醉，而又处处关合人事，跌宕起伏，行云流水，姿态横生，出神入化，很像他的《前赤壁赋》，可说与《前赤壁赋》同为他的造极之作。（唐骥）

念奴娇　苏轼

赤壁怀古[①]

大江东去，浪淘尽、千古风流人物。故垒西边，人道是[②]、三国周郎赤壁[③]。乱石崩云，惊涛裂岸，卷起千堆雪。江山如画，一时多少豪杰！

遥想公瑾当年，小乔初嫁了，雄姿英发。羽扇纶巾[④]，谈笑间、樯橹灰飞烟灭。故国神游[⑤]，多情应笑我、早生华发。人间如梦，一樽还酹江月[⑥]。

【注释】　①赤壁：指黄州东坡赤壁，本名赤鼻矶。有人以为是三国赤壁，非。②人道是：有人说是，或然之词。可见作者并没有断言黄州赤壁就是三国赤壁，这里只是借题发挥。③周郎：三国时东吴军事统帅周瑜，字公瑾。小乔是其妻子。④羽扇纶（guān）巾：儒者之服。这里指周郎有儒将风度。⑤故国：故乡。神游：神交，以精神相交往的至友。江淹《晋书·嵇康传》："盖其（嵇康）胸怀所寄，以高契难期，每思郢质。所与神交者惟陈留阮籍、河内山涛。"⑥酹（lèi）：以酒洒地或水中，以示祭奠。

【赏析】　这首词"语意高妙"，把江山人物写得活灵活现，所以成为千古绝唱。

究竟"高妙"在何处？词的开篇，就蕴含着一股气势和力量，具有阔大的空间感和画面感。同时又暗点题目。"大江东去"，点赤壁；"千古风流人物"，点怀古。滚滚东去的大江，见证着历史的变化，也见证着千古风流人物，奔腾流动的空间里，寄托着历史的变迁感。"乱石穿空，惊涛拍岸，卷起千堆雪"三句，不仅富有画面感，更有立体的雕塑感、造型感和强烈的运动感、力量美。如果说，"乱石穿空"的力量是向上穿透，那么"惊涛拍岸"则是一种横向的力度美，"拍"字，写出了惊涛用力冲击拍打江岸的气势和力量。“卷起千堆雪”，则展现波涛打到赤壁又弹回来，喷出无数水花的景象，十分传神。“卷”字，尤其巧妙。换任何一个字，都没有“卷”字形象。要说这“卷”字，还是从柳永“怒涛卷霜雪，天堑无涯”（《望海潮》）那儿学来的呢。

上片是写赤壁江山之景，写景中蕴含着怀古，渗透着历史感。下片是怀古，写古代“风流人物”。先是英俊威武的周瑜亮相，跟着是美貌绝伦的小乔登场。在战火纷飞的背景当中，让英雄加美人同时出现，亏苏轼想得出来。其实，赤壁大战的时候，小乔不是“初嫁”。赤壁大战是在建安十三年，即公元 208 年。而周瑜娶小乔是在什么时候？是在建安四年，公元 199 年。赤壁大战的时候，周瑜娶小乔已经过了九年，绝对不是“初嫁”。苏轼不是不知道这段历史，他是想用小乔的“初嫁”，来突出周瑜的人生得意。试想，威风凛凛的大帅，新婚燕尔，就取得军事上的巨大胜利，多么的春风得意！

大家知道，苏东坡这首词是在黄州写的，他因为乌台诗案而贬谪到黄州。在这之前，他在浙江湖州当太守，如今却变成了阶下囚，人生算是倒霉透顶了。苏轼曾经自题画像说：“问汝平生功业，黄州、惠州、儋州。”苏东坡自嘲说：俺这一辈子干了哪些伟大的事业呢？只有三件事：贬到湖北黄州，然后贬到广东惠州，最后贬到海南岛的儋州。贬谪黄州，是他人生第一次最沉重的打击，是他心头永远抹不去的伤痛。人生最大的痛苦莫过于失落的痛苦、被剥夺的痛苦。苏轼过去的荣誉、地位，这时候统统都被剥夺掉了，过去的得意与现在的失意，形成了强烈的心理反差，所以这个时候他非常的失意苦闷。他极力渲染周瑜，实际上是为了反衬自己人生的不得意。周瑜“雄姿英发”，英气勃勃，又有才气，文武双全，而且刚刚娶得美人，就天赐良机，建立了丰功伟业，“谈笑”之间，轻轻松松地把曹操的几十万大军烧得个“灰飞烟灭”。真是爱情、事业双丰收啊！让天下男人羡慕的美事，让周瑜一人全占了。苏东坡好生羡慕啊！所以他想“神游故国”，周瑜一定会嘲笑自己多愁善感，年纪不大，就满头花白了。这其实是他的自嘲，也是一种苦笑。跟年轻而得意的周瑜比起来，他很是伤感。

于是，他不由地感叹起“人生如梦”！人生苦短，他很想能够像周瑜那样有所作为，能够创造一次人生的辉煌，可惜四十多岁了，又身遭贬谪，何时能够摆脱这种人生困境？他看不到出路，也看不到希望。但苏轼并不绝望，他对人生非常乐观，就深知像月亮有圆也有缺一样，人生也难免悲欢离合、难免挫折磨难。他坚信总有一天会摆脱这种挫折和磨难。“一尊还酹江月”的“酹”，就带有一点发誓、不服气的意思，我总有一天会脱离困境、走向快乐幸福的。

苏轼给人最大的启示是：他总是乐观地面对人生，含笑面对人生。这首词虽然是怀古，却曲折地表达了他的人生态度。一般人以为，“人生如梦”是消极的，其实“人生如梦”并不存在消极与积极的问题，意识到“人生如梦”时，采取什么样的态度，才有积极与消极之分。有人觉得“人生如梦”，就要及时行乐；而有人认为，既然人生苦短，就要及时地建功立业。我们认为，苏轼这里没有沉沦，还有上进心。为什么呢？如果他真正的死心、真正的绝望，他就不会羡慕周瑜了，也许想都不会想周瑜。既然他那样羡慕周瑜，骨子里仍是希望能像周瑜那样，去实现个体对社会的责任，实现人生的社会价值的。这首词有两点启示我们：一是面对着人生的挫折，要乐观，要有一种信念——对生命的信念，任何时候都不能丧失这一点。第二点就是，无论是在什么困境中，总要怀抱一种理想，总想着要履行个体对社会的责任。（王兆鹏）

定风波　苏轼

三月七日①，沙湖道中遇雨②。雨具先去，同行皆狼狈，余独不觉。已而遂晴，故作此。

莫听穿林打叶声，何妨吟啸且徐行。竹杖芒鞋轻胜马③，谁怕？一蓑烟雨任平生④。

料峭春风吹酒醒⑤，微冷，山头斜照却相迎。回首向来萧瑟处⑥，归去，也无风雨也无晴。

【注释】 ①三月七日：元丰五年（1082）的三月七日。此时苏轼已来黄州三年。②沙湖：据苏轼《书清泉寺》："黄州东南三十里为沙湖，……余将买田其间。"地有螺蛳店。当即今之南湖一带。③芒鞋：草鞋。④蓑（suō）：蓑衣，用棕制成的雨披。⑤料峭：微寒的样子。《五灯会元》："春寒料峭，冻杀年少。"⑥萧瑟：风雨吹打树叶声。

【赏析】 宋神宗元丰二年（1079）八月，苏轼于湖州知州任上，以作诗指斥乘舆、讥切时政的罪名下御史台，酿成有名的"乌台诗案"。年底，诏责水部员外郎黄州团练副使，本州安置；翌年二月至黄州（今湖北黄冈市）。这首《定风波》词就作于到黄州第三年的春天。全词紧扣途中遇雨这样一件生活中的小事，来写自己当时的内心感受，展现了作者达观洒脱的性格。

词的上片写冒雨徐行时的心境。首句写雨点打在树叶上，发出声响，这是客观存在，而冠以"莫听"二字，便有了外物不足萦怀之意，作者的性格就显现出来了。"何妨"句是上一句的延伸，词人不在意风雨，具体的反应又怎样呢？他在雨中吟哦着诗句，甚至脚步比从前还慢了一些呢！潇洒镇静之中多少又带些倔强。"竹杖芒鞋"三句并非实景，而是作者当时的心中事，或者也可看作是他的人生哲学和政治宣言。作者当时是否真的是"竹杖芒鞋"，并不重要，而小序中已言"雨具先去"，则此际必无披蓑衣的可能。所应玩味的是，拄着竹杖，穿着草鞋，本是闲人或隐者的装束，而马则是官员和忙人用的，所谓的"行人路上马蹄忙"；都是行具，故拿来作比。但竹杖芒鞋虽然轻便，在雨中行路用它，难免不拖泥带水，焉能与骑马之快捷相比？玩味词义，这个"轻"字并非指行走之轻快，分明指心情的轻松，大有"无官一身轻"之意，与"眼边无俗物，多病也身轻"（杜甫《漫成二首》之一）中的"轻"字亦同。作者想，只要怀着轻松旷达的心情去面对，自然界的风雨也好，政治上的风雨（指贬谪生活）也好，又都算得了什么，有什么可怕的呢？况且，我这么多年，不就是这样风风雨雨过来的吗？此际我且吟诗，风雨随它去吧！

词的下片写雨晴后的景色和感受。"料峭春风"三句，由心中事折回到眼前景。刚才是带酒冒雨而行，虽衣裳尽湿而并不觉冷。现在雨停风起，始感微凉，而山头夕阳又给词人送来些许暖意，好像特意迎接他似的。“相迎”二字见性情。作者常常能在逆境中看到曙光，不让这暂时的逆境左右自己的心情，这也就是他的旷达之处了。“回首”三句复道心中事，含蕴深邃。“回首向来萧瑟处”，即是指回望方才的遇雨之处，也是对自己平生经历过的宦海风波的感悟和反思。词人反思的结果是：“归去”。陶渊明的退隐躬耕，是词人所仰慕的，但终其一生，词人从未有过真正意义上的退隐。“未成小隐聊中隐。”（《六月二十七日望湖楼醉书》其五）事实上，他所追求的并非外在的“身”的退隐，而是内在的“心”的退隐；所欲归之处，也并非家乡眉州，而是一个能使他敏感复杂的灵魂得以安放的精神家园。“此心安处，即是吾乡。”也正因如此，词人以“也无风雨也无晴”收束全篇，精警深刻，耐人寻味。方才遇雨时，词人没有盼晴，也不认为风雨有什么不好；现在天虽晴了，喜悦之情也淡得近乎没有。因为自然界和仕途上有晴有雨，有顺境有逆境，但在词人心中却无晴雨，因为“凡所有相，皆是虚妄。应无所住，而生其心”（《金刚经》）。词人始终是泰然自若的。

全词即景抒情，语言自然流畅。篇中的“风雨”、“竹杖芒鞋”、“斜照”等词语，既是眼前景物的实写，又蕴含着比兴象征的意味，是词人的人生境遇和情感体验的外化。结句的“也无风雨也无晴”，透过一层来写，蕴含着深刻的人生哲理，体现了苏诗的独特风格。（许隽超）

卜算子　苏轼

黄州定惠院寓居作①

缺月挂疏桐，漏断人初静②。唯见幽人独往来③，缥缈孤鸿影。

惊起却回头，有恨无人省④。拣尽寒枝不肯栖，寂寞沙洲冷。

【注释】 ①定惠院：其旧址在今黄州城青砖湖社区内，已讹称定花院。苏轼初来时寓此。②漏断：漏壶水已滴尽，表明夜深。漏，古时计时工具。壶中储水，下有漏孔，水中立有标尺以表明时刻。水漏则标尺出。水尽则漏声断，一昼夜终。③幽人：隐士，这里指谪居黄州的自己。④省（xǐng）：理解，明白。

【赏析】 东坡在这首词题下标明为“黄州定惠院寓居作”，时为元丰三年（1080），东坡因文字狱贬于黄州编管，亦即现在说的“监督改造”，开始没有房子住，就是借住在这定惠寺里。

“缺月挂疏桐”，淡淡的残月，挂在疏疏的梧桐枝上，落下一地影子，清幽如水。这使我想起他后来写的那篇有名的《记承天寺夜游》：“元丰六年十月十二日夜，解衣欲睡，月色入户，欣然起行。念无与为乐者，遂至承天寺，寻张怀民。怀民未寝，相与步于中庭。庭下如积水空明，水中藻荇交横，盖竹柏影也。何夜无月，何处无松柏，但少闲人如吾两人者耳。”正好是此词的注脚。

只不过后来还有一个张怀民可寻，而此时，却只有他自己。是以在这同一漏断人静，欲睡不得睡之时，只有独自步在这梧桐影下，像只凄惶的失群孤雁。有人因这里提到“孤鸿”，便以为是咏雁的，并从此断定：“鸿雁未尝栖宿树枝，惟在田野苇丛间，此亦语病也。”殊不知这里幽人即孤鸿，孤鸿即幽人，是一而二、二而一的。他曾在《和子由渑池怀旧》一诗中说过：“人生到处知何似？应似飞鸿踏雪泥。”以为有鸿就是咏雁，有雁就不能有“寒枝”，这都是死读书。有创作经验的都知道，心中有泪，莫非愁雾。当身处编管，正如他的侍妾朝云说他的“一肚皮的不合时宜”之时，则在他眼中，就只有凄凉寂寞！柳宗元贬在柳州，所游不也都是“凄神寒骨，悄怆幽邃”之境么？内心的孤独，这可以说是谪人的普世情怀。此时的他，正是“不齿于人”，孤怀谁谴。境幽人幽，遂干脆以“孤鸿”喻之；正如庄子之梦蝶。

“独往来”，何其寂寞难耐也。然后追思寂寞之由来，是为“惊起却回头”，缘于“有恨无人省”。苏轼处于王安石与司马光新旧党争中，他和双方的关系皆不错，只是由于他秉正不阿，保持自己独立思考的立场，所以落得个新党指以为旧，旧党又视其为新，他哪头也不是，真个是“拣尽寒枝不肯栖”了。想其“惊起”之时，他这时“回头”看到的是什么：“枫落吴江冷”。“枫落吴江冷”是唐崔信明的诗句。他借用在这里，是写自己的处境如余秋雨说的：“寥寥五个字，把肃杀晚秋的浸肤冷丽，写得无可匹敌”呢，还是如《唐才子传》说的：“唐崔信明美文章，郑世翼者亦自负。二人相遇江中，郑谓崔曰：‘闻公有“枫落吴江冷”，愿见其余。’崔出之，郑览未终曰：‘所见不逮所闻。’投诸水，引舟而去”那样的对此遭遇不屑一顾呢？我以为他不会是如余秋雨般的设想，倒是郑世翼之不屑似之。《宋史·苏轼传》说：“或谓轼稍自韬戢，虽不获柄用，亦当免祸。虽然，假令轼以是而易其所为，尚得为轼哉！”可见“拣尽寒枝不肯栖”，是很要有点骨气的哩！（万文武）

八声甘州　苏轼

寄参寥子①

有情风万里卷潮来，无情送潮归。问钱塘江上，西兴浦口，几度斜晖？不用思量今古，俯仰昔人非。谁似东坡老，白首忘机。

记取西湖西畔，正春山好处，空翠烟霏。算诗人相得，如我与君稀。约他年、东还海道，愿谢公、雅志莫相违②。西州路，不应回首，为我沾衣③。

【注释】　①参寥子：僧道潜，作者挚友。②“约它年”二句：东晋谢安早居浙江上虞东山，毗邻东海，出仕后不改归隐之志，打算稍具政绩后复归东山，但“雅志未就，遂遇疾笃”（《晋书·谢安传》）。海道，指滨海的东山。雅志，素愿，指归隐之志。第二句是说希望与参寥一起归隐。③“西州”三句：谢安病后返南京，车经西州门时，知道自己病将不愈。死后其外甥羊昙不忍再走西州路，一次因大醉误至，“悲感不已，以马策扣扉，诵曹子建诗曰：‘生存华屋处，零落归山丘。’恸哭而去。”西州，在今江苏南京。沾衣，泪沾衣裳。这几句是说不希望参寥像羊昙哭谢安一样，为自己最终不能归隐而落泪。

【赏析】 本词元祐六年（1091）三月作于杭州。

参寥子诗文道义双修，东坡初见即以“诗句清绝，可与林逋相上下”相称许。东坡贬黄州，参寥不远千里前去探视，显示了方外之人的高尚品行。东坡贬海南岛后，参寥又打算渡海前往，经力劝乃罢，由此可知词中所谓“算诗人相得，如我与君稀”，诚非虚语。

词作从眼前景观写到人事代谢，从昔日游踪写到二人友情，以写天风海涛之景发端，以言东还海道之志收束。看似发扬蹈厉，激昂排宕，实则义含比兴，沉雄抑郁。沉挚之思、高蹈之志、郁塞之气、超旷之情一并包举，是东坡词作中少有的大气淋漓之作。

上片以钱塘景为发端，抒发他白首忘机的高蹈之志。“有情风万里卷潮来，无情送潮归”，劈空而来，大气磅礴。一样的风，卷潮来如此有情，送潮归时又如此无情，自然之无常恰如人世之机变啊。接着他又用“西兴浦口，几度斜晖”的自然永恒与“俯仰昔人非”的人事无常作对比，让人明白在永恒的宇宙面前个体是渺小的，世事如棋，变幻莫测。人只有跳出来，才能高蹈远举，而不为世事撄心。

可叹的是，大多数人意识不到这一点，“谁似东坡老，白首忘机。”这一句像是自问，也像是问人。同时关联上下片。谁像他一样，能做到白首忘机呢？他没有正面回答，但从一段他与参寥同游西湖，领略春山好处的回忆中，我们已经知道答案了。这样的人，正是参寥啊。“算诗人相得，如我与君稀。”在表达对友人的思念同时，也将友人的高量雅志一并写进来了。

最后，诗人用谢安意欲归隐东山却雅志未遂的遗憾与羊昙为谢安洒泪的典故，告诉友人也是告诉自己，他将会践行雅志，绝不相违。

天各一方、知音难遇的沉郁与发扬蹈厉、俯仰宇宙的超旷有机结合，才气纵横。

江城子　苏轼

密州出猎

老夫聊发少年狂，左牵黄，右擎苍[1]。锦帽貂裘，千骑卷平岗[2]。为报倾城随太守，亲射虎，看孙郎[3]。

酒酣胸胆尚开张，鬓微霜，又何妨[4]！持节云中，何日遣冯唐[5]？会挽雕弓如满月，西北望，射天狼[6]。

【注释】　①老夫：作者自称，时年四十。左牵黄，右擎苍：左手牵着黄狗，右臂托起苍鹰，这是围猎时用以追捕猎物的装配。②千骑卷平冈：形容马多尘土飞扬，把山冈像卷席子一般掠过。千骑（jì）：形容从骑之多。③孙郎：三国时期东吴的孙权，这里作者自喻。《三国志·吴志·孙权传》载："二十三年十月，权将如吴，亲乘马射虎于凌亭，马为虎伤。权投以双戟，虎却废。常从张世，击以戈、获之。"④尚：更。霜：白。⑤持节云中，何日遣冯唐：典出《史记·冯唐列传》。汉文帝时，魏尚为云中（汉时的郡名）太守，颇有政声。匈奴曾一度来犯，魏尚亲率车骑出击，所杀甚众。后因报功文书上所载杀敌的数字与实际不合（虚报了六个），被削职。经冯唐代为辩白后，文帝就派冯唐"持节"去赦免魏尚的罪，让魏尚仍然担任云中郡太守。苏轼此时被贬密州，故以魏尚自许，希望能得到朝廷的信任。节：兵符，带着传达命令的符节。持节：是奉有朝廷重大使命。⑥会，应当。挽，拉。天狼：星名，一称犬星，旧说指侵掠，这里引指西夏。《晋书·天文志》云："狼一星在东井南，为野将，主侵掠。"

【赏析】　豪放派词，自北宋的范仲淹开其风，苏轼继之予以发扬光大。晁补之谓苏轼词"横放杰出，自是曲子内缚不住者"。"缚不住"三字，是指苏轼词从"曲子"（词的别称）内解放出来的意思。苏轼以"灵气仙才"（楼敬思语），开径独往，他敢于借用词——这种出自教坊里巷的文学形式，来抒写自己的性情抱负、胸襟学问。在他手中，凡是可以入诗的，都可以入词。所以陈师道说他“以诗为词”。自苏词出，创立了豪放派的词风，扩大了词的题材，对词境起了开疆拓土的作用，从而提高了词这种文学形式为社会服务的功能。

现在谈谈苏轼最早的一首豪放词《江城子·密州出猎》，这是苏轼四十岁（熙宁八年）在密州作的一首记射猎的词。

这首词风格豪放。上片“老夫聊发少年狂，左牵黄，右擎苍”三句，是说自己有少年人的豪情，左手牵着黄狗，右臂举着苍鹰去打猎。(《梁书·张充传》：充少时出猎，左手臂鹰，右手牵狗。)“锦帽”两句，写出打猎的阵容（“锦帽”是锦蒙帽。“貂裘”是貂鼠裘)。“为报倾城随太守，亲射虎，看孙郎。”是以孙权自比，说全城人都跟着去看他射虎。“孙郎”指孙权。孙权曾自射虎，马被虎伤，权用双戟掷过去，虎为倒退。

下片都写自己的雄心壮志。“酒酣胸胆尚开张，鬓微霜，又何妨!”三句说自己虽然已经有了白发，但是尚有豪放开朗的心胸。“持节云中，何日遣冯唐”，是用《汉书·冯唐传》的故事。汉文帝时，云中太守魏尚获罪被削职，冯唐谏文帝不应该为了小过失罢免魏尚，文帝就派他持节去赦魏尚。苏轼是以魏尚自比，希望朝廷把边事委托他。末了“会挽雕弓如满月，西北望，射天狼”，是说为了抵抗西北的敌人，他要去参加战斗，把弓拉得如圆月一样。

这首词一洗绮罗香泽之态，突破了晚唐以来儿女情词的局限。词中不但描写了打猎时的壮阔场景，同时也表现了他要为国杀敌的雄心壮志。

苏轼有《与鲜于子骏简》中提到写这首词的机缘，“近却颇作小词，虽无柳七郎风味，亦自是一家。呵呵！数日前，猎于郊外，所获颇多。作得一阕，令东州壮士抵掌顿足而歌之，吹笛击鼓以为节，颇壮观也。”壮，是他有意为之的，他开创了北宋豪放派词风。(夏承焘)

江城子 苏轼

乙卯正月二十日夜记梦①

十年生死两茫茫。不思量，自难忘。千里孤坟，无处话凄凉。纵使相逢应不识，尘满面，鬓如霜。

夜来幽梦忽还乡。小轩窗，正梳妆。相顾无言，惟有泪千行。料得年年肠断处，明月夜，短松冈。

【注释】 ①乙卯：宋神宗熙宁八年（1075）。时作者在密州（治所在今山东诸城）任知州。

【赏析】 放声高歌“大江东去”的豪放词人苏轼，在满腹豪情奔放不羁之中，也有细腻柔婉的一面，我们于他那曲曲黄钟大吕外也能听到一首首娓娓韶秀之音。比如，这首他为怀念亡妻王弗而作的《江城子》。

全词以一帘幽梦来抒写对亡妻真挚的爱情和深沉的思念。

上阕便写尽了相思之苦。词一开篇便是“十年生死两茫茫”。虽然亡妻之死已经过去漫长的十年了，但词人对她的怀念仍然极其深沉。苏轼十九岁与同郡的王弗结婚，两人琴瑟调和，甘苦与共。可惜红颜薄命，王弗死时年仅二十七岁。“不思量，自难忘。”本来是时时思念，在这里偏说“不思量”，然而不思量尚且“自难忘”，可见这是一种怎样的缠绕心间、摆脱不去的思绪。

苏轼与妻子彼此明明是生死异路，但他偏认为仅是千里遥隔；妻子明明早已化为故乡眉山下的尘土，而他偏偏在感情深处认为她仍然活着，而且与他还有着潜存于心灵深处的情感交流。他担心“纵使相逢应不识”，因为自己已是“尘满面，鬓如霜”。王弗死后的十年，父亲去世的打击，加上他因为与执政者政见不合，被迫离京，宦海沉浮，这番沧桑历尽的悲苦，使苏轼不再年轻豪气，而显得苍老与憔悴。所以苏轼既盼望能再次相见，又担心妻子看见现在的自己会伤心难过。这种感情深厚而复杂。

下片写因思成梦，梦醒成空。“夜来幽梦忽还乡”，用一“幽”字来修饰“梦”，写出了梦境之缥缈朦胧。而“忽”字又写出了千里归乡之速，亦写出了与亡妻相见之急切，亦显出与亡妻相见之容易。平时多少个日日夜夜，想望殷切而不可得，现在倏忽之间就变成了事实，这不是太快也太容易了么？唯其太快太容易了，便依稀透露出这不过是一种虚幻不实的梦境。“小轩窗，正梳妆”，选取妻子生前闺房对镜梳妆的生活场景来描写。十年之前，夫妻和谐，幸福美满。看王弗对镜梳妆，必是苏轼熟之又熟，难以忘怀的。如今，一切又在眼前，再次见到了阔别十年的妻子，可是却没有久别重逢的欣喜若狂，也没有当年的欢乐，更没有相逢不相识，而只有“相顾无言，惟有泪千行”，酸甜苦辣霎时涌上心头。十年了，十年来的人事变故，尤其是心理上的创伤，千言万语，不知从何说起，而只能相互在这默默无言中倾诉十年的痛苦，生离死别后的无限哀痛。真是“此时无声胜有声”！

然而梦醒之后呢？是更多的痛苦。“料得年年肠断处，明月夜，短松冈。”梦中情景，何等真切，醒来却一切化为乌有，使词人又重新陷入生死相隔、渺茫不见的深沉的悲哀中。遥隔千里，松冈之下，亡人长眠地底，冷月清光洒满大地，孤寂凄哀！此情此景令人断肠，今年如此，明年如此，年年如此，这思恋的不绝恐怕会一直伴随着余生了。(陆葵)

蝶恋花　苏轼

花褪残红青杏小。燕子飞时，绿水人家绕。枝上柳绵吹又少，天涯何处无芳草。

墙里秋千墙外道。墙外行人，墙里佳人笑。笑渐不闻声渐悄，多情却被无情恼。

【赏析】　本词大约绍圣三年（1096）晚春作于惠州。

词作伤春复伤情，但所伤之春未必真是四季节候，所伤之情未必真是男女私情。否则就难以解释下面两段大致相同的记载：

东坡渡海（“海”当为“岭”，因渡海时朝云已离世），唯朝云王氏随行，日诵“枝上柳绵”二句，为之流泪，病极犹不释口。（《历代诗话》卷一一五引惠洪《冷斋诗话》）

东坡制《蝶恋花》词……常令朝云歌之。云唱至“柳绵”句，辄为掩抑惆怅，如不自胜。坡问之，曰：“妾所不能竟者，‘天涯何处无芳草’句也。”（清冯金伯《词苑萃编》卷一一引《东坡集》）

王朝云于东坡先为侍儿后为妾，是东坡平生钟爱的三位女性之一（另两位是发妻王弗和续弦王闰之）。东坡年近六十而有惠州之贬，家中数妾四五年间尽皆散尽，随其南迁并卒于惠州者唯朝云一人。设如此词意在伤情，设如作者真的恼于“无情”，怎会“常令朝云歌之”？设如此词意在伤春，朝云又岂至如此动容，“为之流泪”，“如不自胜”？必是其中含有伤春伤情之外的东西，那就是“伤境”。

此所谓“境”者，东坡一生坎坷不遇之境、壮志难酬之境也。其中消息，端在上片末句。“天涯何处无芳草”，亦即占者灵氛所谓“何所独无芳草兮”（《离骚》）也。占者灵氛之语，实屈原之语也。而“何所”句下，紧接着的就是“尔何怀乎故宇”。故宇者，故国之谓也。朝云知道，东坡一如屈子，不会离开故国，不会抛弃理想，不会停止追求。但这种执着精神和坚定信念并不能阻止“国无人莫我知”（亦为《离骚》句）者内心的矛盾与痛苦。

朝云不愧为东坡的红颜知己，她所以每诵至“天涯何处无芳草”就情不能胜，正是读懂了词语中隐含的东坡内心的这种矛盾和痛苦。如果说伤情，伤的就是与平生抱负相关之情，而非尔汝恩怨一己之私情。如果说伤春，也未必不可作如是观。

词作以一组对立的意象结构全篇。花褪残红的衰败与青杏的生长是一种对立，枝上柳绵的渐少与绵绵不绝的芳草是一种对立，墙里佳人的无情与墙外行人的多情是一种对立。这一系列对立的组合，莫非正是作者内心矛盾无意识的体现？

果真如此，这首词就更让人称奇了：深者得其深，浅者得其浅，即使只当它是一首伤春复伤情的词作，它的缠绵悱恻不已很令人一唱三叹、情不能已了吗？通常都说坡词豪放，此词中哪有一点豪放的影子？王士祯读这首词说："恐屯田（柳永）缘情绮靡，未必能过。孰谓坡但解作'大江东去'耶?"（《花草蒙拾》）佚伦绝群的大家往往就是这样，一身而兼具多副笔墨，常令人兴变幻莫测之叹。(刘石)

泊船瓜洲　王安石

京口瓜洲一水间，钟山只隔数重山。
春风又绿江南岸，明月何时照我还。

【赏析】　"绿"字的用法在唐诗中也有用过，但宋诗却非常注重"诗眼"，即往往用一个字可以打开全篇，也是诗中最闪光的亮点，比之唐人，则唐人多讲究全篇（意境、势、象)，而宋人多炼字讲句法。"绿"可为此诗的"诗眼"。

更具有宋诗特点的，我以为是后两句。"春风明月"这一词语的用法。

值得注意的是，"还"不是还乡，而是指何时还都，即回到报国、报君的政治生活之中。表层意思，"春风"是美好的政治气候，"明月"是贤明的君主提携。春（清）风明月，在抒情传统中本来是指回归家园的、快乐自适的理想生活境界。如"三界横眠闲无事，明月清风是我家"（寒山《诗三百三首》)，"明月清风，良宵会同，今夕不饮，何时欢乐"（夷陵女郎《空馆夜歌》)，"明月春风三五夜，万人行乐一人愁"（白居易《长安正月十五》）等，而王安石这里却故意一反旧义而出新。春风、明月分开，分写时间地点，均代表人生中用世报国、发挥才能的美好理想。这也是一种脱胎换骨法。

深层意思，更引申说，诗人不仅想象以后的政治生活中定会有"春风明月"的良机，而且在诗人那里，春风、明月更是宇宙中最美好长青的生命存在，有这样美好的景物在，人生便有根据。宋诗中，"清风明月"已成常语，多表宇宙恒久美好之证，如欧公"清风明月本无价"，山谷"清风明月不用一钱买"（《寿圣观道士》)，王十朋"清风明月处处共"（《宿东林赠然老》)，王质"清风明月万古长如此"（《陪林守游南湖月下歌》)，以及东坡“江上之清风、山间之明月”（《前赤壁赋》）等，已成现成思路。唐诗中（如孟浩然的“夜来风雨声，花落知多少”和岑参“莫愁前路无知己，天下何人不识君”）也有乐观的成分，但宋诗中这种乐观，乃成为有口号有套语、贯穿语言与信念的一种诗化信仰。

这样，这首诗就同时兼具了唐诗之抒情传统与宋诗之变化求新。（胡晓明）

书湖阴先生壁　王安石

茅檐常扫净无苔，花木成畦手自栽。
一水护田将绿绕[①]，两山排闼送青来[②]。

【注释】　①将：携带。②绿：指水色。排闼：推开门。闼，宫中小门。

【赏析】　王安石于宋神宗熙宁九年（1076）罢相后，闲居金陵钟山，与杨德逢（湖阴先生）为邻居。此诗就是写给杨的题壁诗。江南多雨，山居少客，茅檐下的廊阶易生青苔。通过常扫获得洁净，说明主人何等勤敏雅洁。这里用“静”字，既表现了洁净，还渲染出幽静。山多花木，芜杂紊乱，而手栽成畦，自有主人装点自然的一分情致和趣味。前两句写人爱护环境，是识趣的主人；后两句写环境体谅人心，是知趣的环境。一道清渠护卫水田，将绿色庄稼环绕；两座山峦推开门户，把青翠山色送来。似乎此水此山都有生命，能尽心尽责地护田，能直率热情地送青。在山水与人心灵相通、生命交流中，给人以“有朋自远方来”的“不亦说乎”之感。因此护田、排闼二个富有动作感的词语，赋予山水主动待人的灵性。据叶梦得《石林诗话》，这两个典故都来自《汉书》，一是来自《西域传》讲到设立护田校尉，一是来自《樊哙传》写“樊哙乃排闼直入”。因此这是用汉人语对汉人语，用典精到而对仗谨严。这未免有点刻意求深，就算如此，我们欣赏的还是诗人用典令人浑然不觉，浑然不觉也可领悟诗的妙处的高明手腕。更值得注意的是，绝句的四句展示了由小而大的四个空间层次，即茅檐——花畦——水田——青山，以空间扩散的纵深感，提供了一种人与自然相交融的舒展灵动的感觉。联想到柳宗元的五绝《江雪》也有四个空间层次，即千山——万径——孤舟——独钓，这种由大及小的空间收敛的纵深感，提供了另一种人面对寒冷寥廓的大自然所表现出来的孤傲专注的感觉。绝句虽小，但古代诗人得心应手地拿它来展示多种多样的时空感觉了。(杨义)

梅花　王安石

墙角数枝梅，凌寒独自开。
遥知不是雪，为有暗香来。

【赏析】　中国文化中有一种把花木人格化，从而使之成为某种品格原型的诗学思维方式。王安石此诗，就是采取花木人格化的思维方式。以松、竹、梅为“岁寒三友”，较早见于宋代林景熙《霁山集》卷四五《五云梅舍记》：“即其居累土为山，种梅百本，与乔松、修篁为岁寒友。”对松的推崇，早已见于《论语》：“岁寒然后知松柏之后凋也。”竹的名声，与竹林七贤相关，又有王徽之寄居空宅就种竹，说是“何可一日无此君”，这都是六朝时候的事。因此岁寒三友的排行，松竹居前，而梅成为品格原型，是与宋朝人有深刻因缘的。林和靖的“疏影横斜水清浅，暗香浮动月黄昏”，赋予梅花高士品格，而王安石此诗却从志士角度，发掘梅花的品格内涵。这数枝梅花出处不显，寄身墙角，但它志气不凡，冲破寒冷的抑制，独立不倚地开放，敢为天下先。“遥知不是雪”，暗示其时积雪未消，才有梅、雪之辨，但是由于有一股暗香，一股并不轻狂张扬而以其内在品质沁人心脾的香气，就可以使人感知早春的生命信息了。

这是一首咏物诗，它咏物的特点是把梅花当作一种可以同人进行交流的生命来对待，在物我互释中，创造了既超越出身、又超越俗态，高洁、稳健而有为的志士化的品格原型。六朝陆凯从江南寄梅花一枝给范晔，并赠诗云：“折花逢驿使，寄与陇头人。江南无所有，聊赠一枝春。”这里把“梅花使”带上春天消息的行为，写得非常清新不俗，但它以“折花”代替“折梅”，在对梅花进行人格化的深度上还有待宋朝人来弥补了。(杨义)

登飞来峰　王安石

飞来山上千寻塔，闻说鸡鸣见日升。
不畏浮云遮望眼，自缘身在最高层。

【赏析】　登高诗是中国古诗中一个很大的门类。登高大约可以分为登山、登楼、登台、登阁等，江山胜迹，才人怀抱，寄托于此。登临也就成了古诗中一个重要的意象。

为什么登高望远能引发诗人的诗情呢？所谓“观山则情满于山，临海则意溢于海”，古人是这样解释的：“登高临深，远见之乐，台榭不如丘山所见高也；平原广望，博观之乐，沼池不如川泽所见博也。”

这些登高诗或是即景抒情言志，或是即景明理。

登高言志：如陈子昂《登幽州台》，集人生理想、过去与现实、宇宙意识于一体；王之涣《登鹳雀楼》则表现积极进取的阔大意境。沈约《临高台》则寄寓了离乱之悲，范仲淹《苏幕遮》则寄托了忧国之思。杜甫的《登高》则以忧患意识为核心，集离乱之悲和忧国之思于一体，愁肠百转，让人叹息。

登高抒情：或是抒发思乡之情，“不用凭栏苦回首，故乡七十五长亭”，“不忍登高临远，望故乡渺邈，归思难收”。或是表现男女相思，这类主题在宋词中比比皆是。

而通过登高来阐明一个哲理的，则莫过于王安石的这首《登飞来峰》。

首句写飞来山上应天塔高千寻。古代一寻为八尺，此处以夸张的手法极言塔之高。塔高是因为山高。次句写听说山上鸡鸣即见日升。因为山高，所以能最早见到日出。在山下头遍鸡叫，天还很黑时，山上却已经看到太阳升起来了。后二句是说不怕浮云遮住望远的眼睛，只因为自己身在最高层。这就是即景明理了。

诗人有充足的理由这样说。作为一个杰出政治家，改革家，深知改革事业会遇到来自各方面的阻力，他却从容地面对了这些阻力，他将这些阻力比喻为“浮云”。“浮云”这个意象用得太妙了。你看，它似乎能遮天蒙日，席卷一切，但它又是“浮”动的，是不恒定的，不长久的，太阳一来，它就会烟消云散。所以，他不怕，他不畏。“不畏”一词，写出了他的勇敢无畏，充满自信。这种“不畏”、自信来自他身在“最高层”。这“最高层”，不是指他位居宰相、执掌大权，而是指他高瞻远瞩，观察问题高屋建瓴。这里流露出一个坚定执著的改革家的深深自信，这也是对流俗之人的宣言！而改革，需要的就是这种胸襟与气度，否则，何事能成？

“不畏浮云遮望眼，自缘身在最高层。”人生漫漫，道路崎岖，总会有苦雨阴风不解晴，总会有浮云遮路，总会有曲折反复，而这也正是人生的常态，又有哪一个人，从一开始就选择了一条正确的一帆风顺的路呢？然而，这一些都不是重要的，重要的是你要有一个强大的信念和内心，强大得能够让你在任何阻碍前面抬起头来，一往无前地朝着你的目标，坚定地前行。短短的一句诗，道尽了多少人生至理？这也是它历来广为传诵的原因。（陈可）

元日偶成二首　王安石

其二

爆竹声中一岁除，东风送暖入屠苏。
千门万户曈曈日，总把新桃换旧符。

【赏析】　这是王安石在元旦之日的感怀之诗。当时他位居宰相之位，正在全国推行新法，此诗正是以欣喜的心情，描绘了新法实行后万象更新、喜气洋洋的景象，同时也透露出他那踌躇满志和志在必得的心态。

诗写得通俗平易，但又不失为精到，它既写出了元日的民间风俗，又通过对风俗的描写语意双关地表达了他对新法的评价，并反映出一个政治家的观察视野。爆竹送岁，乃为古时民俗。南朝梁宗懔的《荆楚岁时记》载，山里人家在元日时，闻鸡鸣而起，在庭前爆竹，以避恶鬼。屠苏是一种用屠苏草和其他植物混合而成的药酒，古时风俗，每年除夕全家团圆都要共饮这种药酒庆贺新年。

诗人用一“入”字，既可说是春风将屠苏酒送入百姓家门，亦可说是老百姓们在除夕之夜纷纷进入屠苏酒所创造的喜庆与飘逸世界。除夕与元日本就连在一起，爆竹既是送旧也是迎新，而等到元日太阳初升，光芒四射，令人眼神炫耀之时，千家万户将门上的旧桃符取下，换上新的桃符。

挂桃符之说最早见于东汉。东汉应劭《风俗通》中引《黄帝书》说，上古时候，有神荼、郁垒两兄弟，他们住在度朔山上。山上有一棵大桃树，树荫如盖。每天早上，他们便在这树下检点百鬼。如果发现有恶鬼为害人间，便将其绑了喂虎。后来在民间就用桃木刻上他们兄弟的像挂在门两边以驱鬼避邪。到了宋代，桃符已演变为以红纸写的对联，名“春贴纸”，红色亦具有驱邪的意义。此处王安石仍用“桃符”乃是沿袭旧时的说法。“新桃换旧符”虽然写的是一种民俗，但诗人却借这一表象反映出百姓对新法推行的拥护，表明新法之行是颇得人心的，同时诗人也借这一民间常见的现象表达了新生事物必将代替旧事物的历史规律。

从此诗中，我们可以触摸到王安石对新法推行之后的快乐心情以及对除旧布新的坚强信念和决心。作为北宋最为重要的政治家与思想家，他主持的政治改革——新法的内核是“摧抑兼并，减免徭役”，是以发展农业生产为中心的。改革就是除旧布新，就会有阻力。因为它直接触犯了贵族豪绅的利益，遭到保守派的强烈反对，终于以失败告终。这真是值得惋惜的事情。现在回过头去看，王安石的改革当时如果成功的话，中国社会走向资本主义经济萌芽以及思想启蒙的时代将会往前推进好几百年，历史的拐点就将改写。

然而，爆竹送旧，春风送暖，新桃换旧符，这毕竟是谁也阻拦不了的民间传统和历史规律。历史上的强权政治想永远占住霸主地位的企图，注定都要破灭。王安石的改革虽然失败，但他除弊革新的勇气和精神却永远得到后人的敬仰。这也便是这首诗之所以得以流传，“新桃换旧符”之所以常被人引用的原因所在。(蒋占捷)

卜算子　李之仪

我住长江头，君住长江尾。日日思君不见君，共饮长江水。

此水几时休，此恨何时已？只愿君心似我心，定不负相思意。

【赏析】　曼声吟咏这首浸润了浓浓民歌意味的小词，总是常常联想到唐人崔颢的《长干曲》。两者皆托流水起兴，又都用女孩子口吻轻轻柔柔道出，纯然口语白话，浅明畅晓，一派天真。崔颢诗的委婉含蓄，情由曲笔暗示而出，欲露似藏的特点，李之仪词更显得率真坦直，口无遮拦，尽吐心声，多了一些北方发露爽快的地域性格色彩和人文风貌情调。

词的上阕围绕着“长江水”生出，从“头”到“尾”，充分展示出空间的辽远阔大。借助“共饮”的生活细节，牵引出她的“日日思君”心事，也好像长江一般绵长浩渺，那么面对“不见”只两相隔离的无奈，痴情女孩儿的烦忧怨怅模样便足可以想象得到——这种艺术手法，正是“不写之写”。这近似中国画里卷面上留下的大片空白，凭着周围山水景物的烘托渲染，通过大略提示性的联想想象，使隐藏着的或原本未曾道明的主题内涵，有了更加丰富深刻的体现。

词的下阕也如“长江水”一样前后承续、通泻而下，但只转过一个弯儿，改叙述为抒怀言情，不变的是那份直白径率的格调。仍然以“此水”来譬喻类比“此恨”，一种与恋人离别，时刻牵念、日夜相思的煎熬——这里既有时间上的恒久，因为长江永远奔流从无止息；同时又形容了她心绪的翻动不宁恰似江水的腾涌动荡，略无片刻停歇，故从眼前见到长江水的不“休”便能够知晓女孩儿情恨的不能“已”。以上六句由远及近，一一依次叙出，言真意切，最后二句便很自然地说明心底意愿：“只愿君心似我心，定不负相思意。”《花间集》中西蜀词人顾敻《诉衷情》先已有“换我心，为你心，始知相忆深”的话，李词虽然是化用顾敻句意，但同样也饱含对于生命爱情的真实感受，故是着盐入水，已融释无痕，如同己出了。

这首词的宛然民歌情调、民谣风味，并不仅仅是表现在表层局部，甚至简单的通篇全用白话口语，而是包括整体意境都经过了精心锤琢洗炼，既能够变雅作俗，同时又摒弃市井鄙陋俗滥气，以致化俗作雅，所以最终才能够从大俗处见雅，而又雅不掩俗。或者说作品善能以“淡语”作“情语”，清浅明净中仍然多有着绵邈隽永的情味，十分真切地传写出小儿女那份深挚炽热的情思爱恋。说到底，也不过一句话，言浅情深意长而已。那么，《卜算子》可以看作宋词中民歌风味的品牌之一。对于这种类型的作品，也许联想更重于理解，直觉感性的品味犹胜于理性的分析，更易于让人体会其深入人心处。(乔力)

寄黄几复　黄庭坚

我居北海君南海，寄雁传书谢不能①。
桃李春风一杯酒，江湖夜雨十年灯。
持家但有四立壁，治病不蕲三折肱②。
想得读书头已白，隔溪猿哭瘴溪藤③。

【注释】　①“我居”句：《左传·僖公四年》：“君处北海，寡人处南海，惟是风马牛不相及也。”作者在“跋”中说：“几复在广州四会，予在德州德平镇，皆海滨也。”此处形容两人天南海北，相距遥远。“寄雁”句：寄雁传书是古人常用来表达思念的一个典故。但传言雁飞不过衡阳回雁峰，更不用说岭南了，所以说“谢不能”。②四立壁：《史记·司马相如传》：“文君夜奔相如，相如驰归成都，家徒四壁立。”这里形容友人黄几复家徒四壁，以见其清贫自守之廉洁。蕲（qí）：祈求。肱：上臂，手臂由肘到肩的部分，古代有三折肱而为良医的说法。此处是夸赞友人有治国之才，不需要多次便能胜任。③瘴（zhàng）溪：旧传岭南边远之地多瘴气。

【赏析】　这首诗能代表“山谷体”生新之风格，但并不瘦硬，虽讲求用典及来历，但融入诗中和谐完美，也是一首佳作。

诗题表明此诗是寄给友人黄几复的。如何恰当地表达出自己的思念和情谊，如何关合自己和朋友双方，是写诗时首先要考虑的。这首诗处理得非常得体，从全篇结构来看，珠圆玉润，无懈可击。

首联从空间遥远写我之思念。“我居北海君南海，寄雁传书谢不能”，巧妙融入南海北海风马牛不相及之典故，表明空间遥远，自己想互通音讯也不可能。颔联回溯往昔，从时间之久写双方暌隔难聚，这一联关合双方，绾住今昔，也是这首诗中的神来之笔。

颈联从对方写起。以“持家但有四立壁”之典，喻好友黄几复清贫自守之廉洁。以“治病不蕲三折肱”之典，赞好友有治国理政之才干。巧妙地恭维，融入贴切的典故之中，丝毫不露痕迹。

尾联又是关合双方，朋友白发萧萧仍一如从前好学不倦，自己虽至为想念，却只能遥想着友人在猿哭瘴溪的凄凉中爱莫能助。结句凄凉，也是诗人心境的悲凉。仕途蹭蹬，怀才不遇，虽有满腹不平，满腔怜惜，也只能化作一声遥远的叹息。

不得不提“桃李春风一杯酒，江湖夜雨十年灯”一句之高妙。

这一联，纯用名词意象关联，却巧妙地融入了今与昔、哀与乐、此与彼，内涵极丰富，形象极传神。“桃李”二字便足见阳春烟景，“春风”二字便足见心神骀荡，在这样明媚的春光中，知己遇合，杯酒尽欢，一杯酒言欢聚短暂。这是对往昔的追忆。“江湖”二字足见辗转坎坷，“夜雨”二字足见凄凉落寞，漂泊零落之感以“十年灯”绾住，足见悲苦之久。这是对今日的描摹。

十个字，浓缩了长长的半生。这样的奇语，也莫怪乎传言有人要将此句的专利据为己有呢。

鄂州南楼书事　黄庭坚

其一

四顾山光接水光，凭栏十里芰荷香。
清风明月无人管，并作南楼一味凉。

【赏析】　东晋征西将军庾亮镇守武昌（今湖北鄂州）时曾登城南楼览赏风光，后人于鄂州复建一南楼纪念庾亮。黄庭坚在1102年寓居鄂州后登此楼，写下了这一组诗，此为第一首。

此诗核心在于一个“凉”字。此“凉”不仅是生理上的，更是心理上的，精神上的。

起笔以“四顾山光接水光”的阔大境界，写出月下南楼四周的不凡气象，重在视觉传达。“凭栏十里芰荷香”，写夜色中的十里风荷，馨香四溢，重在嗅觉传达。接着以“清风”承“芰荷香”，以“明月”承“山光接水光”，江上清风与山间明月，这些造物的无尽藏，毫无偏私地陪伴着在南楼上凭栏远眺的诗人，而诗人仿佛也忘了它们的存在，在物我两忘的自适自得中，唯静心领略着这一味“凉”。

素月清辉、水风荷香，无一不是自然恩赐的“凉”。

而心理和精神上的“凉”，必是摒弃一切机心和憎爱之念之后，才能体味到的妙境，所谓“心静自然凉”便是此“清凉”，此词原是佛家常用语，指摆脱一切憎爱之念而达到的无烦恼境界，如《大集经》说：“有三昧，名曰清凉，能断离憎爱故。”

所以，如果你只停留在诗人所勾画的自然之凉上，那是没有读懂他的一颗清凉心。

人在凡尘中奔命，在名利场上翻滚，是难以体会到这“南楼一味凉”的。有时候，我们需要像诗人一样，暂时忘却营营，体会到生命的另一种清凉妙境。这也不失为一种人生平衡。

黄庭坚的诗自辟蹊径，号“山谷体”。他工于炼字用典，造语好奇尚硬，善用拗律，以达到一种生新瘦硬的风格。但这首小诗清新淡雅，放在唐人诗中几难辨真伪。在摇曳生姿的声情之美中，同时传达了一点机锋和理趣，不愧是大手笔。

满庭芳　秦观

山抹微云，天连衰草，画角声断谯门[①]。暂停征棹[②]，聊共引离尊。多少蓬莱旧事[③]，空回首，烟霭纷纷。斜阳外，寒鸦万点，流水绕孤村[④]。

销魂。当此际，香囊暗解，罗带轻分[⑤]。谩赢得[⑥]、青楼薄幸名存[⑦]。此去何时见也，襟袖上、空惹啼痕。伤情处，高城望断，灯火已黄昏。

【注释】　①谯（qiǎo）门：城门楼。②征棹：棹，船的大桨，借代指船。征棹指远行的船。③蓬莱：阁名，旧址在今浙江绍兴卧龙山麓，这里比喻迷离惝恍的旧情事。④寒鸦二句：语本隋炀帝诗：“寒鸦千万点，流水绕孤村。”⑤香囊：古代男子佩物。解下香囊表示相赠。罗带：丝织的衣带。古人用罗带作同心结以表相爱，反之，分罗带则表离别。⑥谩：枉自，徒然。⑦青楼：妓女所居。薄幸：薄情。青楼薄幸用杜牧“十年一觉扬州梦，赢得青楼薄幸名”之典。

【赏析】　秦观因这首词被人称为“山抹微云”秦学士。词的意旨写送别。

上片写别景。“山抹微云，天连衰草”点明送别的时节，是暮秋时分。八字对句，工丽整齐，以画入诗，历来为人激赏。其传神处大概在一个“抹”字，有如画笔，轻轻一拖，一幅横云断岭图便在眼前。且“抹”显得随意、轻灵，有如写意。一个“连”字，写出衰草绵延无尽之感，仿佛与遥远的天际相接。若用“黏”，则显得板滞笨重，且缺少一种无尽的时空感。

“画角声断谯门”意思是城楼上报时的鼓角已然停歇，天色实在不早了，分手在即。“暂停征棹，聊共引离尊”便是紧承离别本事而来。接着又以追忆烟霭纷纷的蓬莱旧事之虚笔宕开。歇拍再续上“斜阳外，寒鸦万点，流水绕孤村”这一句充满画意的实景，再次用斜阳、寒鸦、孤村渲染离别之凄清。同时，这个景又显得无限开阔，引人思绪纷纷。

下片正面渲染别时场面和难舍之情。暗解香囊，轻分罗带，贴身之物都拿出来送给对方，黯然销魂，唯别而已！人到情多情转薄，早知今日难免一别，又何必当初用情太深，倒头来，反赢得薄幸名。自“此去何时”到歇拍，是词人在悬想别后伊人的情形。她会如何自处呢？一是哭，襟袖上惹啼痕，偏以一个“空”点缀，表明哭也是无用的，无望的。二是望，高城望断，灯火已黄昏。从此黄昏后一个远望的身影，将是她等待千年的不变姿势。

也有人说，这几句不是悬想，而是继写离情，也解得通。从山有微云，到烟霭纷纷，而灯火黄昏，时间一步步推进，夜色越来越深，分别越来越近，情感越来越浓烈，这样的安排，是颇为用心的。

有人说秦淮海，古之伤心人也，从这首词中足见他的凄然不欢之感，尤甚于他人。

鹊桥仙 秦观

纤云弄巧，飞星传恨，银汉迢迢暗度①。金风玉露一相逢②，便胜却、人间无数。

柔情似水，佳期如梦，忍顾鹊桥归路？两情若是久长时，又岂在、朝朝暮暮？

【注释】 ①银汉：银河。迢迢：遥远的样子。暗度：悄悄渡过。②金风玉露：金风即秋风，玉露即白露。

【赏析】 一般的词，词与调是分离的，要点明主题，需要作说明。这首词调《鹊桥仙》与词却是相符的。牛郎织女七夕鹊桥会的民间传说，深入人心，很多人以此为题歌咏牛郎织女的爱情，诉二人的相思之苦。秦观却作了一篇翻案文章。

它上片以两个对句写七夕的景色，景中有情，而且是这个民间佳节特有的景和情。纺织是古代妇女主要的劳动项目，所谓男耕女织。传说中的织女则是织锦的能手，所以在七夕这一天，女孩儿们都要陈设瓜果，向渡河的织女乞巧，希望她赐给她们高度的工艺技巧。而在初秋七月，气候晴朗，空中云彩，纤细清晰，很像是织女显示她的技巧而织出的锦。诗人对色彩鲜艳复杂的云和锦之间产生联想，由来已久，以云状锦或以锦状云而形成的“云锦”一词，也为他们所习用，如李白《庐山谣》的“屏风九叠云锦张”，即是一例。这里说“纤云弄巧”，也就是天空的云锦乃是织女所表现的技巧的意思。这就将初秋的云和织女的巧联系起来，成为特定的情景了。飞星即流星。星既然在飞动，就仿佛能够传递什么似的。而在七夕，那当然应当是给牛郎、织女传递离别之恨了。这就将飞流的星和牛郎、织女的恨联系起来，而使飞星“传恨”一语，同样成为特定的情景。这两句所描写的，只能见之于七夕之夜、银河之边，又只能用之于咏叹牛郎、织女之事，所以不流于一般化。

第三句交代主要的情节。按照天帝的无理规定，牛郎、织女只能在这一夜渡河相会。“暗度”，是指在世人不知不觉之中渡过天河（银汉），因为人们实在也没有看见他或她如何渡河。“迢迢”不但形容相距之遥远，而且同时形容相思之迢递，与下文“柔情似水”相呼应。

第四、五两句，表明了词人对这一对仙侣长年分居、一年一会的看法。一般人都认为他们会少离多，枉自做了仙人，还不如人间的普通夫妇，但词人却认为在这样秋风白露的美好的夜晚，相逢一次，也就不但抵得，而且还胜过人间的无数次了。金风，即秋风或西风。古人以五行、五方和四季相配，秋天于五行属金，五方属西。玉露即白露。古代诗人常以金风、玉露作对，以形容秋天，如唐太宗《秋日》：“菊散金风起，荷疏玉露圆。”

过片也是两个对句，写牛郎、织女相爱之长久与相会之匆促。他们温柔的感情就像天河中的水那样永远长流，无穷无尽。写情而以眼前的河水比喻，就显出本地风光，情中带景。同时，会晤又是如此的短暂，简直像做了一场梦一样。离别，是长的；感情，是深的；会见，是短的。这就逼出下面一句来，怎么忍心去看要往回走的那一条路呢？看都不忍看，那走，不消说，就更不忍走了。不说不忍走，只说不忍看，意思就更为深厚。如果说“忍向鹊桥归路”，那就差多了。

以上三句写这对仙侣离别之苦，还没有什么特别出色的地方，但接着一转，却推陈出新，大放异彩。“朝朝暮暮”，用《高唐赋》楚王与巫山神女梦中相会的典故。

这首词上、下片的结句，都表现了词人对于爱情的不同一般的看法。他否定了朝欢暮乐的庸俗生活，歌颂了天长地久的忠贞爱情。这在当时，是难能可贵的。它用笔比较平直，在艺术技巧上，不太突出，但内容方面值得肯定。(沈祖棻)

踏莎行　秦观

郴州旅舍[①]

雾失楼台，月迷津渡，桃源望断无寻处[②]。可堪孤馆闭春寒，杜鹃声里斜阳暮。

驿寄梅花[③]，鱼传尺素[④]，砌成此恨无重数。郴江幸自绕郴山[⑤]，为谁流下潇湘去[⑥]！

【注释】　①郴州：治所在今湖南郴州市。②桃源：即陶渊明《桃花源记》中所称的桃花源，假称在武陵郡（今湖南省桃源县）。位于郴州之北。③驿寄梅花：《荆州记》：“吴陆凯与范晔善，自江南寄梅花诣长安与晔，并赠诗曰：‘折梅逢驿使，寄与陇头人。江南无所有，聊赠一枝春。’”④鱼传尺素：古人书写多用素绢，通常为一尺，故名“尺素”。这里的“尺素”指亲友的书信。古乐府《饮马长城窟行》：“客从远方来，遗我双鲤鱼。呼儿烹鲤鱼，中有尺素书。”⑤郴江：在郴州，北流入湘江的支流耒水。⑥潇湘：潇水与湘水在今湖南省永州市合流，称潇湘。

【赏析】　秦观早有才名，但直到三十七岁才被取为进士；之后所任的官职，也都是微职闲官，最高也不过八品。四十六岁时（1094），对党争并无概念的秦观却因“影附苏轼”等罪名被贬监处州酒税。其后的五年，他又连续被削秩徙郴州、编管至横州、除名移雷州，并最终死在了滕州。

这首《踏莎行》，就写于绍圣四年（1097），词人由郴州迁往横州的时候。随着迁地的愈为偏远和所受迫害的愈加严酷，他的心境也越来越悲凉。

上片写景，有虚有实。“雾失楼台，月迷津渡，桃源望断无寻处”，是造境，作者想象出来的境。其字面意思是楼台与津渡或“迷”或“失”于茫茫雾霭与漾漾月色之中，作者用了迷茫失所的几种意象来表现天地苍茫之中，人进退无据的失路之悲和悲凉之情。理想中的桃花源，望断了，也找不到入口与出处。“可堪孤馆闭春寒，杜鹃声里斜阳暮”，是写境，是眼前实境。一个灰心至极的我，满目所见，无不是萧瑟凄厉。孤馆本已孤寂，还要闭锁着春寒，杜鹃啼叫本已让人断肠，偏要在夕阳西下的黄昏日暮时候。孤馆春寒、杜鹃斜阳，这些情境无一不是高度自我化、情绪化的产物，无一不饱含着抒情主人公强烈的情感色彩。逼仄凄厉至极。

下片抒情，借驿寄梅花和鱼传尺素两个典故，表达虽有音讯传递，却渺邈难归的孤苦伶仃。所以，亲友的问候对他来说，只是平添了无尽的恨。他没有苏轼那种超越苦难的高蹈和智慧，同样被贬，苏轼可以说“心到安处是吾乡”，他却认为自己的路已经走到了尽头，一味在绝望的深渊中泅渡哀吟。而作为一个在党争中的牺牲品，一个文弱书生，他哪里能自主自己的命运呢。望着东流水，他不由一问：“郴江幸自绕郴山，为谁流下潇湘去?”郴江啊郴江，你本来是围绕着郴山而流的，为什么偏要向老远的潇湘而去呢？意思是自己一个老实的读书人，怎么就无端地卷入了一场政治漩涡中了呢？

生活的洪流，依着惯性，总是把人带到深不可测的远方去。就像命运，命运是风，人走在哪里，都在其中。这个失意落魄又绝望的人，对着深不可测的命运，深深叹息。

青玉案 贺铸

凌波不过横塘路[①]，但目送，芳尘去。锦瑟年华谁与度[②]？月桥花院，琐窗朱户[③]，只有春知处。

碧云冉冉蘅皋暮[④]，彩笔新题断肠句，试问闲愁都几许？一川烟草，满城风絮，梅子黄时雨！

【注释】 ①凌波：喻女子的轻盈步态。语本魏时曹植《洛神赋》："凌波微步，罗袜生尘。"横塘，在苏州旧城南十余里。贺铸在此筑有别业。②锦瑟年华：美好的年光。李商隐《锦瑟》："锦瑟无端五十弦，一弦一柱思华年。"③琐窗：雕成连锁形花纹的窗。④碧云：江淹《休上人怨别》："日暮碧云合，佳人殊未来。"冉冉：流动的样子。蘅皋：长满香草的湿地。蘅：杜蘅，香草。

【赏析】 传说这首词是贺方回退居苏州时，偶见一位女郎，生了倾慕之情写出来的。且他命名自己的苏州别业为"企鸿居"，不知此鸿是这个翩若惊鸿的女子，还是其他人呢？暂不去计较了。

这首词写得美。

上片之美，美在隐约朦胧，若即若离。"凌波不过横塘路，但目送，芳尘去"，是目送。以洛神的"翩若惊鸿"写此女如惊鸿一瞥般路过他的世界，惊艳了他心底的整个春天，但美人如花隔云端，只能目送她的背影，空中隐约留着她的芳香气息。接下来以一问一答，是心随。锦瑟年华，珠圆玉润般的美，这样的美，在月桥花院，在琐窗朱户，在春的深处。

人不可留，尘亦难驻，目送之劳，惆怅极矣！

下片之美，美在遐思绮丽。"碧云冉冉蘅皋暮"，这分明是屈原笔下的香草美人之喻，从形之美到神之美，其志行高洁也可想而知。如此佳人，实难寻觅，空惹愁肠。所以，接下来又是一问一答，将他的愁写得形象可视而又铺天盖地。闲愁似何？一川烟草，状其迷离绵延之态。满城风絮，状其充盈八方八荒之广；梅子黄时雨，写出愁的重量，仿若梅雨连绵，不停敲击着人心，淋湿了整个季节。这一连串的博喻，将愁写得可视可听可感，而妙的是这三个比喻草、絮、雨，都是紧扣眼前的残春暮景。如此看来，尤胜李清照的“只恐双溪舴艋舟，载不动许多愁”了。

贺方回因此一词而得“贺梅子”雅号。

满庭芳 周邦彦

夏日溧水无想山作①

风老莺雏，雨肥梅子，午阴嘉树清圆。地卑山近，衣润费炉烟。人静乌鸢自乐②，小桥外，新绿溅溅。凭栏久，黄芦苦竹，拟泛九江船③。

年年。如社燕④，飘流瀚海，来寄修椽⑤。且莫思身外，长近尊前。憔悴江南倦客，不堪听、急管繁弦。歌筵畔，先安簟枕，容我醉时眠。

【注释】 ①溧（lì）水：县名，今属江苏。无想山，在溧水县南十余里。作者于元祐八年（1093）二月到县任县令，三年后离开。②乌鸢（yuān）：乌鸦。③拟：打算。九江：今属江西。白居易《琵琶行》：“住近湓江地低湿，黄芦苦竹绕宅生。”④社燕：燕子。据说它春社日飞来，秋社日飞去，故云。⑤修椽（chuán）：长檐子，燕子结巢处。

【赏析】 清真集中多数作品，就是周邦彦在“默而好深湛之思”的创作情绪中吞吐“抑郁无谁语”的“悲愤、抑塞”的感慨，表现出“沉郁”的风格特色。上面这首《满庭芳·夏日溧水无想山作》，抒发作者遭贬逐后的抑郁情怀，以谪住九江的白居易自况，并用杜甫“莫思身外无穷事，且尽尊前有限杯”（《绝句漫兴九首》之四）的愤世嫉俗的叹息融进词意，使整首词的意境显得沉郁凄恻。所以清代词论家陈廷焯说它“以意胜，不以词胜，笔墨真高”。

这里所谓的“意胜”，就是说构思立意出人意表，超越凡流。为什么这么说呢？因为作者在这里本来是写一种压抑的哀苦愁情，但却描绘出一幅春意盎然的欢愉情境，也就是王夫之说的“以乐景写哀”。你看，“风老莺雏，雨肥梅子，午阴嘉树清圆”这种春意盎然的乐景，却衬托出“地卑山近，衣润费炉烟”的苦境，恬淡安谧中叫人想起“住近湓江地低湿”（《琵琶行》）的白居易。“人静乌鸢自乐，小桥外、新绿溅溅”则以乌鸢的欢乐，小桥流水的酣畅奔流及新春绽绿的树木的生机反衬词人“凭栏久、黄芦苦竹，拟泛九江船”的苦境，悠闲安逸中又令人想起沦落天涯、“黄芦苦竹绕宅生”（《琵琶行》）的白居易。这一乐一哀的交叉出现，牵动了词人愁肠千尺，故换头“年年，如社燕”以下，贯珠似的吐出满肚子牢骚与忧闷，发出杜甫“莫思身外无穷事，且近尊前有限杯”的愤世嫉俗的仰天长叹。这首词中景物哀乐情调的对比，使得词人感情的抒发有一个回旋顾盼、跌宕酝酿的过程，故令人感到厚重、执著、浓郁、隽永，如一壶醇正的好酒，酒性虽慢，却去得久远，一口气将下阕读完，仍感到余情绕梁，三日不绝。这就是王夫之说的“以乐景写哀，以哀景写乐，一倍增其哀乐”（《姜斋诗话》）的艺术实践——是词人掌握了艺术辩证法，善于在矛盾对比中借景抒情的艺术匠心所致，服从其沉郁词境的艺术创造的总目标。

当然，此词在用词造句方面，也自有其独到之处。如“风老莺雏”中的“老”、“雨肥梅子”中的“肥”、“衣润费炉烟”中的“费”，均极见作者构思运意的特殊用心。前二者是形容词作动词，不仅给人以时间流走的动态暗示，而且强化了时光催人、无聊中人体发胖的精神感觉；“费炉烟”之“费”则更是从经济、时间、人情诸方面多层次地表现出南方气候低湿给迁客逐臣带来的无穷烦恼。下片，作者将自己比喻为“年年”“漂流瀚海”的“社燕”，每到一处，不过是临时寄寓于人家屋檐。比喻形象生动，感慨苍凉，道尽人世沧桑。(沈家庄)

苏幕遮　周邦彦

燎沉香，消溽暑[①]。鸟雀呼晴，侵晓窥檐语[②]。叶上初阳干宿雨，水面清圆，一一风荷举[③]。

故乡遥，何日去？家住吴门，久作长安旅[④]。五月渔郎相忆否？小楫轻舟，梦入芙蓉浦[⑤]。

【注释】　①燎（liáo）：细焚。溽（rù）暑：夏天闷热潮湿的暑气。②呼晴：唤晴。旧有鸟鸣可占晴雨之说。侵晓：拂晓。侵，渐近。③一一风荷举：意味荷叶迎着晨风，每一片荷叶都挺出水面。举，擎起。④吴门：古吴县城亦称吴门，即今之江苏苏州，此处以吴门泛指吴越一带。作者是钱塘人，钱塘古属吴郡，故称之。长安，借指北宋的都城汴京（今河南开封）。旅：客居。⑤楫（jí）：划船用具，短桨。芙蓉浦：有荷花的水湾。词中指杭州西湖。

【赏析】　周邦彦词，向以“富艳精工”（陈振孙《直斋书录解题》）著称。而这首《苏幕遮》词，则轻灵而自然、清新而秀逸，可谓清真词中的别调。

这首词的好处，首先在“叶上初阳干宿雨，水面清圆，一一风荷举”三句。王国维的评语最为有名，即：“真能得荷之神理!”荷之“神理”者，即荷之气清、色翠、形圆与姿态之挺立摇曳。其中，“一一风荷举”一句，最为神妙。“举”字一出，荷之高致立显；而一“风”字又漫然消去了“举”字或有的傲态，一下子使挺立的荷轻盈起来、亲切起来。加上“初阳”已晒去了昨夜的雨珠，那叶子越发地可以在风中轻灵地摇曳了。这摇曳的姿态自然可以让我们想到朱自清笔下“亭亭的舞女的裙”的妙喻，但我们又宁愿不想，就让它是出水的荷，纯乎天然地立在那里，而远离我们笔头的刻画和心力的雕饰。王国维在上引的那句赞语后，还附带比较说：“觉白石（姜夔）《念奴娇》《惜红衣》二词，犹有隔雾看花之恨。”揣想起来，这“雾”应该是加入了词人较多的社会性感受而致的吧！我们不妨拿《念奴娇》中的“嫣然摇动，冷香飞上诗句”二句略作分析。很显然，这两句并不像“叶上初阳”三句那样能到口即化，我们必须在寻思一番之后，才能回过神来，赞一声：“真是好句!”句中的“飞”字，其实是并不轻捷的，因为所“飞”者不仅是“冷”香，给人一种重感，而且从“冷香”到“诗句”，是要经过从自然到人类的两界跨越，经由“吟安一个字，捻断数茎须”（卢延让《苦吟》）的费伊思量，以及把所观之物著上“我”之色彩的添加与改造过程的。所以，此二句妙则妙矣，但与那“天生好言语”相比，还是多费了一些周折，以致产生出周词“举”而不重、姜词“飞”而不轻的反向效果。不过，大家笔下，自然也好，人工也罢，皆能各得其宜、各尽其妙，风格不同，其美则一，偏爱一样可以，但因为爱此样而去“恨”（遗憾）彼样，就大可不必了。

还需要提及的，是词中透出的情趣、真趣。《四库全书提要》云：周词谨严，“下字用韵，皆有法度”。通常而言，性谨严、重法度者，是乏少情趣的；而这首词则不然。为了要取得先抑后扬的效果，首二句“燎沉香，消溽暑”尤其是“沉”“溽”二字，是显得特别板重和沉闷的，似乎给人一种透不过气来的感觉。但一进入第三句，鸟雀清脆的鸣叫声就把这板重、沉闷气氛完全打破了。而后，又是鸟雀“窥檐”，又是“风荷”曳“举”，一调皮，一风雅，可谓生趣满纸，生机盎然。下片呢？“五月”句以下，映现的该是词人小时候和小伙伴们一边划船、一起嬉戏的热闹场面吧。或许，每个人头上都还顶着一柄大荷叶呢！是不是还有一场龙争虎斗的划船比赛呢？

此外，在词人浓重的思乡情绪中，似乎还藏着另一种颇为自得的心理，就是：你们这汴京的荷花也蛮不错的，但比起我们杭州西湖来，那可就差得远喽！

——啊，我那梦中的芙蓉之浦啊！（郭红欣）

少年游　周邦彦

并刀如水，吴盐胜雪，纤手破新橙①。锦幄初温，兽烟不断②，相对坐调笙。

低声问：向谁行宿③？城上已三更。马滑霜浓，不如休去，直是少人行。

【注释】　①并刀：并州出产的剪刀。如水：形容剪刀的锋利。吴盐：吴地所出产的洁白细盐。②幄：帐。兽烟：兽形香炉中升起的细烟。③谁行（háng）：谁那里。

【赏析】　这首词写约会场景，非常有情调。环境是在夜间的室内。你可以想象两位主人公是一对恋人，或别的什么关系。“并刀如水，吴盐胜雪，纤手破新橙”，写的是一位温柔多情的佳人，用有名的“并刀”来切橙子，招待客人。并刀是山西太原产的刀，是当时的名牌产品。“吴盐胜雪”，是说吴地产的盐，像雪一样白。新橙加一点盐作佐料，就没有那么酸，变得比较甜了。“纤手”，鲜嫩雪白的小手。切个刚上市的橙子，招待心上人，够多情的。下面是写环境。不同的词，篇章结构和表现手法有差异。有的是先写见面的环境，而这里是先写见面的动作，然后写环境。用新橙招待，并用考究的小刀来切开，放上精致的盐作佐料，体现出女主人公的细心与多情，让男子有受宠若惊的感觉，十二分的感动；于是先写这个印象最深的细节。就像晏几道《临江仙》词写与小苹初见，对她的“两重心字罗衣”印象最深一样。“锦幄初温”，室内的锦绣帘幕垂挂，刚刚生起火炉，让人倍觉温暖。白居易《别毡帐火炉》诗说：“复此红火炉，雪中相暖热。”“兽烟不断”的“兽”是指香炉。李清照《凤凰台上忆吹箫》词有“香冷金猊，被翻红浪，起来慵自梳头”句。“金猊”是镀金的猊形香炉。“兽烟不断”，你要想象这屋里很暖和，红烛高照，香炉上飘着袅袅的烟雾。如果拍 MTV 让你做导演的话，你要拍香炉里的烟在空中飘荡，你还仿佛闻到了沁人的香味。这环境多优雅呀！“相对坐调笙”，两个人坐着弹琴吹笙，情调又多么高雅呀！

时间过了很长以后，女子多情而又关切地低声问道："向谁行宿?""谁行（háng）"，当时的方言，哪里的意思。"现在已经三更天了，好晚了哟!""外面的路滑不好走，霜又厚又重，天气很冷啊!""你还是别走了，在我这将就一宿吧。""你一个人出去，多孤单啊。俺不放心呢!"理由一个接一个，既显关心，又委婉地表达了请男子留宿的深情。下面你可以做进一步的联想，男子也许被她的真情打动就留下了，也许恋恋不舍地离去了。这首词写约会，情调虽然香暖，但纯洁高雅。通过简短的对话，凸现女子的多情、温柔和体贴。(王兆鹏)

孤雁儿　李清照

世人作梅词，下笔便俗。予试作一篇，乃知前言不妄耳。

藤床纸帐朝眠起，说不尽、无佳思[①]。沉香断续玉炉寒，伴我情怀如水[②]。笛声三弄，梅心惊破，多少春情意。

小风疏雨萧萧地，又催下、千行泪。吹箫人去玉楼空[③]，肠断与谁同倚[④]？一枝折得，人间天上，没个人堪寄。

【注释】　①藤床：藤条编织的床。纸帐：茧纸做的帐子。②沉香：熏香的一种。玉炉：玉制的香炉或是香炉的代称。③吹箫人去：《列仙传》："萧史者，秦穆公时人也，善吹箫，能致孔雀、白鹤于庭。穆公有女字弄玉，好之。公遂以女妻焉。"后二人双双乘凤而去，此典后常用来比喻夫妇关系和美幸福。此指其夫赵明诚之去世。④肠断：这里形容因丧夫而悲伤之极。《世说新语·黜免》："桓公入蜀，至三峡中，部伍中有得猿子者，其母缘岸哀号，行百余里，不去，遂跳上船，至便即绝。破视其腹中，肠皆寸寸断。”

【赏析】 这首《孤雁儿》，是悼亡，更是记起。是放下，更是执着。表面写梅，实为悼亡。

噬人心骨的孤独，无药可解，无人能解。

太阳已高。恹恹地从藤床上坐起，掀开纸帐的帘子，心情窒闷得很。一个对生活没有更多期望的人，往往不愿意早起，因为找不到动力。玉炉中的沉香已经快要燃尽，若有若无、似断还续的香气飘散在空气中。室内一无所有，只有渐渐冷却的香炉和已经冷却的香灰，默默陪伴着我静如止水的心。静，如远古般渊默的静。人在其中，好像被虚无托了起来，在空茫里浮着。不知所来，也不知何往。

笛声三弄，梅心惊破。静被打破，喧嚣侵入。窗外，是谁用长笛奏起了梅花三弄？梅花一弄断人肠，梅花二弄费思量，梅花三弄风波起，云烟深处水茫茫。惊破的是梅心，更是人心。

如梦初醒般。心绪起伏，暗自汹涌。

这个春天，多么寂寥，多么难过。吹得梅花开，吹得梅花落，吹不开心中的愁。往日里，该有多少游春意，现在只能成辜负。“多少春情意”，是对往日欢乐的追忆，也是对今日辜负的叹息。两相对比，不胜今昔。

被笛声从好不容易求得的沉静中拖了出来，没有热烈，更加孤独。

多少春情意，在此成追忆。

屋外小雨潇潇地下着，伴着疏疏的风，分明是逗惹人的眼泪。外面下着雨，我的心里也下着雨。真希望，此时有人能在我心里撑起一把伞，我怕，会把自己淹没。只是，人在哪里？吹箫人去玉楼空。萧史乘凤离去了，只留下空空玉楼。你是我的萧史，我是你的弄玉，说好的双栖双飞，如今你却先去，我在原地，独守空楼。愁肠寸断，又何人可见，何人可依？伤心。

只有夺走你所拥有的一切，你才能摆脱世间的一切浮躁与诱惑，经受千锤百炼，心如止水，透悟天地。

此时的她，并没有透悟，也没有摆脱。

春，已经来了。还是得做点什么，告慰孤独和相思。折一枝梅吧。

一枝折得，人间天上，没个人堪寄。当年陆凯在江南折下一枝梅，还可以寄给远在长安的好友范晔。而我呢？折下这枝梅，又能寄给谁？无论是人间，还是天上，都不会有人收。

他去得太决绝。上天入地，遍寻不着。

爱一个人，就难免为他受苦。牵挂是苦，思念是苦，失望和伤心是苦，得不到是苦，没法相守是苦，生离死别也是苦。然而有一天，你会发现，那个人给了你许多痛苦，却也是你的救赎。

没有不可治愈的伤痛，没有不能结束的沉沦，所有失去的，会以另一种方式归来。

渔家傲　李清照

天接云涛连晓雾，星河欲转千帆舞。仿佛梦魂归帝所。闻天语，殷勤问我归何处？

我报路长嗟日暮[①]，学诗谩有惊人句[②]。九万里风鹏正举[③]。风休住，蓬舟吹取三山去[④]。

【注释】　①“我报”句：路长，隐括屈原《离骚》“路曼曼其修远兮，吾将上下而求索”之意。日暮，隐括屈原《离骚》“欲少留此灵琐兮，日忽忽其将暮”之意。嗟，慨叹。②“学诗”句：隐括杜甫诗“语不惊人死不休”。谩有：空有。③九万里：《庄子·逍遥游》中说大鹏乘风飞上九万里高空。鹏：古代神话传说中的大鸟。④蓬舟：船像飞蓬一样被吹得转动。三山：《史记·封禅书》记载：渤海中有蓬莱、方丈、瀛洲三座仙山，相传为仙人所居住。

【赏析】　黄了翁《蓼园词选》说此词：“浑成大雅，无一毫钗粉色。”

这首词不但是李清照词中的异类，一反其清婉的特色，在整个词史里，也寥寥无几。如果硬要拿一首诗与之相比，我想应该是李白那首想落天外的《梦游天姥吟留别》。

李白的梦铺张扬厉，清照的梦只有一个片断，场面大小不一，贯注在梦境中的自由与渴望却是一致的。他们都想挣脱沉重的肉身，挣脱现实织就的重重罗网与樊篱，想到那梦中的地方去，做真正的自己。

身体越来越轻盈、透明，仿佛已经不属于自己了。一道灵光，自九天漫洒下来，将我罩在其中。感觉灵魂正在挣扎着，逃出了身体，向远方的远方、梦中的梦境飞升而去。

这里是天庭。晨光初透，烟锁重楼，云迷津渡。浮云岚雾隐约处，星河欲转的瞬间，有千帆如梭竞渡。在千帆竞渡的银河里，我迷失了，有些恍惚。闻天语，殷勤问我归何处。一个温柔的声音，仿若甘泉般在我耳边响起："你迷路了吗？告诉我，你想到哪里去？"

路曼曼其修远兮，我上下求索，不知归路，而此时，已是日暮途穷。学诗，亦只是枉有妙句，空有才华，改变不了自己的不幸，挽救不了惨淡的现实。

这样的人间，这样的现实，我不知道自己还有什么用处。前路莽苍苍，希望在何处，归宿在何处？我想给我的灵魂找一条出路，也许路太远，我只能前往。

"九万里风鹏正举"，一阵劲风吹来，我从瞬间的思绪中振拔出来。狂风起处，大鹏正举。风是阻力，也正是扶摇直上九万里的大鹏的动力。这只鹏，是从《庄子·逍遥游》那里飞来的吗？还是从李白的诗里飞来的？

"风休住，蓬舟吹取三山去。"风，不要停下！吹我一叶扁舟直到蓬莱三山去。那里，是传说中的三神山之一。关乎理想，关乎梦境，关乎自由，关乎一切人间美好的憧憬与寄托。

生之窘迫与空洞，希望之阙如与渺茫，统统都被理想之灯照亮。生命在此刻变得坚定而有质地，赋予它意义的，是自己，是自由。

不知道这首词具体写于何时，可以肯定的是，她在现实中遭遇了太多束缚与残缺。国破，家亡，夫死，这一切都在她的生命里，一一越过。

现实里无处可逃，无路可走，只能向虚无、向梦境求助。

幸好，还有梦。

如梦令　李清照

常记溪亭日暮，沉醉不知归路。兴尽晚回舟，误入藕花深处。争渡，争渡，惊起一滩鸥鹭！

【赏析】　这首《如梦令》也是一首佳作，虽然没有有“绿肥红瘦”名句的那一首有名。

且看开篇的“常记”二字，念念不忘乃至于刻骨铭心，可想此词是对早年幸福自由生活的追忆。

人们年少时最渴望的是什么呢？是自由，是快乐，是无忧无虑的生活。这首词所描绘的，就正是这种自由、快乐、无忧无虑的生活。这一天，词人应该是很早就出门了吧？可时至“日暮”即傍晚时分，她还“沉醉”在“溪亭”的景色之中，而没有回家的念头。她一定是被日落时特有的景色给迷住了。她是在目不转睛地看着夕阳一点点地下落，欣赏着它那慢慢消散的余晖呢，还是想起了“为霞尚满天”、“半江瑟瑟半江红”一类的美妙诗句？抑或是什么都不看、什么都不想，只闭起双眼，让自己融于这溪亭的暮色？也许都是吧！总之，过了许久许久，直到夜幕把所有日落时的色彩都遮蔽起来的时候，她终于长长地舒了一口气，带着极大的满足，准备回家了。可“兴”是“尽”了，回家的路却分辨不清了。船划着划着，怎么荷柄越来越高、荷叶越来越密、荷香越来越浓、船也越来越难行了呢？糟糕，原来是划离河道了。那就赶紧调整船头吧！划呀划，划呀划，看谁划得快，看谁先到家，——不期然间，一场有趣的划船比赛就在暮色中上演了！“争渡，争渡”，原来，来溪亭游赏的不只是清照一人，所划乘的也不只是一条小船。那么，谁是头儿呢？当然是李清照了；难道能写出“生当作人杰，死亦为鬼雄”（《夏日绝句》）之诗句的人，小时候不是个孩子王吗？而且，她和她的小伙伴们也一定是人人船桨在手的，要不怎么能尽兴尽致呢！自然，这样的大家闺秀，出游时一定会有一些仆从跟着；而此时，那些仆从也一定和岸上的“鸥鹭”一样，只能在一旁惊叫着了。

这真是一次开心的“一日游”啊！

黄苏称李清照的另一首《如梦令》（昨夜雨疏风骤）是“短幅中藏无数曲折”（《蓼园词选》），这一首更是。你看，词人先把时间压缩在了日落至夜幕降临这一段很短的时间里，然后就在这时间内驰骋起自己的笔力。按常理，日之将落，游赏止息，是得赶紧收拾东西、乘船回家了。但词人却不，她是“日暮”而不归，“沉醉”而忘归。此为第一层曲折，也是后来几次曲折的条件和背景。接下来，“兴尽”而路迷、而“误入”他处，是二层曲折；所“误入”的地方又并不是什么烂泥污淖，而是让人喜出望外的别有洞天的“藕花深处”，是三层曲折；由出离“藕花深处”而拨正船头，并发起了一场兴味十足的竞渡比赛，是四层曲折；人在兴奋中，却惊扰了岸边水鸟的好梦，是五层曲折；余韵中，词人和伙伴们先为水鸟的“惊起”而惊叫，后为原是一场虚惊而开心大笑，是六层曲折。三十三字中，竟有六层曲折，且六次曲折又统一在已说“兴尽”而兴却总也不尽的总体转折之中，且行且转，一折再折，折转相递，兴澜叠生。试问，此等妙手，古往今来几人曾有，又几人能有？（郭红欣　尹育阁）

如梦令　李清照

昨夜雨疏风骤，浓睡不消残酒。试问卷帘人，却道海棠依旧。知否？知否？应是绿肥红瘦。

【赏析】　这首词很短，但看点却很多，如“绿肥红瘦”四字，如“知否”叠字。而黄苏和陈廷焯却能避熟就生，独称其层次，评其“短幅中藏无数曲折”。

诗人善感，易安尤甚。海棠花开，花开嫣然，她一定是时时流连花前，赏花自赏，把青春的花看作了青春的自己的。但这一夜，风雨却起了，雨虽萧“疏”风而却狂“骤”。自己虽惜花情切，奈何又退不得风雨，只好窗前酌酒，聊以抒忧。“浓睡不消残酒”云，可知这酒一定是喝了不少的。多酒因为情深，酒醒情犹未减，而且还多了份急切，一大早醒来，就急不可耐地想知道那海棠花到底怎么样了。但越想知道，却又越怕知道。其实，词人又何尝不知道那海棠花是怕风怕雨的，经这一夜的风雨，那花岂有不受损的！但易伤易感的她又实在不忍心亲睹那花儿受损的样子，于是便在她和海棠花之间设置了一道“屏障”、一个海棠受损信息的传递者——卷帘人，想通过传递者的传递，来减缓自己直面那摧折之花所引起的情感冲击。词人的心理预期，一定是想听到一声惊叫或一声叹息，把自己的预想证实，然后沉到自己凄然的情绪中，去品尝那既伤且美的橄榄般的滋味。

但词人的心理预想却一下子落空了！她一声深情的、郑重的、怯怯的“海棠如何”的问话之后，听到的却是淡淡的、随意的、若无其事的卷帘女的回答——“海棠依旧”！

也许身份、地位、修养、心境的不同，造成了文学家李清照和侍女卷帘人之间的问答的错位。侍女的生活是现实的，卷帘须经心，看花可漫意，忽听问讯，抬眼看那海棠，可不就是有红有绿、红绿一片，和昨天一样的吗？而李清照就大不同了。她是生活在诗意里，海棠哪里是在室外，分明就在她的心中，或者根本就是她自己！她的判断当然有她自己实际的生活经验在内，但更多的则是她的心理感受，——这看“应是绿肥红瘦”中的“应是”二字便知。一个现实，一个浪漫，一个大眼漫观，一个用心感受，那结果怎么能一样呢？但词人却不管这些，当她听到“海棠依旧”的回答后，一下子就急了：怎么能一样呢？你再仔细瞧瞧，应该是“绿肥红瘦”才对呀！言语之中，好像还颇有一种责怪的味道呢！

“绿肥红瘦”自是诗人之境界，庸常诗人尚且难感难入，何况一侍女哉！但这只是问题的一个方面。从情节和结构上来看，若无卷帘女的介入，就无法生出主仆二人你来我往，问得意深、答得语淡、责得急切、纠得妙绝的种种曲折与趣味。而无此种妙绝的曲折与趣味，这首《如梦令》还能有足赤的价值吗？点睛的“绿肥红瘦”是不是也要为此而两脚悬空、大失其色呢？(郭红欣)

一剪梅 李清照

红藕香残玉簟秋[①]。轻解罗裳，独上兰舟。云中谁寄锦书来[②]？雁字回时，月满西楼。

花自飘零水自流。一种相思，两处闲愁。此情无计可消除，才下眉头，却上心头。

【注释】 ①玉簟：指竹席。②锦书：前秦秦州刺史窦滔之妻苏蕙，于锦上织了一首回文诗寄给被流放的丈夫，倾诉思念之情。后世常用锦书指夫妻间往来的书信。

【赏析】 李清照的诗、词、文皆有相当高的造诣，但以词为最佳，堪称宋代婉约词派的代表作家。其词多写闺情相思，南渡后，则有身世感慨之作。后人将其词辑为《漱玉词》。《一剪梅》即为其闺情词的代表作之一，是李清照在赵明诚远游之后的离别相思之作。

起句“红藕香残玉簟秋”，除了展示“红藕香残”的视觉物象之外，还通过竹席（玉簟）清凉的触觉来增强了秋天的寒意。而且，还暗示了此词故事发生的环境地点为莲塘，从而也就过渡到了下文的“轻解罗裳，独上兰舟”。

“轻”，为轻慢、轻柔，为少妇固有动作；“独”，则为独白、孤独，为思妇特有情态。“罗裳”，为绫罗绸缎织制的裙子，表明女主人公的身份为富有人家；“兰舟”即用木兰木制造的精美舟船，亦泛指画舫游艇。荡舟的虽不乏逍遥愉悦者，然而却也常有愁闷忧郁者，尤其是孤独寂寞的思妇怨女，如南朝民歌《西洲曲》：“开门郎不至，出门采红莲。采莲南塘秋，莲花过人头。”李清照《武陵春》亦有云：“闻说双溪春尚好，也拟泛轻舟。只恐双溪舴艋舟，载不动、许多愁。”此处“轻解罗裳，独上兰舟”，正当为描写孤独寂寞的情状。

为何愁苦？接下来说明：“云中谁寄锦书来？雁字回时，月满西楼。”“雁字回时”即指秋天大雁回归南方，照应了起句的秋景。另外又有大雁传书的传说，鸿雁传书也就因此成为后世诗词常用的典故。而“月满西楼”，则是一个思妇月夜思君盼郎的典型意象。与李清照齐名的女词人魏夫人即有词曰：“离肠泪眼，肠断泪痕流不断。明月西楼，一曲栏杆一倍愁。”（《减字木兰花》）可见，李清照词的“雁字回时，月满西楼”二句，形象鲜明，意蕴丰富，并且对“云中谁寄锦书来”句的“自问”，做了充满期盼憧憬却也不无哀怨的“自答”。

上片通过景与事来抒情，下片则集中正面抒情。然而换头仍以物象面目呈现：“花自飘零水自流。”从景色特征看，此句与李后主《浪淘沙》词的“流水落花春去也”颇相似，因而也就颇有暮春景色的特点。但李清照词的写作背景为秋季，故“花自飘零水自流”句当不是对秋景的写实，而是为了配合抒情而创造的写意。花的飘零，意味着美的消失；水的流逝，更象征着时光的消逝；而两个“自”字的复叠，便是强调了事物不以人的意志为转移的客观规律。于是，在这个写意画面中，幽幽地流露出美人迟暮的哀伤，亦冷冷地倾诉着时不我待的感慨。

由此，作者水到渠成地推出带有哲理思辨性的相思名句：“一种相思，两处闲愁。”秦观、辛弃疾皆有类似的名句：“当时明月，两处照相思。”（秦观《一丛花》）“千里月、两地相思。”（辛弃疾《婆罗门引》）相比之下，秦、辛的词句更具形象性，是以“月”的意象，勾连相隔两地的相思之情；而李清照的此句则摈弃形象，纯然以抽象的语词阐述相思之情虽相隔两地却一样愁苦的人生常理，因而尤具哲思性。

结句却又翻进一层，再从形象的角度，对相思情展开描写：“此情无计可消除，才下眉头，却上心头。”“此情”是紧承上文的相思情；而“无计可消除”则开启下文，即“才下眉头，却上心头”，是具体描绘“无计可消除”的相思情。“才下眉头，却上心头”二句，采取了先抑后扬、以退为进的手法，十分形象生动而又虚实相生地描绘了相思情的微妙表现。（王力坚）

醉花阴　李清照

薄雾浓云愁永昼。瑞脑销金兽[①]。佳节又重阳，玉枕纱厨[②]，半夜凉初透。

东篱把酒黄昏后[③]，有暗香盈袖[④]。莫道不销魂，帘卷西风，人比黄花瘦。

【注释】　①瑞脑：香料名，又称龙脑、龙瑞脑。金兽：铜制兽形香炉。②纱厨：即碧纱厨，类似于今时的蚊帐。③东篱：指种菊之处。东晋人陶渊明《饮酒》："采菊东篱下，悠然见南山。"④暗香盈袖：语本《古诗十九首》："攀条折其荣，将以遗所思。馨香盈怀袖，路远莫致之。"

【赏析】　相传此词有一个故事："易安以重阳《醉花阴》词函致明诚。明诚叹赏，自愧弗逮，务欲胜之，一切谢客，忘食忘寝者三日夜，得五十阕，杂易安作以示友人陆德夫。德夫玩之再三，曰：'只三句绝佳。'明诚诘之，答曰：'莫道不消魂，帘卷西风，人比黄花瘦。'正易安作也。"这个故事不一定是真实的，但是它说明这首词最好的是最后三句。先看看全词。

词的开头，描写了一系列美好的景物，美好的环境。"薄雾浓云"是比喻香炉出来的香烟。可是香雾迷蒙反而使人发愁，觉得白天的时间是那样长。这里已经点出她虽然处在舒适的环境中，但是心中仍有愁闷。"佳节又重阳"三句，点出时间是凉爽的秋夜。"纱厨"是有纱帐的床。下片开头两句写重阳对酒赏菊。"东篱"用陶渊明"采菊东篱下"诗意。"人比黄花瘦"的"黄花"，指菊花。《礼记》月令："鞠（菊）有黄花"。"有暗香盈袖"也是指菊花。从开头到此，都是写好环境、好光景：有金兽焚香，有"玉枕纱厨"，并且对酒赏花，这正是他们青春夫妻在重阳佳节共度的好环境。然而现在夫妻离别，因而这佳节美景反而勾引起人的离愁别恨。全首词只是写美好环境中的愁闷心情，突出这些美好的景物的描写，目的是加强刻画她的离愁。

在末了三句里，“人比黄花瘦”一句是警句。“瘦”字并且是词眼。词眼犹人之眼目，它是全词精神集中表现的地方。清照和赵明诚结婚以后，夫妻感情甚笃。他们一起研究文艺学、金石学，生活美满。婚后不久，明诚离家远游，清照不忍相别。这首词没有明写相思，而以深婉含蓄笔墨出之。词一开头“薄雾浓云愁永昼”的“愁”字，就已点出离愁。由于爱人不在身边，她白天是焚香闷坐，黄昏后把酒对菊，独自一人，更添惆怅，更觉魂销。最后用“人比黄花瘦”结束全篇，“瘦”字和首句的“愁”字相呼应。因为有刻骨的离愁，所以衣带渐宽，腰肢瘦损。“人比黄花瘦”五字，以生动的形象来表达感情，而“为伊消得人憔悴”之含意，自在其中。

在诗词中，作为警句，一般是不轻易拿出来的。这句“人比黄花瘦”之所以能给人深刻的印象，除了它本身运用比喻，描写出鲜明的人物形象之外，句子安排得妥当，也是其原因之一。她在这个结句的前面，先用一句“莫道不消魂”带动宕语气的句子作引，再加一句写动态的“帘卷西风”，这以后，才拿出“人比黄花瘦”警句来。人物到最后才出现。这警句不是孤立的，三句联成一气，前面两句环绕后面一句，起到绿叶红花的作用。经过作者的精心安排，好像电影中的一个特写镜头，形象性很强。这首词末了一个“瘦”字，归结全首词的情意，上面种种景物描写，都是为了表达这点精神，因而它确实称得上是“词眼”。以炼字来说，李清照另有《如梦令》“绿肥红瘦”之句，为人所传诵。这里她说的“人比黄花瘦”一句，也是前人未曾说过的，有它突出的创造性。(夏承焘)

添字丑奴儿　李清照

窗前谁种芭蕉树？阴满中庭。阴满中庭，叶叶心心，舒卷有余情。

伤心枕上三更雨，点滴霖霪。点滴霖霪[①]，愁损北人，不惯起来听[②]。

【注释】 ①霖（lín）霪（yín）：本意是久雨，这里指接连不断的雨声。②北人：指北方被金国占领的北宋故地的人。此词是李清照迁临安之后作，因思念南迁之前的故地开封，自称为“北人”。

【赏析】 年少的李清照和怯懦的李后主都想不到，悲哀寂寞和孤独会是他们后半生怎么也无法摆脱的噩梦。

都说李清照的不幸是从建炎三年（1129）其夫赵明诚的病逝开始的，而九月就有金兵南犯。李清照带着撕裂般的心痛和沉重的文物一路上沿着皇帝赵构逃亡的路线逃亡着。

赵构一路抱头鼠窜，经越州、明州、奉化、宁海、台州，直到温州。追随着国君一溜烟远去的方向，李清照一孤家寡人，自己雇船、求人、投亲、靠友，带着她和其夫一生搜集的文物在战火中苦苦坚守着。

这首《添字丑奴儿》写于温州。我们仿佛看见她站在战火四起的土地上，分外消瘦落寞的背影。惊魂未定中，她暂时安顿了下来。

窗前，那是谁种的芭蕉树呢？这看似无心的一问，却分明在提醒我们：她，只是一个客居异乡之人。一个独在异乡为异客的人，在孤寂的院子里转悠着。看见了什么呢？满院繁阴匝地。阴满中庭，阴满中庭，一个重叠，是在告诉我们这繁阴真是浓密得紧！密得让人透不过气，更显出小院的孤清来了。一个人，只有她一个人。在这孤清中能做些什么呢？看着那芭蕉，看着看着，那叶叶心心，舒卷着，仿佛脉脉含着情。

这世界上没有一个可共言语的人，没有一个人读懂她的心，除了这芭蕉叶，舒卷有余情。孤独啊，孤独，能与自己对话的，能懂得自己的，却偏偏是这本该无情也无语的生命！这个悖谬，这种景象，想想都让人揪心。

然而，这并不是完结。在词的下片中，孤独还在蔓延着，深化着。

时间，时间，时间碎如流水。就这样把晨坐成昏，坐成夜。而人从来就是被改变的，被淹没的。“伤心枕上三更雨”，夜已三更，仍是无眠，偏偏还有雨。点滴霖霪，点滴霖霪，一声声敲打着的，不只是芭蕉叶，还有词人那无处安放，无处着落的情绪与神经；这个重叠实际上也是把词人难挨的感觉量化了，拉长了，强化了。这种孤独，这种惶恐，压抑与沉闷，种种感觉，没有身陷生命泥淖中的人恐怕是难以体会的。困厄之中，孤独的辙仿佛要把人辗碎，一阵惊悚，蓦地坐起，好像这样能逃得开似的。“愁损北人，不惯起来听。”那种煎熬于水火当中的惶恐孤寂啊，到底要多大的力量才能反抗，才能打破？

这首词只是南渡后李清照生活的一瞥。这种折磨，这种情绪，这种情境，还要在今后的日子上演多少次？读一读她后来的词你就会明白。而她敏感的心偏偏不能麻木。真的无法把握，这个女人柔弱的身体里，到底流淌着多么激越的忧愤？到底要承受着多少家国之难所带来的孤独？我们不得不重新审视这个女人了。

郑振铎在《中国文学史》中评价说：“她是独创一格的，她是独立于一群词人之中的。她不受别的词人的什么影响，别的词人也似乎受不到她的影响。她是太高绝一时了，庸才的作家是绝不能追得上的。”

其实，郑先生评价她高绝一时是指她作词的技巧。她的整个精神，又何尝不如是呢？天下莫柔弱于水，而攻坚强者莫之能胜。李清照，一个柔弱的女人，也是最坚强的女人。

最后，再说说这个词牌名。《添字丑奴儿》就是在原有词调《丑奴儿》的基础上有所改动，把 44 个字的《丑奴儿》变成了 48 个字。这 48 个字读起来金声玉振，李清照改得是很成功的。

永遇乐　李清照

落日熔金，暮云合璧，人在何处？染柳烟浓，吹梅笛怨[①]，春意知几许？元宵佳节[②]，融和天气，次第岂无风雨[③]？来相招、香车宝马，谢他酒朋诗侣。

中州盛日[④]，闺门多暇，记得偏重三五[⑤]。铺翠冠儿[⑥]，捻金雪柳[⑦]，簇带争济楚[⑧]。如今憔悴，风鬟雾鬓，怕见夜间出去。不如向、帘儿底下，听人笑语。

【注释】 ①吹梅笛怨：笛曲有《梅花落》一种，声调哀怨。李白《与史郎中饮，听黄鹤楼上吹笛》："一为迁客去长沙，西望长安不见家。黄鹤楼中吹玉笛，江城五月落梅花。"②元宵：阴历正月十五日的夜晚。古人以正月十五为上元日。③次第：顷刻，转瞬。④中州：本指中原河南一带，包括宋都汴京在内。此处特指汴京。⑤三五：指正月十五日。⑥铺翠冠儿：以翡翠羽毛作装饰的帽子。⑦捻金：用金线捻成……雪柳：用素绢或白纸扎成柳叶，而以金线为茎。⑧簇带：头上的饰品插戴得满满的。簇：密聚。济楚：整齐。

【赏析】 这首词依然是李清照晚年流寓临安时所作。

某一年的某一个元宵佳节，盛大的场面热烈的气氛，让她恍然间心意萌动。往事又悄悄潜上心头，山茶花般浓盛。她无法释怀，无法忘情拥抱新生活，只能在回忆的缝隙中，望过去。望着这个人间的喧嚣与繁华，静静地，不去惊扰。

落日熔金，暮云合璧，这个元宵的傍晚很美，美得让人恍然间不知今夕何夕，不知身在何处。是在临安？还是在汴京？迷失般的错愕。浓密的柳色，浸染在傍晚的烟雾中，玉笛中漾出的《梅花落》，透着余音袅袅的轻愁。春天，真的就这样来了吗？我不知道，这一问，是难以置信的疑惑，还是恍然大悟的惊喜。

"落日熔金，暮云合璧"，这个工整的四字对，我实在不知道怎样将它恰当地表达出来。它就像是一块完整的玉，玲珑剔透，拆分开来，不成片断，也了无诗味。你只能恍惚觉得它美，却又无法具体说出它的形象。

江南天气融和，草长莺飞。如碧玉般清透的暮云烘托着落日的光辉，这个元宵佳节，理当让人沉醉。看着热热闹闹的天气，热热闹闹的城市，热热闹闹的沉醉在节日气氛中的人，我的心快被融化了。却在将化未化之际，泛起一丝清冷的忧虑。谁能保证这种好光景就能一直不变持续下去？谁能说瞬间的美好就能成为永恒？经历了太多的翻云覆雨、措手不及，我不敢挥霍眼前快乐的光景，不敢毫无保留地轻信。谁又能保证这风光霁月的背后"次第岂无风雨"？

不要笑我多心。正因为快乐太突然，美太珍稀，才让我如此患得患失，不敢相信。因为痛苦总在欢乐的极致悄然降临。没有希望，才不会有失去希望的绝望。我对风雨，心有余悸。美好总在瞬息之间遗失，此一时的好天气彼一时的风雨，相隔不过一眨眼的距离。

有了这种顾虑，“来相召、香车宝马，谢他酒朋诗侣。”酒朋诗侣乘宝马香车相邀，我不是不心动，不感激，多想像她们一样尽情投入。挪得动脚步却挪不动心情。还是谢了吧，谢了你们的好意。热闹是你们的，我守着自己的清欢罢了。

融融泄泄的节日里有了惴惴不安的风雨之忧，谢了诗朋酒侣的热烈独守着冷眼旁观的冷清。短短的上阕里，心境腾挪跌宕，摇曳生姿。迷了看客的眼，乱了当事者的心。

当下的欢乐热闹，她选择缺席。只能从记忆里捞起往日的点滴，聊作慰藉。她又一次掉进了回忆中。

你看，那是在东京。那时我还是少女，闺门多的是闲暇，还有明亮的心情。也是在这样的一个天气，这样的一个元宵佳节里，我和朋友们戴着镶有翡翠的帽儿，还有元夕时特有的头饰“珠翠闹蛾，玉梅雪柳”，穿着整整齐齐、华丽鲜艳的罗裙，像比赛似的，欢快雀跃地去看花灯，闹元宵。那时多好，有闲暇，有心情，有伙伴，有青春，占尽了天时、地利与人和。回想起来，那种热烈纯粹的味道依稀浮荡在空气中，让人身不由己地沉醉。

青春，这两个字念起来，让人心疼。看看吧，看看现在的自己，所剩唯憔悴的面容，花白的头发，衰老的心境。如何夜间出去？还是不出去罢了，这样的衰飒在浓烈明艳的节日里，怕是会煞风景。何况自己，再难以拾起往日的情怀，纵身在热闹红尘，心却激不起波澜了。

屋外的喧哗、斑斓，入耳入目。

屋内的人太孤独、太冷清。终于还是忍不住掀起门帘儿的一角，偷偷地，听他人的欢声笑语。往日的盛大、欢乐，自己都曾拥有，现在却只留存在记忆当中，留存在撩起的门帘的小小一角。

昔盛今衰，人乐我苦，几年后，刘辰翁读到这首词时每每“为之涕下”“辄不自堪”。

武陵春 李清照

风住尘香花已尽，日晚倦梳头。物是人非事事休，欲语泪先流。

闻说双溪春尚好，也拟泛轻舟。只恐双溪舴艋舟，载不动、许多愁。

【赏析】 这阕《武陵春》题名《春晚》，还有一个题目叫《暮春》。有人说这首词是写春愁，也有人说这是“感愤时事之作”，我想这首词不过是她想起了自己的伤痛，华年与君同舟的一幕历历在目。泛舟春水，要寻找的是快乐，美，还是记忆呢？易安阅尽人世悲欢，她自己的伤痛她自己知道。

“风住尘香花已尽。”繁华落幕，我们已经走到了春天的尽头。这个起句，没有从花开写起，也没有写它的繁华时节，略过了开端和高潮，直接步入了尘埃落定的结局。就好像我们自己，走过了一段太长的路，经历了太多的沧桑变故，已经没有力气再说什么了，或是不想再说了，只能安静地等待结局和命运。这种感觉，有些无奈，有些疲倦，疲倦得甚至连头也懒得梳了。

“风住尘香”，感觉很奇特。在风中停驻的，不是有形的光影声色。比如花瓣零落，辗作尘泥或是坠入沟渠，又或是花朵枯槁、不胜憔悴。是无形的香味。香味是更持久的东西，也是更细腻缠绵的东西，这些，没有一颗敏感的心，捕捉不到，体会不到，也传达不出来。

在时间的河流里，一些东西终究要渐次沉淀，物是人非事事休。事事已休，尘埃落定。

而记忆里的伤痛，还是没有忍住，沉滓泛起，逗惹着人。欲语，泪却先流了下来。还是不说的好。

物是人非事事休。

人在时光中被改变，从青春到华发，从盛年到凋残，从繁华到落幕。如今漂泊辗转在海角天涯。变的不只是容颜，还有一颗不复如初的心。岁岁年年人不同。

生活被逼成一条狭窄的甬道，甬道的尽头，仍有一线微弱的光。

“闻说双溪春尚好，也拟泛轻舟。”风住了尘香么？闻说双溪春尚好。心里泛起了微澜，想抓住春的尾巴，想泛轻舟。只是在心里起了一个势。哪怕生活把她逼到了绝处，也依然抓住微如星火的希望。你可以剥夺我外在的一切，却剥夺不了我内心的自由。泛舟，向青草的更深处划去。我愿以这种姿势在这落寞窘迫荒凉的现实中行走。

多希望她把这个瞬间升起的念头落到实处，变成行动。可她，又犹豫起来了。“只恐双溪舴艋舟，载不动、许多愁。”

生怕情多累了美人，生怕愁多累了舴艋舟。这到底是多情的心太玲珑，还是在给自己的不坚定找一个借口？一个“只恐”道尽了她的犹豫。去了，还是没去？不得而知。这样的心境，她一直都有。试看从前，当“清露晨流，新桐初引”的景致，唤醒她“多少游春意”时，她没有立即出游，而是试探着，将头伸出窗外，“日高烟敛，更看今日晴未。”愁固然很多，她到底在犹豫什么？

“闻说”“也拟”“直恐”，下片中的三个虚词转换，直将人微妙而曲折的心理描摹尽了。

“只恐双溪舴艋舟，载不动、许多愁。”这句写愁的神来之笔，引无数评者、诗人竞折腰。关于这点，沈祖棻女士分析甚详，不再赘述。

声声慢　李清照

寻寻觅觅。冷冷清清，凄凄惨惨戚戚。乍暖还寒时候，最难将息[①]。三杯两盏淡酒，怎敌他、晓来风急[②]？雁过也，正伤心，却是旧时相识。

满地黄花堆积。憔悴损，如今有谁堪摘？守着窗儿，独自怎生得黑？梧桐更兼细雨[3]，到黄昏、点点滴滴。这次第[4]，怎一个、愁字了得？

【注释】 ①将息：休息，保养。②晓来风急：晓或作晚。③梧桐更兼细雨：语本白居易《长恨歌》："秋雨梧桐叶落时。"又，"梧桐树，三更雨。"④次第：光景，情形。

【赏析】 这首词是她南渡以后的名篇之一。从词意看，当写于赵明诚死后。通篇都写自己的愁怀。她早年的作品也写愁，但那只是生离之愁、暂时之愁、个人之愁，而这里所写的则是死别之愁、永恒之愁、个人遭遇与家国兴亡交织在一处之愁，所以使人读后，感受更为深切。

起头三句，用七组叠字构成，是词人在艺术上大胆新奇的创造，为历来的批评家所激赏。如张端义《贵耳集》云："此乃公孙大娘舞剑手。本朝非无能词之士，未曾有一下十四叠字……后叠又云'梧桐更兼细雨，到黄昏点点滴滴'，又使叠字，俱无斧凿痕。"张氏指出其好处在于"无斧凿痕"，即很自然，不牵强，当然是对的。元人乔吉《天净沙》云："莺莺燕燕春春，花花柳柳真真。事事风风韵韵，娇娇嫩嫩，停停当当人人。"通篇都用叠字组成。陆以湉《冷庐杂识》就曾指出："不若李之自然妥帖。"《白雨斋词话》更斥为"丑态百出"。严格地说，乔吉此曲，不过是文字游戏而已。

但说此三句"自然妥帖"，"无斧凿痕"，也还是属于技巧的问题。任何文艺技巧，如果不能够为其所要表达的内容服务，即使不能说全无意义，其意义也终归是有限的。所以，它们的好处实质上还在于其有层次、有深浅，能够恰如其分地、成功地表达词人所要表达的难达之情。

"寻寻觅觅"四字，劈空而来，似乎难以理解，细加玩索，才知道它们是用来反映心中如有所失的精神状态。环境孤寂，心情空虚，无可排遣，无可寄托，就像有什么东西丢掉了一样。这东西，可能是流亡以前的生活，可能是丈夫在世的爱情，还可能是心爱的文物或者什么别的。它们似乎是遗失了，又似乎本来就没有。这种心情，有点近似姜夔《鹧鸪天》所谓"人间别久不成悲"。这，就不能不使人产生一种"寻寻觅觅"的心思来。只这一句，就把她由于敌人的侵略、政权的崩溃、流离的经历、索漠的生涯而不得不担承的、感受的、经过长期消磨而仍然留在心底的悲哀，充分地显示出来了。心中如有所失，要想抓住一点什么，结果却什么也得不到，所得到的，仍然只是空虚，这才如梦初醒，感到“冷冷清清”。四字既明指环境，也暗指心情，或者说，由环境而感染到心情，由外而内。接着“凄凄惨惨戚戚”，则纯属内心感觉的描绘。“凄凄”一叠，是外之环境与内之心灵相连接的关键，承上启下。在语言习惯上，凄可与冷、清相结合，也可以与惨、戚相结合，从而构成凄冷、凄清、凄惨、凄戚诸词，所以用“凄凄”作为由“冷冷清清”之环境描写过渡到“惨惨戚戚”之心灵描写的媒介，就十分恰当。由此可见，这三句十四字，实分三层，由浅入深，文情并茂。

“乍暖”两句，本应说由于环境不佳，心情很坏，身体也就觉得难以适应。然而这里不说境之冷清，心之惨戚，而独归之于天气之“乍暖还寒”。“三杯”两句，本应说借酒浇愁，而愁仍难遣。然而这里也不说明此意，而但言淡酒不足以敌急风。在用意上是含蓄，在行文上是腾挪，而其实仍是上文十四叠字的延伸，所谓情在词外。

“雁过也”三句，将上文含情未说之事，略加点明。正是在这个时候，一群征雁，掠过高空。在急风、淡酒、愁绪难消的情景中，它们的蓦然闯入，便打破了当前的孤零死寂，使人不无空谷足音之感，但这感，却不是喜，而是“伤心”。因为雁到秋天，由北而南，作者也是北人，避难南下，似乎是“旧时相识”，因而有“同是天涯沦落人”之感了。《漱玉词》写雁的有多处，以此与她早年所写《一剪梅》中的“云中谁寄锦书来？雁字回时，月满西楼”以及南渡前所写《念奴娇》中的“征鸿过尽，万千心事难寄”对照，可以看出，这两首虽也充满离愁，但那离愁中却是含有甜蜜的回忆和相逢的希望的，而本词则表现了一种绝望，一种极度的伤心。

过片直承上来，仰望则见辽天过雁，俯视则满地残花。菊花虽然曾经开得极其茂盛，甚至在枝头堆积起来，然而现在却已经憔悴了。在往年，一定是要在它盛开的时候，摘来戴在头上的，而现在，谁有这种兴味呢？

急风欺人，淡酒无用，雁逢旧识，菊惹新愁，所感所闻所见，无往而非使人伤心之事，坐在窗户前面，简直觉得时间这个东西，实在坚固，难以磨损它了。彭孙遹《金粟词话》云：“李易安‘被冷香消新梦觉，不许愁人不起’，‘守着窗儿，独自怎生得黑’，皆用浅俗之语，发清新之思，词意并工，闺情绝调。”所论极是。这个“黑”字，是个险韵，极其难押，而这里却押得既稳妥，又自然。在整个宋词中，恐怕只有辛弃疾《贺新郎》中的“马上琵琶关塞黑”一句，可以与之媲美。

“梧桐”两句是说，即使挨到黄昏，秋雨梧桐，也只有更添愁思，暗用白居易《长恨歌》“秋雨梧桐叶落时”意。“细雨”的“点点滴滴”，正是只有在极其寂静的环境中“守着窗儿”才能听到的一种微弱而又凄凉的声音；而对于一个伤心的人来说，则它们不但滴向耳里，而且滴向心头。整个黄昏，就是这么点点滴滴，什么时候才得完结呢？还要多久才能滴到天黑呢？天黑以后，不还是这么滴下去吗？这就逼出结句来：这许多情况，难道是“一个愁字”能够包括得了的？（“这次第”犹言这种情况，或这般光景，宋人口语。）文外有多少难言之隐。

此词之作，是由于心中有无限痛楚抑郁之情，从内心喷薄而出，虽有奇思妙语，而并非刻意求工，故反而自然深切动人。陈廷焯《云韶集》说它“后幅一片神行，愈唱愈妙”。正因为并非刻意求工，“一片神行”才是可能的。（沈祖棻）

点绛唇　李清照

蹴罢秋千[1]，起来慵整纤纤手[2]。露浓花瘦，薄汗轻衣透。

见客人来，袜刬金钗溜[3]。和羞走。倚门回首，却把青梅嗅。

【注释】　①蹴（cù）：踏。此处指打秋千。②慵：懒，倦怠的样子。③袜刬（chǎn）：这里指跑掉鞋子以袜着地。刬：只，光着。

【赏析】　一首《点绛唇》，一组明快流丽的动态镜头，一段纯真而丰饶的青涩时光。

它让我们感到无比亲切，又无比熟悉：那不正是你或我都曾经经历过的吗？在某年某月的某一天，某一个时候，那种欲说还休的矜持，那种微妙而狡黠的羞涩，就那样不期而遇，撞击着你的心扉。

也只有闺中才俊李清照，才写得出这样一段细腻而富有神韵的美。她也一定有过这样一种心灵弥满的状态，一种生命开花的状态，才将少女这婉曲的心思写得如此真实。较之五代或是同时代的男子作闺音的隔膜，她更有优势，更能直指女儿心，见性成佛。

“蹴罢秋千，起来慵整纤纤手。露浓花瘦，薄汗轻衣透。”这分明是在写一种静态，一种少女的慵倦和婉约，所以她从荡罢秋千写起，所以她没有去写荡着秋千的张扬与飞动。远远望去，宁静如一幅山水写意，素雅如一隅独自开放的茉莉花，有一种静如处子的美。

转瞬间，这种静美的画面被打破了。“见客人来，袜刬金钗溜。和羞走。倚门回首，却把青梅嗅。”由于陌生者的无意闯入，打破了少女的沉静。她花容不整，慌不择路，和着羞地要逃走，却又在门口停住了，倚门偷觑，眼波流动，这又是一种动如脱兔的美了。而收束处尤其动人，“倚门回首，却把青梅嗅”，心理微妙却要借一枝梅子去掩饰，女儿家的心思比这青青梅子还要耐人寻味。想这来人，定是一个风神俊朗的少年郎。

有人说，来人可能是一个熟人或是一位长者，不一定是个少年。果真这样，少女绝不至于慌成这样，那样太小家子气，哪里还有一个大家闺秀的样儿？果真这样，少女也不至于要倚门偷觑，眼波流动。在远远的地方，一个回眸。就像，就像是替自已罩上一个假面，却又小心翼翼地狡黠地用手指点着，这是独有的情怀初开的少女风情。

李清照的这首词脱胎于韩偓《香奁集》中的《偶见》：“见客人来和笑走，手搓梅子映中门。”这一“笑”一“羞”，一“搓”一“嗅”，境界相差，岂止泾渭？“笑”的放荡与“羞”的矜持，“搓”的忸怩笨拙与“嗅”的自然轻灵，雅俗之别，不可同日而语。

这首词流露着一种东方式的含蓄之美。内敛而优美，平静而强烈，从内到外散发出一种优雅从容。就像徐志摩那句：“最是那一低头的温柔，像一朵水莲花不胜凉风的娇羞。”

一抹淡淡的颦眉，一个不经意的回眸，所有的意韵都在只可意会不可言传之中，这就是古典东方美的神韵。林语堂先生说：“中装与西装在哲学上的不同之点就是，后者在显出人体的线形，而前者在意遮隐之。”我们喜欢李清照及她笔下的这个少女，也许，更在于她寄托了我们对古典美的一种情结，对含蓄美的一种向往。

正如这首词的词牌名——《点绛唇》，无需浓墨重彩，无需大肆渲染，只红唇一点，便满纸风情！

临江仙　陈与义

夜登小阁[1]，忆洛中旧游[2]

忆昔午桥桥上饮[3]，坐中多是豪英。长沟流月去无声。杏花疏影里，吹笛到天明。

二十余年如一梦，此身虽在堪惊。闲登小阁看新晴。古今多少事，渔唱起三更。

【注释】　①小阁：在杭州青墩镇无住庵中。作者晚年曾居此。②洛中：洛阳。③午桥：在洛阳城东南，距长夏门五里。唐宋时为游赏之地。

【赏析】　陈与义身罹靖康之难，遍尝流离之苦。这首词抒写其抚今追昔、感时伤世的深沉感慨。

上片紧扣“忆昔”二字，追忆二十余年前在洛阳午桥与朋友豪酣欢饮的生活画面。午桥，在洛阳城南十里，即唐代宰相裴度所居的绿野堂，修筑有风亭、水榭、凉台等优美建筑。裴度与白居易、刘禹锡经常游宴于此，那都是令人神往的前代风流。二十多年前，作者正值青春年少，自是风流潇洒，豪情万丈；时逢徽宗政和年间，天下承平无事，游宴之风日炽。作者与洛中旧游欢饮之际，得意非凡，畅快淋漓。

皎洁的月亮升上了夜空，柔静的月光映照着桥下的流水，长长的流水簇拥着一轮明月，脉脉地向远方流去。“长沟”一句很值得玩味。谁都知道，月影是不会随水漂流的，但是这样写却营造出一种动态美，并且使月光与流水和谐地融合在一起，清晰而又美丽地描绘出环境的清幽和情趣的雅逸。这里又以“长沟流月”暗示时间的悄悄流逝，更加烘托出豪杰酣饮、竭尽欢娱的情态。

文人才士们酒宴之后，欣赏起了美妙的音乐。月光斜照在杏花之上，落下了稀疏斑驳的影子。就在这春风沉醉的晚上，在这带着杏花清香的疏影里，有人吹起了竹笛，悠扬的笛声弥漫在如此静谧的夜空中，陶醉着每个人的心田。我们度过了幽雅、温馨的夜晚，共同迎来了朝日霞光。沈际飞《草堂诗余正集》评析曰：“‘流月无声’巧语也，‘吹笛天明’爽语也。”的确，坐中豪英、长沟流月、杏花疏影、笛声悠扬，共同构成了一幅境界优美、情韵幽雅的高士夜饮图，静与动、光与影、色与香融为一片，“真是自然而然”(张炎《词源》)。

然而，一切的美好都属于昔日，都是二十余年前的如烟往事。往事越是美好，就越发转跌出此刻的孤寂凄凉，一下子即将上片的所有画面刷上了一层浓重的凄迷色调。

二十余年来，自己经历了无数风风雨雨，国事的衰颓、人生的起落，颠沛流离的种种情状，真是恍如一梦。如今我退隐湖州，旧时的豪情壮志、理想抱负都已灰飞烟灭，往日的满座高朋也纷纷风流云散。同样在这月华如水的静夜里，我独自一人登上小楼，观赏着雨后初晴的月色。这里的新晴之景回应着上片的长沟流月，只是人事已改，今非昔比。一个“闲”字，含蕴深厚，透露出无限的沧桑之感。

词人的情绪似乎就此闲淡了下来，其实不然。结尾两句又在初愈的心灵创口上撞击出更深的痛楚：古往今来多少兴亡故事啊，尽都付诸渔歌樵唱！如此慨叹类于明代杨慎所感发的“古今多少事，都付笑谈中”（《临江仙》），但此词乃感慨国事，另具深意。子夜时分，苍茫的江面上传来一阵阵渔夫的歌唱，这样的声调低沉而衰飒，营构出无限凄凉的情境。“渔唱”又与上片悠扬、恬雅的笛声形成了鲜明的对照，使得全词的意蕴愈加深广、厚重，透射出历久不衰的艺术感染力。(高峰)

满江红　岳飞

怒发冲冠[①]，凭栏处、潇潇雨歇。抬望眼、仰天长啸，壮怀激烈。三十功名尘与土，八千里路云和月。莫等闲、白了少年头[②]，空悲切。

靖康耻[③]，犹未雪。臣子恨[④]，何时灭？驾长车踏破、贺兰山缺[⑤]。壮志饥餐胡虏肉，笑谈渴饮匈奴血[⑥]。待从头、收拾旧山河，朝天阙[⑦]。

【注释】　①怒发冲冠：语本《史记·廉颇蔺相如列传》：“王授璧，相如因持璧却立，倚柱，怒发上冲冠。”又，唐人骆宾王《于易水送人一绝》：“此地别燕丹，壮士发冲冠。”②等闲：轻易，随便。③靖康耻：指钦宗靖康二年（1127）京师和中原沦落，徽钦二帝被掳往金国的奇耻大辱。④臣子恨：1139年正月，宋金议和告成，和约规定：南宋皇帝向金称臣。⑤贺兰山：在今宁夏境内。又，河北磁县亦有此山名，见该县县志。这里指金人所占的宋人疆土或关隘。北宋人姚嗣宗《书驿壁》：“踏碎贺兰石，扫清西海尘。”⑥“壮志”二句：语本《汉书·王莽传》“校尉韩威进曰：‘以新室之威而吞胡虏，无异口中蚤虱。臣愿得勇敢之士五千人，不赍斗粮，饥食虏肉，渴饮其血，可以横行。’”⑦天阙：指朝廷。

【赏析】　岳将军此词，激励着千古中华民族的爱国心，当我二十多岁时，正值国破家亡，华北沦陷，豁出性命设法偷听那微弱的无线电传自千万里外的抗敌为国之声，那低沉而雄壮的歌音，唱的正是这首词曲，我从此才更领受到它的伟大的感染力量。

上来一句四个字，即用太史公写蔺相如“怒发上冲冠”的奇语，表明这是不共戴天的深仇大恨。此仇此恨，因何愈思愈不可忍？正缘高楼独上，阑干自倚，纵目乾坤，俯仰六合，不禁满怀热血，激荡沸腾。而当此之时，愁霖乍止，风烟澄净，光景自佳，翻助郁勃之怀，于是仰天长啸，以抒此万斛英雄壮气。着“潇潇雨歇”四字，笔致不肯一泻直下，方见气度渊静，便知有异于狂夫叫嚣之浮词矣。

开头凌云壮志，气盖山河，写来已尽其势。且看他下面如何接得去？倘是庸手，有意耸听，必定搜索剑拔弩张之文辞，以引动浮光掠影之耳目——而乃于是却道出“三十功名尘与土，八千里路云和月”十四个字，真个令人迥出意表，怎不为之拍案叫绝！此十四字，微微唱叹，如见将军抚膺自理半生悲绪，九曲刚肠，英雄正是多情人物，可见为证。功名是我所期，岂与尘土同轻；驱驰何足言苦，堪随云月共赏。试看此是何等胸襟，何等识见！今之考证家，动辄敢断此词不见宋人称引，至明始出于世，则伪作何疑，云云。不思作伪者大抵浅薄妄人，笔下能有如许高怀远致乎？

词到过片，一片壮怀，喷薄倾吐。靖康之耻，实指徽钦蒙难，犹不得还；故下联接言臣子抱恨无穷，此是古代君臣观念之必然反映，莫以今日之国家概念解释千年往事。此恨何时得解？尘土功名，三十已过，至此，将军自将上片歇拍处“莫等闲，白了少年头，空悲切”之痛语，说与天下人体会，沉痛之笔，字字掷地有声！

以下出奇语，寄壮怀，英雄忠愤之气概，凛凛犹若神明。盖金人猖獗，荼毒中原，只畏岳爷爷，不啻闻风丧胆。故自将军而言，匈奴实不难灭，踏破“贺兰”，黄龙直捣，并非夸饰自欺之大言也。“饥餐”、“渴饮”一联，微嫌合掌；然不如此亦不足以畅其情，尽其势，未至有复沓之感者，以其中有真气在。

论者又说：贺兰山在西北，与东北之黄龙府，千里万里，有何交涉？即此亦足证明此词乃伪作云。我不禁再拜请教：那克敌制胜的抗金名臣赵鼎，他作《花心动》词，就说：“西北搀枪未灭，千万乡关，梦遥吴越。”那忠义慷慨寄敬胡铨的张元干，他作《贺新郎》词，也说“要斩楼兰三尺剑，遗恨琵琶旧语。”这都是南宋初期的爱国词人，他们说到敌人金兵时，能用“西北”、“楼兰”，怎么一到岳飞，就用不得“贺兰山”、“匈奴”了？我自然不敢“保证”此词必定真是岳将军手笔，但用那样的逻辑去断言此词必伪，怎敢欣然而同意呢？

“待从头，收拾旧山河，朝天阙！”一腔忠愤，碧血丹心，肺腑倾出，即以文章家眼光论之，收拾全篇，神完气足，无复毫发遗憾，颂之令人神旺，令人起舞！

然而岳将军头未及白，敌人已陷困境之时，遭奸人谗害，是宋朝自坏长城，“莫须有”千古冤狱，闻者发指，岂复可望眼见他率领十万貔貅，与中原父老，齐来朝拜天阙哉？悲夫。

此种词原不应以文字论短长，然即以文字论，亦当击赏其笔力之沉雄，脉络之条畅，情致之深婉，皆不同于凡响，倚声而歌之，亦振兴中华之必修音乐文学课也。（周汝昌）

卜算子　陆游

咏梅

驿外断桥边，寂寞开无主。已是黄昏独自愁，更著风和雨。

无意苦争春，一任群芳妒。零落成泥碾作尘，只有香如故。

【赏析】　宋代咏物词盛。

文学是人学，他们更关心的是梅花的形象，是梅花凌霜傲雪的这一最基本、也是最本质的特点，以及这一特点所能带给人的启示和榜样作用。牡丹为唐人所爱，因为牡丹的富贵、雍容与热烈是和唐人的精神风貌相应和的。而宋人呢？宋人爱梅花，除了求雅之外，他们更看重的是梅花的品、志。宋人最需要什么？不是雅，而是在异族欺凌威压之下的精神支撑：外既被敌人用刀枪逼压得直不起身来，内还不得求一种可以站起的力量吗？于是，他们就心仪了梅，并从梅中找到了一个软弱王朝所特别需要的强韧精神。

一反通常的咏梅词，在陆游笔下，主要笔墨几乎全用在了渲染梅花所身处的环境上。一是梅的所处之地。“驿外断桥边”，“驿”意味着风雪无时、风尘漫漫、跋涉艰难，但还有人的脚步；“驿外”就除了艰难与恶劣，连人的脚步也没有；至于“断桥”，是在加笔写这人之不至的荒凉景象。二是梅的所处之时。人既不到，“黄昏”又至；心中已然黯淡，黑暗又至眼前。第三，是梅所面临的天气，“更著风和雨”，风雨也紧跟着来了。第四，是同类们的嫉妒，嫉妒的眼神、嫉妒的心理乃至嫉妒的行为。实际上，这时霜雪已经退避，梅花已过盛时，但这些“群芳”们就是不肯放过它，还在顽固地妒恨着它。最后，是“零落成泥碾作尘”，这是梅花的飘落景况和终了之局。风雨之中，花瓣被且吹且打地抛到了驿道上，没有人用锦囊盛了它，没有人为它建了花冢，也没有人为它洒下眼泪。它就那样地被风雨打落，又被行人无情地踏进泥中，被车轮狠狠地碾作尘土，——但，其香却依然“如故”！我们似乎一下子明白了：原来，前面那一再渲染的梅的“生”之环境与“死”之情形，完全是为了凸显梅的品格；前面那一再的伏低，完全是为了这最后的振起！“只有香如故”，是的，梅可以被摧残，可以被践踏，但它不会失了精神，不会散了魂魄，不会丢了意志，不会失了品节！卓人月《古今词统》卷四说：“末句想见劲节。”所赞极是！

也许有人会说：这里的梅并没有傲霜斗雪啊！词人怎么不写它如何面对“千霜万雪”呢？而这正是陆词的剪裁妙处！不错，梅花最终是陨落在了风雨中，但它难道不是一路傲然地从霜雪中走出来的吗？它曾经如何地不畏严寒，如何地在霜雪中怒放，不是很明白地就可以想见吗？而更为重要的是，陆游这样写梅的“暮年”，写梅的结局，更能够显示它始终如一、至死不衰地坚守自己品格的品质，更能凸出梅的形象，更能让人感佩不已！

还有一点，陆词中的梅并不是一味地坚强，一味地高大，或一味地乐观。梅没有笑对寂寞，没有笑对风雨，没有笑对零落。词人写得很客观，也很真实，他把梅的情感心理和意志品质是分开了的。在意志品格上，梅坚执如一，没有丝毫的畏怯和懦弱。但这并不妨碍它可以皱起眉头，可以感到“寂寞”，可以感到“愁”苦。

看陆游一生所遭遇的打击，以及他在这打击下的刚直与不屈，以及他“王师北定中原日，家祭无忘告乃翁”（《示儿》）的临终遗言，我们说，用梅来比陆游，再合适不过；让陆游来写梅词，也再合适不过；把这首咏梅词作为宋代咏物词的代表作，也再合适不过。（郭红欣）

诉衷情　陆游

当年万里觅封侯，匹马戍梁州①。关河梦断何处？尘暗旧貂裘。

胡未灭，鬓先秋，泪空流。此生谁料，心在天山，身老沧洲！

【注释】　①梁州：治所南郑，今陕西汉中市。乾道八年（1172），陆游曾在南郑四川宣抚使王炎幕僚任职，参与谋划军务。

【赏析】　陆游一生致力于抗金恢复大业，爱国情志至死不衰，梁启超曾盛赞其为："亘古男儿一放翁"（《读陆放翁集》之二）。但终其一生，他都志业不遂，心愿难偿，尝尽了英雄失路的滋味。这种滋味，在他的这首《诉衷情》词中，有着集中而鲜明的反映。

这首词作于词人晚年闲居家乡山阴时。从"此生"二字看，可知是对自己一生境况的感慨与总结。陆游一生的境况又究竟如何呢？词结末的描述是："心在天山，身老沧洲！"天山，在新疆境内，是汉唐时的边境，此处借指抗金前线；沧洲，即水边，是古时隐士隐居的地方，此处指陆游晚年闲居之地。二句是说，自己的心一直是在烽火连天的抗金前线，而身却被抛置在与抗金前线遥不可及的水泽山乡中，并且就这样一天天地老死下去。理想与现实间的距离是如此巨大，以致我们仿佛看到了词人身、心被割裂、被撕扯的痛苦情形。而这种情形，又是词人怎么也没有预料到的！"谁料"二字，就表明了词人对此情形的无从预料、无法相信和难以接受，以及对造成这种情形的现实政治的深深无奈和强烈不满。但无奈也好，不满也罢，现实就那么冷冰冰地摆在自己的面前，让他无从选择，无法逃避。

我们不妨就来简单回顾一下陆游的人生经历。二十九岁时，他参加进士考试，省试中成绩优异，被取为第一，但却仅仅因为名次排在秦桧之孙秦埙的前面，就硬被放在了最末一位，连主考官也险遭处分。第二年，他勉强参加了礼部试，也是名列前茅，但又因"喜论恢复"被秦桧强行黜落。直到秦桧死后，他才得以出仕；而这时，他已经三十四岁了。之后，他又是坎坷连连，摧挫不断：四十二岁时因“力主张浚用兵”，被罢隆兴通判职；五十二岁时，被指“不拘礼法，恃酒颓放”(实是因北伐主张无法实现而常藉诗酒抒泄郁懑)，罢四川制置使参议官职；五十五岁时，因“奏拨义仓赈济”，触犯地主豪强势力，被罢提举江南西路常平茶盐公事职；六十六岁时，终以“嘲咏风月”（实是把抗金情志形诸歌咏）罪名罢严州知州职，被迫回乡，直到老死（中间只几个月参与了修史)。如此，陆游入仕既晚，后又连遭罢黜，算起来，前后竟有三十多年被闲置故里！壮志难酬，壮心成灰，“天山”、“沧洲”之说实实地成了他一生运命的写照。有人说，宋朝是个需要英雄而又英雄“过剩”了的时代，真是确当之至！(郭红欣)

书愤 陆游

早岁那知世事艰，中原北望气如山。
楼船夜雪瓜洲渡，铁马秋风大散关。
塞上长城空自许，镜中衰鬓已先斑。
出师一表真名世，千载谁堪伯仲间！

【赏析】 此诗作于孝宗淳熙十三年（1186）春，这时陆游退居于山阴家中，已是六十二岁的老人。从淳熙七年（1180）始，他罢官已六年，挂着一个空衔在故乡蛰居。直到作此诗时，诗人才以朝奉大夫、权知严州军州事起用。因此，诗的内容兼有追怀往事和重新立誓报国的两重感情。

诗的前四句是回顾往事。“早岁”句指隆兴元年（1163）他三十九岁在镇江抗金战争的第一线，北望中原，收复故土的豪情壮志，坚定如山。以下两句分叙两次值得纪念的经历：隆兴元年，主张抗金的张浚以右丞相都督江淮诸路军马，楼船横江，往来于建康、镇江之间，军容甚壮。诗人满怀着收复故土的胜利希望，“气如山”三字描写出他当年的激奋心情。但不久，张浚军在符离大败，狼狈南撤，次年被罢免。诗人的愿望成了泡影。追忆往事，怎不令人叹惋！另一次使诗人不胜感慨的是乾道八年（1172）事。王炎当时以枢密使出任四川宣抚使，积极擘画进兵关中恢复中原的军事部署。陆游在军中时，曾有一次在夜间骑马过渭水，后来追忆此事，写下了“念昔少年时，从戎何壮哉！独骑洮河马，涉渭夜衔枚”的诗句。他曾几次亲临大散关前线，后来也有“我曾从戎清渭侧，散关嵯峨下临贼。铁衣上马蹴坚冰，有时三日不火食”的诗句，追写这段战斗生活。当时北望中原，也是浩气如山的。但是这年九月，王炎被调回临安，他的宣抚使府中幕僚也随之星散，北征又一次成了泡影。“楼船夜雪瓜洲渡，铁马秋风大散关”，这十四字中包含着多么丰富的愤激和辛酸的感情啊！

岁月不居，壮志已逝，志未酬而鬓先斑，这在赤心为国的诗人是日夜为之痛心疾首的。陆游不但是诗人，他还是以战略家自负的。可惜毕生未能一展长长。“切勿轻书生，上马能击贼”、“平生万里心，执戈王前驱”是他念念不忘的心愿。自许为“塞上长城”，是他毕生的抱负。“塞上长城”，典出《南史·檀道济传》，南朝宋文帝杀大将檀道济，檀在临死前投帻怒叱：“乃坏汝万里长城！”陆游虽然没有如檀道济的被冤杀，但因主张抗金，多年被贬，“长城”只能是空自期许。这种怅惘是和一般文士的怀才不遇之感大有区别的。

但老骥伏枥，陆游的壮心不死，他仍渴望效法诸葛亮的“鞠躬尽瘁”，干一番与伊、吕相伯仲的报国大业。这种志愿至老不移，甚至开禧二年（1206）他已是八十二岁的高龄时，当韩侂胄起兵抗金，他还跃跃欲试。

《书愤》是陆游的七律名篇之一，全诗感情沉郁，气韵浑厚，显然得力于杜甫。中两联属对工稳，尤以颔联“楼船”、“铁马”两句，雄放豪迈，为人们广泛传诵。这样的诗句出自他亲身的经历，饱含着他的政治生活感受，是那些逞才摛藻的作品所无法比拟的。（何满子）

临安春雨初霁 陆游

世味年来薄似纱，谁令骑马客京华？
小楼一夜听春雨，深巷明朝卖杏花。
矮纸斜行闲作草，晴窗细乳戏分茶[1]。
素衣莫起风尘叹[2]，犹及清明可到家。

【注释】 ①细乳：指沏茶时水面浮着的白色的水泡沫。②素衣：陆机《为顾彦先赠妇》诗云："京洛多风尘，素衣化为缁。"此诗既指羁旅风霜之苦，又暗寓京城恶浊，久居为其所化。

【赏析】 写这首诗时，诗人也是六十二岁。与同样作于这一年的《书愤》中那种欲罢不能的慷慨激愤相比，此时诗人更多的是一种无奈，是一种安静。只是这种静，不是内心的宁静，而是心灰意冷的静。还能怎样呢？只能冷冷地看着这个世界了，冷冷地过着自己不甘心过的生活。只是，这种不甘，总是会时时刺痛着诗人，提醒着他，他不能这样看着自己的生命一丝丝衰老颓败。无法撕心而振起，无法迎风而激进，无法磊落地做一个悲壮的大丈夫，能做的只有借着一支笔，将这些心绪，化为诗。

所以陆游的诗总是给人一种真诚的感觉，他的爱，他的恨，他的激愤，他的沉沦，他的平庸，他的高尚，他都没有掩饰地写下来了。

蛰居山阴五年，年少时的意气和轻狂早已消磨殆尽，但他对人生的无奈，对官场倾轧，对世态炎凉，体会却是益发深刻了。六十多年的风风雨雨，他走过来了。他确实有资格，有阅历对世事进行一番品评。"世味年来薄似纱"，是他锥心的体悟，是他在反覆与失意中积累起来的最深的心得。更为无奈的是，世情既然如此浇薄，他仍是无法选择自己的命运。"谁令骑马客京华？"到底是谁在左右着自己，垂老之年，还是骑了马到京里来，过着客居般寂寞与无聊的生活呢？是谁？是无法抗拒的权威？是不甘的雄心？是幸存的侥幸？其间种种，确实不能分辨得清，所以诗人用了这样的一个反问。也许这一切本来是没有答案的，留待读者自己去体会了。

中间两联，说到底，就写了一个“闲”字。这个闲，写得细腻，写得妥帖，写得形象，写得蕴藉，而且紧扣了诗题，因而也是历来最为后人称诵的诗句。“小楼一夜听春雨，深巷明朝卖杏花”，诗人信手拈来，一幅“杏花春雨江南”的绝美画面就呼之欲出了。只是透过这个画面，我们仿佛能感觉到诗人那种深深的寂寞与无奈来。“一夜”，绝不是闲笔，它点明了诗人一夜无眠，心绪难宁，百无聊赖。闲愁，闲愁，愁因闲起，闲因愁深，二者本来就是相辅相成，难舍难分的。而“矮纸斜行闲作草，晴窗细乳戏分茶”则是将那种“闲”外化为具体的行为了。春雨初霁，天气甚好。诗人能做什么呢？是写写草书，是品品清茶。书与茶，一向都是中国文人闲情的写照与道具，是他们一直以来追求的一种理想境界。

只是对陆游来说，这份“闲”却让他无福消受。透过这首诗，我们分明能看见，失意如一枝毒箭，穿透了他的心，让人在一瞬间看见诗人的衰老。因为，他曾无数次说过，他并不想做一个闲人、一个诗人，他梦想的是金戈铁马，是马上封侯，是经天纬地的男儿功业。可现在呢？国家正是多事之秋，他却只能以品茶作书消磨时光，消磨生命。大丈夫蜗居一世，日日消磨，醉酒狂歌，那其实是种销魂蚀骨的煎熬，是种无奈压抑的悲愤。而我们的诗人偏偏用这种闲笔来描写，差点蒙蔽了我们的眼睛，以为在他安宁诗意的描绘后面潜藏着一颗闲适安逸的心。

素衣莫起风尘叹，犹及清明可到家。京城恶浊，久居会为其所化，也许这种担心只是多余的。因为不到清明节，就可以回家了。不是甘愿闲居，因为“世味年来薄似纱”，安知这一次不又是朝廷把自己当作棋子？也许只为执掌权力者助助兴而已。对一个六十多岁的老人来说，又能何为？也许，不如归去。(陈可)

示儿 陆游

死去元知万事空，但悲不见九州同。
王师北定中原日，家祭无忘告乃翁。

【赏析】 在我看来，陆游一生有两个专一：一个是对唐婉的感情，一个是收复中原的雄心。一个是情感，一个是事业。两者几乎占去了他生命的全部，这样看来，他的一生是丰富而又饱满的。

无论是深于情，还是忠于理想，他都没有半点掩饰，在诗中写了又写。他的心胸一定是够开阔的，他对世事的态度一定是够豁达的，为什么这样说呢？因为，在中国古代诗人当中，能够像陆游一样活到八十五岁的绝对是凤毛麟角，一个人能够长寿，我想对他而言有两点很重要，一是他有良好的心态，有了良好的心态才能有健康的身体。二是他有着执着的信念，人有了信念的支持，就能最大限度激发他生命的潜能。支撑着陆游的信念里面，肯定少不了上面的两个专一。

这首《示儿》，是陆游的绝笔，也是他的遗嘱。遗嘱一般是说很私人的事情，或是一些家事。而陆游却不一样，他“但悲不见九州同”。当然，他提到了儿子的祭祀，只是这个祭祀的内容是：如果祖国江山一统，可别忘了告诉他。他真是将爱国进行到底，爱到了极致。所以朱自清先生称，他是一个真正的爱国诗人。

朱自清先生在《爱国诗》这篇文章里，把我国古典诗歌中的爱国诗分为三个项目：一是忠于一朝，也就是忠于一姓；其次是歌咏那勇敢杀敌的将士；再其次是对异族的同仇。并指出第三项以民族为立场，范围更为广大。他认为陆游“虽做过官，他的爱国热诚却不仅为了赵家一姓。他曾在西北从军，加强了他的敌忾。为了民族，为了社稷，他永怀着恢复中原的壮志”。因此在历代爱国诗中，他特别推崇这首《示儿》诗，并对它做了具体的分析：

《示儿》诗是临终之作，不说到别的，只说“北定中原”，正是他的专一处。这种诗只是对儿子说话，不是什么遗疏遗表的，用不着装腔作势，他尽可以说些别的体己的话；可是他只说这个，他正以为这是最体己的话。诗里说“元知万事空”，万事都搁得下；“但悲不见九州同”，只这一件搁不下。他虽说“死去”，虽然“不见九州同”，可是相信“王师”终有“北定中原日”，所以叮嘱他儿子“家祭无忘告乃翁”！教儿子“无忘”，正见自己的念念不“忘”。这是他的爱国热诚的理想化；这理想便是我们现在说的“国家至上”的信念的雏形。……过去的诗人里，也许只有他才配称为爱国诗人。

朱自清本人也是一个深情的爱国者，新、旧诗都作得很好，所以他对陆游其人其诗的分析是深具慧心的。

一个梦到底要做多久才能醒？一个夙愿到底要过多久才会放弃？也许，只有死，才能阻断内心永远的梦想与残酷的现实之间的距离。而在此之前的漫长岁月里，诗人无时无刻不在受着理想与现实冲突的煎熬。

而这一切又都是他心甘情愿的选择，他在《病起书怀》中曾说："位卑未敢忘忧国，事定犹须待阖棺。"这其实为他在《示儿》所留的遗嘱作了一个注脚，为他一生的执著作了一个注脚。位卑，也不敢忘忧国，不敢是因为内心的使命感、责任感一直在鞭策着自己。事定犹须待阖棺，不待阖棺，就不能绝望，不能放弃。而在《示儿》这首诗里，我们分明看到了，阖棺也无法定论的执着。

小池　杨万里

泉眼无声惜细流，树阴照水爱晴柔。
小荷才露尖尖角，早有蜻蜓立上头。

【赏析】　在"中兴四大家"中，真正在诗歌艺术上最有建树的当数杨万里。尤袤的作品流传下来的极少，艺术上也乏善可陈。陆游是集大成，继承多于创新，用句最是妥帖匀称。范成大还没有完全跳出江西诗派的习气，有时也会显得生硬。唯独杨万里上下求索，独创了诗坛上公认的"诚斋体"。

"诚斋体"的形成经历了一个漫长的过程。杨万里早年学江西诗派、师法古人，后来又走上了师法自然的创作道路。他从大自然汲取诗材，启发诗思，达到了他所主张的"古今百家景物万象皆不能役我而役于我"的境界，就是说各种景象，自然万物都供他驱使，在诗中表现出来。

"诚斋体"的特点甚多，最突出的恐怕莫过于他善于敏锐地发现与迅速地把握自然万物和日常生活中常人难以发现的或容易忽视的富有情趣与美感的景象。有些篇章还在景物的描写中融入自己的主观领悟与体验，使之带有一种与众不同的理趣或情趣。

《小池》就具备这样的特色。其特色在于取景别致，以“小”贯穿全诗。你看诗句中，泉是“泉眼”，流是“细流”，荷是“小荷”，且是崭露头角的小荷，小而新，再点缀上小小的蜻蜓。全诗取景小巧精致，无一不紧扣诗题。这些小景正是常人难以发现或是容易忽视的，一经诗人的慧眼捕捉并迅速地把握住，就显示出一种新颖别致的情趣来。

而且诗人还将自己的主观体验巧妙地融入诗中。泉眼与细流间着一个“惜”字，树荫和池水间着一个“爱”字，皆是诗人将自己的怜爱之情移植给客观对象，让无情的生灵变得有情，充满情趣。后两句，一个是小荷“才露”，一个是蜻蜓“早立”，好像是小荷与蜻蜓间的一场秘密的约会，一场小小的较量。小荷有情，蜻蜓有意，情意相通，让人心生爱怜。这种和谐温馨的场面真是让人过目难忘，会不由自主地喜欢起这自然界的小小的生灵，如同诗人一样。

在对自然万物进行深入体察的过程中，杨万里恢复了与自然万物的“亲缘关系”。诗人将对儿童的关爱之心移植于自然万物，使它们和儿童一样具有了活泼、灵动的特性，成为诗人怀抱中安享的“孩童”。同时，他也被眼前活泼、灵动的自然万物所感染，进入到与万物混一之境。所以那些自然万物在他面前毫无顾忌地玩耍、戏闹，而且他也表现出与万物为伴的乐趣，这已经是理学家“莫非已也”的“乐”的境界了。

此诗不但有情趣，还有理趣。“小荷才露尖尖角，早有蜻蜓立上头”，是流传后世的经典名言。注重机巧的诗往往会流入肤廓，杨万里的很多诗都有这种毛病，这首诗则不愧为佳作。仔细体味这句，我们不难发现其中的理趣，小荷才露尖尖角，这是新生事物的崭露头角，因为是新生，便有了很多未知，很多偶然。唯有敏锐的眼睛才能发现它，唯有善感的心灵才能捕捉它，并抓住机会，抢得先机，早早地培植着，等待着。是什么借给了诗人一双慧眼，让它把这个现象看了个清清楚楚，明明白白？真是让人叹服。

闲居初夏午睡起二绝句　杨万里

梅子留酸软齿牙，芭蕉分绿与窗纱。
日长睡起无情思，闲看儿童捉柳花。

松阴一架半弓苔，偶欲看书又懒开。
戏掬清泉洒蕉叶，儿童误认雨声来。

【赏析】　儿童是诚斋体中描写最多的形象，儿童的天真影响了诗人的心理和想象，使诚斋体表现出浓厚的童稚色彩。他常以儿童的视角去观察自然万物，用纯一的赤子之心体察他眼前的每一丝变化，产生了很多新颖别致的奇思妙想。

我们都知道，儿童对眼前的万物总是充满了无尽的好奇，他们所思考的恰好是我们平时经常注目却很少深思的问题，这些思考经常是只有孩子才精心去做的，他们为自己创造的“世界”而兴奋不已，所以杨万里的诗中常常体现出这样一种独特的观察视角。

初夏午睡初醒，这是一件多么平常的事情。但当他用一颗纯一的赤子之心去体察时，他也能发现一些新颖别致的情意来。

第一首诗是写他午睡初醒，齿颊间还存留着梅子的余酸，这种感觉极为细腻。此时此刻，四周一片静谧，一片碧绿，芭蕉多情，分绿与窗纱。一个“分”字，何其多情而又传神。这两句都是在写初夏。紧接着诗人就在“闲”字上下功夫了，夏日昼长，初睡醒，了无情思，百无聊赖，能做些什么呢？只有静静地坐在这里，看着儿童追捉柳花罢了。

第二首诗从内在逻辑上，实际上是紧承第一首而来。看罢了儿童捉柳花，诗人即由书斋闲步步入庭中。松阴一架，爬着半弓青苔，景清而怡人，岂不正适合读书？可刚刚想翻开书，却又兴致索然，百无聊赖中只有掬起泉水去浇芭蕉了。这里“偶”、“懒”、“戏”，是何其无聊而又慵倦啊！故事到这里还没有完结，那淅沥水声惊动了正在玩耍的儿童，他们还误以为骤然下起雨来了呢！就是这两句，我们足可以看出诗人善于捕捉生活中瞬间的形象和自己偶然触发的兴会，创造出一种浑然天真的境界来。

难道全诗要表现的就是诗人闲散、慵倦、百无聊赖吗？不，读他的诗，就像在品尝一枚青涩的橄榄，初觉涩，越品越有味，越甘饴，能品出一种内在的妙味来。在诗人的“闲适”和“慵倦”背后，其实蕴藏着一种活泼的兴味，一颗天然的赤子之心。诗人寂寞无聊的心境在这些天真的儿童身上获得了苏生，也变得兴味盎然了。

真与率意是儿童的天性。真者，真实无妄之谓，天理之本然也。率意，指不用意处，真情自见，用意则夺其真矣。诗人不但用儿童的视角去体察自然万物，而且从儿童的真诚与率意中体悟出生命的本性和乐趣。写此诗时，诗人赋闲在家，儿童世界的天真与率意，无邪与真诚与成人生活的种种不如意，机心暗斗相比，恰好形成鲜明的对比，诗人闲居的苦闷恰好在此得到了释放，获得了一种由衷的快慰。由此看来，诗人笔笔写闲，“闲”到最后却孕育了一种“乐”来。

诚斋体中有很多表现儿童情趣的作品，如《晚归再渡溪桥》云：“尽日山行意未消，归来再与坐溪桥。山童抛石落溪水，唤作鱼儿波面跳。”表现了一位老者对儿童的关爱，这种关爱更可以说是一个暮年人对于生命的热爱，对于人类本真天性的珍视。同时，儿童作为理学家观察的对象，代表了万物在宇宙间的自足与生意，体现了万物的宇宙存在。杨万里诗中的这个山童就体现了宇宙间生动、活泼的一例。从精神上来说，与本诗是相通的。而这也是诚斋体的一个特征。

晓出净慈寺送林子方 杨万里

毕竟西湖六月中，风光不与四时同。
接天莲叶无穷碧，映日荷花别样红。

【赏析】 前面我们知道了诚斋体的一些特征，比如善于体察幽微并迅速捕捉，善于移情使物皆著我色彩，从而达到一种物我浑一的境界。善于用赤子之心、之视野去观察万物，使诗饱含着童趣与童真……

这些还没有穷尽诚斋体的特征。在这首《晓出净慈寺送林子方》中，我们会看见他的另一面“新”。新颖的立意，新颖的想象，新颖的视角。当然，这首诗我们只能窥其“新”之一斑。

诗歌写的是，一天早晨，诗人呼吸着新鲜的空气，步出净慈寺，送别友人林子方。当他路过西湖时，突然间闯入眼帘的莲叶荷花的美，一下子把他给镇住了，他忍不住脱口而出，吟出这首别有新意的小诗来。这首诗是脱口而出的，仿佛是天机的赐予，没有丝毫人工的斧凿，一派浪漫与纯真。

毕竟，是六月的西湖啊，风光与四时的就是不一样。这个“毕竟”起势就造成一种强烈的情感气势，而且具有触目兴叹、即兴而成的口语特色。是什么让诗人这般感慨，这般不假思索地脱口而出？是六月西湖的特异风光：接天莲叶无穷碧，映日荷花别样红。你看啊，莲叶、荷花，绵延无尽，直到与水天相接，在朝阳的映照下，这无穷的碧，这别样的红，真是好看极了啊！这“接天”、这“无穷”，一下子将人的视野打开了，延伸了，使得诗歌的境界也由此变得阔大而雄奇了。如果不是有感于自然造化的鬼斧神工，不是由衷地被这美景所吸引，诗人怎么会有如此的逸兴横飞？

整首诗，前半虚写，后半坐实。一气贯穿，浑然天成。

其实，西湖的六月，西湖的景，一直以来，就存在在这里，只是平常的人用平常的眼睛，平常的心态去面对它时，就会对它熟视无睹，不以为意。因而，也就体察不到它的特异之处，它异乎寻常的美来。而杨万里做到了，这首诗的精彩之处就在这里，它不在于诗人写出的西湖的景事实上是怎样的不同，怎样的新颖，而在于诗人那种一下子被自然造化的美所击中所吸引的瞬间感受，在于他能在庸常之中振拔出来，寻找出惯常当中的新奇与诗意。的确，生活中不是缺少了美，而是缺少了发现美的眼睛。

杨万里就有这样的一双眼睛。在自然造化面前，诗人就像一个不经世事的孩子，对它充满了许多新奇的疑问与想象。对于儿童来说，世界上的一切他们都是平生第一次接触的，那些在常人看来不以为意的东西，却总能唤起他们的惊奇，他们为自己的发现常常兴奋不已。就是这种孩童的视野与心理，总是让杨万里的诗充满了新奇的思考与想象。这首诗我们只看到了一个小小的侧面。他还有很多诗都体现出这个特色来。

诗人看色彩艳丽的酴醾花和歇在上面的色彩斑斓的蝴蝶，看了半天，区分不出来，“酴醾蝴蝶浑无辨。”后来终于区分清楚了：“飞去方知不是花。”那飞走了的是蝴蝶，停下不动的就是酴醾花了。这些描写都带着诙谐的笔调，可谓妙趣横生。在诗人的笔下，自然景物有时会同诗人开起玩笑来。《过上湖岭望招贤江南江北山》诗的第二首写道，“岭下看山似伏涛，见人上岭旋争豪。一登一陟一回顾，我脚高时他更高。”诗人觉得从山岭下往上看山像低伏着的波涛，可是山见着人爬上高处，就立刻跟人比赛高低。爬山的人登上一步，高出一步，再回顾一下四周的山，它比人爬山的脚步还要高。本来翻山越岭，上得一山，又见一山，这是很普通的情况，但诗人写来，把山写得像个调皮鬼，充满着幽默风趣。

春日　朱熹

胜日寻芳泗水滨，无边光景一时新。

等闲识得东风面，万紫千红总是春。

【赏析】　这首诗选入了《千家诗》。一般人都知道，只有雅俗共赏、老少咸宜的诗才有资格入选这个诗集。一般的诗人写这样的诗我们并不觉得惊奇，而朱熹可不是一般的诗人，他是大理学家，是大儒。能将理的思辨深刻与诗的形象生动结合起来，并非易事，朱熹的这首《春日》做到了。

对这首诗的解释，不少人已经讲得很清楚了。他们认为，这首诗有两层含义：

从表层上看，本诗写的是游春踏青。首句点明出游的时令、地点，接着写“寻芳”的所见所识。见到了什么？无边的光景，在春日时令下焕然一新。这个“新”字，既是春光无限万象更新的实景，也是诗人兴致甚高、精神振奋的心境。下联则紧承“无边光景”，写了寻芳所得。一夜东风，仿佛吹开了万紫千红的鲜花；而百花争艳的景象，不正是生机勃勃的春光吗？诗人由“寻”而“识”，从万紫千红这个艳丽的形象中认识了东风的真面，也感知了春天的气息。由此，春天这个抽象的概念，也变成了具体可感、可触摸的形象了。读到这里，我觉得诗人更像一个高明的画家。如果有人给你出一道题：画春天。你会怎样选择？诗人已经给我们指明了，画万紫千红呀，这就是春天。

从深层看，这首诗有着更深的内蕴。泗水在山东，孔夫子曾在泗水之滨讲学传道；而南宋时那地方早已沦陷于金国，朱熹怎能去游春呢？原来这是一首哲理诗。诗中的“泗水”暗喻孔门，“寻芳”暗喻求圣人之道，“东风”暗喻教化，“春”暗喻孔子倡导的“仁”。这些意思如果用哲学讲义式的语言写出来，难免枯燥乏味。本诗却把哲理融化在生动的形象中，不露说理的痕迹。这是朱熹的高明之处。

无论是形而下的赏春踏青，还是形而上的求仁得仁，都是对这首诗的理解。但每次读到这首诗，我总觉得这首诗同时也是在写一种心境。不只是向外的寻寻觅觅，也是一种向内的瞬间彻悟，仿佛在那一刻，触碰到了一种妙处难以与君说的感悟。

这种感觉就像“踏破铁鞋无觅处，得来全不费功夫”，那“胜日寻芳泗水滨”，不就是踏破铁鞋、上下求索的写照吗？而一旦顿悟，灵光一闪，竟然见到无边的新鲜的光景了。境与心得，理与心会，哪里不是春？哪里不是东风面？至于这个春，是“仁”也罢，是“理”也罢，是顿悟也罢，是瞬间的妙想也罢，是一种心情也罢，我们不用去计较。也许都是，也许都不是。但这种瞬间的感受与妙悟是真实，是可遇而不可求的，诗人将这种心境形象捕捉并传达出来了。

观书有感二首　朱熹

半亩方塘一鉴开，天光云影共徘徊。
问渠那得清如许？为有源头活水来。

昨夜江边春水生，艨冲巨舰一毛轻①。
向来枉费推移力，此日中流自在行。

【注释】①艨冲：艨也作艨艟，古代的一种战船。

【赏析】这两首诗也是朱熹的名作，写得同样是有理趣而无理障，以形象来说理，变抽象为具体，手法自然是高明的。

关于读书，朱熹曾说："读书，始读未知有疑，其次则渐渐有疑，中则节节有疑。过了这一番后，疑色渐渐解，以致融会贯通，都无所疑，方始是学。"这番心得，非深于学者，是不能体悟出其中的奥妙的，这也是朱熹能成为大学问家的治学奥秘，是他能写出《观书有感》这样的好诗的基础。

第一首诗大意是，半亩大的池塘像镜子一般明净彻底，天光云影在方塘中摇曳流动。要问它为什么如此清澈，因为上有源头，使活水不断流来。本文明在写景，实则在讲读书治学的心得体会。半亩方塘，我们可以把它理解为人的思想。一鉴开，写了思想的澄明状态，而天光云影，则是活跃在思想中的种种意识，各种思维意识纷至沓来，异常活跃，可见这是在写思想的活跃。后两句，则以活水源头作比，大意说在学习中只有不断地吸收新的知识，才能进步不已。

第二首诗，提到的人相对较少。而且，如果诗题不是与观书有关，你也许根本想不到，他写的是读书的感悟。这同样是一首哲理诗，前两句写客观景物，后两句揭示哲理，讲的是读书的积累与贯通的关系。诗说当大江接纳了万溪千流的春水，本来搁浅江中的"艨冲巨舰"就像鸿毛一样，在一江春水中轻快自在地航行。这里，"江边春水"比喻长期的读书积累，"艨冲巨舰一毛轻"比喻对事物、对问题的突然领悟，也就是贯通。当读书积累到了一定程度，就会融会贯通。这正印证了他上面所说的一段话“过了这一番后，疑色渐渐解，以致融会贯通，都无所疑，方始是学。”

其实，朱熹的这番感受以读书起，却不能以读书结。如果我们只是把这种理解仅局限于读书，未免也太狭隘了。而朱熹的诗之所以能流传不衰，就在于它的经典性，它揭示了一种普泛的人生哲理。

“源头活水”，简直是一个放之四海而皆准的真理，而我们的诗人就这样顿悟了天机，并一语道破。这就是他的过人之处。岂止是读书？小而言之的生活、事业、思想、情感，大而言之的人生、家国，哪一处没有这个“源头活水”的真理融贯其中？

“苟日新，日日新”，没有新变，不能代雄。没有活的源头，一切都会僵化，都会腐朽，都会成为一潭死水，激不起生机和活力，激不起新鲜的气息，那样，距离平庸，距离堕落又有多远的距离？

所以，经典就是经典。经典能够流传，自有它的道理。因为每次捧读经典，我们都仿佛在重温生命中那一段曾经十分熟悉的内心律动，以及一种无法言说的感动与启迪。我们的心一下子会被击中。而每次读到它，我们又都会有一种意想不到的新发现，我们总是能在其中发现它的独特、新颖和意想不到。而这本身，也正好印证了“源头活水”，没有无数新的读者的独特体验融入进来，怎能让诗人的这首诗长期以来活下去，流传不朽？(田艳)

菩萨蛮　辛弃疾

书江西造口壁①

郁孤台下清江水②，中间多少行人泪！西北望长安③，可怜无数山。

青山遮不住，毕竟东流去。江晚正愁余④，山深闻鹧鸪⑤。

【注释】 ①造口：又作皂口，地在今江西万安县南六十里，造口江流入赣江处。②郁孤台：在今江西赣县西南，赣江之西。唐时虔州(治赣县)刺史李勉，曾登此台北望京阙。清江：赣江。③长安：唐都城。此处借指汴京。④正愁余：语出屈原《九歌·湘夫人》："目渺渺兮愁余。"⑤鹧鸪：鸟名。据说早晨离巢，必向南飞，其鸣声如说"但南不北"。也有说其声如呼"行不得也哥哥"。

【赏析】 造口、郁孤台、清江，都在江西赣江流域。辛弃疾淳熙二、三年（1175—1176）任江西提刑（掌管刑法狱讼的官），官署在赣州，这首词当作于这一二年间。

词从赣江想到四十年前金人追隆祐太后（宋高宗的伯母）一路抢掠杀戮的情状，想象江水里还流着那时逃难人民生离死别的眼泪。又从郁孤台想到宋朝的故都开封，想到北方无数山河那时都被敌人占领，成为沦陷区了。郁孤台又名望阙，唐代刺史李勉登郁孤台望都城长安，以为郁孤台非美名，改为望阙。古时候几个朝代都在长安建都，所以常用长安代表首都。"西北望长安"实际上是望开封。

下片说江水毕竟要东流去，重叠的山是不能遮断它的去路的。这也许是作者比喻自己百折不回的报国壮志和决心。但是江上暮色苍茫的时候，又听见鹧鸪的啼声，好像说："行不得也哥哥！"使他想到恢复之业，还是困难重重，引起他无限的忧愁。

这首词情景交融，写出作者一片忧国的心情，不仅仅是一首描写山水的作品。它的下片结句语言沉郁，这由于作者的政治遭遇，也由于当地山险水急，是不舒坦的环境（前人用"郁孤"两字为台名可见），所以作品的感情也带着这种沉郁的色彩。但他用"青山遮不住"二句放在中间起振动的作用，全词便不致消沉无力了。

《菩萨蛮》调全以五、七言句组成，近于唐代的近体诗。它的句子匀整，唐五代、北宋人填此调的，多写儿女柔情，声情谐婉。温庭筠填此调十四首，最著名的一首"小山重叠金明灭"，我在前文已介绍过。辛弃疾这首《菩萨蛮》却不同，它不写儿女柔情，而是抒发对国家民族兴亡及个人抱负难以实现的感慨。梁启超评这首词说："《菩萨蛮》如此大声镗鞳，未曾有也。”（见《艺蘅馆词选》）镗鞳是撞击钟鼓的大声。梁氏这两句话的意思是：用《菩萨蛮》小令写大感慨的词，在辛弃疾以前，未曾有过。（夏承焘）

青玉案　辛弃疾

元夕[①]

东风夜放花千树[②]。更吹落、星如雨[③]。宝马雕车香满路。凤箫声动，玉壶光转[④]，一夜鱼龙舞[⑤]。

蛾儿雪柳黄金缕[⑥]。笑语盈盈暗香去。众里寻他千百度。蓦然回首[⑦]，那人却在，灯火阑珊处[⑧]。

【注释】 ①元夕：元宵、元夜，即上元之夕。上元是指农历正月十五。②东风夜放花千树：语本岑参《白雪歌送武判官归京》：“忽如一夜春风来，千树万树梨花开。”③星如雨：语本《左传·庄公七年》“星陨如雨”。这里比喻灯火之多。④玉壶：喻月亮。也指玉制的灯。⑤鱼龙：鱼形、龙形的灯。⑥蛾儿、雪柳、黄金缕：均是女子首饰。⑦蓦然：忽然，猛地。⑧阑珊：稀疏，零落。

【赏析】 写上元灯节的词，不计其数，稼轩的这一首，却谁也不能视为可有可无，即此亦可谓豪杰了。然究其实际，上片也不过渲染那一片热闹景况，并无特异独出之处。看他写火树，固定的灯彩也。写星雨，流动的烟火也。若说好，就好在想象：是东风还未催开百花，却先吹放了元宵的火树银花。它不但吹开地上的灯花，而且还又从天上吹落了如雨的彩星——燃放烟火，先冲上云霄，复自空而落，真似陨星雨。然后写车马，写鼓乐，写灯月交辉的人间仙境——“玉壶”，写那民间艺人们的载歌载舞、鱼龙曼衍的“社火”百戏，好不繁华热闹，令人目不暇接。其间“宝”也，“雕”也，“凤”也，“玉”也，种种丽字，总是为了给那灯宵的气氛来传神、来写境，盖那境界本非笔墨所能传写，幸亏还有这些美好的字眼，聊为助意而已。总之，我说稼轩此词，前半实无独到之胜可以大书特书。其精彩之笔，全在后半始见。

后片之笔，置景于不复赘述了，专门写人。看他先从头上写起：这些游女们，一个个雾鬓云鬟，戴满了元宵特有的闹蛾儿、雪柳，这些盛装的游女们，行走之间说笑个不停，纷纷走过去了，只有衣香犹在暗中飘散。这么些丽者，都非我意中关切之人，在百千群中只寻找一个——却总是踪影皆无。已经是没有什么希望了……忽然，眼光一亮，在那一角残灯旁侧，分明看见了，是她！是她！没有错，她原来在这冷落的地方，还未归去，似有所待！

这发现那人的一瞬间，是人生的精神的凝结和升华，是悲喜莫名的感激铭篆。那一瞬是万古千秋永恒的。词人却如此本领，竟把它变成了笔痕墨影，永志弗灭！——读到末幅煞拍，才恍然彻悟：那上片的灯、月、烟火、笙笛、社舞、交织成的元夕欢腾，那下片的惹人眼花缭乱的一队队的丽人群女，原来都只是为了那一个意中之人而设、而写，倘无此人在，那一切又有何意义与趣味呢！多情的读者，至此不禁涔涔泪落。

此词原不可讲，一讲便成画蛇，破坏了那万金无价的人生幸福而又辛酸的一瞬的美好境界。然而画蛇既成，还思添足：学文者莫忘留意，上片临末，已出"一夜"二字，这是何故？盖早已为寻他千百度说明了多少时光的苦心痴意，所以到得下片而出"灯火阑珊"，方才前早呼而后遥应，笔墨之细，文心之苦，至矣尽矣。可叹世之评者动辄谓稼轩"豪放"，"豪放"，好像将他看作一个粗人壮士之流，岂不是贻误学人乎？

王静安《人间词话》曾举此词，以为人之成大事业者，必皆经历三个境界，而稼轩此词之境界为第三即最终最高境。此特借词喻事，与文学赏析已无交涉，王先生早已先自表明，吾人可以无劳纠葛。

从词调来讲，《青玉案》十分别致，它原是双调，上下片相同，只上片第二句变成三字一断的叠句，跌宕生姿。下片则无此断叠，一连三个七字排句，可排比，可变幻，总随词人之意，但排句之势是一气呵成的，单单等到排比完了，才逼出煞拍的警策点。北宋另有贺铸一首，此义正可参看。（周汝昌）

清平乐　辛弃疾

村居

茅檐低小，溪上青青草。醉里吴音相媚好①，白发谁家翁媪②？

大儿锄豆溪东，中儿正织鸡笼。最喜小儿无赖③，溪头卧剥莲蓬。

【注释】　①吴音：吴地方音。辛弃疾当时所闲居的江西上饶或铅山，春秋时属吴地。②媪：老年妇女。③无赖：顽皮，可爱。唐徐凝《忆扬州》诗有“天下三分明月夜，二分无赖是扬州”句。

【赏析】　辛弃疾自号“稼轩”，并非是他的故作姿态、故为风雅。从二十三岁“南归”到六十八岁去世，辛弃疾曾遭三次罢官，闲居江西上饶、铅山达二十余年之久。他了解农村生活，感受到农村和农民生活的淳朴与美好，写下了不少气息浓郁的农村词。这首《清平乐》，就是其中有名的一首。

这首词好在哪里呢？曰：在其弥散开来的“和谐”气息。

人与人的和谐。这是一个家庭，因而人与人的和谐又具体化为了家庭成员之间的和谐。“醉里吴音相媚好，白发谁家翁媪？”首先映入我们眼帘的，是一对老年夫妇。他们在做什么呢？在聊天。您也许要笑了：聊天有什么可新奇的呢？有，在“相媚”二字。“相媚”二字一出，滋味和色彩就全出来了。“相媚”者何？就是要让对方开心，并为对方的开心而开心。话来语去，言东道西，没有龃龉，只有相悦。这是一种什么样的夫妻情分哪！加上吴地方音特有的软媚，以及醉里的口齿缠绵与内心畅快，其中的融乐、满足与幸福，就连近千年后的我们，也能真切地感受到。难怪词人要用“谁家”二字来极力表达他难抑的羡、叹之意了。再看夫妻两个的孩子们：大儿“锄豆溪东”，二儿“正织鸡笼”，三儿“卧剥莲蓬”。壮者各忙其事，少者自寻其乐。老的、壮的、少的，似乎都在过着他们那个年龄段应该有的生活，而且都在尽情体味、尽情享受他们各自生活中的乐趣，自然而和谐，满足而快乐。

人与自然也是和谐的。一家临溪而居，门外青草如茵。虽然只是低矮的茅草屋，但丝毫没有给人寒酸、寒碜的感觉；相反地，正因为是“茅”屋而且“低小”，才能和周围的青草、小溪，以及溪中的莲花、岸上的豆苗相融相谐、相映成趣。试想，如果小溪旁是一幢硬挺入云的高楼，那该是多么煞风景的事啊！再看人的活动。老夫妻两个是在漫然地“吴音相媚好”，而不是高声大气地叫嚷、争吵；大儿、二儿是在悠然地除草、编笼，而不是操弄着什么噪声盈天的机械化农具；小儿也静静地趴在溪头，专注地剥着、尝着刚刚成熟的莲子，而不是闹闹嚷嚷、东蹿西跳。他们似乎知道，一切都是自然给予的，于是他们善待自然而不去惊扰自然，他们的生活就如同门前流过的小溪那样，自然、恬静、澄澈、生动。他们不是自然的主人，而是自然的朋友，或者就已经化成自然的一部分了。

这首词的词题是“村居”，则词中所写应是词人住在农村时的所见所闻，而远非那些文人雅士们跑到乡下后浮光掠影地说一句“好一派田园风光”或“好一副农家乐啊”可比。词人也许对农村生活的某些方面进行了唯美化的艺术处理，但这种处理一定不是粉饰太平样的刻意所为，而是在此之前，他早已看惯了仕途中的种种不和谐与不淳美。(郭红欣 尹育阁)

西江月　辛弃疾

夜行黄沙道中

明月别枝惊鹊，清风半夜鸣蝉。稻花香里说丰年，听取蛙声一片。

七八个星天外，两三点雨山前。旧时茅店社林边，路转溪桥忽见。

【赏析】 辛弃疾写了好几首农村词，这首《西江月》是比较突出的一首。它是通过对自然界风光的描写，来表现农村的生活和心情的。黄沙岭在江西上饶之西。辛弃疾退隐上饶带湖时，经常行经风景优美的黄沙道中。词里只选用夏夜一晴一雨两个镜头：上片写晴，下片写雨。上片通过三种动物：鹊、蝉、蛙来写晴，是有详略、深浅、主次之分的。首先以惊鹊写明月，因为明月出来了，枝上的鹊儿见光惊飞，离开枝头。“别枝”在这里作离开枝头解，与苏轼诗“月明惊鹊未安枝”同意，不是“蝉曳残声过别枝”作另外一枝解的“别枝”。次写鸣蝉，半夜还有蝉鸣，可见天气很热，为下片写雨作伏笔，头两种动物都还只是略写、浅写。最后写蛙。“稻花香里说丰年”两句，表现了丰年人们的喜悦心情。看见稻花，闻到稻香，可知年成，但是在稻花香里说好年成的却不是人而是一片蛙声。因为在人们内心异常高兴时，往往会觉得周围的一切事物也都沾染上人们的喜悦心情，涂上愉快的色彩。蛙与丰年原无必然的联系，现在由于人们沉浸在欢乐之中，所以听到蛙声，感到它似乎也为丰年而欢唱。无知之物尚且如此，曾经付出辛勤劳动的人们，在丰收在望时的兴奋心情，更是可想而知了。作者运用侧面烘托的手法，比正面写丰收，要生动、深刻得多了。

下片写雨。雨前天空已经起了云，天上只看见七八个星星，那是在云层里透出来的，说它只有少数的七八个，是写云层之密，预示了未雨时已有雨意。卢延让诗：“两三条电欲为雨，七八个星犹在天。”也是用“七八个星”来写雨前的天象。第二句写雨来。山前忽然飘下“两三点雨”，这是夏天骤雨来临的前奏，不是写春雨。末两句写行人的先焦急后喜悦的心理：他曾记得在那土地庙树林旁边，有一爿茅店，可以避避雨。他急急忙忙地过了溪桥，拐了一个弯，那爿茅店果然在“社林边”出现了。写出行人的喜悦心情，也就是表现作者自己的喜悦心情。

这首词挑选几件小事物，来描写农村风光。既写了景，也写了人。不但真切地描绘出一幅农村夏夜的画面，而且表现了农村的丰收景象和人们的喜悦心情。作者的表现手法生动、灵活，能给人以相当丰富的美的享受。在宋代描写农村的词篇中，它不愧是一首名作。(夏承焘)

丑奴儿　辛弃疾

书博山道中壁

少年不识愁滋味，爱上层楼。爱上层楼，为赋新词强说愁。

而今识尽愁滋味，欲说还休。欲说还休，却道“天凉好个秋”！

【赏析】　谈辛稼轩这首词之前，得先谈谈这首词的调名。《丑奴儿》这个词在这里并不是丑人的意思。它犹之《西厢记》里的“可憎才”和“冤家”，是故意反说来表示一种强烈的喜爱的感情。这个词调原名叫《采桑子》，也就是《采桑曲》，“子”就是曲。现在所知最早填这个调的是冯延巳和李煜。古乐府《日出东南隅》中咏美女罗敷采桑，所以这个词调又叫《罗敷媚》。“媚”是美好的意思，反过来叫“丑”。《丑奴儿》这个调实是咏美人的曲子。

这个调在古代当是描写美人形态和感情的，如南唐冯延巳就有好几首。后来由写女子的感情转变为写作者自己的感情，像辛弃疾这首就是。

由于这个词调的字句音节是四句七言、四句四言，隔行分列，声调均匀，适宜于表达谐婉的感情，所以辛弃疾这首词也同样是婉约的。

这首词上片四句是说少年时没有尝到愁的滋味，不知道什么叫作“愁”，为了要作新词，没有愁勉强说愁。这四句是对下片起衬托作用的。下片首句说“而今识尽愁滋味”，按一般写法，接下应该描写现在是怎样的忧愁。但是它下面却重复了两句“欲说还休，欲说还休”，最后只用“却道天凉好个秋”一句淡话来结束全篇。这是吞咽式的表情，表示有许多忧愁不能明说。我们联系作者的身世遭遇来看，是能体会他这一句话的深长的含意的。

这词全首写“愁”，上、下片用了三个“愁”字。上片的“为赋新词强说愁”的“愁”，是指闲愁。下片的“而今识尽愁滋味”的“愁”，指关怀国事、怀才不遇所引起的哀愁。我们知道，辛弃疾是一位爱国志士，是一位始终主张抗战的民族英雄，但是一生受统治集团投降派的打击、排挤。词中所说“欲说还休”实际是统治者不许他发表救国的言论。由于他是个北方“归正军民”，处处受到猜忌，所以连话也不敢明讲。辛弃疾曾在《论盗贼札子》中提到自己的处境，说“顾恐言未脱口而祸不旋踵”。这正是“欲说还休”句的注脚。可见“欲说还休”反映了辛弃疾归宋后的生活处境的真实。从艺术表现技巧方面说，作者在这首词末了用“却道天凉好个秋”这样一句闲淡的话来结束全篇，用这样一句闲淡的话来写自己胸中的悲愤，也是一种高妙的抒情法。深沉的感情用平淡的语言来表达，有时更耐人寻味。这好比绘画，浓笔重彩的画固然收到艺术效果，而淡淡的水墨画的艺术效果，有时更加感人。我们了解了辛弃疾这种处境和遭遇，我们更能体会到这种看去很闲淡的话，内含的感情却是多么的浓烈，这是从不得志英雄血泪中迸发出来的。所以，他这首词外表虽则婉约，而骨子里却是包含着忧郁、沉闷不满的情绪。(夏承焘)

破阵子　辛弃疾

为陈同甫赋壮词以寄之[①]

醉里挑灯看剑，梦回吹角连营[②]。八百里分麾下炙[③]，五十弦翻塞外声[④]。沙场秋点兵。

马作的卢飞快[⑤]，弓如霹雳弦惊。了却君王天下事，赢得生前身后名。可怜白发生！

【注释】①陈同甫：陈亮（1143—1194），字同甫，南宋婺州永康（今浙江永康县）人。是辛弃疾志同道合的好友。②吹角连营：各个军营里接连不断地响起号角声。角，军中乐器，长五尺，形如竹筒，其声哀厉高亢，有振奋士气的作用。③八百里：牛名。语出《世说新语·汰修》，王恺之有名贵的牛叫八百里，后被王济赌胜杀之，取牛心。麾下，部下。麾，军中大旗。炙，切碎的熟肉。④五十弦：原指瑟，此处泛指各种乐器。翻：演奏。塞外声：指悲壮粗犷的战歌。⑤作：像……一样。的卢：一种烈性良马。

【赏析】　这是一曲慷慨激昂、高唱入云的战歌，也是一首壮志未酬、报国无路的悲吟，作于词人被迫闲居期间。所写内容，参照词人《鹧鸪天》（壮岁旌旗拥万夫）来作比对，很可能是借追忆他青年时代参加耿京起义期间的一段紧张战斗生活，抒发今日人已老大却未遂初志的悲愤之情。

此词字、词、句和所有事典，诸家注释俱已详备，今仅就其艺术匠心拈出于下。

其一，分为上下两片的词作，根据前贤创作实践，一般都是分写情景、今昔，虽然互有关联，互作生发，但大体言之，皆有其相对的独立性。此词却迥然有异：上片歇拍"沙场"句与过片"马作的卢"句紧密衔接，不可分割，当一气读之，方如顺流而下，毫无滞碍，完全打破了常见的模式。

其二，按之词律及前贤所作同调，歇拍、结拍末句外的其他偶句并不强求对仗，而此词却全用对仗句式。

其三，也是此词最具特色的艺术匠心，乃在"可怜"句以上全属追往，仅以结末一句伤今，从字数及其所着之力的表象来看，似乎前重后轻，前实后虚，意在与词题中明言之"壮词"合拍。其实倘作如是观并据以缀文解说，终不免流于皮相之谈。不惮词费，请更申言于下。

从稼轩所处时代及其生平出处来看，其大志全在词中"了却"两句道出，亦即扫除金虏，克复神州，建立殊勋，名垂千古。但这两句却非全词的"诗眼"和关捩所在，而在稍作一顿来勾连上下文之后，随即引出此词末句的主旨而已，采用的显然是"曲终奏雅"亦即白居易在其《新乐府序》中所说的"卒章显其志"的手法。

再从上文所言三个方面来作考察，前面九句之所以如此着以浓墨重彩，看似词费而欹重，又全然是有意从正面来为末句的抒情作异乎寻常的准备和铺垫的。前面将昔日的战斗生活及其壮志写得愈加慷慨激昂，就愈能反映出作者此日蹭蹬失志的怨艾与悲哀，用的不是常见的烘托而是比较少有的反衬手法。王夫之在《姜斋诗话》中提出过“以乐景写哀，以哀景写乐，一倍增其哀乐”这一精辟的文艺审美观点，最早出现的典型例子当是《诗经·小雅·采薇》中曾为东晋谢玄激赏的“昔我往矣，杨柳依依；今我来思，雨雪霏霏”四句；而在唐人诗中尤为突出的典型诗作当属李白的《越中览古》了：“越王勾践破吴归，义士还家尽锦衣。宫女如花满春殿，只今惟有鹧鸪飞。”对比太白此诗和稼轩此词，真是何其相似乃尔！不过，必须指出的是，太白诗是“发思古之幽情”，意在感叹人事代谢，繁华如梦，其情绪是比较低沉的；稼轩词则在叹息空怀壮志、报国无路的同时，将他日重上沙场、弯弓跃马的理想隐含在末五字之中，并以此寄语志同道合的友人陈亮，希望共同勖勉，他日戮力王室，得遂其志，其感情的实质却是昂扬向上的，因此“可怜”一词绝不能理解为可悯、可爱，而只能作“可惜”解，方能切中肯綮，与作者之用心“若合一契”。(常国武)

永遇乐　辛弃疾

京口北固亭怀古①

千古江山，英雄无觅、孙仲谋处。舞榭歌台，风流总被、雨打风吹去。斜阳草树，寻常巷陌，人道寄奴曾住。想当年、金戈铁马，气吞万里如虎。

元嘉草草，封狼居胥，赢得仓皇北顾。四十三年，望中犹记、烽火扬州路。可堪回首？佛狸祠下，一片神鸦社鼓。凭谁问：廉颇老矣，尚能饭否？

【注释】 ①京口：即今江苏镇江。北固亭：在镇江北临江的北固山上，本名北顾亭。天色晴明时，登楼可以望见江北的扬州城。作者于宋宁宗开禧元年（1205）在镇江知府任上作此词。时年六十六岁。

【赏析】 这是《稼轩词》中突出的爱国篇章之一。它的思想内容包括两个方面：一、写作者抗敌救国的雄图大志。二、写作者对恢复大业的深谋远虑和为国效劳的忠心。

宋宁宗嘉泰三年（1203），辛弃疾六十四岁时，被召起知绍兴府兼浙东安抚使。这以前，辛弃疾被迫退居江西乡间已有十多年了。起用他的是执掌大权的韩侂胄。因为那时蒙古已经崛起在金政权的后方，金政权日益衰败，并且起了内乱。韩侂胄要立一场伐金的大功，以巩固自己的地位，于是起用了辛弃疾作为号召北伐的旗帜。第二年（1204），任他作镇江知府。镇江在那时濒临抗战前线。辛弃疾初到镇江，努力作北伐的准备。他明确断言金政权必乱必亡。他又认为：南宋要取得对金作战的胜利，必须作好充分的准备工作。他曾对宋宁宗和韩侂胄提出了这些意见，并建议应把对金用兵这件大事委托给元老重臣。这无疑是包括辛弃疾在内的。可是韩侂胄一伙人不但不能采纳，反而有所疑忌不满，他们借口一件小事故，给他一个降官的处分。开禧元年（1205）索性把他调离镇江，不许他参加北伐大计。辛弃疾二十三岁从山东起义南来，怀着一腔报国热情，在南方呆了四十三年，开始遭到投降派的排挤，现在又遭到韩侂胄一伙人的打击，他那施展雄才大略来为恢复大业出力的愿望又落空了。这就是辛弃疾写这首词的时代背景。

这首词题为“京口北固亭怀古”，所以一开头就从镇江的历史人物——孙权和刘裕说起。孙权是三国时吴国的皇帝，他在南京建立吴国的首都，并且能够打垮来自北方的侵犯者曹操的军队，保卫了国家。辛弃疾登上京口北固亭怀古，第一个想到的就是在三国时期的英雄人物孙仲谋（即孙权），只是现在已无处可寻了。“风流总被、雨打风吹去”，谓孙仲谋英雄事业的风流余韵，现已无存。“寄奴”，是南朝宋武帝刘裕的小字。刘裕在京口起兵讨伐桓玄，平定叛乱。“想当年”三句，颂刘裕率领兵强马壮的北伐军，驰骋中原，气吞胡虏。作者借这些京口当地的历史人物的英雄业绩，隐约地表达自己的抗敌救国的心情。

下片“元嘉草草，封狼居胥”几句也是用历史事实。“元嘉”是南朝宋文帝的年号。宋文帝刘义隆是刘裕的儿子。他不能继承父业，好大喜功，听信王玄谟的北伐之策，打无准备之仗，结果一败涂地。封狼居胥是用汉朝霍去病战胜匈奴，在狼居胥山（今属内蒙古自治区）举行祭天大礼的故事。宋文帝听了王玄谟的大话，对臣下说：“闻王玄谟陈说，使人有封狼居胥意。”

辛弃疾用宋文帝“草草”（草率的意思）北伐终于惨败的历史事实，来作为对当时伐金须做好充分准备、不能草率从事的深切鉴戒。“仓皇北顾”，是看到北方追来的敌人张皇失色的意思，宋文帝战败时有“北顾涕交流”的诗句。韩侂胄于开禧二年（1206）北伐战败，次年被诛，正中了辛弃疾的“赢得仓皇北顾”的预言。

“四十三年”三句，由今忆昔，有屈赋的“美人迟暮”的感慨。辛弃疾于绍兴三十二年（1162）率众南归，至开禧元年在京口任上写这首《永遇乐》词，正好是四十三年。“望中犹记”两句，是说在京口北固亭北望，记得四十三年前自己正在战火弥漫的扬州以北地区参加抗金斗争。（“路”是宋朝的行政区域名，扬州属淮南东路。）后来渡淮南归，原想凭借国力，恢复中原，不期南宋朝廷昏聩无能，使他英雄无用武之地。如今过了四十三年，自己已成了老人，而壮志依然难酬。辛弃疾追思往事，不胜身世之感！

“佛狸祠下”三句，从上文缅怀往事回到眼前现实，使辛弃疾感到惊心，长江北岸瓜步山上有个佛狸祠，是北魏太武帝拓跋焘留下的历史遗迹。拓跋焘小字佛狸，属鲜卑族。他击败王玄谟的军队后，率追兵直达长江北岸的瓜步山，在山上建立行宫，这就是后来的佛狸祠。当地老百姓年年在佛狸祠下迎神赛会，“神鸦”是吃祭品的乌鸦，“社鼓”是祭神的鼓声。辛弃疾写“佛狸祠下”三句，表示自己的隐忧：如今江北各地沦陷已久，不迅速谋求恢复的话，民俗安于异族的统治，忘记了自己是宋室的臣民。这正和陆游的《北望》诗所谓：“中原堕胡尘，北望但榛莽。耆年死已尽，童稚日夜长。羊裘左其衽，宁复记畴曩。”彼此意思相同。

辛弃疾这首词最后用廉颇事作结，是作者到老而爱国之心不衰的明证。廉颇虽老，还想为赵王所用。他在赵王使者面前一顿饭就吃了一斗米做的饭、十斤肉，又披甲上马，表示自己尚有余勇。辛弃疾在这词末了以廉颇自比，也正表示自己不服老、还希望能为国效力的耿耿忠心。

辛齐疾词的创作方法，有一点和他以前的词人有明显的不同，就是多用典故。如这首词就用了这许多历史故事。有人因此说他的词缺点是好“掉书袋”。岳飞的孙子岳珂著《桯史》，就说“用事多”是这首词的毛病，这是不确当的批评。我们应该作具体的分析：辛弃疾原有许多词是不免过度贪用典故的，但这首词却并不如此。它所用的故事，除末了廉颇一事以外，都是有关镇江的史实，眼前风光，是“京口怀古”这个题目应有的内容，和一般辞章家用典故不同。况且他用这些故事，都和这词的思想感情紧密相连，就艺术手法论，环绕作品的思想内容而使用许多史事，以加强作品的说服力和感染力，在宋词里是不多见的，这正是这首词的长处。杨慎《词品》谓辛词当以京口北固亭怀古《永遇乐》为第一。颇有见地。(夏承焘)

踏莎行　姜夔

自沔东来，丁未元日①，至金陵，江上感梦而作。

燕燕轻盈，莺莺娇软，分明又向华胥见②。夜长争得薄情知，春初早被相思染。

别后书辞，别时针线，离魂暗逐郎行远③。淮南皓月冷千山④，冥冥归去无人管⑤。

【注释】　①丁未：宋孝宗淳熙十四年（1187）。元日：正月初一。②华胥：指梦境。③郎行（háng）：情郎那边。④淮南：指今安徽合肥。宋时合肥属淮南路。词人所恋女子在此。⑤冥冥：指黑夜里。

【赏析】　这首词前面有一个小序。丁未元日，即宋淳熙十四年(1187) 正月初一；金陵是今天江苏南京。在这一天，姜夔从汉阳东去湖州，途中落脚金陵，做了一个梦。这首词即感此梦而作，写与合肥女子离别之后的相思。上片写梦中的所见与感慨，下片写梦后的心理活动。

“燕燕轻盈，莺莺娇软”，状女子的情态轻盈，声音婉转。“分明又向华胥见”，华胥，是梦境的意思。“又”字表明时常梦见，可见相思之深切。梦境这么清晰，醒来倍觉惆怅。

梦醒后，再也睡不着，觉得夜是这么漫长。“夜长争得薄情知”反用古诗“愁人知夜长”的意思，争得，即怎得。这两句说，薄情的人永远也不会知道夜是那么漫长，我的相思已经染透了初春的一草一木。

接着，心已神驰到彼，诗从对面飞来。词人设想对方的处境与心理：“别后书辞，别时针线，离魂暗逐郎行远。”仿佛是恋人在向他低声倾诉。别后音信相通互诉衷肠，别时针线密密麻麻地缝进了相思之情，但是，这一切都代替不了长相厮守。有多少次啊，梦魂飞到了情郎的身边！这几句既补充交代了做梦的缘由，又变换了抒情的主人公，推进了情感。

但是，梦中相见，只能是短暂的。千言万语，深情厚义，都化作了深深的担忧：

“淮南皓月冷千山，冥冥归去无人管。”

这两句化用杜甫《梦李白》“魂来枫林青，魂返关塞黑”的意境，想象梦魂来去之时的孤单寂寞。合肥在淮水之南，一轮冷月照在千山万水之上。她的梦魂归去时，独自穿越山山水水，该是怎样的孤单与辛苦！越是将景物写得凄冷，将对方写得无助，越是显示了词人对恋人的体贴与关怀。

小令的篇幅有限，词中没有具体的情事交代，只有一个梦境。而这个梦境也不是完整的，只是一个片段。最后通过词人的想象，将梦中情境与人间幻境交织在一起，是梦境的延伸。姜夔的爱情词，往往过滤了绮丽的爱恋经过，留下了刻骨铭心的体验，并构筑了幽韵冷香的意境。花香是冷的，东风是冷的，月也是冷的，无一不折射着词人冷峭的心境。

对于这位魂牵梦系的恋人，姜夔不曾提到她的名字，但是他反复在词中提到合肥或合肥的别称：有时在词的小序当中，如《淡黄柳》小序“客居合肥南城赤阑桥之西”、《凄凉犯》小序“合肥巷陌皆种柳”；有时在词的开头，如《鹧鸪天》“肥水东流无尽期”；有时在词的末尾，如《江梅引》“歌罢淮南春草赋，又萋萋。飘零客，泪满衣”，这首词的末尾“淮南皓月冷千山，冥冥归去无人管”。南宋时合肥属淮南路，淮南即指合肥。在北宋词人柳永、晏几道的词里，有时直接出现女子的名字。姜夔以爱情的发祥地——合肥代替心上人的名字，或许是不便明言，却多了一层含蓄的韵味和悠远的情思。（李睿）

扬州慢 姜夔

淳熙丙申至日[①]，予过维扬[②]。夜雪初霁，荠麦弥望。入其城，则四顾萧条，寒水自碧，暮色渐起，戍角悲吟。予怀怆然，感慨今昔，因自度此曲。千岩老人以为有黍离之悲也[③]。

淮左名都[④]，竹西佳处[⑤]，解鞍少驻初程。过春风十里，尽荠麦青青。自胡马、窥江去后[⑥]，废池乔木，犹厌言兵。渐黄昏，清角吹寒，都在空城。

杜郎俊赏[⑦]，算而今、重到须惊。纵豆蔻词工[⑧]，青楼梦好[⑨]，难赋深情。二十四桥仍在[⑩]，波心荡、冷月无声。念桥边红药，年年知为谁生？

【注释】 ①淳熙丙申：即宋孝宗淳熙三年（1176）。至日：冬至日。②维扬：即扬州。③千岩老人：即萧德藻，居湖州弁山之千岩，因以为号。他是作者的伯岳父。黍离：《诗经》中篇名，内容是对西周宫室遗址的感伤。④淮左：淮东，即宋代设置的淮南东路辖区。⑤竹西：竹西亭，在禅智寺侧，扬州城东。⑥胡马窥江：指宋高宗绍熙三十一年（1161）金兵侵犯扬州。⑦杜郎：唐代诗人杜牧。他曾在扬州任职多年，有“十年一觉扬州梦，赢得青楼薄幸名”之句。⑧豆蔻词：指杜牧《赠别》诗中有“娉娉袅袅十三余，豆蔻梢头二月初”的句子。⑨青楼梦：参注⑦。⑩二十四桥：扬州桥名，以曾有二十四美人吹箫于此而得名。一说是扬州有二十四座桥。红药：芍药花。据说扬州开明桥左右有芍药花市。

【赏析】 这是一首非常著名的词，笺注、评论已多得不胜枚举，所以字句的疏解已不必要了。我们姑且从大处着眼，试图读出词中隐含的新意。

细读词序，姜夔似乎是第一次来到扬州，“感慨今昔”一句，由全词来看，令他“感慨”的并不是他亲自经历之中的扬州“今昔”之变，而是对这座历史古城的一种深刻的文化记忆中的繁华都市印象，与眼前的“芜城”之荒凉破败的场景构成鲜明对照，刺激了他的创作激情。任何一个城市的历史都是通过历代文本被记录下来，而留在后人的文化记忆之中，而不是通过其现实面貌得到保存的。即使屡经兵火而犹存的“古迹”，也是通过某种历史文本而被后人所识读的，其本身并不“言语”，否则在后人的眼里，残留的古迹很难被确认为何物并认知其历史沧桑。因而，对一个城市的历史兴衰的感慨，常常是由通过某种文本而获得的关于这个城市的历史记忆，与现实中这个城市的现时面貌之间的对照所引起的。

姜夔这首词的主题及其展开形式体现了这一怀古伤今的思想形式。当姜夔鞍马不停地奔向扬州的路上，至少他所熟知的那些关于扬州的诗歌——例如这首词一再提到的杜牧的诗句——已经萦绕在他的思想意识之中了，已经在他看到扬州之前就先入为主地构成了他认知扬州的一种“阅读理解”的“前见”。正因为杜牧诗中的扬州形象给他留下了深刻的文化记忆，他才会对眼前的现实中的荒凉、萧条的扬州感到震惊，并因此哀从中来。意味深长的是，我们发现，姜夔并不是特例，他的一位同时代人，恰恰有着和他同样的对扬州的文化记忆。洪迈（1123—1202）在《容斋随笔》中有一条这样说“唐扬州之盛”：“唐世盐铁转运使在扬州，尽斡利权，判官多至数十人，商贾如织，故谚称‘扬一益二’，谓天下之盛，扬为一而蜀次之也。杜牧之有‘春风十里珠帘’之句；张祜诗云‘十里长街市井连，月明桥上看神仙。人生只合扬州死，禅智山光好墓田’；王建诗云‘夜市千灯照碧云，高楼红袖客纷纷。如今不似时平日，犹自笙歌彻晓闻’；徐凝诗云‘天下三分明月夜，二分无赖是扬州’。其盛可知矣。”由姜夔而洪迈，可以看出南宋人对扬州的“集体无意识”之文化记忆的历史内涵。

姜夔显然同意萧德藻对他的这首词的主题思想的理解。所谓“黍离之悲”，出典《诗经·王风·黍离》，周大夫经过西周旧都见满城禾黍离离，哀从中来而作诗吊之。和周大夫所见“彼黍离离”相似，恰好姜夔在扬州所见“荠麦弥望”，满目荒凉。并且，宋王朝由北宋而南宋，也类似于周王朝由西周而东周，国是大变。“自胡马窥江去后”，扬州已成为南宋的边城，数经兵火，自然不复杜牧时代的那种繁华。但是，扬州的衰变并非始于这首词中所谓的“胡马窥江”——即金兵南侵。上文所引洪迈《容斋随笔》的“唐扬州之盛”条后几句说：“自毕师铎、孙儒之乱，荡为丘墟。杨行密复葺之，稍成壮藩，又毁于显德。本朝承平百七十年，尚不能及唐之什一，今日真可酸鼻也!”因此，姜夔在这首词中，把扬州衰败的原因，有意含混地说成是因为“胡马窥江”，这是不符合历史实际的。然而，这正是这首词的意旨所在，即立足于南宋来表达“黍离之悲”。也正是在这个意义上，姜夔在扬州“感慨今昔”，把当时的扬州和杜牧时代的扬州进行比较，有意忽略远在“胡马窥江”之前扬州已经屡遭兵火之灾的历史事实。

这样，姜夔也就实现了他创作这首词抒发“黍离之悲”的家国情怀。(高恒文)

一剪梅　蒋捷

舟过吴江

一片春愁待酒浇。江上舟摇，楼上帘招。秋娘渡与泰娘桥。风又飘飘，雨又萧萧。

何日归家洗客袍？银字笙调，心字香烧。流光容易把人抛。红了樱桃，绿了芭蕉。

【赏析】　蒋捷于咸淳十年（1274）进士及第，宋亡入元，隐遁不仕。他晚年备受黍离之悲与亡国之痛，国破家亡，四处漂泊。《一剪梅·舟过吴江》，就是写他羁旅漂泊之愁的一首词作，表现他厌倦漂泊而又急欲归家的心情。

“一片春愁待酒浇”，首句写春愁。这春愁需得酒浇，一个“浇”字，点明春愁之强烈。简直是愁深似海，只有借酒浇愁，愁似乎才会稍有缓解，或者在醉乡里求得心灵的暂时宁静。为什么不立即借酒浇愁还要等待呢？恐怕是因国破家亡，资产略尽，金错囊罄，壶酒难赊了。他坐在行进中的小船上，看到远处的楼上似有“太白一醉”的帘招，这又加强了他一醉方休的欲望。本来就酒瘾难忍，偏偏小船要经过秋娘渡和泰娘桥。这以唐代歌伎命名的渡口和桥梁，又激发了他名伎侑酒的联想，想起当年歌伎唱词、侑酒、戏谑的浪漫而热烈的场面，这蒙太奇般的场景，很快从脑海里消失了。眼前毕竟是“风又飘飘，雨又萧萧”，这飘潇的风雨，使他急待借酒浇愁的苦闷心情雪上加霜，更难忍受。词人通过层层的铺垫，将其流离漂泊之痛，表现得淋漓尽致。

这痛苦的漂泊生活何时可了？下阕劈头一句：“何日归家洗客袍？”是写他急于结束漂泊生活、重过安适日子的殷切企盼。他心里想着：早日回到家里，洗涤了破旧的客袍，换上新衣，面貌焕然一新，在家里融融欢乐的氛围中，调奏银字笙，烧心字香，凝视着久别的妻子“软语灯边，笑涡红透”（《贺新郎·兵后寓吴》）。这是何等幸福啊！但回家安居，只是一种美好的梦想，实在难以实现啊！在外漂泊，岁月蹉跎，日子一天天地过去了。盼啊！盼啊！在日日夜夜急切的企盼中，眼看樱桃红了，芭蕉绿了，然回家的梦想遥遥无期。这亡国之痛，漂泊之苦，何时才能了结呢？想到此，只有一声深深的长叹！

从以上对词意简单的抽绎中，我们领会到：词人之所以特别苦闷，并欲借酒浇愁，是因为家破国亡，无家可归了。因此，在对思念故乡情绪的抒发中，隐含着浓郁的故国之思。词写得凝练而自然，语句浅白而语意含蓄，是非常耐人咀嚼与品味的篇章。(房日晰)

约客 赵师秀

黄梅时节家家雨，青草池塘处处蛙。

有约不来过夜半，闲敲棋子落灯花。

【赏析】 赵师秀是南宋后期“永嘉四灵”之一。四灵分别是：赵师秀号灵秀，翁卷字灵舒，徐玑字灵渊，徐照字灵晖。同样的沉沦潦倒，同样的江湖漂泊，使得他们在精神上与唐代的贾岛、姚合一脉相承。他们在自己的小天地里，苦心雕琢，专心锤炼，用细腻幽微的意象渲染着一种或凄清或淡泊的情怀。

无论是理论建树还是创作实践，赵师秀都是他们当中的佼佼者。

这首《约客》是赵师秀的名作，也是宋诗中不可忽略的名作。

此诗在结构艺术上采用了蒙太奇手法，它将各种意象加以组接并列，有静态的黄梅、青草、池塘，有动态的蛙声、雨声、敲棋子、落灯花。诗人像一个高明的剪接师，将不同的画面剪接，再辅以匠心独运的排列，便使得画面的意义得以延伸，使整个诗歌产生出一种言外之意，真个是尺幅千里。

那么，这首诗里究竟有着怎样的言外之意？关键在于“闲敲棋子落灯花”这一突起之笔。

闲敲棋子，看着落了一桌的灯花，这是诗人虽候客未至，却心境如水，陶醉于青草池塘、黄梅蛙声的自然造化之中，心灵在一刹那间体会出了一种独到之乐，一种闲适之趣？还是诗人久候客未至，听着雨声蛙声喧阗盈耳，看着户内的一灯如豆，整个人变得无聊焦躁起来，只好将这种心境外化为枯坐敲棋这一特定的动作行为？还是两者兼而有之，在片刻的焦躁无聊之后迅即以行到水穷便坐看云起的淡定从容去享受自然赐予的一切？也许都是。而这首诗好就好在这里，诗人的高明也正在这里。他没有正面去说夜已过半客却未至后他的心情，他只用了“闲敲棋子落灯花”这一个特定的动作，这一种富有意味的画面去侧面作答。他充分地调动了读者的想象力，使得整首诗呈现出一种开放性的结局，言已尽而意无穷，富有饱满的张力。如此看来，我们不得不佩服起这首诗的高妙了。

而且，诗人以“闲敲棋子落灯花”这样一种开放性的意象作结，也正好切合了“等待”这一个特定的主题。

等待，一个多么诗意的情境，一个永远不会完结的乐章。它是一桩不定悲喜的折子戏，心思宛转，情节跌宕，从人类诞生之初便不断被演绎。它蕴含着太多的情感因素，忐忑、焦灼、喜悦、悲凄、执着、无奈，等等等等，而让生命显得沉重又沉静。沉重，是因着太多坚守的姿态和生命的付出；沉静，是有容乃大，阅尽沧桑后的面容清淡。

从《诗经》、《离骚》开始，我们见到了多少被定格为经典的等待姿态。比如《出其东门》，还有《风雨》，还有《子衿》，还有《山鬼》，还有“月上柳梢头，人约黄昏后”，还有“众里寻他千百度，蓦然回首，那人却在，灯火阑珊处”……有太多的男子女子以等待的姿态挥送光阴，心花或绽放或零落。

只是这种种等待，都是情人之间的场景。赵师秀却与众不同地拈出了一种别样的等待，他等待的是友人。他让等待的场景变得更为丰富，也为等待的姿态增添了新的类别。这同样是他的独到之处。

人类，也许太过多情；或闲敲棋子，或抱柱而亡，一样的，将执着连同一颗心揉碎了，撒在光阴里。(陈可)

游园不值　叶绍翁

应怜屐齿印苍苔，小扣柴扉久不开。

春色满园关不住，一枝红杏出墙来。

【赏析】 叶绍翁属江湖诗派，擅长写七言绝句，这首《游园不值》更是万口传诵。

这首诗的好处之一是写春景而抓住了特点，突出了重点。

诗人不是写一般的春景，而是写早春之景。早春之景，最有特征性的一是柳色，二是杏花。陆游的《马上作》说：“平桥小陌初雨收，淡日穿云翠霭浮。杨柳不遮春色断，一枝红杏出墙头。”用“杨柳”的金黄、嫩绿衬托“红杏”的艳丽，可谓善于突出重点；叶绍翁的诗，特别是第四句，也许是从此脱胎的。但题目各异，写法也不同。陆游以《马上作》为题，故由大景到小景，先点“平桥”、“小陌”、“翠霭”、“杨柳”等等，然后突出“一枝红杏”。叶绍翁则以《游园不值》为题，故用小景写大景，先概括大地“春色”于一“园”，强调“春色”不但满园，而且“满”到“关不住”的程度，其具体表现是：“一枝红杏出墙来”。陆诗和叶诗都用一个“出”字把“红杏”拟人化，但前者没有写明非“出”不可的理由；后者却先用“关不住”一“呼”，再用“出墙来”一“应”，把“一枝红杏”写得更活。

这首诗的好处之二是“以少总多”，含蓄蕴藉。例如“屐齿印苍苔”，就包含许多东西。仅就写景而言，“苍苔”生于阴雨，“屐”多用于踏泥，“苍苔”而“屐齿”可印，更非久晴景象。陈与义《怀天经智老因访之》说：“客子光阴诗卷里，杏花消息雨声中。”陆游《临安春雨初霁》则说：“小楼一夜听春雨，深巷明朝卖杏花。”叶绍翁看来也是从“春雨”声中听到了杏花消息，但他避熟就生，不明写“春雨”，却用“屐齿印苍苔”加以暗示。“春色”既已“满园”，而且满得关也关不住，那么进园去逐一观赏，该多好！然而就是进不去，只能在墙外看看那出墙来的红杏，而且仅仅是“一枝”，岂非莫大的遗憾！可是这“一枝红杏”，正是“满园春色”的集中表现，眼看出墙红杏，心想墙内百花；眼看出墙一枝，心想墙内万树，不正是一种余味无穷的美的享受吗？

这首诗的好处之三是景中有情，诗中有人，而且是优美的情、高洁的人。

题为《游园不值》，“不值”者，不遇也。作者想进园一游，却见不上园主人。那么主人是怎样的人呢？门虽设而常关，“叩”之又“久不开”，其人懒于社交，无心利禄，已不言可知。门虽常关，而满园春色却溢于墙外，其人怡情自然，风神俊朗，更动人遐想。

这首诗的好处之四是不仅景中含情，而且景中寓理，能够引起许多联想，从而给人以哲理的启示和精神的鼓舞。“春色”一旦“满园”，那一枝红杏就要出墙来向人们宣告春天的来临。一切美好的、向上的、生机勃勃的事物，都具有顽强的生命力，难道是墙能围得住、门能关得住的吗？（霍松林）

虞美人 蒋捷

听雨

少年听雨歌楼上，红烛昏罗帐。壮年听雨客舟中，江阔云低、断雁叫西风。

而今听雨僧庐下，鬓已星星也。悲欢离合总无情，一任阶前、点滴到天明。

【赏析】 说起蒋捷，可能没有多少人知道，据传他是义兴巨族，先世家境是显赫的。南宋亡国后，他深怀家国之痛，一直隐居，气节可嘉。“流光容易把人抛，红了樱桃，绿了芭蕉”这个流传甚广的诗句，就是他写的，后人因此而称他为“樱桃进士”。

一个真正阅尽繁华的人，才有资格说繁华，才能领略繁华背后的沧桑与苍凉。这首《虞美人》，写的是走过人世繁华，经历过人世浮沉之后，站在人生边上，静默无言的状态。

词用空间之“歌楼上”“客舟中”“僧庐下”这样一个渐次下移的次序，隐喻人生之少年、中年、老年渐次衰败的三阶段。

少年不识愁滋味，所以其人生状态是：听雨歌楼上，红烛昏罗帐。诗酒风流，挥洒青春，那时世界是我的，时间一大把。壮年辗转飘泊，有如无根浮萍，所以其人生状态是：听雨客舟中，任凭断雁叫西风。断雁，是离群之雁；一个游离在主流群体之外，孤零零面对苍茫大地，不知何处是归程的大雁，让人心惊，心疼。

老年呢？听雨僧庐下，鬓已星星也。少年听雨，听的是情调。壮年听雨，听的是萧瑟；老年听雨，听的是一个长长的故事，却再也不想对人提起，停止呼告诉求，一任阶前，点滴到天明。

走到人生的边上了，道理越看得明透，却越觉得无话可说。还是一点不说的好，心里明白，口里讲不出来，也不愿意讲。一任阶前，点滴到天明吧。

一首词，一段漫长的人生之旅，词人用化繁为简、举重若轻的笔力带我们一同经历过了。

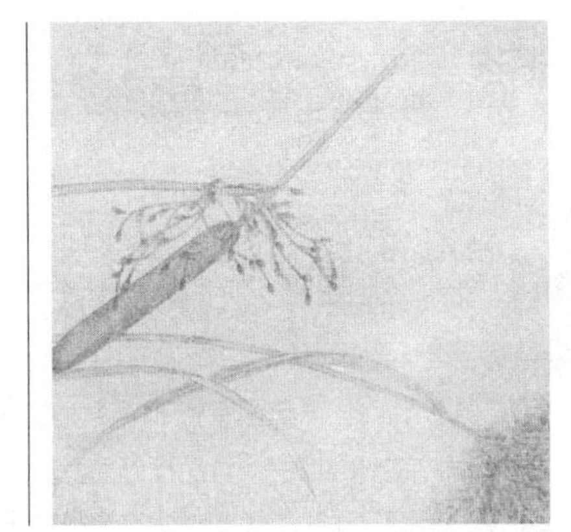

元明清

［南吕］一枝花　关汉卿

不伏老

攀出墙朵朵花，折临路枝枝柳。花攀红蕊嫩，柳折翠条柔。浪子风流。凭着我折柳攀花手，直煞得花残柳败休[①]。半生来折柳攀花，一世里眠花卧柳。

［梁州］我是个普天下郎君领袖，盖世界浪子班头。愿朱颜不改常依旧：花中消遣，酒内忘忧；分茶攧竹[②]，打马藏阄[③]；通五音六律滑熟，甚闲愁到我心头！伴的是银筝女、银台前、理银筝、笑倚银屏，伴的是玉天仙、携玉手、并玉肩、同登玉楼，伴的是金钗客、歌《金缕》、捧金樽、满泛金瓯。你道我老也、暂休？占排场风月功名首，更玲珑又剔透。我是个锦阵花营都帅头，曾玩府游州！

［隔尾］子弟每是个茅草冈、沙土窝、初生的兔羔儿、乍向围场上走[④]。我是个经笼罩、受索网、苍翎毛老野鸡、蹅踏的阵马儿熟。经了些窝弓冷箭蜡枪头，不曾落人后。恰不道人到中年万事休[⑤]，我怎肯虚度了春秋！

［尾］我是个蒸不烂、煮不熟、捶不匾、炒不爆、响当当一粒铜豌豆，恁子弟每谁教你钻入他锄不断、斫不下、解不开、顿不脱、慢腾腾千层锦套头。我玩的是梁园月[⑥]，饮的是东京酒；赏的是洛阳花，攀的是章台柳。我也会围棋、会蹴踘、会打围、会插科、会歌舞、

会吹弹、会咽作、会吟诗、会双陆[7]。你便是落了我牙、歪了我嘴、瘸了我腿、折了我手，天赐与我这几般儿歹症候，尚兀自不肯休。则除是阎王亲自唤，神鬼自来勾；三魂归地府，七魄丧冥幽。天那，那其间才不向烟花路儿上走[8]！

【注释】 ①煞：俗“杀”字，这里指摧残。休：语助词。②分茶：宋元时煎茶之法。注汤后用箸搅茶乳，使汤水波纹幻变成种种形状。宋陆游《临安春雨初霁》诗：“矮纸斜行闲作草，晴窗细乳戏分茶。”攧(diān)竹：博戏名。颠动竹筒使筒中某支竹签首先跌出，视签上标志以决胜负。③打马：古代博戏名。宋李清照《〈打马图经〉序》：“打马世有二种：一种一将十马，谓之关西马；一种无将，二十四马，谓之依经马。流传既久，各有图经。”藏阄：即藏钩，古代猜拳的一种游戏。饮酒时手握小物件，使人探猜，输者饮酒。④子弟每：子弟们，此指风流子弟。每：人称代词的复数“们”。乍：刚，才。围场：帝王、贵族打猎之所，这里喻指妓院。⑤恰：岂，难道。⑥梁园：有指东汉梁孝王的东园，后泛指皇家园林。这里指汴京，与后面东京、洛阳、章台（秦时宫殿）相呼应，表明其宴饮游乐出行的都是皇家场所。⑦双陆：古代一种棋类博戏之一，传自天竺（印度），盛于南北朝、隋、唐。下铺一特制盘子，双方各用十六枚（一说十五枚）棒槌形的马立于自己一方，掷骰子的点数各占步数，先走到对方者为胜。⑧烟花：原指妓院，亦指妓女。古代胭脂又写成烟肢、烟支等，烟花之意或由此引申。

【赏析】 这套散曲是关汉卿散曲中最重要的作品，也是整个元散曲中的名篇。在元代，读书人的地位极为低下，有“八娼九儒十丐”之说，他们中的大多数被迫沉沦于勾栏妓院之中，成为以笔墨糊口的书会才人。在这套散曲中，关汉卿就不仅不以浪子为耻，反而是纵情地自夸自赞，以“浪子风流”、“普天下郎君领袖，盖世界浪子班头”、“占排场风月功名首”、“响当当一粒铜豌豆”而自豪，表现了不甘屈辱的骨气和自尊自强的精神。

首曲［一枝花］勾画了人物的总体轮廓，曲中的“我”以风流浪子自居，不仅是口无遮拦，而且还颇为自得，表现了一种背离传统的新的人生观念。在曲中，“折柳攀花”是指与青楼歌妓的交往。“半生来”和“一世里”两句，不仅强化了自矜自得之意，也巧妙地点明了晚年，但题名为“不伏老”，即不肯服老之意，也体现了作者老当益壮、矢志不渝的豪情。

[梁州]一曲，具体写“我”的人生经历，明确表达“不伏老”的雄心。曲子中，“我”自夸自封为“郎君领袖”“浪子班头”“风月功名首”“锦阵花营都帅头”，炫耀自己精通各种勾栏技艺，自信是风月场中的常青树。曲中的“分茶”“攧竹”“打马”“藏阄”，都是青楼中流行的技艺和游戏。“银筝女”“玉天仙”“金钗客”，均指歌妓。作者故意以“风月功名”和勾栏才艺来挑战和对抗这个异化的社会，反证自己的存在价值。

[隔尾]一曲，与[梁州]曲意蕴相同，以“子弟每（们）”的稚嫩作为陪衬，来夸耀“我”的老练成熟。不过，此曲中豪情稍减而感慨稍多，所谓“经笼罩、受索网”和“窝弓冷箭蜡枪头”，是指自己历经磨难和打击，在这风月场中能成为“郎君领袖”也是殊为不易。“恰不道”两句，尽管颇显坚强和乐观，但仍然流露出淡淡的哀愁，虽然可以不在乎“人到中年万事休”，但毕竟已朱颜不再；虽然是不肯“虚度了春秋”，但毕竟满腹才华也只能博取“风月功名”。所以，仔细品味这两支曲子，作者的豪情与愁苦、自得与叹息其实是彼此缠绕、表里互见的。

[尾]曲是整套曲子的高潮，作者将此前的淡淡的愁苦一甩而尽，而将豪情雄心和自强自得推到顶点，表明了在“烟花路儿上”“不伏老”的执著信念。“铜豌豆”本是青楼中对老狎客的称呼，作者以此自比，表明了“我”寄情勾栏的决心，而在前面加上“蒸不烂”等五个修饰词，铿锵有力，痛快淋漓，真可谓豪气冲天，坚毅无比！紧接着的“恁子弟每”一句中的“他”，实是“铜豌豆”的代称，“千层锦套头”本是指妓院中用来笼络狎客们的手腕，这里是指“我”的无限才情和高超本领足以令年青子弟们折服。从“我玩的是梁园月”直到“会吟诗、会双陆”等数句，都是极力夸耀“我”这粒“铜豌豆”的不凡经历、识见和才能，与首曲中的“普天下郎君领袖，盖世界浪子班头”相照应。从“你便是落了我牙”以下直至结尾，则可看作是“我”的人生誓言，既然传统的仕进之路已走不通，那我就在这“烟花路儿上”纵情驰骋。纵然在此路上会有无数的天灾人祸，我也会至死不休。至此，“不伏老”的主题已表现得淋漓尽致了。

整套曲子在艺术上最突出的地方，就是口语和衬字的运用，娴熟巧妙，自然贴切。关汉卿非常熟悉勾栏行院的生活，套曲中使用了许多与妓院有关的词汇，但是毫不生硬费解，而且别有风味。衬字的大量运用，更赋予全篇无穷的韵味和生气。表现了关汉卿惊人的驾驭语言的能力。

西厢记·长亭送别　王实甫

〔正宫〕〔端正好〕碧云天，黄花地，西风紧。北雁南飞。晓来谁染霜林醉？总是离人泪①。

〔滚绣球〕恨相见得迟，怨归去得疾。柳丝长玉骢难系②，恨不倩疏林挂住斜晖③。马儿迍迍的行④，车儿快快的随，却告了相思回避，破题儿又早别离⑤。听得道一声去也，松了金钏；遥望见十里长亭，减了玉肌：此恨谁知？

【注释】　①“晓来”二句：意谓是离人带血的泪，把深秋早晨的枫林染红了。霜林醉，深秋的枫林经霜变红，就像人喝醉酒脸色红晕一样。②“柳丝长”句：玉骢（cōng）：马名，一种青白色的骏马。古人有折柳送别之习惯，此言柳丝虽长却系不住玉骢，犹言情虽长却留不住张生。③倩（qìng）：请人代己做事。④迍：行动缓慢，流连不进的样子。⑤“却告”二句：却，犹恰；破题，唐宋诗赋多于开头几句点破题意，元曲中用于比喻开端、起始或第一次。

【赏析】　《西厢记》被金圣叹誉为第六才子书，这部元曲中的杰作的确充满了才气。其中最突出的特点之一便是曲词华美，极富诗意。

这里选了莺莺在十里长亭送别张生赴京赶考时的两段唱词，道尽了依依惜别的小儿女之态。〔端正好〕是景中情。黄花地，西风紧，雁南飞，霜林醉，无一不是秋景，无一不饱蘸着浓浓离愁。何处合成愁？离人心上秋。无边无际的秋意恰似离人无穷无尽的离愁。

〔滚绣球〕是情中景。将离愁别绪渲染得极其浓烈，连景也带上了强烈的主观色彩。因不忍离别，她怨柳丝长长却系不住心上人离去的玉骢；盼疏林挂住余晖，让时间定格在这一刻；幻想要离去的马车越走越慢而送别的车儿越跟越紧。更夸张的是，只一声“去也”，她即刻便松了金钏，减了玉肌。

这两段唱词情景交融，臻于化境，而相同句式的排比，既加强了语言的节奏感，又增添了感情的浓度。故明人朱权《太和正音谱》中赞道：“王实甫之词，如花间美人，铺叙委婉，深得骚人之趣。”

衣带渐宽终不悔，为伊消得人憔悴。以后的日子里，恐怕这才是常态，犹如日月星辰般伴随着她的将是不绝的相思情意。

我问佛：如果遇到了可以爱的人，却又怕不能把握该怎么办？

佛曰：留人间多少爱，迎浮世千重变。和有情人，做快乐事，别问是劫是缘。

和有情人，做快乐事，别问是劫是缘。为了有情人，一个待月西厢，一个夜半跳墙，加上一个伶俐的红娘从中穿针引线，他们算是切切实实做着快乐的事了。而他们的坚持与执著，最终迎来了“天下有情人终成眷属”的美好结局。书生和小姐，终于美好地生活在一起了，就像王子和公主幸福的结合。至于以后，是否是疏花照影拂晴空，变了形容，不得而知。

一生中，我们有多少次半路掉头，错过了最后。又有多少人中途走丢，有情人终成怨偶。的确，最浪漫的事，是但愿人长久。

［越调］天净沙 马致远

秋思

枯藤老树昏鸦，小桥流水人家，古道西风瘦马。夕阳西下，断肠人在天涯！

【赏析】　马致远这首“秋思”虽然只有短短五句，却被周德清在《中原音韵》中誉为“秋思之祖”，王国维赞其“寥寥数语，深得唐人绝句妙境。有元一代词家，皆不能办此也”，充分肯定其艺术魅力。

小令题为“秋思”，字面意思为秋天的思绪，它通过五幅独立的画面、十个意象来传达浪迹天涯的羁旅之人的秋之思绪。

“枯藤老树昏鸦”置于篇首，为小令奠定了荒凉的基调：干瘪的枯藤缠绕苍虬的老树，垂垂老矣的乌鸦歇于树上，时不时发出一两声暗哑的鸣叫。在驿道上赶路的旅人眼里，这番没有生气的景致越发增加他心中的凄凉和漂泊感，将他心中原本就有的羁旅行役的愁思激发出来，不可收拾。第二幅图景转为柳暗花明：“小桥流水人家。”小桥下流水潺潺，桥边茅舍星星点点，显得清丽秀雅。这如江南水乡般的柔美风光，让他不由得想起了故乡。只可惜人在天涯，一场空想而已。紧接着明亮的基调随着旅人心情的起伏又黯淡了下来。于是出现了第三幅图景：古道上，西风紧，一个疲惫的旅人和一匹嶙峋的瘦马结伴徜徉在路上，步履蹒跚，无精打采，仿佛剪影一般定格在画面中，这又是一幅悲凉景致。第四幅图景：“夕阳西下”，飞鸟归林，而远在天之涯漂泊的游子又将归向何处呢？鸟尚可归林，人却只有寂寥，此情此景，怎不叫人愁肠百结。正所谓“断肠人在天涯”。天涯，不知何处，不知所往，第五幅图画只留给我们一个浪迹天涯的断肠游子孤单的背影，让人唏嘘不已。

这首小令描绘的五幅图画，由远及近，将寂静驿道上的一幅幅图景依次涂抹于笔下，而秋之思绪就凝结在这形象的画面之中。前三幅画面九种意象，九种名词并列，却通过相互关系和象征传达了游子悲秋思乡的苍凉寂寥情怀。最后一句点题，将前面的十种意象绾住，浑然一体，情景相融，意境天成。

［中吕］山坡羊　张养浩

潼关怀古

峰峦如聚，波涛如怒，山河表里潼关路[1]。望西都[2]，意踟蹰[3]，伤心秦汉经行处[4]，宫阙万间都做了土。兴，百姓苦；亡，百姓苦！

【注释】　①山河句：这一句言潼关外有黄河，内有华山，诚可谓虎踞龙盘，险要无比。“山河表里”，语出《左传·僖公二十八年》：“表里山河，必无害也。”②西都：指长安（今西安），赫赫有名的汉唐帝国均建都于此，秦都咸阳也在附近。如果将眼光放得更远，那么，在以长安为中心的整个关中地区，还有西周、前赵、前秦、后秦、西魏、北周、隋等多个王朝的都城，都可以称为“西都”。③踟蹰：原指犹豫不决、徘徊不前，这里指思绪千回百转、起伏不宁。④经行：经营。经行处，指长安。

【赏析】　本篇堪称元散曲中的珍品，历来广为传颂。

天历二年（1329），作者毅然结束了八年的隐居生活，受命于危难之际，前往陕西赈灾，这首小令是其路过潼关时有感而作。“潼关”，是历史上著名的关塞，故址在今陕西潼关县东南，关城雄踞山腰，扼据陕西、山西、河南三省的要冲，为长安东面的屏障，地势险要，是古来兵家必争之地，它不知见证了多少朝代的兴亡。因此，当诗人身临其境之时，禁不住感慨万千。

从结构上看，全曲可分为三层。前三句为第一层，写潼关的山、河形势之胜。“峰峦如聚，波涛如怒”二句，恰如石破天惊一般，气势磅礴，苍莽雄浑。潼关北有中条山，东有崤山，西南更有华山诸峰，形成拱卫潼关的峥嵘气势。潼关脚下的黄河，从北面的龙门直泻而来，滚滚向东。澎湃汹涌如咆哮之状。它不仅赋予了大山大河以情感和脾性，同时也隐隐反映了作者内心情感的激烈动荡。紧接着，“山河表里潼关路”一句，总括山、河，点明潼关地势的险要。

“望西都”等四句是第二层，写由潼关所引发的怀古之情。“望西都，意踟蹰”，是说作者站在潼关遥望西都，一时心潮起伏，惆怅万端，顿觉脚步沉重，前路多艰。西都有黄河、华山、潼关作为屏障，曾经是物华天宝，强盛一时，可是如今何在呢？历史上的西都早已是风流云散了，而如今的西都也应是满目疮痍吧？念及于此，作者自然是心难平、“意踟蹰”了。“伤心秦汉经行处，宫阙万间都做了土”二句，对“意踟蹰”的内容和原因作了进一步补充。自秦汉以来，直至元代，在前后约一千五百年的岁月里，长安见证了不知多少王朝的兴衰，到如今这“宫阙万间”早已灰飞烟灭，化为焦土。

最后四句为第三层，写作者怀古后的感慨和感悟。“兴，百姓苦；亡，百姓苦！”作者的“伤心”并非仅为吊古而生，而是悲痛于历代百姓的深重苦难。更重要的是，作者还想到了自己肩负的千钧重担，还想到了目前忍饥挨饿、困疲交加的三辅民众，正是（也只有）在这样的思想背景下，诗人才能写出如此震古烁今的诗句。

这首散曲将写景、怀古、抒情三者紧密结合。既有深厚的历史感，又有强烈的现实针对性，具有惊心动魄的感人力量，可谓元曲的压卷之作。（戴峰）

桃花庵歌　唐寅

桃花坞里桃花庵，桃花庵里桃花仙。
桃花仙人种桃树，又摘桃花换酒钱。
酒醒只在花前坐，酒醉还来花下眠。
半醒半醉日复日，花落花开年复年。
但愿老死花酒间，不愿鞠躬车马前。
车尘马足富者趣，酒盏花枝贫者缘。

若将富贵比贫贱，一在平地一在天。
若将贫贱比车马，他得驱驰我得闲。
别人笑我忒疯癫，我笑他人看不穿。
不见五陵豪杰墓，无花无酒锄做田①。

【注释】 ①五陵：是汉代长安城外五个汉代皇帝陵墓所在地，分别是高祖的长陵、惠帝的安陵、景帝的阳陵、武帝的茂陵、昭帝的平陵。五陵原，即是以西汉王朝在这里设立的五个陵邑而得名的。

【赏析】 你是在学陶渊明吗？名满天下的才子，你是在学那个“采菊东篱下，悠然见南山”的隐士陶渊明吗？

读你的《桃花庵歌》，果然，满眼满腹都是桃花，灿若云霞。不仅有“芳草鲜美”，还有“落英缤纷”。

多美的图画！

画里醉卧一个神仙，“酒醒只在花前坐，酒醉还来花下眠。半醒半醉日复日，花落花开年复年”，何等逍遥，何等快活！这花与酒，早已不是单纯的花与酒，早已成为仙人生命中不可分割的一部分。花与酒，与人，早已融为一个和谐的整体，俨然不知何者为我，何者为蝶。生动、鲜明而又富有深意的意象，使我深切地感受到：那个曾经幻想“朝为田舍郎，暮登天子堂”的学子唐寅不见了，那个曾经醉生梦死于烟花柳巷的风流才子也不见了。痛也痛过，乐也乐过，在经历了人生的悲与欢的洗礼之后。出现在我们面前的，是一个悠然自得、不问世事的隐士唐寅。

“但愿老死花酒间，不愿鞠躬车马前”。不错，为了所谓的荣华富贵奔波劳碌，屈己下人，何如像神仙般徜徉于花酒丛中，落得清闲快活？“车尘马足”只是富者趣味，“酒盏花枝”才与贫者结缘。那富贵者虽然可以拥有高官厚禄，良田美宅，可以妻妾成群，呼奴使婢，可以雕梁画栋，锦衣玉食，可以呼风唤雨，只手遮天，却不得不绷紧神经，小心翼翼，如履薄冰地在上级面前伺候。而贫者，虽说没有那么丰厚的物质条件，却能够逃出樊笼，多几分逸趣，多几分闲情，多几分真实，多几分轻松快乐。

如是天壤之别，换作我，也“但愿老死花酒间，不愿鞠躬车马前”。不是么？虽云“一在平地一在天”，但“他得驱驰我得闲”。

“别人笑我忒疯癫”？

唐寅，你如是清醒！

荣华富贵是什么？“车尘马足”而已！“我笑他人看不穿”，昔日叱咤风云，不可一世的王侯将相，如今身归何处？一朝身死，连他们的坟茔都保不住！“不见五陵豪杰墓，无花无酒锄做田”！

你看得穿，看得清，但你却逃不过！宁王的造反，就是命运和你开的一个不小的玩笑。看来，“桃花仙人”，不过是一个美妙而安逸的梦。

现实是无情的，纷纷击碎了你的梦。于是，你陷入了苦闷。“鸡虫得失心尤悸，笔砚飘零业已荒”，你还是关注现实的。

不仅是你逃不过，我们都逃不过。是的，我们必须承认，无奈地承认：既然已经托身为人，就注定会湮没在滚滚红尘。不管你是“仙人”，还是“才人”。不管是在明时，还是晋时。(赵红丽)

长相思 纳兰性德

山一程，水一程，身向榆关那畔行。夜深千帐灯。

风一更，雪一更，聒碎乡心梦不成。故园无此声。

【赏析】 康熙二十年（1681），三藩之乱平定。次年三月早春，玄烨出山海关东巡，即“榆关”，三月末四月初至盛京，在吉林乌拉望祭长白山，告祭永陵、福陵、昭陵，纳兰扈从。追随天子，何等荣耀？然而，对御前侍卫容若而言，这仍然是一次枯燥而痛苦的旅程。正如董讷《诔词》云：“原期翰院之选，竟充虎贲之列，执戟庙堂，岂容若初衷哉！《饮水》怨抑之词，率由此出。”

当夜晚来临，皇帝已经安睡，随扈的队伍也各自安营扎寨，金刀侍卫纳兰容若却夜不能寐。他走出帐外，放眼望去，只见夜色之下，帐幕林立，而帐中点点焰火，在漆黑的夜里，有着异乎寻常的震撼。容若独立风雪之中，听着一更又一更的风雪之声，不禁“乡心”陡起，长思“故园”。

容若之“故园”何在？

年少时，当他游于碑林，在起承转合之间尤其被赵孟頫吸引；当他徘徊画卷，在浓墨淡写中独独钟情倪云林；当他深涉文海，在南腔北调中偏偏热爱李煜，他心中的江南情结便已悄然生发。

他是在离去的苏杭刺史白居易苍老的容颜里读到的江南：“日出江花红胜火，春来江水绿如蓝。能不忆江南。”——他爱那水波荡漾、朝霞满天；他是在断肠的过客韦庄寂寥的步履里看到的江南：“春水碧于天，画船听雨眠。”——他沉浸于“还乡断肠”的美丽与惆怅；他打东晋会稽走过，见“千岩竞秀，万壑争流。草木蒙笼其上，若云兴霞蔚”；他去了前蜀，自此便跌落于李珣眼中情意繁茂的江南。

它是采莲女玉足过处，莲塘底的惊慌；它是船桨行处，微波中的窈窕夕阳；他是兰舟中的春光少年，于暖风中醉卧船头，听红衫绿裙的渔女低声哼唱；当黄昏来临，他化身远方的游子，听鹧鸪哀啼，顿时乡思如潮，在烟水中湿了眼眶。

在容若无法苏醒的梦里，江南是于刺桐花下看采莲女相携归去的怅惘，是暗里回眸、若有若无的深情；在容若始终不能释怀的心情中，江南是霏雨碧波间的扣弦而歌。最后，容若去了南唐，他走着，满怀心事，走在李后主的江南四季心境里：看春日飞絮，于秋日芦花深处想念。

容若如此倾心江南，以致无限迷恋吴侬软语的娇绵，他曾对友人梁佩兰说：“仆少知抄觚，即爱《花间》致语。”他甚至以笔为足，在纸上寻觅千里之外的江南，他的《渌水亭杂识》中，有很多追索江南地名的记载：“虎丘山，在吴县西北九里，唐避讳曰武丘。先名海涌扇，高一百三十尺，周二百十丈……”《吴越春秋》：阖闾葬此三日，金精为白虎踞其上，因名虎丘。还有“吴会”“三吴”“姑苏”……他是看见文字，便如看见江南。后来，当他读到金主完颜亮闻歌柳永咏钱塘《望海潮》词，“欣然有慕于‘三秋桂子，十里荷花’，遂起投鞭渡江之志”的前朝往事，忽然有了想哭的冲动。那是他所爱着的一切也被人同样全力以赴爱着的感动和痛快，其中也间杂着对倾国倾城之美的不知所措。

就这样，生于北方的容若揣了一颗南方的心，在波澜壮阔的生活与优美的惆怅间起伏不定。就这样，容若的塞上曲，颠覆了范仲淹《渔家傲》里的慷慨苍凉，将边塞的雄浑与辗转的乡愁集于一词，乃豪放与婉约融合之作。

王国维对容若此词曾大加赞赏，认为其中境界达到了“千古壮观”之地步，他在《人间词话》里写道：“词中境界，可谓千古壮观。求之于词，唯纳兰容若塞上之作，如《长相思》之‘夜深千帐灯’，《如梦令》之‘万帐穹庐人醉，星影摇摇欲坠’差近之。”

然而，容若的壮观是不同的。他不是“长河落日”之豪迈，也不是“塞下秋来风景异，衡阳雁去无留意。四面边声连角起，千嶂里，长烟落日孤城闭”中戍边的悲伤。容若之“夜深千帐灯”，其景固然壮观，但纵观整首词，其“山一程，水一程”之迢迢情感迭起；“风一更，雪一更”之簌簌寒雪落下，虽不乏天子出征之大气磅礴，但他真正关注的，是这壮观之下的婉转惆怅。

容若的故园之中，唯有江南，何曾有聒耳的风雪声？故而，夜已深，千帐灯，思念的愁苦使他辗转难寐，扈从皇帝、身兼要职的天子近臣，毫无风发意气，却陷落在无边的愁绪之中。（何灏）

浣溪沙　纳兰性德

谁念西风独自凉，萧萧黄叶闭疏窗，沉思往事立残阳。

被酒莫惊春睡重①，赌书消得泼茶香。当时只道是寻常。

【注释】　①被酒：犹中酒，酒酣。

【赏析】　江淹笔下的七种离别中，有两种涉及男女情感。一为夫妇之别：“又若君居淄右，妾家河阳，同琼佩之晨照，共金炉之夕香。君结绶兮千里，惜瑶草之徒芳。”一为有情男女之别：“春草碧色，春水渌波，送君南浦，伤如之何！至乃秋露如珠，秋月如圭，明月白露，光阴往来，与子之别，思心徘徊。”

君居淄右妾河阳，琴瑟和谐的夫妇不得不被生活分隔在不同的空间里；送君南浦，思心彷徨，两情相悦的伴侣又大多于情浓之际只留下背影。有情而分离，实是人生种种悲剧的渊薮，也是造就人类普遍悲凉心境的根柢。渐渐老去的青春，逐日孤单的自己。千金散尽，华发早生。无论是功名还是富贵，都难以永恒。至于那更加值得珍重的情感，不管有过怎样的执着，却最终徒留“便纵有千种风情，更与何人说”！康熙十六年（1677）的整个秋天，容若都陷入这种深切的痛苦情绪中无法自拔。

康熙十六年五月三十日，容若之妻卢氏离开了她匆匆经过的人世。容若长子福尔敦的降生对他的母亲而言是一次艰难的过程，这次艰难的生产夺去了卢氏的健康，她受了风寒，变得异常虚弱，因生子而欣喜的脸庞开始黯淡。瞬息之间，她便已经不能同容若在园子里看合欢花开，也不能陪伴他在书房，听夜雨生香。

那是自他们成亲以来两人心情最灰暗的一个月。卢氏缠绵病榻，开始出现生命最后阶段的迹象。容若整日坐在她的床前，长久地、默默地望着她。她已经很少说话，因为那会耗费她太多力气，而她的力气正以看得见的惊人速度从她年轻羸弱的身体中逐渐消失。容若起初还背着她独自流泪。但后来，他已经不能再克制自己，他不止一次，面对正逐日失去颜色和光华的花朵，潸然泪下。

她几乎没有留下什么话，但临死时，她那悲怆的眼神给了容若永生难忘的温情。她仿佛在说：“我走了以后，你就是世上最孤独的人了。离开了你，我也将是冥间最孤单的灵魂。”

卢氏的离世，是容若一生都难以释怀的事。不仅因为在容若的思想里，一直将卢氏当作另一个自己，在他们相互依存的生命里，彼此映照了然。也因为他们在一起的时日太短暂，故而在容若的记忆中，相聚更加弥足珍贵。对旁人而言，卢氏的死，是一场意外，是一个悲剧，但对容若而言，卢氏之死，是对他生命和幸福的无情劫掳，停止呼吸的是卢氏一人，然而再也无法活过来的仿佛是容若和卢氏两个人。

在卢氏刚刚离世的那段日子，容若夜不能寐，“悼亡之吟不少，知己之恨尤深”，这首《浣溪沙》即为容若痛楚的悲鸣。

萧瑟西风中，容若孑然一身，身边已没有他的妻，唯有黄叶飘落疏窗。

残阳如血，如同他内心新鲜的痛苦。那些痛苦来自于幸福温暖的往昔。当卢氏在他生命中来了，又去了，他的心中只剩下无边的悲凉。他悲凉着，追忆着，一笔笔书写着过往，一字字揪着那已回不来的不放。他几乎已经不能待在书房里了，那里的每一篇书页在秋风中发出的哗啦啦的声音，都似在责备容若当初忙于仕途攻读，令年轻的卢氏于大好光阴中独自寂寞。他也不肯再待在书房内，因为那里的每一本书，都曾经被他们怀着同样幸福的心情翻阅过。

在词的下阕，容若用了李清照和赵明诚的典故。李清照《〈金石录〉后序》云："余性偶强记，每饭罢，坐归来堂，烹茶，指堆积书史，言某事在某书、某卷、第几页、第几行，以中否，角胜负，为饮茶先后。中，既举杯大笑，至茶倾覆怀中，反不得饮而起。甘心老是乡矣！"怀想与妻子卢氏的赌书泼茶之趣——当日如何欢乐，今日便如何痛不欲生。

死别，是命运对情好伴侣最残忍的安排。《诗经·唐风·葛生》曾这样写生不如死之苦："葛生蒙楚，蔹蔓于野。予美亡此，谁与独处！葛生蒙棘，蔹蔓于域。予美亡此，谁与独息！角枕粲兮，锦衾烂兮。予美亡此，谁与独旦！"

这样的悲伤，是无须任何辞藻与修饰的，故后世文人，凡言及于此，无不抛却天赋文采，流露真挚的情怀。这些作品，一如容若之词，念兹在兹的都是夫妇间最平常的相处，却无不流露出生活中同甘共苦的深情厚谊。情真意切，感人肺腑。"纳兰容若（成德）深于情者也。固不必刻画花间，俎豆兰畹，而一声河满，辄令人怅惘欲涕。""情深不寿"，夫复何言！（何灏）

浣溪沙　纳兰性德

十八年来堕世间，吹花嚼蕊弄冰弦[1]。多情情寄阿谁边。

紫玉钗斜灯影背，红锦粉冷枕函偏。相看好处却无言。

【注释】 ①吹花嚼蕊：指歌乐、游赏、吟咏事。胡翼龙《满庭芳》：“吹花题叶事，如今梦里，记得依然。”

【赏析】 纳兰词几乎已成哀词的化身。其实，他也曾写过明快欢悦的语句，例如这首《浣溪沙》。词中描绘的那位仪态美好而又才华横溢的女子即容若原配卢氏。卢氏十八岁时与容若成婚。这首词当作于新婚之时，记录了卢氏在容若心中最美好的影像。

这首词见证了容若曾经拥有的温暖情感，以及嗣后无数寄情悼亡词的缘由。“吹花嚼蕊”，钗斜枕偏，琴瑟静好，松萝共倚。

当初夏姗姗而至，容若携卢氏在明府里畅游。他们常行至荷塘，看莲叶田田，将莲实抛入水中。“水榭同携唤莫愁，一天凉雨晚来收。戏将莲菂抛池里，种出莲花是并头。”容若也曾为之神驰，将佳人表情留于丹青：“旋拂轻容写洛神，须知浅笑是深颦。十分天与可怜春。掩抑薄寒施软障，抱持纤影藉芳茵。未能无意下香尘。”（《浣溪沙》）

在那段浓烈的情感里，容若曾在曲房门楣之上挂了一个秾丽的匾额：“鸳鸯社。”这是容若嘱托擅长书法的友人严绳孙为其书写的。“鸳鸯社”典出于南唐张泌《妆楼记》：“朱子春未婚先开房室，帏帐甚丽，以待其事，旁人谓之待阙鸳鸯社。”这名字代表了容若对这段婚姻的认同和期许。

当最初美好的辰光过去，容若同卢氏的感情并没有随着激情的消逝而变淡。他们是幸福的两个人，虽是父母之命、媒妁之言成就的婚姻。然而，他是极好的，高贵、温柔，她也是极好的，端庄、贤淑。在茫茫人海中，他们如此幸运地碰到了彼此，虽未精心挑选，却比精心更合心。

然而，在容若过分优裕的生命中，似乎从来没有一刻真正的完美。上一年，在大江南北的学子奔赴“出则舆马，入则高堂，堂上一呼，阶下百诺”的耀眼人生之际，倾巢出动赴京赶考的举人中，容若带着他的旷世微笑和才学出现了。他已通过会试，即将在神圣的朝堂上以他的智慧与同龄天子会晤。但由于一场无端发作于殿试前晚的寒疾，使他缠绵病榻数月，错失了即将到手的功名。因而，此际虽在新婚之中，却也不得不于国子监苦读，准备下一次的殿试。即使新婚的妻子使容若难以割舍，他也仍然清晨即起，夜半方归。许多时候，他只能端坐书房，以一室月华传递对卢氏无言的思念。如同卢氏生命最后的结局一般，他们的幸福虽然浓厚，却难免混合一丝仓促。

后来，终其一生容若对卢氏不曾停止怀念，似乎也因为同卢氏相伴的这段时光是他一生中最美好的岁月。虽然这时容若错失了殿试，虽然这时容若不被任用，虽然这时他似乎是个无用的男子，然而他却拥有一生最快乐而满足的心境。而自此之后，他渐渐被套上了命运的绳索，失去自由，唯唯诺诺。

也因此，随后流逝的岁月并未冲淡他对卢氏的情意。即使人到中年，卢氏在他心中依然栩栩如青春："谢家庭院残更立，燕宿雕梁。月度银墙，不辨花丛那瓣香。此情已自成追忆，零落鸳鸯。雨歇微凉，十一年前梦一场。"这些词句，仿佛容若心底流出的生机，使他在回忆中、追念里，耗尽了自己的情义。即使过往已经随卢氏的坟茔而埋葬，他却还要坚持着。那曾降临在容若生命中的仙子，容若永远无法遗忘。(何灏)

浣溪沙 纳兰性德

容易浓香近画屏[①]，繁枝影著半窗横。风波狭路倍怜卿。

未接语言犹怅望，才通商略已懵腾[②]。只嫌今夜月偏明。

【注释】 ①画屏：绘有彩画之屏风。②商略：原是商讨之意，此处指交谈。懵腾：迷糊、陶醉。

【赏析】 这首词写了恋人之间的幽会。

上半片点染幽会的场景，下半片勾勒幽会的心理。燃烧的青春强作镇定，慌乱的激情偏要压抑。狂热，欣喜，慌乱，恐惧，恋人的心，在此刻历经千劫，却甘愿沉沦。

这边是恋人在苦苦地等。闺房内，画屏上金鹧鸪双双欲飞，替她诉说着华丽的心事；香炉里浓香缭绕，香气贴着画屏，融入空气，沁人心脾，像要将人抬起来了，一种诱惑的沉醉。牵惹着多少情思，多少暧昧。

闺房外，繁枝影著半窗横。繁枝掩映，疏影横斜，半遮半掩着闺房。像是半遮半掩的心情，半遮半掩的等待。半遮半掩，因为这是一场幽会，是一场不能公开或尚无法公开的恋情。半遮半掩，也因为这是女子的矜持与娇羞，倘若无遮无掩，既显得孟浪，也失了几分韵味。让人少了探究的欲望和神秘的期待。这犹抱琵琶半遮面的神秘，更能激荡人的灵魂。

风波狭路倍怜卿。此句直接点明了这是一场带有冒险和刺激性的幽会。风波，意味着人为的间离、阻隔、压抑。而这场幽会在这种阻隔之下还是势不可挡地发生了。因为得之不易，反而更加让人珍惜，更富有激情，因此，要狠狠地抓住这得之不易的时刻。倍怜卿，让心中的爱意加倍，满溢，痛快燃烧一次。

相见的时刻越来越近，仿佛听见了他的脚步声，仿佛感受到了他的气息。此时此刻，就算言语未接，也无法再按捺住心中的兴奋和狂喜。挪到窗边，偷偷窥望那个熟悉的身影。当那个魂牵梦绕、日思夜想的人真的来到了面前时，还未商谈，人已陷入迷醉、恍然的境地。相看好处却无言，这样呆呆地望着，默默地守着，便已足够。言语显得多余，只怕破坏了这静谧温馨的气氛。

激情如墨，晕染了千尺画幅。

而不解风情的月儿，今夜你为何偏要这样明？你应该将这段幽情悄悄地掩蔽，让相爱的人在朦胧中无顾虑地啜饮着内心的狂喜。

只嫌今夜月偏明。这真是身处爱恋者的无理取闹。看似无理，却无理得极妙，让人爱怜。当罗密欧与朱丽叶幽会时，“窗外越来越亮，而我们的心，却越来越暗”。当仓央嘉措与玛吉阿米幽会时，他叮嘱“巧嘴的鹦鹉，不要泄露了我俩的秘密”。

青春的情感一旦产生，不经过剧烈燃烧，很难消退。

初次的爱恋，是一次珍贵的疯与傻。没有他，我们不会懂得什么叫纯真，什么是真正的热情，什么是真正的美好。哪怕它不被人祝福，哪怕它终将擦肩而去，也必将珍藏在我们心灵的角落里，让那颗被岁月风霜磨砺得日益钝感粗糙的心，偶尔生起涟漪，充满感动。

心若如此，才能变得完整。

减字木兰花 纳兰性德

相逢不语，一朵芙蓉著秋雨。小晕红潮[1]，斜溜鬟心只凤翘[2]。

待将低唤，直为凝情恐人见[3]。欲诉幽怀，转过回阑叩玉钗。

【注释】 ①小晕红潮：谓脸色微微泛起了红晕。②凤翘：古代女子凤形的头饰。③直为：只是由于。凝情：深细而浓烈的感情。

【赏析】 这首词犹如一部情景短剧，语短情长，尺幅千里。尤其是心理和动作的细节描写，传神贴切，美得让人迷醉。

据说这首词是描写容若和他青梅竹马的表妹在皇宫里见面的情景。据野史记载，表妹从小和容若两小无猜，过着无忧无虑的日子，表妹曾暗示容若："清风朗月，辄思玄度。"只可惜年幼的容若当时并未理解其中真正的含义。后来表妹因选秀而入深宫，二人从此成陌路，天涯两端。适逢国丧，皇宫要大办道场。容若灵机一动，买通了进宫诵经的喇嘛，裹挟在袈裟大袖的僧人行列中偷偷地混进了皇宫。

其实，我们不需要考证纳兰的这段情史。而纳兰的这首词所写的相逢的地点，也未必就是皇宫，只是有一点可以肯定：这是一段只属于他与她两人的秘密，是他们青葱岁月里初绽的爱之蓓蕾，清新，含蓄，欲说还休，却掩饰不住一种天然的纯情和风流。当然，正是因为这段情之幽隐，一种无法言说的阻隔，使这次相逢更显得弥足珍贵，更富于刺激性。也为人物在特定环境下提供了特殊的传情达意方式，颇富戏剧感。

词的上片重在写相逢之情景。

她无语，其实是此时无声胜有声。她婉约，如一朵芙蓉著秋雨。她娇羞，小晕红潮，斜溜鬟心只凤翘。芙蓉著雨，如梨花带雨，如一盏青花，摇曳在江南的烟雨里，流淌着诗意。这一句简笔，隐含着多少繁盛的情意和神韵。

更妙的是这一句细节描写："小晕红潮，斜溜鬟心只凤翘。"因为偶遇了心爱之人，一抹心悸，一分驿动，一分浓情，此时此刻，却不能对他言明。千言万语只化成了一点娇羞，一抹红晕，一个低头，连带着头上的凤翘也跟着从鬓发上斜溜了下来。

娇羞是赠予爱着自己的人的一种专利，这温柔的情愫，不懂的人不会珍惜，也难以体会其中的真意。若一个女子在一个男子面前不害羞，只有两种可能：要么是毫不在乎，要么是过于熟悉。而这显然是一对有情之人。我想，低头的一刻，足以融化爱人的心。

一样的娇羞，李清照说"和羞走，倚门回首，却把青梅嗅"，这是一个情窦初开的少女，还没有那么多婉曲的心事。而将娇羞写成经典的则是徐志摩的那一句："最是那一低头的温柔，像一朵水莲花不胜凉风的娇羞。"正如此时纳兰笔下的女子。

不用任何言语，我早已读出你眼波中的秘密。从此，我就掉进这盈盈眼波之中，深深沉溺。

词的下片，用"转过回阑叩玉钗"这一动作细节，写了有情之人欲诉幽怀而不得的矛盾与折磨。

"待将低唤，直为凝情恐人见。"多想冲出无形的屏障与樊篱，感受你真实的呼吸，哪怕只是轻轻的一声唤，让你知道，眼前的这一切，不是梦境，不是虚幻，这一切都是真的，而我，此时此刻，就在这里。只是，恐惧和担心，终于还是抑制了这种冲动，想说不能说，才最折磨。想爱不能爱，才最寂寞。

咫尺天涯。

世界上最遥远的距离，是明明相爱，却不能在一起。是明明就在眼前，却无法对你言语。不甘，无奈，能如何呢？"欲诉幽怀，转过回阑叩玉钗。"只能假装不经意地走过，却在快走出对方视线的时候，一个回头，用玉钗轻叩回阑。情定三生，不离不弃。这叩玉钗之举，就像有情之人焚香拜月，是一种仪式，一种约定，一种彼此间心有灵犀的回应。

凡事相信，凡事盼望，凡事忍耐，爱是永不止息。

当一切被时光漂洗得模糊依稀，唯你的一抹娇羞，依然清晰得一如往昔。（林放）

减字木兰花　纳兰性德

花丛冷眼，自惜寻春来较晚。知道今生，知道今生那见卿。

天然绝代，不信相思浑不解[①]。若解相思，定与韩凭共一枝[②]。

【注释】　①浑不解：全不解。②韩凭：又作韩朋、韩冯等。晋干宝《搜神记》卷十一载，战国时宋康王舍人韩凭娶妻何氏，甚美，康王夺之。凭怨，王囚之，沦为城旦。凭自杀。其妻乃阴腐其衣，王与之登台，妻遂自投台下，左右揽之，衣不中手而死。遗书于带，愿以尸骨赐凭合葬。王怒，弗听，使里人埋之，冢相望也。宿昔之间，便有大梓木生于两冢之端，旬日而大盈抱，屈体相就，根交于下，枝错于上。又有鸳鸯，雌雄各一，恒栖树上，晨夕不去，交颈悲鸣，音声感人。宋人哀之，遂号其木曰"相思树"。后人以此指男女相爱，生死不渝之情事。

【赏析】　过花丛而冷眼，看落花如雨，叹息我们相见太晚，幸福已经擦身而过，便难以再相守。知道今生就要如此，再不能见到你。连理千花，相思一叶，青衫湿泪痕，只是想起了那些如古老诗歌一样凄美的故事，还是相思衷情逢着了梧桐春雨？天生丽质如你，冰雪聪明如你，相信你一定理解我的此番相思苦绪。若是有幸得解了相思，一定也能如韩凭，收获连理共枝依的至死不渝。

这首词大概是为进宫的意中人而作。上片言相逢恨晚。"花丛冷眼"，化用元稹《离思五首》（其四）"取次花丛懒回顾，半缘修道半缘君"。意思是自己不再寻花，经过"花丛"也懒于回看，这一半因为修道一半因为你。容若情贞较之元稹，更深甚。"自惜寻春来较晚"化用杜牧《叹花》的典故。据说唐朝著名诗人杜牧游湖州时结识了一位未成年的美好少女，便与少女母亲约定十年后等少女成人就来迎娶。十四年后，杜牧出任湖州刺史，往日少女已为人妇三年。杜牧感叹中写了这首《叹花》："自恨寻芳到已迟，往年曾见未开时。如今风摆花狼藉，绿叶成阴子满枝。”容若此处即说自己与所恋女子错过了，无缘结为夫妻，却又无法再相见。接下两句叠写今生难见，无奈与苦情凄然纸上，令人怅惘销魂。

若是知道前世约定的人终会在灯火阑珊处出现，谁会在今生来一场繁华的等待呢？在华灯初上的街市甚至杳无人迹的阡陌，都有可能发生各种形式的邂逅，人生最美好的相遇莫过于灵魂相遇，而灵魂默契的人最终的结局通常是分别，彼此深深交契，却无缘擦身而过。所以人生最无奈的相遇莫过于朝夕相处，生活中各取所需，灵魂却完全陌生。只是今生已经错过了的两个人，来生真的会再次刻骨铭心地相逢吗？

痴缠的爱恋，伴着深深的思念，那“天然绝代”的人啊，一定理解这相思源远。“不信”，是的，我不信你不理解，凭你天资聪颖，凭我的自信，更凭你我相知的深情。结句，“若解相思，定与韩凭共一枝”，用韩凭的故事，以第二人称的口气，似以词代柬。战国宋大夫韩凭被康王夺妻，夫妻双双自尽后未得愿合葬，却于各自坟头生出“相思树”，又有鸳鸯二鸟栖于枝头，旦暮悲鸣。容若眼睁睁看着恋人入宫，和韩凭的遭遇何其相似？他们的无能为力因了皇权而更多无奈与凄苦，韩凭尚得死后与妻子魂魄化鸟相守，而容若呢？活生生的一对恋人被拆散，贵为明珠公子也无能为力，那苦定是活生生叫人难受。

“死生契阔，与子相悦。执子之手，与子偕老……生死与离别，都是大事，不由我们支配的。比起外界的力量，我们人是多么小，多么小！可是我们偏要说：‘我永远和你在一起，我们一生一世都别离开。’——好像我们自己做得了主似的。”

我们都做不了主。

你的过去我来不及参与，你的未来我也不能奉陪到底。

浣溪沙　纳兰性德

旋拂轻容写洛神[①]，须知浅笑是深颦。十分天与可怜春。

掩抑薄寒施软障，抱持纤影藉芳茵[②]。未能无意下香尘[③]。

【注释】　①轻容：薄纱名。宋周密《齐东野语》："纱之至轻者，有所谓轻容。"洛神，传说中的洛水女神，名宓妃。古代诗文中常以洛神代指美女。②"掩抑"二句：意谓怕画中的她衣着太单薄而寒冷，就加上了屏障，又将她的身影安置在华美芳香的褥垫上。薄寒，微寒、轻寒。软障，障子，古代用作画轴，此处借指屏障。纤影，谓清瘦的身影。芳茵，华美芳香的褥垫。③香尘：本为佛语，后亦借指女子行走而引起的芳香之尘。

【赏析】　人无癖不可与交，以其无深情也；人无痴不可与交，以其无真气也。

张岱，一个纨绔公子，一个历经繁华的过来人，说出一句让人会心的句子。

这句话用在纳兰身上，倒是一个极好的注脚，用在贾宝玉身上是再合适不过的。这样看来，有人说贾宝玉的原型原本是纳兰公子，感觉不全是穿凿附会。宝玉的癖与痴，就不多说了。

身为权相之子，不贪恋京华软红尘，不学诸公衮衮向风尘，偏偏和一群落拓的江南文人结为知己，就是一痴。爱妻亡故，一再追悔，情在不能醒，就是一癖。癖源于深情，痴源于性真。二者其实是同根同源的。

在这首词里，我们依然见到了纳兰的深情与纯真，见到了他的癖与痴。

词为一个画中的女子而写。画是他自己所作。不知是哪个女子瞬间走进了他的心，他急急忙忙撩开薄纱，提起画笔，要将那灵犀一点画在纸上。纳兰用洛神来形容他心目中的这个女子。想必一见之下，定会惊为天人。——

凌波微步，罗袜生尘。转眄流精，光润玉颜。含辞未吐，气若幽兰。她的一颦一笑，是画，是诗，是春天。是爱，是暖，是欢喜。

真正是：十分天与可怜春。让人说什么好呢？说什么都多余，她是上天送给人间的一段春。

纳兰的痴与真还不止在此。在他眼里，她不是画中人，不是一个虚无的画像，她是有生命的，是活生生的。所以，他怜香惜玉，怕她纤衣不胜寒，为她掩抑薄寒施软障。怕她弱柔不禁风，为她抱持纤影藉芳茵。施软障，藉芳茵，那么痴傻的举动，这番真心与深情，又有几个女子不会感动唏嘘？风情不是颠沛流离的姿态，飘忽不定的浪漫，它就是一个细节，一个朴实敦厚的举动，却会在瞬间柔软了一颗女儿心。

以为，有了爱的灌注，她会下香尘。明知道不可能，他却依然盼望，盼望着她能在无意之间，走出来。这痴与真，真是让人痛心。

纳兰的这首词，颇似唐人的一个故事。

据唐人杜荀鹤《松窗杂记》载：“进士赵颜于画工处得一软障，图一妇人容色甚丽。颜谓画工曰：‘世无其人也，如可令生，余愿纳为妻。’画工曰：‘余神画也，此亦有名，曰真真，呼其名百日，昼夜不歇，即必应之，应则以百家彩灰酒灌之，必活。’颜如其言，遂呼之百日……果活，步下言笑如常。”

一个书生，对着一个美妇人连续百日呼其名，她便从画中走了出来，与他结为夫妻。纳兰深信这个故事，他曾想：“为伊判作梦中人，长向画图清夜唤真真。”

只是，在唐朝时，它作为传奇。在蒲松龄笔下，它作为志异。在纳兰这里，他却把它当了真。

这就是纳兰的痴与真。

浣溪沙　纳兰性德

败叶填溪水已冰，夕阳犹照短长亭。何年废寺失题名。

驻马客临碑上字，斗鸡人拨佛前灯[1]，劳劳尘世几时醒。

【注释】　①斗鸡人：斗鸡本为一种游戏，战国时已经存在。《战国策·齐策》："临淄甚富而实，其民无不吹竽鼓瑟，击筑弹琴，斗鸡走犬，六博蹴鞠者。"

【赏析】　羁旅途中偶遇一座废寺，引发了纳兰的人生虚无之思。这一思索，在某种程度上接近了人生的真相，生命的本质，是一种有意味的哲学之思。

一次偶然，他孤身只影，邂逅了一座古寺。

寺边一条溪。枯败的落叶拥塞了小溪，一种触目惊心的荒芜和衰朽。

不远处还有一座亭。夕阳犹在，长亭犹在，只是送别的人早已不知在何处。

一座古寺，风吹雨打，墙上的题名早已模糊。

曾经的兴盛，现在已了无遗踪。曾经的繁华，见证着当下的萧瑟。

这就是人世的无常。

有几多打马而过的路人，曾经临过这断碑残碣上的文字？人们来了又去，去了又来，文字留在了时光的深处，而人，只是光阴的过客。

在佛前拨着灯火的早已不是原来的善男信女，而是没有信仰游戏人间的斗鸡客。这真是莫大的讽刺。

高贵的终将衰微，积聚的终将散去，兴盛的终将没落。

劳劳尘世，天下熙熙，皆为利来。天下攘攘，皆为利往。奔赴在名利之途中，行色匆匆，有几人记得原始的初心，有几人记得当年的模样，有几人保持着纯真的快乐？名缰利锁，一场大梦，又有几人能幡然醒悟，作一个醒客？

凡所有相，皆是虚妄。

这不是一种消极的虚无，而是直面生命的本真。看破了，不是让人无为，而是让人自在，让人自由，让人在求而不得的痛苦中得以平息，让人在欲望无法满足之后得到解脱，让人在欲望已经满足之后不会遁入另一种无所依凭的虚无。

无常是世相的本真。

孤独才是人的宿命，谁不是这个世界上一个旋生旋灭的偶然存在，从无中来，又要回到无中去，没有任何人任何事能够改变这个轨迹。甚至，连爱也不能。

只是，看得破，忍不过。

当纳兰手写兰台金字经，了悟这个劳劳尘世有如梦幻泡影后，他依然抱持着他的情与爱，他的信仰，不肯醒来，不愿醒来，郁郁终生。

一个醒客的悲剧。

减字木兰花　纳兰性德

从教铁石[①]，每见花开成惜惜[②]。泪点难消，滴损苍烟玉一条[③]。

怜伊太冷，添个纸窗疏竹影。记取相思，环佩归来月上时[④]。

【注释】　①从教：任凭、听任。②惜惜：可惜、怜惜。五代唐庄宗《歌头》："惜惜此光如流水，东篱菊残时，叹萧索。"③苍烟玉一条：指湘妃竹，远望如苍烟一片。④环佩：借指所思恋的人。杜甫《咏怀古迹》："画图省识春风面，环佩空归夜月魂。"

【赏析】　有人说这首词是题画词，所咏对象是梅。

他写的不只是梅，还有一缕柔情，在梅的暗香中缱绻。

词的上半片，写了梅和竹。梅竹同为花中四君子，文人作画时常将二者并举。想必纳兰所题的这幅画，就是如此。

“从教铁石，每见花开成惜惜。”意思是，就算是一个铁石心肠的冷血之人，见到梅花开了，也会生出一点点怜惜。因为，它是清幽孤绝的，驿路断桥边，寂寞开无主。它也是出尘脱俗的，暗香和疏影，为多情的心种下了爱的蛊。一旦爱上，就逃不出这爱的咒语。所以林和靖，有了梅妻鹤子的惊世之举。

“泪点难消，滴损苍烟玉一条”是在写竹。梅和竹，一样清幽，一样多情。可知，这竹枝上的斑斑点点，是娥皇、女英二妃为舜帝洒下的痴情之泪。舜帝南巡去不还，二妃幽怨水云间。当时垂泪知多少，直到如今竹尚斑。这一句，寄托了无尽的旖旎，无限的哀怨，葬心柔情，千回百转。

在纳兰笔下，竹也不是竹，梅也不是梅。都是你。

所以下半片，一起始他便说“怜伊太冷，添个纸窗疏竹影”。竹与梅，何知冷暖，可他偏偏说，梅啊，我知道你一个人一定很凄冷，我给你在窗外添了几枝疏竹影，与你相伴。想必这枝冷梅，一定是有灵魂的吧？恍惚间，一弯瘦月下，是哪里传来环佩叮当的声音？是你吗？踏着月色归来，魂也好，仙也好，凡也好，相思还在，你定会归来。

就像昭君，远在天涯，魂魄却始终认得回家的路。

你走得再远，也走不出我的心。

整首词，你不知道他写的是梅，还是人。在纳兰的心中，他们早就合二为一了。寸寸柔情在诗的韵脚里、在字里行间流转。而在其他诗人笔下，梅咏得再好，再高妙，始终只是他们寄托情趣思想的一个道具，一个外物。在纳兰眼中，它是一个生命，一个爱人。物我界限早已不存在了。

心若眷恋、痴缠，那梅是你，竹也是你。菱花镜是你，梳妆台是你。窗内有你，月下有你。

天和地，凡相思所及，意念所触，无不是你。

我们都知道这是移情，这是幻境。但没有人愿意点醒他。

情在不能醒。不是不能，不愿而已。

采桑子 纳兰性德

彤云久绝飞琼字[1]，人在谁边，人在谁边，今夜玉清眠不眠[2]？

香消被冷残灯灭，静数秋天，静数秋天，又误心期到下弦[3]。

【注释】 ①彤云：彤霞。道家传说里，仙人居住的地方有彤霞环绕。所以，此处彤云代指仙家天府。飞琼：传说中一位名叫许飞琼的仙女，是西王母的侍女，美艳绝伦，住在瑶台。在这里指代所思念的恋人(或指妻子)。②玉清：此处指思念的恋人，也是一位仙女的名字。③心期：即心意，心愿。

【赏析】 爱有多深，牵挂和不舍便有多长。

这首词，纳兰依然在诉说着他对伊人的牵挂和不舍。

牵挂和不舍，有的是对朋友，有的是对妻子，纳兰词中这两类皆数量可观。还有一类牵挂，是他放在心灵的角落，不便对人提起又不愿抹去的伊人。对妻子和朋友的牵挂主要是因为距离的阻隔，相爱不能相守，相知不能相聚，但心里至少有一种安全感：我对他们的牵挂他们是明白的，虽然煎熬，心却有归宿。对伊人的牵挂，却不一定了。除了距离的阻隔，还有对方不确定的命数，还有平地起波澜的多变的人心。因为这些不确定，心没有栖息的地方，除了煎熬，还有流浪。心若没有栖息的地方，到哪里都是在流浪。

可以肯定的是，纳兰这首词牵挂的对象不是朋友，不是妻子，而是那个她。

词的上片是从对方入手，写自己的牵挂。

又是一个无眠的夜。好久没有你的信，好久不知道你的心迹。人在谁边，人在谁边，今夜的你到底是在哪里？谁在陪伴着你？你是否与我一样，在无眠中细数相思？这一连串的疑问，一连串的直抒，没有半点阻隔，冲口而出，一定是郁积盘旋在纳兰心底已久，不得不发，情感在决堤，任思念的洪水倾泻。

“彤云久绝飞琼字，人在谁边，人在谁边，今夜玉清眠不眠?”这句词中，彤云、飞琼、玉清，都充满仙家况味。正是从这几个意象，我们判断纳兰牵挂的不是妻子，而是心底的伊人。彤云是道家传统中仙家居住的地方，一般都有彤霞环绕。飞琼，是住在瑶台之上的西王母的侍女，她曾经在一个与凡人相通的梦境中，不小心泄露了自己的名字。当然这只是多情文人的杜撰，却寄托了美好的情愫。玉清，同样是道家传说中的一个仙女。

由此可知，纳兰心中的那个她，一定是一个像仙女一样的女子，不但有着仙家的形貌，更有着仙家超凡脱尘的气韵。其实，对哪个男子，他心中的恋人不是神仙姐姐？就像《天龙八部》中段誉对王语嫣口口声声叫着的都是“神仙姐姐”。以神仙来指称自己所爱的女子，是中国古代的文化传统，屈原用香草美人以喻君子，他所用的美人——山鬼、湘夫人哪一个是凡间的女子？宋玉笔下的神女，曹植笔下的洛神，哪一个不寄托了他们内心深处最旖旎的情思，哪一个不传达了他们内心最幽微华丽的幻想？或许，情人眼里出的不只是西施，当这个渴求与念想达到极致，情人眼里出的是仙女，凡间的脂粉也不堪比拟，唯仙家的仙气可以接近。想必，纳兰与他们的内心是相通的。

词的下片从自己入手，写在牵挂中举棋不定无处安放的灵魂。

“香消被冷残灯灭，静数秋天，静数秋天，又误心期到下弦。”香消、被冷、残灯灭，三个意象叠加，无一不暗示着夜长无眠。漫漫长夜，他唯一能做的是思念，是等待。一遍遍地数着秋天，计算着相见的日子。世界在那边，他却在这边，一切都与他无关，除了想念。恍然之中，忽然心惊，哦，又到了下弦月！日子在苦挨中不知不觉倏忽而过，月圆之约没有等到，转眼又到了月缺。“又误心期到下弦”，一个“又”字，看来这种错失与空落也不是偶然，不是一次两次，早已成为他生命中的常态了。这下弦，是月缺，更是人生的残缺，是希望的残缺。命运吝惜得像这下弦月，不肯给你一个圆满相。

难道，有些美好，只是瞬间，是为了日后永恒的追忆？有些微笑，只是惊鸿一瞥，是为了余生不尽的思念？

牵挂是落在枕边的泪，牵挂是望穿秋水的等，牵挂是夜不成眠的思，牵挂是天边那轮静静的下弦月。

翩翩浊世佳公子，在悬崖边上沏一壶茶，温热前世的牵挂，将爱恨全喝下。

采桑子　纳兰性德

塞上咏雪花

非关癖爱轻模样，冷处偏佳。别有根芽，不是人间富贵花。

谢娘别后谁能惜[①]，飘泊天涯。寒月悲笳，万里西风瀚海沙[②]。

【注释】　①谢娘：指晋代王凝之的妻子、才女谢道蕴。她曾因咏雪的名句“未若柳絮因风起”享有盛名。亦泛指心中爱恋的美好女子。②瀚海：沙漠。明周祈《名义考》：瀚海，“以飞沙若浪，人马相失若沉，视犹海然，非真有水之海也。”

【赏析】　这首词借雪花写了一种错位的人生。

我们每个人来到这个世界上，都有一条属于自己的路，只是世事烦扰迷乱了我们的心，让我们无法找到这条路。迷乱的原因，要么是过分注重别人对自己的看法，要么是背负了太重的成规世俗，外在的关注与内心真正的需求之间产生错位。

只是有的人顺应了，习惯了，与生活握手言欢，与命运和解，虽波澜不惊，却未尝不是一种幸福的人生。

有的人，矛盾着，挣扎着，无法顺应自己的内心，也无法摆脱现实的沉枷，终其一生，在一种错位中郁郁寡欢，生命不息，悲剧不止。

纳兰属于后者，他始终是一个至情而无法至性的人，这首词写的是他自己。

词的上片，写了雪花错位的命运。

提到花，我们想到的都是有生命、有色泽的东西，它们来于尘，归于尘。而纳兰咏的不是一般的花，它没有生命，也不来自尘土，它是从天而降的雪花。就像烟花，无根无源，生命在瞬间的华丽中爆发，又在瞬间呼啸而去，留给世人短暂的惊鸿一瞥！

写到花，文人墨客大多在写他们的光、影、声、色，一派繁华富贵之气，当然四君子梅兰竹菊可能会有例外。而纳兰喜欢的不是人间富贵花，是天边别有根芽、冷处偏佳的雪花。他爱雪花，不是爱它的轻飘，爱它的无根，而是爱它的“冷”。一种幽独高洁，不属于凡间金粉世界的气质。凡间的浊水尘土养育不了它，它的根芽在别处，自然与人间的富贵花格格不入。

这分明就是纳兰自己。

他生于鲜花着锦、烈火烹油的权贵之家，可是他厌弃这个含着金钥匙的富贵出身，他唯愿自己是林中泉、篱边菊。他做着万人艳羡的御前侍卫，在天子脚下沐浴着龙威皇恩，而这一切并没有令他热血沸腾、欲上青云，他向往的是抱影于林泉、忘情于轩冕。他在诸公衮衮向风尘的康庄大道上，独辟蹊径，与江南的落拓文人构筑着一个世外桃源，冷冷看着那些新朝新贵在世俗的泥泞中打滚。命运赐给他的对他而言，不是希望，是毒药。父母期望于他的对他而言，不是光明，是歧途。可他没有那么大的力量，大得足可以反抗自己的命运。也没有那么大的决心，大得足可以让自己脱胎换骨，重新做人。他至情，情在不能醒，却不能至性，只好违心地做着另一个自己。这种不堪，这种错位，让这位冷处偏佳的贵公子，在京华软红尘中消磨尽了他慧男子的心性，过早离开了这个不属于他的富贵人间。

词的下片，写错位人生带来的凄凉结局。

“谢娘别后谁能惜，飘泊天涯。寒月悲笳，万里西风瀚海沙。”除了那个有林下之风、咏絮之才的名媛谢道韫外，还有谁真心地怜惜你？雪花孤零零地飘泊天涯，寒月影下，悲笳声中，孤独决绝地投向那万里西风瀚海沙，在遥远的天际，瞬间融化，瞬间终结，除了纳兰这自由不羁的灵魂，这冷处偏佳的知音，还有谁会在意你——一片雪花的来与去、生与灭？

正如纳兰自己，自卢氏去世之后，谁又真正从内心知冷知热地疼惜过他？自朋友远离京华，散在天涯之后，谁又真正能给飘泊在外天涯孤旅的纳兰精神上的慰藉？

在这个世界上，谁又是谁的救世主呢？谁也不是。在错位的情感里，在错位的人生里，我们只能自己为自己的痛楚买单，旁人无法代替，也无法安慰。

画堂春　纳兰性德

一生一代一双人，争教两处销魂。相思相望不相亲，天为谁春。

浆向蓝桥易乞，药成碧海难奔。若容相访饮牛津，相对忘贫。

【赏析】　纳兰写词，主张纯性性灵，不事铺陈。有真性情，是真名士，自然风流，吐出来的词必是锦心绣口。这也是那个白山黑水的马背上的民族留在他血脉里最可宝贵的基因。

这首词的上片，脱口而出，明白如话，纯是自肺腑中自然流淌出来的，不是想出来的，更不是写出来的。

词的下片，却与他的主张相背。处处铺陈，错彩镂金，每一句都有一个典故，都有一个长长的故事。这也是深谙汉文化的纳兰对汉文化的一次献礼。所幸，纳兰所用之典都化入词中，自然无痕，丝毫没有影响他要表达的文意与性情。所谓的高手，大抵如此，游于艺，戴着镣铐跳舞，却游刃有余。

“一生一代一双人，争教两处销魂。相思相望不相亲，天为谁春。”这是诘问，也是告白，更是纳兰的爱情宣言。

一生一代一双人，这么多个唯一，却换不来个两全。天理何在？争教两处销魂，相思相望，不相亲。天若有情，天亦会老，岂能无情无理又一春？纳兰说：没有爱的世界，没有春天，也不该有春天。

一生一代一双人，多好啊。好得像是天造地设的，像是前世因缘天注定，像是两个前世的冤家来此生演绎一段深情。而结果如何呢？就像林妹妹与贾宝玉，木石前盟也罢，金玉良缘也好，终是有缘无分，天人永隔，情断此生，两处销魂！

一生一代，才有的一双人，五百次的轮回换今生一次擦肩而过，生生世世的轮回，换一双人相思相守。仿佛，我来到这个世界上，只是为了见你一面。可结果如何呢？因没有果，缘变成劫，你终究只是我生命中的过客，不是归人。

真是天意弄人。

“浆向蓝桥易乞，药成碧海难奔。若容相访饮牛津，相对忘贫。”箭在弦上，不得不发的一番宣泄后，纳兰的心思也变得蜷曲了。一样的情深，却换了一种表白的形式，仿佛激情爆发之后的宁静。他一连用了三个典故。

浆向蓝桥易乞，源于唐传奇中裴航与云英的爱情故事。裴航于蓝桥驿讨水喝，得遇云英。遂向其母求娶。其母给他的条件是：欲娶此女，得月宫之中的玉杵方可。经历千辛万苦，终于如愿，两人成婚后，双双仙去。其实，玉杵只是裴航在追寻爱情途中必须付出的艰辛与磨折，是试探其情比金坚、意比石固的一块试金石，哪段真情，不经历千次万次的磨折？哪种圆满，是随心所欲唾手可得？就算是这样艰辛，纳兰还说“浆向蓝桥易乞”，这些人间的阻隔对他而言，不值一提。

难的是什么呢？是“药成碧海难奔”。嫦娥偷得灵药，弃人间的后羿而去，直奔碧海，做了月宫中的一仙姝。而容若呢？即便是偷得灵药，哪里见得到愿服灵药的仙姝？无缘得见，他们是两处销魂，是相思相望，无法相亲。这阻隔，是比天意还难违的皇命？还是无法摆脱的俗世枷锁？

“若容相访饮牛津，相对忘贫。”这是纳兰退而求其次了，不奢望像裴航云英那样双双仙去，做一对神仙眷侣。也不能像嫦娥一样，求仁得仁，自由飞天。那么，就让我们像七夕一会的牛郎织女一样，在天河之滨相会。金风玉露一相逢，便胜却人间无数。这短暂的一会，解了千年的寂寞，让人抛却世间繁华，只做一对平凡却能相守着静好岁月的贫贱伴侣。

就算将希望降到了最低又能如何？

弱水三千，偏取一瓢饮。人间没有这么多情，终是让一对有情人散落红尘，两两相忘。

因无法企及，才让人念念不忘。这样的悲情，纳兰可曾问过自己：有多少痛苦是自我迷执，自己不肯放过自己？(林放)

山花子　纳兰性德

风絮飘残已化萍，泥莲刚倩藕丝萦[1]。珍重别拈香一瓣[2]，记前生。

人到情多情转薄，而今真个悔多情。又到断肠回首处，泪偷零。

【注释】　①泥莲：指荷塘中的藕。倩，请、恳请。②拈香：是佛教用语。指燃香祈祷。

【赏析】　这首词好得让人无法措手。很多人记住纳兰的词，除了“人生若只如初见”“当时只道是寻常”外，就是这句“人到情多情转薄，而今真个悔多情”。在另外一首同一词牌的词中，纳兰又说了一次：“人到情多情转薄，而今真个悔多情。”

词的上阕也写得极妙。

风絮飘残已化萍，泥莲刚倩藕丝萦。看似毫无关联的两句，其实大有关联。风絮飘残，落入水中，化为浮萍。风絮是浮萍的前世，浮萍是风絮的今生，看来，这漂泊聚散不是偶然，都是前定，都是缘分。泥莲刚倩藕丝萦，其义类似于藕虽断了，丝仍连在一起。往日情景再浮现，藕虽断了丝还连，说断何曾断，丝丝缕缕纠结缠杂。今昔与往日，不是时间的界限可以隔开的，今昔在某种程度上是往日的累积，没有谁可以抛下过去的自己，脱胎换骨，重新做人。

正因为此，纳兰才说：珍重别拈香一瓣，记前生。既然世上一切皆有因果，前世五百次的回眸，才换得今生的一次擦肩而过。那么，我只能拈香一瓣，燃于佛前，祈求你记住前生。佛说：前生我们因缘天定。今世不能在一起，这遗憾或许前生可填补。我虔诚地问佛，人世间的爱是什么。佛说，爱由心生，世间的爱，一切皆有因果。

何者是因，何者是果？词的下阕已经告诉我。

人到情多情转薄，而今真个悔多情。因是情多，果是情薄。面对这个结局，而今的我真是悔恨自己多情。多情自古空余恨，早知如此，何必当初。回首往事前尘，愁肠百转，唯有泪偷零。男儿有泪不轻弹，弹了也未必有人能懂，所以，要哭也只能在心里偷偷地哭，绝不示于人。打落门牙和血吞，纳兰就是哭，也哭得这般隐忍！

聚是缘起，分是缘灭，缘起缘灭，一切强求不得。在这场因果轮回、缘起缘灭的情爱修行当中，纳兰却学不会舍得。他执着于这个果，探求着前世因，想解脱却从没有真正地解脱。

“人到情多情转薄，而今真个悔多情。”短短的一句，道尽了情的丰富。好的词就是这样，如八宝楼台，每个角度都是风景。一千个读者，就有一千个哈姆雷特。但前提是，这个哈姆雷特是典型的，是永恒的，他身上有着无数人的影子，却永远又是独特的这一个。纳兰这句词，也是这样。

人到情多情转薄，而今真个悔多情。这个薄可以理解为绚烂至极归于平淡。多情并没有在时光的冲刷下了无痕迹，而是将浓烈沉淀为安静，清淡。日子在云淡风轻中过，对你的一切都成了习惯。一种熟悉的依赖。不需要证明，不需要刻意，那爱意却一丝一毫未曾减损。这个悔，可以理解为无奈至极的反话，说悔不曾悔，只是对你的情太留恋，太依赖，仿佛融入了自己的呼吸。离了你，离了呼吸。早知你终会离去，缘无法相守，我又何苦当初如斯多情？

人到情多情转薄，而今真个悔多情。想想《红楼梦》中的贾宝玉，对哪个水做的骨肉没有怜惜之情，而结果呢？恼了这个，负了那个，相爱的无法相守。真是“爱博而心劳，忧患日甚矣。”多情，即爱博。情多累美人，纵是八面玲珑，岂能尽如人意，而爱，尤其是情爱，本来就是排他而私我的感情，那心底里最爱的一个，难免会因此而生嗔、痴、妒、恨。这不是“人到情多情转薄”又是什么？公子情多，佳人情薄，这薄是欲爱而不得的恼恨，尽管心底里是深深装着他一个人，从来不曾忘记。因爱而成恨，因爱而离分，又怎能不悔多情？

多情？无情？一个难解的谜。

看人间故事为谁拈香，问多少情伤悲喜无常。静坐流年，笑看红尘过往。(青涛)

忆江南　纳兰性德

宿双林禅院有感[1]

心灰尽，有发未全僧。风雨消磨生死别，似曾相识只孤檠[2]，情在不能醒。

摇落后，清吹那堪听[3]。淅沥暗飘金井叶[4]，乍闻风定又钟声，薄福荐倾城[5]。

【注释】　①双林禅院：在北京阜城门外二里沟。②孤檠：即孤灯。③清吹：谓凄清的声音。④金井叶：旧时庭院井边多植梧桐，故金井叶指梧桐叶。⑤荐：祭享。

【赏析】　记得曾与你携手倚阑看花，记得曾共你相约月夜花下，记得你头上玉钗的颤动，记得你脸颊绯红的颜色，记得病痛是怎样无情地折磨你，也记得你最后的笑貌音容。记得我们一起走过的每一段路，看过的每一道风景，有过的每一份快乐。

我什么都记得，可是你不在了。

回忆越是清晰，便越是残忍。它不断提醒着我，我已是形单影只。我想做梦来逃离，梦醒时却更加失落。我多想忘了从前的一切一切，好让我随时可以重新来过。然而，终于明白，有些人有些事，一旦失去，便再也不会回来，有些记忆，永远不会被时光抹去。

这是一首深情沉痛的悼亡词。由词题可以看出，这是纳兰在双林禅院留宿时所作。据相关史料记载，这首词是纳兰写给亡妻卢蕊的。卢氏死于康熙十六年，之后，棺木停放在双林禅院一年有余，在这期间纳兰时常为妻子守灵，直至卢氏被埋葬。时过境迁，人去楼空，纳兰夜宿此地，心中万千悲痛，便可想而知。

首句就已苦不堪言。“心灰尽”让人联想“眼中流泪，心内成灰”，这两句出自《烟花录》。昔有一商，美姿容，泊舟于西河下。岸上高楼中有一美女，相视月余，两情已契，弗遂所愿。商货尽而去，女思成疾而亡。父遂焚之，独心中一物如铁不化，磨出照见中有舟楼相对，隐隐如有人形。其父以为奇，藏之。后商复来，访其女，得所由，献金求观，不觉泪下成血，滴心上，心即成灰。“有发未全僧”则是化用陆游《衰病有感》：“在家元是客，有发亦如僧。”陆游一生仕途坎坷，壮志难酬，晚年看淡世事，词风开始趋于恬淡。然纳兰并没有陆游那份看淡后的洒脱，而是想放不能放的无奈。既然心已成灰，为何还不能放下呢？

经历了风风雨雨，生离死别，眼前却只有一盏似曾相识的孤灯与我做伴。灯影摇曳，恍恍惚惚。朦胧之间，从前的美好依稀可见。幻境随灯火破灭又重生，心中愈加凄苦难当。而我为何不愿醒来呢？因为即便万念俱灰，那曾经的深情厚意，依然是无法磨灭的啊。

而眼前这凄冷的季节，更惹人伤怀。“摇落”一词出自宋玉的《九辩》：“悲哉秋之为气也，萧瑟兮草木摇落而变衰。”起笔便是这样一句悲叹。有后人说，古人悲秋的传统便是起源于此。暮秋时节，木叶飘零，雨打梧桐，耳畔尽是一片凄凉之声。难得风静了，寺庙里的晚钟声又响起。此起彼落的悲凉音调让人心烦意乱，无法忍受。“金井”即梧桐叶，出自唐代诗人张籍《楚妃怨》：“梧桐叶下黄金井，横架辘轳牵素绠。”楚妃怨境遇苍凉，纳兰怨的则是秋声悲苦。悠悠的钟声，穿越尘埃，直击人心。大抵只有这钟声和眼前的孤灯会永恒吧。

末句更是沉痛至极。“倾城”出自汉李延年歌：“北方有佳人，遗世而独立。一顾倾人城，再顾倾人国。”后因以“倾城”指美女。纳兰在此将亡妻称作倾城，该是寄托了多深的哀思和怜爱。佳人早已香消玉殒，诗人却久久难以忘怀。只能怪自己福分太薄，无福消受如此美好的姻缘，才使她早早地离世。是啊，除却怨命运不济，纳兰还能怨什么呢？他渴望着佛门的禅灯晚钟能涤清心中的悲痛，然而哪怕心已成灰，那些挥之不去的愁思依然牢牢占据着他。想放放不下，想忘忘不了。填词以遣怀，落笔已忘言。

纳兰的悼亡词以缠绵悱恻、直白深情著称，这首便是绝佳的例证。需要多少泪和愁，才能凝作一个字呢？后人在赞叹纳兰词时，体会得了词中的悲苦，却体会不了词人伤痛的哪怕万分之一。再细细品味，才知字字凝血，句句含泪。然而这样的人毕竟只是少数。纳兰才华过人，是为天资。但没有后天的经历，这些词也是不可能写就的。婉转的心事随历史长河流淌至今，有多少失真，不可估量。我们只能凭着斑驳的史料，努力地追溯故事的最初。哪怕或多或少掺杂主观的成分，也不失为一种精神的升华。仅仅需要的，是一颗虔诚而纯粹的心，是对诗人的尊重。（戴俊雅）

采桑子　纳兰性德

明月多情应笑我，笑我如今。辜负春心①，独自闲行独自吟。

近来怕说当时事，结遍兰襟②。月浅灯深，梦里云归何处寻。

【注释】　①春心：指春日景色引发出的意兴和情怀。《楚辞·招魂》："目极千里兮伤春心，魂兮归来哀江南。"②兰襟：芬芳的衣襟。后比喻知己之友。

【赏析】　这是一首有争议的词。

争议之处就在对"兰襟"的理解上。

有人说这是怀友之作，"近来怕说当时事，结遍兰襟。"可以为证。他一生交友甚广，尤其是那些落拓的江南文人，皇帝挖空心思想笼络的一帮名士，都成了他的忘年之交。他曾经"绝季生还吴季子"，从宁古塔解救吴季子。他与顾贞观一见如故："一日心期千劫在，后生缘，恐结他生里。"渌水亭的雅集与唱和时时回响在生命的旋律中，成为他暗夜之中的灯塔，漂泊之际的彼岸。

可人生本来萍聚萍散，一切风流，终将云散。光阴交替，年华逝去，我们都是这样无能为力。还说什么当初，说什么誓约。在岁月风尘的打磨下，在人事变迁的无常里，在命运之手的拨弄下，谁能一直不改初心，谁能陪你一直到底，谁做得了一片纹丝不动的树叶，谁又能在骤起的风中不起一丝涟漪？

曾经的友人，走的走，归的归，散的散，去的去。前尘往事，恍然一梦，如今再也不敢提起。月色太浅，夜色太深，前路不明，归去，已归不去。过往的一切，无处可寻。

月浅灯深，梦里云归何处寻？

原来，友情长不过永远。

也有人说这是一首写情之作。晏几道《采桑子》："别来长记西楼事，结遍兰襟。"这些兰襟，是他心中的莲、鸿、云。元好问《泛舟大明湖》："兰襟郁郁散芳泽，罗袜盈盈见微步。"这里的兰襟，紧随着芳泽、罗袜，不是女子，更是何人？

纳兰借此，在追忆过往的一段情事。

明月多情应笑我，笑我如今。辜负春心，独自闲行独自吟。不知道他辜负的是谁的春心？是与他青梅竹马的表妹？是与他相敬如宾的爱妻？是他引为知己的江南才女沈宛？

他和表妹青梅竹马，却只能看着她宫门一入深似海，从此萧郎是路人。

他和卢氏结为夫妻，却在拥有的时候，不懂得珍惜，当时只道是寻常。在懂得珍惜的时候，又天涯孤旅，离多聚少。终于在一起了，天妒红颜，情深不寿，到而今，伊人独伴梨花影，冷冥冥、尽意凄凉。天人自此永隔。

他视沈宛为红颜知己，却穿不透世俗的网，无法相濡以沫，只能相忘于江湖。

明月真应笑我多情，到而今，独自闲行独自吟。

曾因酒醉鞭名马，生怕情多累美人。多情，终是累了佳人，累了自己。到头来，只剩下自己，回头试想真无趣。

所有的牵手，都不能白头。

所有的相逢，都成了陌路。

姹紫嫣红的开始，秋风团扇的结局。

原来，爱情长不过流年。

你拥有了花开的幸福，就要接受花落的寂寞。

世间情，莫不如此。没有什么，可以经得起时间的消磨。不必分辨这到底说的是爱情，还是友情。都是命运。

木兰花　纳兰性德

拟古决绝词柬友[①]

人生若只如初见，何事秋风悲画扇[②]。等闲变却故人心，却道故人心易变[③]。

骊山语罢清宵半，泪雨霖铃终不怨。何如薄幸锦衣郎，比翼连枝当日愿[④]。

【注释】　①柬：给……信札。②何事句：用汉朝班婕妤被弃的典故。班婕妤为汉成帝妃，被赵飞燕谗害，退居冷宫，后有诗《怨歌行》，以秋扇闲置为喻抒发被弃之怨情。南北朝梁刘孝绰《班婕妤怨》又点明“妾身似秋扇”，后遂以秋扇见捐喻女子被弃。③故人：指情人。却道故人心易变，一作“却道故心人易变”。看似白话，实为用典，出处就在南朝山水诗人谢朓的《同王主簿怨情》后两句“故人心尚永，故心人不见”。④何如二句：化用唐李商隐《马嵬》诗中“如何四纪为天子，不及卢家有莫愁”之句意。薄幸：薄情。锦衣郎：指唐明皇。

【赏析】　微风吹过树梢，枝叶晃动，树影斑驳，梦境般朦胧轻柔。

雪花从天空飘落，柔软晶莹，冰清玉洁，美得如梦似幻。

我遇见你，一见如故，情投意合，许诺再也不会分离。

我们都渴望一份天长地久，美好的始终美好，拥有的永不再失去。

然而，微风片刻即逝，雪花落地便融，说着永远在一起的人，转身即天涯。

我们都以为自己可以抵挡时间的洪流，到头来，还是被时光冲散。

幸好，最初的美好，还一直保留在心底。

这首词可谓是纳兰最脍炙人口的一篇，尤其是首句“人生若只如初见”，只读这一句，很多人便会在心底默认为这是一首情诗。世事无常，变幻莫测，如果能一直保持初遇时的美好感觉，那该多好。

然而，这首词题为“拟古决绝词柬友”说明了它并不是一首情诗，或者说，不是一首单纯的情诗，里面还有更为深沉的意蕴。决绝诗由来已久，最初的一首来源于古乐府，以女子的口吻控诉男子的薄情，从而表态与之决绝。最著名的当属卓文君为司马相如所作的《白头吟》：“皑如山上云，皎若云间月。闻君有两意，故来相决绝。”“决绝”二字坚硬冰冷，又饱含伤心和怨恨，对负心之人发出最后通牒。那么纳兰为何要以决绝词柬友呢？依然是一个疑问。

“人生若只如初见，何事秋风悲画扇。”初识的感觉总是美好的，浪漫的，然而时光变迁，这样的感觉便慢慢消失了。取而代之的，是离愁别绪，是怅然若失，是相离相弃。如果能一直停留在初见时该多好啊，这样，就不必承担未来的变故了，美好便能如初。“何事秋风悲画扇”出自汉朝班婕妤：“新裂齐纨素，皎洁如霜雪。裁成合欢扇，团团似明月。出入君怀袖，动摇微风发。常恐秋节至，凉飙夺炎热。弃捐箧笥中，恩情中道绝。”扇子是夏天消暑之物，笼于袖中，摇晃生风。然而，无论是多么精美的扇子，过了夏天，便会遭到遗弃。班婕妤将自己比作这样一把秋扇，抒发自己退居冷宫的孤独凄怨之感。

“等闲变却故人心，却道故人心易变。”时光流逝，曾经相爱之人那么轻易就变了心，却说旧恋人本就是容易变心的。曾经说着永不变心永不分离的人，最后还是经不起时间的蹉跎，决然而去。曾经的甜蜜幸福，就这样化作泡影，凭空消失。

“骊山语罢清宵半，泪雨霖铃终不怨。”这句依然是用典，出自唐明皇和杨贵妃的爱情故事。《太真外传》载，唐明皇与杨玉环曾于七月七日夜，在骊山华清宫长生殿里盟誓，愿世世为夫妻。白居易《长恨歌》这样写道：“七月七日长生殿，夜半无人私语时”，“在天愿作比翼鸟，在地愿为连理枝”。安史之乱时，杨玉环在马嵬坡被赐死，明皇心痛不已。后来，唐明皇入蜀，正值雨季，唐明皇夜晚于栈道雨中闻铃，百感交集，依此作《雨霖铃》的曲调以寄托哀思。

“何如薄幸锦衣郎，比翼连枝当日愿。”“薄幸锦衣郎”即唐明皇，“比翼连枝当日愿”则是唐明皇与杨贵妃在长生殿里的誓约“在天愿作比翼鸟，在地愿为连理枝”。曾经深情许诺要生生世世，天长地久，却还是在危难面前选择牺牲她以求自保。人心一旦变了，誓约便化作浮云。“天长地久有尽时，此恨绵绵无绝期。”除了这绵绵不绝的怨恨，没有什么是永恒的。

这首词写得凄婉决绝，催人泪下。纳兰以这首词柬友，表达决绝之意，温婉含蓄。或许，这也是他对于人生的观照，多情人太多，负心人也多，世事无常，人心易变。没有什么能在世事的变动之中，保持如初的美好。就算是曾经许诺不离不弃的恋人，就算是曾经有过刻骨铭心的爱恋，也会在时间的洪流中分离，零落天涯。时间强大到能改变一切，而轻飘飘的誓约是太过脆弱的东西。没有永恒的存在，一颗心漂泊无处。纳兰只能轻叹，“人生若只如初见，何事秋风悲画扇。”只可惜，人生永远不可能如初见。倒是秋扇，从不曾消失。

虞美人　纳兰性德

银床淅沥青梧老[①]，屧粉秋蛩扫[②]。采香行处蹙连钱[③]，拾得翠翘何恨不能言[④]。

回廊一寸相思地，落月成孤倚。背灯和月就花阴，已是十年踪迹十年心。

【注释】　①银床：银饰的井栏。也指辘轳架。南朝梁庾肩吾《侍宴九日》诗：“玉醴吹岩菊，银床落井桐。”②屧：鞋的衬底。屧粉：借指人的踪迹。蛩：蟋蟀。③连钱：草名。叶圆大如钱，茎细而劲，蔓生溪涧侧。④拾得句：温庭筠《经旧游》：“坏墙经雨苍苔遍，拾得当时旧翠翘。”

【赏析】　时光流逝，从不停歇。它飞速往前，带走一些人，甚至不留痕迹。然而，有人愿意一直停留在过往中。

回忆与憧憬，都只是一场幻觉。却依然有人迷恋着这样虚无的幸福。

一天过去，一年过去，十年过去。短短如一瞬，漫长似一生。

时过境迁，沧海桑田。不变的还有什么呢？

还有一颗深情的心。

首先能确定的是，这是纳兰的一首怀旧词。词人似乎触景生情，遥想十年前的光景，那些细节、情感、人事接踵而来。

但关于此词历来有两派观点，一派将此词归入纳兰的悼亡词一类，是为怀念其心中挚爱的卢氏所作，又有一派说法是为其少年时期思慕爱恋的女子(据说是其青梅竹马的表妹）所作。后一派的证据主要集中在“何恨不能言”，说其隐隐透出此词悼念的并非卢氏，而是容若青梅竹马的恋人。因为表妹被迫进宫被皇帝纳为了妃，所以纳兰虽然思念但不能言说。但我还是更倾向于前一派的观点，且不说考究该词大约创作于卢氏去世约十年，正合“十年踪迹十年心”，在卢氏死后，同样英年早逝的纳兰几乎用了整个后半生思念亡妻。而“不能言”可能是因为当时他已继娶了官氏，碍于夫妻，也有可能是卢氏离去十年之间，多少思念与哀悼埋在心底，“何恨不能言”更多的是悔恨和无奈。

“银床淅沥青梧老”，银床，有很多种解释，想来这个“银”字原本并不是饰美之词，而是指真正的银或者是白玉。古书载有很多皇家的奢华装潢，而用银或白玉来制井栏也是情理之中。银饰的井栏华贵孤立，井旁落满枯黄的桐叶，循着清冷的厉风秋雨和淅淅沥沥的梧桐叶落之声向上，梧桐树何时也被这秋染得变得苍老无力了。

“屧粉秋蛩扫”，屧，指鞋底，暗指恋人的踪迹。而粉更是让人联想到恋人所用的香粉和其独有的香味。在恋人曾经待过的地方，却早已寻不到恋人的踪迹，哪怕是一点鞋痕、一丝幽香。而蟋蟀的“吱吱”声，在旧时与恋人欢愉时是无穷的乐趣，而孤身一人感伤时听来，却只有凄厉和萧索，让人断肠。

“采香行处蹙连钱”，采香行处，自古就有美人泛舟采香的传说，而采香途径即被称作采花径。这一意象也常被各代诗人化用，如姜夔的“采香径里春寒”，翁元龙的“采香深径抛春扇”。而纳兰在这里用“采香行处”则是借指当年恋人采香之处。连钱，常常长在涧溪边，是一种很常见的小草。蹙，形容连钱草长满采香径。在当年静静看着恋人流连的地方，连钱草一簇簇生长在路边，可是伊人早已不再。

“拾得翠翘何恨不能言”，翠翘，翠玉首饰。该句巧妙化用了温庭筠的“坏墙经雨苍苔遍，拾得当时旧翠翘。”在恋人曾走过的香径，偶然拾得当年之物，是何等滋味，那种辛酸苦楚恐怕只有当事人才能知晓。

下阕开头“回廊一寸相思地，落月成孤倚”，回廊，指曲折回旋的走廊，暗示曾与恋人在此有过美好的过往，而“一寸相思地”，由故地思故人，又暗合李商隐的诗句，让人旋即联想到“一寸灰”，黯然神伤。抬头看见的垂月，跟自己一样孤单无依，更增添了无限伤感。

末句“背灯和月就花阴，已是十年踪迹十年心”，畅意之笔，亡妻十年，哀婉如此。让人不禁想起苏轼的《江城子》，而上阕中的“何恨不能言”也与“相对无言，唯有泪千行”有异曲同工之妙。

纳兰亡妻十年，日日夜夜都在寻觅卢氏留下的踪迹。或许他心中有愧疚与自责，但最为重要的，还是那颗坚贞的心。自古有多少爱情能在爱人已逝的情形下有这样的坚守，十年，倘说古代还有许多这样坚贞不渝的爱情，流传出那么多佳话，那在现代几乎是要绝迹了罢。浮躁的都市爱情，多少年轻人主张的《小时代》里的爱情观正是其代表。很难想象当今的年轻人能为亡妻坚守如此，何况纳兰还是王孙贵胄，实在难能可贵。

十年踪迹十年心，让人动容，爱情本该如此吧。(戴俊雅)

南乡子　纳兰性德

为亡妇题照

泪咽更无声，只向从前悔薄情。凭仗丹青重省识①，盈盈，一片伤心画不成。

别语忒分明②，午夜鹣鹣梦早醒③。卿自早醒侬自梦，更更，泣尽风檐夜雨铃。

【注释】　①凭仗句：杜甫《咏怀古迹五首》其三："画图省识春风面，环佩空归夜月魂。"②忒：太，过于。③鹣鹣：比翼鸟。

【赏析】　生离死别，最让人肝肠寸断。

时间是一把筛子，把零碎和不重要的过滤，留下最让人难以割舍的东西。然而，在这漫长的过程中，很多珍贵的东西，不知不觉变了模样甚至消失。到最后，看着空空如也的双手，唯有空悲切。

远不过时间，长不过思念。思念掺杂着悔恨，泪水流不尽。

如果时间可以倒流，那该多好。可惜时间永远不会给人这样的机会。失去的一旦失去，便永远不会回来。

这首词是一首悲痛万分的悼亡词。标题为"为亡妇题照"，指的就是在亡妇灵前的画像上题字。纳兰与妻子卢蕊结婚三年后，妻子因难产而死。纳兰面对妻子遗像，悲痛欲绝，无语凝噎，悔恨自己当初对妻子薄情，没能珍惜美好时日。

纳兰在《浣溪沙·谁念西风独自凉》中这样写道："被酒莫惊春睡重，赌书消得泼茶香。当时只道是寻常。"同样表达了没有珍惜两人相伴的时光，深深的悔恨和无力感。如果当时能料到今日，怎么会冷落妻子呢？只能怪自己身在福中不知福，让这好时光白白流逝。如今失去，才知珍贵。

"省识"出自杜甫《咏怀古迹五首》其三："画图省识春风面，环佩空归夜月魂。"元帝从图画里略识昭君，实际上就是根本不识昭君，所以就造成了昭君葬身塞外的悲剧。杜甫写昭君之怨，也是自身怀才不遇之怨。纳兰叹息现在只能在画图上重新看到妻子的容颜，然而画图只画出了她美好的仪态，却不能画出她眉目含愁的神韵。“一片伤心画不成”，既指妻子的悲伤无法描摹，也指自己心中的悲痛之深。

妻子临别时的话犹在耳边，音容笑貌仍在，人却香消玉殒。“鹣鹣”即比翼鸟，后引为夫妻之意。鹣鹣梦醒比喻夫妻不能白头偕老，浮生若梦，一生为一梦，那么死就是梦醒。如今妻子尘梦已醒，而自己还沉沦在尘梦之中，受尽相思和痛苦的折磨。妻子不在了，诗人在路途中失散了唯一伴侣，便只剩下了一只翅膀，无论如何也不可能飞到温暖的国度了。

长夜漫漫，凄冷难挨。纳兰就和当年唐明皇在剑阁夜雨闻铃而悼念杨贵妃一样，把眼泪都流尽了。然而哪怕悲痛再多，已不在人世的妻子，也不会知道了。

这首词写得凄楚动人，缠绵悱恻，读来催人泪下，肝肠寸断。纳兰最亲密的人，最体贴他懂得他的人，不在了。就像丢失了一只翅膀，再也无法飞翔。拥有时浑然不觉，失去时方知其珍贵。纳兰悔恨不已，却又无能为力。妻子毕竟是不在了，多少眼泪和悔恨，都不可让时光倒流。纳兰把沉痛的感情倾注于这首《南乡子》中，一字一句都是由血泪凝成的。

既然浮生若梦，那么就更该好好珍惜寻常的时光，把温暖珍藏，并悉心守护，不要等到失去时再惋惜后悔。珍贵的往往是为我们所忽视的，这是人生的无奈，但我们并非不能改变。

一生一梦间，永恒的只有无限的回忆和哀思。知音难觅，相逢短暂。唯有珍惜每分每秒，才不至于悔恨失去。(戴俊雅)

踏莎行　纳兰性德

倚柳题笺，当花侧帽，赏心应比驱驰好[1]。错教双鬓受东风，看吹绿影成丝早[2]。

金殿寒鸦，玉阶春草，就中冷暖和谁道[3]。小楼明

月镇长闲，人生何事缁尘老[④]。

【注释】 ①“倚柳”三句：谓风流自赏，闲散度日总比从驾驱驰，日夜奔波劳碌要好。倚柳题笺，指作诗填词等悠闲自适的生活。侧帽，斜戴着帽子。形容洒脱不羁，风流自赏的装束。②绿影：绿发，指乌黑发亮的头发。③金殿、玉阶：代指皇宫、朝堂。④镇长：经常、常常。缁尘，黑色灰尘。常喻世俗污垢。

【赏析】 众生芸芸，每个人都在为自己的心寻找一处归属。然而，世事纷扰，少有人能够摆脱现实的牢笼，无拘无束，随性而活。

向往的自由，因为无法拥有更显得珍贵。人需要一种理想作为精神支撑，更是一种寄托，无论最终能否实现，这种力量，都会使人在漫漫长夜不感到绝望。希望其实是一种十分虚无缥缈的存在，因为一旦它成为现实，便消失了意义。如高堂之上的人向往一介平民的生活，短期是享受，长期便成了折磨。

所以，心怀希望，便是一种幸福。

这首词是纳兰写给好友张见阳的寄赠之作。纳兰长年生活于官场中，见多了明争暗斗，看透了险恶沧桑。心里愈发愁苦寂寞，他多么想倚柳作词，当花侧帽，过这样悠闲自在的生活。然而，现实早已容不得他这般洒脱。重重的枷锁套在心上，无法挣脱，便只能叹息。

“倚柳题笺，当花侧帽，赏心应比驱驰好。”首句便是悠然自得的图景，“倚柳”化用了刘过《沁园春》：“傍柳题诗，穿花劝酒，嗅蕊攀条得自如。经行处，有苍松夹道，不用传呼。”刘过，南宋文学家。科举考试屡屡落第，一生不仕，载酒行江湖，浪迹天涯间。纳兰向往这样洒脱的刘过，即便落魄，却也优哉游哉。而当花侧帽的典故来自北周独孤信，他风流倜傥，才貌双全，是当时家喻户晓的人物。一日，他出城打猎，回城时天色已晚，他不由得快马加鞭，谁知马骑得太快，头上的帽子被风吹歪了也不知道扶正。而那些看到他斜戴帽子的人却大为惊艳，以至于第二天街上全是模仿他侧帽而行的人。纳兰深深折服于独孤信的风流倜傥，他的第一本词集就起名为《侧帽集》。落魄才子，风流少年，他们都是纳兰心之所向。他多么想放慢生活的步伐，和他们一样，随性而活，随心而去。

“错教双鬓受东风，看吹绿影成丝早。”东风本是助人功成名就之风，纳兰却怪罪东风，早早地吹白了他的双鬓，青丝成白发。纳兰是在说，多年的侍卫生涯让他的心过早地苍老了，年轻时候的豪情壮志，都被消磨在了琐屑的岁月里。本是风华正茂的年纪，心却垂垂老矣。青春逝去如流水，绿影成丝奈若何。

“金殿寒鸦，玉阶春草，就中冷暖和谁道。”金碧辉煌的宫殿里嘶哑歌唱的鸦雀，与富丽堂皇的朝堂之上艰难生长的春草，这是纳兰的自喻。看似万人之上，实则凄凉孤寂。向往自由的生灵，怎会安然存在于外表华贵内里凄寒的深宫之内呢？荣华富贵，浮名而已。知音难觅，冷暖自知。纳兰不甘心被束缚，他渴望着自由。如鸟雀眷念天空，春草向往原野。

“小楼明月镇长闲，人生何事缁尘老。”这句读来凄怆满怀。纳兰想起了遥远的家乡，想起了对月伤怀等他归家的妻子，等待的时光孤独又无聊，青春便在这样日复一日的等待中悄然而逝。人生啊，总是在无谓的等待和世俗的琐事中，消磨了最好的时光。转眼之间，便垂垂老去。纳兰仿若一个阅遍世间沧桑的老者，叹息着年华易逝，好梦难成。

人苟活一世，究竟是为了什么呢？无非是追逐得不到的，悼念所逝去的。看透之后，也不过如此。时间匆匆流逝，不给我们任何歇息的机会。心心念念的，终于再也得不到，而费尽心思追寻的，却在日复一日的等待中愈加模糊。

生命的最好状态，便是由心而活。随性洒脱，无拘无束。而这样的自由，太过难得。因为我们活着的首要条件，便是生存下去。一面是饱受重压的肉体，一面是渴望自由的心。二者难以调和，所以多数人选择随波逐流，碌碌而活。这是无从改变的无奈，也是为人的悲哀。（戴俊雅）

临江仙 纳兰性德

谢饷樱桃[1]

绿叶成阴春尽也，守宫偏护星星[2]。留将颜色慰多情。分明千点泪，贮作玉壶冰[3]。

独卧文园方病渴，强拈红豆酬卿[4]。感卿珍重报流莺。惜花须自爱，休只为花疼。

【注释】 ①谢饷：感谢赠送。②守官：即守官槐。俗称马缨花。其叶白日聚合，夜间舒展。《尔雅·释木》：“守官槐叶昼聂宵炕。”③玉壶冰：酒名。④文园方病渴：谓文人落魄，病困潦倒。此处以司马相如自喻。红豆：代指樱桃。

【赏析】 暮春时节，花儿凋零了，层层的绿叶缀满了枝头。一颗颗鲜润可人的樱桃，躲在密叶之后。然而，最美的花期已错过，多么可口的果实，也无法缓解心中的感伤。莹润的樱桃，恰似点滴泪珠，叹息着芳华易逝，佳人已去。

从词题来看，“谢饷樱桃”，是有人送了樱桃给纳兰，当时有“荐新”“献时新”的风俗，他写词作答，以表示感谢之情，但词中颇多典故，那“绿叶成阴”“千点泪”“红豆”“惜花”的意象，却又暗指了深挚的情思，绝不仅仅只是感谢。我想他是用这首词委婉又真挚地表达了对“卿”的爱恋与情思。

“绿叶成阴春尽也”开篇第一句便化用杜牧的“绿叶成阴子满枝”，看似写樱桃树上樱桃满挂，实则是借用了杜牧诗的典故。杜牧早年在浙江湖州游玩时，见到一位十几岁的小姑娘，一见钟情，便向姑娘的母亲求亲，想娶这位姑娘为妻。但那位母亲因为女儿年纪太小而婉拒了杜牧，杜牧便与这对母女定下约定，十年内定来湖州当刺史，到时娶姑娘为妻。若是十年内没有来，姑娘便嫁于别家。并且在临走时，双方留下聘礼聘书。

十年匆匆流去，杜牧却没有如约归来。又过了四年，到了第十四年，杜牧终于如愿做了湖州刺史，兴冲冲地来到十四年前的那户人家提亲，才发现当初的少女早已为人妇，生儿育女了。感伤怀逝的杜牧提笔写下：“自恨寻芳到已迟，往年曾见未开时。如今风摆花狼藉，绿叶成阴子满枝。”

诗中把姑娘比作花，说自己寻芳而来，却错过了花期。回想当年，看花而花儿未开时候的美色，如今，却是物是人非。花儿早已开了又谢了，眼前绿树成荫，果实挂满了枝头。诗中明为叹花，实为惜人，悲惜之情溢于纸上。而纳兰性德开篇用此典，便明了了心意，当年没有把握住“卿”，如今只有空自嗟叹。

“守宫偏护星星”守宫，及守宫槐，此处借喻浓密的枝叶。星星，同“猩猩”，形容樱桃的猩红色泽。该句写浓密的枝叶偏偏遮掩了粒粒樱桃。

“留将颜色慰多情。分明千点泪，贮作玉壶冰。”这句用了“红泪”的典故，三国时，魏文帝曹丕迎娶薛灵芸，薛姑娘离别时伤心欲绝。等到登车启程以后，薛灵芸仍然止不住哭泣，思念父母，眼泪流在玉唾壶里。还没到京城，壶中的泪已凝如血色。当年纳兰与表妹互许终身，却被无情拆散。表妹被迫进宫，自然是伤心欲绝，红泪点点。

“独卧文园方病渴，强拈红豆酬卿。”此处用了司马相如的典故，汉代司马相如曾出任孝文园令，“常有消渴疾”，所以称为病闲居，后来便用“文园病”来代指“消渴疾”，纳兰性德这里自比司马相如，表达自己正是失意卧病在床。红豆，自古便有相思之意，“红豆生南国，春来发几枝。愿君多采撷，此物最相思”。这里以红豆代指樱桃，说自己卧病不适，但对你送来的樱桃，无论如何也要强撑病体吃上几颗的。并将樱桃借说为红豆，更是表达了对对方的相思。

“感卿珍重报流莺。惜花须自爱，休只为花疼。”这两句则是措辞，写感谢之意，以及珍重之语。以花儿暗喻自己，意指感谢你这般疼惜我，但你也不要太将心思放于我这，你自己要多多保重才是。

很多观点认为这首词是纳兰写给他的老师徐乾学的，但或许仁者见仁智者见智，我还是觉着这首词是写给他的表妹的。除了绿叶成阴、红泪、红豆、惜花等等诸多男女之情的意象外，古代卿字的常用法中，上级对下级，长辈对晚辈才用卿，纳兰怎会对长辈用这样不敬之称。而另一方面卿也是古代恋人、夫妇间的爱称，便更加可信了。

这首词虽用典颇多，但十分自然，常人看来都是在寻常描摹樱桃之状，实在精妙。而细读则能体会到作者的用心良苦，以及他对“卿”的相思与爱恋。(戴俊雅)

水龙吟 纳兰性德

题文姬图①

须知名士倾城，一般易到伤心处。柯亭响绝，四弦才断②，恶风吹去。万里他乡，非生非死，此身良苦。对黄沙白草，呜呜卷叶，平生恨、从头谱。

应是瑶台伴侣。只多了，毡裘夫妇③。严寒觱④，几行乡泪，应声如雨。尺幅重披，玉颜千载，仍然无主。怪人间厚福。天公尽付，痴儿呆女。

【注释】 ①文姬：指汉代蔡文姬。蔡文姬是汉代文学家、音乐家蔡邕之女，博学能文，通音律，是当时的才女。有《悲愤诗》二首传世。②柯亭：古代地名，以生产良竹闻名。相传蔡邕避难江南，宿于柯亭，见亭椽是竹做的，感觉这是良竹，取之为笛，其声独绝。四弦：指琵琶。相传文姬自幼精通音律，六岁就能听出父亲弹琴所断之弦是第二根。其父奇之，故意弄断另一根弦让她指出来，她准确指出是第四根，后人因此称文姬为“四弦才”。③毡裘：古代北方少数民族用毛制成的衣服。④觱：古代的一种管乐器，音声悲凄，北方羌人所吹。

【赏析】 此词咏的是蔡文姬，其实也是纳兰的夫子自道。也有人说，纳兰借此词在为流放宁古塔的友人吴兆骞鸣不平。此词更是道出了人世间的一个普遍真理：名士倾城，一般易到伤心处。说白了是红颜多薄命。人间厚福，天公尽付，痴儿呆女。憨人有憨福。

蔡文姬在其父的影响下，博学能文，精通音律，在当时“女子无才便是德”的环境中，堪称才女。初嫁河东世族卫仲道，夫妻恩爱，琴瑟和鸣，只可惜，天妒红颜，嫁入卫家不到一年，她便守了寡。紧接着，东汉末年军阀混战，匈奴掳掠中原，蔡文姬一并被掳到南匈奴。因其才名，被迫嫁给了匈奴左贤王，一去十二年，远离故国乡土，在异族异乡生儿育女。“恶风吹去，万里他乡，非生非死，此身良苦。”非生非死，此身良苦。活着，是一种耻辱，因为她嫁给了毁了她家国的敌人。死去，由不得她来选择。因为她已经有了儿女，命运由不得她来做主。生又何欢，死又何苦，家国恨与儿女情，像冰与火的两极时时折磨着她，提醒着她，让她一腔悲愤，只能是“对黄沙白草，呜呜卷叶，平生恨，从头谱”。她谱的是《胡笳十八拍》。

那“琵琶树下校书人”的薛涛，那“一去紫台连朔漠，独留青冢向黄昏”的王昭君，那不让须眉、碧血空洒桃花扇的李香君……哪一位不是红颜佳人，哪一个不是倾国倾城，哪一位不是应了这一句：红颜薄命！

红颜胜人多薄命，莫怨春风当自嗟！

命由天定，运由自造。既是天意，人力又能何为？难道这就是上天的公平，既然给了你美貌、才华，就不能给你一个一帆风顺的命运？既然给了你一个美艳不可方物的外在，就要赐给你一个瑰丽奇崛的命运？让人世有了波澜，让人生有了异彩？

人间厚福，天公尽付，痴儿呆女。倒是那些痴儿呆女，无心无情之辈，反倒能消受人间的厚福。这厚福，确实是人间的。因为无情，所以无心，因为无心，所以谈不上什么伤心。在名士倾城易到伤心之处，他们泰然处之，反倒能享受人间世俗的福分。

一个是诡异奇谲的命运，一个是波澜不兴的人生，如果摆在你面前，你会选择哪一个？

空负了丝弦
奏不成一曲相思
胡笳声声汉衣裳
历史的苍茫
回响着文姬的悲唱

前世的眷念
今世的容颜
湮灭在茫茫人海里
你在把谁守望
谁在把你点点遗忘

千年的期盼呵
盛开在尘世的沧桑
浊一世泥泞
向人间渗透几缕芬芳

纵是尺幅重披，画得了你的容颜，玉颜千载，仍是无主。

这首词不是蔡文姬的挽歌，而是纳兰自己的谶语。名士倾城，一般易到伤心处。伤情伤心，让他透支了自己的生命和热情。

他走了，年仅三十一岁，像璀璨的烟火，光芒四射，却只有瞬息。（林放）

瑞鹤仙　纳兰性德

丙辰生日自寿。起用《弹指词》句，并呈见阳[①]。

马齿加长矣[②]，枉碌碌乾坤，问汝何事。浮名总如水。判尊前杯酒，一生长醉。残阳影里，问归鸿、归来也未？且随缘，去住无心，冷眼华亭鹤唳[③]。

无寐。宿酲犹在[④]。小玉来言，日高花睡。明月阑干，曾说与、应须记。是蛾眉便自、供人嫉妒[⑤]，风雨飘残花蕊。叹光阴，老我无能，长歌而已。

【注释】 ①丙辰：康熙十五年（1076），纳兰性德二十二岁。起用顾贞观《弹指词》句。见阳：指张纯修，与顾贞观一样，是纳兰性德结交的江南至友。②马齿：马的牙齿，后来用来谦称自己年华虚度。③华亭鹤唳：用晋陆机典。陆机在吴亡以前常与弟游于华亭墅中，听鹤唳。后来河桥之败，为卢志所谗，被诛，临刑前他叹道："欲闻华亭鹤唳，可复得乎？"后来以此词借指悔入仕途而无法消受人生之真趣。④宿酲：宿醉。⑤蛾眉：指美好的姿色。典出屈原的《离骚》："众女嫉余之蛾眉兮，谣诼谓余以善淫。"

【赏析】 于骄人的富贵中展示着出人意料的忧伤姿态，于生命的绝美之处猝然凋零的诡异命运。

这是纳兰性德一生的写照。

出人意料的忧伤姿态，时时流露在笔端心底。无论是对友情、亲情、爱情，无论是盛典、佳节、出巡，无论是别离还是相聚。

这首他为自己生日所作之词，同样弥漫着这种忧伤。而当时的他只有二十二岁。二十二岁，对现在的我们来说，正是青春韶华，如火如荼，世界像一幅尚未打开的长卷，任由我们去欣赏描画。而对纳兰而言，却已是心冷成灰，似一副将红尘看穿的样子。只是在这冷眼背后，流露出深深的焦灼与忧虑。

面对亲人让我们感到亲切，面对爱人让我们感到柔软，面对朋友让我们感到温暖，而当我们在孤独之中，独自面对自己的时候，才感觉，人生是如此的荒凉，如此的寒寂。

如今，你独坐在这里，面对着你的二十二岁，像仪式般的虔诚，我禁不住要问：生命到底是什么，是一种尊严？是一种责任？是一种无奈？还是一种妥协？

说什么浮名如水，说什么去住无心，说什么长醉不醒，说什么长亭鹤唳，看得破，忍不过，一时的牢骚与激愤而已。生活还是照样继续，日子还是在慢慢地过。叹光阴，老我无能，长歌而已。

真的是长歌而已。只能是长歌而已。

词的上阕，慨叹浮名如水。唯酒拔清愁。欲学那残阳影里的归鸿，去住无心，随缘任性而已。

词的下阕，慨叹光阴逝水。唯花消寂寞。还记得小玉叮咛，别再辜负光阴，赏花，看月去。

可这都只是无法忘怀忘情之人在强作着解语，自己安慰着自己。这是一个青春犹在而骏骨已凋的公子在自己生日之时的矛盾心情。

二十二岁，对纳兰而言，是一个让人不惊而惧的年龄。从前的青春梦想只是一场演习，现实的碌碌无为与无情嘲笑才是真实的境遇。任你从前怎样地风华正茂、意气风发，这时的你依然过着你的庸人生涯，你娶的并不是你最初相恋的人，你做着应景的御前侍卫，你得成为乡愿。与其说是看穿世事，看破红尘，不如说是精神的颓败自此而始，骏骨已凋，这就是你的命运。

只是，你又不甘心内心之火熄灭，不甘心臣服于无可选择的命运。

争斗的结果，只能是内心深深焦灼与忧虑。

生命中不能承受之重，只能是于绝美处猝然凋零。当他于二十二岁自寿的时候，他可曾想到，自己的生命确实很短暂，只活了三十岁，一朵花开到花落的时间，一个春天到秋天的距离。(林放)

金缕曲　纳兰性德

赠梁汾

德也狂生耳。偶然间、淄尘京国，乌衣门第。有酒惟浇赵州土[①]，谁会成生此意。不信道、竟逢知己。青眼高歌俱未老[②]，向尊前、拭尽英雄泪。君不见，月如水。

共君此夜须沉醉。且由他，蛾眉谣诼，古今同忌。

身世悠悠何足问，冷笑置之而已。寻思起、从头翻悔。一日心期千劫在[③]，后身缘，恐结他生里。然诺重，君须记。

【注释】 ①赵州土：赵国平原君好养士，死后虽没有葬于赵州，但他是赵国公子，又为赵相，故称他的墓为“赵州土”。用此典是表明自己希望像平原君一样，礼贤下士，广招贤才。②青眼：用晋阮籍典故。阮籍善用青白眼，对自己喜爱或重视的人示之以青眼，对愚俗之人则示之以白眼。③千劫：是佛教用语。指旷远的时间与无数的生灭成败，也指灾难重重。这里意谓，一日心灵相契，历经千劫万难也不会改变。

【赏析】 在清代词人众多的《金缕曲》里，最引人注意的，就是纳兰性德赠给梁汾的这首。据徐釚在《词苑丛谭》中说，此词一出，“都下竞相传写，于是教坊歌曲间，无不知有《侧帽词》者”。可以说，这首词是纳兰性德的成名作。

梁汾，即顾贞观。顾贞观是清初著名的诗人，他一生郁郁不得志，早年担任秘书省典籍，因受人轻视排挤，愤而离职。李渔在《赠顾梁汾典籍》一诗中说：“名重自应离重任，才高那得至高官。”虽是调侃宽慰之语，却也道出了当事者的无奈与悲愤。

顾贞观是在四十岁时，才认识二十二岁的纳兰性德，当时顾贞观是离职后再次返京，经人介绍，准备进相府当纳兰性德的家庭教师。谁知，两人相见恨晚，一见即成忘年之交。顾贞观追忆纳兰写这首词的缘起时说：“岁丙午，容若二十有二，乃一见即恨识余之晚，阅数日，填此曲为余题照。极感其意，而私讶他生再结殊不祥，何意为乙丑之谶也。”

容若的词大多写得哀感顽艳，这首词却风格豪放，不似其他的词那样婉约细腻，但写情处依旧浓烈，出语至诚，纯任自然，如行云流水，行于所当行，止于所不可不止，一脉真气贯注其中，也难怪要撼人心魄，流传千古。

词一开篇，纳兰就将顾贞观放在一个平等的朋友位置，向其自剖心迹。交浅者，不能言深。而纳兰与顾贞观只是初相识，却像一个相识多年的旧友一般，没有丝毫掩饰与城府。他说“德也狂生耳”，我其实跟你一样生性疏狂不羁。说什么“缁尘京国，乌衣门第”，我虽世为簪缨，父为权臣，但这一切只是偶然而已，我并不以此为傲，因为我的追求是“有酒惟浇赵州土”，只是“谁会成生此意”？谁又能明白我内心真正的需求是什么呢？“不信道、竟逢知已”，谁能料到，在这个时候，得遇知己呢？这一句，实在是妙得很。那意思是，顾贞观来我府做我的家庭教师，这不是相府的施舍，让你得入豪门。而是你的到来，是我的福音，是我心灵的一大慰藉。

“青眼高歌俱未老”，你我今日相逢，青眼相对，彼此都还不算太老，正是大有可为之时，应当拭去眼泪，振作精神。几句话说得激昂真诚，足见容若当日得遇知音的激动心情。

下阕“共君此夜须沉醉……冷笑置之而已”一段更是意气风发。世间喜欢造谣中伤的小人比比皆是，管他呢，“冷笑置之而已”，岂怕他哉？且一饮千觞，沉醉此夜。以容若当时的地位当然不怕谁会造谣中伤，这句话在很大程度上是在安慰顾贞观，顾贞观当时年已四十，仍然沉沦下僚，人情冷暖的感受可能比容若要深刻得多，容若此话一方面表示了自己对那些喜欢谣诼的小人不屑一顾，一方面也有安抚顾贞观之意。

接下来“一日心期千劫在”就更是郑重的许诺了，倾盖如故，千载不悔。千载相逢那一霎心灵相契，足以抗拒人世之千劫。到此还不够，还要“后身缘，恐结他生里”。一世相交，来生也许还有重逢的机会，所以今生的誓言可要记好了，来生也莫要忘记。芸芸众生，相遇相交，已是不易。相遇相惜，更是难得。不但相惜，还要一辈子，真是难上加难。不但要一辈子，还要来生，还要下辈子，真是一片至诚。这人世间的变幻与沧桑，今生也是难料，何谈来生？但至情的纳兰性德，偏偏还要约定来生。这几句话说得情真意切，堪比情人之间的海誓山盟。甚至更甚。

人的相识相知有时真是一个谜，有人只是一见，却如故人。有人朝夕相处，却形同陌路。

也许正是这种一见如故，这种没有来由，这种没有世俗的考量与羁绊，才能让这段相知成为传奇，让这首《金缕曲》成为千古。

人们来到这里，充实了小屋，

不需要多余的款待，

休息就是盛宴，一切顺其自然，

最崇高的心灵，最能怡然自得。

一切顺其自然，最崇高的心灵，最能怡然自得。相信，顾贞观在纳兰的渌水亭里，就是这般感受。（林放）

金缕曲　纳兰性德

简梁汾①，时方为吴汉槎作归计

洒尽无端泪。莫因他、琼楼寂寞，误来人世②。信道痴儿多厚福，谁遣偏生明慧。莫更着、浮名相累。仕宦何妨如断梗③，只那将、声影供群吠。天欲问，且休矣。

情深我自拚憔悴。转丁宁、香怜易爇，玉怜轻碎④。羡煞软红尘里客⑤，一味醉生梦死，歌与哭、任猜何意。绝塞生还吴季子⑥，算眼前、此外皆闲事。知我者，梁汾耳。

【注释】　①简梁汾：写给顾贞观的信札。简，简札、书信。②琼楼：即琼楼玉宇，代指月中宫殿，这里借指朝廷。③断梗：断枝，“梗”比喻漂泊无定的微贱之物。这里是指仕途为官如同断梗，微不足道。④爇（ruò）：烧、点燃。此二句是说香易于点燃，美玉易于破碎。⑤软红尘里客：指热衷功名利禄之人。软红，即红尘，谓繁华的都市。⑥吴季子：吴兆骞。“绝塞生还吴季子，算眼前、此外皆闲事”，这是容若为营救吴兆骞而向顾贞观作的承诺。

【赏析】　吴季子，何许人也？即吴兆骞，字汉槎，江苏吴江人，出身著名的书香门第。吴氏兄弟在当时非常出名，他们一起加入了慎交社，并成为社团的骨干力量。慎交社里有两位宿辈，一个是容若的老师徐乾学，一个是容若的好友顾贞观。江南才子吴兆骞天资聪颖，满腹锦绣，又出身官宦世家，难免高傲轻狂。清人笔记里有记载，明末清初散文“三大家”之一的汪琬曾来吴江，吴兆骞引用古语对他说：“江东无我，卿当独步”。如此狂傲难免招人嫉妒。顺治十四年（1657），发生了著名的“丁酉科场案”，也就是科考舞弊案，吴兆骞不幸被牵连进去。最后的判决是：挨了四十大板，家产没收，父母兄弟妻子全部流放东北宁古塔。

其挚友顾贞观知其蒙冤，有救人于绝塞之念。等到康熙五年（1666）的时候，顾贞观中举，并在京任秘书院典籍。然营救之事尚未展开，两年后，其父病逝，顾贞观只好离职，南归无锡为父守丧。营救一事，终无办法。

直到康熙十五年（1676），顾贞观始得重返京师。是年，结识了时任宰相的纳兰明珠之子纳兰成德。二人初识，有相见恨晚之叹。前面两首《金缕曲》，纳兰心迹可表。

这首词是纳兰看了顾贞观以词代书，写给吴汉槎的两首词后，所做的和词，一片赤诚，溢于词中，也算是对朋友所做的郑重承诺。

纳兰看了顾贞观所做的两首词后，泣曰：“河梁生别之诗，山阳死友之传，得此而三。”来看看顾贞观《金缕曲》两首：

季子平安否？便归来、平生万事，那堪回首？行路悠悠谁慰藉？母老家贫子幼。记不起从前杯酒。魑魅搏人应见惯，总输他覆雨翻云手。并与雪，周旋久。

泪痕莫滴牛衣透。数天涯、依然骨肉，几家能彀？比似红颜多命薄，更不如今还有。只绝塞苦寒难受。廿载包胥承一诺，盼乌头马角终相救。置此札，君怀袖。

我亦飘零久，十年来、深恩负尽，死生师友。宿昔齐名非忝窃，试看杜陵消瘦，曾不减夜郎僝僽。薄命长辞知己别，问人生到此凄凉否？千万恨，从君剖。

兄生辛未吾丁丑。共些时冰霜摧折，早衰蒲柳。词赋从今须少作，留取心魂相守。但愿得河清人寿。归日急翻行戍稿，把空名料理传身后。言不尽，观顿首。

纳兰期十载救人，“绝塞生还吴季子”。经过多方努力，在冰天雪地的宁古塔流放了23年的吴兆骞，最终于康熙二十年（1681）援例赦归至京。兆骞抵京后，性德待之优渥，留在家馆为其弟执教，直至其两年后病殁，又为其治丧，抚其遗属。

五首《金缕曲》，三个有情人。（林放）

绮怀　黄景仁

几回花下坐吹箫，银汉红墙入望遥。
似此星辰非昨夜，为谁风露立中宵。
缠绵思尽抽残茧，宛转心伤剥后蕉。
三五年时三五月，可怜杯酒不曾消。

【赏析】 黄景仁一生潦倒，落落寡合。却有一腔真情，一挥一洒之间，动人心魄。

这是一首充满深情回忆的情诗，乍一看去，很有几分神似义山的无题诗。一样的深情绵邈，一样的痴绝之态，不一样在于：义山更为幽深，而景仁更为明白。

这是一个怎样的女子？让他领略了情的销魂，思的痛苦。一年又一年，把她久久藏在心间，难以释怀。一次又一次，在诗句中触摸她的指尖。

从《秋夜曲》到《秋夕》，再到《感旧》和这二首《绮怀》，他精心陈述着感情的发展、生命的演变，推进着自己的人生剧情，当内心日渐清晰的时候，结局，也日趋分明——相忘于江湖。

前两联写景。首联是对往昔的追忆。明月相伴，花下吹箫，相遇的美让人怦然心动。接下来一句“银汉红墙入望遥”，让人看清了现实的残酷。伊人的红墙近在咫尺，却如天上的银汉一样遥不可及。这注定是一场无望的爱恋，红墙一如侯门其深似海，自己也如萧郎从此陌路。

但这又如何呢？红墙可以隔断空间，却无法阻挡他在心里的思恋。这样一个美好的三五月圆之夜，他像着魔了一般，再次来到初见她的红墙之外。

一个人，看月，看星，发呆，直到秋夜的寒露浸湿了他单薄的衣衫！

似此星辰非昨夜，为谁风露立中露。是自问，也是问人。为谁，他心里明白，比谁都明白，更明白这种守望是无望的，但他就是这样固执地，用“风露立中宵”这种姿势昭示情的痴缠，爱的魅惑，思的坚贞！

情如丝到死方尽，心如蕉层层瑟缩。这样的心境，在这样一个月圆人不圆的美好夜晚，又有何生之意兴与情趣呢？把酒望月是不可能的了，那酒中洒满了月之清辉，倒映着伊人渐渐模糊的面影，他用手轻轻触摸了一下酒杯，月影碎了，乱了，一切都是虚空的幻影。而她，依然如天上之明月，可望而不可即。

我在清冷秋夜对月徘徊，你在冷暖人间渐行渐远。尽管事情早已过去多年，那创痛却像晨露一样新鲜。

我只能在时光深处痴痴地、痴痴地等……

癸巳除夕偶成　黄景仁

其一

千家笑语漏迟迟[①]，忧患潜从物外知[②]。

悄立市桥人不识[③]，一星如月看多时。

【注释】　①漏（lòu）：漏壶，古代计时仪器。迟迟：指时间过得很慢。②潜（qián）：暗中，悄悄地。物外知：从时间流逝、外物变迁中感觉出来。③市桥：指诗人家乡市镇中的桥。江南城镇多傍水为街，市中多桥。

【赏析】　这首诗写于除夕——一个万家团聚充满欢喜的日子，但我们从诗中读到的是深深的孤独与寂寥。

一边是千家笑语、守岁迎春贪恋人间情味的人迟迟不肯睡去，他们要把这生命中的狂欢好好消受一番。一边是满怀惆怅、惊叹年华逝水忧患从生于心的诗人。

浩歌狂然之中寂，这种寂，颇耐人寻味，也让人心惊。

他一个人悄悄走出户外，立于市桥，没有人注意到他的落寞，他的眼中也没有红尘中的喧嚣。人与人接壤，能述说的仅是片刻辰光，一两桩人情世故而已。能说的，都不是最深的孤独。

所以，他选择了独立市桥，以一副众人皆醉我独醒的遗世姿态，看着天上的星，直到把星看成了月，直到浓重的夜色泼墨般笼罩着这个渺小的个体。

“独立市桥人不识，一星如月看多时”，寂寥萧瑟的气息扑面而来。

他独立苍茫，站在原地，就像一棵坚持不肯老去的树。这是等待的姿势，不是等待一个人，而是等待时间，等待时间深外的无限可能，等待命运之手会为他揭开一个预设的谜底。

想想自己，将而立之年，功不成，名不就，穷困潦倒，贫病交加，愤激悲伤之情，一齐涌上心头。而这些他无法对人言说，说了别人也不能懂。他只能孤独地仰望星空，神秘莫测的命运有如高悬于他头顶上的苍穹。人，是何等的渺小啊。

不只是在这样的除夕夜，他的一生中，孤独犹如影子一样存在于他生命的一隅。

己亥杂诗　龚自珍

浩荡离愁白日斜，吟鞭东指即天涯[①]。
落红不是无情物，化作春泥更护花[②]。

【注释】　①吟鞭：诗人的马鞭。即：到。②落红：落花。

【赏析】　对我们来说，他是熟悉的陌生人。曾经，他是“我劝天公重抖擞，不拘一格降人才”的一声呐喊，是《病梅馆记》里惜梅爱才、治世疗病的一颗痴心，更是一箫一剑、负尽狂名的快意平生。只是，在这快餐化、娱乐化阅读当道的年代，我们不再计较他的抱负、他的歌哭，只把注意力集中于他和王妃顾太清之间那一段莫须有的“丁香花公案”上。在我们短视目光的聚焦之下，他的形象，添了肤浅，少了崇高。然而，历史上的他，是一位真正的孤独者。这孤独，只因他超越了时代，超脱了平庸。在那个自诩盛世的年代，他提前嗅出了衰败的气息，探知了病态的根源，遂有了这组三百一十五首的《己亥杂诗》。

道光十九年己亥（1839），诗人得罪权贵，辞官南归，告别京都。心知，此一别，即是永别朝堂，永绝仕途。彼时，恰是黄昏时分，白日西斜。身后是风雨如晦的大清朝廷，眼前是日色苍茫的满目河山。夕阳西下，马鞭东指，即是天涯。此景此境，怎不教人心意凄惶，离愁浩荡？更那堪，正值暮春时节，落英缤纷，洋洋洒洒。岂不更教人愁肠寸断，离思无涯？

若只叹身世如花、乍开乍谢，这，便不是箫剑狂生龚自珍所为了。这首诗的特别之处就在于他前抑后扬，在一片浓得化不开的伤春离愁中，突然振起，色彩从沉郁趋向明亮。在他眼里，红粉凋零、落花轻扬，是在演绎最后的绚烂；落红归根、化了香泥，只为滋养来年的春光。在这黄昏夕照、百花零落、心意消沉的情境之下，还能作此乐观之语，委实难得，莫怪人赞他是身怀家国、胸藏大计的盖世英杰。

谁道我韶华虚度，我亦曾绽放芳颜；谁说我红颜薄命，我偏作粉泥护花。我，是这一季花期，也将孕育，下一个春天。(江俊伟)

己亥杂诗　龚自珍

九州生气恃风雷，万马齐喑究可哀①。
我劝天公重抖擞，不拘一格降人才②。

【注释】　①九州：古时指冀州、兖州、青州、徐州、扬州、荆州、梁州、雍州和豫州。后代指中国。生气：生气勃勃的局面。恃（shì）：依靠。喑（yīn），沉默，不说话。②天公：造物主。抖擞：振作，奋发。

【赏析】　提到“近代”，心里便渐渐觉得离那个古雅的诗歌时代渐渐远了。历史发展到龚自珍的时代，确实不能算作“古代”了。他去世的前一年，震惊中外的鸦片战争爆发，震碎了无数士大夫“天朝上国”的美梦。他去世之后不到一年，《南京条约》签订。中国文人深深怀念的六朝古都，转瞬间成了耻辱的象征。历史注定他不会成为一个普通文人。

这种不普通，从他的诗中可以读出。抛却了种种“思想意义”之后，细读龚自珍的诗，觉得到他的诗中总带有一种“风雷”之气。别人描绘花鸟虫鱼，别人感叹春花秋月、顾影自怜，而他的诗歌，似乎只有风雨雷电、日月星辰：“九州生气恃风雷，万马齐喑究可哀。”“浩荡离愁白日斜，吟鞭东指即天涯。”他的诗中，似乎总能隐隐听见“冬雷阵阵”，似乎总能看到诗人躁动不安的灵魂。“九州生气恃风雷，万马齐喑究可哀”，自有一种伟丈夫的豪气，豪气之下，躁动不安的灵魂似乎在渴望一场风雷大变。

历代的文人，即便时运不济，也只哀唱“不才明主弃”，狂妄如左思，面对社会不公，也只是说“世胄蹑高位，英俊沉下僚”，“振衣千仞冈，濯足万里流”，从未对社会产生怀疑，未对时代感到悲哀。而龚自珍则不同，他开口谈“风雷大变”，在时代风潮面前，不再只是空谈“王者之道”的腐儒，他们不仅要熟悉历朝典章制度，还要熟悉各地的地理形势，甚至还要有西洋人的“长技”，只要是“才”，大可“不拘一格”。而在那个“世人皆醉我独醒”的暗淡年代，只有“开眼看世界”的达者，才觉悟到迷梦中的“天朝上国”，需要一场“风雷”式的大刀阔斧的改革。而他们所能企盼的，又只能是冥冥中存在的“天公”。

龚自珍最终没能盼到“风雷”，倒是听到了另一种“风雷”——那是鸦片战争的隆隆炮声。或许，在那个风雨飘摇的年代，龚自珍已经感觉到了此后数十年中华民族要经历一个个“风雷”厉行的日子。虽然是“国破山河在”，但诗人显然已无暇将他的诗笔停留在春花秋月、鸟木虫鱼上面。在亡国的苦痛面前，个人的命运又是何其渺小！（万彩玲）

村居　高鼎

草长莺飞二月天，拂堤杨柳醉春烟[①]。
儿童散学归来早，忙趁东风放纸鸢[②]。

【注释】　①拂堤杨柳：杨柳随春风摇曳，好像抚摸着堤岸一样。醉：迷醉，陶醉。春烟：春天水泽、草木间蒸发形成的烟雾般的水汽。②散学：放学。纸鸢：泛指风筝，它是一种纸做的形状像老鹰的风筝。鸢：老鹰。

【赏析】　春天是美好的。随着春光萌动发芽的，不仅是自然界的花花草草，还有人的心情。

这首诗描述的就是一种在春光中发芽的心情。诗的作者高鼎，生于晚清黑云压城的年代，除了这首诗让他在历史上留名之外，没有多少关于他的痕迹。想必他是一个沉沦下僚、郁郁不得志的士子。

据说此诗写于他归隐上饶农村时。诗前两联写景，后两联叙事。景写得姗然可喜，玲珑轻盈，能感受到诗人那颗在柔媚春光中轻舞飞扬的心。事写得充满童趣，有一种久在樊笼复得返自然的天真欢欣。

诗人用了“草长莺飞”四个字来描画初春的景象，自然万物莫不欣欣。又用了一个近镜头，将视角聚焦于拂堤的杨柳上，杨柳随春风摇曳于春烟之中，像是醉了一样。铺设了这样一个春的背景图后，人物要出场了。

“儿童散学归来早，忙趁东风放纸鸢”，诗人选取了早早散学的儿童趁东风放风筝这样一个特定的细节，传达春天的朝气和生机，也寄托着他深深浅浅的希望。使生活变得美丽的，往往是我们的真诚和童心。默默看着奔跑于春风中的孩子，听着他们充满童真的欢声笑语，相信诗人此刻的心是安宁的、喜悦的，自己也仿佛回到了童年的时光。

岁月永远年轻，我们慢慢老去，你会发现，童心未泯，是一件值得庆幸的事情。

真的庆幸，诗人在瞬间焕发的童心中捕捉到了生活中的美好和诗意。